LA FLEUR DU CAPITAL

Jean-Noël Orengo est cofondateur du collectif d'artistes et d'auteurs D-Fiction. Après avoir écrit des articles en revue et exercé différents métiers dans le secteur du livre, il a tout abandonné pour écrire *La Fleur du Capital* qui a été couronné par le prix Sade, le prix de la Fondation Prince Pierre de Monaco et le prix de Flore en 2015.

JEAN-NOËL ORENGO

La Fleur du Capital

ROMAN

GRASSET

PROLOGUE

« Marly » pourrissait lentement dans la fiction que les autres se faisaient de lui. Depuis son enfance, il était la proie d'histoires invraisemblables dont les narrateurs pouvaient être n'importe qui, un passant qui le regardait comme lui ne se regardait pas, un ami dont il devenait brusquement l'ennemi, un chien flairant en lui une odeur qui n'était pas la sienne et qui aboyait. Les récits n'étaient jamais à son avantage, il était toujours préposé aux mauvais rôles, ceux qu'il n'aurait pas choisis, les fins de parties et les queues de pelotons. Ni héros, ni anti-héros cependant, un simple étranger dans une masse informe où se détachaient celles et ceux qu'il aurait pu être. Au début, il avait bien tenté d'imposer quelque chose d'original. On l'avait recalé dès le premier casting, à l'école primaire. Face au public, il se sentait bizarre, absent, incapable de sortir ses répliques au bon moment, quand l'occasion se présentait. Il était toujours en décalage avec lui-même. On attendait quelqu'un, mais ce n'était pas lui. Et si c'était lui, on voulait qu'il soit un autre. Alors, il changea d'attitude. Il ne résista plus. Il observa. Se mettre à la place des autres. Il garda pour lui ses meilleurs textes. Il se mit à rejouer indéfiniment les scènes qu'il avait gâchées. Scènes 1, 2, 3, 20. Actes X, Y, Z. Et les intermèdes, les préludes, les décors. Tout un théâtre mental. Il avait découvert ça par hasard, et très vite, tout s'était mis en place, une architecture intérieure bien à lui, un lieu à l'abri, avec ses lustres, ses galeries profondes, étroites et

9

sanguines, parfois chapeautées de voûtes aux clefs desquelles brillait une ampoule. Eurêka en sous-sol. Théâtre mental. Plus il avançait dans l'adolescence, plus son théâtre grandissait avec lui : d'abord les fondations, puis les façades aux parois de plus en plus creusées, complexes, cachant des jeux d'ombres. Tout un système de salles de répétition et de coulisses sans fin, d'escaliers interminables, de pièces polyédriques infestées d'obsessions esthétiques et sexuelles. Et de figures de cire, de masques empruntés à des inconnus dans les rues de Paris, ou bien à des livres, des biographies. Inconnus et célébrités conviés à sa soupe. Se mettre à la place des autres. Il devenait virtuose. Et il avait du succès. Les écouter, puis deviner ce qu'ils désirent. S'adapter, puis dire ce qu'ils veulent entendre. Ce ravissement qu'ils avaient alors, cette faculté de croire. Enfin quelqu'un pour les comprendre. Les plus forts surtout. Certains se méfiaient, mais la plupart non, et même les méfiants finissaient par tomber dedans. Il savait y faire, il prenait son temps. Il se rendait indispensable. Un confident, un séducteur. C'était sa façon de survivre. Car comment gagner sa vie ? Après le lycée, il avait dépéri, quitté ses parents, vivoté chez une fille. Son théâtre mental l'avait rendu paresseux, méprisant et manipulateur. Il ne faisait confiance à personne, il était faux avec les autres et il craignait beaucoup de tomber sur quelqu'un comme lui. Il ne s'engageait jamais complètement. Il ne finissait rien. Quel métier pouvait-il faire ? Acteur, les planches, c'était trop vrai. Son truc marchait à l'extérieur du spectacle. Il fallait manger. Se loger, se vêtir aussi. Voyager. Il aimait les plaisirs, pas les efforts. Il n'avait pas de diplôme, juste un répertoire illimité. Il devait faire ce qu'il savait le mieux. Il trafiqua d'abord son CV. Et il prit la gueule des emplois disponibles. Se mettre à la place des autres, des recruteurs. Il obtint un premier boulot mal payé dans un laboratoire photo car son discours avait séduit, puis un deuxième boulot mal payé dans une galerie d'art car sa dégaine avait

10

séduit, puis un troisième boulot évolutif et *eux payé car son*
discours, sa dégaine, son CV fictif avaient s *Il progressa,*
fit un embryon de carrière, et s'installa dans l *ce avec, au*
fond de lui, son théâtre mental et un sentime *ture. Sa*
hiérarchie l'appréciait, surtout les femmes. Il n *ait pas*
ses efforts. Jeune collaborateur fidèle, exécuta
distrayant, dilettante… le truc, c'était l'affect. L *ntif,*
geante est sentimentale. Elle a besoin d'être ser
aimée. À trente-cinq ans, il gagnait bien sa vie. Un
du Capital.

Néanmoins, avec le temps, des fissures appara
épuisement, la fatigue. Son théâtre commençait à s
catalogue aussi, comme des munitions qu'on épuis
moins doué, moins souple à répondre aux attentes. Plus
hautain. Il avait moins peur qu'on découvre en lui l'imposteu.
Un jour, on allait le virer, mais « Marly » s'en foutait. Il voyageait,
imaginait des refuges, un lieu où finir. Un exil chaud, pas cher,
luxueux. Il s'intéressa au prix des logements ailleurs dans le
monde, aux taux de change dans des monnaies de plus en plus
éloignées de la sienne. Et il alla une première fois en Asie du
Sud-Est, puis une deuxième, et il y retourna souvent. Et c'est là
qu'il découvrit une ville au Siam, où le mensonge est un métier :
Pattaya.

***

Au début, peut-être, il y avait eu un type pour imaginer Pattaya,
un Bugsy Siegel. Pas un mafieux ni un homme d'affaires, mais
un obsédé sexuel et un militaire. Ou peut-être pas, les choses
s'étaient emballées avec le temps pour faire naître la cité-bordel
la plus vaste au monde, mais aussi autre chose. Il fallait y aller
pour comprendre. Pattaya était née des GIs. Qu'est-ce qu'un
GI ? Comme le dollar, un GI est plus que lui-même. Symbole,

...li culturel numéro un. La légende dit que
valeur refuge ...ne créa Pattaya. Petit hameau de pêcheurs
l'armée a... palmes donnant sur un rivage de sable et un
cloître... situé à cent quarante kilomètres au sud-est de
co..., ...venu au fil des guerres voisines, au Vietnam et au
co..., un lupanar pour soldats. Il y avait eu la guerre puis
...eu la paix, c'est-à-dire le tourisme. Les bordels étaient
À la fin des années 1970, tandis qu'affluait du Cambodge
...ule de visages terrorisés rescapés des tortures et des tra-
...forcés, une géographie spéciale s'était esquissée à Pat-
...a, devenue officiellement une ville : des bars, des hôtels, des
...alons de massage, des restaurants, des condominiums d'habi-
tations et une faune formant une espèce de Cour, avec ses lois
et ses castes. D'abord les putes, à la fois tout en haut et tout
en bas, certaines appelées « baronnes », du sommet de leur
toise, « pirates » à cause des tatouages, des allures guerrières,
ou bien « sponsos », car blindées de mandats Western Union.
Ensuite les michetons, clients – punters – endurcis et frustrés,
timides et laiderons, beaux gosses cyniques et naïfs angéliques,
obèses et célébrités cachées, sportifs et handicapés, des clients
venus du monde entier, de toutes les religions et de toutes les
races, des plus jeunes aux plus vieux, la plupart de sexe mâle
mais aussi des femelles. Il y avait encore les conducteurs de
mototaxis, les loueurs véreux de jet-skis, les flics dangereux, les
promoteurs immobiliers, les chiens perdus au pelage rongé par
la gale, les cafards par milliards, les rats qui, la nuit, couraient sur
les kilomètres de plages, parmi les transats moisis. Une odeur de
merde, d'urine et d'épices imbibait la ville, caressée par la mer
et le vent ; le sel et l'iode, les algues, la pisse et le foutre. Des
capotes flottaient, entre les jaunes safran des bouteilles de bière
vides échouées sur le sable. Et tous les personnages minables
ou ratés, brillants ou cassés de la Cour de cette ville avaient une
chose en commun : ils n'en revenaient jamais. Ils étaient drogués,

12

hypnotisés, passant par chacune des phases de l'intoxication, les éclairs des débuts, les flashes, la jouissance, puis l'habitude et le manque, la dénégation et la haine, la souffrance, la désillusion, la volonté de sevrage et les rechutes. Après Pattaya, tout semblait fade, triste, insipide, frileux. Comme une musique cancéreuse, en sommeil, Pattaya resurgissait dans la vie de ceux et de celles qui croyaient avoir tourné la page, elle explosait en métastases incurables et chacun finissait par tout claquer dans son pays d'origine pour finir là, oublié, désœuvré, ruiné, malade, mais heureux et vivant, bombardé en permanence par la beauté des filles et la folie des histoires qui s'y tramaient, chaque jour, chaque nuit. Un Versailles de sexe et d'intrigues au ras des trottoirs donnant l'impression d'une initiation. L'élite. Ici, on apprenait quelque chose. On était en dehors de toute actualité. Les plus riches, les plus durs, les plus aguerris étaient aussi fragiles et friables que le plus bisounours des hommes. Des criminels de guerre finissaient puceaux, ouvrant un bar au nom d'une pute qu'ils aimaient, un gogo, une mansion dont ils n'étaient pas propriétaires et qu'ils finissaient par perdre, se révoltant un peu et se taisant surtout, fermant leur grande gueule car les filles disaient : « tu la boucles = tu restes, tu l'ouvres = tu te casses. » Or le pire était le sevrage, la désintoxication, qui rend tout gris. Pour les autres, ceux qui arrivaient encore à rentrer quelque temps chez eux pour trouver de quoi revenir, ceux-là passaient leurs nuits connectés, en lien permanent avec les filles et les transsexuelles restées là-bas, qui couchaient avec d'autres en leur disant le contraire, et réclamaient chaque mois leur mensualité de filles amoureuses. Et ils créaient des forums, et ils se parlaient entre eux, rendant compte de leur vie siamoise, de leurs coucheries et de leur rêverie, et ils postaient des photos de cul des putes avec qui ils étaient allés, ils fichaient les tarifs et les spécialités, et ils chialaient en direct, et ils se prenaient la tête et se menaçaient de mort. Et leur vie alternait ainsi, entre départ et *retour à Pattaya, le contraire d'un voyage, plutôt l'exercice obsédé d'une géométrie existentielle.*

* * *

Les filles, elles, avaient des noms courts et d'autres règles. Nok, Oy, Noy, Tip. Elles gagnaient de l'argent, elles nourrissaient des familles, elles achetaient les dernières technologies à la mode, elles flambaient, racontaient une même histoire de pauvreté et d'humiliations. Parfois, elles ne cachaient pas leurs jeux, exhibant leur toile de mort et de ruine où les clients des deux sexes finissaient dévorés dans leurs pattes. Elles faisaient ça parce que l'argent était facile et les billets nombreux, certains soirs, bien plus nombreux qu'un salaire fixe dans un emploi pigeon respectable ou dans une usine d'esclaves. La richesse matérielle était le reflet d'une vie meilleure, victorieuse, à l'abri du besoin, des quolibets, des violences de la société thaïlandaise, faite du mépris subtil et inébranlable des castes supérieures pour les castes inférieures. Naître en bas de l'échelle était la preuve d'une vie mauvaise dans le passé. La plupart avaient un rêve d'une banalité hallucinogène : trouver un mec avec du pognon qui les installe dans le confort et le shopping permanent. Plus de limites d'achats. Ou du moins, une existence réussie. Elles n'expliquaient pas tout à leurs conjoints provisoires, considérant qu'un étranger ne pouvait pas comprendre la fatalité familiale vécue à l'ombre des bouddhas géants couverts d'or aux pieds desquels on déposait dans des soucoupes les pastilles des vœux de richesse et de santé. Elles gardaient toujours de l'argent pour leur famille, quoi qu'il arrive. C'était sacré.

Parmi les filles, il y avait des garçons. Ils prenaient des hormones très tôt et se métamorphosaient à partir de onze, douze ou quinze ans pour devenir des jeunes filles ultra-féminines,

14

élancées, au cul bombé et cambré. Toutes ne se prostituaient pas ouvertement. Le terme prostitution lui-même avait un autre sens. Elles avaient des emplois fixes et la nuit, dehors, dans la multitude des lieux festifs, donnaient l'illusion d'une rencontre amoureuse. Mais toujours, après les caresses, la sodomie, les pipes, la douceur, une fois retournés dans leur pays et leur morosité, les types séduits recevaient un sms en anglais, comme une décharge, un flash : i need help, i need money…

***

Ils s'inscrivaient sur des forums dédiés à Pattaya, se trouvaient un pseudo et finissaient par devenir, aux yeux des autres, la personnalité du pseudo qu'ils affichaient. Ni prénom, ni nom, un surnom. Hétéronymes, Pessoas des tropiques. Comme une influence sémantique sur leur personnalité. Il y avait des forums dans toutes les langues, le plus puissant était anglais, son patron monnayant des bannières et menaçant les bars refusant d'y faire leur pub, et le plus célèbre en français s'appelait yayafr.com. Chaque jour, on découvrait de nouveaux profils, des « Marly », « Scribe », « Kurtz », « Harun », des « Conrad », « LeDuc », « Malcolm », « Chaka », « Rectum Warrior », « Fuck Machine », « Garbage », et d'autres par centaines… Souvent, des trolls venaient pourrir les threads, entraînant les discussions dans l'injure, le sous-entendu, les menaces voilées ou directes. Une forme de terrorisme intimiste, on jouait sur ce qu'on savait de la vraie vie des autres. Ragots, rumeurs, colportés par les putains elles-mêmes ou les patrons indélicats, ou les « potes » d'un soir. Une manne d'histoires tristes, brutales, lyriques, excessives, dramatiques, comiques, libidinales, économiques, culturelles, une profusion de récits crédibles et pour tous les goûts imbibait les fils de discussion et les messages privés. En ville, les timpes parlaient des clients à d'autres clients, se foutant de leur queue, leur façon de baiser, leur odeur, leur bêtise, et ces punters conquis à cette complicité nouvelle adoraient rapporter sur le net leurs confessions dans des carnets de voyage mégalos, se croyant d'un coup différents, choisis. « Une pute m'a dit... », c'était leur attaque, leur credo. Elles savaient y faire en matière de récit. Elles faisaient durer les passes comme ça, filant chaque nuit des trames scénaristiques semblables, mais pas identiques, et renouvelées en permanence par un détail, une nuance, montant les uns contre les autres, jouant des rivalités mâles, et leurs rois du moment écoutaient, écoutaient, écoutaient jusqu'à la clôture de leur compte bancaire. Imparable. Si un écrivaillon se pointait à Pattaya, la réalité qu'il découvrait dépassait toutes les fictions. Une leçon d'humilité. Il y avait bien quelques livres sur ce monde-là, mais toujours bâclés, ratés, comme si la ville refusait de coucher avec l'auteur les premières nuits, les premiers voyages. Il aurait fallu des années d'observation, de recueillement, un sacerdoce. Pattaya dépassait toute littérature, elle qui semblait son miroir, avec ses dérives, ses putes, ses maladies, ses masques, ses mensonges et ses morts sur l'autel de l'amour tarifé et de la nécessité de survivre, ou de vivre, une fois pour toutes.

***

À l'âge de quatorze ans, le « Scribe » fut victime de la littérature. Il lut les romantiques, puis les poètes maudits, puis les symbolistes, puis les surréalistes, puis les situationnistes et il y crut : il se drogua, il chercha les jeunes mâles et femelles, il coucha dehors et ne travailla jamais plus. Il se réveilla une première fois et il eut honte de ce folklore. Il devint obsédé de la langue et formaliste, lisant toute l'avant-garde, de Mallarmé au Nouveau Roman, s'enfermant dans Francis Ponge et Ezra Pound, traversant Joyce et Céline, et il se comporta comme un Savonarole, vouant au bûcher à peu près tout, s'adonnant à des *combinaisons textuelles difficiles, et il se réveilla une deuxième fois. Il s'était trompé de nouveau, mais il voulait toujours écrire, et dans sa modestie mégalo, il avait encore besoin de repères. Il tenta de joindre les deux bouts de ses amours contraires, vie et forme, et il essaya la poésie. Il fit de beaux dispositifs visuels et sonores, complexes et marrants, et un public restreint aux doigts de quelques mains applaudissait et critiquait, tous très satisfaits d'être des cloches et des snobs. Il se réveilla une troisième fois et ce réveil fut terrible. Il s'était trompé. En lui, une intuition avait grandi, renforcée par sa lecture de Darwin : comme les espèces, les vocations et les métiers sont voués à se transformer, et certains, à disparaître. Darwinisme esthétique, son cliché. La vocation, le métier d'auteur étaient une anomalie dans le monde où il vivait, une persistance du passé. L'humour puceau de la littérature. La Bourse, les télécommunications, les moteurs de recherche, l'exploitation des bases de données, la surveillance, la création de langages de programmation et de terminaux numériques, la génétique et l'astrophysique, l'ingénierie d'engins pour explorer l'espace stellaire et la cybernétique étaient les valeurs créatives de son temps. Il le savait, du plus profond de son expérience surannée d'artiste il le savait, passé par tous les stades de l'art, du minimal au sentimental. Surtout, il commençait à sentir une chose qui le faisait sourire avant, du haut des petites mensualités que ses parents laborieux, désespérés et généreux, lui offraient, jusqu'à l'épuisement : le manque d'argent. Lui si méprisant, désormais méprisé à cause de ce manque-là. Vieillir poches à sec, et ne pouvant s'en prendre qu'à lui-même, avec ses obsessions grabataires et dilettantes. L'Histoire comptait moins que l'Argent. L'art n'était plus une réalité indépendante des autres. Lui, l'artiste, le « Scribe », était asséché, vidé, au propre et au figuré, saturé d'angoisses pécuniaires, et il devait, pour continuer, baisser d'un ton, se faire vassal, être au service d'un truc, n'importe quoi, se vendre pour se justifier d'exister,* sinon, ce serait direct le crématoire économique, minima sociaux et compagnie. Mais avant, il décida de terminer en beauté son itinéraire boiteux d'avant-gardiste : il attaqua la littérature en justice pour publicité mensongère, faux et usage de faux, mise en danger de la vie d'autrui. Lautréamont et Debord vendaient des métaphores. Il imagina le procès, la salle, les journalistes, il étudia la procédure avec un avocat nyctalope et lettré. L'idée était spectaculaire mais la réalisation l'était moins, car, d'une part, l'argent manquait, et d'autre part, ce n'était qu'un concept. Cette fois, c'était la fin. Il ne garda du passé que cinq noms : Saint-Simon, Sade, Proust, Céline, Roussel. Et il s'arrêta d'écrire.

Il trouva un travail dans la communication, au plus bas, comme assistant et lèche-merde, puis il progressa, et en dix ans d'esclavage salarié, il se refit une santé, un logement et une vie. Il était tombé amoureux, aussi, d'une fille d'Indonésie, mais Paris était devenue sale, pucelle et froide. Il avait un peu d'argent et il ne voulait plus faire d'efforts. Il fit des voyages. Seul, masculin, sous les tropiques, il fréquenta les putains. Il était stupéfait. Il découvrait une discipline, un art martial, un sens donné au fric gagné. Le filer à ces putes justifiait qu'on travaille. C'était quelque chose de nouveau, que les voyageurs d'autrefois n'avaient fait qu'esquisser, que les moyens contemporains de transport, de communication et de festivités nocturnes radicalisaient, amplifiaient. Une foule tragi-comique surgissait des parterres tropicaux. Il y avait des chercheurs d'amour, des « sauveurs », des pervers. Toute une chevalerie et son contraire. Comme un fleuve avec des haltes, il y avait la Colombie, Madagascar, le Venezuela, les Philippines, la Gambie, le Cambodge, l'Indonésie, Cuba… L'aristocratie des inquiets, la noblesse des maboules de la baise et de l'affection, respectueuse mais sans illusion, les artistes du vécu faisaient escale ici et là, adoubés par les néons et les tatouages. Le « Scribe » devint un habitué, et c'est là qu'il découvrit Pattaya.

D'abord, il n'y crut pas, ce n'était pas possible, puis il tenta de minimiser la chose, il fit son habitué blasé, c'est-à-dire son puceau, puis il finit par admettre l'ampleur et les conséquences de ce qu'il voyait et vivait toutes les nuits. Pattaya devint sa capitale, son centre névralgique d'où, comme des tics, il lançait des trajets réflexes vers d'autres destinations, spécialement les villages d'où venaient les filles qu'il rencontrait. Cette ville était la fiction qu'il avait toujours rêvé d'écrire sans le savoir. Un lieu hyper-architecturé mais bourré d'existences, d'affects et de sensations. Tout constituait un gisement de structures narratives, une usine à grâces : la profusion des histoires, le formalisme des passes, avec les barfines, les ladydrinks, les arborescences thématiques des bars : bars à bière, bars à pipes, gogobars, bars à coyotees, bars à short times, bars à freelances, bars à chicha, bars hybrides. L'infini des lieux et des êtres. Et le rapport à l'argent, le Capital. Et le folklore littéraire : « passage hâtif dans des ambiances variées », « beautés assises sur les genoux et injuriées », mélancolie et spleen, beauté convulsive, suicide, drogue, vol, meurtre, esthétique de la trahison. Il méprisait la réalité dans les livres, mais la fiction du réel à Pattaya brisait tous les schémas faciles, les grilles simplistes où les goûts s'enkystent, et cela changeait tout. Et pour la première fois depuis longtemps, au fond de lui, après toutes ces années, avec une pureté froide et lyrique, comme un appel, il sentit un livre naître, une forme bouger et s'imposer, théâtrale et vraie, et il se dit que cette fois serait peut-être la bonne, et il fit tout pour obtenir deux ans d'indemnités et s'installer là-bas, au cœur des ténèbres de la putasserie et de la magouille.

***

C'est dans l'hémisphère Nord que grandissent des jeunes gens éduqués, diplômés, sans emploi, désœuvrés, protégés, blasés, furieux, haineux, frustrés. Des êtres courts sur phrase. Sujet, verbe, complément, télévision. Parfois, une litanie d'adjectifs vers le passé, le style. C'est dans l'hémisphère Nord que germent sur les murs des chambres d'enfants des affiches de films d'action aux chorégraphies chiadées, jambes tendues vers le ciel dans un paysage d'îles et de corps bruns, lisses. C'est dans l'hémisphère Nord qu'incube le besoin du Sud.

« Kurtz » irait au Sud des arts martiaux et de la prostitution.

« Kurtz » aimait se projeter dans l'avenir. Il vivait plusieurs futurs dans le présent. Il doutait de toutes les carrières mais il prenait un soin maniaque à les examiner l'une après l'autre, et il théorisait. Il théorisait sur le style de vie. Quel type de métier pour quel genre d'existence ? Qu'est-ce qu'une journée de travail et comment ne pas devenir un esclave ? Il faisait des tableaux, il comparait les activités, il mettait face à face ce que l'on gagne et ce que l'on perd en gagnant. La dialectique maître/esclave le tourmentait beaucoup. Il connaissait le sujet par cœur, c'est-à-dire qu'il y mettait son cœur, ses tripes, ses poings, sa tête, ses coups, ses vices. Il ne baissait jamais les yeux. Au fond de ses désirs brillait une forme de noblesse qu'il vérifiait dans les salles de combat et les stades. Il s'était cherché des poux dans le sport. Il fit un an de karaté, se lassa, prétexta une blessure et il fut recalé. Il avait aimé les figures, les différentes phases du combat, le Kumite. Il recherchait le Beau. Pas n'importe quel Beau. La violence du Beau, l'injustice du Beau, c'était plutôt pas mal, une porte de sortie dans son gris de naissance. Né nulle part, encrassé dans son sang classe moyenne, il se vengeait par sa paresse guerrière. Méditer, ou s'allonger dans un décor d'été, de pins et d'iode, et s'entraîner. Les lignées naissent comme ça. Un jour, un de ses descendants serait poète, musicien ou dictateur. Créer une lignée. Mais il tremblait à l'évocation du mariage et de la paternité. Il voulait bien se reproduire, mais pas en assumer les conséquences. Jeune, il s'imaginait des années plus tard, un fils ou une fille débarquant dans sa vie, les yeux pleins de questions, de recherches, d'amour et de besoins, et lui, royal et salaud, y répondant avant d'entrer, vieillissant, dans la légende, le panthéon affectif de sa progéniture friable, victime et consentante. Il grandissait, ne foutait rien et théorisait. Il finit par se mettre à la natation. Lui et l'eau, des kilomètres d'eau chaque semaine, rotation de la tête, des bras, souffle, respiration, rime abba de la nage libre, abab de la brasse et du papillon, aaaa du dos. Il y avait des variantes bien sûr, des subtilités dans les strophes nautiques mais le canevas était là, quotidien, monotone, objectif, répété. Il fallut gagner sa vie, néanmoins. Il s'engagea dans l'armée tout en faisant des études. Il y resta dix ans, devenant officier dans le renseignement. Il y rencontra des gens, un Américain en Irak, et ils créèrent ensemble une agence de sécurité de supplétifs pour aider les armées officielles dans leurs besognes. Il gagna de l'argent, et voyagea beaucoup. Son ami américain lui avait parlé de Pattaya, et lorsqu'il s'y rendit, ce fut un choc et une révélation. La prostitution était différente. Son passé remontait, ses désirs tronqués d'arts martiaux. La passe était un Kumite à niveaux multiples, complexes. La relation pute/ client, celle de maître à élève. Parfois on était l'un et parfois l'autre. C'était un art martial, peut-être le plus pur, le plus réel, engageant l'être entier. On s'entraînait dans les bars, les gogos et les boîtes, là où choisir et se faire choisir est une lutte en amont, et le vrai combat commençait dans les chambres.

La lutte des passes. Une discipline, une hygiène de vie, une exploration mentale, physique, une contrainte, une ascèse. Il alternait les périodes d'abstinences laborieuses, se levant tôt, nageant, travaillant toute la journée à faire de l'argent, et les périodes de Kumite, prenant par nuit, un, deux ou trois tapins des deux sexes, et dépensant l'argent gagné avant.

21

Alors commençait l'illumination : chaque coït avec les filles d'Asie était une création, une œuvre. Une race sans enfants. Une lignée pure de toute anecdote. Le coït était un être vivant, non pas seulement la rencontre de deux êtres, mais l'apparition fugace d'une troisième entité, visible seulement à cet instant-là. Il fallait être violent, pousser les filles dans leurs retranchements d'esclaves ou de maîtresses pour voir apparaître l'Autre. Platon croyait au nombre vivant, Kurtz croyait au coït personnifié. Il prouverait son existence. Il s'enfoncerait dans la jungle, il irait dans la nuit. Il avait besoin d'un laboratoire à ciel ouvert pour mener ses expériences. Il avait besoin de Pattaya. Il en serait le grand prêtre et il ferait des sacrifices à la race coït et il aurait une clientèle avertie.

***

Au plafond, une immense araignée tournoyait, battant l'air vide de ses pattes en rotation rapide, et c'était un ventilateur. Au centre du corps, trois yeux monstrueux éclairaient la chambre, et c'étaient des ampoules. Sur le lit, allongé, un jeune homme respirait pacifiquement, inspectait les murs, les angles, appréciait l'étreinte rectangulaire de la pièce, et la sentait grandir, tourner sur elle-même, bander et pénétrer les cieux qui finissaient par jouir, et c'était un architecte.

Enfant, « Harun » s'endormait dans l'appartement familial, un logement social à Noisy-le-Grand, à quelques foulées du centre commercial Les Arcades et des rêveries gréco-béton de Ricardo Bofill, et il voyait surgir toutes sortes de lignes et de formes. C'étaient des coupoles, des arcs, des courbures habitées par des dentelles, des entrelacs de pierres fines, les mosaïques bleues et blanches des mosquées et des tombeaux qu'il découvrait dans une encyclopédie générale de plusieurs dizaines de volumes, gagnée lors d'un concours par correspondance télé-poche, la seule de la maison, où il apprenait l'existence d'individus, de dates et de pays inconnus, l'Espagne, l'Iran ou l'Ouzbékistan. Très tôt, il développa une aptitude pour le dessin, toujours accompagné d'un crayon et d'un carnet. Son trait était précis, fouillé, presque obsessionnel dans son goût des détails, qu'il amplifiait par toutes sortes d'ajouts. En dehors des lieux, il aimait l'héraldique, composer des blasons. Vers onze ans, il se mit à faire des nus à partir de films pornographiques qu'il pouvait indéfiniment repasser, appuyant sur les touches Pause, Retour, Avance rapide, laissant défiler plan par plan les séquences, les voyant briller quelques heures dans une position, une attitude, un visage défiguré par le plaisir ou la douleur, et le passage sur le vélin et le vergé de tous ces corps entremêlés anoblissait, adoubait les acteurs et les actrices, en faisait des écus, et il sut qu'il pouvait sublimer n'importe quoi, même la merde sur un drap, ou un cul ouvert, saignant. Il se sentait bien chez lui, à l'intérieur de sa chambre, et mal dehors, à cause de ses goûts qu'on croyait pédés, l'art, et aussi de son origine double, son père algérien et sa mère française, ne supportant pas de devoir choisir, Français chez les Arabes et Arabe chez les Français, réduit à rien de part et d'autre, et il était devenu hautain, assoiffé de morgue face à toutes ces races de chiens et de chiennes toujours promptes à s'ameuter, et il se croyait supérieur, infiniment à cause du Beau, sa facilité d'en faire de ses mains. Quelque chose en lui s'était fêlé, il n'était plus tranquille mais obsédé, une question d'esthétique, toujours mieux faire et ne faire que ça, aux dépens du reste, c'est-à-dire les projets lambda des potes.

À l'école, il fit un joli parcours, un bac technique spécialité dessin, puis un cursus d'architecture. Il obtint même une bourse d'étude aux États-Unis, où il vit, comme au début des Mille et Une Nuits, des femmes d'une race ne pouvant baiser qu'avec des hommes d'une autre, Blanches avec des Noirs, Noirs avec des Latines. Lui, c'était les Asiatiques. Une fixation, un attachement douloureux, fétichiste. Ça lui venait de loin, peut-être d'un voyage très jeune en Thaïlande, le seul que sa famille ait jamais entrepris loin de ses terres franco-algériennes. Encore étudiant, il enchaîna les petits boulots, récolta une petite somme, et y retourna seul. Il redécouvrit Bangkok et le reste du Siam avec son carnet de dessin, et il recopia un gratte-ciel abandonné, la Sathorn Unique Tower, avec ses balcons-terrasses ouvragés semblables à des alvéoles, et il reproduisit les temples de Phimai et de Phanom Rung, et fit poser des dizaines de filles. Il ne se rassasiait jamais des rues, des marchés, des étals de fruits, de viandes ou d'insectes frits, des bars et des gogos et des décors succincts à l'intérieur, avec les tiges chromées et les banquettes de skaï, et des corps qu'il voyait là, et qui s'exhibaient dans la certitude de leur force, et il projeta de construire dans ce pays, de bâtir dans cette région. Il imagina d'abord faire des gogos spéciaux, puis il eut l'image d'un condominium parfait qui serait une charte de vie. Il voyait des maisons suspendues dans le vide, posées sur de gigantesques plateaux soutenus par des pylônes géants et liés par des coursives verdoyantes entrecoupées de bassins, à portée du ciel. Dans ce pays où l'étranger ne pouvait pas devenir propriétaire de la terre, mais uniquement d'un appartement, pourquoi ne pas mettre la terre au ciel, la poser à chaque niveau d'un bâtiment et faire des maisons dessus ? L'Extrême-Orient était l'Orient, un Grand Orient très spécial, on construisait sans fin, un immobilier fou, fiévreux, et lui voulait devenir ça, le Grand Architecte du Grand Orient Très Spécial.

Il se donna six mois, chercha du boulot, et un jour, obtint du travail dans une agence immobilière de Pattaya, louant et vendant des villas et des condominiums à la clientèle étrangère de plus en plus nombreuse à venir ici, et il s'installa dans cette vie avec le projet précis d'y rester, par tous les moyens, d'avancer encore et encore, de grandir avec cette région prise de croissance et de

24

pollution, et d'y trouver un mécène, un promoteur pour financer son Grand Œuvre, sa dinguerie. Il dessinait sans fin des plans, modifiait des détails, punaisant les versions autour de son lit, s'encageant dans des échafaudages de fusain pasteurisé d'élégances graphiques venues des bandes dessinées et il se fit aussi un blason inspiré de ses goûts et des nuits de la station balnéaire, un papillon d'une espèce inconnue, complexe, inventé de toutes pièces, empruntant son thorax, ses pattes, son abdomen, sa tête à différents motifs du règne mathématique, religieux, végétal, minéral et animal, et dont les ailes avaient des écailles colorées comme des planètes, mondes collés à d'autres mondes où se perdait l'œil et dont les nervures finissaient en poignards et en vulves, semblables aux tatouages des baronnes et des pirates de Pattaya et d'Asie.

***

En fonction des types qu'elle rencontrait, Porn modifiait sa biographie. Mais elle partait toujours d'un tronc commun central, massif, qui se rapprochait de la vérité. Porn était née dans le sud de la Thaïlande, près de la frontière malaise, dans la province de Satun. Elle était relativement pauvre : elle ne souffrait ni de la faim ni de la soif mais elle n'avait rien d'autre. Elle était musulmane et son islam était traversé de bouddhisme et d'esprits aux pouvoirs multiples. Elle croyait aux fantômes, aux malédictions et aux sorts. Elle vivait dans une hiérarchie de valeurs complexes. Elle n'avait pas fait d'études, et à dix ans, elle s'était mise à travailler. Ici s'arrêtaient les faits, comme les notes d'une partition, et commençait l'interprétation, c'est-à-dire les omissions, les exagérations et les inventions, comme autant de petits soldats envoyés sur le front de ses noces précaires avec les hommes. Elle aurait d'abord aidé un oncle à commercer de l'huile de palme d'un pays à l'autre. Puis elle aurait quitté Satun pour Hat Yai, où elle *aurait débuté une carrière dans la restauration. En salle au début, puis en cuisine et en salle, apprenant la composition des plats, le mariage des épices, sous l'œil protecteur, bienveillant de ses patrons successifs. Toujours aimée d'eux, une fille sérieuse. Elle dormait sur les tables, parfois dehors, et gardait l'argent pour sa famille. En racontant ça, elle pouvait pleurer, rire ou rester neutre. Puis elle était montée à Bangkok. Un choc. Elle avait travaillé dans toutes sortes d'échoppes avant d'occuper des postes dans les principaux centres commerciaux de la ville, au Siam Paragon et dans différents Central World, dans des restaurants, puis chez un joaillier. Et c'est là qu'elle avait rencontré un homme important, un Australien d'origine turque, restaurateur à Melbourne et Canberra, et il était tombé amoureux, et il avait payé une maison neuve aux parents de Porn, et aussi son opération.*

Porn ne disait ça qu'à quelques-uns, ceux qui savaient déjà, soupçonnaient.

Ils lui posaient la question, même les connaisseurs posaient la question, les affranchis et les chevronnés, ils savaient et ils doutaient en même temps, stupéfaits, pour la première fois depuis longtemps, qu'une telle perfection soit possible. Porn, je t'en prie, ne le prends pas mal, cela ne changera rien, je veux simplement te connaître mieux, te comprendre, et puis t'es si grande, t'es si belle, c'est dingue, u are so beautiful... Are u a ladyboy ?

Autrefois, Porn était un garçon.

Enfant, disait-elle, il jouait avec les filles, dansait et se maquillait dès quatre ans, et sa mère riait et son père le battait. Il irait en enfer, l'enfer musulman. Il avait commencé à prendre des pilules Diane à l'âge de onze ans, jusqu'à son opération à dix-huit ans. Depuis, elle était devenue ce qu'il avait toujours été : une très, très jolie fille. À douze ans, cheveux courts et jean, simple ébauche d'une féminité qu'aucune femme ne posséderait jamais, aujourd'hui splendeur stricte, au cul sans prothèse mais

26

d'une opulence latine, aux seins fermes, nourris aux hormones depuis longtemps, aux traits du visage absolument symétriques et qui rappelaient à la fois une apsara, une miniature persane et arabe, une beauté mandchoue, et une héroïne venue du Pacifique Sud, deux yeux fendus bridés, calculateurs et doux, compatissants et professionnels, la bouche pleine de lèvres, le nez aussi cambré que son dos. Elle était arrivée à Pattaya lors de l'ouverture du gigantesque Central Festival, et la direction lui avait donné sa chance, elle était désormais propriétaire de deux petites joailleries et c'était l'assurance d'une clientèle permanente aussi diverse que la foule de la ville : des punters, des putes, des familles, des étrangers, des Thaïs… Les types la rencontraient là, lui proposaient de la revoir, de l'inviter au cinéma. Des dizaines, des centaines. Beaucoup devenaient fous, une armée d'hétéros trouvant leur femme idéale entre les cuisses d'un jeune garçon splendide. Elle divisait son histoire en différents bras d'un delta dont elle maîtrisait parfaitement le cours du début à la fin, et les mecs s'engageaient là-dedans, béats et confiants, se sentant des privilégiés, avec l'impression d'entrer dans un autre plan de l'existence, caché aux populations courantes. En moins d'un an, son carnet d'adresses lui permettait de demander de l'« aide » à tout moment, et les types ne rechignaient jamais, ce n'était pas une pute, elle avait réellement ses boutiques et elle était différente…

***

Police, corps penchés au contrôle des passeports.

Dans l'hémisphère Nord, les aéroports ne désemplissaient pas. Avec les crises, le froid, la déchéance, une fuite se mettait en place. Il fallait partir, quel que soit l'âge et par tous les moyens, vivre ailleurs qu'ici. Le grand malaise. Les dernières salves des droits sociaux et des indemnités de licenciement serviraient à ça, l'exil, et sortir du merdier, de l'imbroglio mental, de l'hypocrisie intellectuelle. Tout tenter, profiter du taux de change encore bon, et peu importait la couleur de l'herbe, l'air serait plus chaud et l'apocalypse, tropicale. Bientôt viendrait The End en grand format, la pauvreté sédentaire en 16/9, impossible de bouger, de se sauver. Pas d'hélicoptères de secours.

Sur les forums consacrés à Pattaya, on parlait de moins en moins de cul et de plus en plus d'expatriation. On spéculait, on budgétait. Combien coûteraient les putes, les appartements, la bouffe, demain ? On s'injuriait, se jalousait. On mitonnait la création d'entreprises à Singapour ou Hong Kong. En France, comme partout en Europe, il y avait maintenant deux camps : les Français de l'intérieur et les Français de l'extérieur. D'un côté, ceux quittant un pays qu'ils n'aimaient plus pour un pays qui ne les aimait pas. De l'autre, ceux qui retardaient leur départ, ou restaient attentistes, satisfaits d'être là où ils étaient, persuadés qu'ils ne chuteraient pas, qu'ils étaient privilégiés. Du suicide en barre des deux côtés. « Marly » multipliait les séjours. Le « Scribe », lui, partait pour longtemps. Il était là, Terminal 1 de Roissy, billet Thai Airways en poche, un jeu de valises autour de lui, dressées sur leurs roulettes, monuments au départ. Il allait vers son livre, Bangkok, Pattaya. Il devenait un Français de l'extérieur. Les Français de l'intérieur pouvaient bien rire. Un type en moins dans leur rang. Un nom en moins. Encore un qu'on ne prononcera plus.

La fuite des mots à l'étranger.

PREMIER RIDEAU

Même si, débutant au pied de la lettre, celles que l'on voit plantées à la pointe sud-est de la côte, comme une signature, P A T T A Y A, en caractères majuscules et latins un peu vieillis et branlants, avec pour modèle leurs sœurs d'H O L L Y W O O D, et qui la nuit scintillent de mille manières, en fuchsia, rose, violet, rouge, jaune, vert, comme une palette où les milliers de bordels de la ville viendraient pomper les teintes de leurs enseignes ; **même si**, partant de ces lettres-là, en bas de la colline du Bouddha géant recouvert d'or, où les putains chaque jour et leurs clients viennent soit prier, soit apprécier le paysage de moins en moins verdoyant, où dominent désormais, et pour longtemps encore, les chantiers immobiliers et leurs rangées de grues et d'échafaudages, la mer elle-même ne suffisant plus à rattraper le pli universel du béton et du verre qui laisse les artisanats vacants de toute couleur locale ; **même si**, partant de cet endroit-là de la côte, qui désigne la limite sud de la ville, juste avant celle de Jomtien, jumelle engagée dans un cursus identique de station balnéaire à la fois putassière et familiale, mais en moins développée, et que l'on commence à remonter vers le nord en suivant le bord de la mer, laissant à sa gauche le semblant de port et la longue jetée qui mènent aux ferries faisant l'aller-retour vers l'île de Koh Larn juste en face, où tapins et michetons vont souvent se baigner dans des eaux à peine plus propres que celles du continent ; **même si**, à partir de là, on débute la remontée de la rue la plus connue d'Asie du Sud-Est, du moins d'une certaine clientèle, la Walking Street, qui devient piétonne le soir et jusqu'à tard dans la nuit, avec, côté mer, une rangée de bars, de gogos, de boîtes, de restaurants, bâtis sur pilotis, qui laissent souvent, à leurs extrémités, un jeu de terrasses donnant sur le large où l'on distingue par dizaines des navires à l'arrêt, mouillés, allumés, dont les deux principaux sont d'énormes barges où l'on dîne aux bougies sur fond de musique russe ; **même si** on se tourne alors côté terre, et que l'on remarque à nouveau une rangée semblable de gogos, de bars, de boîtes, de restaurants et d'entrées de boyaux perpendiculaires, consacrés aux mêmes commerces par centaines, comme une concentration prodigieuse de fêtes, de désirs, de nourriture, de maladies et d'échanges de fric ; **même si** on arrive au bout de cette première épopée urbaine là, et que l'on tombe sur la Beach Road, avec la plage à gauche, la ville à droite, et que l'on retrouve encore des bars, des restaurants, des hôtels, des salons de massage, des boutiques, des étals de street food, des marchés, des centres commerciaux, des terrains vagues, tout un damier torve enfoncé loin dans les terres, où, entre les principales artères, grouille un dédale de venelles et de soï – ruelles et rues – plus ou moins larges dans lesquelles on trouve de tout, toutes les sexualités pour tous les goûts à presque tous les prix, et tous les types de fringues et de nourriture et de musique et de films, où seuls bizarrement manquent tous les genres de livres ; **même si** on avance là-dedans, à l'intérieur de n'importe quoi et de n'importe qui, pénétrant tout de son observation descriptive, s'arrêtant sur tout dans un fétichisme de plus en plus microscopique, s'arrêtant aux grains des choses, des êtres et des architectures, s'arrêtant à chaque nombril, chaque tatouage qui, sur les filles, les travelos, les clients, les moines, racontent les mêmes histoires progressives d'initiation à la lutte des passes, aux vies multiples, au cycle des renaissances donnant lieu à toutes sortes de calculs nuancés où un bien (nourrir sa famille) est obtenu par un mal (ruiner un étranger sentimental) ; **même si**, possédant toutes les clefs de la ville, comme un superhéros voyeur et curieux, on ouvrait toutes les portes, écoutant toutes les histoires qui se déroulent ici, les reproduisant avec la rigueur d'un copiste… on n'épuiserait pas la matière première, on n'expliquerait rien, on n'arriverait pas à bout du sujet, on ne ruinerait pas les gisements d'existences croisées, fructifiées en liaisons compliquées, on ne révélerait pas grand-chose, sinon des façades, des surfaces, des masques, à peine l'amorce d'un mystère gisant dans cette succession de boxons, de rencontres et de besoins, tout juste se retrouverait-on comme les autres, participant avec ses moyens au déroulement des nuits et des jours dans cette ville qui ne dort jamais, on ne lèverait le rideau que sur le rideau lui-même, masquant la scène, un entrelacs de motifs similaires à l'impression ressentie lors d'une sortie dans Pattaya, un enchevêtrement, un désordre, un bordel où chaque fil du tissu urbain ne débouche que sur d'autres fils dans un présent permanent, descriptif, sans progression majeure, les mêmes anecdotes, les mêmes intrigues répétées jusqu'à la perfection, le même impératif de beauté, l'impression d'un cycle sans fin, torpeur, chaleur, moiteur, humidité, et le sexe partout.

ACTE I

Quartiers nobles
(Marly)

« Marly » prenait toujours le même hôtel dans une petite rue – soï –, en plein centre de Pattaya. Elle débutait par des bars et des bruits et finissait quelques centaines de mètres plus loin, sous la forme d'un jardin tropical touffu, épais, au milieu duquel on entendait une fontaine – un tuyau d'arrosage, l'embout flirtant avec une mare et dégueulant son jet d'eau pisseuse dedans. « Marly » logeait là, dans un immeuble presque invisible, en retrait, trois étages et quelques portes à chaque fois. Il avait une cuisine, un salon, une chambre, une salle de bains avec une baignoire-jacuzzi, un balcon très vaste donnant sur le jardin, et certains soirs il se croyait dans la jungle, parmi les croacroa et les sifflements, les sprints de lézards et les cafards à dos gominé. En vérité, « Marly » était gâté, il se réveillait vers midi, angoissé face à l'avenir, mais il avait un refuge, Pattaya, et il croyait à cette ville comme à une déesse, il tirait ses dernières cartouches mentales et brassait des références culturelles hétérogènes, se mettre à la place de Paul Gauguin venu aux Marquises retrouver la nudité des filles et l'espace vital, le « Lebensraum » sexuel et la pigmentation des arbres, des fleurs ou des fruits, même si, à Pattaya, c'est légèrement gonflé de dire ça. Se mettre à la place de Paul Gauguin rencontrant Tehura, treize ans, et se dire qu'aujourd'hui, il irait en taule,

37

tout peintre qu'il soit. Se mettre à la place de Roman Polanski en Suisse, sa réputation salie, sa filmographie, cloîtré dans un chalet comme Hitler dans son bunker, ironie de l'Histoire. Lui, « Marly », il les préfère âgées de trente à quarante ans, presque un vice dans cette ville et ce pays, où la jeunesse et la beauté sont prisées autant que le fric. Il les bouffe, les mange, les fait parler. Se mettre à la place de Gauguin et Polanski habitant des refuges écarlates, quelque part, loin, très loin de la misère mentale, intellectuelle nordiste. Tomber amoureux, mentir et bouffer.

Scène 1

Le bonheur ici-bas serait de séduire et de copuler sans cesse, sans fin, sans diminution du désir ni du plaisir.

Pierre GUYOTAT – *Coma*

1.1 Dans l'après-midi, immédiatement, j'ai su. Il est maintenant dix heures du soir, elle pose des voiles noirs sur ses étals de montres et de bijoux, elle ferme, elle m'a dit de l'attendre là, juste à côté, assis au niveau – 1 de l'énorme centre commercial. Le *Central Festival* ferme. Les boutiques ferment les unes après les autres, les rayons aux fruits déteints par l'import ferment, les vitrines aux vêtements multicolores masculins féminins mixtes ferment, les guichets ferment, les coiffeurs du troisième étage ferment, les agences bancaires ferment, les restaurants du sixième étage ferment, les joailleries ferment et les bureaux des cliniques de chirurgie esthétique ferment, les magasins de jeux ferment, les librairies ferment, les opticiens ferment, les poubelles ferment, l'*Apple Store* ferme, les revendeurs informatiques du quatrième étage ferment, les ordinateurs ferment, les téléviseurs ferment, le monde ferme, toutes les activités s'éteignent et j'attends, assis. J'ai su, je sais en la voyant ce soir, en l'attendant – il est maintenant trop tard et pour la première fois depuis longtemps, je suis heureux.

1.2 Toute la nuit précédente, j'ai marché, pris des *song téo* – baht bus, pick-up, taxis collectifs –, allant d'un bout de la ville à l'autre, inquiet, furieux.

Il ne pleuvait plus. Sur Drinking Street, au nord, dans les quadrilatères de bars éclairés d'en haut par des grilles suspendues de néons rouges, jaunes ou bleus, j'avais crevardé un peu. Il était encore tôt, les plus belles filles m'ignoraient gentiment, j'avais beau être un client potentiel, elles savaient à quoi s'en tenir et s'en foutaient, je ne rapportais plus depuis longtemps, comme tous les habitués, les étrangers à l'année. J'avais changé de bord, je n'étais plus une solution mais un mal nécessaire, un régulier. Finies les romances, les ambiguïtés. Certaines avaient connu mes goûts, certaines s'y étaient prêtées, certaines avaient parlé à d'autres de mes goûts, certaines étaient venues pour ça, certaines avaient refusé, certaines ne voulaient pas. Ici, les goûts des uns finissent dans l'oreille des autres. Ça parle, ça « yak », c'est viral les goûts, ça se transmet, ça fait rire, ça permet de faire chanter, de menacer, d'intimider. Celui-là fait ci, celui-ci ça. Celle-ci accepte ci et celle-là ça. Moi, j'aime le temps. Rien de très dangereux, du moins physiquement. Psychiquement, c'est autre chose. Sida mental. J'infiltre un attachement, une durée qui touche au cœur, aux boyaux. Tout un travail, un art. Orfèvrerie des artères sentimentales. Aristocratie du flirt en milieu putassier. J'ai l'amour du temps, du rythme. Une seconde à la fois, comme une pastille à suçoter indéfiniment. Et avec un tapin, je prends mon temps. J'aime ça, la chimère des dragues, beaucoup. Je balance une bonne dose d'illusions dans leur cerveau, elles en balancent une bonne dose dans le mien et on attend, l'un avec l'autre, de voir qui baissera la garde le premier, il n'y a rien de meilleur qu'une putain qui s'oublie, une putain qui commence à y croire, rien de meilleur que d'y croire soi-même et de se voir défriquer, lentement, comme on ouvre une banane, première lame de fric, deuxième liasse, nudité, banqueroute. Expérience « girl friendly ». Contrairement aux autres, la plupart, je ne m'en lasse pas. Sinon, je serais resté en Europe. Là-bas, j'ai toujours eu des femmes gratos, je ne suis jamais allé aux putes, sauf récemment, depuis Pattaya, et seulement quelques fois, pour vérifier que je n'aimais pas ça. Non que je sois au-dessus de ça, mais j'ai des exigences précises, des besoins clairs, impossible de bander comme ça, et une heure ne suffit pas. Alors un quart d'heure, on n'en parle pas.

1.3 Je me suis assis et j'ai commandé un jus de fruit. Ça coûte plus cher qu'une bière mais ça vous sauve une haleine. Les filles boivent pour oublier l'haleine des types. Et les types aussi, ce goût parfois de sperme dans leur langue après un baiser avec elles, leurs dents si blanches, alignées et parfaites. Tabourets rouges en skaï crevé, dalle bétonnée au sol et des couleurs primaires au ciel, tubes fluorescents perpendiculaires formant des carrés, une impression de hangar géant et d'installation. Cette succession de néons agencés en trame me rappelle toujours ce type, un ricain des années 1960, Dan Flavin, et son barda industriel d'ampoules et de lampes formant des compositions géométriques très propres, très nettes, très pures, tétant leur belle brillance à des prises d'endroits blancs. Drinking Street, c'est une installation de Flavin auréolant les cascades capillaires des ladybars. À Pattaya, voir ce fatras me ravit, et je m'y sens bien, dans une peau d'artiste venu mander des corps marchands, c'est comme une évidence d'un coup, la référence s'incarne, lui c'est moi, un Américain est en ville :

Répétition n° 1

Se mettre à la place de Dan Flavin, lorsqu'il utilise la première fois un néon et devient riche. Faire du fric avec du simple, du tubulaire bon marché, trouver sa place dans le dictionnaire lettre F, devenir immortel. Il est né en 1933, il aurait presque pu traîner au Vietnam, et connaître la cité-bordel à ses débuts. Dan Flavin, réincarné aujourd'hui, le mec se pose des questions, il a vingt ans, il veut créer, mais l'Europe c'est cher, les US aussi, l'atelier au fond des cambrousses pelées du Nord jamais, alors il s'embarque, car où trouver un local modique et inventer en paix, sinon dans un pays comme le Siam, par exemple, ou le Cambodge à côté, on trouve de tout pour rien, et il fait toujours chaud alors pas besoin de murs, juste un toit solide et une élévation contre les inondations, et puis s'y mettre toute la journée, en mode ermite, faire sa base, sa qaïda, et savoir qu'autour, les gens sont beaux, ça rassure, inspire, libère, les Thaïs sont beaux, c'est fou cette beauté, un peuple beau comme ça, c'est presque insupportable. Se mettre à la place de Dan Flavin lorsqu'il fait sa *Diagonal of Personal Ecstasy*, avec son inclinaison de 45 degrés et quoi de mieux que le Siam et Pattaya pour réaliser ses penchants et trouver l'extase ?

1.4 J'ai traîné là, assis, puis debout, faisant le tour des billards alignés comme des sculptures sérielles, des filles penchées dessus, queue en main, elles font peur aux nouveaux lorsqu'ils voient leurs tatouages, leur assurance, des pirates et des baronnes, la peur du sida, du mauvais plan, d'une maladie quelconque, celles qui vous brûlent l'urètre sans pitié, vous gonflent les couilles, vous plantent des excroissances de chair roses et noires sur le gland. J'essayais d'accélérer ma nuit mais l'action, ici, débute toujours par la contemplation. Un bombardement de sensations qui vous paralyse. On est pris, ligoté par ce qu'on voit et sent. Il y avait du monde, personne ne manquait, des deux côtés de l'affaire, clients, putains. Et j'ai vu ce mec au loin. Il se fait appeler « Kurtz ». On dirait un malaise humanoïde, un visage mécanique, à la mâchoire de cardan, d'un genre de bande dessinée post-Bilal. Une connaissance des forums, ceux sur Pattaya, et quelques virées ensemble. Ce mec, je m'en méfie, il pue la violence retardée, rentrée, jamais souriant, toujours à jacter froid, ironique. Pas un pli de détente, rien. Avec moi, il joue l'ami, des fois, genre fauve avec sa proie, il se la pète. Lui non plus ne boit pas. Il a le corps fin, musclé fin, une heure chaque jour de natation, beau, le cheveu ras. Maigre bientôt.

Important d'être sobre, dit-il, piner sans pitié, la putain est le ring où tu dois réussir ton combat avec tes désirs. À Pattaya, l'alcool civilise, les putes le savent bien, un punter imbibé est moins dangereux, il dort, il bâcle, alors qu'à jeun, c'est plus compliqué. « Kurtz » est dangereux. Pas envie de lui parler.

Moi, je cultive. Je cultive autre chose, la fraîcheur, le moment numéro un, isolé, insulaire, lié aux autres par les multiples franges des rencontres, l'innocence, ça me protège, ça me protège des rides que prennent les passions, les relations entre les êtres dans les milieux putassiers, on vieillit vite ici, et sale, on est blasé, on aime salir les gens, on teste, on piège, on revient au pays, on tente de pourrir les proches, les inconnus autour de soi, les belles personnes, on croit connaître des secrets. L'espionnage, en comparaison, c'est de l'exotérisme.

J'ai observé le ballet des filles, chaque attitude, chaque geste, chaque maquillage, chaque paupière et chaque tatouage, comme un collectionneur. Je suis un collectionneur, j'aime voir pour meubler mes salles d'exposition. Elles sont dans ma tête, au chaud. Elles sont gratuites à construire, luxueuses. Une infinité de salles successives avec dedans une multitude de visages, de corps entiers et d'expressions. Je n'aime pas l'expressionnisme mais la description des expressions, ça me plaît. Ça m'apaise un peu. Par exemple, comment décrire les paupières d'Asie du Sud-Est ? Elles apparaissent la nuit d'une façon similaire : les cils déjà noirs sont peints idem et soulignés de khôl, et la peau de la paupière elle-même est bleutée, un bleu pur, à la lisière de l'arcade, un bleu dur. Parfois c'est vert, ou rouge. Il faut être attentif pour établir des différences, dans la couleur des teintes, des gradations. À la façon des romans du XVIIIᵉ siècle français, leur obsession pour la stratégie des mœurs. Ado, ils m'enchantaient. Tout dans la bielle relationnelle. Je suis vide mais cultivé, un écolier du néant, cerveau scolaire, nourri de bris et d'avaries biographiques, et comme un gamin répète les pas, les attitudes d'une scène d'acteur ou de danseur fétiche, face au miroir, moi, je comble mon absence de talent par des références rejouées. Alors les gradations, leur science, elles arrivent :

Répétition n° 2
Se mettre à la place du dénommé Versac, dans le roman de Crébillon fils, *Les Égarements du cœur et de l'esprit*, expliquant à un type plus jeune, puceau, la théorie des gradations. Versac, à Pattaya, est un briscard déglingué, un rare, un précieux, ni jeune, ni vieux, habitant depuis longtemps les lieux, et qui s'acharne à explorer chaque être à louer de la ville, ses femelles, ses mâles. Comparer, ficher puis combiner, croiser, comme pour le végétal, le minéral. Extrapoler vers des spécimens futurs. Métier d'avenir : Versac est taxinomiste sexuel, créateur de vastes tableaux virtuels avec des cellules colorées obsessionnelles, où il griffonne, jouissif, cérébral, telle émotion associée à telle attitude associée à telle partie du corps, et il croise, combine, accouple, et présente le tout lors de séances en comité restreint, promenades le long de Beach Road, tablées de restaurants de rue, ou plus chiadées : restaurants avec terrasses sur mer polluée.

Il est encyclopédiste, Versac, il est heureux, mais il sait qu'il doit garder pour lui certaines choses, ne pas tout divulguer, sous peine de se faire blacklister, évacuer de la ville et du vivier de son art combinatoire. Recomposer, refaire, réassembler le corps sexuel à partir de tous les êtres ici. Poupée de Bellmer.

Répétition n° 3

Se mettre à la place de Hans Bellmer, il n'est plus membre du groupe surréaliste, mais juste un expatrié passionné de créatures en latex, celles du Japon, et qui un jour, lentement, voit germer la « poupée » en lui. Un être modulable. Elle s'emboîte et se déboîte indéfiniment, traversée par les besoins de ses manipulateurs. Un corps à jouer. À Pattaya, c'est possible. Bellmer est là, il aime le beau, l'infini, il est gâté, elles sont toutes à lui, ou presque. Il est l'artiste mais il comprend qu'il n'est pas le patron. Une pute démembrée est une pute bien payée, grassement. La patronne c'est elle. L'artiste c'est elle, sans œuvre sauf elle-même. Bellmer traîne dans les rues, il voit des dizaines de milliers de poupées évoluer dans un artifice de combinaisons maîtrisées depuis l'orteil peint et perché sur talon jusqu'aux cheveux travaillés en mode cascade luisante et noir profond. Le vrai rôle, le vrai sens de l'artiste dans le monde et la société, c'est ça : gagner sa vie en faisant du beau. À ceux qui disent, à quoi ça sert, on peut leur répondre : gagner sa vie avec du beau, les putains de Pattaya.

Lui, Bellmer, il veut aussi gagner sa vie avec du beau.

C'est sordide souvent, mais beau bizarre. Au pays, on ne le comprend pas, on lui singe des morales tétées d'articles et de reportages, des concepts de sociologie et des dialectiques bidon sur la pauvreté, la richesse, la misère économique, affective, on lui singe beaucoup de choses que les singes mêmes ne grimaceraient jamais. Tant mieux, parfait, c'est beaucoup mieux ainsi, Pattaya doit rester caché dans la caricature, sinon ils viendraient tous ici, les Français de l'intérieur, les autres des autres mondes. Et ce serait l'horreur.

1.5 J'ai regardé les filles et les mecs qui se cherchent. C'est mignon, limite magnificence. Une œuvre d'art à chaque rencontre. Enfin, je suis optimiste, je garde ça, l'œil limpide innocent. Une fille est venue et j'ai payé son ladydrink et je l'ai pelotée comme il faut, d'abord une main sur sa cuisse mate. La cuisse, c'est mon amuse-gueule, pas même un préliminaire, juste la première note, grêle, quasi muette. Elles ont des peaux genre tactile hallucinogène. Ça coûte rien ici, de caresser quelqu'un, pas même un ladydrink, moins de 2 euros au pays, 2 euros chez les farangset – Français – de l'intérieur, et comme je dis souvent, c'est rien, c'est donné. Une misère pour une sensation unique sous la main et renouvelée autant qu'on veut avec autant de partenaires différentes. T'arrives, tu te pointes, tu touches, t'as souvent pas besoin de payer. Les fragiles du derme ne sont pas d'ici. J'aime le temps, prendre mon temps, mais pas attendre celui du contact. Faut qu'il arrive vite et direct, une pulsion comme un fauve, élégant et racé, carnassier. En

Europe, c'est différent, c'est cuistrerie et tartufferie avant, les restaurants dégueulasses très chers, les minauderies, une sacralité déplacée, faute de Dieu encore debout, on sanctifie l'amour, à l'intérieur tout est permis, dans le « consentement réciproque ». Ici pas besoin, être à Pattaya, c'est déjà une réponse, des deux côtés. Toucher, c'est important pour moi. Avant de baiser une fille, j'ai besoin d'en peloter une bonne dizaine d'autres au moins. Ça me chauffe. C'est beau, limite magnificence.

1.6 J'ai crevardé comme ça quelque temps et je suis parti, j'ai fait le tour de quelques soï perpendiculaires au bord de mer, qui relient Beach Road à Second Road, les Soï 6, 7 et 8, rien que ça, mais tranquille, en marchant lentement, c'est toujours plaisant de sentir les cris autour de soi et les bras qui vous prennent, vous poussent en direction des bars, elles s'y mettent à plusieurs, elles rient, elles sont plus que profession-nelles, c'est un genre de vie, tu vas nous filer ton fric mais tu vivras un truc spécial. Il faut se laisser choir, saisir. Le pire, dans cette ville, c'est celui qui pense connaître les règles et ne pas être dupe, qui cherche toujours le meilleur plan, persuadé qu'il existe, et qui tance le nouveau ou l'ancien sur ce qu'il faut faire, ne pas faire. Celui-là est mort, il gâche tout, jusqu'au maigre argent de son plaisir.

Soï 6 – Soï Yodsak – et sa succession de bordels similaires, plus de soixante, le bar en bas, les piaules au-dessus et les salves de short times, une heure après l'autre, pipes, sodo, léchage de boules et de fions, pipes, sodo, léchage de boules et de fions, pipes, sodo. Éjaculation et hop, les filles applaudissent. Yeahhh well cum ! On se sent con d'un coup, parfois, idiot faisandé dans un piège à rat, victime d'une caméra cachée quelque part, avec tout un parterre de gus hilares derrière. Le *Good Fellas*, le *3 Angels*, le *Z*, le *Saigon Girls*, le *Sexy in the City*, le *Hole in One*, le *King Kong*, le *Kiss Kool*, le *Lisa 1* et le *Lisa 2*, le *Pook*, le *Mandarin*, le *Pat*, le *Queen Victoria*... Ma rêverie, à chaque retour ici, prend appui sur les noms, l'histoire des lieux, les changements de propriétaires, de prix, de spécialité, la présence ou non de ladyboys, le décor, les chambres avec ou sans douche. Les enseignes baignent dans un jus de néons brouillé par l'air humide, la flotte des bars et des filles à l'entrée, les jambes croisées, alignées en rames, la longue galère jusqu'à la plage.

Au niveau du *Red Point*, Oy, régulière d'autrefois et toujours amicale, est venue me serrer les couilles et la queue avec ses mains fines sublimes, onglées et veinées, elle m'a traîné par le froc jusqu'à son tabouret dehors et j'ai dit que je n'avais pas envie de baiser, une vraie calamité, il était encore trop tôt et je n'étais pas en mode short time, mais on a discuté quand même sans prendre de verre, elle ne m'a rien demandé, juste des nouvelles, on a parlé pays et famille. Le pays, c'est le *bâne* – village –, bâne Prasert, près de Korat, dans l'Est, la route des temples khmers, Phimai et d'autres. Elle y a fait bâtir une maison, la deuxième après celle de sa mère et elle compte y vivre. Elle en aura bientôt fini avec « ça », le « travail » et Pattaya. Je me suis souvenu de Korat, des environs de Korat, les temples avachis sur leurs pierres, les carrés de rizières et l'eau. On partait de Hua Lamphong. Toutes les villes thaïlandaises, pour moi, sont liées à Hua Lamphong, la gare centrale de Bangkok, avec ses verrières, ses halls, ses sièges en plastique où les familles arrivent, attendent. Départ lent, trajets longs. Les bidonvilles en bord de rails, les détritus, le grincement des fers, puis, d'un coup, le vert, les palmes, les plaques d'eau, les fermes et les stupas, les architectures en bois, laque et or. Ça rappelle l'Italie ou quelque chose dans le genre, l'Italie des bouquins, les petites *stazione*, les églises, les fresques et les jolies filles en prière, souriantes. Ici, on voit les scènes du *Ramayana*, du moins de sa version thaïe, le *Ramakien*, l'épopée du prince Rama, septième avatar de Vishnou, des kilomètres de peintures axonométriques déployées sur les murs, les plafonds à caisson mandala, et les filles en costume de collège, sexuées. Les destinations s'appellent Korat, Buriram, Si Sa Ket, Nong Khai, Khon Kaen, ailleurs. Des dizaines, par grappes, depuis Hua Lamphong.

Oy est longue, fuselée, fermée dans sa douceur butée, elle détonne sur Soï 6, elle offre une personnalité hyper-travaillée, tourmentée frêle menue forte ensemble, sans tatouage, laissant croire qu'elle donne quand elle monte lentement dans la chambre, mais c'est un masque de plus, un jeu accordé à sa nature profonde de douce qui ne l'empêche pas d'être fausse. Un Anglais et un Suédois ont perdu beaucoup, beaucoup, beaucoup d'argent avec elle.

Ils y ont cru.

1.7 En arrivant sur Beach Road, j'ai pris un baht bus, une bétaillère, ces pick-up transformés en taxis collectifs, et j'ai filé dans la nuit thaïlandaise. Les baht bus sont comme les bars : ils sont ouverts. Il y a un toit mais pas de portières, carlingue bouléguée à la merci de l'air, on peut pencher sa tête, l'extérieur est partout, aucune séparation, tout est lié. Côté plage, sous les cocotiers, assises ou debout, par milliers, des filles, des ladyboys tapinaient, soit solitaires, soit en groupes, comme tous les soirs, tous les jours de l'année, certaines très belles, très jeunes, d'autres non, et beaucoup dormaient là, sur la bande de sable de plus en plus raccourcie par les marées, la montée des eaux, la mauvaise gestion du littoral, on ne sait pas trop, cela dépend des journaux, des échos qu'ils donnent du phénomène, des explications « scientifiques ». Elles sont là, des milliers, sur plusieurs kilomètres, chaque nuit, elles ont une sale réputation, on dit qu'elles ont le sida, presque toutes, et qu'il ne faut pas traîner vers certains endroits, après une certaine heure, beaucoup sont couplées à des petites frappes locales, les rares que les flics tolèrent encore, eux qui dirigent tout, et chaque matin, ou presque, en ouvrant le *Pattaya One*, le papelard local en anglais, on tombe sur des histoires de farangs – étrangers blancs –, et d'autres, des Chinois, des Indiens surtout, volés, dépouillés, drogués, après avoir rencontré une de ces filles-là, les filles de la Beach.

Et le baht bus a filé dans la nuit thaïlandaise, faisant un de ses longs travellings mis en scène par le trafic, tantôt accélération et sensation de vent, tantôt ralentissement et pesanteur immédiate de l'humidité, un air épais et les images s'arrêtaient brièvement, l'occasion de capter un sourire, l'invitation d'une fille, d'un ladyboy, à venir s'asseoir, discuter, marchander, passer du temps, commencer une passe – une nouvelle existence. Lors de mes premiers voyages, j'avais payé des chauffeurs pour ça, me balader dans la ville, seul dans un *song téo*, à traverser toutes les grandes artères, et les moindres soï, même celles éloignées du bord de mer, à plusieurs kilomètres dans les terres, dans les endroits reculés, après la voie rapide, parmi des zones plus résidentielles, et c'était chaque fois des bars qui surgissaient au milieu de nulle part, îlots lumineux rouges ou verts, avec quelques filles dedans et deux ou trois clients, réunis autour d'un plat ou d'un billard, à rêvasser avant d'aller baiser, partir ensemble et refaire leur vie. L'extraordinaire est un train-train, une habitude ici.

1.8 La nuit dernière, j'ai donc fait une partie de la ville comme ça, du nord au sud, toute la partie collée à la mer, entre Beach Road et Second Road et j'ai maté autant que j'ai pu jusqu'à tôt ce matin, j'ai regardé minutieusement, je me suis arrêté brièvement sur Soï 7, j'ai remonté la forêt d'enseignes, chaque bar a son concept, mais il s'agit d'une seule et même activité déclinée de lieu en lieu indéfiniment, il y en a pour toute une vie à Pattaya, des milliers et des milliers à visiter jusqu'à Naklua et Jomtien. Puis, arrivé sur Second Road, j'ai bifurqué, descendu Soï 8 jusqu'à la mer et j'ai pris à nouveau un baht bus et j'ai filé comme ça jusqu'à Walking Street.

Quelques dizaines de mètres avant, Beach Road s'est emboutaillée complètement, une odeur de merde intense, sucrée, mêlée d'iode, a saturé tout l'air disponible et les lettres sont apparues écrites sur un échafaudage tenant lieu de porche :

International meeting street

Il était moins de une heure du matin, et tout était en place, sinueux, tactile, une foule entièrement disponible, et qui commençait son périple de façon linéaire, rassurante, par le début, sagement, l'entrée de cette rue, un camion de flics, des tables et la police touristique encadrée de la police thaïe, enregistrant des plaintes. Les lumières étaient explosives. Il y en a partout dans cette ville, mais à Walking Street, c'est le bouquet final, le pompon mondial de la diode. Tous les néons, tous les luminaires du monde trouvent à Pattaya leur capitale, leur centre de commandement, tout y est neurone, chaque clignotement est l'expression synaptique du grand cerveau de la nuit. Ça bougeotte et ça vibre, on louche sous leur effet. C'est inouï, toujours.

Répétition n° 4
Se mettre à la place de celui ou celle qui vient ici la première fois, il ou elle est apeuré(e), stimulé(e), se souvenir de soi à cet instant-là, il existe bien des

photos, des vidéos dégoupillées sur le net et qui explosent dans l'imaginaire du newbie avant son arrivée, mais ce n'est rien en comparaison du réel de Walking Street. Adieu fiction. Il ou elle choisit cette destination et s'y retrouve pour la première fois, éreinté d'une euphorie inquiète, on le reconnaît, les putes le reconnaissent immédiatement. Il est épuisé, souvent, il est à un tournant de son existence de chômeur, d'ouvrier spécialisé gagnant bien sa vie sur une plateforme pétrolière, de cadre lobotomisé du secteur bancaire, informatique, d'artiste qui s'emmerde, de manutentionnaire en contrat à durée limitée, de divorcé besogneux, de flic quadragénaire aigri, pas encore au bout du rouleau mais pas loin, il y a un truc dans sa tête qui ne va plus, un truc cassé, qui se détraque, une prise de conscience, une illumination. Donc il débarque frais dans la puanteur moite et iodée de Pattaya, il hume et il est écarquillé car il sait qu'il ne sera plus jamais le même. Il a beau être serbe et avoir fait des saloperies avec Arkan et bien connaître les trahisons de la vie, il a beau savoir ce que c'est que les couleuvres avalées qui finissent en ténias béatifiés par l'expérience, il a beau être parisien protégé tranquille, gâté des muses de la communication dans les antichambres d'un service ministériel, ou bien fille sortie d'une école de commerce et mal payée car de sexe faible et en quête d'autre chose, ou bien immigré troisième génération diplômé fiché dans les circonvolutions d'un service de recherche d'emploi, il a beau être jeune, vieux, beau, laid, retraité, étudiant, mâle ou femelle, n'importe qui ou quelqu'un : il est ici logé à la même enseigne de l'Initiation, celle du Grand Orient spécial, très spécial.

1.9 Je me suis engagé dans l'artère piétonne qui, vers trois heures ou quatre heures du matin, est rendue à la circulation, j'ai progressé, laissant à ma droite le « poulailler », son labyrinthe de comptoirs et le *Beer Garden* derrière lui, et d'autres bars aussi, avec des rangées parallèles de filles hurlantes entourant un ring de Muai Thaï – boxe thaïe –, et à ma gauche le *Walking Street Bar*, avec sa carrosserie de voiture de sport rouge collée à la verticale sur le mur de l'entrée et d'où sortaient des décibels d'électro et des freelances se tenant par la main ou le bras, certaines déjà titubantes, d'autres agitées, yabatisées, droguées aux méthamphétamines mélangées et fumées qui vous tiennent éveillé, excité vingt-quatre heures ou plus et vous rongent le visage à la fin, le ya ba, il était tôt, tout ne faisait que commencer, tout était encore possible. En quelques mètres, le niveau sonore a rejoint le niveau visuel pour former un plan saturé de bruits et de couleurs qu'aucune caméra ne pourra jamais capturer, aucun micro, ça dépasse la mimésis. J'ai continué sans m'arrêter parmi les lettres qui indiquaient *Angel Witch*, *Secrets*, *Shark*, *Doll House*, *Alcatraz*, *Sapphire*, des dizaines et des dizaines de gogos pour tous les goûts, le *Windmill* et l'*X-Zone* où faire des fists en live avec les filles sur scène qui se fichent tout dans la chatte, chaque objet recraché comme un étron, les fumeuses de la vulve, et tout ça dans une atmosphère bon enfant, c'est normal, c'est la norme ici, faut seulement se laver les mains après.

J'ai retrouvé « Fifi », un ex-patron de bar/guesthouse Soï 13/1, il était là, seul et assis, à regarder la foule depuis une chaise en osier et rotin, il avait une bouteille de Singha devant lui, il tétait un peu de mousse et se curait les dents avec une aiguille de bois. Je me suis approché et j'ai cru l'entendre dire « j'avais un bar au bord du golfe du Siam », mais c'était moi qui susurrais ça à sa place. « J'avais une ferme en Afrique, au pied des collines du Ngong… » « J'avais un bar en Asie du Sud-Est, au bord du golfe du Siam… »

Répétition n° 5

Se mettre à la place de Karen Blixen qui raconte l'Afrique des expatriés dans *Out of Africa*, et la transplanter ici, en Asie. Elle a changé, grossi, changé de sexe, c'est un Anglais ventru comme Oscar Wilde, disert, il planque ses argumentations dans des blagues et des politesses archaïsantes, il a ouvert un bar comme on fait un rêve, avec toute l'honnêteté du monde, il voulait offrir aux autres ce qu'il avait vécu, un type rencontre une pute et y voit une princesse déchue, il veut la sauver. Et pourquoi cette histoire serait-elle plus bête qu'une autre, pourquoi serait-elle plus ridicule que celle d'une princesse française fourvoyée dans la psychologie des passions à la cour du roi Henri II de Valois ? Princesse de quoi ? Princesse du glaive, à Pattaya, car c'est un labyrinthe psychotique où toute logique se perd. Karen s'est marié, sa femme a changé de statut dans l'étiquette des nuits tarifées, elle est passée de pute à mamasan, elle gère les filles venues des villages de sa région près de Khon Kaen, et lui, Karen Blixen, c'est le boss, et combien sont-ils de bars du même genre ? Certains parlent de trois mille, d'autres de moins ou de plus, on va jusqu'à huit ou dix mille en associant les villes jumelles de Naklua et Jomtien, et les plus optimistes montent jusqu'à cent mille tapins en haute saison en enrôlant les occasionnelles, les vendeuses et les étudiantes. Et Karen sait que derrière chaque bar il y a une fille et derrière chaque fille une histoire probable, ou simplement une passe – et donc un peu d'argent –, et il aime ça, il est féru de contes, il n'est jamais avare d'en raconter, il distille à ses clients les récits des prostituées thaïlandaises, les meilleures du monde. On peut leur demander n'importe quoi. Chaque nuit, après l'amour, après la levrette, après les fellations, les cunnilingus, les jouissances simulées ou subies, les douches, les langues fourrées à tous les endroits, les tentatives de mains enfoncées dans les vagins et les culs, les rires, elles déroulent leur conte de fées parcheminé, leurs *Mille et Une Nuits*, c'est le rite initiatique des punters, elles parlent pauvreté, abandon et malheur divers, étayés par des photos d'enfants superbes, expliquant leurs vies d'avant la ville, où surgissent familles et terres faméliques, elles font le campement des cerveaux des clients. Ils se sentent rois. Et parfois elles réussissent. Des portefeuilles s'ouvrent, des transferts d'argent surviennent et elles font la queue au guichet des Western Union, promesses d'un dernier iPhone, d'une mobylette, d'un loyer, de vêtements et de la somme réclamée par papa, maman, fillette, ou le fiancé thaï, pour se soigner, se vêtir, se loger. L'argent facile est facile et Karen regarde les choses de loin et il aide à sa manière la curée ambiante, il donne des cours l'après-midi, il ouvre une école dans le bar, apprenant l'anglais à celles qui viennent d'arriver, avec les mots d'usage pour harponner les clients, les retenir, les cajoler, les endormir. Ses putains, Karen Blixen, il finit par les aimer mieux que ses compatriotes.

Et parfois elles échouent. Elles rentrent bredouilles, salies, elles dépriment et se réfugient devant les téléviseurs et absorbent un épisode d'une série locale montrant de jolies filles dans de jolies maisons entretenant avec de beaux mecs à la peau blanche et aux yeux bridés de belles histoires infiniment complexes d'amour et d'amitié à base de nuances et de luxe.

1.10 La nuit s'est étirée comme ça jusqu'à quatre heures du matin, j'ai laissé « Fifi » dans son rade et ses souvenirs de rades et j'ai filé à l'*Insomnia*, la boîte du moment, où se retrouvent quelques-unes des meilleures freelances, sponsos, baronnes, pirates, starlettes gogo danseuses, sidaïques de la beach, ladyboys top niveau, avec autour une faune spécifique de types plus ou moins jeunes, c'est l'occasion pour les filles de se vendre à des beaux gosses michetons éberlués qui se font un clip avec tout et rien. Fouille à l'entrée puis montée d'escalier. L'*Insomnia* se repère de loin la nuit, à l'autre bout de la ville, loin de Walking Street, son sigle est vert, brillant d'une lumière verte, et toute l'année, un laser vert rotatif sillonne le ciel de la baie. La lumière verte, « croire en la lumière verte, l'extatique avenir qui d'année en année recule devant nous ».

Répétition n° 6

Se mettre à la place de Gatsby et de Fitzgerald écrivant *The Great Gatsby*, l'urgence, l'impossibilité de l'urgence, la volonté d'atteindre quelque chose hors de portée, la lumière verte au bout du quai et l'attente d'une Daisy, rencontrer des Daisy chaque nuit, mais sans argent, ce sont elles qui vous pompent le fric, l'envers du paradis de Gatsby, Pattaya n'est pas West Egg, mais les Daisy de Pattaya ont la survie joyeuse, elles ont des tatouages aussi, d'année en année l'avenir qui recule leur fait sur la peau des dessins de temples, de formules magiques, de prénoms, de félins, iconographie vénale, elles vous sauvent un homme ou une femme, elles vous soignent de la torpeur et de l'ennui – et elles vous crèvent ensuite.

1.11 Elles étaient des centaines, les spots faisaient leur ronde habituelle, identiques dans toutes les boîtes du globe, la plupart du temps on ne voyait rien et de brefs instants tout, la musique était atroce, et c'était le moment de clôturer ma nuit et j'ai fait mon choix en me faisant choisir. Entre deux répits de lasers, je l'avais vue me scruter, sourire quand je lui souriais, un visage mat, doré, symétrique et les pommettes hautes, une bouche épaisse, le corps mince, trop mince sans doute, l'effet du ya ba, de l'anorexie ou du sida. Elle m'a expliqué s'appeler Wan et venir de Buriram en posant sa main sur mon épaule et en faisant un coquillage avec son autre main pour me hurler dans l'oreille. Elle a refusé que je lui offre une consommation, ça sentait le bon plan. Elle avait été danseuse au *Above A Gogo* et trois fois sponsorisée, et la dernière venait de s'achever, un an à trente mille bahts par mois. Un jeune mec de vingt-sept ans dont le père était lui-même patron de bar... Une vocation familiale, et ces histoires-là j'en raffolais, les pères qui font venir les fils ou l'inverse et qui se tapent des putains et se marient avec, c'était Pattaya tout craché... La gueule de maman au pays, fils et mari dans les bras d'une autre. Vers six heures, on s'est cassés, on a pris une bétaillère et on a filé, la moiteur atténuée par la vitesse, il n'y a pas beaucoup de trafic à cette heure, c'est l'une des plus belles, les putes, les clients, les nuiteux qui rentrent, les flics et les pompiers qui font leur footing sur la beach, les marchés qui ouvrent, les équipes de 7Eleven qui changent, les cars de touristes qui vont prendre le premier bateau du matin pour Koh Larn, les bonzes les uns derrière les autres en procession fragile, recevant des offrandes par des femmes agenouillées, les écoliers, les filles et les types échoués après leur nuit ratée, le soleil encore propre, la brise légère, l'odeur d'iode, l'ambiance assoupie mais pas éteinte, une normalité anormale. Pattaya.

1.12 Je l'ai vu venir de loin le malaise, c'est quelque chose que l'on chope après plusieurs séjours, il est personnel à chacun mais il est universel, les putes comme les clients l'attrapent inévitablement, il est lié à un faisceau d'attente trompée, de besoins inassouvis, de soifs jamais étanchées, toujours là dans la gorge, et d'autres choses encore, il est puissant, c'est le plus puissant des malaises, il vous jette par les fenêtres, vous taillade les veines, vous pend. Je l'ai vu arriver sans poésie, sans désespoir alambiqué en mode escargot laissant une morale huileuse derrière lui, sans rien que lui-même, osseux. Wan s'est levée à midi, corps cuivré, peau tendue parfaite sans marque sauf deux traits épais et rosés sous les seins, elle s'était fait poser des implants puis, à cause de fuites de silicone qui rendaient tout dissymétrique, elle les avait fait enlever et le chirurgien l'avait charcutée avec toute la violence de l'indifférence, et Wan semblait très distante avec ce corps-là, juste un outil qu'elle ne savait plus comment réparer. Et dans le sexe c'était pire, j'avais voulu la lécher, la goûter, ses lèvres pendaient bizarrement comme sous l'effet d'un piercing pesant, et elle disait ne pas aimer ça, le cunnilingus, elle avait esquissé une moue de dégoût, elle suçait parfaitement, se pliait parfaitement en levrette, on pouvait mettre son pied sur ses épaules ou son crâne pour accuser encore plus la cambrure, elle jouait le jeu mais expliquait en souriant que toutes ces choses la laissaient froide. Je sais que ça excite des types mais moi pas, ça me gèle les couilles de savoir ça, et je m'étais presque énervé, j'avais demandé comment elle s'était comportée avec son sponsor, lui qui, disait-elle, l'avait fait venir en Australie et avait dépensé une fortune pendant les trois mois de son séjour au point de ne plus avoir d'argent à son départ. Ils allaient tous les jours au restaurant, elle ne faisait jamais la cuisine et il achetait toutes sortes d'articles de prix pour elle, et il n'avait plus pu envoyer de fric chaque mois après, ce qui avait provoqué leur rupture. Elle ne faisait rien disait-elle et au pieu c'était ça, le néant, la vulve ontologique, elle le chambrait lorsqu'il la léchait, pourquoi continuer alors que tu sais que je n'éprouve rien, tu perds ton temps, il lui avait expliqué que peut-être elle devait se détendre, laisser venir à elle des sensations, alors elle riait très doucement, en sourdine, le prenait dans ses bras, l'allongeait sur le dos et glissait sa queue dans son vagin car ce n'était que comme ça qu'elle éprouvait quelque chose, c'était sa physiologie à elle et elle s'arrêtait là, l'indépassable horizon de son plaisir, il n'y avait même pas une frontière à franchir pour autre chose, une barrière à forcer, non, son monde sexuel s'arrêtait à cette chevauchée morne sur les ventres des types.

Qu'est-ce que je foutais là, quel absolu y avait-il ici, quelle recherche justifiait de subir ça ? Les putes n'étaient pas à la hauteur de leur physique et de leur métier. Je m'étais montré lyrique autrefois là-dedans, lyrique et analytique, un dédale psycho à explorer et nommer, un lyrisme analytique, je voyais de grandes découvertes à faire sur le plan humain, une classification périodique des personnalités, de la pulpe à presser jusqu'au dernier jus dans la moindre passe, et maintenant il y avait juste l'absence de conviction dans la vie que je m'étais choisie. J'ai filé à Wan ses mille bahts, j'ai promis de rappeler et je me suis recroquevillé dans mes draps en mode fœtus, je n'avais plus l'orgueil de chercher loin des émotions chiadées, inédites, à faire baver le spectateur potentiel de la vie d'un type à Pattaya, une vie suspendue, sans travail, désœuvrée, seulement consacrée au passage des jours, journées fissiles, indéfiniment, les heures dans les jours, les minutes dans les heures, les secondes, passage d'un cafard sur le mur, et l'argent m'a sauté à la gorge, l'angoisse de l'argent, car malgré tout, je savais plusieurs choses : j'avais encore du boulot en Europe, mais plus pour longtemps ; chaque séjour à Pattaya me fracassait un peu plus, me rendait un peu plus incapable du moindre effort, inadapté, décivilisé ; ma valeur au travail là-bas s'était amoindrie à cause de ce que je vivais ici ; ce que je vivais ici dépendait néanmoins de l'argent gagné là-bas ; pour gagner cet argent là-bas, je devais être plus productif sous peine de le perdre ; pour redevenir productif, je devais arrêter de séjourner dans cette ville à chaque congé et reprendre une vie normale ; or, ma seule motivation à travailler était de pouvoir m'offrir Pattaya plusieurs fois tous les ans, et toute l'Asie du Sud-Est, et les dérives putassières, et les temples, et les îles, et les gares en province, et les rizières, et les fleuves, et les rêveries, les situations léthargiques, moitié à l'intérieur de soi, moitié dehors à capter, enregistrer, décrire, situations contraires au travail, mais pour lesquelles je devais travailler : j'étais donc prisonnier d'états inconciliables, et je me suis endormi comme ça, mentalement écartelé et corps recroquevillé en mode fœtus.

1.13 À seize heures, je me suis réveillé propre, nettoyé, le sommeil a cette vertu en moi d'être Javel et Destop, il m'hygiène, il me débouche, il décolle les plaques de craintes, les croûtes de peur, tout cet eczéma de l'angoisse, le sommeil m'avait nettoyé et j'ai senti de nouveau la force, la puissance. Depuis l'océan dépressif où j'étais la veille, une lame de fond m'avait soulevé et porté très haut sur la vague la plus haute, jusqu'au sommet, il y avait de l'écume de mousse comme une bière qui dégueule et j'ai senti que ça irait de mieux en mieux, que les images à capturer dans cette ville seraient de plus en plus belles et que quelque chose se préparait, un destin.

1.14 J'allais sortir et je suis sorti, j'étais à nouveau dehors dans le réel immédiat de Pattaya, j'avais faim et j'étais optimiste, j'ai fermé ma porte et je suis entré dans le chaud, la chaleur, l'humidité, j'ai regardé ma coursive et j'ai goûté chaque détail, je me suis vu vivre là jusqu'à ma mort, parmi les portes massives des voisins, en bois épais, numérotées, un cartel au-dessus du montant, le stuc sur le bois des portes, les chiffres, ce sont des entrées superbes, j'ai descendu les escaliers, j'ai observé les péristyles imitation dorique qui trament la façade, j'ai regardé le canapé crevé sur l'asphalte, parmi les rangées de plantes tropicales, les pots fleuris, où dormait un motosaï – conducteur de mototaxi – avec son gilet vert, et je me suis retourné et j'ai regardé à nouveau mon immeuble en U avec ses péristyles frelatés et j'ai pensé qu'ils n'étaient pas aussi beaux que ceux vus chez un énième pseudo-auteur d'ici, « Scribe », un condominium tout en baroque, avec encorbellements, oves, métopes, rinceaux, pilastrinets, une complication en briques et béton, une chantilly architecturale, une fantaisie tropicale Art nouveau, comme une extrapolation venue d'une séquence du film *Fitzcarraldo*, un syndrome, ce personnage, un archétype, et je m'y suis mis sans hésiter, on me voit souvent parler tout seul, je me suis mis à la place du bonhomme et j'ai fait mieux que lui :

Répétition n° 7

Se mettre à la place de Klaus Kinski dans *Fitzcarraldo*, tourné par Werner Herzog, ce n'est plus en Amazonie mais sur le Mékong, les temples sont là, les temples khmers, ils subissent le tourisme après avoir subi la guerre, ils sont sculptés. Depuis quelque temps, le Mékong, dans sa partie frontalière lao-siamoise, est prisé des naturalistes, il regorge d'espèces inconnues qui disparaissent de l'anonymat pour surgir dans *The Biologist*, chroniquées, classées, illustrées et nommées. Parmi elles, *Heteropoda maxima*, araignée de plus de quarante centimètres de diamètre, la plus grande à ce jour, quasi aveugle, vivant dans les grottes, carnivore et d'une vitesse pouvant atteindre quarante-cinq kilomètres/heure. Fitzcarraldo fait une fixette sur la jungle et la musique. Lorsqu'il observe les partitions des compositeurs sériels du XXᵉ siècle, lorsqu'il se penche sur les compositions de la musique spectrale, lorsqu'il entend les notes solitaires de Giacinto Scelsi, lorsqu'il écoute les polyphonies renaissantes du XVᵉ et du XVIᵉ siècle, il voit des *Sralao* et leur tronc à tubes collés comme des orgues, il voit des *Ficus altissima* torsadés, des *Dipterocarpus alatus*, il voit les fougères, les banyans, il voit la jungle, il saisit une correspondance. Une force vitale, et Fitzcarraldo veut ça, une musique répandue sur la jungle, poudreuse, l'inverse des défoliants qui, des décennies plus tôt, ravageaient le pays khmer. Pas une chevauchée des Walkyries crachée du ciel, mais un orchestre s'élevant des nappes feuillues vers le ciel. Il se laisse aller, fait cuicui avec les oiseaux, voit des notes partout dans les grillons, le moindre insecte est un instrument, il néglige son art, oublie la retenue, la sélection, croit tout génial. Là, un tronc de bambou sert de flûte, il perce des trous et met plusieurs bouches dessus, des petits Cambodgiens qu'il dirige et qui soufflent l'un après l'autre pour obtenir des sons. Il s'éternise et il se réalise, il s'oublie dans ce pays, ses projets bientôt disparaissent, fondent dans la terre rouge et les milliards de nuances de vert, il sait où se trouve le véritable Monument. Inutile de construire et de souffrir en construisant, l'Œuvre est déjà présente, la création réside dans l'interprétation, la Nature est une partition, la nature humaine. Car la nuit, il est conduit par les mototaxis dans différents bordels sur Siem Reap et Phnom Penh et il voit l'abolition de tout sauf de ça : rencontrer au hasard de la nuit khmère des êtres comme lui, fiévreux, agités d'une pulsion de survie, et sans comprendre leur langage, il se sait comme eux, indigène des passes, étranger au reste.

1.15 Et j'ai remonté mon soï, j'ai salué des filles qui tendaient des draps dans les laveries, j'ai traversé plusieurs quadrilatères de bars qui sommeillaient encore, quelques filles faisaient le ménage, préparaient les alcools, nettoyaient les sols tandis qu'un ou deux types torse nu et tatoués d'une cinquantaine d'années y buvaient déjà, j'ai traversé tout ça et j'ai croisé des jeunes farangs, serviettes autour du cou avec leurs putes, allant à la plage ou en revenant. Les filles conduisaient le couple, en patronnes. Les types, eux, les suivaient en bons chiens fiers, tout entiers à leur film de caïds, des zombies en goguette. On était dans l'après-midi bien entamé et j'avais faim, j'ai décidé de faire quand même un tour au *Central Festival* et je suis tombé sur elle.

1.16 Et j'ai compris avant d'avoir compris. Niveau – 1 du *Central Festival Pattaya*, il y a *Magic Food*, c'est très mauvais, plusieurs dizaines de comptoirs de restauration présentent des plats qu'ils font devant vous, ça va de la nourriture thaïe passable à d'immondes pizzas. Sur tout un côté, on trouve des confiseries, de la junk food, des débits de café proprets, des chiottes où passent et repassent des vieilles femmes derrière des chariots où pendent des serpillières pour nettoyer toute la pisse et toute la merde du monde entier. Propreté d'Asie et pauvreté. Ah j'aime ça, j'adore, c'est contrasté partout, bombardé partout d'émotions contraires. Et je me suis dit, « aujourd'hui, je suis optimiste, rien ne m'agresse, tout m'initie. Je suis un jeune dégueulasse aux tendances humaines, très humaines quand il caresse et donne du billet de mille bahts ». J'ai croisé « Helmut », cinquante ans et plus, 100 kg et plus, accompagné de « Nok », vingt ans et moins, 45 kg et moins, et quel mal y a-t-il à être heureux, car ni elle ni lui n'avaient l'air de subir ce qu'ils avaient choisi, c'est du provisoire négocié, ça roule honnête. Ils n'étaient pas les seuls, il y en avait pour tous les goûts, j'en avais pour toute la vie à observer, et mes capacités illimitées de contemplation descriptive seraient comblées à jamais. J'étais disponible, mon système sensoriel à vif, et je suis tombé sur elle.

1.17 Une ligne de vitrines basses bordant une partie du quadrilatère *Magic Food*, où s'exposent, pendus ou posés, des bracelets fantaisie, des rangées de montres pointillées de bagues et d'alliances enfoncées dans leurs socles de mousse, et, en face, séparée par l'axe de circulation principal du *Central*, parmi d'autres magasins, une bijouterie assez vaste, rouge, où l'on trouve de l'or véritable, et des diamants, des rubis. Elle était là, au milieu, sa couronne de cheveux et ses vêtements noirs.

1.18 L'aborder n'était pas difficile. Tout est disponible à Pattaya, les objets, les êtres, tout passe, repasse entre toutes les mains et cela ne signifie rien. N'importe quel punter pourrait maintenant se foutre de ma gueule, ouvrir la sienne en grand et me reprocher ça, non de l'aborder, mais d'éprouver quelque chose en l'abordant, quelque chose d'autre que l'envie de la baiser, autre chose que le « fuck and forget » qui est la règle numéro un, celle qui fait de vous un être noble, un être intelligent. La vérité, c'est que je voulais d'abord la connaître. Je savais, j'ai su tout de suite : elle représentait l'apothéose dans cette ville, celle recherchée du vrai punter, l'ennemie intime, soi-même dans l'autre, sa partenaire, une araignée géante, *Heteropoda maxima* magnifique. Et j'ai voulu ça tout de suite : me mesurer à elle, à son savoir, sa connaissance des êtres, son labyrinthe psychologique, sa science de la vie. Son allure, sa taille, sa beauté : d'instinct, j'ai su que des types avaient dû morfler, que ce serait du très grand jeu avec elle, que se mesurer à elle, ce serait renforcer non seulement mes galons de mâle, mais surtout mes armoiries d'être vivant, mon blason, ma race. Manipuler et être manipulé. Elle rangeait plusieurs exemplaires de montres, elle me regardait, elle était sûre d'elle, fuyante, fragile, tout à la fois au même instant, quelque chose d'extrêmement modulé dans le filet qu'elle me jetait, du mélodique stratégique, de la musique tactique, quelque chose disant : tu es l'élu, je ne jette pas mon filet comme ça, sur n'importe qui, mais avec toi, oui, je le jette, tu es mon poisson, mon beau poisson. Enfin, ça, elle devait quand même le faire à beaucoup de types aussi. Mais déjà, je ne voulais plus savoir ce que je savais.

1.19 Et j'ai continué d'approcher, entre les conversations, les bruits de fond du centre, les messages d'annonces, les muzaks. Des couples farangs et thaïs, des putes des Soï 7 et 8 venues manger au frais, et ce groupe attablé, typique, des retraités satisfaits, conversant dans un français de gare, échangeant des moignons d'éthique entre deux gorgées de Chang : « Une femelle qui ne demande pas d'argent à un homme n'est pas une femelle. Un mâle qui ne sait pas gagner d'argent n'est pas un mâle. Une féministe ne sera jamais une femme, de même qu'un misogyne ne sera jamais un homme. Ce sont des déclassés sexuels, des amputés du genre et du jeu sur le genre. Alors qu'ici, à Pattaya, NOUS sommes l'élite, l'élite cachée, les supérieurs inconnus bien réels. Nous ne haïssons pas le monde, nous vivons hors de lui, dans un univers différent, autre, où la passe est la porte privilégiée pour comprendre le vrai sens de l'existence. Laids ou beaux, nous sommes solitaires car supérieurs. »

1.20 J'ai fait mine de partir, puis je me suis arrêté, retourné, dirigé vers elle, rendant grâce à cette ville, disant merci. Elle a tenu sa voix à distance, comme derrière un masque, et m'a dit de venir la retrouver le soir, à la fermeture, dix heures, et j'ai ressenti aussitôt l'adoubement, quelque chose de vivant et de supérieur passer en moi, et pour l'attendre, je suis allé nager dans un hôtel tout proche, avec sa piscine sur le toit, j'ai payé le groom et j'ai multiplié les longueurs, les lignes en nage libre, m'arrêtant toutes les trente minutes pour regarder la baie jusqu'au coucher du soleil, un spectacle écarlate au milieu d'une chorégraphie naissante de néons, les enseignes commençant la levée de leurs couleurs électriques putassières, Pattaya tout craché.

1.21 Puis je suis rentré jusqu'à mon soï, j'ai capté son lot de scènes de début de soirée, le ballet répété des clients et des filles dans les bars, collectionnant les nuances, l'ambiance mélangée, la déambulation des familles allant au restaurant, ou se promener, ou prendre un verre, le début de la nuit à Pattaya. J'appuyais sur Pause à chaque pas, mes nerfs dilatés, ressentant une immense puissance, non plus seulement moi-même mais le monde, mon nom, mon corps dilué, élargi à tout. Une fois dans ma piaule, j'ai pris une douche et je me suis habillé et je suis resté un peu sur le balcon où viennent pendre les palmes du jardin, et vers neuf heures, je suis sorti, je voulais arriver en avance, être certain qu'elle ne parte pas et me plante, et elle était bien là, surprise, ou mimant la surprise, que je sois venu si tôt, et contente de me voir déjà foutu, piégé.

1.22 Elle m'a rejoint, s'est mise à marcher un pas devant moi, rapide, m'obligeant à courser après elle. Elle était vraiment grande pour une Thaïlandaise. Cheveux très noirs, lisses mais pas raides, noués en chignon au sommet du crâne d'où dépassaient deux antennes noires, deux mèches encadrant le visage, et vers l'arrière, une cascade noire jusqu'en bas du dos – en détachant son chignon, les cheveux lui allaient au milieu du cul. Le cul était latin, une perfection demi-sphérique, presque gros. Elle m'a dit être à moitié malaise, elle m'a donné un prénom musulman puis un prénom thaï, abrégé en surnom d'une syllabe : Porn.

1.23 « Porn » : blessing, être béni. Elle ne parle presque pas au début, elle masque sa voix, l'atténue autant qu'elle peut, tous les types la regardent, elle sait ce qu'elle fait, maîtrise chaque détail laissé autour d'elle, une allure, un geste, un mouvement du doigt pour attraper une mèche, une façon de regarder, le sens des gradations. En quelques minutes, elle justifie qu'on vienne à Pattaya, elle est un de ses symboles, derrière ceux connus, faciles, du sexe simple, elle habilite le michetonnage dangereux, le méandre psychosexuel où il fait bon vieillir avant de disparaître une bonne fois pour toutes, après avoir subi une bonne dose d'affects et de sensations, mais des affects sans descendance, sans famille, sans mioche, rien que du sperme et de la cyprine mélangés à des sentiments sensoriels, pas plus, sauf l'argent, comme une ascèse lucrative. Porn : blessing, être béni, un prénom courant au Siam, collé à Thip, Pornthip, ou précédé de Siri, Chaya, Siriporn, Chayaporn et autre Pensoporn. Elles sont des milliers ici, avec des noms comme ça, et autant le dire, si un gus se pointe demain au *Central* et demande Porn comme une hyène carburant au gibier d'autrui – excitation de séduire celles des autres –, il ne trouvera rien, car elle ne travaille pas là, mais ailleurs dans un autre endroit semblable. Tout est vrai, mais déplacé, comme une population. J'avoue tout, mais je camoufle. Donc Porn, elle me plaît, me soigne, symbolise Pattaya, rembourse par sa vue l'argent dépensé en billets d'avion et nuits d'hôtel, légitime des années de séjours par quelques minutes de présence. Elle est un aboutissement, une fin, et pour la première fois de ma vie, moi qui avais empilé des débuts, hésitant puis m'arrêtant, J'ALLAIS FINIR QUELQUE CHOSE.

1.24 Nous dînons maintenant côté Beach Road, à la sortie du *Central*, un restaurant en hauteur, au-dessus d'un pub irlandais, il possède deux niveaux et au dernier, il y a une belle terrasse, on doit être à vingt mètres et on domine un peu la baie, orientés plein sud, avec Walking Street au loin, les écharpes lumineuses des bars, les enseignes et la lumière verte de l'*Insomnia*. Une rumeur vient, monte depuis très loin dans toute la ville, chaque recoin : il est onze heures du soir et une nouvelle nuit commence dans la « capitale mondiale du sexe », « la scène se passe au Mexique, le lieu de rendez-vous de l'humanité », écrivait Malcolm Lowry dans sa lettre à son éditeur Jonathan Cape, pour expliquer le pourquoi du comment de *Under the Volcano*, mais c'est en Thaïlande, désormais, que l'humanité se cherche – répétition n° X, se mettre à la place de Malcolm Lowry et le faire vivre ici –, quel dommage que des types comme lui soient nés avant Pattaya, l'aboutissement de toute une littérature, mais Pattaya se fiche de ça. Porn parle, sa voix toujours cachée, un ton relativement bas, et j'ai un doute, même si je sais déjà de quoi il s'agit. Elle est vraiment grande pour une Thaïlandaise, elle a des fesses trop latines, une cambrure trop courbe, son visage est trop parfait, mais je suis bluffé, comme elle je n'en ai jamais vu, jamais, et je sais que je ne suis pas le seul à dire, sentir, penser que je n'ai jamais vu de filles comme elle, et que l'une des conséquences de ce constat va être une lutte très bête, primordiale comme une initiation, devenir le numéro un parmi tous les types qui, comme moi, la désirent et la veulent.

Elle m'explique être sans boyfriend mais connaître quelqu'un qui l'aide, vingt-cinq mille euros envoyés d'un coup dernièrement pour l'achat d'une boutique jouxtant la sienne et qu'elle compte réunir, elle me montre une photo d'elle avec lui, un blond minet, gamin, un Russe vivant chez papa maman, mais, dit-elle, aucune relation sexuelle depuis qu'ils se connaissent, « I promise on Allah », ils s'apprécient mais lui tarde à la faire venir en Russie, et elle ne l'aime pas, ce n'est d'ailleurs pas la question, c'est idiot de demander ça. Je profite de tout, je sens Pattaya comme si, enfin, j'arrivais dans un endroit de la ville par où il faut passer si on veut être à sa hauteur et s'en dire connaisseur. J'ai réussi mon séjour, voilà tout, j'ai trouvé la vraie partenaire. Ça sera du très haut niveau. Elle me raccompagne sur son scooter jusqu'à mon condo, me laisse pour me dire qu'elle va se préparer et revenir, me fait promettre de décrocher lorsqu'elle m'appellera, de ne pas l'ignorer et cette fois, oui, je la crois, je ne doute de rien, pourquoi dirait-elle ça et j'attends et elle ne rappelle pas. J'attends encore puis j'appelle, et elle ne décroche pas, ça dure des heures, et je ressors alors, la furie, la haine en moi, je suis habitué pourtant, mais je suis déjà réduit à ça. Je file sur Walking Street, la frustration me tient. Toute cette vanité putassière, tous ces michetons, on devrait les flinguer, les rééduquer façon post-chute de Saïgon, elles rigoleraient moins, et nous aussi. Toute la ville, j'aimerais l'exterminer dans son jus d'artifices. Jusqu'à sept heures je traîne, je fais les boîtes, le *Lucifer*, puis le *Mixx* tout au bout de Walking Street, puis l'*Insomnia*. C'est un chemin d'humiliation : des freelances m'attrapent au cou, je me dégage, j'explique que je n'ai pas envie et je me fais viander, l'une me prend même par le bras et me pousse à l'extérieur en me disant « u don't want fun ? So go, ok ? » devant le staff, hilare, et des punters, hilares. Humilié par les putains. Je végète au *JP Bar*, une pirate est aux manettes du spectacle, il y a encore peu de monde, il est six heures mais ce sera foule bientôt, c'est l'after le plus fort de la ville, une Mecque, une légende, l'équivalent du *Thermae* des années 1980 à Bangkok, ici on voit des trucs, des attitudes, le sida droit dans les yeux, la fille joue au billard et fait tourner ses cheveux au rythme d'une techno ignare, basique, elle est perchée sur ses talons, penchée sur le pool et elle tonne de tous les pores de sa peau, elle est vraiment canon, elle est bientôt suivie d'une autre et d'une troisième, les baronnes arrivent, elles sont au-delà du vulgaire, de la déchéance et du sida, ce sont des aristocrates, les meilleures dans leur caste, mais cette nuit, j'ai connu mieux, pas une pute, autre chose, pire. À midi, au réveil, j'appelle une dernière fois pour comprendre, et elle décroche, s'excuse, dit avoir dormi, avoir eu peur, je lui fais promettre de ne plus jamais recommencer et de me dire la vérité : es-tu un ladyboy ? Confusion chez elle, « oh my god, dit-elle, what happen if i say yes », et je lui dis qu'il ne se passera rien, que cela ne change rien, je joue sentimental le premier round, je sais que parler passe et fric, directement, c'est perdre la possibilité de son cul, de son cœur, qui est une médaille ici, de sa cervelle, de sa manière de m'embobiner, car elle est autre chose, pas une pute simpliste et honnête, mais pire, or je la veux, ce n'est pas une perte de temps mais une élévation sur l'échelle initiatique de la ville, et elle me répond oui, qu'elle est un ladyboy mais post-op, opérée, elle n'a plus de bite, plus de couilles, c'est une femme. Elle me donne rendez-vous à l'extérieur du *Central*, j'y vais, on part ensemble à Jomtien, car elle possède là un restaurant minuscule qu'un type a financé autrefois. Et on file dans le jour thaïlandais, étouffant, pollué, vivant. Oui, pour une fois je vais finir quelque chose, je vais en finir avec moi, en finir avec la raréfaction du vécu français, avec l'Europe, l'Asie, la Thaïlande, la politesse, la vulgarité, ma condition de farang qui la boucle, me mettre à la place des autres parce que je gêne si je suis moi, je vais en finir avec à peu près tout, le nihilisme, le futur, le présent, tous les tics esthétiques, intellectuels et sportifs, l'humour puceau français, l'ironie cuistre intello-gauloise, en finir avec tous les bleus qui jacassent en mode caïd, je vais exterminer toute cette vermine. Je voulais une lutte à mort, mon *Drang nach Osten*, ma conquête de l'Est, et je suis désormais à l'Est, au plus extrême de l'Orient, l'Orient extrême avec une fille qui pousse à bout les conséquences de nos actes. Elle s'est fait couper la queue, ouvrir un vagin, alors qu'est-ce qui l'empêche d'ouvrir les tripes, les cœurs, les larfeuilles des types qui ont la prétention de l'aimer et de s'en faire aimer ?

Intermède 1-2

Au début, après ses premiers voyages, « Marly » ne savait plus dans quel sens il devait ouvrir ou fermer la parenthèse des allers et des retours d'un lieu à l'autre (quittant Paris pour Bangkok, quittant Bangkok pour Udon Thani, Chiang Mai, Hat Yai (et de là divisant encore son parcours, allant dans des villes et des villages de plus en plus petits, collectionnant, cumulant les paysages et les physiques et les cuisines), passant par Phitsanulok, Phuket (Patong), Pattaya, revenant puis quittant Bangkok à nouveau pour Manille, Phnom Penh, Jakarta, Kuala Lumpur, Vientiane, Calcutta, Rangoon), ne savait plus quelle était la première et quelle était la dernière, ni où commençait le départ, ni où s'arrêtait l'arrivée, tout s'échangeait, se brouillait, finissait par former un amas de lignes inextricables dans sa carte mentale, qui n'était pas vraiment une carte à deux dimensions mais à trois, des volumes, bâtiments et corps vivants, composés tantôt par les architectures qu'il avait vues (et les rues, les ruelles, les cours profondes, les devantures de boutiques ouvertes sur les activités et peuplées de toutes sortes d'objets hybrides (industriels ou semi-industriels, car souvent modifiés, trafiqués par leurs utilisateurs, recyclés, ou complètement artisanaux au contraire, anciens, presque antiques), salles de travail d'où poussaient des escaliers vers les niveaux supérieurs, les habitations aux parterres de nattes, et dont il distinguait les moucharabiehs filtrer les fenêtres), tantôt par les filles (et les garçons-filles) qui le reluquaient, l'appelaient avec indifférence, lui proposant un « boom boom long time », ou bien un massage, ou bien « suck my dick » lui avait dit l'un de ces garçons-filles, une ladyboy assise avec des copines comme elle, rieuses et féminines, juste à l'entrée du *Nana Hotel*, face au *Nana Plaza Entertainment*, le NEP, et qu'il avait visité la première fois avec nostalgie déjà, conscient de découvrir un lieu célèbre, toujours actif mais déjà saturé de souvenirs légendaires, où les filles des gogos glorieux, comme les *Rainbow*, *Mandarin* et autres *Cascade* et *Obsessions*, ruinaient leurs clients, les rendant accros à des projets de refuges doucereux, de vie sexuelle épanouie dans les rizières de leurs villages très loin, une vie où ils se réveillaient auprès d'un corps sublime – cette femme –, et d'un esprit mystérieux – cette femme –, alors qu'eux – les clients – n'avaient jusqu'ici jamais cru ça possible, lisant des trucs invraisemblables dans des brochures ou des romans de troisième zone, comprenant mais ne vivant pas ce qu'ils expérimentaient maintenant, et cela changeait tout. « Marly » avait donc mis deux ou trois ans à s'en remettre, à vaguement dominer le syndrome thaïlandais, il revenait chamboulé, déprimé, avec l'envie de repartir, pensant qu'il contrôlait tout, mais il était drogué, le premier shoot de cette vie-là vous plombe à jamais, impossible d'en sortir sauf dans et par la mort – et tous les jours on lisait dans le *Pattaya One*, des entrefilets de décès inexpliqués, suicides présumés (souvent des crises cardiaques après des prises de Kamagra (viagra), des défenestrations…). Ses priorités changèrent, et alors que jusqu'ici, il avait voulu s'intégrer à la belle société parisienne de son temps, fréquenter des « gens » et construire un réseau, il devint très paresseux, lui qui l'était déjà sur tant d'autres choses, et plus irascible, arrogant et méprisant, lui qui l'était déjà beaucoup, mais autrefois toujours orientant ses haines et ses dégoûts vers les ennemis de ses ami(e)s – des femmes (chef de service, DRH, et autres), qui le dirigeaient et qu'il servait avec un zèle et une méticulosité quasi sexuelle, suggestive, et il adorait ça, ce jeu-là avec ces femmes-là, on the top, au-dessus de lui, toujours plus mûres que lui, de sorte qu'il plaisait comme un serpent apprivoisé, on goûtait ses traits qui pouvaient servir dans certaines réunions et les dîners –, et désormais flinguant sans distinction, créant des blessures, des brèches et des inimitiés inutiles. L'Asie du Sud-Est avait tout changé, il voulait jouir des dividendes accumulés par une décennie de servitude argentée (dorée n'était pas le mot, il avait le fric du lendemain, tout juste), jouir et se reposer et mater des plages et des vagues, et faire de longues pauses contemplatives dans son existence tropicalisée, accédant à ce niveau cotonneux où le corps, enroulé d'un vent léger, allongé dans un transat même moisi, voit ses pores s'ouvrir et produire des milliards de sensations de bien-être sur toute la peau, dans un état de demi-sommeil, ou de massage aérien, transparent, sans les mains. Cependant, il n'était pas encore complètement con, le jus de synapses ne faisait pas encore ce clapotis dans sa tête qu'il avait si souvent constaté chez les expats, et il savait parfaitement, il comprenait que vivre là-bas, et vivre bien, signifiait certes avoir beaucoup de pognon et donc beaucoup d'entregent, mais aussi une tournure d'esprit complexe, obséquieuse, à base de retenue, de fermeté, de bienveillance, de sourires, de paternalisme, et surtout, une lignée, une famille, un socle de pureté élective, et que c'était aussi dur à saisir que la langue thaïe elle-même, les tons, les accents, les durées, et que ça ferait de lui un farang respectable, mais pas plus, jamais un Thaï – et il l'avait immédiatement senti pour avoir toujours eu ce petit talent bien utile, détecter, avec une clairvoyance de rayon X, les fonctionnements sociaux et les subtilités hiérarchiques d'une caste à l'autre, n'ayant juste jamais eu la force, dans son propre pays, d'en faire un levier pour avancer, progresser très loin dans la pyramide des classes, s'arrêtant vite à quelques marches, et assez lucide pour ne pas s'attendre à réussir au Siam ce qu'il n'avait jamais pu faire en France. Il pensait complètement à rebours de tous les Occidentaux qui s'étaient

79

entichés de l'Orient et de l'Extrême-Orient et de l'interprétation littérale de leur spiritualité, même de leur spiritualité la plus ésotérique, même celle-là, les Occidentaux du XXe siècle l'avaient lue au premier degré. Lui, le crasseux, « Marly », le sans-diplôme, en quelques séjours, avait compris ça, il se faisait d'ailleurs l'effet, parlant seul à sa glace, le matin, avant d'aller bosser, ricanant et se rasant, d'être comme Martin von Essenbeck, interprété par Helmut Berger, dans le film *Les Damnés* de Luchino Visconti, Helmut disant à Dirk Bogarde, son beau-père (l'amant de sa mère incestueuse), qui cherche à voler son héritage, et qui lui tend un décret de la chancellerie du Reich confirmant son droit de porter le nom d'Essenbeck, lui disant alors, tout en déchirant ce décret en petits morceaux, qu'il n'a pas compris ce QU'EST le national-socialisme, et que c'est surprenant puisque lui, Helmut (un être superficiel, un décervelé très mignon, éphèbe dégénéré, travesti, homosexuel, pédophile et incestueux), même lui a compris ce QU'EST le national-socialisme. Et donc même lui, « Marly », avait compris le sens de l'Orient, le « sens du fric et de l'esprit » hurlait-il en silence, sa voix crânienne imbibant ses tempes de veines. C'était un peu réducteur, beaucoup, des certitudes torchées, mais s'engouffrant dans le métro puant de Paris, ces jours d'après l'Asie du Sud-Est, revenu à sa vie quotidienne – ses matinées débutées à six heures trente et faites de litanies para-sportives (pompes, haltères, tractions, chez lui, en artisan de soi-même), d'ablutions rapides (rasage, douche, dents), de soins vestimentaires (les beaux costumes, les belles chemises) –, envahi par bouffées des instants de là-bas, Pattaya, Bangkok, les nuits, les filles, les trans, il se sentait plus proche du vrai de l'Orient que Guénon, Daniélou et les autres. Pourtant, cette vie n'était pas désagréable. Cette situation intermédiaire, entre son existence d'avant, limitée à l'Occident (aller ailleurs signifiait voyager, donc revenir vers sa terre natale), et ce qui serait sans doute sa vie d'après (la réimplantation en Asie du Sud-Est, dans la précarité), était jouissive. Il retrouvait ses incertitudes d'extrême jeunesse, lorsqu'il se projetait dans d'autres vies, se mettant à la place de gens dont il lisait les biographies. Il goûtait une fois de plus aux plaisirs des mondes possibles, les milliards de milliards de possibilités. Il consultait avec délice les prix des appartements, des locaux désaffectés, des terrains dont il savait qu'il ne serait jamais propriétaire. Il s'intéressait à l'immobilier, à la législation thaïlandaise. Une terre est un titre, la particule, la majuscule, l'enracinement du nom dans un fumier, une bouse. Il se mit surtout à étudier la langue et il avait le tournis, apprendre de façon conventionnelle, sérieuse, avec des résultats à la clef, des examens, le terrorisait, bien qu'il jugeât le conformisme, l'obsession de la tradition, plus véridique, élégante, écarlate que les révolutions et les révoltes. Il ne lisait qu'en feuilletant, trois pages d'affilée lui donnaient des sommeils violents, soudains. Cependant, pour la première fois, il s'y mit. L'École des langues orientales, à Paris, donne des cours du soir. Il s'y rendit. Et sa vie devint celle-ci, entre deux voyages : épargner de quoi partir encore ; comprendre la langue et s'affermir aux tournures d'esprit labyrinthiques du Siam entrecoupées d'un bon sens nourri aux proverbes locaux appris par cœur ; s'entraîner pour conserver un corps et des traces de beau sur soi, de propreté musculaire. Plus rien ne l'intéressait que cette trilogie pratique.

***

Et aussi, chaque soir ou presque, du moins les premiers temps, il y eut le forum.

***

Des années plus tard, on parlait encore de yayafr.com. En moins de quatre ans (disparaissant du jour au lendemain, sans explications de son créateur, avec ce panache du fait accompli), il avait assis sur le web, et pour toujours dans la mémoire de ses membres, une réputation très spéciale. Comme si jamais l'attirail grossier de la pensée ambiante en France, en Europe, et partout ailleurs, n'avait eu de prise sur ceux, et celles parfois, qui intervenaient là, dans un mélange de confrontations joyeuses, de énième degré, de phrases à tiroirs, de vulgarités splendides, de comptes-rendus de voyages, d'accès de désespoir, de colère, d'amour, tous venant d'esprits miraculeusement libérés des conditionnements multiples des idéologies alimentées par tous les bords. La putain thaïlandaise et ses paysages avaient manifestement écrasé les têtes de leurs visiteurs, et le cerveau maintenant à vif ils ressentaient l'expérience de vivre. Ils avaient vécu pourtant, certains comme militaires, travailleurs de plateforme pétrolière, voyous à la petite semaine, apprentis religieux extrémistes, déclassés divers, abonnés des arnaques à la Sécu, obsédés sexuels de tous types, mais une fois sur place, c'était encore autre chose, un autre niveau et ils étaient unis par cela, leur vie changée, leur monde transformé. « Marly » était devenu « Marly » sur yayafr, il se connectait, tapait Marly dans l'onglet d'identification suivi du mot de passe Marly7575 et il naviguait.

***

> **yayafr.com > Rubrique > Carnets de Voyage > Intitulé : Le Bad Trip de la mort > Auteur : Pulsion**

Salut les gens

je vais avoir besoin de rapporter mon histoire perso avec ma « différente », ça tourne au cauchemar là, depuis quelques jours, et j'aurai laissé là-dedans plus de 15 000 € environ. J'aimerais

*pouvoir détailler cette affaire, je sais pas si c'est la bonne rubrique
et si ça intéresse qqu'un déjà.*

> **Conrad** : 15 000 roros ??? 600 000 bahts ???

> **Pulsion** : oui oui, ta bien lu, c'est le prix de la baraque
que je devais acheter pour elle, moi, et sa fille et couler
des jours heureux. C'est la somme que je lui ai envoyée,
ça vous intéresse ou non de savoir depuis le début, je
préviens, ça va être un paquet…

> **Conrad** : c'est bon, balance le pâté

> **AssLover** : Trop beau pour être vrai, troll…

> **Fuck&Destroy** : t'allumes pour rien, il a même pas
commencé…

> **AssLover** : un islamo-simiesque de ton genre
aime croire, il est vrai, en Dieu, aux trolls, c'est
kifkif comme là-bas dit !

> **Fuck&Destroy** : tu sais que t'es passible
d1 procès fils de pute, ta France j'la nique
avec ses propres lois

> **AssLover** : ton Coran est bien un livre
saint ? Il est sacré oui ou non ? Donc il
doit te protéger ! Plus besoin de capotes
pour toi à Pattaya ou ailleurs. Tu déchires
une page du Coran, tu la roules bien pré-
cieusement autour de ta bite et quand tu
baises, t'es tranquille. Pas de risque de
sida, t'es protégé, c'est un livre sacré !
C'est valable pour les autres religions. Le
papier bible est le latex du punter pieux !

> **Le Scribe** : Aboule l'histoire, t'occupes pas des crétins…

> **Mango** : tiens tiens, le Scribe. Toujours à pisser
du vent ? Paraît que tu bandes mal avec les filles.
T'assumes pas, avec ta tronche de bébé gagneur ?

83

> **Le Scribe** : Tu es un lâche Mango, et j'espère que le jour où l'on se reverra en live et que tu viendras comme d'habitude me serrer la main, tu te souviendras d'avoir été traité de lâche, de déception à ta mère. Ton père, je l'ignore, il est mort quand t'étais môme. C'est toi qui nous l'as dit hein ! Moi je fais que reprendre. Une pupille de la nation notre Mango. Un lâche, un pleutre, même ton père s'est barré dans la mort en te voyant.

> **Mango** : et t'es écrivain ? Écrire des trucs comme ça ?

> Le Bad Trip de la mort #1

holly fuck, j'y go. p'tite précisions pour les chauds du forum, je suis un habitué de la Thaïlande. j'y vais depuis que j'ai 22 ans et là j'en ai 35, donc pas un newbie. j'y allais en solo. les putes, je connais très bien, pas d'histoire. c'était du délire, mais je me méfiais toujours, mon cœur c'est mon coffre-fort. bref, ça roulait comme ça. autre truc, j'ai toujours eu un salaire moyen genre mon plus haut c aujourd'hui, 1 500 net. bac +2 en informatique. j'ai pas de famille riche qui prête, pas de trafic a coté, donc, le salaire c'est mon seul revenu et la galère quand même un peu mon quotidien. pas beaucoup d'amis, mais des liens solide avec ceux que j'ai et avec ma famille. avec les filles en général, c'est copain, collègue comme ça, mais bon ça va jamais trop loin. c'est peut être ma gueule, mon caractère, je sais pas. y en a une quand même avec qui c'est devenu sérieux. on est resté cinq ans ½ ensemble, et j'ai pas foutu les pieds au Land Of Smile durant toutes ces années. et puis on a rompu il y a maintenant deux ans et j'ai aussi perdu mon emploi. ça m'a mis mal, mais pas plus que ça. je dis pas que j'étais dépressif, juste qu'il y avait un contexte. le blème, c'était l'ennui. aucun projet. parfois j'me dis que si j'ai tout foiré, c'est à cause de la Thaïlande. je voulais plus faire d'efforts. tout m'emmerdait en fait, les françaises. bref, je me dis, pourquoi pas un nouveau trip là-bas. quand j'ai retrouvé BKK, j'vous promets, j'ai pleuré. c'était puissant. faut pas se leurrer, on est né pour cette vie-là. les bars, les cafards, j'étais de retour à la maison. BKK, Patong, Pattaya et à nouveau BKK. mais depuis le début, il y avait une fille à BKK, on s'était parlé au Bossy Disco. pute, pas pute, impossible de savoir, on avait sympathisé en tout cas, elle disait être coiffeuse et elle l'était en fait, j'étais allé la voir sur pinklao (pour ceux qui savent pas, c à l'est de BKK) où elle avait son salon. le truc marrant, c'est que j'avais même pas envie de la baiser. juste parler, rester avec elle très longtemps. ça me changeait les idées. je pensais plus à l'avenir. à Patong, à Pattaya, elle m'écrivait, me disant de bien mettre une capote avec les filles. elle avait de l'humour, ça collait bien et les derniers jours, on est resté ensemble tout le temps. et je crois que j'ai du m'attacher là, elle me montrait de nouveaux coins, je vivais à la thaï, c'était cool, beau, franchement, ça me plaisait bien. je connais tous les travers de la chose, mais là, c'était différent. oui, ça aussi vous l'avez entendu, mais comme je dis, je suis pas un newbie. et j'me comprends. son surnom, c'était Tip.

***

« Marly » s'endormait sans téléviseur, un livre ouvert plaqué sur le torse, et il se réveillait souvent angoissé vers quatre heures et somnolait jusqu'à six, avant de tomber dans un sommeil profond et d'être brutalement tiré de là par son réveil.

***

Il restait travailler en France de mi-août à novembre, revenait au Siam deux semaines, repartait travailler en France de mi-décembre à mi-mars, retournait au Siam deux semaines, revenait travailler en France d'avril à mi-juillet, rejoignait le Siam quatre semaines, retournait travailler en France de mi-août à novembre, revenait au Siam deux semaines, repartait travailler en France de mi-décembre à mi-mars, retournait au Siam deux semaines… Et cela continuait indéfiniment d'année en année, avec quelques variations d'un mois à l'autre.

***

Tous les jours, il consultait le cours du baht, et tous les jours, il matait les photos des clubs où des filles apparaissaient et disparaissaient, il en reconnaissait certaines plus tard, sur les réseaux, il commentait leurs profils, saluait, elles répondaient, c'était peut-être une communauté inavouable pour d'autres, mais pour lui, c'était une forme de fierté contrôlée, une fierté de chasseur et de gibier, il était les deux, c'était réglo comme jeu, mentalement, il ne débandait jamais sur le sujet de sa vie nouvelle en Extrême-Orient.

***

yayafr.com > Rubrique > Carnets de Voyage > Intitulé : Le Bad Trip de la mort > Auteur : Pulsion

> Le Bad Trip de la mort #4

faut que j'écrive. continuer mon histoire même s'il est tard et que je devrais pioncer, tout simplement parce qu'elle me rend malade. j'ai mal au bide.

86

alors je continue. je suis donc a Pattaya, on est en septembre 201* on stagne entre Walking street, Jomtien, le faux combat de muay thaï, et nos soirées a écouter de la zik Issâne, d'où elle vient. c'est la même nuit qui se répète et j'en peux plus. bouffer, baiser. des jours entiers sans sortir par ex. la télé en permanence. les séries locales. une nuit, je me fous au balcon, il est au moins trois heures. la chaleur de fou. et je regarde. c bourré de lumières, ça clignote. c calme en même temps. je crois que personne dort jamais ici. je rentre et je regarde ma tronche : j'ai une tête de fou. après une semaine comme ça on sort enfin. elle me propose « pour rigoler » de m'asseoir seul a un bar. ok, j'obéis, c'est un jeu pourri et je sais où ça mène. tu veux jouer tu vas voir. elle me pète sa fausse scène de jalousie, car j'ai regardé avec insistance une danseuse… bref. on regarde amusé les ladyboys, elle me fait savoir avec un code à nous qui en est, qui n'en est pas. on s'amuse. une copine a elle nous rejoint un après-midi. elle lui parle en thaï, moi je capte rien, mais je vois que la copine est très sympa avec moi, elle m'amène des cocas, des trucs a grignoter… deux jolies filles me chouchoutent, j'me dis que je vis un truc de vraiment exceptionnel par rapport a tous les cons restés en France.

mais voilà, Pattaya, j'ai fait le tour, c'est devenu super cher. on pourrait être chez elle a Nakhon Sawan. elle est déçue. elle adore cette ville, je le sais. j'insiste et elle finit par céder. l'argument c'est les parents. je la culpabilise un peu, tout ce fric qu'on pourrait dépenser en famille au lieu des bars et des putes. au passage, elle en connait d'ailleurs beaucoup. on prend le bus pour Bangkok puis de-là jusqu'à Nakhon Sawan, des heures de route. ça me fait toujours flipper les bus. ces histoires de passagers drogués. paraît qu'une fois, ils ont dépouillés tout l'monde et laissés les corps ensuqués dans l'herbe. bon, là RAS. le bus nous dépose devant un abri en tôle. des palmiers autour, un genre de jungle. c'est le matin, mais je sue, c'est trop.

un pick-up vient nous chercher, on arrive chez elle. c'est petit, comme sur les photos. c'est pas très bien entretenu et on vit à 7 : elle, sa fille, le frère, la femme du frère, la mère et le père, qui est malade du cancer. Son père est la, dans la pièce principale avec ses tuyaux et allongé toute la journée. je sais pas quoi dire.

on m'accueille chaleureusement c'est vrai mais je suis pas expansif, je sais pas quoi répondre. j'ai acheté des bonbons et quelques babioles de France à Nantes, où je vis. un truc important pour moi : établir un bon contact avec sa fille de 12 ans maintenant.

elle reste en retrait, un peu, alors que les autres enfants vont facilement vers moi. elle est discrète, elle parle pas. pas grave. on va prendre notre temps. j'ai encore 10 jours.

je fais connaissance avec tout le monde, elle m'amène partout avec son scooter, faire le tour des copines, et vas-y que je te montre mon « farang ».

elle est fière de moi je crois. je suis très content forcément, avec mon beau tatouage en plus. ah oui, j'ai oublié de vous dire qu'à Pattaya, je me suis fait un gros tatouage tribal sur le mollet. j'avais jamais fait de tatouages avant. j'ai décidé de marquer le coup, comme on dit (je regrette pas du tout).

bon, maintenant le sexe. vous attendez tous ça. je sais qu'il faut que j'en parle. faut que je décrive, c'est important. d'abord elle a l'air mécanique. mais elle y met tout ce qu'elle a. c'est bizarre en fait. à la fois, elle est hot et elle est robot. ex : elle suce à la moindre occasion, mais c pas spontané. c'est comme un devoir qu'elle aime. bon, moi, c'est pas mieux. j'ai une obsession qui m'a fait foirer à peu prêt toute relation sérieuse et équilibrée avec les françaises. c'est la sodomie je rigole pas. j'ignore pourquoi c'est si important mais je débande vite dès que la nana dit non. ça peut paraître con mais c comme ça. or non seulement Tip accepte, mais elle prend elle-même les devants. ça me rend dingue. j'ai jamais connu ça. dans une relation normale je veux dire. elle achète du KY direct. elle provoque. on dirait qu'elle sent rien, qu'elle peut tout encaisser. mais le truc vraiment important, le voici : c'est qu'on baise sans capote depuis le début. j'ai rien fait pour l'empêcher, mais j'ai des angoisses. j'ai eu de la fièvre et les sinus bouchés pendant deux semaines. depuis, ça m'obsède. je me documente sur le DAS, c'est pas net tout ça. une nuit, on avait bu, et j'ai hurlé sur elle. *you are a ladybar before ? nooo tirak – chéri –, nooo, i never sell body, never, why do u ask ?* à ce moment là, j'ai quand même un gros doute sur sa vie passée. elle connaît trop bien Pattaya et ses bars…

***

Au début, « Marly » faisait le test, un automatisme, un tic de génération dont les vraies motivations, une fois creusées, lui paraissaient peu claires, peu justifiées, sinon par des articles plus ou moins documentés, des photos de corps disloqués, aspirés et plaqués sur les os, squelettes d'où surgissaient encore des yeux énormes, presque sans paupières, écarquillés, et des bouches tendues, souffrantes, un râle arrêté, baissant les lèvres des deux côtés, un rictus. Il le faisait avec le stress habituel, sans plus, parfois un pic de crainte mais rien de grave, et il ne payait pas, c'était déjà ça, le fait de ne pas payer lui donnait presque l'impression d'une affaire, d'un bon coup.

***

Dans la salle d'attente (groupes de chaises aux montants d'acier creux, scellées au sol et liées entre elles par des tubes épais comme des orgues horizontales, murs crème, affiches rectangulaires ornées d'un téléphone portable ciblé d'un cercle rouge barré illustrant l'interdiction de s'en servir, cartes aux pays dessinés puis divisés en zones coloriées concernées par des maladies tropicales, listes de vaccins divers, brochures d'actions préventives relatives aux maladies vénériennes, portes signées d'un cartel indiquant le nom du médecin correspondant, couloirs perpendiculaires, bandes de néons blancs, fenêtres quasi absentes, sauf une, au bout, laissant deviner d'autres bâtiments du même hôpital, et une lumière du jour jaune grise), parmi d'autres comme lui (un couple venu faire le test et emmitouflé l'un dans l'autre, leurs corps fusionnés en tératologie amoureuse ; une jeune femme de stature splendide, au visage grêlé de petites taches noirâtres écorchées presque saignantes ou purulentes ; un jeune homme paniqué, s'asseyant, se levant, puis s'asseyant encore, maniant une cigarette éteinte, neuve et au filtre mégoté, interpellant les infirmières, parlant trithérapie, agressant par sa peur le personnel hospitalier ; deux, trois hommes d'âge mur, seuls, figés, les yeux au sol ou bien absorbés dans quelques journaux ou magazines ; des femmes vérifiant leur maquillage dans un miroir de poche, fébriles), « Marly » attendait son tour, contemplant toutes les deux ou trois minutes les horaires d'ouverture (huit heures et demie) et de fermeture (dix-huit heures trente), imprimés sur un papier A4 collé sur une des portes battantes de l'entrée, et regardant sur son téléphone portable quelques photos de bouddhas géants et de filles à leurs pieds, souriantes, vêtues de gilets de laine légère à manches longues et de pantalons (jean, legging), afin de cacher leurs bras, leurs épaules et leurs jambes tatoués.

***

« Marly » aimait les correspondances, la théorie des correspondances, il aimait ça en dilettante, ce n'était pas une mystique mais une récréation intellectuelle dans sa vie de spécialiste sans diplôme de la communication dans une belle institution française, et voyant l'infirmière le piquer (trois tubes à remplir), il constatait que les veines des patients et leurs textures de peau (jaunes, blanches, noires, brunes, brunes caramélisées, blanches roussies, jaune porcelaine, jaune or et bronze, et toutes les teintes intermédiaires) pouvaient être les mêmes que celles des pierres, et des galets sur les plages (quartz, cristaux, gypses, grès), et il trouvait ça joli, rassurant, minéral, il avait une image de sources montagneuses, de cascades dans des bassins propres, cristallins, et il entendait très loin le ton de l'infirmière, ce mélange d'empathie (elle se mettait à sa place à lui, « Marly », tentait de le faire, mais mal, il aurait tellement pu lui apprendre mieux là-dessus) et de prévention mécanique, faisant d'elle un automate de plus de la vie salariée, répétant les mêmes expressions et les mêmes gestes, privés de leur sens initial, fraternel – car son but ici, c'était quoi ? dire de faire attention ? c'était trop tard, qu'il soit négatif ou positif ne changerait rien, et puis, elle ne savait pas, elle ignorait qu'il baisait des filles sous les tropiques pour peu d'argent, qu'il adorait ça, qu'il était fier de l'appellation prédateur, il en rigolait, méprisait celles et ceux qui font ce genre d'images en parlant de gens comme lui, mimait des félins, et le lui aurait-il dit qu'elle l'aurait peut-être malmené, ou bien non, l'inverse, peut-être qu'elle aussi allait en Gambie ou Cuba se taper de la belle jeunesse musculaire, et que disait-il déjà, ce reportage vu en replay sur le net l'autre soir et portant sur ces femmes-là ? Ah oui, qu'elles vivaient « un rêve éveillé », c'était la conclusion de la journaliste sur fond de soleil couchant. Un rêve éveillé, alors qu'à l'inverse, les hommes, eux, portaient l'enfer du viol dans leurs valises, c'étaient des monstres, un bestiaire de salauds, et « Marly » se détendait d'un coup, ça l'amusait, d'autant qu'il était séronégatif à chaque fois.

* * *

> Le Bad Trip de la mort #16

dans le quartier où elle vit, il y a pas mal de baraques vides, et grandes en plus. avec des gros portails prétentieux.

elle m'explique qu'elles appartiennent aux filles mariées à des farangs, des mecs hollandais, australiens, suisses, ils viennent de partout, c'est horrible. je lui demande combien ça coûte vraiment, car j'ai vu des annonces sur le net. ça parait pas cher rapporté à la France, mais quand même, pour un Thaï, ça semble énorme, et elle me dit, un million de bahts, parfois moins. Quoi ? Vingt-cinq mille euros pour une villa ? Oui tirak – chérie –, et tu peux devenir propriétaire de la maison et moi du terrain, il y a des montages pour ça, ils sont en sécurité les farangs maintenant, c'est plus comme avant…

au début j'ai pas insisté, mais peu à peu, une fois de retour en France, avec mes problèmes d'emploi, la vie pourrie, les prix, l'avenir sans intérêt, sans espoir en fait, ça a commencé à me triturer grave, à m'obséder même… devenir propriétaire, c'est le rêve de tout le monde, merde. et là, ça devient possible. j'avais un peu d'argent de côté, je pouvais voir avec la banque, au pire avec mes parents, réunir une somme… j'ai commencé à faire des calculs. c'était difficile mais faisable. je réfléchissais encore et encore. avec Tip, on se parlait sur Skype quasi tous les jours. j'avais dit avant de partir : si tu réponds pas, c'est que t'es avec un autre. elle s'est pliée au truc mais j'avoue maintenant avoir envoyé de l'argent, à cette époque tous les mois, pas beaucoup mais de quoi payer le téléphone au moins et des bricoles pour l'enfant. on baisait aussi souvent comme ça. enfin moi je me branlais et elle prenait des poses. elle demandait systématiquement do u cum my teerak et je disais oui, ça s'arrêtait là. quand je lui posais la même question, elle souriait ou faisait des gri-maces de gamine. ok, bon, l'avenir en France, c'était juste no way pour moi, alors que là-bas, j'avais une possibilité de vivre une vie tranquille dans une jolie maison au soleil toute l'année avec une fille canon. j'étais un roi. king cum hahaha. elles sont fortes quand même. et il y aurait aussi une vraie chambre pour sa fille, je pourrais devenir son papa réellement. elle est de plus en plus jolie la petite. j'adore la regarder en fait, même si elle est distante. j'ai refait mes calculs. j'ai tenté un crédit chez Cetelem, mais ils m'ont recalé. alors, je me suis rabattu sur la famille, pas le choix… d'abord, j'ai demandé à Tip si elle pensait la chose jouable. elle a sauté de joie. deux jours plus tard elle m'a appelé, son oncle voulait vendre sa maison 600 000 bahts, 15 000 euros ! ok, pas une maison top, mais une grande mai-son quand même et surtout, le rez-de-chaussé est aménagé en cybercafé, les gens du coin y viennent souvent, c'était inespéré, on aurait la maison et un commerce avec déjà une clientèle.

ça m'a décidé, et avec mon père, ça a été encore plus facile que je l'imaginais. il m'a demandé où j'en étais avec ma Thaï-landaise (c'est son expression), j'ai expliqué ma démarche, que c'était un choix de vie, les tentatives d'emprunt foireuses, et j'ai commencé à faire ma sale gueule, et c'est là qu'il m'a dit pouvoir me prêter 10 000 euros…

j'ai vendu ma voiture et j'ai réuni la somme. j'ai prévenu Tip et j'ai effectué un premier virement de 7 500 euros, 318 000 bahts, puis quelques jours après, un deuxième de la même somme. plus tard, au téléphone, je remarque la liesse et la joie dans sa voix, et j'entends qu'on parle fort et qu'on rit derrière elle, sa famille, sa tante, sa mère surement aussi… mais qu'est-ce qui se passe là-dedans j'ai demandé. rien a dit Tip, elles regardent une série à la télé.

> **FaranglIssan** : + de 600 000 bahts, c'est sur qu'ils sont heureux, c'est énorme pour eux, du moins cette somme d'1 seul coup, enfin chacun sa vie, pas de conseils à te filer...

> **AssLover** : Ben ouais, du rêve en barre et un vrai roman de gare :

— Le père qui remarche et pète la forme.

— z'on claqué les 36.000 bahts de trop direct en whisky pour tout le village histoire d'avoir 600.000 tout ronds.

— Les mecs du hameau ont baisé à l'œil pendant un week-end entier, le maire a baptisé un buffle « Pulsion »...

— Les moines du village ont bouffé du caviar dans leur Som Tam

Putain de « farangset kiniao », de français cheap charlie ! Ils l'ont eu finalement...

> **FranckPoupart** : Pulsion, ton avenir, j'te l'dirais bien en détail, mais là j'ai pas l'temps, pis tu le connais déjà ; en fait t'es un vicelard de première, t'as trouvé le bon forum. Du suspense dans ton cas, y en a jamais eu, ton avenir il est écrit, des comme toi sont irrécupérables. Le seul remède, ce serait que ton père te colle une bonne raclée pour t'apprendre à vivre, une de celles qui te laisse à moitié crevé sur le carreau ; à ton âge et au sien, c'est beaucoup, beaucoup trop tard, les dès sont jetés. Il vaut mieux prendre ça avec du recul, de l'auto-dérision ; en tout cas t'as pas fini de raquer pour les tapins, crois moi...

***

Un jour, le forum a fermé et des bruits ont commencé a circuler : les flics avaient débarqué chez le webmaster et des dizaines de membres avaient été interpellés pour différents motifs allant de menaces de mort à proxénétisme, diffamation, escroquerie, injures raciales ; des types s'étaient fait casser la gueule au Royaume après avoir posté des photos de filles en train de se faire baiser, et leurs sponsors et mecs officiels avaient répliqué ; le site avait été piraté, les profils détournés et des informations personnelles divulguées. Quels que soient les motifs, yayafr. com avait disparu avec ses comptes-rendus de séjours, sa mine de renseignements, ses élucubrations, ses vierges givrées et ses drames madrés. Les derniers mois, « Marly » n'intervenait plus, l'ambiance était différente, des anciens partis, et lui-même avait changé.

***

Avec le temps, il s'était fait à cette vie ponctuée, organisée en intervalles parfois de plus en plus sectionnés, de France vers l'Asie, et en Asie allant d'un point à un autre entre lesquels surgissait un nouveau point à découvrir (villes de province, villages, ruines de temples, districts mineurs avec fragments significatifs, paysages brefs capturés entre deux trains, deux bus, deux itinéraires en mobylette, filles croisées sur les routes de terre, échanges de sourires, conversations, invitations dans des chambres réduites à l'essentiel, spacieuses mais spartiates à la tropicale, avec toujours de nouveaux détails : un linge de bain ou de lit, une poignée de porte en fer forgé, un portail aux trames compliquées, un grillage de fenêtre, des pots au pied des portes avec des plantes, des crachoirs de simili-porcelaine où fuyaient d'anciens motifs de femmes drapées aux cils étirés, aux chignons touffus, épais, portes ouvertes et refermées par un simple cadenas donnant accès à des pièces où des gamines plus expérimentées que soi se déshabillaient, imprimant leur souplesse, leur sueur sur les matelas, les peaux bronzées, luisantes dans la demi-lueur d'ampoules très faibles créant des clairs-obscurs, et des besoins de recommencer indéfiniment, toujours plus loin).

***

Il ne songeait plus à quitter Paris, il était devenu fort, il avait redonné un coup de manivelle à sa carrière, s'était ressaisi, installé différemment dans son job et son existence : sa distance « brechtienne », comme lui avait dit, en la lui reprochant, un des pontes masculins avec qui il travaillait, s'était estompée à nouveau, il ne faisait plus que projeter de temps à un autre un achat de plus en plus improbable au Siam ou au Cambodge, quelque part, un lieu refuge, une retraite avant la retraite qu'il ne toucherait jamais, mais sans tourment, sans pression, sans volonté de brusquer les choses, il avait tout son temps. Un été, il fit même l'impasse sur la Thaïlande, il resta en France, alla un peu en Italie. Il dominait la situation.

***

Et c'est là, lors d'un bref séjour à Pattaya, qu'il avait rencontré Porn, au plus haut de sa maîtrise du Siam, alors qu'il se croyait puissant, à l'abri, connaisseur, incapable de tomber dans aucun des panneaux qu'il avait lui-même plantés, engrainés à partir de ses propres expériences et des ouï-dire.

***

Et d'un coup, il devint l'autre qu'il avait observé chez les autres. Dès son retour, l'ordre bien huilé de sa vie se modifia. Un ordre nouveau, sentimental et totalitaire, fit son apparition. Il appelait tous les jours, conversait tous les jours, la voyait tous les jours sur Skype et se shootait tous les jours à cette fille, planifiant tous les jours de nouvelles vies chaque fois différentes avec elle, de nouveaux métiers les plus improbables qu'il ferait vaguement là-bas pour obtenir son permis de travail et son visa d'un an renouvelable, et tous les jours, il s'inventait des souffrances si elle ne répondait pas, tous les jours jusqu'à celui du retour, chez elle, au Siam, à Pattaya, lui qui, auparavant, avait minimisé cette ville dans ses déplacements en Asie, la réduisant à l'essentiel de quelques nuits pleines, simple escale parmi des dizaines d'autres, devenue maintenant la seule, l'unique raison d'aller là-bas.

Scène 2

J'avais le sentiment que nous étions tous infirmes de quelque chose et que ces filles avaient une vision surhumaine de ces infirmités ; ou bien elles n'en voyaient aucune, ou bien elles les voyaient toutes.

Gérard MANSET – *Royaume de Siam*

2.1 À gauche le vent, à droite les drapeaux.

À gauche le vent soufflant vers la droite, à droite les drapeaux dressés par le vent. Au centre, une façade vitrée où défilent vent et drapeaux, de gauche à droite, un drapeau par pays, bandes multicolores verticales, horizontales, et dans les bandes, des signes : étoiles, croissants, croix, ou rien : aucun signe. Sous les drapeaux, la foule, la plage, la rue avant la plage, parallèle au sable, deux voies, trois voies de circulation, le trafic, le klaxon des baht bus. Autour, un cadre métallique, une baie vitrée. À l'intérieur du cadre, Porn et moi assis, nous sommes au *Burger King*, celui du *Royal Garden*, côté Beach Road, un autre centre commercial, avec, à l'opposé, sur Second Road, un avion encastré rouge dans la façade. Je me haïssais, je n'étais pas à la hauteur, j'avais été faible. En entrant, elle et moi, elle devant moi, un type l'avait regardée, sans hésiter. Un regard direct, total, tu me plais et je te veux et ton type, là, à côté, on s'en carre, c'est entre toi et moi, à la limite, son humiliation fait partie du voyage, il couronnera nos noces précaires, on jouira de nous deux et de lui à terre, on se fendra la gueule sur la sienne.

2.2 C'était Pattaya tout craché qui m'arrivait sur un plateau, la joute, et j'avais balbutié mon combat, j'avais flanché, je l'avais vu se jeter sur elle et j'avais attendu, suivi, attendu sa réaction à elle, on s'était dirigés vers le comptoir et arrivés là, elle s'était retournée, ses yeux mal fixés, fuyants, elle avait manifestement regardé le type, une manière de laisser deviner un sourire sans sourire, du grand art. Du moins j'avais vu ça, ou cru voir ça dans sa pose, et si tout n'était pas comme dans un film, tout n'était pas comme dans la vie non plus, on vivait un état semi-esthétique, cotonneux, violent, la jalousie et le tournoi. J'avais, dès le début, dès l'entrée d'où j'avais repéré le gus, cherché un affrontement qui n'était pas venu, car lui s'était concentré sur l'essentiel, sa proie, son envie. Elle était devant moi et je savais qu'elle avait acquiescé au regard du type, cela ne signifiait pas autre chose que oui tu as le droit de me regarder et de me vouloir, cela ne signifiait pas je suis d'accord pour que tu me prennes, mais c'était déjà beaucoup trop, car cela donnait de l'espoir et il fallait maintenant en arriver au meurtre, d'un côté ou d'un autre, qu'il crève ou que j'en crève. Un type assuré aurait rigolé sans laisser faire, mais je n'ai pas ri et je n'ai rien fait – et j'ai perdu le premier round. Au moment de commander, elle m'a dit de choisir pour elle et qu'elle allait s'asseoir en façade. J'ai pris deux menus *Whopper* sans bacon ni cheese, viande imberbe coupée au soja malade, et je l'ai rejointe et le type avait disparu. Je n'ai rien moufté, elle était distante, et le mec est réapparu par l'arrière, comme dans un ballet atroce, avec ses pas de traître, il allait sortir et de nouveau, face à elle, il a chargé en lui faisant presque signe de le suivre. Je me suis brusquement levé dans un raffut pas possible et Porn m'a arrêté en me traitant de dingue et la guerre a commencé entre nous, la pire des situations, tandis que l'autre s'éclipsait encore une fois. Et le tournoi est devenu un abcès, la Dame et son champion suintant la méfiance et la trahison réciproque, se frittant au lieu de s'unir pour éclater le tiers entre nous, l'ennemi, car l'amour ici, derrière la douceur apparente, est un surgeon vers la violence. La tension est montée d'un coup, tout en silence et paranoïa mais rapide, l'éclair d'une ampoule aux filaments qui grillent, on nous observait mais je ne regardais pas, je savais que derrière mon dos, nous étions l'objet du spectacle, le farang et sa Thaïe qui se frittent au *Burger King*, et jusqu'au comptoir là-bas, ça devait yakyaker – discutailler – mais là n'était pas l'intérêt pour moi, l'urgence c'était l'attitude de Porn, sa colère maîtrisée, comme si j'avais gâché un jeu. Elle dominait la situation, j'étais naïf de la croire de mon côté, c'était plus complexe ce genre d'amour, il y avait plusieurs niveaux, plusieurs lignes de front. J'ai repris une voix doucereuse-respectueuse-mielleuse, à quoi elle n'a pas répondu, puis d'un seul coup : « who do u think u are hum ? If u don't want someone look me, stay home ok, don't come Pattaya ! » Je me suis retrouvé sonné, micheton, accumulant dégoût et plaintes d'être soi, minable. Je me haïssais d'en être là, mais elle m'y avait mis, et pour ça, je la haïssais aussi, et cependant, je me sentais chez moi, comme un flagellé avec son fouet, on se comprenait parfaitement, synchrone dans l'irrespect, les morsures. J'avais échoué, pour l'instant, à la défaire de son rôle huilé, sophistiqué de grande reinasse de Pattaya. Ses mèches longues, ses pupilles de joie et de froid. Publiquement, il n'était pas question pour elle de descendre de sa toise, d'affecter un attachement, de rouler des câlins sobres et précis aux épaules du tendron, quand ce type de situation survenait, si propre à la ville. Sa fierté, elle la réservait à sa solitude disponible, pas aux prétendants. Alors, j'ai senti quelque chose naître, merveilleux, douloureux, sans nom propre, de forme grossière, ancienne, vieille comme l'homme, épaisse, et je lui ai dit calmement que j'allais la frapper cette nuit pour 1 : mettre les compteurs à zéro entre nous ; 2 : lui rappeler le respect ; 3 : lui montrer l'honnêteté de cet amour entre nous. Quand le partenaire déçoit, le tuer, c'est l'aider à rester soi. Ce sera prémédité. Tu as tout le temps d'y penser, ai-je dit.

2.3 À l'évocation des coups, Porn crispe ses traits, on y voit l'ironie, la furie, la peur, et l'apaisement. C'est contradictoire en elle, divergeant : la crainte ; le refus ; la fascination ; et surtout, le rappel d'une fatalité assumée : sa condition transsexuelle et religieuse : musulman devenu fille, il mérite d'être battu et pire ;

femme, c'est lié à son rang, sa position, sa race. Une fatalité, un destin ; et la volonté de se révolter, de ne pas subir ça, cette injustice… Souvent, elle m'avait demandé si j'en viendrais aux coups, elle me provoquait parfois, testait ma patience, car disait-elle, j'étais toujours en mode prévenance, respect, gentillesse, protection, écoute, caresse, force, langue, attente, cela ne pouvait pas être aussi constant, réel, un simple personnage que je jouais, et il devait y avoir un geste, une attitude qui me fasse perdre ce registre d'homme bon qu'elle redoutait. Elle ne croyait pas à la réalité, elle n'était qu'un tissu d'actions peuplées de causes décevantes qu'il fallait démêler pour ne pas se faire mettre et moi je traduisais : je te tends un piège, je tire sur ta patience, je teste ta constance, je veux te voir régresser au rang des autres, ceux que j'ai connus, je veux rester libre. Toute douceur, pour elle, était le résultat d'une violence initiale : mettre la main sur quelqu'un. Alors, en retour, pas toujours mais parfois, à certains instants choisis, les plus anodins, elle viandait tout ça, la douceur et le reste, la confiance, jusqu'aux frontières de la jalousie, après quoi, ce serait l'autre pays, celui des haines, inoculant la crainte des trahisons possibles. Elle ouvrait les vannes de la disponibilité. Nous étions à Pattaya, l'arène était illimitée, tout n'était qu'histoires de ruines entre les farangs et les Thaïs et de quel droit pouvais-je penser y échapper ? Jouant des peurs, me reprochant de les entretenir quand je finissais par gueuler. Si tu crois au mal que je peux te faire, alors il deviendra vrai, je le ferai. Si tu domines mes mensonges, alors tu es un homme et je te serai fidèle. Chaque instant avec elle produisait son lot de remarques psychosexuelles vernies de gentils sentiments empruntés aux séries télé qu'elle adorait – c'était mes préjugés de le croire. Une usine d'affects à grêler les cerveaux, et les faire sortir, les rendre durs et violents, c'était la dernière forme d'élévation existentielle pour des types comme moi. Et puis ses fesses avaient un rôle religieux, une fonction sacerdotale dans un quotidien sans dieux : et les perdre, c'était voir s'éloigner la seule perfection réelle que j'avais acquise, c'était l'échec, ce cul perdu.

2.4 Je suis silencieux, je suis seul en pays étranger dans un *Burger King* aux canapés rouges, aux murs rouges, à la façade en verre du plafond jusqu'au sol, il y a des palmiers dehors, et d'autres arbres plus compliqués avec des troncs torsadés et des branches plus labyrinthiques qu'en Europe, et si l'on s'y penche on y voit toutes sortes d'insectes, quelques-uns ont des crochets inquiétants, d'autres des dizaines de pattes fines comme des cils et d'une vélocité horrifique rappelant à l'homme un monde où il ne serait plus l'espèce dominante, comme une alarme urticaire qui démange dans les rêves, l'image d'un dos d'un seul coup parcouru par ces bêtes-là, mon dos, et je suis seul ici à buter contre l'extérieur, je ne fais rien de mes journées, je les laisse fuir, exclu de toute activité par la barrière d'une langue et les préjugés d'une race qui me regarde en ennemi potentiel ou en pigeon en puissance, j'élabore des plans de vie, je conceptualise des futurs chatoyants, me mettre à la place d'un restaurateur bio, avec jardin accolé au restaurant et la pancarte en thaï et en anglais qui dirait « venez cueillir les fruits et légumes de vos plats », me mettre à la place de X ou Y, devenir retraité avant l'âge, refaire sa vie ici.

Répétition n° 8
Se mettre à la place de celui qui, au seuil de l'intempérance, après une vie de travail lui ayant assuré une belle pitance (médecine, droit, finance, informatique) mais sans correspondance avec sa vocation profonde, prend sa retraite à Pattaya, et, entre deux passes, tranquillement assis sur sa terrasse donnant sur la mer du Siam, au milieu des intersections de branches de banyans, accompagné d'une bière fraîche ou d'un nam soda, s'adonne à sa passion, l'utopie politique, considérée comme l'un des beaux-arts et une réponse sérieuse à la déchéance humaine de son pays d'origine et de l'humanité en général, et contre laquelle il imagine un remède radical, le SSC, Service sexuel et civique.

Entre quatorze et dix-huit ans, en fonction des aptitudes et des personnalités, des physiques et des mentalités, chaque individu mâle et femelle sera appelé, pour une durée de douze mois, à servir sans limites ses concitoyens en matière sexuelle et contre rémunération négociée à la discrétion des deux parties, en plus d'un solde modique de l'État. Il s'agira pour la jeunesse d'apprendre à :

A : se vendre dans l'exercice de son intimité

B : se défaire du ridicule sentiment de propriété de son corps, lequel appartient aussi bien aux autres qu'à soi.

C : dédramatiser l'acte sexuel afin de lui donner la simplicité que mérite cette activité, certes nécessaire à la reproduction et à l'évolution de l'espèce, mais également à la régulation des besoins sociaux. Il appert donc qu'il faut enseigner très jeune l'acceptation par chacun de tous les désirs des autres, quels que soient les sexes et les âges.

D : dédramatiser le viol, car il existera, notamment au début du SSC, des actes contraints afin qu'à travers ceux-ci puissent, non seulement se former l'habitude d'accepter de plaire à qui ne nous plaît pas, mais en plus de satisfaire aux désirs de celles et ceux que nous ne désirons pas et que nous excluons de fait du cercle des plaisirs, aboutissant à terme aux violences. Ces exclusions ridicules n'ont jusqu'alors provoqué que frustrations, tristesse, brutalités contre autrui, automutilations physiques et psychiques, régime alimentaire grossier, chirurgie esthétique mortifère et autres atrocités alors qu'avoir à sa disposition sexuelle et sentimentale dans un cadre citoyen un être beau, jeune et docile soignerait toutes les souffrances et guérirait toutes les solitudes.

E : apprendre à aimer des pratiques qui, par les hasards malheureux de l'éducation ou de la culture, et sous couvert de prétendues inclinations naturelles, sont jugées rébarbatives. Accepte-t-on d'un mioche qu'il refuse de manger tel ou tel aliment, sous prétexte qu'il ne les aime pas ? Non, au contraire, on l'habitue à des fruits, des légumes, on l'oblige à des viandes, car une alimentation équilibrée et saine est toujours diversifiée. Il doit en être de même dans le sexe : on doit goûter de tout et de n'importe qui, et il n'y a point de laideur physique que l'argent ne rattrape. D'ailleurs, à celles et ceux qui, en plus d'être laids, n'auront pas les moyens de leurs désirs, une aide spécifique accordée par la Sécurité sociale leur sera donnée pour se payer une ou un jeune appelé(e) du contingent. Cette aide sera également accordée à celles et ceux, beaux, qui seront pauvres.

F : faire cesser les crispations identitaires infâmes dans lesquelles les uns et les autres se complaisent, à savoir l'hétérosexualité, l'homosexualité ou, subtile malhonnêteté, la bisexualité. Tout militantisme dans ce sens sera étouffé et condamné, la sentence sera le viol. Grâce au Service sexuel et civique sera rappelée cette évidence de la Nature qu'il y a, en dehors de la procréation, non pas des goûts et des préférences, mais des trous et des protubérances, des vagins et des bites, et que les uns comme les autres doivent être à la disposition des uns et des autres indifféremment.

G : payer et se faire payer pour accéder au plaisir, qui est le vrai sens de l'argent. Relevé de sa déchéance actuelle dans laquelle il est tombé, à savoir, sous l'effet du puritanisme universel, le mercantilisme abstrait et la mathématisation des finances – ainsi que son vieux corollaire idiot, le communisme –, l'argent retrouvera sa dignité à travers la putasserie et l'esclavage artisanal à durée limitée et rémunérée. L'esclave n'est pas vendu par un tiers, il se vend lui-même, et profite à la fin de son service des bénéfices de sa vente. Il y apprendra, et le maître ou la maîtresse également, des subtilités comportementales, psychiques et physiques, liées à son état d'esclave sexuel, qui lui ouvriront sur le sens de la vie des perspectives d'une complexité et d'une valeur inestimables. Il sera proprement *initié*. Il sera rattaché aux *principes*. Il percevra une continuité, un flux qui le dépasse tout en l'intégrant et dont il n'est pas possible de dire la puissante Nature, mais uniquement de la suggérer par des rites et des symboles. Le Service sexuel et civique est l'un de ces rites, et ses péripéties, quelques-unes parmi les plus importants de ses symboles.

Il arrête ici, pour aujourd'hui, sa liste, et sourit des horreurs qu'il a écrites, ça lui rappelle sa jeunesse, les transgressions faciles, théoriques, les postures, c'est un type de sa génération, un enfant gâté, un fils du baby-boom. Il est dix-huit heures, la nuit n'est pas loin, il observe la descente du soleil vers l'ouest, tout près des lettres géantes de la ville, P A T T A Y A, qui bientôt s'allumeront. Son linge pend, le tissu est épuisé par l'humidité et les lessives. La touffeur est partout, l'air est saturé d'eau et d'insectes microscopiques qui flottillent tandis qu'au loin, un maigre vent balaie les banyans et les cocotiers. Sur la table en plastique, quelques pelures de durian et de banane, un peu de cajou, des restes de riz séché dans l'assiette. Quelle sera sa soirée ? Ira-t-il dehors jusque tard ? Que lui réservent les rues ? De qui tombera-t-il amoureux ? Qui baisera-t-il en levrette, pied sur la gueule pour la voir crier dans l'oreiller comme une fleur écrasée par son destin ? C'est le charme recommencé de cette ville, c'est la raison pour laquelle il vit là. Il a peu d'argent, mais juste assez pour n'avoir aucun scrupule.

2.5 La réalité et son *Burger King* rouge aux relents d'air conditionné chargé d'huile réapparaît et Porn est toujours assise là, froide, et dehors, il fait laiteux, un ciel blanc et crème où le soleil fond, même le vert des palmes paraît lavasse. Le problème avec Porn, la laisse de clébard qui me tient à elle, la vassalité, c'est l'espèce de beauté qu'elle génère, ça tient à ses traits tout entiers de haut en bas, rien à laisser, tout est fait pour être décortiqué, analysé, fouillé – et servi. Anatomie paysagée où le légiste perd sa dignité et gagne son diplôme. Et puis son éventail de poses psychologiques et les connaissances qu'implique une fille s'étant fait retourner la queue. Et surtout ça : on devine que ce n'est pas qu'une fille mais putain, quelle bombe ! Et pour un hétéro lambda, c'est le paradis, après elle, basta les vagins de naissance. Comme une came parfaite qui, assaisonnée au climat siamois, à la nourriture brûlant les entrailles par paliers d'épices dures, aux spectacles infinis des bars et des nuits, aux rues diurnes et nocturnes réinventées à chaque rangée de babioles exposées sur les trottoirs, à tous ces recoins entraperçus des boutiques où se vendent tout et rien, à ces pénombres d'habitations ouvertes, aux fenêtres entées de jalousies boisées, à ces halls au bas des immeubles ou des maisons, mi-commerces mi-salons, à ces entrées au pied desquelles des pots de plantes et de fleurs injectent l'illusion de la douceur de vivre, vous rendent accro au premier contact. Elle se lève et je la suis, j'ai beau m'en empêcher je la scrute, je voudrais tout plaquer je la guette, ses yeux sont toujours presque fixes, injectés de force et de pouvoir. La prétendue fragilité du ladyboy, des fois, qui se sait condamné à finir seul, abandonné des hommes fuyant son corps avarié par trop d'opérations et d'hormones, je pourrais en jouer, mais elle semble immunisée. On sort, elle est grande, elle mesure pas loin du mètre quatre-vingts, le vers parfait, l'alexandrin unisexe en matière de métrique physique, et je la dépasse d'une dizaine de centimètres, mais là, je me sens petit, tassé, comme si je la regardais d'en bas, un gnome psychologique empaffé dans les clichés de la jalousie, elle me dit d'ailleurs que j'aime ça, que j'ai la tête farcie des préjugées sur Pattaya. Et que les ladybars, j'adore ça. Le mal, eh bien je vais finir par le récolter. On se tait et brusquement elle me prend par le bras, et redevient fusionnelle.

2.6 Beach Road l'après-midi vers quinze ou seize heures ; succession des palmiers, avec, à leurs racines, des monceaux de sacs plastique et de déchets ; jardinières de béton où pousse une végétation malingre ; bancs cerclant les palmiers où s'assoient les tapins et leurs clients ; joggeurs, promeneurs en couple avec leurs enfants ; et en contrebas, desservie par des escaliers tous les cinquante ou vingt mètres, la plage, une bande de sable qui recule chaque année, avec les mêmes transats usés depuis vingt, trente ans et plus. Peut-être les derniers témoins du Pattaya des GIs et des premiers touristes. Toute une nostalgie est là, dans ces transats merdiques, et aussi l'urgence du présent, qui n'existe nulle part autant qu'ici, à Pattaya. Dans la baie, des jet-skis accélèrent, ralentissent et font des boucles, tandis qu'au bord, les loueurs débutent leur arnaque, ils examinent le matos, ils « découvrent » des traces d'accidents sur les carrosseries, des rayures, des embouts cassés, des tôles froissées et ils fixent une caution, ils menacent, un flic se pointe, il est dans le coup, et les paiements finissent par se faire, quelques dizaines de milliers de bahts soutirés aux pigeons, parfois plus. À cet instant, trois Indiens sont dans le collimateur et plus loin, un groupe de jeunes Blancs, australiens peut-être, entourés de locaux, enfermés. Ainsi s'écrivent les vacances au PDS, pays du sourire et de l'escroquerie joyeuse et Porn n'aime pas ça. Elle ne se lasse pas du show des loueurs malfrats de la Beach. Pour elle, c'est l'exemple du travail bâclé. Ça gâche le vrai business. Celui des putes et des autres, comme elle, des joueuses. Tous ces michetons. Ce serait si romantique ces boucles et ces lignes sur l'eau avec eux, en jet au coucher du soleil, cela rapporterait encore plus, une nouvelle épice ajoutée au cocktail mortel peau douce, sexe, chaleur, tropique, paresse, nuit, fête, nourriture, came, etc. Mais c'est mort à cause des scameurs de la Beach. Ils pensent court terme, ils sont pressés. Ils ne sont rien, ni putes, ni flics gradés. Ils regardent tout cet argent passer, ils n'en peuvent plus, c'est leur manière de becqueter. Eux aussi ont des envies, ils sont frustrés, ils ruminent des tueries.

2.7 Progression dans l'après-midi et les passes, tout Beach Road se frelate de conversations capturées, anglais pourri, ça finira mal leur littérature avec ces milliards d'ânonneurs : « I smoke u, I eat u and u boomboom me ok ? But 1500 bahts », « no, 700 bahts and I want u with u friend ok ? 2 girls with me and I give 1000 bahts each », et autour des passes des familles russes et thaïes qui admirent les vagues et la brise marine aux hydrocarbures iodés. Elle m'explique que le type était dehors à nous attendre et qu'encore une fois il lui avait fait signe de le rejoindre et me demande si je l'ai vu. Alors je lui dis d'y aller, que ce jeu m'emmerde, et elle s'arrête et me dit qu'elle ira, elle se retourne comme pour le chercher et comme je me casse elle me suit, me reprend par le bras et s'excuse, si ce mec l'a regardée, c'est qu'elle a « give him hope », c'est son expression et « who is this guy to make us unhappy, forget him, don't give him importance », et c'est quand même fendard de la voir m'accuser doucement de donner du galon à un naze alors que c'est elle l'origine du mal, le général qui distribue les médailles, elle me prend pour un jouet, qu'avais-je à faire de mieux, elle sait que c'est une question d'honneur, c'est une joueuse, elle devra payer, je me jure de lui faire mordre sa fierté, de la recaler dans sa naissance pauvre, aucune pitié, ta faiblesse est liée à ta caste dans l'organigramme social et moi, « Marly » charmant, Prince venu du Nord friqué, je vais pas me priver de te le rappeler un jour bien senti.

2.8 N'empêche qu'elle me tient et quand je la vois, j'admire sa beauté et surtout, ce geste radical d'avoir tant voulu être une femelle. Laquelle, parmi les femmes natives, accepterait de souffrir à ce point pour être son sexe à l'état brut ? Quel hétéro ne verrait pas en elle, et ses semblables, la femme finale, celle à posséder profond pour s'assurer son identité d'être humain ? Quitte à sucer une queue – mais elle n'en a pas, et tant mieux, je ne suis pas un puriste des ladyboys, les bites ne m'émeuvent pas.

2.9 Alors l'idée me vient : pour effacer l'ardoise, j'aurais dû piquer son fric au mec, lui faire payer, et dans la seule acceptation que cette ville respecte : au sens propre. Porn, on aurait pu gagner du fric, la prochaine fois, tu dis au type de te rejoindre dans un endroit X où je suis déjà, je le fracasse, on lui prend sa carte, on le torture pour le code, puis on lui crève les yeux, pour pas qu'il nous reconnaisse, ou bien on le refile à un flic, ils adorent défoncer les étrangers dans les mitards, tu le sais bien. Tout n'est pas encore très clair dans ma tête, c'est brumeux et mal agencé, mais je me sens grandi d'avoir imaginé ce plan et elle se marre et ne m'écoute plus. L'idée que je puisse faire ça la fait rire avant de l'agacer, car, outre le fait de n'avoir pas la tête de l'emploi, je quitte mon rôle d'amoureux transi qui est la raison pour laquelle elle m'a choisi, je suis le meilleur dans mon genre, bon amant, attentionné, innocent et honnête.

2.10 Pourtant j'y pense, et plus j'y pense, plus l'idée se fait indépendante de sa cause, j'oublie le mec, ça semble si simple de se faire de l'argent de cette façon, et me voici dans le vrai Pattaya, celui des mecs qui basculent dans ce type d'opération, il y en a quelques-uns, pas des truands à la base, non, juste des hommes qui tournent mal à cause de l'éloignement, de l'oubli et de l'humiliation, leur langage devient pauvre, ils ne savent plus comment nommer ce qu'ils voient, ils font des fautes, leurs phrases s'allongent avec des mots, toujours les mêmes répétés, en stroboscopie, et bizarrement, la morale élémentaire s'estompe aussi, il n'y a plus ni bien ni mal ni vocabulaire, il n'y a plus que la volonté de garder un minimum de fierté dans la destruction des autres au sein d'un pays qui nous enfonce.

Répétition n° 9
Se mettre à la place de Charles Sobhraj, alias « le Serpent », tueur en série ayant sévi en Asie avec pour base Bangkok. Son père est indien, sa mère est vietnamienne, elle épouse un militaire français en secondes noces, vit à Marseille avec la marmaille, son fils obtient la nationalité française et devient délinquant. En 1970, à vingt-six ans, il part en Inde, et commence à cibler les touristes, il propose son aide, il fait sans doute partie des premiers à incarner cette figure aujourd'hui bien connue des arnaqueurs compatriotes de leurs victimes, la langue de Molière utilisée pour tromper, Français de l'extérieur niquant le Français de l'intérieur ayant eu la sale idée de quitter le cocon hexagonal gnangnan. Pas que des Français : des Australiens aussi, des Américains, des Britanniques. Il propose son aide pour l'achat de pierres précieuses, il drogue, il vole l'argent, les passeports, il vit comme ça. Il monte une équipe avec un assassin et une Française et il se met à tuer. Teresa Ann Knowlton, dix-huit ans, Américaine en quête de spiritualité, est retrouvée morte sur la plage de Pattaya en novembre 1975 – Charles Sobrahj l'avait invitée dans une boîte de nuit de la cité-bordel, puis l'avait tranquillement étranglée. Anne-Marie Parry, une Française, est retrouvée morte le 14 décembre 1975, sur la plage de Pattaya – à cette saison, il fait presque

frais, on voit les putes se madoniser sous des châles en laine. Puis il fuit et débute la traque. Il se rend avec son équipe au Népal, en Inde, à Varanasi, Goa, toujours il drogue les touristes, c'est une œuvre de salubrité, il vit de l'argent volé, il se rend en Malaisie, il est à Hong Kong, il revient à Bangkok, et les cadavres s'accumulent, un Israélien de trente-cinq ans, Allan Aren Jacobs, un Canadien et une Américaine, Laurent Carrière et Connie Jo Bronzich, brûlés au Népal, des Hollandais, Heinricus Bintanja et Cornelia Hemker, eux aussi retrouvés cramés sur le bord d'une route près de Bangkok, un Français, Luc Solomon. Il est arrêté à New Delhi et il peaufine son personnage lors de son procès et de son incarcération, il purge avec brio sa peine, il soudoie des gardiens et fait la fête en prison, c'est un véritable expatrié, un lion, un authentique gourou pour celles et ceux qui jouent la glande dangereuse en Extrême-Orient, un aristocrate du voyage mortel, entre dolce vita, quenelle, massacres, goût des soies et des métaux précieux, route bourbeuse et palmes, et il a le mot de la fin : au journaliste Richard Neville, le premier à faire un livre sur « le Serpent », il dit : « Tant que je peux parler aux gens, je peux les manipuler. »

2.11 Fin d'après-midi sur Beach Road, effroi sentimental, terreur : nous marchons et l'énorme bloc du *Central Festival* se profile, avec le *Hilton* à son sommet et sa façade couleur rouille. Plusieurs fois, on traverse la route. Côté terre, il y a une succession de salons de massage, des restaurants, des tailleurs indiens qui tendent la main, et toutes les têtes croisées ont l'air sale de quelque chose ou simplement blasées, effondrées. Elles sont ailleurs, elles agissent, travaillent, mais un monde d'arrière-pensées les traverse toujours, elles vivent sur plusieurs plans ces têtes, et pourtant, elles m'attendent, elles sont entièrement préoccupées par moi, tendues vers moi pour me tondre, me faire chauve de toute fierté, et je dois éviter qu'elles m'assaillent, éviter de tomber dedans. Je suis tombé dans le visage de Porn. Nous flottons, à l'arrêt, dans des jours réciproques consacrés à ne rien faire, à ne rien construire, simplement à touiller la merde sentimentale, à se faire souffrir, à se faire le hochet de l'autre, des marionnettes tenues par des milliards de fils nerveux reliés à Pattaya et plus loin, à toute l'Asie du Sud-Est. Capter tout et faire du moindre instant une bonne décharge : là, ce sac vert foncé plastique où suintent des vers blancs dans des restes de poulets et de compost, une mixture à remuer jusqu'à y trouver sa propre trace et son odeur, c'est intéressant, ça pue, mais ça pue vivant, pas comme en Europe où ça pue mort. Salon de massage : à l'entrée de l'un d'eux, je repère une femme. Je suis engourdi par ma relation avec Porn mais un minuscule filet sensoriel court malgré tout dans l'intérieur de ma tronche et irise jusqu'à elle, un stimulus, un peu d'hormones partagées, elle me mate, mais je n'arrive pas à bien lire. Prunelles ouvertes, données à moi seul, face à tous les autres types possibles, mais froides. Elle me voit avec un ladyboy, sublime certes mais ladyboy quand même, et pour la première fois, Porn avec moi, j'accède à ça, à cette dureté-là, le regard, le refus par une femme d'un homme qui touche à cette denrée particulière, les ladyboys, coupées ou pas, c'est la même affaire. Ce n'est pas qu'elle me refuse, c'est juste qu'elle me case ailleurs que là où je sais que je suis, elle me déchoit de mon hétérosexualité, à savoir mec né du ventre d'une femme et qui y retourne dès qu'il peut, par la tête, le nez, la bouche, les lèvres, la langue, la queue, les doigts, n'importe. Je ne suis chez moi que dans une fente, bouche, vagin, seins, courbes et quand le monde est impossible à obtenir, quand les ambitions abstraites échouent, que la carrière se brise, il me reste ce refuge, l'oubli par le cunnilingus, je me jette dedans, entre les cuisses, je lèche jusqu'à disparaître. Je me rattrape d'une naissance merdique dans une femme classique. C'est ma pharmacopée, je me fous des MST, le sida est un mythe pour les affaiblis, les faibles, les esclaves. L'abolition de l'esclavage n'empêche pas les esclaves d'exister. Mais cette femme, cette pute, cette masseuse mûre, de trente-cinq ans peut-être ou plus, mince mais voluptueuse, sûre d'elle et de ses formes, totalement consciente de la vie, cette manière de Reine qui légifère l'instant, totalement mon type, mon genre, elle me toise et me fiche au rayon micheton d'un ladyboy, et je subis un double verdict : si tu aimes une copie de femme, c'est que t'es pas capable de satisfaire une femme ; si tu ronronnes avec elle, c'est que t'es faible. Car il semble qu'on devine entre Porn et moi mon attachement pour elle. Et c'est ça le plus ridicule dans cette ville : la tendresse ou le spectacle de la tendresse, son exhibition, sa diction.

2.12 Il ne se passe rien et c'est déjà beaucoup, c'est un effort de l'accepter, ni commencement ni fin, c'est là, c'est tout, et Pattaya offre ça, cette flottaison, façon plastique-sur-mer, toutes ces formes capsulaires et globulaires, ces sacs et ces bouteilles et ces emballages, toutes ces traînées à la transparence poisseuse, huileuse, parfois opaques, hydrocarbures noirâtres, et nous vivons là-dedans, nous sommes deux grèbes, notre nid est psycho-saumâtre, il dévie dans la masse des flots corrompus de Pattaya. Arrivés dans l'anse que fait le *Central* à l'entrée, côté plage, cette espèce d'immense cour creusée au-dessous du niveau de la mer et dont on ne peut s'empêcher d'imaginer le désastre qu'il y aurait si une vague plus forte, comme celle apparue un matin de décembre 2004 au sud dans la mer d'Andaman, venait du plus profond du golfe du Siam tout envahir, rappelant au bel esprit terre à terre des habitants de la ville le sens des puissances aquatiques, arrivés tout en bas après avoir descendu les marches égayées de palmiers dans des pots et d'autres arbustes ventousés au réel pour humaniser le décor, nous nous séparons, épuisés l'un de l'autre, définitivement.

2.13 Pas pour longtemps.

Intermède 2-3

Une fois la porte ouverte, les serrures tournées, en haut, en bas, « Marly » retrouvait Paris, son studio, avec une nausée d'altitude, un mélange de flottement et d'enterrement en lui-même, effets d'un décalage horaire et plus loin, existentiel, contraste de ses membres légers et de sa conscience lourde, difficile, lente à recueillir les informations d'habitude familières et qui, mêlées à la poussière accumulée par des semaines d'absence, formaient un halo lointain : le mince couloir, le plancher, les murs blancs, la porte à droite et la salle de bains derrière avec le chiotte, la baignoire, la machine à laver, les liquides de nettoyage corporels et sanitaires, et dans le couloir le placard, ses deux panneaux coulissants massifs dont l'un tapissé d'un miroir du sol au plafond, et, après le placard, la pièce à vivre, dormir, manger, travailler et converser, avec sa kitchenette parfaitement délimitée par une longue table fermée sur trois côtés, celui ouvert permettant de s'y asseoir, deux chaises et en face, une plaque chauffante, un minifrigo, un évier, un meuble pour victuailles et vaisselle, une poubelle, et derrière la table un lit, des bibliothèques, deux écrans, un de télévision et un d'ordinateur, et la fenêtre, minuscule, un quart du mur donnant sur dehors, pas même centrée mais collée à droite, dans l'angle, comme un morceau de Tetris bloqué. Un monde ascétique, monacal et cher, avec le luxe d'une vue, tout le nord de Paris, le Sacré-Cœur au centre pile poil, à gauche le Panthéon et à droite les hauteurs pas très hautes, bleu, blanc, rouge et jaune, du Centre Pompidou. Au pire, si le jour arrivait où il serait incapable de gagner encore le fric de son expatriation, il resterait là sans bouffer, à regarder cette ville qui, dans ses toitures, conservait un peu de son passé, prestige et fascination d'un spleen réhabilité. Le reste était à gerber, ne demeuraient que des coiffures de zinc et de pierres ouvragées, quelque flèches d'églises.

***

Il reprenait son travail, des horaires de bureau souples qu'il vivait presque à sa guise jusqu'à sa rencontre avec Porn où tout lui était devenu subitement lourd, pesant, des contraintes dans la liberté même, et il calquait depuis son temps sur celui du Siam, il devait être tôt chez lui pour l'appeler tard chez elle, cinq heures d'écart en été, six en hiver. Chez lui ou chez elle ne voulait rien dire, ils n'avaient pour numéro que des mobiles, de sorte qu'ils pouvaient se trouver n'importe où et prétendre être dans leur lit, et mentir, et les craintes, les peurs, les angoisses avaient désormais tout pouvoir de se répandre en eux comme de merveilleux insectes urticants. La moindre absence devenait un abîme d'interprétations douloureuses. Seules les conversations vidéo arrivaient à les apaiser, et ils se désaltéraient de leurs images réciproques, lui plus qu'elle, il avait la certitude qu'elle dominait la situation, il faisait tout pour ça, il la rassurait, la complimentait, l'apaisait, il avait découvert très vite derrière la surface séduisante et assurée les doutes et la perte d'identité, la souffrance de sa condition transsexuelle, et si expérimentée qu'elle fût, il pouvait travailler les failles entrevues, les élargir, s'y faire un trône, un poste de commandement d'où envoyer des ordres de soumission, le jour venu. Elle n'était jamais rassasiée de sa féminité, d'un besoin obsessionnel de confirmation de celle-ci, et « Marly » allait dans son sens et c'était vrai, elle était différente des autres ladyboys, elle était subtile, indétectable, elle n'exagérait rien, purement femme dès le départ, une chance que son corps ait été si ambigu depuis l'enfance, et son ambiguïté s'était épanouie encore avec l'adolescence, très tôt, vers onze ans, grâce aux petites pilules d'hormones qui adoucissaient la peau, rendaient tout imberbe, faisaient pousser les seins, arrondissaient les formes. Les mots de « Marly », aujourd'hui, si habituée qu'elle fût à ceux faciles des hommes qui la complimentaient pour obtenir son cul, sa bouche ou sa compagnie, ses mots à lui entraient dans son vif à elle, ce qu'elle avait de plus précieux et fragile, progressivement, car ils n'étaient pas faciles mais savants, dosés, prononcés avec une justesse et une honnêteté difficiles à refuser. Au moins à ça était-il doué.

***

Certains soirs cependant, il voyait des amis de son ancienne vie, celle normale d'un type normal. Beaucoup avaient des carrières réelles, avec des preuves réelles de leurs valeurs. Ils s'étaient connus à l'époque où « Marly » exerçait en galerie d'art, simple assistant complétant ses fins de mois par des vols menus dans la caisse et la revente à son profit d'éditions rares d'artistes mal classées dans le fonds et donc perdues. Dans ces dîners, ou dans les quelques soirées où il fréquentait encore, il n'avait pas pu s'empêcher de laisser déborder sa nouvelle fixette, cette existence de punter d'abord, puis d'amoureux d'une transsexuelle auprès de qui il était certain de vivre en quelques mois plus de flashes et de pulsions qu'en plusieurs siècles de sa vie d'avant. Avec Porn, disait-il, il n'était pas mari, amant ou ami, mais complice, ange gardien et frère incestueux. Ce qu'il ne voyait pas, c'est la gêne grandissante qu'il inspirait, où sa superbe d'autrefois ne suffisait plus à justifier sa présence et ses redites sur le Siam, les ladyboys, les putes, les arnaques au corps à corps et le reste. Des mantras poisseux. Il croyait à demi consciemment ne rien craindre et même épater le bourgeois, ces classes dirigeantes où il larbinait sa paresse avec un sentiment de supériorité sur ses propres maîtres, il pensait inspirer un respect épicé à cause de ses histoires lointaines à tonalité sexuelle et dangereuse mais il était seul embarqué là-dedans, et toutes les métaphores habituelles qu'on accordait à ce genre de lascars un peu artistes et qui voyagent ne suffisaient plus à rattraper l'opinion générale qui voulait qu'il soit devenu odieux et prétentieux, totalement agressif, haineux et réellement perdu, malsain. Il n'avait d'ailleurs aucune œuvre ni aucun discours à vendre pour faire passer ses déchéances et ses illuminations. La langue trahit tout. Au moins n'était-il pas hypocrite avec ce qu'il ressentait et c'était tout ce qu'il avait à raconter, de gigantesques phases descriptives où se mélangeaient paysages pollués luxuriants labyrinthiques et chirurgie sanglante, partouzes et maladies vénériennes, précarité et violence des castes. Venu de nulle part depuis les limbes des sous-classes sociales, il y retournait à une vitesse d'autant plus grande que la distance était courte, mais il y mettait du fracas et il riait avec fureur et mépris, comme un condamné fier de l'être, un chevalier sans suzerain, un renégat.

***

Un soir, il y eut une fête. On était en décembre et des amis d'amis d'amis avaient organisé une sauterie pour célébrer la fin du monde, une énième fin, et c'était au tour des Mayas de prédire, et leur calendrier affirmait que les planètes allaient s'aligner comme les signes dans une phrase mortelle, et le soleil balancerait d'énormes masses énergétiques qui arriveraient jusqu'à nous sous la forme de radiations rendant la croûte terrestre liquide et larvaire, et les pôles finiraient par s'inverser ou quelque chose dans le genre. Le scénario était magnifique, doté d'une dramaturgie cyclique fabuleuse, et les Mayas avaient sans doute raison, on allait de plus en plus mal de toutes les façons, et cette soirée était très bien, « Marly » buvait et papillonnait, il jouissait à nouveau de vivre ces instants-là, des instants riches, friqués, avec de la belle vaisselle dans un lieu beau – une vaste salle et des murs très hauts où brillaient toutes sortes de bouteilles de vin et de champagne –, tout ça en invité, gratos, en Europe, tandis que là-bas, en Asie du Sud-Est, il vivait autre chose, payer, le plaisir de payer, et cette alternance donnait un prix à l'existence. Il se sentait chanceux, il avait lui aussi son cycle personnel de mort et de renaissance permanente et portative, il réussissait dans le minuscule segment de son existence à reproduire les grands rythmes cosmiques et supracosmiques. Et « Marly » continuait à se parler à lui-même avec ses verres de rouge, de blanc, de muscat et de champagne, et il se demandait comment Porn vivrait ici, comment elle évoluerait, et il semblait dégoûté d'un coup, dégrisé, son histoire d'amour devenue merdique. Une plante fanée car replantée. L'absente de tout bouquet, l'absente de Paris sous peine de perdre son attraction, voilà ce qu'il se disait. Mais pas pour longtemps.

***

À une heure du matin, la fin du monde était finie, il s'était retrouvé avec d'autres dehors, et ils avaient commencé un périple bizarre et simple, chercher un lieu où dîner, et il n'y en avait pas, on servait encore des boissons mais les cuisines étaient fermées, et ils avaient marché assez longtemps, se retrouvant à l'embouchure de la rue Saint-Denis et du boulevard du même nom, avec sa porte, son arc de triomphe au centre, et ils n'avaient rien trouvé d'ouvert pour manger à l'exception d'un de ces restaurants turcs où des liasses de poulets censés être de l'agneau s'empilent sur des broches et cuisent dans la graisse, au milieu des frites et de différentes compositions de légumes, et ils s'étaient attablés, et un des types vêtus d'un tablier blanc qui servaient là s'était mis à découper avec un long couteau des copeaux de viande tombant dans une truelle. Le pain était à côté, ouvert comme devait être un ventre de femme au moment d'une césarienne, mais à rebours, car cette fois, on remplissait la matrice avec de la bidoche, on ne la vidait pas. Il avait demandé de la salade composée, pas de sauce, et un demi-citron. Avec une pince, le type disposa la viande jusqu'à remplir complètement la fente du pain, il enroba le tout d'un papelard aussi transparent qu'un mollard, et il le lui servit. Les trois autres avaient à peu près la même chose mais avec de la sauce, il regarda leurs mains s'enduire de graisse et de ketchup rouge et de mayonnaise jaune, et il se demanda pourquoi il trouvait ça si sale. Alors, mal en point, en proie à l'horreur, car depuis quelques jours, Porn, comme parfois, se montrait froide et distante – et il avait aussi constaté qu'elle avait modifié le mot de passe d'un de ses comptes Facebook précédemment donné afin de lui prouver sa fidélité, et où il ne pouvait s'empêcher d'aller vérifier sa vie, coupant le robinet d'informations privées nourrissant ses apaisements et ses angoisses –, voyant grandir un énorme malaise et une envie de vomir toute l'existence possible, il s'était lancé dans une diatribe contre Paris et le Nord, où tout était mort, fermée la vie, on ne trouvait rien à vivre, aucune spiritualité nulle part, aucune noblesse d'instant sauf en microcomité filiforme, ésotérisme de placard, et la bouffe elle-même était atroce, et la baise était fadasse, les histoires connes, et il n'y avait plus de taxis libres après une certaine heure à cause d'une législation de plus en plus mortifère, et les gens sortaient moins ou plus du tout, c'était une boule de neige imparable, qui grossissait jusqu'à détruire tout l'horizon libre encore visible, et le peu d'humanité dehors se retrouvait dans des bus de nuit policés avec des gamins à moitié alcoolisés et dépucelés. « Remarque, disait "Marly", c'est pas le pire, il y a toujours moyen de faire mal tourner une de ces jeunes filles imbibées, tu peux toujours la baratiner, elles sont open à cet âge pour vivre des trucs pas clairs, ça les fait mouiller entre quatorze et vingt ans, elles aiment ça les plans glauques, faut avoir l'éclairage pour les mettre en état de luire, genre Fassbinder hétéro salopard lumineux, mais bon, c'est pas simple non plus. » Les autres écoutaient mais la fréquence n'était plus la même et l'un d'eux avait fini par lui demander ce qu'il trouvait de si bien *là-bas*.

Répétition n° 10

Se mettre à la place de Joris-Karl Huysmans écrivant *Là-Bas*. Mal aimé Huysmans, mal né, la petite bourgeoisie et ses litanies fonctionnaires, l'atrophie des rythmes vitaux réduits au fonctionnalisme utilitaire le plus efficace, industriel. C'est l'époque Belle Époque, son tout début avec ses chantiers, le métro qui se construit, les fiacres et les architectures en fer forgé. Pour documenter son livre, il enquête : messes noires, loges maçonniques bidon, satanisme sado-maso dans les boudoirs de salons, sectes à moitié dangereuses, ésotérisme réel et simulé, spiritisme de photographe, cercles de poésie symboliste ané-miée, clapotis dans les bas-fonds avec « la racaille des estami-nets, le résidu des brasseries », extrémistes politico-mysticards, putains voyantes, fillettes vestales vénales, duchesses de tour d'ivoire et de tables tournantes, bordels, églises imaginaires, cafés-concerts, tout un peuple et tout Paris, dans le noir et blanc qui nous reste, les premières planches photographiques. Avec Baudelaire, Huysmans codifie un milieu, un monde, et ses demi-mondes, ses cercles parfois poreux. Et que reste-t-il aujourd'hui de *Là-Bas*, de Durtal son héros, et de ses rencontres, ses demi-nuits entre bibliothèques et boîtes aux portes dérobées donnant sur des passages vers des cérémonies irrationnelles ? Des miettes, il en reste des miettes, des singeries. Alors que là-bas, à Pattaya…

***

Le sandwich à moitié mangé, il salua, sortit, et rentra en noctambus, le bus de nuit, il regarda deux gamines d'accent américain ivres et sexy, et il ne fit rien, ne tenta rien, ne chercha pas à les suivre, les aborder, ne les fixa pas longtemps, elles ne l'avaient même pas regardé, il s'était installé dans son caban, la tête bien ceinturée par son col élégant et relevé. Autrefois, il aurait tenté et réussi l'abordage, c'était une obsession dès qu'il sortait, suivre, obtenir un numéro de téléphone, une conversation, la décharge des rencontres, moitié pure, moitié viol, avec des sous-entendus, il savait y mettre les formes, comme « Kurtz » avant sa transformation en monstre blanc, à la fois baleine blanche et jaguar blanc, tératologie pornographique.

***

En rentrant, il réserva un nouveau billet aller-retour pour Bangkok – et il se coucha.

Scène 3

Il y a deux Chanya.
La première est noble, pure, et brille comme de l'or.
La deuxième baise pour de l'argent.
C'est pour ça que les putes deviennent folles.

John Burdett – *Bangkok Tattoo*

3.1 Encore une fois, des lignes surgissent, circulation siamoise, des trajets l'un sur l'autre, lignes changeantes, jamais identiques, crachées, chaotiques. Elles sont plusieurs, difficiles de savoir combien, elles se modifient constamment, se croisent et se chevauchent, elles ne sont jamais fixes – les bandes alternées au sol délimitant des couloirs sont aléatoires – car elles dépendent de la densité du trafic et de la taille des véhicules, elles surviennent parfois au dernier moment, au hasard des deux-roues, venues de derrière une voiture, un bus, une bétaillère, créant ainsi, entre deux autres, une ligne nouvelle. Alors, ce sont des files de mobylettes qui se coagulent brièvement puis se scindent à nouveau, se regroupent et se défont indéfiniment, sous l'effet des déboîtages brusques, improvisés, ce sont des mobylettes montées par deux, trois ou quatre personnes, beaucoup d'enfants devant et derrière la conductrice ou le conducteur, les mains pleines de sacs de fruits, de viandes, d'épices. Les vitesses sont variables, jamais très rapides, toujours régulées par le passage des piétons qui attendent le meilleur moment pour traverser, il n'y a presque pas de feux entre des distances très longues, seulement aux carrefours importants une signalisation apparaît, on peut alors observer la foule montée, les filles avec leurs clients, parfois elles conduisent et parfois c'est eux, les berlines aux vitres fumées des castes élevées ou simplement des classes moyennes qui louent le temps d'une frime un signe extérieur de richesse, les pick-up pleins, soit de familles dont certains membres dorment au milieu des victuailles ou des outils de travail, soit d'ouvriers à la peau tannée, brûlée, vieillie, la tête couverte d'un châle, d'un bonnet, d'un voile qui ne laisse deviner que les yeux, c'est pour se protéger du soleil, les bus et les baht bus et leur fournée de touristes et de prostituées des deux sexes, allant d'un sens à l'autre, dans toute la ville, vers quelques-unes parmi les milliers d'adresses de bars possibles, les milliers de salons de massage, la gamme infinie des restaurants et des hôtels, des boutiques et des succursales d'activités diverses, de jour comme de nuit.

3.2 La prétention des deux-roues me fait vomir. Tous les soirs, je me retrouve cul sur la selle, Porn devant, conduisant, moi derrière, appuyé sur son dos, avec le ciel pour toiture. Je fourre mes mains sur ses hanches, j'occupe mes doigts, elle les retire plusieurs fois, sourit, je renifle son cou, ses épaules, je cherche ses aisselles, il fait chaud et sa transpiration est ouatée, rien de masculin, les hormones donnent à la peau un musc, un remugle aérien. On coupe dans la circulation, on juge au flair, on dépasse et ralentit, on se fixe dans le rétroviseur, je capte des détails au passage, des lumières, car c'est la nuit. Tout est instable, cassé, la chaussée est trouée, inondée à la moindre flotte, il y a du sang possible à chaque frein, la moindre accélération peut provoquer l'accident. Chaque jour, la télévision thaïlandaise montre des scènes où des flics pointent du doigt les morts sur la route, les corps déchiquetés, les jambes, les bras, les visages enlevés, c'est étrange, atroce mais magnétique, la bidoche humaine en bouillie, sans fioritures, les jambes sectionnées, ouvertes, muscles dehors, ressemblent alors à des andouillettes. Tous ces types morts en vacances, touristes sexuels disparus, heureux, le crâne disjoint de la mâchoire. C'est le monde tropical des routes sans orthographe, au code fluctuant, à la merci des situations et des barrages de police. À notre tour d'éviter de finir trop vite. Où irons-nous ? L'idée d'abord, c'est de manger. Nous prenons Second Road en sortant du *Central*, il est un peu plus de dix heures du soir et le trafic est dense. Une rangée de baht bus klaxonnent la foule marcheuse, signifiant que c'est idiot d'être à pied sous la chaleur, on finit sale, moite, en sueur. Justement, c'est ça qui plaît, être en eau à la merci des rues. Elles s'ouvrent à gauche et à droite sur Second Road, avec des bars, par centaines. Nous remontons vers le nord, avec, à gauche, Soï 8, puis 7, et vues de cette selle, dans la vitesse, en passant, on les croirait obscures ces rues, en congés, mais c'est un leurre, il suffirait de faire quelques mètres à l'intérieur pour trouver des néons par centaines, et des petites loupiotes, des lampions, et les cris, les fards, les filles qui se ruent sur un type pour le traîner au comptoir, le faire boire, offrir des verres et barfiner, louer l'une d'elles. Et c'est ça qu'ils veulent vivre, tous, les clients et les putes, ce ballet, une fois dedans, ils n'en sortent plus, ou difficilement. Où irons-nous ce soir – et manger quoi ? Sur les trottoirs, des bourriches en zinc s'accumulent, des mosaïques de plats : curry rouge et vert au lait de coco où flottent les canards émincés, les poulets, les ananas, les piments, soupe citronnelle de crevettes, de gambas, riz frits à tout, feuilletés végétariens, pattes de riz cuites au wok, poissons grillés, salade de papaye qui flingue l'estomac et brûle, épure. L'orgie des plats, tandis qu'autour, partout, on monnaie partouzes, mariages d'une heure, short time, long time, very long time, les noces précaires.

3.3 Au carrefour entre Second Road et Pattaya Klang, on tourne à droite, laissant derrière nous la mer ; on file à l'est, dans les terres déchues, occupées de bâtiments d'à peine trente ans, déjà usés, aux façades moisies, vérolées par des claies, des grillages aux balcons mimant des moucharabiehs. En journée, la lumière pointille sur les sols, les murs, les plafonds, créant des grilles nomades dans l'intérieur des chambres, provoquant, à les suivre, des torpeurs, des états de demi-sommeil, des siestes soudaines. Le corps s'évapore, disparaît, fond dans ce qu'il voit. Ici ou là pendent le linge à sécher, les jeans, les shorts mini, les culottes, les strings, les tee-shirts, tandis que des tuyaux gouttent, toujours ce bruit de fuite, depuis les salles de bains ou les robinets dehors, des relents d'eau verdissante, mousseuse.

3.4 Il y a peu de bars sur Pattaya Klang, cette grande artère où l'on peut circuler dans les deux sens, peu relativement à ceux que l'on trouve immédiatement dans les soï perpendiculaires, et elle apparaît donc étrangement calme, reposante, alors que c'est un axe de circulation intense, une longue perspective très large, qu'il faut traverser en plusieurs fois, s'arrêter, regarder souvent à droite et à gauche, mais les décibels assez rares engrangés sur sa trajectoire font qu'elle est presque silencieuse, la nuit. On s'arrête face à un centre commercial ouvert vingt-quatre heures sur vingt-quatre, puis on s'installe dans un de ces restaurants qu'elle prise, un petit hall tenu par des piliers de béton, des fils électriques qui pendouillent, des rangées de néons sous couvercles plastique rectangulaires comme des passages piétons au plafond, et des cuisines ouvertes sur le chaland. Au bout, une estrade, derrière laquelle un écran diffuse une série locale, une scène où une femme hurle sur une autre, en larmes. Bientôt, un orchestre va prendre place, et jouer quelques morceaux classiques de l'Issâne, la province du nord-est du Siam, là d'où viennent beaucoup de filles, avec un dialecte lao. Il y a des images sur les menus, pour les analphabètes, on voit des soupes, des riz frits, des crabes et des poissons. Ce sera, une fois de plus, une rafale de plats, comme si rien n'existait d'autre que la dégustation, la pioche dans une multitude d'assiettes, de différents goûts et textures, en prenant soin de ne rien finir, de laisser une partie importante aux chiens, aux blattes, ou aux dieux. Elle vient d'un milieu pauvre, elle gâche de la nourriture, tout m'échappe, la compréhension disparaît dans la vie ordinaire. Mais de quelle pauvreté s'agit-il ? Si ce n'est pas la pauvreté du ventre, ni celle du froid, alors quelle est-elle ?

3.5 Parlant au futur brusquement, de sa présence prochaine à Paris, car j'avais fini par abattre cette carte après bien des précautions, des litotes, des omissions et des silences, attendant des mois de relation pour rendre la proposition plus crédible encore, plus fiable, alors qu'il n'en était rien, qu'il s'agissait seulement de briser ses remparts à elle, ou plus exactement de les dominer, de lui faire cracher ses sentiments sur la table, dans le lit, gratuitement, ouvrant ses fesses comme ça, sans contrepartie, sans cadeau – ou si peu, car il y en avait quand même, plus que je ne veux l'admettre, elle possède l'art de rendre les dépenses indolores, elle tartine tout de lidocaïne, ça glisse, on ne s'en rend pas compte jusqu'au réveil –, sans attente, et elle croyante, confiante dans une vie ailleurs, avec quelqu'un, un homme l'acceptant comme elle est et pour longtemps, pas un de ces types qui s'en vont après deux ou trois bijoux et des transferts de fric avec Western Union et qu'on manipule facilement car l'enjeu est faible, pas un de ces types déséquilibrés venus chercher des expériences, faire l'essai d'un ladyboy, tâter d'un vagin fabriqué de toutes pièces, non, un type, un homme, un garçon, un pur hétérosexuel, sympathique, honnête, généreux, pas mal, pas gâché, pas mauvais, pas cramé par l'existence mauvaise, charmant, séduisant, respectueux sur le long terme, un marathonien, un sentimental des longues distances, un conservateur des premiers gestes, un prévenant, un attentionné capable, dix ans, vingt ans plus tard, d'offrir les mêmes regards et les mêmes caresses désintéressées, pas un taré, pas un allumé de Walking Street, pas un de ces punters imbus de leur occidentalité ou de leur orientalité persique, un mec comme moi donc, du moins dans l'idée qu'elle se fait de moi, et que j'ai construite pour elle, longtemps, attentif aux petites preuves, à conserver le foyer initial de la rencontre, à l'enrichir, et qu'elle a fini par accepter comme étant une bonne idée, une idée pas pire qu'une autre, moi qui me mettais à la place de celui qu'elle voulait trouver – mais était-ce bien vrai tout cela, n'étais-je pas, alors qu'elle parlait au futur de Paris, moi aussi en train de me leurrer, n'était-elle pas, là aussi, en plein flagrant délit de mensonges et d'arnaques, me montrant ce que je voulais voir, entendre, sentir, toucher, goûter, n'était-elle pas tout simplement en train de jouer le rôle que j'attendais qu'elle joue, celui d'une femme croyant au mien, et, déprisant toute fierté, acceptant de révéler sa personnalité la plus cachée, précieuse, sa parcelle conservée d'enfance, n'était-ce pas de part et d'autre la même malversation ? Eh bien non, ce n'était pas pareil, car le seul fait réel entre nous, c'est que l'argent, ici même, à cet instant, circule toujours dans le même sens, de ma poche à la sienne. Peu d'argent certes, mais quand même, elle gagne bien sa vie avec ses magasins et je gagne pas trop mal la mienne dans ma carrière d'emprunt, mais elle arrive toujours à me soutirer quelques liasses et des cadeaux de prix, toujours, et justement, tandis qu'elle parle de Paris au futur, de son existence prochaine dans la Ville lumière, se faisant presque enfantine dans les yeux, elle dit d'un ton émerveillé, qui me culpabilise avec science, comme si derrière sa candeur d'un coup se cachait le vibrato qui allait toucher mon orgueil, celui propre au mâle de devoir assurer protection sous peine de perdre sa crédibilité – dont je me fous, mais qui possède encore, malgré le ratage évident de mon existence, quelques carats d'importance –, elle me dit combien elle se voit déjà glisser ses mains dans des gants de cuir en hiver, l'hiver, pour elle, étant le décor d'une symphonie gestuelle « HiSo » comme elle précise en anglais, « HiSo », une expression fétiche, « haute société », et si pour nous c'est ridicule, pour elle non – et ça ne l'est plus du tout dans le système hyper-pyramidal thaï, un dur monument de nuances hiérarchiques impossible à maîtriser si l'on n'est pas né dedans et si l'on n'a pas accumulé des dizaines de vies antérieures –, et ce respect total pour chacun des signes extérieurs de richesse, et la possession de ces signes, lui est aussi naturel que chez moi l'hypocrisie typiquement européenne du rejet de ces signes-là, cette espèce de snobisme qui nous fait cracher sur l'argent, nommer parvenus celles et ceux qui festoient d'en gagner tout en fuyant les mêmes qui n'en ont pas, car l'argent, c'est bien d'en avoir, mais pas d'en parler, vivre d'un côté et penser de l'autre, le grand écart occidental face à la pyramide thaïlandaise.

3.6 Puis l'addition arrive, je paie, la soirée continue sur deux-roues, on sillonne tant qu'on peut cette ville, cette fois de l'autre côté de la Sukhumvit, là où les farangs se raréfient mais ne disparaissent pas, toujours quelques îlots de lumière surgissent avec des filles à l'intérieur et deux, trois, quatre farangs, souvent de plus de cinquante ans, assis, heureux, dépensant leur retraite, leur pension, pris en charge comme il faut par les ladys locales. En s'enfonçant un peu plus dans le Pattaya des Thaïlandais comme dit Porn, en laissant de part et d'autre des barres d'habitations et des grilles ouvrant sur des rues pavillonnaires, on finit par arriver dans une petite rue faite entièrement de maisons, où vit l'une de ses amies. Il s'agit en fait de la maison de la sœur de cette amie, autrefois mariée à un Danois, maintenant divorcée, et qui est désormais l'unique propriétaire de cette baraque jolie prêtée à sa sœur, deux étages, plus un bout de terrain, plus un chien. Toujours cette quasi-fluorescence du vert des palmes la nuit sous les lustres, cette luxuriance dans les rouges des lanternes de papier, à la chinoise, et des plantes dans des pots. Toujours ces reflets jusqu'au matin de téléviseurs allumés quelque part, comme si jamais on ne dormait vraiment dans le Royaume, tous éveillés à moitié par la chaleur, laissant des fenêtres ouvertes quand manque le climatiseur, malgré les vols de plus en plus nombreux. Porn me fait visiter les lieux et m'explique que la maison d'en face est à vendre à un prix tout à fait modique, qu'elle doit

voir sa banque pour faire un emprunt, ce que je traduis par : file-moi le fric, on sera heureux ici. Porn
ne correspond toujours pas à l'image répandue par les
romans d'aéroport de la gagneuse et de la pute, mais
nous semblons suivre un itinéraire semblable et je me
demande comment moi, à mon tour, je me retrouve à
écouter ça. Le risque est faible car je connais la recette,
mais j'avoue me laisser aller un instant à imaginer une
de ces maisons si peu chères, et moi à l'intérieur, ne
faisant rien sinon rêvasser, mon vrai métier, échafauder des plans pour s'en sortir, menant l'existence
cérébrale de tous ici, et vivoter dans mon théâtre mental, meubler ma solitude d'étranger avec des ragots,
et venir chaque jour sur les forums faire mon kakou,
mon expat blasé chambreur et puis surtout, regarder
Porn, la voir se laver et la laver moi-même, plusieurs
fois la nuit, le jour, à la moindre occasion. La vie est si
laide en Europe.

3.7 Nous prenons un jus de mangue chez son amie,
nous ne semblons être ici que pour ça, boire un jus
tranquille, puis l'amie passe au ya ba, elle sort le matériel, c'est toujours plaisant les rituels, elle brûle sur du
papier alu quelques cachets, et aspire depuis un cône
de carton roulé, dans un bruit de bulles comme fait
une paille récurant un verre en quête des dernières
gouttes. Elle en est encore au début de cette came,
elle vit l'excitation, l'absence de sommeil. Si les flics
viennent à cet instant, je suis dans une merde impossible à nettoyer, je le sais, je n'ai pas assez d'argent,
mais dans le confort chaud où je suis, et l'écart entre

le vécu et le savoir abstrait de la prévention, je m'en carre. Du préservatif aussi.

3.8 Nous repartons et sur la selle, alors qu'elle reprend sa rêverie sur Paris et que nous redescendons vers la côte, je pétris son cul tellement rond, je fouille dans son falzar en toile noire élastique, je constate avec la même surprise cent fois par jour qu'elle a vraiment une peau spéciale – et un vrai sexe de femme où surnage, plissé dans les lèvres, un reste de prépuce –, je bande. Je fous un doigt dans sa raie et je capture l'humidité, la transpiration de son cul, puis je le sors et le balade sous mon nez, ça me plaît de respirer ça, les effluves de son anus frais me calment.

3.9 Elle glissera ses mains dans des gants de cuir, elle ajustera son manteau doublé d'une fourrure faisant des lèvres sur les bords de sa capuche et de sa boutonnière, elle se capitonnera, s'emmitouflera, elle ira voir la neige. Il faut être riche pour vivre dans le froid, l'hiver est une saison HiSo. Peut-être verra-t-elle aussi ces types dehors, puant d'une odeur que personne ici n'oserait avoir, puant la mort. C'est si sale en Europe, si glauque, si pauvre.

3.10 J'aurai une maison ici, une de ces maisons de bois laqué, brillant, luisant d'une moiteur séchée, un appentis, un auvent, une terrasse, un vaste plateau monté sur pilotis où seront disposées plusieurs maisonnettes de quelques mètres carrés seulement, indépendantes et liées, on sortira pour passer de l'une à l'autre, la cuisine sera à l'extérieur, ce sera frugal, précieux, arboré, proche de la ville, avec une mare, un carré de flotte, et des rizières, des collines au loin, la jungle, un klong aussi – canal –, et des chemins de terre un peu rouge, comme celle du Cambodge, entre Siem Reap et Phnom Penh, et tout un tas de treillis végétaux, chaque pouce de territoire ayant sa tenue de camouflage pour masquer la laideur terrestre.

3.11 Elle découvrira la promenade, la déambulation à pied sur des trottoirs larges donnant sur des boutiques travaillées comme des œuvres d'art, cette propreté des commerces en dehors des centres commerciaux, les grands magasins lui sembleront vieux, étranges, avec leurs chiottes sales, leur absence de service, elle apprendra le zonage, la séparation des heures nocturnes et diurnes, l'existence de moins en moins évidente des lieux de plaisirs au profit des lieux d'achats pour tous ces objets, ce mobilier surtout, cet exotisme de la décoration d'intérieur, car il fait froid, il faut créer de la chaleur chez soi, articuler des objets, c'est une partie d'échecs, déplacer un fauteuil, disposer des rayonnages.

3.12 Depuis ma terrasse perchée, sous laquelle un pick-up et des motos japonaises jouxteront des sacs de riz, j'observerai, la nuit, Pattaya scintillante et sa cloche lumineuse safranée, et le jour, les verts des plantes, sur les collines, les carrés rizicoles, et je ne foutrai rien, je disparaîtrai dans le paysage, l'observation couvrira tout, j'élargirai ma physiologie au minéral et au végétal, mon anatomie sera une ponctuation de la géographie ambiante, j'accéderai à cette sensation d'étendue, et dans ce tissu aux pores multiples, je serai une maille sensible à toutes les autres, je me fondrai à la terre, à l'eau, à l'air, mon être sera une corde et mon existence une simple vibration parmi d'autres, j'aurai mon petit bonheur cosmique domestique avec Porn, au milieu des geckos.

3.13 Le soir, elle s'habillera de belles étoffes, plusieurs épaisseurs de coton, de polyester, elle vengera sa naissance par la conquête du « Saharat U-ro », l'Europe – elle se souvient de cette fille, Chanya, croisée autrefois, et de son séjour au « Saharat Amerika », de l'argent gagné dans des bordels puis auprès d'hommes importants (et toi, me précise-t-elle, tu es quelqu'un d'important, et ce qu'elle dit me terrifie, elle a fini par me croire et le faisant, elle me flingue, me met face à ma condition réelle, ça m'angoisse ce ratage) –, elle ne sera pas une pute mais elle sera plus puissante que ça, elle aura tout, avec pour base Paris, d'où elle rayonnera jusqu'à Londres, Berlin, et l'Italie, les jolies villes d'Italie du Nord, un peu tristes, dures, avec leurs palais décorés d'images sombres, les églises, les piazzas pavées, les fontaines sous le ciel autoritaire.

3.14 Mes journées seront divisées de l'intérieur, mais pas séparées, divisées en unités libres, indépendantes et cependant liées à la tranche de mon existence affranchie, j'en serai l'unique propriétaire et le seul patron, elles seront semblables mais pas identiques, soudées d'un tissu précieux aux mailles répétées d'activités sans but lucratif. D'abord un sport : le matin, sur ma terrasse, quelques mouvements essentiels à la souplesse, d'autres à la musculature, culminant dans la gestuelle du combat de boxe thaïe, aboutissant à la frugalité abdominale des éphèbes, au cuir souple de la peau des combattants ; puis les ablutions : récurage de l'anus, de la bouche, du nez, des oreilles, rasage, douche, bains, huiles ; puis la préparation des repas : coupe des viandes, des légumes, nettoyage des riz, délayage des liquides, composition des sauces ; puis les moments de paresse, le théâtre mental sans but, se mettre à la place d'untel ou d'untel, les voisins, les paysans, ceux qui boivent, les flics du coin ; puis le passage au jardin : les plants de légumes venus d'ailleurs, l'herborisation thérapeutique, l'élaboration de rythmes au sein de chaque jour dans la répétition des gestes ; puis la télévision : les séries, jugées débiles au début, auxquelles je finirai par m'habituer, mon esprit accédera à l'engourdissement révélateur, avant l'illumination ; puis la baise avec Porn, l'observation de sa vulve, le même étonnement face à son prépuce miniaturisé en clitoris, les réactions étranges de ses lèvres, son ancienne verge, les parois de son vagin qui suintent comme un vrai, sa pénétration sèche, son sperme qu'elle jouit sans jet, comme une éponge pressée qui mousse, mais qui se condense en mêmes grumeaux blancs que le mien ; et la nuit, parfois, la tournée des bordels, les sorties à Pattaya.

3.15 Elle découvrira les saisons, les écarts de températures, les arbres nus, les floraisons, l'acmé, la canicule, le gel, la pluie givrée, les tempêtes froides, les moins que zéro et ces variations climatiques remplaceront peu à peu les nuances multiples, les gradations complexes, codées, indéfiniment recomposées de la pyramide sociale thaïlandaise, l'une se superposant à l'autre, la souplesse physique se juxtaposant à l'extrême mobilité psychique.

3.16 Et nous irons ensemble à l'ambassade de France à Bangkok sur Sathorn Road faire le visa pour le « Saharat U-ro », et, à notre tour, nous accéderons à cette sensation de vie bouleversée, ou de conte féerique, d'existences mutuellement changées, cette modification du cursus social déterminé, ce mélange des castes et des races, et on nous le fera payer – ou pas –, ce sera l'accueil ironique – ou pas –, des personnels en charge du dossier qui auront ce masque blasé – ou pas – à la vue du sexe de Porn – masculin –, et qui détailleront la liste des pièces à fournir et les examineront ensuite à notre retour, et demanderont – ou pas – de compléter, et nous quitterons les bureaux vitreux, nous retrouverons Sathorn, qui ressemble à une autoroute crachant un taux démentiel de monoxyde de carbone, et on se dirigera vers Lumpini Park, avec ses lacs et ses varans sortant par intermittence gober lentement des tortues, et on s'installera dans la fin de l'après-midi, louant un tapis et bouffant des pilons de poulet grillés, des copules de riz, des quartiers de pastèque coupés dans un sac plastique, couple parmi d'autres couples au milieu des joggeurs, des culturistes soulevant des fontes à ciel ouvert, des patrouilles de flics, de l'hymne au roi, qui fige un instant la ville, et très vite, je paierai : d'abord le billet d'avion, deux places côte à côte sans escale, dix mille kilomètres d'une traite jusqu'à Roissy, je paierai la caution demandée pour sa venue en France, un compte en banque garni assurant son retour en cas de problème, je paierai les mensualités à sa famille, les besoins imprévus, je paierai les derniers signes d'une certaine aisance qu'il faut montrer posséder sous peine de mort sociale au pays, je paierai mon existence de trajets quotidiens vers un travail obligatoire, une carrière enfin justifiée par l'obligation noble de nourrir et vêtir et embellir des proches et je deviendrai : un homme responsable, protecteur, capable d'assurer la subsistance heureuse de son entourage, accomplissant sa mission masculine de chasseur, un être capable de travailler pour d'autres que lui, de fonder une famille. Et elle paiera : son tribut à l'idée ancestrale de maîtresse d'un foyer, son accès au matriarcat, la maîtrise du budget du couple, et elle deviendra : une femme au sens où sa mère en est une, et plus encore que ça, ce que sa mère n'est pas, ni ses sœurs : une femme enrichie, une hôte, une femme indépendante au foyer, le dernier cri en matière de gymnastique générique, de femme supérieure assumant quasiment tous les rôles, patronne par procuration de boutiques à Pattaya City dirigées d'une main de fer, et épouse modèle, séduisante, cuisinant des plats pour son mec, choyant son intérieur, jouissant du confort, d'une absence de stress sur le plan financier, installée miraculeusement dans les bonbonnières de l'hétérosexualité sirupeuse.

3.17 Mais pas pour longtemps.

3.18 On s'arrête sur la plage, au centre exact de la baie, la marée basse à cette heure découvre une vaste étendue de sable où déambuler, les projecteurs ont une force lunaire, des Thaïs ou des Birmans clandestins s'installent pour la nuit, des rats filent entre les transats rangés, une fille de dix ou onze ans, maquillée, en jupe très courte, ses talons à la main, passe vite et disparaît, des groupes sont assis au milieu de packs de bières, des types font des va-et-vient en proie à une agitation nerveuse, on distingue l'effet du ya ba, de l'alcool ou de n'importe quoi, beaucoup de familles finissent de pique-niquer, des enfants jouent et s'endorment, des tapins descendent du trottoir tandis qu'au loin, vers le sud, posée à mi-hauteur de colline, bordurée de palmes, resplendit la signature de la ville :

PATTAYA*city*

Répétition n° 11
Se mettre à la place de Marguerite Yourcenar, qui visite Pattaya trois jours en janvier 1983, et en fait un descriptif bref, enchanté, regrettant de ne pas y rester plus longtemps. C'est un lieu fabriqué pour elle et Jerry Wilson, qui l'accompagne : Yourcenar, lesbienne, amoureuse de Wilson, pédé, dans la ville aux amours complexes, sans idéologie, trop forte pour la politique et la caricature, consacrant ses rues à des sujets plus graves que sont l'exploration psychique et physique des limites entre les êtres dans un cadre idyllique et archipollué. Elle parle d'un lieu exquis : c'est l'ambiance qui la retient, l'espèce de rythmique éberluée, les temps forts et les temps faibles, l'alternance permanente – et les filles, dont Wilson dit qu'elles sont

142

« comme des hirondelles sur des fils téléphoniques ». Elle constate le développement saccageur de la ville, le vandalisme urbain sur la végétation et les maisons de bois, la disparition probable de ces longs plateaux où sont posées les pièces et les milliers de vies domestiques qui vont de l'une à l'autre et forment autant de théâtres acquis aux subtilités de la représentation et de la dialectique du dehors et du dedans, le goût de l'extérieur, du cérémonial des journées. Elle se baigne la nuit dans une eau qui n'est pas encore cette soupe marron de latex, de sperme, de merde et d'hydrocarbures. Mais ce qu'elle sent de Pattaya est toujours là, plus développé encore, plus massif. Après Pattaya, ce sont, pour ceux qui tombent dedans, les petits villages perdus dans les replis des lacs du Nord-Est, les disparitions dans le décor, les retours à l'argile.

Répétition n° 12
Se mettre à la place de George Groslier, auteur du roman *Le Retour à l'argile*, artiste, ethnologue, mort sous la torture en 1945 au Cambodge, capturé par les Japonais alors qu'il était dans la résistance opérateur radio, retraité depuis 1942 de son poste de conservateur en chef du musée Albert-Sarraut à Phnom Penh, devenu depuis Musée national du Cambodge, qu'il avait lui-même créé afin de préserver les arts khmers. Adepte du mal jaune, il nourrit ce mal d'un amour réel pour l'artisanat local, dont il apparaît dans les fiches biographiques qui lui sont consacrées comme le rénovateur, l'admirateur, le défenseur, l'illustrateur, à travers des livres, des conférences, des dessins et des peintures. L'inverse d'André Malraux, qu'il

contribue à faire arrêter après ses découpes de bas-reliefs au Banteay Srei, le temple hindouiste où s'activent les putes en pierres et postures dentelées, les apsaras, souvent décapitées par le temps, les pillards et les communistes. Dans *Le Retour à l'argile*, Claude, le personnage principal, blanc, marié à une Blanche, Raymonde, glisse progressivement dans une existence solitaire, royale pense-t-il, opposée à l'ancienne, civilisée, technicienne, orgueilleux de jungles et de forces animales. Il est embourbé, fasciné par ce qu'il nomme les indigènes, spécialement les femmes, dont une, Kamlang, devient sa maîtresse, puis sa femme, l'isolant encore plus, le flattant dans ses instincts, tissant un autre plan que le sien, choisissant une seconde épouse, et des servantes, une maisonnée pour l'enfermer, le retenir. Il termine gisant, fuyant toute fréquentation française, retournant à la terre, à l'eau, au ciel, allant parfois sur le fleuve, le soir, dérivant en sampan, et découvrant, au détour d'un coude, une fête et son jazz, dans une villa européenne, comme aujourd'hui, à Vang Vieng, au Laos, on voit se jeter dans la Nam Song River, sur fond d'électro, des gamins et des gamines d'Europe ou d'Amérique, foutus et drogués, perdus dans les reins du passif colonial, ayant cru à d'autres vies et d'autres lieux, des souricières pour eux, où des locaux, et des compatriotes oubliés, enfoncés dans l'argile devenue de la merde, attendent de les plumer.

3.19 Les plages, en contrebas des routes, produisent une sensation de surdité, et j'essaie, au milieu de cette poussière, des déchets venus des vagues, des transactions sexuelles, de desserrer le nœud de cette fille sur moi, d'arrêter cette descente vers nulle part, d'échapper à sa pente. Je ne suis pas encore comme les autres, j'ai un travail – toujours –, un billet de retour, je n'ai pas tout liquidé en France et converti mon fric en chrono-devises vers la disparition sociale, la mort, l'appauvrissement au Levant, mon humiliation n'est pas encore actée, mais je suis bien parti, je suis bien engagé dans la merde. Quelles raisons j'ai de survivre, de me sauver ? Où suis-je important, essentiel, constructif, participatif d'un projet collectif positif ? Insensible à ma propre famille, à ses besoins. Quelles raisons j'ai de ne pas tout abîmer, tout salir, mais en proportion de ma minuscule place sur terre. L'essentiel de mon activité cérébrale est consacrée à des scènes d'extermination et de tuerie, quand, dans la rue, une attitude me déplaît, un bruit, un enfant gâté, un visage capricieux, ou bien ce sont des scènes de cul – de viol et de torture si je croise une de ces fiertés à talons dégainer, déhancher sa puissance féminine rapidement, et renoncer, comme pour fuir ce qu'elle sème. Hormis ces deux domaines, c'est le vide concret des sensations réduites à espérer : dans une fleur, parfois, saisir l'impression du flux des transformations cosmiques et se sentir soi-même partie prenante du Tout. Voilà, ce soir, ma littérature de plage, tandis que Porn flambe sur Paris. Tout empeste, moi le premier, qui seul, ai donné à cette fille le pouvoir de confirmer mon existence. J'attends d'elle mon blason de vivant. Ce que ni mes études, ni ma carrière, ni la société ne m'ont donné, l'intimité, l'amour, vont me l'offrir. C'est outrecuidant comme pouvoir, cette délégation à autrui. Et cette reconnaissance de moi passe par sa défaite. Qu'elle soit prête à crever. Elle qui en a fait crever pas mal. Je suis faible pour l'affaiblir, doux pour l'adoucir, car je détecte en elle, derrière sa carapace de beauté réelle, dont elle instrumentalise et monnaie chaque détail aux yeux de ses postulants, une faiblesse, une immense humanité. Son point beau est un point faible. Sa vie chrysalide n'est pas une affaire de sexe.

3.20 Elle dit, parlant du passé, qu'elle ne baisait pas, que la bouche est faite pour manger, pas pour sucer, que l'anus est fait pour chier, pas pour se faire enculer ou lécher, que le sexe est fait pour le sexe, et comme elle n'aimait pas le sien, cette queue dotée d'une seule couille – elle dit egg –, dont elle trouvait la taille minuscule et surtout, étrangère, elle baisait donc peu – le strict minimum, quelques pénétrations anales, presque pas de pipes. Ce n'est pas inhabituel. Toutes les ladyboys ne sont pas des sextoys consentants, toutes ne veulent pas être des catins pour hétéros. Néanmoins, dès douze ans, dès qu'elle laisse ses cheveux pousser et ses seins naître, dès que ses fesses s'arrondissent – un trait de famille explique-t-elle – et ses hanches s'élargissent, des hommes viennent à elle – qui venaient déjà, à cause de son visage parfait. Elle comprend très vite ce qu'elle peut gagner. C'est naturel ici, la beauté se paie, il n'y a aucune raison que ce soit gratuit, la gratuité est une vulgarité, une injure. Payer, c'est prouver les mots. Les sentiments n'ont rien à voir là-dedans, ils sont réservés aux enfants et aux parents. Et les types comprennent très bien. Au début, ce sont seulement des locaux, ou des Chinois établis au Siam, ils offrent de l'or, des bijoux, des téléphones portables, des enveloppes de quelques billets pour l'aider en échange d'un espoir, d'une présence à dîner, d'un baiser, d'une nuit passée souvent à ne rien faire. Elle mime des menstrues : elle verse de l'encre rouge sur des couches et les laisse traîner dans les poubelles des chambres où elle dort avec les types. Ils sont fiers, car elle est manifestement spéciale, pas une fille comme les autres. Elle assure être une fille, et beaucoup sont là car ils veulent croire – ou savoir, ce qui est pareil –, ils doutent, ils sont ébranlés. Il est facile de piéger le réel dans un univers hétéro simplifié, facile de renverser les codes. Et puis, elle ne vit pas n'importe où. Elle est thaïlandaise et elle est musulmane : elle est donc timide, pudique, pieuse. Tout est nuancé, hiérarchisé, sous-entendu. Il y a des rituels à observer, des preuves à donner avant un éventuel don de sa part, et quand les mecs se lassent, ou demandent leur dû, elle fuit. Elle quitte ainsi plusieurs villes du Sud, Satun, Hat Yai. C'est l'une des raisons inavouées de ses départs, selon moi. Elle est toujours surprise de la capacité masculine à désirer. Pour elle, c'est un jeu qu'ils acceptent à leurs dépens, ils imaginent arriver à leurs fins, peut-être sont-ils amoureux aussi, c'est mélangé, ils veulent son cul et ils sont dépendants de sa présence, de ce qu'elle véhicule de beauté, il faut dire qu'elle embellit savamment tout ce qu'elle traverse. Elle a beaucoup de chance.

3.21 Puis arrive Bangkok. Elle a déjà croisé des farangs dans le Sud. Des Émiratis principalement, des musulmans. Un spécialement, un Australien d'origine turque, un restaurateur, propriétaire d'une grande pizzeria à Canberra. Mais elle n'y prête pas attention alors, elle est apeurée et déjà engagée avec un Chinois, et c'est avec lui que, pour la première fois, elle accepte d'avoir des relations sexuelles – très rares, quelques sodomies qu'elle reçoit, mais une fois, puis deux, c'est elle qui l'encule, il le lui demande, elle n'est pas plus surprise que ça, mais mal à l'aise, car détestant son sexe, elle prend pourtant plaisir à défoncer son mec. Ainsi l'expérience l'enfonce-t-elle un peu plus dans l'ambiguïté et le faux-semblant, non pas seulement vis-à-vis des autres, mais d'elle-même, et la seule vérité dont elle soit sûre désormais, à laquelle se raccrocher, c'est le présent, la pêche, l'enchaînement des scènes de capture des types pour obtenir la seule preuve intéressante : l'argent, le billet.

3.22 Mais sans se prostituer, et c'est le plus étonnant de son histoire, dont elle varie beaucoup les versions, le plus fort. Jamais elle n'aurait loué son corps, ni dans un bar, ni en freelance, ni nulle part. Elle n'a jamais eu besoin d'en arriver là. Il lui semble aussi que ce serait gâcher son savoir. Bien que venue du plus profond des entrailles crasses de la société thaïe, ses traits parfaits et sa silhouette exaltée dans des courbes, des gestes, des pudeurs sexuées, justifiaient son accès, pour le commun des vivants, à une noblesse plus évoluée que celle du putanat habituel.

3.23 C'est à Bangkok que cet Australien la revoit, il est venu exprès, il a demandé à son ancien patron dans le Sud l'adresse de son nouveau travail dans un grand centre commercial de la Cité des anges. Il l'invite à dîner, elle est accompagnée car son anglais, à cette époque, est presque inexistant, hello, good-bye, thank u, mais elle prend soin de lui, comme elle le ferait de n'importe quel homme, non parce qu'il lui plaît, mais parce que c'est son rôle de le faire, dès l'instant qu'elle a accepté de siéger à sa table. Avec le PQ servant de serviette, elle nettoie les couverts, dispose les plats que la serveuse apporte, pique dedans, compose des bouchées, les roule dans une cuillère, et les lui tend, le nourrissant, et, bien que connaisseur du pays du sourire, il est séduit, comme des millions d'autres avant lui, par cet embellissement soudain du simple fait de bouffer. Tout est fin, depuis les mets jusqu'aux mouvements de sa convive. Il est heureux et ça va lui coûter cher.

3.24 Il a les moyens, Porn insiste toujours avec moi sur le fait que ses anciens amants ont eu des moyens à la hauteur de sa présence. Elle me remercie de ce que je lui donne, tout en me faisant entendre qu'avec moi, ce n'est pas l'argent qui compte, et de fait, subtilement, me déprécie, me dépèce de mon orgueil et me place dans la nécessité de faire plus, indéfiniment.

3.25 D'abord, il l'installe à Pattaya, dans un condominium luxueux, mais, seule grossière erreur de Porn, elle ne songe pas à le faire mettre à son nom, elle est dilettante avec sa chance. Puis il s'associe à sa famille, il ouvre un restaurant en Malaisie, il achète des terres, il n'est propriétaire de rien, ou de peu, mais il croit faire une toile de tous ces liens avec les proches de Porn d'où elle ne pourra plus s'échapper, car évidemment, il veut qu'elle lui appartienne. Il vient un mois sur deux désormais, il parle de vivre avec elle, il la couvre de cadeaux, de bijoux, d'or, mais elle parvient chaque fois à ne pas coucher avec lui, et, chose remarquable, il croit qu'elle est une fille. Elle est musulmane et lui aussi, elle dit donc qu'elle doit être vierge jusqu'au mariage. Lorsqu'il la présente, certains affirment qu'elle est trop grande, trop cambrée, ses fesses sont trop rondes pour être celles d'une femme. Il doute mais ne change rien. Et c'est un soir, dans une île, après plus d'un an de manège, alors qu'elle sent qu'il se prépare à lui demander sa main, qu'il n'en peut plus de ne pas pouvoir la baiser, qu'elle éclate en sanglots et lui dit qu'elle a une queue.

3.26 Plus tard, il apprendra, de la bouche du mari de la sœur de Porn, un homme pieux, scandalisé, craintif de Shaïtan, Āpi Nākor, le diable, combien elle est dangereuse, combien sa langue est froide, combien tout est prémédité en elle, combien elle est vorace, combien elle l'aimait uniquement pour ce fric qu'il avait. Et c'est ce qu'elle me dit chaque fois que je lui pose à nouveau la question du passé : lorsque tout fut fini avec lui, elle n'eut qu'une seule pensée le premier matin : comment faire sans cet argent ?

3.27 En attendant, la nuit de la révélation de son vrai genre, dans la confusion, les pleurs, les cris, les reproches, les colères, il se retrouve sans vraiment comprendre à lui tailler une pipe, la branler, et la faire jouir. Ils scellent leurs spermes sur son ventre à elle, qu'il collecte ensuite avec sa bouche.

3.28 Le lendemain, il est paumé, mais ils sont heureux me dit-elle, pour la seule fois de leur histoire, dans cette île de la mer d'Andaman, parmi les séductions turquoise, les vagues fines, longues qui, l'une sur l'autre, viennent nouer des pellicules transparentes sur le sable, des draps lisses ramenés sans cesse et repoussés, elle et lui sont heureux, sincères, confiants, peut-être même que cette fois-là, Porn le regarde autrement que comme un simple ATM, une fente à billets.

3.29 Mais pas pour longtemps. D'abord, il est hétérosexuel, il ne peut pas continuer comme ça. Il veut être avec elle, à condition qu'elle devienne ce qu'elle est : une femme. Aussi va-t-il payer sa transformation. Il veut qu'elle se fasse opérer. Chaque étranger au Siam trouve un reflet de ce qu'il est vraiment. Le sien de reflet, c'est d'être un Pygmalion, d'avoir le contrôle sur un être, le marquer, le ferrer. Ça le titille, à peine il l'assume, il trouve ça ridicule. Être au firmament, au moins chez quelqu'un. Mais Porn le sent et se glisse dans la combinaison de cette poupée qu'il attend. Porn a toujours été une femme, cet acte de le devenir au seul endroit de son corps où elle ne l'est pas encore, elle l'a pesé depuis longtemps, dans un sentiment de partage, consciente de la souffrance, et des risques. On dit que les ladyboys opérées meurent jeunes, affaiblies, ou bien qu'elles finissent folles. L'organisme est bouleversé, traversé de dérèglements assassins et de molécules cancéreuses. Elle passe avec succès les tests psychologiques. Il paie plusieurs mois d'hospitalisation et un an de vie sabbatique. Il fait venir un chirurgien réputé d'Australie. Il choisit lui-même le dessin de son sexe à partir d'un catalogue où sont proposées différentes formes de fentes, depuis les lèvres jusqu'à l'entrée du vagin. Il est comme Dieu.

3.30 La plage, sur Beach Road, devient dangereuse, quand, vers la fin de la nuit, sous l'effet conjugué du ya ba, de la fatigue, de la frustration et de la police absente, la population dégénère. Il est presque quatre heures du matin : plusieurs groupes sont endormis collés au parapet incliné, qui, par l'érosion de la bande sablonneuse, donne l'illusion inverse d'arrêter la route avant qu'elle ne tombe sur la plage. Il y a quelques cris : Porn doit entendre des mots thaïs rongés par l'alcool, mais pour moi, étranger incapable de discerner quoi que ce soit, ce sont des bruits gutturaux, des borborygmes, des syntagmes loqueteux. Un type, au loin, se met à hurler et cette fois, je comprends, car c'est un farang, il parle anglais, il invective celles et ceux qu'il croise, il est en sang. Un vol – ou bien a-t-il mal payé son agresseur (une fille ou un ladyboy, ou qui que ce soit, demandant une somme au début, en réclamant une autre supérieure à la fin, car à cette heure et sur cette plage, l'honnêteté d'une transaction n'existe pas, on met le payeur dans une situation d'inconfort et d'humiliation, on exploite sa fatigue, on l'entraîne exprès en dehors des clous de la passe, l'obligeant presque à refuser de manière à lui tomber dessus pour ensuite expliquer que c'est lui le fautif, l'accusé, le menteur, l'étranger). Il progresse avec des gestes de marionnette, il est sous l'emprise de la boisson ou de la drogue mais plus que tout, il est au centre d'une toile dont les fils remontent loin dans le temps, au fond de son passé au pays, quand, enfant ou adolescent, une succession d'interrogations et de réponses mal conçues et posées ont fini par le faire aboutir là, dans cette ville, Pattaya, déchet parmi les autres, pantin. C'est alors que je la vois descendre du ciel dans sa majesté véloce, avec ses pattes immenses et ses yeux atroces, *Heteropoda maxima*, fantôme arachnide vivant dans des grottes et qui scrute à quelques mètres seulement sa proie titubante. Je la vois, le ciel est sa caverne, il n'y a pas d'étoiles, aucune carte postale du cosmos, à peine des cristaux jouant aux astres, et des filaments créés par toute une population d'insectes voraces et affamées, et nous sommes tous des rampants face à eux, nos moyens d'envol sont ridicules et ils viennent nous dévorer, chacun à notre tour. C'est mon petit rêve cauchemardé à moi, ma petite lubie hallucinatoire, celle qui me fait des vaguelettes dans le dos, la peur et compagnie, et pourquoi, somme toute, cette phobie d'insecte serait-elle moins fraîche à l'esprit d'analyse et de compréhension des faits qui nous arrivent dans la vie que la sociologie ?

3.31 Plus tard, dans le *Pattaya One*, le journal local anglophone consacré aux chiens venus du monde entier s'écraser dans cette ville, j'apprendrai qu'il est mort à l'aube, sans trace de ses agresseurs.

3.32 On quitte la plage, et sur la selle encore une fois, on remonte Beach Road vers Walking Street, longue de plusieurs kilomètres, arquée comme, semble-t-il, toutes les baies sur toutes les côtes du monde. Porn conduit, traverse des rues en partie vides où subsistent encore des halos de fêtes, des bouts, des encoches de filles et de clients mêlés engagés dans des discussions sans finalité précise, minutieuses, longues, où tout y passe, les autobiographies des unes et des autres, oralisées dans l'alcool. On laisse les restes de nuit (dans Soï Diana, à la hauteur du *Papagayo*, célèbre bar à coyotees, alors que Porn ralentit pour contourner une de ces carrioles poussées par un de ces milliers de cuisiniers de rue, je capte une fille derrière la porte coulissante en vitre fumée (un lieu comme assez peu ici, fermé de verre opaque où il faut s'approcher pour distinguer le spectacle intérieur des filles (celui-là identique à ce qu'on trouve partout à Pattaya) debout, dansant en boxers et talons ou cuissardes, combatives, froides, aristocrates en quête de blé, de flouze et de pigeons), elle est assise, superbe, elle a dû finir sa nuit – deux ou trois short times – et semble disponible pour un dernier round qui la fera dormir avec un fêtard, généralement jeune, avec qui elle se comportera en petite amie capricieuse, alternant la toise (rudesse, menace, froideur) et les cajoleries (caresses, pipes, sodomie et finesse de ses membres enroulés sur son partenaire), terminant le tout par un dodo dans ses bras jusqu'au milieu de l'après-midi), les dernières salves festives, et je l'interroge à nouveau, la pousse dans son passé, elle est complaisante, elle semble chez elle dans le récit toujours recommencé de ses souvenirs, des ancres jetées dans le cerveau de son destinataire du moment – moi – pour y mouiller, et qu'importe le temps que ça dure dès l'instant qu'à la fin, elle y gagne.

3.33 Après l'Australien, ou du moins en même temps que lui, il y a un Russe – il semble qu'en fait elle rencontre les deux à la même période, dans des circonstances et des lieux qui varient cependant à chaque reprise (elle ne se souvient plus bien, elle n'a pas une mémoire précise des dates, tout se chevauche et s'imbrique, ce qui expliquerait en partie cette combinatoire de faits et d'individus qui eux, ne changent pas, aucun ajout ni retranchement d'éléments dans son, ses histoires). « Après l'Australien »… : c'est-à-dire qu'il s'est lassé, suite à l'opération, et de n'avoir avec elle aucune sexualité précise, durable, juste des fois, le droit de la sodomiser, aucune possession de son nouveau sexe, car elle est en convalescence – plus d'une année. Elle est jalouse aussi, possessive lorsqu'il a d'autres femmes, elle ne partage pas, surtout à Pattaya, où les réputations circulent comme des billets, être une cocue, c'est voir son cours chuter. Elle lui fait chaque jour des problèmes et des crises, sort de son côté (avec le Russe ? Oui, non, et oui encore : une fois, c'est d'un Allemand qu'il s'agit). Ils s'engueulent et il la fout dehors – dans une autre version, c'est elle qui part, ça dépend des humeurs de sa narration –, et sa première pensée, martèle-t-elle, ce jour sans toit, c'est : comment vais-je faire sans son fric ? Les dépenses inutiles, le désœuvrement salutaire des jours, elle s'en souvient encore, et cette absence d'angoisse pécuniaire n'est-elle pas une source de paix pour l'âme, de développement spirituel ?

3.34 L'argent : le reste n'a pas d'importance. Ni le physique de l'Australien, ni son âge – qui, selon un pendulier réglé sur les attentes qu'elle me prête, évolue de trente-cinq à cinquante ans –, ni rien qui prouve un attachement gratuit ne sont jamais mentionnés, malgré mes demandes, dans les récits de Porn.

3.35 Peut-être aussi veut-elle me satisfaire. Ma curiosité devient son carburant pour nous conduire, non pas dans la jalousie rétrospective, mais dans l'image que je me fais des filles de Pattaya, ce qu'elles sont, mais pas seulement. Dans l'intonation des questions – telle accentuation marquant l'inquiétude ou une attente démesurée d'où elle tire l'indice de la direction à prendre – sont inscrites des réponses, appelant encore et encore d'autres questions, indéfiniment, comme :

3.36 Qui était ce putain de Russe à l'époque ? Le Russe est jeune – à peine plus que son âge –, il a de l'argent, il veut des enfants, et c'est le détail qui tue leur relation avant d'avoir commencé. Car si l'Australien avait été manipulé dès le départ consciemment, si à aucun moment Porn n'avait réellement – sauf une fois, lors de ses aveux – envisagé une vie avec lui, acceptant son emprise pour mieux le manipuler et obtenir son fric, achetant des terres dans le Sud et créant un restaurant avec sa sœur, cette fois-là, avec le Russe, du fait qu'il soit jeune, blond aux yeux clairs, et qu'elle puisse avec lui imaginer un avenir sans subir au fil des ans le décalage d'une différence d'âge, elle avait l'envie de croire au bonheur. Or le désir d'enfant la renvoie à une réalité précise : la plupart des jeunes hétéros veulent des niards et fonder une famille ; un ladyboy doit toujours se rappeler ça, et se protéger, protéger son cœur de ça et du fait qu'un jour ou l'autre, les types s'en vont avec des femmes biologiques. Elle ment donc immédiatement sur son état civil, ou plutôt elle ne dit rien, le laisse croire à son sexe de femme, et passe à la vitesse supérieure niveau flouze : il versera un million de bahts – vingt-cinq mille euros – en moins d'un mois pour lui permettre d'ouvrir une bijouterie – sa première –, au *Central Festival*, à Pattaya. Jamais je n'arrive à savoir comment elle peut, en un temps si record et sans avoir vraiment couché – elle se fait quand même un peu manger les seins et lécher par le Russe, mais à peine, pour éviter qu'il n'ouvre sa fente et découvre un sexe qu'elle pense, à tort, légèrement différent des canons femelles habituels –, obtenir autant d'argent.

3.37 Elle aime l'argent, c'est un symbole, elle est franche avec ça, et ma croix est cette incapacité à m'enfermer sérieusement dans une vie laborieuse pour assurer les désirs d'un être cher, n'importe lequel – un enfant, un parent, ou Porn –, mon autre croix étant de me compliquer l'existence en la choisissant elle, jouant précisément ce rôle de type capable de le faire et qu'elle attend, comme beaucoup de femmes d'ailleurs, rien de nouveau, que du classique, du traditionnel, mais voulu, instrumentalisé, ciselé, retourné contre son possesseur, c'est-à-dire l'homme, obligé de putasser sa tranquillité dehors pour qu'elle puisse récolter dedans sa sécurité et son luxe. C'est du moins ce qu'elle pense et voit, et tout ceci, ce ramdam mental, ces efforts à devenir ce qu'elle cherche, c'est pour récolter son être, non seulement son sexe, mais le reste,

on disait l'âme autrefois. Allonge-toi chérie, conforta-
blement, écoute ma sincérité modulée comme il faut,
laissant ici et là saillir dès le début mes faiblesses et
mes défauts, comme des preuves de mon honnêteté
envers toi – je ne te cache rien tu vois –, et laisse-toi
aller, croire est humain, ça vient de loin, même Pattaya
ne peut pas te protéger, car, vois-tu, et c'est une leçon
que comprennent certaines putains très chevronnées
avec des types dans mon genre : *JE SUIS* Pattaya.
Moi, « Marly », et mon théâtre mental, c'est ici qu'on
accède au meilleur de nous-mêmes, mauvais pour les
autres peut-être, mais bon pour nous. Et cette ville,
sa crasse, sa veulerie stratégique mortelle, sa capacité
d'invention, d'adaptation improvisée de rencontres
en rencontres, c'est MON cerveau, c'est LA raison de
ma fascination pour elle, le décalque de MON fonctionnement cérébral. Certains baisent des putes, moi
je veux m'en faire aimer. Comme les putes ici, qui
ne se contentent pas de baiser, mais veulent se faire
aimer pour gagner encore et encore, pas seulement de
l'argent, mais un trophée, un scalp. Et donc, oui, la
pute, c'est MOI. Certes, tu n'es pas une pute. Mais
dans l'idée simplifiée que je me fais de toi pour les
besoins de mes désirs, tu es pire, et donc tu es l'élite
de l'espèce humaine, le gibier suprême, le fauve que je
dois accrocher et empailler. EST-CE QUE TU COM-
PRENDS ÇA, PORN, QUE J'AI BESOIN DE TA
DESTRUCTION MÉTHODIQUE ET QUE TU
SOUFFRES POUR ME SENTIR IMPORTANT ?

3.38 Comment finit la romance avec le Russkof ?
Lors de notre premier dîner, elle m'avait montré une

photo d'un type frêle, qui, dans mon souvenir, affichait une mine pouponne de bébé heureux : c'était lui. Il vivait chez ses parents – il y vit toujours, une belle maison avec piscine, elle l'a vue sur Skype. Il se serait lassé, lui aussi, « tired » emploie-t-elle pour désigner leur fuite, à ces hommes, mais comme avec l'Australien, tout est incertain, effiloché s'agissant d'une fin, tout disparaît dans des ramifications multiples, probables. La vérité, c'est qu'avec elle, rien n'est complètement terminé. Je suis le boyfriend officiel cachant un abysse de relations possibles. Je le sais et je déteste ça. Plusieurs fois, alors que nous sommes ensemble, que je suis à Paris, elle « m'avoue » – l'aveu ayant chez elle, dans l'image qu'elle se fait de mes attentes, un rôle majeur de levier à provoquer des sensations, comme un de ces électrochocs débouchant sur un pouls –, elle m'avoue qu'il lui écrit encore, lui propose de faire les papiers pour sa venue en Russie, lui dit l'aimer toujours. « But it's a dream, a nice dream with him, don't worry, he doesn't know I am a ladyboy, he wants baby, so don't worry. » Pourquoi ne pas le lui avoir dit, ne pas le lui dire maintenant ? Là, téléphone, vas-y devant moi. Il doit savoir, tu ignores peut-être qu'il sait, mais c'est évident qu'il sait et soit il se cache la vérité volontairement car l'ambiguïté le fait tenir, soit – moins sûr – il ne veut pas en parler le premier, par délicatesse. « My mother told me many times I must speak to him. Before, if I have choice between him, you, and another guy, an Iran man – I never tell you about him sorry –, if I have choice, maybe I choose him… But now, I have you and I want only you. »

3.39 Arrivés à l'appartement, garés dans cette rue dont je me souviendrai toujours de la découverte (peu après notre première rencontre, il y a maintenant longtemps, elle m'avait conduit là en scooter, me demandant d'attendre, nous étions en décembre, il devait être une heure ou deux du matin et la nuit avait cette fraîcheur caractéristique de cette époque de l'année, entre vingt et vingt-cinq degrés, les palmes fluoresçaient sous les lumières des halls d'hôtels ou de condominiums renfoncés de part et d'autre de la chaussée, on pouvait entendre au loin, mais enrobée de silence, la musique des bars innombrables de la Soï Buakhao perpendiculaire dont on venait, et je l'avais vue monter l'escalier jusqu'à l'avant-dernier étage, traversant les colonnes élégantes et kitsch de style dorique qui décoraient les coursives, on lui avait ouvert et deux jeunes garçons vêtus de sarong, fins, incroyablement souples et lents, d'une peau cuivrée, d'une gestuelle à la fois délicate et forte, sans gras, musclée, avaient récupéré des sacs de nourriture que nous avions apportés, et parmi tout ça, j'avais ressenti, très nettement, avec une force inouïe, l'éternité, quelque chose comme la confirmation d'être au bon endroit, à la bonne place, dans la beauté même, cette beauté qu'en Europe, je n'avais trouvée que dans des livres ou des musées, mais qu'aucun paysage, aucune foule ne me donnait jamais), déchaussés à l'entrée, allongés sur le lit, elle me dit que ce sera tout, pour cette fois, de sa vie passée, et elle allume la télé.

Intermède 3-4

Le dernier porno de Paris. Ou l'un des derniers, coincé entre un McDo et une brasserie. L'*Atlas*, en néons jaunes, surmonté d'une voûte peinte montrant une brune, seins nus, géante, odalisque posée sur une Terre, après laquelle une Lune se lève, centrale, comme un projo sur elle, avec Saturne à droite, ses anneaux. Cinéma X. Un long couloir jusqu'à la caisse. Et les travelos dans les deux salles. « Marly » était venu vérifier. Au cas où, peut-être. Pas qu'il n'était pas fait pour ça. Ou que ce n'était pas son truc. Il le savait déjà. La prostitution des trottoirs d'Europe, celle de Paris, ses réseaux pourris, ses occasionnelles fades, tout ça lui était étranger. Il était réfractaire à son histoire, à ses maisons closes, aux gauloiseries, aux Chinoises, aux Africaines contemporaines. L'import finissait sale, comme si le gris et le froid renforçaient la brutalité de la condition de putain et de client. Étranger au Bois. Là aussi, il avait étouffé. Les Latines tenaient quelque temps le haut du pavé, avec leurs attitudes tropicales, puis disparaissaient dans l'anonymat parisien de la laideur, sous un ciel craintif, peu doué à faire encore penser. Il était là pour autre chose, pas très serein. Il voulait se sauver, relativiser Porn. Cette attirance initiale et simple qu'il avait transformée en lutte pour se prouver quelque chose était devenue sa plaie. Il se méprisait infiniment et si, autrefois, c'était pour se grandir dans sa vie et se dire qu'il crèverait rassasié et initié, maintenant, il ne lui restait qu'un sentiment d'humiliation dont il était le premier artisan. Au téléphone, elle se montrait cavalière, acceptant ses appels une fois sur deux, brusquement câline, puis lointaine, méprisante. Elle avait l'air de rire à chaque mot qu'elle lui envoyait, ironique dans ses déclarations d'amour. Une caricature de garce et lui de micheton. À aucun moment, il ne se demanda si au fond, elle ne percevait pas que quelque chose ne tournait pas rond dans ce grand et gentil garçon, si elle ne devinait pas le personnage qu'il jouait sans cesse. Toujours en scène, « Marly ». Peut-être se protégeait-elle de lui en agissant ainsi. Car où était la vérité chez ce mec, ce farang, l'acte, la preuve de son attachement ?, où en étaient les démarches pour la faire venir à Paris ?, où était la réalité matérielle de son attachement, la bague au doigt ? Des mots et des caresses mais rien qui dépasse le jour le jour, « Marly » en était incapable, et si demain elle l'avait mis au pied du mur, il l'aurait escaladé, il se serait barré. Aussi vite qu'il était passionné et passionnément souffrant de ses froideurs, son hiver de traits et de paroles. À la limite de pleurer au téléphone, et elle lui disait de ne pas s'en faire, que si elle ne répondait pas, ce n'était pas à cause d'un autre à ses côtés, mais simplement du fait de ses occupations, elle travaillait. La faire venir à Paris.

***

Il s'était assis dans un coin, vérifiant son siège, des fois qu'il y trouve du sperme. Il avait avec lui quelques feuilles de sopalin et un paquet de kleenex. « Elles » le regardaient toutes. Un nouveau comme lui, calfeutré dans son fauteuil. Un pur innocent, nouveau produit, l'attrait d'un hétéro. Que lui est-il arrivé à celui-là ?

Elles avaient toutes au moins trente ans. Peut-être une ou deux la vingtaine. Elles n'étaient pas belles mais charmantes. Pas un charme fascinatoire, juste civil. Un charme de société.

Pas mal d'Arabes, quelques Blacks et quelques Blancs chez les mecs. À deux rangs de lui, un type se faisait pomper par une trav assez grosse. Une grande s'est approchée, assise. Une coupe au carré, ses propres cheveux, pas une perruque. Une gentille fille en mode diva. Pauvre chatte, si tu savais, à Pattaya. T'es morte avant d'avoir muté, car dans ton domaine, l'Asie du Sud-Est emporte tout. Des corps imberbes fins. Question de physiologie. Impossible de lutter contre ça, devenir femme en Asie est plus simple qu'ici. En même temps, c'est cruel se dit « Marly » tandis que l'autre écarte un peu ses jambes, dont elle semble hyper-fière. Fines, c'est vrai, et comme il tend la main pour caresser, il sent que ça râpe un peu vers un des mollets. Une épilation ratée à cet endroit. Il retira sa main tranquillement pour ne pas la vexer trop. C'est cruel se dit « Marly », car la psychologie est la même, la polarité féminine qui s'exerce sur ces jeunes garçons est identique sous toutes les latitudes, la souffrance, le rejet subi est similaire, pire même ici que là-bas. Mais il n'empêche. Le facteur beauté. Il a ses propres lois ce facteur-là. Et sur « Marly », le facteur beauté a beaucoup de pouvoir, des droits illimités.

***

Il en avait assez vu et senti. Il sortit, regardant une dernière fois la salle. Dehors, il faisait noir sur Pigalle. Le boulevard de Clichy était en partie vide, du moins pour un lieu réputé de plaisir. Le *Chào Bà Café*, à sa droite. Il se souvint, dix ans auparavant, avoir raccompagné une amie vivant dans une rue perpendiculaire au boulevard de Clichy, où tapinaient quelques Brésiliennes. Elle avait prétexté avoir peur, mais c'est seulement maintenant qu'il s'apercevait qu'elle avait peut-être envie qu'il monte. Une fille pas mal du tout, à bien y réfléchir. Rousse, petite, la peau blanche tachetée, sa mère dans les médias, productrice. Des occasions comme elle, il en avait gâché quelques-unes. Soit les filles l'intéressaient, et c'était l'obsession. Soit elles ne l'intéressaient pas, et c'était définitif, une indifférence radicale. Le coup d'un soir le dégoûtait. Il ne bandait jamais la première fois. Il n'aimait pas non plus être choisi. Il avait beau se défendre de ne pas aimer ça, se plaindre même de n'être pas dragué, quand on le draguait, il se fermait totalement. Une tour, une forteresse avaient dit plusieurs femmes. Il se souvint aussi d'une soirée au *ClubClub*, avec deux potes homos. Il y avait une danseuse sur le comptoir, une coyotee seins nus, maghrébine. Jolie, moulée, des fesses bombées, et la peau mate. Elle s'était mise devant lui, il la regardait à peine, il ne voulait pas la gêner, mais elle lui plaisait, et elle était descendue sur lui, agenouillée à hauteur de sa gueule, lui avait pris la mâchoire dans une main et lui avait dit : « eh, tu me regardes moi, ok ? » Plus tard, un de ses potes avait hurlé à la danseuse que lui, « Marly », était amoureux d'elle. Elle s'était reculée d'un coup, avec un haussement d'épaules, un reproche. La plupart des mecs ne savent pas s'amuser. Collants, lourds et insinuants. Mais indispensables, hein chérie ? Elle n'avait plus prêté la moindre attention à leur table. Depuis, le *ClubClub* avait fermé. Avec le recul, « Marly » mesurait toute la différence entre ici et Pattaya. À Paris, des deux côtés, mâle et femelle, on se regardait trop venir. L'innocence est la base de la sexualité, même en partouze. Ce n'était pas seulement une question de professionnalisme. C'était autre chose. À Pattaya, on jouait cash les capacités sexuelles et sentimentales des uns et des autres, comme une source de revenus ou de palmarès, selon le bord putain ou client. On gagne, on perd, on apprend quelque chose, on se baigne entre deux passes, on fainéante avec science ou art, on se décompose et on se recompose, on attend de clamser avec grâce et volupté.

***

Ce qu'il était venu vérifier, c'était la mort. Comme un légiste. Quelque chose était crevé dans cette région du monde.

***

Parfois, entre Porn et « Marly », c'était l'accalmie, la perfection ou presque, une unité de vue et d'envie. Au téléphone, ils parlaient des heures. Lui connaissait maintenant sa mère, voilée, priant cinq fois par jour, dont on disait qu'elle ne laissait pas traîner un baht, même chez les autres elle les prenait si l'un d'eux gisait sur une table. Il connaissait deux de ses sœurs et une de ses petites nièces, trois ans, avec qui Porn et lui passaient beaucoup de temps lorsqu'il était là-bas, comme des parents, et à Paris, par caméra, elle le reconnaissait, lui parlait, lui faisait des grimaces et des phrases, avec de l'anglais dedans, déjà. Au téléphone, par vidéo, sur Skype ou ailleurs, « Marly » et Porn échangeaient sur leur futur commun, intriguaient des projets de commerces. Elle n'aimait pas beaucoup ça, comme la fellation. Ça l'étouffait le futur, ça l'engorgeait aussi de songer à la vieillesse, son corps fini. Pour elle, tout devait être concret et maintenant, demain était juste bidon. Inutile de réfléchir à ce qu'il faut faire, faisons-le et voyons, pas de business-plan, de conneries pour les caves. Un jour, « Marly » eut l'idée de développer une marque grandes tailles à destination des transsexuelles, des vêtements simples et élégants, surtout des chaussures, parce que l'on persistait à vendre des échasses ou des ballerines cheap aux ladyboys, alors qu'une batterie de modèles pouvaient exister en taille 43, 44, 45... Puis ce fut le commerce d'insectes, l'export vers l'Europe de cette denrée si siamoise et qui allait finir par envahir nos plats, un jour, disait-on, à cause de la surpopulation. À chaque fois, surtout avec ce projet de chaussures grandes tailles, Porn avait acquiescé, attendu, puis en était restée aux politesses d'usage. Ce type ne ferait rien. Elle avait une tendresse maternelle, mais « Marly » n'étant pas son fils, cela ressemblait au mépris d'une femme pour son amant vieillissant, ou de l'indifférence douce. « Marly » était doué pour paraître plus faible qu'il n'était. Au début, il lui avait fallu avoir le dessous sur certaines choses pour avoir le dessus sur d'autres. Il ne la jugeait pas, lui donnait un grand plaisir sexuel, mais il ne l'entretenait pas. Or il connaissait le pouvoir de l'argent, cette admiration qu'il provoque chez les êtres, surtout là-bas. Il fallait être humble, simple, discret, respectueux, mais aussi riche et généreux.

***

Ce qu'elle aimait, c'était lui raconter dans le détail des films vus, des films thaïs ou farangs dans lesquels des phrases révélatrices sur l'existence apparaissaient, toujours des phrases nobles, une certaine aristocratie dans le geste et la pensée et la manière, elle aimait ça, et se calquait dessus une attitude, autant qu'elle le pouvait. Elle passait un temps fou devant son téléviseur. Elle lui envoyait des chansons thaïlandaises et issânes, et des liens vers des photos de cruauté routière – conducteurs de scooters éclatés au sol, jambes et bras sectionnés laissant voir des rondelles de chairs, visages emportés, devenus cinématographiques dans leur mutilation –, ou des vidéos de tortures d'animaux – chat câliné par une jeune femme d'origine chinoise, puis, au plan suivant, le chat au sol, le ventre écrasé par un talon en rythme, pied levé, pied baissé, et à chaque fois le miaulement de douleur du chat, jusqu'à la scène finale, un œil arraché par la même jeune fille, et sous la vidéo les commentaires, l'appel au meurtre de cette femme et de son acolyte vidéaste d'horreur –, ou de chirurgie esthétique ratée – peau boursouflée, paralysie, pommettes difformes, yeux écarquillés aux paupières immobiles, lèvres hypertrophiées.

***

C'était leur culture et « Marly » y prenait un plaisir relatif.

***

Ce temps présent à base de séjours de « Marly » chez Porn où il avait laissé des affaires, et de discussions quotidiennes une fois de retour à Paris, et de silences soudains, et de demandes d'argent de Porn que « Marly » satisfaisait, car, pensait-il, ce n'était pas grand-chose et largement moins que ce que les autres avaient envoyé – il était de ça persuadé, d'avoir une place spéciale à cause du fric, même si des doutes s'insinuaient, comme des électrocutions, elle ne lui donnait que ce qu'il lui donnait, sans plus, tout n'était que flatterie entre eux, courtisanerie d'ego, lui satisfaisant pleinement l'ego féminin de Porn conquis sur son sexe natif de mec, et elle donnant à « Marly » l'impression de réussir dans son couple ce qu'il échouait dans sa carrière, la reconnaissance de ses mérites –, ce temps-là s'étirait comme si jamais il ne devait finir et que toujours ils vivraient comme ça.

***

Elle jouait des émotions de « Marly » comme d'un piano, chaque touche offrant sa tonalité de sincérité, la preuve des sentiments qu'il lui portait. Elle ne pouvait pas s'en priver, au risque de le voir partir, lui aussi. La faiblesse de Porn, c'était d'être persuadée qu'un homme hétérosexuel ne peut pas aimer durablement une transsexuelle. Alors, elle se goinfrait des expressions de peur qu'elle insinuait chez lui, demandant encore et encore, dans une monotonie jamais épuisée de scènes répétées à saturation, ce qu'il ferait si jamais elle le quittait sans prévenir, disparaissait, ou si elle partait quelque temps, ou si elle s'amusait avec d'autres types – juste du fun –, ou bien, prenant l'exemple d'une amie ladyboy que « Marly » connaissait et qui trompait son mec en racontant des salades pour justifier ses sorties et son téléphone sur messagerie, elle détaillait les excuses fournies, exactement identiques à celles qu'elle lui donnait quand elle-même ne répondait pas à ses appels. Il souffrait – il en donnait du moins l'apparence –, donc il lui était attaché.

***

Après ces séances, « Marly » était épuisé, mais une lueur persistait de savoir jusqu'où ils étaient capable d'aller, et si au bout, ils finiraient dans l'honnêteté.

***

Plusieurs fois, il avait écrit des lettres de rupture avec des mots sales, attaquant l'identité sexuelle de Porn, instrumentalisant ce qu'il savait de ses peurs sur son physique ladyboy, ce regard porté sur elle, avec le tact des bourreaux psychiques qui n'injurient pas mais jouent des complexes d'autrui, des traumatismes d'enfance, le rejet subi à cause d'une situation sociale, identitaire. Lui, le straight guy, avait cette arme-là, qui le rabaisserait, mais la blesserait pour toujours, la laissant végéter dans la méfiance, l'incapacité absolue de faire confiance encore une fois.

***

Du jour au lendemain, il pouvait aussi disparaître, ne plus donner signe de vie, sans explication, à elle de trouver son deuil. Puis il revenait : il n'avait pas la main sur ce jeu-là, elle ne rappelait jamais comme lui rappelait dans un même cas, tous les jours en forcené.

***

Quelque chose allait venir, il le sentait, cela faisait deux ans qu'ils étaient ensemble, quelque chose dont il avait peur et qu'il souhaitait pourtant. Elle lui reparlait de Paris, elle lui disait de venir cette année pour le nouvel an, elle demandait aussi pourquoi il n'était jamais présent, à cette période, et elle précisait que cette fois, elle partirait avec lui, qu'il fallait faire les papiers. « Marly » acquiesçait sans parvenir à cacher son flottement. Il ne disait pas tout, il n'avait pas tout dit de sa vie à Paris. Il attendait un dénouement, il le redoutait, il avait peur, ce jour-là, de se voir tel qu'il était, et de se haïr vraiment.

Scène 4

le baise à froid, le bien meilleur !…
la mousse et poivre !…
que tout le monde voulait plus autre chose !
cynique, capital et pressé !…
à poil les notes !…
le cœur à poil !… ding !… dong !… ding !

CÉLINE – *Guignol's band*

4.1 Parallèles aux bordures de la route, les nouvelles bandes distinguant les voies de circulation se
succèdent indéfiniment, produisant le même effet
puissant de stroboscopie sur le passager concentré
à les observer, spécialement celles qui sont disconti-
nues et sur lesquelles je me fixe souvent jusqu'à ressentir cette nausée, cette perte d'équilibre produisant
une intense envie de vomir, occupant la place du mort
dans la bagnole conduite par Porn, une vieille croûte
dit-elle, une voiture qu'il faudrait changer pour une de
ces japonaises crémeuses aux vitres teintées dernier cri,
massives, animales, que l'on voit souvent à Bangkok
et partout dans le Royaume, elles sortent rutilantes du
Central Festival, elles sont royales, et comme j'acquiesce

un oui inexpressif, je quitte la chaussée pour les trottoirs où se déroulent, une fois de plus, le spectacle des bars et l'attitude des filles, dedans, dehors, certaines ont ce visage épuisé, ces peaux vitrifiés au talc et au foutre, cette fierté, cette distance froide de marionnette, rattrapées par un choix initial de plus en plus lourd, décidé autrefois en famille et vécu seule désormais : « travailler en ville ». Sous-entendus, non-dits, cette part fantôme des langues d'une mère à sa fille, « travailler en ville » signifiant ramener le fric pour se nourrir et pour briller, remonter la pente des mauvais karmas, des réincarnations maudites. Les aider, les sortir de leur destin tarifé ? Au contraire, les remercier d'incarner ça, et les pousser plus bas dans cette direction-là, cette déchéance, une forme de hauteur face à la médiocrité, leur donner l'argent de leur came qui les empêchera de dormir, les accompagner jusqu'à leur mort, partager leur chute. Elles ne demandent pas mieux, elles rendent à ceux qui les poussent plus bas une monnaie similaire, elles euthanasient les plus forts, à jouer avec elles on perd toujours, c'est pour ça que maintenant je reste observateur et loin, carapacé, à l'intérieur, bien au propre dans ma voiture et mon couple.

4.2 Parallèle aux vues, aux bruits extérieurs, il y a la musique, les CD de Porn. Ce sont, entre quelques compils occidentales, des chansons thaïlandaises, beaucoup du Nord-Est, de l'Issâne. Je glisse un compact dans le lecteur : le premier morceau est chanté par Bao Wee, il s'intitule *L'Épave et le Bateau*, ou plus exactement, le bout de bois, la bûche. Le bout de bois (l'épave) est un jeune homme épris d'une fille plus riche. Ils se connaissent depuis l'enfance. La famille de la fille n'aime guère le garçon, car il est pauvre. Gamins, voisins, ils se fréquentaient sans cesse, prenaient soin l'un de l'autre. Ils avaient cette douceur, cette pudeur, cette tendresse réciproques, ces actes attentionnés (essuyer le front du partenaire quand il fait chaud, lui donner à manger, le veiller) si prisés, si vantés par l'éducation thaïe et les clips, sans passions, sans tensions, les pleurs ne venant que des trahisons (les adultères, les abandons) à cette mission, ce rôle de protection, de stabilité, où subtilement s'écrit une autre règle, préparant les jeunes à la vieillesse, l'immobilisme, où ne doit rester que cette colle entre les êtres, cette correspondance dans le couple d'un ciment national infaillible. Parvenus à l'adolescence, leur destin est inévitable : ils seront séparés à cause de leur caste et c'est mieux pour elle. Le jeune homme parle à travers Bao Wee : je ne suis qu'une épave flottante, juste capable de t'aider quelque temps à survivre aux flots ; pour réaliser tes rêves tu dois prendre un bateau – un homme de ton rang ; si tu trouves un bateau, prends-le. Je serai le tronc d'arbre auquel te raccrocher toujours si lui coule ou te quitte, mais pour naviguer loin, prends un bateau. C'est une traduction approximative arrangée à ma sauce d'analphabète en thaï, mais peu importe, je ramène les paroles sur moi comme une couverture, je m'en fais un sens douillet où me retrouver un peu. Le deuxième morceau est un tube décalé sur lequel toutes les filles crient lorsqu'il surgit dans les boîtes entre deux couplets de Rihanna et d'Usher, où le chanteur, d'une voix nasillarde, expose sa gueule de bois – c'est joyeux, bizarre aussi, amusant, sans prétention, et j'essaie un bref karaoké du refrain, *Man Tong Thorn*. Dehors, deux filles, les bras enlacés, la trentaine, les mêmes cheveux noirs, luisants, raides comme des lames de rasoir jusqu'au cul, passés au peigne d'un salon de beauté l'heure précédente, marchent, avec, leur faisant face, reculant comme elles avancent, les bloquant parfois, créant un barrage de son torse qu'elles tamponnent de leurs crânes, un jeune type tout mince, mal rasé, grand, svelte, un peu négligé, défraîchi, la chemise très noire et froissée, il cherche à les louer ce soir, les convaincre d'un trio, elles refusent puis l'embrassent, miment non de la tête, le prix sera en conséquence, ou bien est-ce plus compliqué, elles vont commencer par s'amuser avec lui, et de loin, de l'intérieur de la voiture, les oreilles choyées de pop thaïe sirupeuse, j'imagine, je reconstitue ce que je n'entends pas, un long discours, une parade fleurie pour une passe, et le cou de plus en plus tordu, mendiant cherchant à capter les dernières miettes de leur scène, je les suis jusqu'à leur disparition dans la foule.

4.3 Parallèle aux bars, aux boîtes, aux salons de massage, aux partouzes dans les villas, aux fêtes dans les hôtels, les piscines, l'agitation, il y a notre vie, à l'ombre, en marge de la nuit, mais nocturne aussi, noctambule. Le réveil ne sonne jamais. Il y a d'abord la lumière du jour derrière l'unique fenêtre de son appartement, une seule pièce rectangulaire donnant, du côté de l'entrée, sur une élégante coursive bordée de colonnes néo-ioniques desservant, d'étage en étage, toutes les portes d'habitations semblables, et de l'autre côté, sur un balcon assez profond pour installer une table et deux chaises, tandis qu'à l'intérieur, outre un lit double, deux vieilles armoires en bois, rongées d'humidité, tachées d'aréoles vertes, une télévision, un frigidaire, des cartons, des dizaines de sacs en plastique abritant des vêtements, des achats, des ordures, on trouve, dans un coin de la pièce, une salle de bains équipée d'une douche, d'un lavabo et de chiottes sans chasse – on verse un seau d'eau pour évacuer la merde et la pisse –, mais pas de cuisine réelle, chaque habitant l'installe à sa convenance, on prépare les repas assis, par terre, sur une natte déployée, on coupe les aliments dans les bols, on dispose aussi d'un réchaud électrique, d'un cuiseur de riz, l'aliment de base, plus de dix mille variétés de riz autrefois cultivées dans le Royaume d'après un documentaire que m'avait traduit Porn à mesure, aujourd'hui une centaine à peine. Le sommeil, en partie, se déroule le matin jusqu'à onze heures, j'ai une main sur son cul la plupart du temps, palper ses deux globes, plonger un doigt entre les deux, fouiller son anus me rassure, calme mon désœuvrement, mes angoisses sur le futur ici, l'impression d'être défenestré de France jusqu'au sol étranger, lointain, ensoleillé, méprisant, dur, de la vie siamoise. Mais non, c'est sans doute le paradis qui attend l'expatrié, il faut juste crever d'abord à sa propre nation. Après le doigt la langue, je plonge ma tête dans son cul et je lèche comme ça jusqu'à ce qu'elle crache son jus. Il n'y a pas une seule trace d'hémorroïde sur sa fente anale, pas une seule marque d'irritation, elle est comme vierge de toute fatigue à cet endroit du corps. Elle s'est réellement préservée longtemps car elle n'aime pas ça, le sexe avec elle est compliqué, fastidieux, mais la possession, le besoin de posséder sa beauté ne s'atténue pas avec le temps, il s'énerve au contraire. Je bouffe son cul en levrette, puis je la retourne et j'alterne sa toilette, passant de ses lèvres à son microprépuce clitoridien, puis l'intérieur de son vagin, puis encore son cul. Quand elle finit par s'agiter vraiment, au seuil d'une jouissance difficile pour elle, j'écarte à mort ses lèvres totalement détendues, jouant avec sa peur de la blessure car elle sait son anatomie fragile à cause des artifices de l'opération, craintive de déchirures possibles mais excitée par la vue même de sa souplesse tellement similaire à celle des femmes natives, j'écarte à mort et je plonge mon nez dans son vagin, la pointe et les narines fouillent le fond comme un petit gode précis et olfactif, le haut du conduit nasal frotte son clito et ma langue lèche son cul. Parfois, elle crache fort son foutre dans mes yeux, mon nez et je ramène tout avec ma langue, j'avale et je lui montre, tirant brutalement ses mains quand elle cache son visage. Si elle ne crache pas, je la retourne, la mets en levrette et l'encule. Ses fesses rondes, fermes en profondeur et moelleuses en surface, où les mains peuvent modeler des boules de chair et les yeux s'exciter des vaguelettes surgies des coups de queue successifs, lorsqu'elle les contracte, deviennent d'un coup un étau d'une puissance inattendue qui, cumulé à la dureté de la queue, forment un jeu de pression provoquant mon éjaculation. Sans capote, c'est la règle, pas d'injure entre nous, être incertain augmente le plaisir d'autant, fait de soi-même un homme, un combattant… J'en rigole bien, de mes assertions, jetées à moi-même en pâture à ma raison, mais ma raison n'est pas noble, Porn oui, et moi aussi, noble de l'avoir ainsi. Que vais-je foutre quand au pays on m'aura viré et que l'argent, son besoin, se fera sentir ? Je vis à crédit auprès d'elle, le crédit que je lui promets d'un futur ailleurs, un futur français qui m'échappe. Défenestré de France jusqu'au Siam.

4.4 Parallèles aux matinées pâteuses, engourdies, étalées au lit jusqu'à midi et parfois plus, comme une tache écrasée du doigt et lissée, imbus tous les deux de sommeil mauvais, de fatigue, de torpeur, les muscles liquides, le cerveau embué, malaxé, mâché par le cocktail du climat et des ventilateurs, il y a les bruits, ceux du dehors, des vies laborieuses aux horaires salariés, les pas dans les couloirs, les discussions brèves, la langue thaïe, souvent des femmes, et la circulation, les klaxons, les accélérations, et surtout, indéfiniment ricochant, les perceuses, les marteaux-piqueurs des chantiers, ces immeubles en construction, partout dans la ville.

Sur Third Road, à plusieurs dizaines de mètres de chez elle, on petit-déjeune dans une gargote à la façade ouverte, meublée de quelques tables, un comptoir long où s'exposent des plats semblables d'un jour à l'autre, et l'on prend : du riz, du poisson, un curry de bœuf épicé, des œufs durs, des fritures de légumes, des thés sucrés, glacés et citronnés. Manger entre des murs crasseux, patinés, vivants, mal peints, avec, punaisés, un portrait du Roi, un autre de sa fille, une affiche religieuse, et posé sur un support vissé au plafond, un téléviseur, diffusant en alternance des infos et des séries d'amour et de trahison.

On se dirige ensuite en voiture ou en scooter au *Central Festival*, dont on peut voir, depuis sa rue, les énormes superstructures, là-bas, après Soï Buakhao et le lacis des placettes et des ruelles improvisées qui débouchent sur Second Road. Comme les veines du cerveau, chaque rue compose un réseau, une physiologie où circulent les stimuli des punters et des putes. Culture des êtres plutôt que culture des œuvres. Au *Central*, Porn reste un peu, papillonne entre ses différentes boutiques, s'enquiert auprès de son staff, tous membres de sa famille, des ventes et des produits à commander. Elle gagne bien sa vie, parfois dix, vingt mille bahts par jour. Certes, il faut donner son pourcentage au *Central*, payer les employés et les produits, mais ce qui reste fait d'elle une fille à l'abri. À vingt-trois ans. Pourtant, c'est insuffisant, elle attend plus, indéfiniment. Après le *Central*, on se promène sur Beach Road, ou bien à Naklua, Jomtien, et plus loin au sud, dans des endroits calmes où des paillotes élégantes accueillent les désœuvrés heureux, putes et clients, familles. On dirait que toutes les côtes du Siam, et toutes celles d'Asie du Sud-Est, ne forment qu'une suite infinie de lieux semblables, et qu'on pourrait ainsi aller d'un point à l'autre, par les routes, en voiture, et vieillir discrètement, indifférent au monde et ses actualités, faisant des stops de plage en plage, dans une quête de vagues, de bars, de corps et de bungalows. Il ne manque plus que les couchers de soleil, qui apparaissent effectivement avec la majesté d'une photo sans appareil : débauches de lumières tropicales, intensité des rayons, flamboiement, incendie, joie, renaissance à la nuit, loin des mélancolies crépusculaires des régions boréales, comme une promesse tenue.

4.5 Perpendiculaires aux jours comatés, il y a les nuits de Pattaya. Les nôtres, à Porn et moi ensemble, ne sont plus celles que nous avions avant, séparément. Avant, dit-elle, tous les soirs, elle sortait à l'*iBar* et l'*Insomnia*, au *Lucifer* et au *Mixx*, ou bien dans des clubs thaïs, le *Club Noir* et le *Deefer*, ou bien quelques *Tawan Daeng* et leurs orchestres live de pop issâne. Avant, je sortais tous les soirs également, dans les mêmes lieux, et je ne l'avais jamais vue. Les *Tawan Daeng*, je m'y rendais parfois seul, ignoré, moqué gentiment, observé par des jeunes gens beaux, engagés dans des vies difficiles, mais égayées, ils ne finissaient pas chez eux claqués entre des murs froids avec des sautes de climat à briser les cerveaux. Pattaya, je n'y restais que quelques nuits, comme aussi Bangkok, autour duquel je tournais comme un hypnotisé encore à moitié conscient du gouffre où je me trouvais, de plus en plus isolé, fragilisé, cherchant à vérifier ce qui me retiendrait de tomber. À Bangkok, rien ne semblait finir, chaque quartier avait ses centres commerciaux géants et ses étals à profusion de street food et ses échoppes où tous les artisanats s'aggloméraient, et ses salons de massage, et ses karaokés dont beaucoup étaient putassiers, et ses ruelles claires-obscures où quelques corps glissaient dans la nuit, on ne savait trop pourquoi ils étaient éveillés, comme des êtres uniquement nocturnes qui ne pouvaient exister qu'à cet instant, quand il faisait noir, moins chaud, plus frais, parfois seulement vingt degrés en décembre. La gare centrale de Hua Lamphong ne changeait pas, la rythmique des trains non plus, la lenteur des départs le long des habitations précaires et les détritus avant les rizières. Je cumulais les temples, ceux du Nord et ceux de l'Est, les temples khmers en territoire siamois. Chaque détail dans les pierres, chaque scène du *Ramayana* enroulée dans un dédale ciselé ocre et dur qui, frotté, laisse sur les doigts des grains, chaque nymphe danseuse, mes apsaras, me frustrait d'une jeunesse française mal employée à ne rien faire, au lieu d'étudier les langues orientales, ou l'archéologie, ou n'importe quoi qui m'eût permis d'être ailleurs, non payé, mais avec des papiers – des visas longue durée. L'École française d'Extrême-Orient. C'était raté, restait à se projeter, s'illusionner. Non, pas s'illusionner, s'affranchir de soi, devenir l'autre. Métempsycose, trafic d'âmes. Et le souvenir d'un Malraux.

Répétition n° 13

Se mettre à la place d'André Malraux, il a vingt-deux ans lorsqu'il se rend en Indochine. C'est encore l'époque des long-courriers des Messageries maritimes. Cabines boisées, fumoir, escalier monumental, lustre géant, puis, sous d'autres ponts, la deuxième classe et la troisième, pauvres en classe pourrie : voici l'*Angkor*, autrefois *Atlantique*, paquebot où Clara et André Malraux font leur apparition, quatre semaines de soirées en smoking, robe Poiret, et un projet : s'enrichir et s'aventurer. Ce sont des archétypes : couple en fuite, ruiné, ne maîtrisant ni la langue ni le climat d'une région faisandée dans le rêve, le délire, la chute joyeuse. Dotés d'un ordre de mission, ils rencontrent des membres de l'École française d'Extrême-Orient, remontent au Cambodge, arrivent au temple du Banteay Srei, temple hindou dédié à Shiva, à quelques dizaines de kilomètres d'Angkor Vat sur la route du Nord-Est, découpent plusieurs bas-reliefs d'apsaras

– dont les descendantes aujourd'hui travaillent dans d'autres temples, le *Sok San* à Siem Reap et ses podiums abattus par les flics à la fin des années 2000 –, et se font arrêter pour trafic d'antiquités. Résidence surveillée à Phnom Penh, « découverte » de l'humiliation des peuples par les peuples, retour en France après communion de la peine d'emprisonnement en sursis, décision d'un nouveau voyage, cette fois pour défendre les droits des Annamites, montage d'un premier journal, *L'Indochine*, puis d'un autre, *L'Indochine enchaînée*. Attraction, compassion ou opportunisme, comment traduire le besoin de s'appuyer sur des opprimés pour réussir chez soi, asseoir sa réputation ? Empathie ? Se mettre à la place de ? Après huit mois de luttes, retour en France, où débute le Malraux connu, le romancier engagé. L'Asie du Sud-Est est une machine à écrire, la machine d'où Malraux tape ses premières lignes d'auteur.

4.6 Diagonales à ses nuits, il y a tous les types rencontrés par Porn, dont elle tirait du pognon, et qui l'appellent encore, et lui laissent de longs messages, et lui disent combien ils ne l'oublient pas, et combien elle leur manque, et qu'ils l'aiment, et qu'ils ne pourront jamais cesser de penser à elle, et n'importe quoi passant dans leur tête au milieu de leurs vies respectives, dans leurs pays respectifs, dans leur ennui salarié zébré de pulsions siamoises, et c'est leur façon de briser le verrou et d'éjaculer, lui écrire un message de ce genre, se faire une histoire, se bâtir toute une fiction avec un être étranger lié à son décor de vie, la chaleur et les palétuviers. Ils reviennent sans cesse, des vagues, un océan masculin. Auparavant, ça me rendait malade cette foule d'atomisés du cœur et de la queue, ces radiés de la vie qui empiétaient de leur souffle le territoire de Porn, et qui avaient pu un jour lécher ses lèvres ou ses seins, respirer son cul. Ça me rendait malade, mais pas cette nuit. Cette nuit, depuis quelques nuits et plusieurs séjours, c'est différent : comment gagner ma vie ici le jour où plus rien en France ne me rapportera ? Or le cœur est une mine de devises. Porn, tu t'es fait du pognon, mais on pourrait aller plus loin, et je peux t'aider dans le biz, et je me sens très intelligent de te dire ça, te dire qu'on pourrait demander du fric à tous ces cons si prompts à générer des Western Union, mais à ma façon, en montant des scénarios mieux ficelés encore que les tiens, même si je sais, au fond, que tu es meilleure que moi, puisque tu as déjà tout obtenu avant mon arrivée, tes boutiques, le fric de ton opération, ta maison et tes terres dans le Sud. Mon anglais n'est pas mauvais. Je peux rédiger des messages de panique et de peur. Je peux t'apprendre à mieux gérer ton argent. Il faut acheter une maison à toi et pas seulement à tes parents. Et ne pas dépenser comme tu fais dans des signes extérieurs obscènes chez nous, Occidentaux, qui méprisons l'opulence parce qu'on y vit. Alors que chez toi c'est un sceptre, cet iPhone plaqué or, modèle limité et signé. Quand je parle arnaque, elle me toise dans un registre de supériorité maternelle augmentée du mâle qui ressort chez elle à l'improviste dans une attitude, une tension de muscle, la dureté de certains tics, comme un instantané photographique viril au milieu d'un film totalement femelle. Ce visage, ce corps de fille est beau aussi à cause du mec dont elle vient et qui continue, sous les pilules d'hormones et des traits naturellement féminins, à faire des vagues de violence. Elle attend de moi la façade jolie d'un amour télévisuel normal, romantique, un chemin de pétales maritaux. Elle a besoin de ça avant de s'upgrader vers plus riche. Acheter une maison, une terre à Pattaya, non loin, derrière la voie rapide, vers les montagnes. Et je sais que cette mission-là, Porn l'attend de moi, avec mes ressources propres, mon argent propre gagné honnêtement, comme une bête, un âne dans une belle institution française.

4.7 Mais plus pour longtemps.

4.8 Parallèles aux rencontres réelles, il y a celles des réseaux sociaux et des sites. Il y a Badoo, Hi5, Facebook. Et aussi ThaiLoveLinks, ou DateInAsia. Ses profils, elle m'en donne un ou deux, avec les mots de passe. Pour que tu vérifies, dit-elle. Mais j'en découvre d'autres. Sur Facebook, nous sommes d'abord « amis » les premiers mois, puis j'apparais comme son petit ami, avec un onglet cœur signifiant « en relation ». À chaque nouvelle photo mise, des types laissent leur message de manque. De l'argent à faire avec ces débiles. Des crevards de l'amour prompts à dépenser. Leur réclamer de l'aide, et lorsqu'ils viennent à Pattaya postuler leur nuit de récompense, les affranchir qu'elle est en couple, qu'ils sont étrangers, qu'ils doivent la boucler, qu'elle est thaïe, qu'elle a tous les droits. C'est sans risque. À mesure que je reste longtemps dans cette ville, mon plaisir n'est plus seulement de baiser, et de poireauter au bar, à la merci des ambiances. Il n'est plus seulement de vivre avec Porn : il est dans l'humiliation des autres types. La seule reconnaissance qui me reste est l'humiliation d'autrui dans ses désirs sordides et cons. Un tournoi sale mais nécessaire. La joute de sang. L'intelligence du renard, de la hyène, du chacal. La mise à bas des rivaux. Je n'en suis pas encore à celle des putains, mais pas loin cependant, avec toujours le barrage de leur supériorité : c'est leur pays, leur langue, leurs frères autour, un acte malintentionné vers elles, un irrespect de trop, et c'est l'agression inexpliquée, l'emprisonnement, la mort. Humilier mes semblables, mes frères, est plus simple, plus valorisant également : ne suis-je pas ce qu'ils espèrent être, un type ayant à sa coupe une fille superbe dont il dirige la crasse sentimentale ? Ne suis-je pas un genre de mac ? Et les foutre à terre, n'est-ce pas briser à travers eux la part faible de moi, éthérer ma morale de vie, la rendre céleste, l'élever quand j'exploite leur part d'amour, comme Dieu fait de ses fidèles ? C'est aussi tuer un concurrent possible.

4.9 Parallèles à tous ces types empilés dans des bases de données, il y a les techniques pour les voler. Ou plus exactement, perpendiculaires, car on doit les croiser pour les dépouiller. Méthodes cruciformes de l'arnaque. Il y a les « nigérianes », les plus connues, j'étudie leurs façons, à ces chacals de la mouise d'autrui. Porn, c'est ça l'ambition, la voie royale vers l'horizon, les éclaircies marchandes, ça suffit l'artisanat, à deux, on mécanise. Être méticuleux, sérieux, le pointillisme des cadences industrielles. Les profils s'affichent successivement sur l'écran de son iPhone, ils montrent souvent des visages, parfois des paysages ou des avatars, qui, associés l'un avec l'autre dans des cartouches identiques, forment une planche contact. Comme une liste de coupables chez les flics, mais là, ce seront nos victimes, tu verras. À la date de cette nuit, elle a 2 817 « amis » sur Facebook. Beaucoup d'hommes étrangers, quelques dizaines de Thaïs, parfois des membres de sa famille, les femmes portent un voile et sourient. Dernièrement, un type s'acharne à commenter la moindre de ses photos. Il vient d'Iran, il a vingt-deux ans, il appartient à la jeunesse dorée de Téhéran. Porn est musulmane et l'intérêt des musulmans, c'est qu'ils sont encagés avec elle dans un réseau subtil de traditions où les préliminaires sont à son avantage : même pour dîner, il faut la gâter avant, lui faire des cadeaux, beaucoup. Les musulmans sont les meilleurs coups financiers pour le sponsoring prémarital. Donc c'est simple, tu expliques à ce branleur avoir un grave problème dans un de tes magasins : d'abord le *Central Festival* augmente ton pourcentage de remise en te prenant désormais 35 % de tes gains ; d'autre part, ta caisse enregistreuse est cassée, tu ne peux plus encaisser, et tu n'as pas de liquidités pour t'en payer une autre. Tu as donc besoin de 100 000 bahts en urgence. Tu connais par cœur et mieux que moi la manœuvre. Il n'y a rien d'illégal, tu ne t'es jamais privée de ça – et tu le dis si bien : s'ils le font, c'est qu'ils le peuvent –, à aucun moment tu n'imagines qu'ils puissent se priver de quelque chose en le faisant, ils sont libres ou non d'accepter, tu les méprises lorsqu'ils refusent, tu as un truc bien à toi pour torturer leur fierté, tu mets les hommes face à leurs mots, eux si prompts à parler.

Ce ne sont que de petites demandes, quelques milliers d'euros à l'un et quelques milliers d'euros à l'autre, mais cumulés, ça donne des sommes. Il faut en trouver d'autres, beaucoup, se faire pêcheur de masse, ratisser les grands fonds sentimentaux, un travail à plein temps pour moi, et je prendrai 20, 15, ou 10 %, moins, ce serait rien… Tout ça pour casser ton vice que je sais, car en vérité, ça te plaît d'être harponnée partout. Ton jeu de vamp, c'est du brouillard dissipé au moindre beau mec. Tu contrôles et tu cèdes, c'est pareil pour toi, les farangs ne comptent pas, ils t'indiffèrent, ce qui importe, c'est d'avoir un stock potentiel d'admirateurs sponsos rêveurs. Tu t'étonnes encore quand je m'énerve de tes ajouts « gratuits », sans raison, « just friend » dis-tu, arguant le joug du « social network », les yeux plantés ailleurs à chaque fois que tu sens venir mes irritations, mais va te faire foutre, nous savons toi et moi de quoi il s'agit, ce besoin que tu as d'aller vérifier chez des mâles ta féminité d'opérée, et plus ils sont jeunes et même puceaux, plus ça te plaît. Tu m'avoues d'ailleurs, une fois, avoir tripoté la queue d'un prépubère de ta famille, dix ou onze ans, et aimer l'innocence. Merci, belle confession, ça me servira un jour, je peux être homophobe, sache-le, quand ça me plaît ou me sert, je suis hétéro, n'oublie pas, et je te vois bien vieillir pédéraste ou pédophile, devenir comme une de ces vieilles tantes amoureuses des très très jeunes garçons, les Montherlant, les Gide et les Duvert (tu ne les connais pas, tu ne manques rien, mais peut-être alors cette figure aperçue dans un film chinois, *Adieu ma concubine*, te rappelle-t-elle quelqu'un ? Un vieux mandarin, cheveux très longs, affilié à la cour impériale de Chine, et chargé d'inviter des troupes de théâtre dans la Cité interdite. Pas vu ce film ? Il viole le très jeune héros, douze ans pas plus, un pauvre gamin des rues devenu acteur traditionnel, jouant la concubine dans la pièce classique dont le film tire son titre, et il semble y prendre un sacré pied le salaud, un plus grand que ceux tirés de plaisirs plus adultes, un peu comme ces moines de la Sangha, tu les connais ceux-là, même tronche à la vue des petits novices maquillés, arrivant sous leur coupe, et qui pleurent, ou se figent, terrifiés. Une belle histoire tu sais, un truc de pédés sur fond de révolution culturelle, d'amour impossible entre deux hommes, comme nous, car la concubine est amoureuse de son roi, un pur hétéro, lâche quand il faut, et qui s'amourache d'une putain d'ailleurs, tu vois, on n'en sort jamais en Asie. Ça ne te dit toujours rien ? Tu n'aimes pas mon vocabulaire et ce ton, cette condescendance ? Ce n'est qu'un début, écoute encore, la chant de l'hétéro colérique). Ta beauté, ton visage, ton corps féminin, ta peau féminine, ils se fracturent dans ma voix, le sens-tu ?, et finissent en preuves à charge d'une maladie mentale propre aux gens de ton rang, car ne faut-il pas être dérangé mentalement, comme diagnostiquaient, binoclards et barbichus, les psychiatres du XIXe siècle, pour se faire enlever la queue ? Une hystérie, une malformation. Tu ne redoutes pas grand-chose mais tu redoutes ça, chez les hétéros que tu recherches, les hétéros comme moi, ce surgeon des pires préjugés envers les gens comme toi. Tu as peur d'être blessée à mort, de te haïr d'avoir ainsi donné ta confiance. Mais rassure-toi, je n'ai encore rien dit, j'ai gardé ça en moi.

Tu vois, tout est calme. Je suis descendu bien bas d'un coup. Ma jalousie me castre. En te salissant de la sorte, c'est moi que je salis, et je m'exile de toi et de ta force, et aussi de l'absolu que tu véhicules. Je sais qu'il y a trente ans à Paris, ou plus longtemps, tu aurais été une muse irradiant toute la capitale de ta majesté. Car tu es de sang bleu, Porn. Sidaïque peut-être, mais bleu. D'abord à cause de ta beauté, ensuite à cause de tes manipulations précieuses. C'est une diplomatie corporelle. La chirurgie est le traité entre tes hormones contrariées. Tu es l'ancien et le nouveau régime. Celui des hommages, des courbettes et des joutes pour une belle Dame. Et l'autre, celui des gains violents et fourbes. Fleur du Capital. Comme Pattaya. Et je ne suis jamais qu'un courtisan de passage dans ta Cour.

4.10 Superposés aux lignes de circulation dans la ville, aux trajectoires comme ce soir, ponctuées de pop thaïe, il y a, entre Porn et moi, des labyrinthes mentaux élastiques, mobiles, vaporeux, comme en survol, tressant des profondeurs, des perspectives, contrepoints parfaits, ou correspondances, des longues plages descriptives captées dans les rues. Ce sont des interrogations. Que faire de l'autre en soi, de soi dans l'autre, de soi dans l'image que l'on donne à l'autre ? Toute une flopée de contusions psychologiques au cimetière des romans d'analyse. Chaque réponse est une pièce sur l'échiquier aux cases infinies de notre attraction mutuelle. On parle une langue inventée composée d'un anglais appris, pour moi dans des livres, des films et des manuels, pour elle dans des films, des musiques et des rencontres, et cuisinée de mots et d'expressions soit thaïes, soit malaises – son dialecte arabo-malais du Sud siamois –, soit françaises – qu'elle décrypte dans mes articulations téléphoniques et me ressort accentuées autrement –, soit italiennes – obtenues par les mêmes moyens. Salaam (arabe : salut) teerak (thaï : chérie), do u sleep well (anglais : t'as bien dormi ?) ? Yes amour, tidur (malais : dormir) dee makmak (thaï : très très bien). Une langue pauvre, le tour du monde en quatre-vingts mots, avec des trous dans le sens. Mais la compréhension est là, intuitive, totale aussi quand l'essentiel, c'est-à-dire la peur, la crainte, le doute, se manifeste. La peur de l'autre, et de se faire mettre par lui, et d'être une merde. La crainte mutuelle de se perdre, et d'être perdant dans la perte de l'autre. Deux ans et des poussières de vie commune séparée par dix mille kilomètres, composée de séjours intermittents, jamais très longs de ma part, deux à trois semaines dans le Royaume tous les trois à quatre mois, et le reste du temps seuls respectivement, mais pas un jour sans un appel de ma part ou de la sienne et de longues discussions sur Skype, la nuit pour elle et la soirée pour moi. Derrière les fenêtres, c'est souvent l'hiver de mon côté, un ciel bas, une pluie chevrotante mêlée à l'impression rassurante d'avoir encore un métier, une vie réelle en Europe, mais amputée, sans avenir, les jeux sont faits, une France fade en travers du moindre mouvement, et peu à peu je m'enferme dans la possibilité d'un réel engagement avec elle, c'est comme une guerre d'usure, chacun testant l'autre dans ses nerfs et sa sensibilité, où se mêlent des deux côtés à la fois l'illusion d'une vie rafistolée vers le futur et la certitude que c'est un mensonge – mais le mystère réside dans l'impossibilité de résilier ces liens, d'arrêter les frais, même au moment de la pire lassitude, et au fond, je ne sais toujours pas pourquoi elle me choisit moi et me privilégie, ne me demande quasiment jamais d'argent, il m'est impossible d'avoir une idée claire, une géométrie précise de son plan d'existence avec moi, toutes les lignes s'effilochent confusément l'une après l'autre, je parle seul à des miroirs qui me renvoient des échos affaiblis vaguement déformés, en deçà du réel, comme si je vivais plus bas que le niveau de mon histoire, comme si celle-ci se déroulait à un étage supérieur à mes capacités de lecture, comme si j'étais la proie de quatre murs de plus en plus serrés, étouffant toute perspective.

4.11 Perpendiculaire aux masturbations sentimentales, il y a l'argent. Ses demandes sont venues tard, mais elles sont venues, elles sont rares, mais elles existent. Ses besoins sont précis, crédibles, pas vitaux, anecdotiques, ils sont ordinaires, donc incarnés, refaire un meuble en urgence dans un de ses magasins, payer un fournisseur, arranger son intérieur, avoir le téléphone dernier cri. Son génie, c'est de ne pas inventer, comme beaucoup de ladybars ici, des accidents ou des maladies. Tout est vrai, car minuscule, presque absurde, sans intérêt. Le point fort, c'est de faire payer par d'autres ce qu'elle pourrait très bien régler elle-même. Le mensonge commence lorsqu'elle dit ne pas avoir assez pour y arriver.

Cette vaste vitrine rectangulaire blanche laquée, aux planches épaisses, solides, aux angles propres, nets, à peine arrondis pour adoucir la vue et les chocs, placée élégamment devant la façade en verre de son magasin principal, dotée dans sa partie basse, côté vendeur, d'une série de tiroirs avec serrures qui ne servent à rien, ou presque, car on y met seulement des breloques sans intérêt et des sacs au nom de son enseigne, « Porn Jewelry », où ses employées, toutes des femmes, glissent de leurs mains fines, manucurées sans excès, des colliers, des bagues serties de diamants faux ou vrais, sans prix ou modiques, toute une série de bracelets fantaisie ou coûteux en direction des clientes, d'or vingt-trois carats, cet or quasi pur omni-présent en Asie exposé dans cette vitrine, sous forme de bijoux déclinés dans tous les genres et chaque soir enlevés pour être entreposés dans un coffre-fort à l'intérieur, ce meuble aux allures d'œuvre, aux détails signifiant plus que leur fonction, devrait porter mon nom, car c'est paraît-il à ça qu'a servi mon premier Western Union, à faire cet objet-là.

L'autre point fort, le principal, c'est de transformer la demande d'argent en épreuve radicale. Refuser serait perdre, non seulement face à elle, mais face à la vie tout court. Précise dans le scanner de la sensibi-lité de son partenaire, elle le met au pied de sa fierté. Si coq tu joues, protéger tu dois. Finir pigeon. Cette sensation de volatile stupide dans les anfractuosités du cœur viril. Elle officie à Pattaya, elle compare donc chacun, et le fait sentir, lentement. Tout est lent, décomposé, les ruptures comme les rencontres. Le processus est toujours semblable : d'abord être disponible pour TOUS les hommes, qui tous y voient un privilège, se sentent heureux ; puis faire paraître la sélection, drapée dans des nœuds d'étranglements successifs. N'est-ce pas le paradigme absolu d'aujourd'hui, la sélection naturelle, apprivoisée chez elle – ou bien innée, pas besoin d'étudier –, aux ordres ? Comme une mise en abyme trop complexe pour la plupart des hommes. Elle sait comment gagner de l'argent sans passer par la vulgarité du labeur. Alors elle lance ses demandes. Savoir qu'on est nombreux à recevoir l'hameçon et qu'un autre pourrait mieux y répondre fait ouvrir les portefeuilles de quelques-uns.

En matière de sponsoring, je suis un cheap Charlie, c'est mon orgueil, j'envoie, mais peu, laissant à la fois dans sa tête un ressentiment et un goût d'inachevé. Et donc oui, l'étrangeté réside dans le fait qu'elle me garde, malgré tout. Hypothèse : c'est que je suis un chien câlin et léchant. Elle devine en moi le rêve médiocre du gigolo raté. Ça ne va guère loin en ma compagnie, jamais, je n'aime pas les panoramas, juste le nez à nez du corps à corps, quand j'ai la tête dans un cul. Et dans le sien, j'aime, car j'oublie de penser. Ma langue est à son service, et ma queue n'exige pas grand-chose.

Autre hypothèse : elle n'a pas à se forcer pour me satisfaire, le fric est transparent tellement la somme envoyée est mince, et donc aucun effort à donner en échange, elle n'est redevable de RIEN. Elle peut tout se permettre, ses émotions ne sont plus un problème, ses humeurs. Je suis le sac de frappe de sa boxe. Un jour, elle me dit qu'elle n'est pas du genre à recevoir 500 euros, 20 000 bahts, non. Pas de ce genre-là – le mien – mais d'un autre, avec cinq zéros derrière, au moins 100 000 bahts. C'est ainsi. Elle moule chaque mot posément, ses lèvres épaisses qu'elle tord vers les côtés, ses yeux ouverts, son visage analytique, froid, tendu, c'est un rapport de forces, la volonté de gagner, pas de l'argent mais de l'esprit, du pouvoir. L'entendre m'enseigne, mais ne me libère pas. Plus c'est pire, plus j'acquiesce. Le cliché d'aimer les garces. Ou bien a-t-elle touché juste, au bon endroit, comme une ventouse électrifiée procurant des réactions de vie après une période de coma ? Ça m'électrise d'être mis face à mon rayon d'action, combien de divisions avec moi pour la satisfaire, correspondre à cet individu que je suis dans ses yeux ? L'observer m'élargit. Elle sait se faire miroir. Tu la gâtes, elle te renvoie l'image si belle que tu as tant cherché à obtenir. Tu ne la gâtes pas assez, elle fait de toi l'éclat brisé de ton ambition défenestrée. Ça date de l'enfance chez tous les êtres, ce besoin de trouver dans l'autre une confirmation. Elle le sait. Le vrai boulot de Porn et de ses semblables est d'être un reflet et de le pousser très loin, aux limites de l'autre.

4.12 Parallèle aux géométries cérébrales, aux tentatives de mise au propre de la saleté mentale, il y a la géométrie tout court, la consolation du réel. On file sur Second Road vers le nord, Naklua, on dépasse Soï 6 et ses prémices de boxons, on n'aperçoit que les deux bars aux angles d'entrée, des filles assises, beaucoup désœuvrées, moirées dans la torpeur, ne faisant pas d'efforts festifs, oisives aux jambes croisées, il n'est pas tard, la nuit se met à peine en place, familles, punters, putains, le mélange toxique, unique, tout est normal, ça drogue les spectateurs, quand, retournés au pays, ils retrouvent le zonage de leur vie, pas de surprise, pas de rencontre, pas de pauses ni d'accélérations ni de brusques retours, aucune illusion de vivre dans des parcours inédits, RIEN, le nihilisme à échelle urbaine.

Tout au bout, juste avant le rond-point qui marque la fin de Second Road au centre duquel une fontaine surmontée d'un dauphin gît dans ses flaques, on s'arrête. Trottoir opposé, il y a Drinking Street, ses ruelles et ses néons, longtemps que je n'ai plus mis les pieds dedans, la dernière fois, ça devait être le soir précédant ma rencontre avec Porn. Je vis, nous vivons à l'ombre des fêtes de bars, nous glissons en lisière des podiums et des concerts, nous passons à l'entrée de notre passé qui dure toujours pour d'autres, nous entendons des échos qui viennent doubler nos souvenirs.

4.13 Face à Drinking Street, il y a le cabaret *Tiffany*. Une grande esplanade servant de parking repousse vers le littoral le bâtiment lui-même, avec son fronton percé d'un balcon encadré de fioritures dorées, tenu par des colonnades ioniques, tandis qu'à l'avant, autour d'une fontaine, on voit des statues de nymphes blanches et plâtreuses, et le *David* de Michel-Ange. C'est ici, chaque année en novembre, que viennent concourir des transsexuelles du monde entier pour l'élection de *Miss Tiffany's Universe*, et que chaque soir, à trois reprises, la troupe du lieu se produit. Les numéros s'enfilent, thème par thème, pays après pays, c'est un mélange bizarre, qui tire les ladyboys vers les traditionnels travestis, comme une manière de ramener le chaland vers les contrées rassurantes du déguisement. Alors que non, elles habitent un continent sexuel nouveau, ladyboy, femme-garçon, l'expression pure de la féminité, celle conquise sur la Nature, indépendante des circonstances de la naissance. Elles renaissent dans le segment même de leur existence. Et c'est dans cette région, l'Asie du Sud-Est, et ce pays, le Siam, qu'elles ont leur centre magnétique, leur lieu sacré, et qu'elles surgissent parfaites. La convergence des os fins et des peaux imberbes prédispose aux métamorphoses. Chirurgie d'absolu, scalpel rituel, corps glorieux conquis sur le corps génétique. Le Brésil n'est qu'une esquisse. L'œuvre où les transsexuelles se meuvent, c'est l'Asie du Sud-Est. Certaines prient, certaines croient que les plus féminins des esprits se réincarnent là, loin de leur terre première, doublant ainsi l'exil du genre par celui de la géographie. On prend nos deux places, un peu excentrées, parmi des Chinoises parlant fort, s'interpellant à plusieurs rangées de distance, que Porn méprise avec régularité, haïssant la race chinoise avec toute la politesse de la rage savamment justifiée et argumentée, le sourire d'un exterminateur devant ce faciès mandchou hébété inculte dont elle aimerait voir inconsciemment les traits taillés en pièces. Le visage cuivré symétrique ourlé de Porn est illuminé, d'autant plus au milieu des spectatrices laides de l'empire du Milieu. Le public s'installe encore quand les danseuses surgissent et que l'une d'elles entonne « I am what I am » et que les lumières déclinent en retard, et qu'une multitude de bruissements parcourent la salle comme un bruit de fond qui tarde à s'éteindre.

Le numéro indien voit chaque fille apparaître en dodelinant de la tête, cette bascule vive du crâne de gauche à droite ou l'inverse, le cou droit, les bras pliés en accent circonflexe inversé. Puis ce sont des gestes que l'on retrouve du Kerala à Bali, exécutés de manière rapide en Inde et de plus en plus lentement au Siam, au Laos, au Cambodge, en Indonésie, ce même répertoire à base de buste et de sourire figés, de jambes fléchies, de pieds alternant plantes et pointes, et cette palette de nuances et de souplesses dans la manière de tourner les poignets, d'enrouler les doigts autour d'une tige invisible, de tracer des spirales, des géométries non euclidiennes, des fractales, tout ça pour paumer l'étranger consentant dans le sida de l'exotisme – de l'autre avec qui coucher.

4.14 Parallèles, les jambes des danseuses dessinent lors du final un genre de mille-pattes, ou bien des touches, une rangée de marteaux d'un piano, levées, jetées au public qui applaudit, et très vite, se retrouve dehors pour la séance de photos avec les filles, contre quelques billets de vingt, de cinquante ou de cent bahts. On fuit les lieux, Porn évasive, elle a vu le spectacle des dizaines de fois et déplore une baisse de la qualité de l'accueil et du jeu, c'est une perte, une entropie, comme le reste. Nous quittons Second Road et faisons le tour du rond-point, frôlant Naklua plus polluée que Pattaya encore, avec d'immenses tours d'habitation sur le front de mer, le *Sky Beach* et ses corbeilles cannelées en guise de balcons, des résidences grande hauteur en partie vides. Naklua et ses bars d'autrefois, conservés, des paillotes d'une plage maintenant cachée, Naklua dont parle Gérard Manset, le chanteur Manset dans ce livre qu'on m'avait prêté, que j'avais conservé, lu jusqu'à l'usure, *Royaume de Siam*, épuisé, oublié, jamais cité dans les anthologies sur le sujet, la Thaïlande, où il dit sans cesse Naklua, jamais Pattaya.

Répétition n° 14

Se mettre à la place de Gérard Manset étudiant, lisant, traduisant la langue thaïe, et ce « petit livre jaune qui ne le quitte pas », dit-il, *L'Enseignement du Bouddha.* Il étudie à l'INALCO, il a pour enseignante une petite dame, Khun Wanni, et il entre avec elle dans le Royaume des nuances, le « Dictionnaire à cheveux longs » des initiés, comme lui expliquent deux types un soir au restaurant, celui des cinq tons : montant, haut, descendant, bas, neutre ; des quarante-quatre consonnes ; des voyelles simples et composées, diphtongues et triphtongues, elles sont trente-huit paraît-il, en rotation autour des consonnes, dessus, dessous, avant ou après. Nouveau monde, recommencé pour chaque nouvel arrivant, le Siam et ses nuits. Enchantement, poursuite du merveilleux, plans sur la comète, refaire mille fois dans sa tête le projet d'une autre vie, ne plus perdre un instant à Paris, ouvrir un studio d'enregistrement à Bangkok avec un ami, vérifier sa propre joie et sa mélancolie dans une jeune ladybar, et partager les mêmes sentiments que des milliers d'autres que soi, constater les mêmes dégâts, devenir incurable, écrire des musiques et des livres dessus… et se heurter à l'incompréhension, la crainte, le « conte onirique » devenant « preuve à charge », c'est la fin, le début de la bêtise, le changement d'époque, et peut-être que oui, il aurait dû partir Manset, et faire ce studio sur les hauteurs des gratte-ciel de Krung Thep, la Cité des anges. Il chante le *Marin' Bar*, qui existe encore, une légende à Pattaya, devenu le *Marine Disco* et décliné ailleurs dans la ville en *Marine 2*, le two prononcé « toute », cul en thaï, un after, les deux incontournables jusqu'à l'arrivée de l'*Insomnia*, du *JP Bar* et de quelques autres. On y accède par le même escalator depuis des décennies, c'est un défilé dupliqué nuit sur nuit, on y fréquente ses souvenirs sur fond d'électro, avec en piste, la fille du *Marin' Bar*, celle qui « mange des pousses de bambou, brûle la vie par les deux bouts, t'oublieras pas son visage, c'est la plus belle de la plage », tandis qu'en bas, à droite, il y a le *Jenny Star* et ses ladyboys assises ou debout sur le comptoir, agrippées à une tige chromée. Être à Paris avec Manset, n'importe où, dans la tristesse de Paris, dans un bureau ou au café, au travail ou désœuvré, et convertir, malgré soi, les heures qui nous séparent de là-bas, il est dix-neuf heures ici et minuit à Pattaya, et fermer les yeux et sentir qu'à cet instant, il s'y passe telle scène et telle rencontre, telle fête de village et tel repas à même le sol, et cette chaleur aux poumons. Se dédoubler sans cesse, avoir l'air absent, se voir reprocher ce visage hagard, lointain et paumé, à faire peur, énervé contre tout, jugeant tout inutile, sans intérêt. Et s'y rendre autant de fois que possible pour épuiser le sortilège, mais jamais longtemps, aller d'une ville à l'autre, et dans chaque ville d'un hôtel à l'autre, les plus simples, fuir dans les pays limitrophes, les Philippines et l'Indonésie, la Birmanie et le Cambodge, et s'arrêter brièvement en Inde, l'origine sacrée, se faufiler dans Sonagachi, à Calcutta, et revenir, cultiver les hublots des avions comme autant de vignettes, et peu à peu, avec le temps, croire que c'est terminé, que ça s'est atténué, que tout a changé, se persuader que l'effet siamois est passé. Et le voir resurgir plus puissant encore et tout claquer. Se mettre à la place de Manset, avoir pour compagnon un raté, un poète, celui qu'il dénomme J.M., adepte obsédé des filles bridées, son double inversé, J.M., « obtenant des bourses, aides à la création et subsides hors les murs. Une imbécillité notoire qui permettait de filer. Il craquait ça dans les bars parfumés avec les filles de Pattaya ». Se mettre à la place de Manset, ses chansons codées, elles parlent toutes de prostituées, on reconnaît les lieux, le « bâtiment gris », les « chevelures des rideaux », et s'enfermer dans un karaoké avec une fille et ses copines, elles adorent ça, et se saisir du micro et chanter « Royaume de Siam / celui qui voit le monde par tes yeux / celui-là peut-être / il peut être heureux ».

4.15 Perpendiculaire à Beach Road, au milieu de celle-ci, il y a Pattaya Klang, où l'on bifurque encore, depuis son embouchure, la plage, rentrant chez elle, toujours engagés dans les mêmes trajectoires, les enseignes se multiplient, les magasins sont fermés, la circulation et la nuit sont claires, dégagées, lune, baht bus, étoiles et deux-roues bien espacés. Plus tard, on tourne Soï Buakhao, avec, dans un premier temps, à droite, un hôtel d'une chaîne célèbre en ville, LK, ici *LK Royal Suite*, et son restaurant complètement ouvert, ses divans énormes, son hall vaste, moelleux, comme souvent en Thaïlande, ils ont l'art des antichambres, des vestibules, des courettes, campi et piazzette, des espaces intermédiaires, des transitions lentes, sans doute un calque de leur langue sur l'architecture et l'urbanisme, et à gauche des bars à nouveau, par centaines, avec des places de marché, emboîtées à d'autres bars, réunis en complexes, jusqu'à Second Road, finissant devant le *Central*, et que j'aime emprunter à pied, quand je vais voir Porn travailler.

Puis, avant l'espèce de cédille que fait Soï Buakhao pour continuer très loin sa course de claques de plus en plus concentrés et serrés, dont l'un des plus célèbres est le *Pook*, tout entier habité de ladyboys parmi les plus belles de sa ville, il y a sa rue. Elle vit tout au bout, c'est une rue calme, ou presque, perpendiculaire à Second et Third Road qu'elle relie comme un ligament essentiel à deux organes de la ville, il y a peu de bars, beaucoup de filles y vivent, on trouve aussi de beaux condominiums massifs, trapus, avachis sur leurs habitants, avec une flaque servant de piscine, une mare plus ou moins développée où nager quinze mètres et se retourner et multiplier les longueurs, les lignes. Je ressasse les nombres, les rues, les noms de rue, je litanise les lieux, des dizaines de rues du genre de celle de Porn, des centaines, des milliers de bars et des milliers encore, et des dizaines de milliers de filles dedans ou dehors, assises ou debout, jouant à Puissance 4 ou scrutant leur téléphone, buvant ou fumant ou restant sobres, et peut-être sont-elles cinquante ou cent mille, c'est un genre d'infini, une vie ne suffirait pas à connaître tous ces lieux et toutes ces filles l'une après l'autre, une par nuit, en cent ans, ça fait seulement 36 500, alors qu'il y en a deux ou trois fois plus et qu'elles se renouvellent, à chaque instant une postulante débarque et une autre s'en va, parfois à l'étranger, elle a tiré le gros lot, le Sponso majeur, et nous frôlons les contours de ce carnaval sexogéographique, nous entendons les échos et nous savons de quoi il s'agit pour en avoir été, et nous rentrons chez nous, collés l'un à l'autre, témoins du spectacle et non spectateurs, c'est quelque chose d'être à l'ombre des fêtes, filant une autre vie à travers des gagneuses et des clients qui poursuivent leur itinéraire de demi-sommeil, dans les musiques fortes et le flottement, la poisse humide, diluée, des néons.

4.16 Circulaires, extatiques, moites, repassant par les mêmes lieux, les jours avec Porn se succèdent, répétitifs, jusqu'à celui du départ, et la promesse, de plus en plus difficile à tenir, retardée par toute une série de raisons climatiques ou financières, de l'emmener la prochaine fois à Paris. Chaque être supérieur a sa petite défaite pourrie, cet instant où il descend très bas en se laissant faire, se demandant comment il a pu en arriver là et se faire rouler comme ça, croire l'autre, attendant encore, car ce n'est pas possible quand même, que cela m'arrive à moi si savant de ces choses-là, de ces vies menties pour en posséder d'autres, et c'est sans doute ce qu'elle va finir par se dire, et se réveiller, et la violence sera terrible. Mais pour l'instant elle est docile, elle demande quand, « when can I go Paris ? », mais elle ne presse rien, n'invoque aucun papier à remplir, ne cherche pas au-delà. Je veux sa présence, toujours, la posséder entière, être à côté d'elle, témoin de ce qu'elle vit, mais l'argent dont elle n'a pas besoin, après toutes ses victoires sur d'autres avant moi, c'est un principe pour elle de le demander quand même, de savoir qu'elle peut l'obtenir. Or mon salaire couvre à peine mes dépenses à Paris et mes allers-retours ici. Elle le sait. Elle distingue, derrière les belles tenues de mes tee-shirts de marque, de mes chemises ou pantalons sur mesure et de mes pompes en toile ou en cuir, nimbées de signatures françaises, italiennes ou américaines, qu'il n'y a rien. J'ai même avec moi un jeu de cravates ridicules sous cette chaleur, mais me voir nouer complaisamment l'une de celles-ci, et glisser mes boutons de manchettes, et piquer les deux extrémités de mon col d'une aiguille, certains matins où je prétexte aller à Bangkok rencontrer une attachée d'ambassade pour un éventuel contrat juteux qui me ferait rester longtemps, l'accapare comme une nouveauté, elle me détaille désarmée, fascinée par les gestes, comme nous le sommes de leur waï, leur salut, les mains jointes à différents niveaux du torse, du menton, du nez et du front, car ici, la cravate est l'apanage de quelques milieux, et c'est complètement incongru, dingue, absurde, de se mettre autant de toilette sur le corps par plus de trente-cinq degrés dehors, alors que tous, et les farangs en premiers, traînent en tongs et en shorts effondrés sur leurs fesses, le ventre quasi à l'air, mais le but est ailleurs : la mettre en condition de sa vie future à Paris, lui montrer un peu d'exotisme, elle sourit, demande que je lui apprenne les différents nœuds qu'elle me fera elle-même avant que je parte travailler, elle sera la bonne épouse d'opérette, et ces rituels confirmeront son rang de femme totale au côté d'un homme, cette souffrance enfin apaisée de se savoir différente des femmes, malgré son absolue beauté, aux yeux des autres, de la plupart des autres. Ces cravates, ces chemises à poignets mousquetaires, cette élégance de foire, ce sont de petits sursis. Ils viennent équilibrer des instants nus, sans rêve, où le conte est déshabillé, rendu à la sociologie la plus étroite : lors de nos conversations vidéo, quand je suis de nouveau englué dans la vérité parisienne, elle observe parfois mon studio, ses mètres carrés, sa belle salle de bains, sa cuisine dans la pièce à vivre. Je n'ai pas de voiture. Depuis son profil Facebook, j'accède à celui de copines arrivées en Europe. Elles postent des clichés de leur villégiature dans le Saharat U-ro : normalité matérielle, le b-a ba que je ne possède même pas : un appartement avec deux pièces au moins, un véhicule, une scène de bisous avec le type au volant, conduire c'est faire papa responsable. Des signes extérieurs de confort. Alors que moi en revanche… Campeur dans ma propre vie. Rattrapé par le dilettantisme. J'ai mon permis de conduire mais je loue des voitures. Elle a vu pire chez les locaux mais un étranger, c'est différent, sinon pourquoi se faire chier à vivre une relation avec quelqu'un ne parlant pas la même langue, et si borné à comprendre ses valeurs ?

4.17 Elle ne m'accompagne pas à l'aéroport, jamais. Elle travaille. Elle me dépose à la gare routière, au bout de Pattaya Nua, l'artère au nord en lisière de Naklua, parallèle à Pattaya Klang, au centre de la ville, et à Pattaya Taï, au sud, les trois grands axes partant dans les terres depuis Beach Road, et dont je répète les noms et l'orientation, mentalement, comme une prière, un mantra. Elle pleure sans pleurer : elle tient ses yeux ouverts, ne cligne pas des paupières, laisse ses pupilles rougir, s'injecter de sang, s'humidifier enfin, et permet à quelques gouttes de glisser sur ses pommettes symétriques et rondes, où sa peau est si tendue qu'elle devient luisante, avec deux taches de lumière par tous les temps. Elle est fatiguée. Elle ne veut plus réfléchir. Elle va rentrer se recoucher et regarder la télé. Elle se promet de faire un test HIV. Elle ne peut pas rester ainsi au milieu des bus, alors sa voiture s'éloigne, tourne et disparaît comme si quelque chose d'impensable survenait là.

4.18 Plus tard, je suis dans le bus, calé tout au fond, très loin, enfantin, cherchant la sécurité, et craignant tout, l'avenir, Paris, la réputation mal choisie, régressant dans la peur, cherchant un point où fixer ma pensée, l'arrêter, faisant le vide comme ils disent, les yogis avortons, ceux de Pattaya, des Indiens venus comme moi chasser ou aimer, et décidés, comme nous tous, à rester là, s'inventant tailleurs ou gourous, aussi honnêtes et véridiques que moi dans mes rôles d'emprunt répétés, et je me concentre, je pense aux putains d'un coup, à certaines qui suçaient frénétiquement, à cause de l'effroi sans doute, la béance, l'abîme ou l'abysse, oui c'était ça, trouver une queue, se concentrer dessus et ne penser à rien, fermer les yeux sur la crainte et pomper, attendre que ça passe, j'ai peur de tout, gagner ma vie m'horrifie, parler m'agresse, ça me demande tellement d'efforts de me montrer, je veux juste un périmètre suffisant pour survivre, sans risquer ma santé mentale, sans pression, tout est brouillé, tout pourrit, je suis là, au fond du bus et pétrifié, le retour au squelette français, au cimetière parisien recommence.

4.19 Dehors, derrière la vitre, à l'arrière-plan de la « Highway », il y a des montagnes pas très hautes et boisées, puis, plan par plan, des rizières de plus en plus absentes, laissant place à des raï – arpents de terre – comme abandonnés, à vendre. À certains endroits, un chantier, des carrières, un début d'échangeur gris avec des piliers en béton. Le soleil sur la vitre forme une tache marron diluée.

4.20 Tout change, se modifie, s'accélère, l'euro s'effondre et le baht augmente. La Thaïlande à papa disparaît d'année en année. Dire qu'avant, joyeux, émerveillé par les premiers séjours, prendre le bus ou le train ici, en Thaïlande, signifiait aller du nord au sud, seul, indépendant, et c'était découvrir des temples, des détails, des filles à la source.

4.21 Après l'enregistrement, l'attente dans les grands halls de *Suvarnabhumi Airport*, les allers-retours constants à l'extérieur du grand tube ultramoderne de plusieurs étages où s'échelonnent les halls de départs et d'arrivées pour avaler, mendier encore un dernier carat d'air humide et chaud, un dernier soubresaut de lumières et de couleurs en observant les nouveaux arrivants ; après le contrôle des passeports, le long chemin parmi les duty-free jusqu'aux portes d'embarquement ; après l'embarquement lui-même, le regard froid des hôtesses, comme un présage de l'hémisphère Nord ; après s'être installé sur son siège et retourné plusieurs fois pour trouver la bonne position, il y a le doute, puis la certitude de s'être trompé. Toute cette petite comédie d'argent, toutes ces feintes, tout ce savoir accumulé pour finir seul, cela ne sert à rien. Tout est faux dans cette histoire, tout est mal raconté, tout s'est compliqué pour tenter de la garder, c'est aussi sa faute, elle m'impressionnait au début, je voulais qu'elle me choisisse et me conserve, alors j'ai joué son jeu, celui de Pattaya. Une illusion intenable. L'énigme débouchant sur rien.

4.22 L'avion décolle, on survole la Birmanie puis l'Inde, on longe l'Himalaya, c'est un vol Thai Airways, on traverse le nord du Pakistan, on est au Turkestan, la Russie, l'Europe, et après le doute, c'est l'angoisse, la crainte immense, démesurée, dix mille kilomètres de peur, un continent, Porn, j'ai fait n'importe quoi, je suis un gosse, il faudrait pouvoir recommencer, souviens-toi, le *Central Festival*, notre rencontre, mais à cette heure, je sais qu'il est trop tard, le rêve, le jeu, le combat, cèdent leur place au vrai, amorcent peu à peu leur descente vers le réel, on sent son propre corps se soulever et ses oreilles se boucher, il y a des petits coups, des petites bousculades de l'air contre les parois de sa carlingue de jolis mots, son monologue fuselé, et c'est l'échec, la métaphore de trop dans son existence étriquée, le crash qui se profile dans l'ouate des sièges rembourrés, au-dessus de Paris.

Intermède 4-5

Alors, après qu'elle eut cessé toute relation, n'offrant aucune nouvelle et lui ne cherchant plus à en avoir, n'appelant ni n'écrivant plus, ayant chacun, juste avant, sous-entendu dans leur mauvais anglais qu'ils se quittaient – ce n'était pas la première fois, déjà auparavant ils avaient esquissé des ruptures, mais celle-ci était différente, du moins pour lui, il sentait qu'ils avaient atteint un point de non-retour, il le voyait poindre à chaque phrase qu'elle avait dite la dernière fois, un signe définitif –, il avait vécu les premiers temps le manque caractéristique de ces périodes et la certitude qu'elle le vivait bien, au contraire, ou de manière indifférente, atténuée – il connaissait ça, il avait traversé des séparations du bon côté, quittant l'autre à l'instant où il était prêt, entraîné, ayant fait le deuil en lui depuis longtemps, ne laissant aucune alternative, aucune nouvelle chance, nourrissant son départ de mille raisons étayées et plausibles, masquant la violence de l'acte par la raison de vivre et l'idée qu'il y a tellement pire ailleurs, des situations terribles, et que celle-ci est juste anecdotique, ordinaire, ridicule, pleine de ces traumas, pathos et plaies dont on ne voudrait pas pour œuvre, dans les œuvres –, et il s'était réfugié dans la marche en ville, dans Paris.

***

Il traversait la capitale jusqu'à épuiser son esprit à cause de ses jambes douloureuses, une forme d'engourdissement recherchée dans les rues, les avenues, les boulevards, un moyen de dirimer cette partie de lui-même qui l'occupait presque entier, et qu'il traînait partout depuis des années, ce visage de Porn dans ses déclinaisons intérieures d'une autre vie ailleurs, dans ce Siam qui le soudoyait toujours, où seule existait bel et bien, car perçue et sentie de plein fouet, la verdure multiple et complexe des arbres et des plantes, cette surenchère permanente du végétal et du minéral malgré les tas de détritus et les poussées de béton un peu partout, jusque dans certaines natures reculées du pays.

***

Il se réveillait d'abord en proie à des vertiges, tétant ses messageries afin d'y trouver les signes de vie de Porn à partir desquels reconstituer son emploi du temps hypothétique. C'était l'une de ses activités principales, savoir ce qu'elle pouvait faire, et qui elle voyait. Il se haïssait d'être tissé des affects les plus simplets de la passion, puis il creusait en lui cette masse indigeste et il s'en repaissait, car il n'avait au fond rien d'autre à foutre. Sa déréliction était le reflet de sa paresse qui était le reflet de sa noblesse initiale et donc la preuve de sa valeur, même renversée. Ou bien était-il simplement comme les autres, un homme limité de moyens et d'actions, abonné à la sujétion aux clichés, avec une propension à stagner dans la douleur psychique et à en faire des tonnes. C'était l'explication qu'il se donnait, celle artificielle et rapide qu'un étranger pourrait avoir, survolant rapidement la vie sentimentale et sexuelle d'un inconnu qui ne se cache pas et ne se protège pas.

***

Dans le 13ᵉ arrondissement où il vivait commençait son périple effectué chaque jour ou chaque nuit selon ses envies, et qui le ramenait au passé, son adolescence dans cette ville natale jamais quittée sauf pour des séjours familiaux dans le Sud et qu'il avait vue changer, quitter le xxᵉ siècle et ses acteurs d'un autre temps encore vivants à l'époque de sa naissance pour le xxiᵉ siècle et son ambiance muséale, et qui pendant très long-temps l'avait fasciné comme un centre du monde, avec l'impres-sion de pouvoir y faire quelque chose, et où il avait déambulé très jeune en proie à toutes sortes d'extases d'architectures et d'êtres, persuadé qu'il y vivrait de belles émotions, de belles pensées, de jolies prières.

***

Ni le baroque des enseignes, leurs lettrines, néons et jeux sur les mots, ni les vitrines permanentes et leurs zigourats de produits multicolores, ni aucun objet à l'intérieur, les parfums, les vêtements, les mobiliers, les bijoux, les livres, les disques, les aliments salés et sucrés, les plats préparés de différentes régions du globe, les médicaments, les soins du corps, les produits ménagers et les vaisselleries, les draperies, tissus et passementeries, ni les numéros d'immeubles, ni leurs façades d'époques diverses, dont celles, haussmanniennes, avec leurs refends indéfiniment poursuivis, leurs étages et leurs balcons en fer filant sur toute la longueur, et leurs fenêtres aux derniers niveaux couronnées de dômes en zinc, de tourelles, colonnades, pilastres et toute la ribambelle des ornements, ni les réverbères si travaillés aux allures de candélabres, ni les entrées de métro, ni les affiches et les restes d'affiches, ni les sorties, c'est-à-dire les théâtres, cinémas, galeries d'art, musées, salles de concert et de lecture, bars, boîtes et même cabarets, sex-shops et péniches musicales amarrées, ni les passages de foules, ni les bouches d'égout, ni les arbres des parcs et avenues, formant de leurs branches, l'été, des nefs à plafonds ogivés, platanes, marronniers et cerisiers cerclés au sol de grilles percées, ni les places, ni les cours et courettes, ni les berges, ni les ponts, ni la Seine elle-même et son pointillisme ensoleillé, n'arrivaient plus à le retenir, à faire en lui cet effet d'autrefois, d'éblouissements continus comme une note appuyée sans fin toujours la même et donnant un timbre, une résonance d'où toute musique pouvait partir, prendre des directions harmoniques et micro-harmoniques de plus en plus fines, granulées et minutieuses, et il se montrait encore accaparé un peu par une brusque beauté lumineuse, posée à l'improviste sur un bout d'architecture, par exemple l'effet du soleil ou de l'éclairage public faisant étinceler cette partie de la ville, mais jamais longtemps. Il se trimbalait avec trop d'Asie du Sud-Est en lui pour ne pas négliger les beaux restes de Paris. Le secret, l'alternance qu'il goûtait tant il y a peu, jouant d'ici contre là-bas quand là-bas le laissait sur le carreau, et de là-bas contre ici quand ici le voyait malade et exclu, ou de façon plus jouissive, aimant simplement passer d'un versant à l'autre, Paris, Florence, Venise puis Bangkok, Phnom Penh, Rangoon, cette filature-là de diamants existentiels n'avait plus cours en lui, ce qui restait était l'ordinaire, une condition rythmique laborieuse d'un quotidien qu'il liquidait.

***

Il ne travaillait plus en dépit des avertissements, des alertes qu'on lui donnait comme un genre de crédits à utiliser au plus vite, il s'absentait souvent, soit pour raisons médicales inventées de toutes pièces, soit pour des rendez-vous imaginaires, et dans la belle institution où il officiait, on avait maintenant des moyens simplifiés de le faire partir, plus que quelques détails et il serait expédié. Venu de nulle part, il y retournerait. « Marly » se sentait de nouveau chez lui, dans l'anonymat rédempteur de sa classe, au sein de journées à moitié entamées, occupé à des rêveries de toutes les espèces, travaillant son cœur et ses muscles, la tête enfin vidée de toute saleté fonctionnelle salariée, et il se sentait très fort aussi sur le plan social, il avait toujours vécu chacune de ses fonctions avec l'ivresse et la crainte de l'imposteur, c'était dingue la capacité du prochain à croire, et désormais, il était lui-même vidé, nettoyé de toute responsabilité, enfin honnête avec son genre, la race d'homme à laquelle il appartenait. Et parfois bien sûr il avait peur, car il se souvenait de l'argent, et il savait que tout ce qu'il aimait coûtait du pognon, et il regrettait qu'avec Porn il n'ait pas pu monter cette mécanique d'extorsions auprès des pauvres types du monde entier qui affluaient en quête de belles fesses et de beaux gestes tendres et sexués. Comme des manants. Saleté d'esclaves.

***

« Marly » s'était engagé dans une série de calculs pour finir son existence, qui faisaient suite à d'autres, ceux initiés à l'époque lointaine de sa découverte de Pattaya et qui signifiaient une vie nouvelle, joyeuse.

***

Cette vita nova voulait dire une suite de rencontres renouve-lées dans une éternité festive au milieu d'une météo somptueuse avec des bains de mer quotidiens dans des surfaces turquoise et sablonneuses verdissantes et rougeoyantes par endroits comme des civilisations sous-marines purement chromatiques, et de longues séquences dînatoires, soit en pleine rue, soit sur des toits d'hôtels, soit depuis des terrasses avec l'horizon maritime à ses pieds, soit sur le balcon de son logement à la fois simple et cossu, un espace grand et des murs blancs tapissés par des dos de livres, des milliers avec leurs titres à la verticale, un sofa, un lit carré de deux mètres sur deux comme dans les *Modes & Travaux* vulgaires tropicaux, où venir coucher toutes celles qui, là, en bas, autour, partout, dans les bars, les boîtes et les magasins, venaient elles aussi chercher une autre vie et du fric.

***

« Marly » avait trente-cinq ans. « J'ai trente-cinq ans, se disait-il, et mettons qu'il m'en reste soixante-cinq à vivre. 65 × 365 = 23 725 jours et dans le jour la nuit, entre deux jours. Or combien de bars et de filles y a-t-il à Pattaya ? » Là, les nombres oscillaient : 1 500, 5 000, 8 000 bars ? Il avait entendu 20 000 dans un reportage anglais mais c'était exagéré, même en unissant Jomtien, Pattaya et Naklua. On parlait de 30 à 100 000 filles qui s'y prostituaient pour marier leur famille à un beau destin plein de pognon et de sécurité minimum. 50 000, Marly en était à peu près sûr. Au moins 50 000. Donc, même en vivant jusqu'à cent ans, il pouvait prendre deux filles par soir sans épuiser la masse de rencontres à faire. Il en resterait toujours. Sans compter les nouvelles, venues remplacer les anciennes. Et les pics saisonniers. Ce genre de calcul lui filait le tournis et lui donnait du bonheur. L'infini existait bien, accessible en chair et en nombre, la parole des passes, ce n'était pas un rêve littéraire des *Mille et Une Nuits*. Le « Scribe » avait raison sur ce point : Pattaya réalisait quelque chose que l'art avait tenté par des œuvres. Cette cité balnéaire et putassière était une œuvre à ciel ouvert, une œuvre à vivre, et ses occupants, provisoires ou non, y accédaient au beau. Certes sale souvent, et grotesque mais malgré tout : l'épiphanie, cette coïncidence du geste artistique (la phrase, la touche, le son) avec le vécu quotidien, trouvait dans

211

la ville une réalisation courante. C'est ce que chacun ressentait plus ou moins confusément, même les plus indifférents, ceux qui se foutaient de ça, l'art, la culture, la science, ceux qui se gargarisaient de n'être que des bêtes dans une porcherie. Ils ressentaient l'Art, le sens de l'Art dans la vie, la morsure esthétique.

***

Le spectacle des filles tatouées, leurs tatouages, leurs attitudes de princesses crasses et violentes, leurs douceurs, leurs feintes, la théâtralité où tous les genres passent, boulevard, comédie, tragédie et drame, à travers les relations entre elles et les clients, michetons, caves et punters, les histoires multipliées, posées comme des notes sur une portée et jouées, interprétées par les témoins, les endroits de tout style : il ne fallait pas perdre une seconde de plus ailleurs, il fallait prendre sa loge à l'année avant que cela ne finisse. Quelque chose d'essentiel se déroulait là, d'inédit, jamais vu avant, un aboutissement de la condition humaine animale et spirituelle. Ni carrière, ni famille n'avaient d'importance face à l'urgence de vivre et d'assister à Pattaya tous les jours.

***

Avec Porn, tout avait changé d'échelle, et les dépenses aussi. Dès que Pattaya était entrée dans la vie de « Marly », les sommes d'argent étaient devenues des *nombres*, c'est-à-dire des entités significatives, qualitatives et sacrées. Elles avaient rejoint leurs frères connus, le 108 des hindous, le 99 des musulmans, le 7 des juifs, le 3 des chrétiens, le nombre d'or des peintres. C'était le billet de 1 000 au début, 1 000 bahts. Donner une somme à un tapin, c'était participer d'un calcul aussi subtil que les prévisions astrales traditionnelles, ou les opérations des vieux arithmosophes alchimistes, Jâbir ibn Hayyân et sa science de la balance, la mesure de l'accompli et de l'inaccompli. Et Porn avait amplifié le phénomène, tout en le fracassant. Car avec elle, il n'était guère plus que le spectateur des sommes qu'elle recevait. Il n'arrivait pas à aller jusqu'au bout de son dépouillement. Il était lâche, il avait peur. L'élu que nous sommes tous avec le bon, la bonne partenaire, il résistait à l'être. Mais les fois où il lui tendait une de ces sommes si précieuses, les rares fois où il l'aidait, alors il entrait dans la perception intime du monde par les nombres. Il ne fallait pas être riche, pour sentir ça, ou si on l'était, donner le maximum, se déposséder complètement. La somme devait être un palier, après quoi on pénétrait dans le vide, ou l'obligation de tout recommencer, pour à nouveau réunir une somme. Comme un jeûne. Se dessaisir et se mettre en danger. Et le bénéficiaire devait être une ladybar et pas un mendiant. Seule une main de pute transmuait la somme en *nombre*. L'arbre, à l'automne, ne fait pas mieux qu'un punter dans la passe, perdant ses billets. Alors venait la connaissance pure, totale, du 0 et du 1 et du 2 jusqu'à 9 et leur mariage combinatoire, indéfiniment. Les putes, elles, vivaient ça aussi, quand la joie irradiait leurs familles, à la vue de l'argent. C'était plus que mille ou cent mille. C'était la vie. Combien coûtait Porn ?

***

Maintenant qu'elle avait disparu, les nombres, comme un soufflet, s'étaient dégonflés pour redevenir des sommes. Il avait perdu son emploi. Il avait deux ans d'indemnités, mais il se projetait au-delà. Il vendrait son studio et il pouvait espérer un pactole. Il vivrait bien, mais pas plus, et pas pour longtemps. Il se donnait trois à cinq ans.

***

Après les tortures de l'absence de Porn, il s'était retrouvé engourdi, et, confronté au passé, ramenant à lui les souvenirs des sensations initiales d'Asie du Sud-Est, du temps où il ne la connaissait pas, il avait tenté d'y saisir une fois de plus l'éblouissement des débuts. Mais c'était comme revenir en deçà. Régresser, se réduire. Porn était un couronnement, et après Roi, on ne pouvait pas redevenir Prince, jamais. Il n'avait plus qu'à vieillir.

* * *

Il se rappelait une chanson du temps de ses parents, une anglaise qu'il fredonnait, *One Night in Bangkok*, et les paroles avaient désormais une autre signification, il était surpris qu'une pop banale dise tant, lui qui haïssait la pop depuis la classe popu de sa naissance, à qui on imposait les décibels crétins d'une industrie au lieu d'un art, et il traduisait lentement, comme une prière : « Une nuit à Bangkok rend l'homme dur humble », « une nuit à Bangkok et le dur à cuire chute », et depuis, il faisait l'exégèse phrase à phrase du morceau, retournait sans cesse les couplets encore et encore, griffonnant patiemment en dessous, au-dessus, partout, avec rigueur, comme un herméneute existentiel.

* * *

Bangkok, Oriental setting
Bangkok, décor d'Orient
Trois noms posent le lieu comme génie à vivre : Bangkok, décor, Orient. **Bangkok** : ville, danger, étrangeté, saleté, verticalité, damier, foules, nuits, labyrinthes, mythe ; **décor** : mot de théâtre, quelque chose de faux, d'artisanal, de trompe-l'œil, mais de toujours actif, vivant, en scène ; **Orient** : géographie féerique,

direction spirituelle, trajet à faire, retourner au soleil du matin, l'aube. Baignade dans le sacré.

And the city don't know what the city is getting
Et la ville ignore ce que la ville reçoit
L'indifférence siamoise, ce regard distant à l'échelle des cycles, des Mahayugas de quatre millions trois cent vingt mille années, divisés à leur tour en quatre âges, dont le dernier, l'âge de fer, le pire, le Kali Yuga, est justement le nôtre, d'une durée de quatre cent trente-deux mille ans, et qui commence à peine.

The creme de la creme of the chess world
La crème de la crème du milieu des échecs
C'est l'élite de l'élite venue s'exercer sur le plateau de la ville, avec ses cases infinies et ses arêtes fluctuantes, un certain genre d'échecs, des « parties » avec des figurines sexuées et disponibles, les putains, et jouer un coup c'est payer, et c'est aussi l'élite de l'échec, l'art d'échouer, de perdre, mais en période Kali Yuga, c'est sauvegarder son âme, sauver son identité spirituelle, car tout est inversé.

In a show with everything but Yul Brynner
Dans un spectacle où l'on voit tout sauf Yul Brynner
Yul Brynner, l'acteur jouant le roi du Siam, dans *Anna et le Roi…* On voit donc tout sauf Lui, le Très-Haut. Il est partout présent mais au-dessus, il est le gardien, le garant, avec son armée, et sous ses yeux se déroule le Royaume, le spectacle, le show des rencontres et des illusions, des échanges de billets et des rêves.

Time flies, doesn't seem a minute
Le temps file, on ne perd pas une minute
Élasticité des montres : une minute, une seconde, une heure deviennent molles, d'une durée aléatoire. Rien n'est perdu, tout est conservé, stock d'illuminations.

Since the Tirolean Spa had the chess boys in it

Depuis que le « Tirolean Spa » accueille les joueurs d'échecs

« Tirolean Spa »… comprenez : « Beer Garden » sur Sukhumvit, Soï 7, clin d'œil aux enseignes célèbres à noms farangs, où attendent les princesses du Royaume, la nuit.

All change, don't you know that when you play at this level, there's no ordinary venue

Tout change ! Ne sais-tu pas que lorsque tu joues à ce niveau, il n'y a pas d'endroit ordinaire ?

Adresses disparues, lieux remplacés par d'autres : c'est la roue, le Kalachakra, à chaque retour, un nouveau monde apparaît. La question est une affirmation : le niveau des nuits thaïlandaises, des ladybars, c'est le grade le plus haut, l'anoblissement.

It's Iceland or the Philippines, or Hastings… or this place !

C'est en Islande, aux Philippines, à Hastings… Ou ici même !

Sens caché, le Siam est en soi, transporté avec soi partout. Une fois revenu dans son pays d'origine, il poursuit son visiteur n'importe où, c'est une contamination.

One night in Bangkok and the world's your oyster

Une nuit à Bangkok et le monde vous appartient

Refrain, c'est le vif du sens de la ville. Il suffit d'une fois, et on chope la Cité des anges dans les veines. Et nous voici le maître du monde vécu, mais non du réel.

The bars are temples, but the pearls ain't free

Les bars sont des temples, mais les perles ne sont pas gratuites

Prières de sexe : barfines, ladydrinks. Prières exaucées : short time, long time : une gradation illimitée vers l'autre.

You'll find a God in every golden cloister

Vous trouverez un Dieu dans chaque cloître doré

Le divin, l'éblouissement, à chaques cuisses, néons, bières.
Il faut y mettre du sien. Croire quand on n'y croit plus. Le tour
d'écrou, le trou !

And if you're lucky, then the God's a she

Et si vous avez de la chance, Dieu sera une fille

Déesse, l'autre nom pour Dieu, et surtout : ambiguïté des sexes :
les filles sont des mecs. Le Siam, royaume des ladyboys.

I can feel an angel sliding up to me

Je peux sentir un ange glisser à ma convenance

L'ange est un ladyboy. « Sliding up to me » : pour tout punter,
renvoi évident à « up to you », pure phrase de ladybars à leurs
clients, lorsqu'ils demandent : et ce soir chérie, que veux-tu
faire ? Up to you !

**One town's very like another when you head's down over
your pieces, Brother**

*Une ville est similaire à une autre lorsque ta tête est au-
dessus de tes pièces, frère*

Frère… c'est la maçonnerie inversée, le Grand Orient Très Spécial. Avertissement : on ne survole pas une ville par l'intellect
et des concepts. On la parcourt, on la décrit. Suspension du
jugement. Infériorité des sciences humaines. Pas de sentences
sociologiques à Bangkok, ou anthropologiques ou moralo-
urbanistiques, sous peine de ridicule, d'humiliations et d'erreurs.

It's a drag, it's a bore, it's really such a pity

*C'est une entrave, un ennui, c'est vraiment tellement
dommage*

217

To be looking at the board, not looking at the city
de regarder le plateau et de ne pas regarder la ville
Nouvelle mise en garde, compassion pour les cons décrits au couplet précédent, pitié pour les intellectuels des mœurs et des coutumes en mal de cartographie.

Whaddya mean ? Ya seen one crowded, polluted, stinking town
Que veux-tu dire ? Tu as vu cette ville bondée, polluée et puante
Tea, girls, warm, sweet
Le thé, les filles, la chaleur, la douceur
Some are set up in the Somerset Maugham suite
Certains sont en place dans la suite de Somerset Maugham
Filles, thé, chaleur, douceur : perles du chapelet des punters. En voici d'autres : palmes, plages, sable, verres, alcools, soie, drogue, cul, clitoris. Somerset Maugham, écrivain. Le Siam, reflet du Chant. Littérature. Et le luxe : la suite de l'*Oriental Hotel*, au bord du Chao Phraya.

Get Thai'd ! You're talking to a tourist
Devenir thaï ! Tu parles à un touriste
Whose every move's among the purest
dont chaque mouvement est parmi les plus purs
I get my kicks above the waistline, sunshine
Je donne mes coups au-dessus de la taille, cocotte
Affirmation tragique. Devenir l'hôte mystérieux et beau, souriant, calme et violent. Mais c'est impossible, donc il faut se retirer dans sa toge de naissance, être étranger, farang et fier de l'être. Avoir la noblesse de porter ses coups aux endroits les moins fragiles de l'ennemi et le vaincre dans sa force même.

218

One night in Bangkok makes a hard man humble
Une nuit à Bangkok rend l'homme dur humble

Même le plus caïd est un innocent dans cette ville et par contraste, les plus innocents sont parfois les plus préservés : signe implicite d'un Siam miroir.

Not much between despair and ecstasy
Peu de chose entre le désespoir et l'extase

Bangkok, la plus fine frontière… Jouissance et misère des passes, extrémisme sentimental, sexuel, défonce buccale, anale, puis vomissement et chiasse, renaissance, exaltation, puis mort, souffrance, puis extase à nouveau. Du paradis à l'enfer, c'est l'épaisseur d'un billet.

One night in Bangkok and the tough guys tumble
Une nuit à Bangkok et les durs à cuire chutent

Ève fragile fait chuter l'Adam caïd. Plus généralement : apprendre à fermer sa gueule, à observer, à se battre au bon moment. Extrapolation : la Bible est vraie, mais l'interprétation des événements est fausse, Adam est coupable de se sentir coupable, Ève est Dieu, ou plutôt, une Déesse, elle chasse l'homme du paradis qu'elle lui a offert pour pas cher.

Can't be too careful with your company
On n'est jamais trop prudent avec qui on sort

Oui, c'est certain, on peut se retrouver drogué, suicidé, des organes en moins, ou tout simplement sidaïque.

I can feel the Devil walking next to me
Je peux sentir le démon marcher près de moi

Une réelle présence malsaine, violente et folle, est à l'œuvre dans les rues thaïlandaises : c'est soi-même croisé dans les miroirs, ou bien les événements qui vous entraînent plus loin que vous ne pensiez, ou bien le principe corrupteur inaugural dont parlent les alchimistes. Il n'y a rien à faire, c'est corollaire à l'ange, l'autre soi-même que l'on peut devenir, les deux formant une pièce de monnaie à sa propre effigie, jetée au ciel siamois, et qui tournoie, tournoie…

Siam's gonna be the witness to the ultimate test of cerebral fitness
Le Siam va être le témoin du test ultime d'aptitude cérébrale
This grips me more than would a muddy old river or Reclining Buddha
Ça me saisit plus que ne le ferait une vieille rivière boueuse ou un Bouddha allongé
Le spectateur et non l'acteur ; le Siam regarde, juge peu le jeu existentiel que viennent risquer les étrangers et les étrangères dans les rets de la toile nocturne de Bangkok et d'ailleurs. Et ce spectacle, pour le connaisseur, vaut tous les paysages.

But thank God, I'm only watching the game, controlling it
Et Dieu merci, je ne fais que regarder le match, je le contrôle
Illusion acceptée de penser que regarder dispense de vivre et donc de risquer. Le contrôle est relatif, une fois entrevu le ballet de la nuit siamoise, on quitte sa chaise, on entre en scène, on est vu par d'autres, on se couche accompagné, on se réveille quitté ou engagé dans une histoire difficile, et chaque nuit, c'est la même fiction qui recommence, jusqu'au sida, la mort, ou simplement la joie d'être passé au travers, et l'envie de recommencer, le bonheur d'être là.

I don't see you guys rating
Je ne vous vois pas les mecs, apprécier

220

The kind of mate I'm contemplating
   ce genre de pote que je considère
I'd let you watch, I would invite you
   Je vous laisserais regarder, je vous inviterais bien
But the queens we use would not excite you
   mais les reines que nous utilisons ne vous exciteraient pas

Double interpellation : à celles et ceux restés au pays et qui, putréfiés dans le bonheur fadasse et leurs attitudes de blasés crétins et puceaux, ne comprendront jamais rien, en esclaves perpétuels de leurs certitudes. Et à ceux qui, au contraire, pratiquent le jeu et se contentent des premiers niveaux : après les passes, l'amour est un jeu encore plus intéressant, aimer une pute carnassière et la dresser en se laissant dresser par elle est une partie ultime pour accéder à la vie initiatique, loin du Kali Yuga.

So you better go back to your bars, your temples, your massage parlours
   Alors vous feriez mieux de retourner à vos bars, vos temples, vos salons de massage

Double interpellation là aussi : à ceux qui n'y vont pas, allez-y ; à ceux qui s'en contentent, restez-y.

One night in Bangkok and the world's your oyster
   Une nuit à Bangkok et le monde vous appartient

Reprise des couplets précédents pour un final cyclique, c'est-à-dire infini.

***

Il prit un nouveau billet. Ce qu'il ferait là-bas serait d'attendre la fin de son cycle actuel et le début d'un autre. C'est ce qu'il ferait et du mieux qu'il pourrait, faisant confiance aux étoiles, aux temples, aux perspectives axonométriques des scènes du *Ramayana* peintes sur des murs sacrés, confiance aux putes, à la vie monacale diurne et à la vie altruiste charnelle et tarifée la nuit, il attendrait, il se répéterait la même phrase, et il se dirait : j'attends, je fais confiance aux cycles, au Manvantara et aux Mahayugas, je fais confiance aux astres, etc., etc.

Scène 5

J'étais détendu. Beaucoup de baise, l'esprit tranquille. Pas d'angoisse. Enfin, il y en a toujours, des angoisses…

Pedro JUAN GUTIÉRREZ –
Trilogie sale de La Havane

5.1 Je suis un sentimental. J'aime les belles histoires, celles armoriées aux amours nobles et combattantes, celles en pleurs au bord du sang des vendettas après humiliation et manipulation, celles vécues ici, à Pattaya, dans l'irréel des néons et surtout, des sentiments contre nature entre putes et clients. Par exemple, il était une fois un type voulant s'offrir un conte. Le conte empruntait aux fées pour la surface sentimentale, avec une princesse qui suçait mal, crachant toutes les vingt secondes au sol, cherchant à faire plaisir, prenant la queue tout au fond de la gorge de sa propre initiative jusqu'à produire un rot humide baigné de salive, tournant alors vers son type, son homme, son prince charmant, un regard comme font les bébés lorsqu'ils avalent une cuillerée de petit pot acide, une grimace et un sourire ensemble, et le prince

223

bandait de plus belle. Le conte empruntait également à la banque, celle du prince exclusivement, crédit à la consommation pour s'offrir les billets vers le pays de la princesse et surtout, des breloques, comme autrefois les conquistadors donnaient aux Indiens, mais aujourd'hui, c'était lui l'exotique oiseau conquis, et il offrait donc en guise de chants : montres suisses, iPhone, Samsung Galaxy, iPad – et des bijoux, de l'or.

5.2 Depuis le lit, dans la chambre à trois cents bahts nuit, une grande pièce aux murs éteints, aux couches de peinture décollées dans les angles, crantées, tirant des langues aux endroits les plus abîmés, je regarde un film à la télévision, TV5 Monde, et l'un des personnages dit : « Je n'aurais jamais imaginé finir comme ça. » Il est allemand, il parle français. Au début, on le voit se baigner dans un fleuve tropical avec sa femme, il a une fille adolescente et boudeuse, ils vivent en Afrique de l'Ouest, il est médecin pour une ONG locale chargée d'éradiquer un virus dont j'ai oublié le nom. La mission se termine, la femme et la fille s'en vont, le médecin doit les suivre dans quelques jours, il passe ses dernières heures à ranger ses affaires, saluer des amis, notamment un expatrié français, amateur de filles locales, engagé dans un projet de parc, un archétype d'expat, le sexe facile, les projets, l'argent. On voit l'Allemand converser au téléphone, puis, écran noir, très bref. Le plan suivant, on est trois ou quatre ans plus tard, en Europe, dans un bâtiment de l'OMS, avec un jeune docteur français, il est noir et tout le reste du film, on lui demande sans cesse d'où il vient et il répète, « je suis français, mon père aussi ». Il est envoyé en Afrique de l'Ouest évaluer une mission de prévention d'une maladie dont j'ai oublié le nom et quasiment disparue, mais la mission perdure depuis des années sans qu'on sache pourquoi, elle est financée indéfiniment. Il arrive à l'aéroport, il est stressé car il ne connaît rien, il a peur de se faire entuber à chaque demande qu'il fait, prendre un taxi est un combat. Personne ne l'attend, il doit rejoindre seul la mission au cœur de la jungle, il arrive dans la nuit, le docteur en charge des lieux n'est pas là, on lui dit qu'il est très occupé, et le jeune médecin est furieux. Le lendemain, un pick-up survient conduit par l'Allemand du début, il s'engueule avec une jeune femme locale, enceinte, vivant là, et on comprend que c'est la sienne, et qu'elle porte son gosse, et qu'il entretient toute la famille qui n'arrête pas de lui demander de l'argent, et qu'il est le chef de cette mission, et qu'il n'est jamais revenu en Allemagne, quelque chose en lui l'en empêche, une fascination. Le jeune docteur français s'embourbe jour après jour dans l'inertie des lieux et son évaluation périclite, et une nuit, l'Allemand l'emmène à la chasse, et c'est là qu'il lui dit, autour d'un feu, avec son accent d'outre-Rhin : « Je n'aurais jamais imaginé finir comme ça, jamais. » Puis il abandonne son jeune collègue, s'enfonce dans la canopée, et disparaît. Plus tard, on entend des coups de feu. Le jeune Français, seul, traumatisé par des heures au milieu des insectes et des bêtes, est recueilli le lendemain au bord du fleuve, dans une pirogue qui l'emmène on ne sait où, et le film s'arrête là.

Répétition n° 15

Se mettre à la place d'Henri Mouhot, français, naturaliste, explorateur, ethnologue, archéologue, autodidacte, grand apprenti du Mékong, du Siam, du Cambodge et du Laos, né en 1826 à Montbéliard, ayant conçu un grand projet d'expédition en Asie du Sud-Est, et proposé ce dernier à plusieurs institutions françaises qui, comme aujourd'hui, lui demandent d'où il vient, qui il est pour prétendre ainsi, sans passé, sans diplôme, sans CV, sans lettres de créances, soumettre une idée de cette ampleur, un inconnu, et elles lui ferment leurs portes, expliquant sans doute, comme aujourd'hui, qu'il faut un cursus, des ressources, un réseau, n'importe quoi justifiant sa valeur, ses moyens, ses compétences pour réaliser un tel voyage et le financer, or il n'est rien, c'est un projet vide, un squelette sans papier, il n'est personne. Il se tourne alors vers l'Angleterre, il est marié à une Anglaise, et la Royal Geographical Society l'écoute et lui avance des fonds, il embarque au printemps 1858, et ne reviendra jamais. Quatre mois plus tard, il est à Bangkok, c'est une cité lacustre, elle est tramée de klongs – canaux – qui desservent une infinité de maisons sur pilotis où flottent les « reua » – bateaux –, et il commence son odyssée, il traverse le golfe du Siam et débarque au Cambodge, et partout, de Bangkok à Udong – cité royale des Khmers –, il est reçu avec bienveillance par les autorités les plus hautes et les plus sacrées, sans doute car il est blanc, c'est encore la fascination réciproque des débuts, l'innocence des attractions, la matinée de l'exotisme pour les deux côtés, et il poursuit sa route au nord, chaque pas dans la jungle aidé d'une rumeur, un bruit, celui d'une cité gigantesque oubliée là-bas, quelque part, et d'un coup, après le lac Tonlé Sap, c'est Angkor Vat, puis Angkor Thom, et dans Angkor Thom, le Bayon et ses deux cent seize visages géants. Il note, dessine, cartographie, puis retourne à Bangkok et prépare une expédition nouvelle, vers le Laos. Il traverse les villages issânes, le plateau de Korat, et aboutit au Mékong, la « mère de tous les fleuves », c'est une initiation, celle des eaux marron, les verts des arbres, la touffeur, l'alternance des brumes et des ciels de bleus bruts, et il remonte jusqu'à Luang Prabang, où il explore la faune et la flore, et meurt de fièvre le 10 novembre 1861, ayant peut-être, lui, déjà imaginé finir comme ça, loin du pays natal, dans une Nature puissante, au milieu d'un peuple clairsemé, noble, de langue tonale, musicale, l'opposé de la sienne, analytique, anatomique, décrivant tout, conquérante, rationnelle, logique jusqu'à la musique, une succession d'accords appliqués sur un paysage extérieur, chaque mot français confronté aux tropiques, un par un défilant dans la torpeur, la moiteur, les courants du Mékong.

5.3 Après le film, la nuit : dehors, depuis le balcon carrelé de bleu, la succession des toits laisse paraître la complexité de la ville une fois quitté le bord de mer : les hauteurs divergent, des niveaux rectangulaires et carrés forment des cours, des terrasses, des dalles où traînent des plantes, des chaises, des hamacs entre deux pylônes, à travers les fils électriques, des milliers de câbles à ciel ouvert, ceux qui ne servent plus sont laissés là avec les autres, on distingue des branchements improvisés, une électricité détournée, irriguant des réseaux indépendants, autarciques, au milieu des parcelles rares de terrains encore vierges, pollués de sacs plastique et de déchets, où affleurent les eaux du dessous, phréatiques et pisseuses, égouts et rivières, canaux souterrains, chaque case de ce damier élevée d'ouvertures, aux arêtes brusquées par la verticalité monumentale des façades d'hôtels, de condominiums et de centres commerciaux, de plus en plus nombreux au milieu d'immeubles encore plus nombreux de dimensions plus modestes, quelques étages, quelques rangs de coursives à pilastres, aux cadres encorbellés, ornés, au béton froissé jusqu'à faire des figures d'angelots pour certains, ou de dragons, de motifs chinois, bouddhistes, un désordre d'influences et de cultures, le mauvais goût et le bon échangés, le tout baigné de chaleur, de torpeur, lavant toute lumière et la laissant opaque, poussiéreuse, sérielle dans sa succession de tonalité primaire, tandis qu'au milieu, visibles depuis les fenêtres ouvertes et les balcons, vivent des expats torse nu, délabrés, vieux ou jeunes, occidentaux ou arabes, chinois ou indiens, et les locaux en famille ou entre amis, et les filles, certaines à leur miroir, préparant leur peinture de guerre et de chasse pour la nuit, d'autres au repos, dans un sarong – pagne –, ou une simple serviette nouée en sarong, les cheveux trempés, faisant des lessives, préparant à manger, assises en tailleur face à une palette de végétaux et de viandes, composant leur œuvre comestible, coupant en petites unités précieuses chaque aliment, chaque matière, interrompues par des enfants, des hommes, et parfois d'un seul coup figées, capturées par une scène de télévision, avec tout autour, telle une couronne sonore, la rumeur filtrée des bars et des boîtes.

5.4 Finir en pièces détachées, la tête en Europe et le cœur au Siam, le corps et l'esprit dépecés dans des directions multiples et contraires, des désirs contradictoires, invivables. Mon métier, ma vocation, mon blason, c'est ça : habiter ici, enregistrer tout, mourir mémorialiste des nuits de Pattaya. Finir dilué dans le paysage, filaments sensoriels à la merci des scènes, sans métier ni qualité, le top de la noblesse contemporaine, l'œil comme un écusson, mon écusson mon œil, brillant de toutes les captations d'une ville unique, un jour sans doute abolie, modifiée, réglementée : ils veulent tout casser, des circulaires reprises dans les journaux indiquent la volonté de la municipalité de modifier l'image de Pattaya pour en faire une station balnéaire familiale, ce qu'elle est déjà, putes et clients faisant des enfants, créant des foyers. Et moi aussi, mais seul, monoparental, parent de mes journées travaillées comme une œuvre.

5.5 Après le balcon la douche, le rituel des ablutions : le pommeau malingre laisse filer quelques ridules d'eau sur les cheveux, la peau, noyés de shampoing et de gel de bain, dans un mélange de mousse et de parfum sucré, plusieurs fois par jour pour atténuer l'humidité, une course contre la transpiration, la sueur. Puis c'est dehors, une fois de plus.

5.6 On ouvre un nouveau quadrilatère de bars ce soir, Soï Buakhao, quelques filles dansent sur des tables où sont plantés des tubes de chrome, elles sont superbes, c'est l'inauguration et demain elles auront disparu vers d'autres tiges plus rentables. Mais ce soir c'est la fête et rien que ça, chacun joue le jeu des débuts, clients bons payeurs, cumulant les bières et les liqueurs, filles criant, appelant, laissant traîner le célèbre et vintage « hello sexy maaaan », comme si tout allait continuer toujours, au moins jusqu'à la mort des protagonistes actuels.

5.7 Les Thaïes sont encore majoritaires parmi les putes mais elles ne sont plus seules, des Africaines, des Russes, des ressortissantes des anciennes républiques d'Union soviétique, notamment d'Asie centrale, et même des touristes blanches, se prostituent ou sont prostituées, groupées en réseaux aux ordres de macs, on en voit danser sur Walking Street cloîtrées dans des bocaux vitrés en hauteur du gogo *Galaxy*, muettes, les mains appuyées sur une rambarde chromée, le cul tendu, cambré, se retournant, comme des momies efficaces, aux bandelettes vendues à la clientèle arabe ou indienne ou chinoise, Blanches dédiées aux « chocolate men » souvent détestés par les Thaïes car de peau trop sombre et bronzée, et le contraste, l'infériorité de leur nature doublée par celle de leur condition d'esclaves importées, est encore plus fort face à l'élite absolue de la féminité et de la putasserie qu'est la putain thaïlandaise, la baronne sous toutes les latitudes de l'amour, escortée de ses sœurs philippine, laotienne, cambodgienne, indonésienne ou birmane, l'aristocratie des filles prises dans l'étau de la fascination et de la détestation du Blanc, le Blanc mystérieux, le Blanc laid ou beau, le Blanc majestueux et jeune avec ses yeux de couleur et ses cheveux allant du brun le plus noir au blond le plus blanc, le Blanc obèse aux traits déformés par l'alcool et le sexe facile et la souffrance d'amour, la tendresse des ronds, des hommes ronds, et tous les autres, et la figure caractéristique de l'expatrié revenu de tout, baisant tous les trous de tous les âges et de tous les sexes.

Répétition n° 16

Se mettre à la place de Jack Reynolds, l'auteur d'un livre, trois cents pages d'anglais fixant pour toujours l'image de la prostituée siamoise, *A Woman of Bangkok*. Elle s'appelle Vilai dans le roman, et vit très loin d'aujourd'hui, au XXᵉ siècle, dans les années 1950, parmi les klongs encore là, avec quelques buildings déjà mais si peu, le bruit des machines à écrire éclaboussant la nuit tropicale et les chemises blanches sur mesure teintant d'élégance les corps occidentaux et locaux. Les maisons en bois pullulent, les bâtiments n'excèdent pas quelques étages, tous les rez-de-chaussée sont des magasins et des ateliers. Une autre époque, mais pas pour les filles : identiques à maintenant, semblables depuis toujours, réincarnées à l'infini, preuves d'une lignée secrète, professionnelles, complexes dans leurs décisions et leurs calculs, tout un art, une science venue de très loin : entourloupe, magie, assassiner quelque chose en l'autre, le client, son innocence, son éducation, sa transgression, assassiner sa culture. Transparence effrénée des besoins

231

d'argent et en même temps, simplicité, compassion, fatalité. Mentir à l'autre, le ruiner et aussi le guérir, le soigner, l'embellir, lui laisser un signe indélébile au cœur jusqu'à le rendre cynique, blessé, froid et grandi, vivant. Donc Vilai règne parmi d'autres reines sur les nuits de Bangkok, elle porte un surnom passé de mode, « the White Leopard », et le narrateur, un charmant, séduisant, éduqué jeune homme d'Angleterre, venu au Siam échapper à l'étau moral de son père, un pasteur protestant progressiste, tombe amoureux de Vilai. Il n'est pas dupe, jamais, il est trop intelligent pour cela, et c'est l'intérêt du livre, sa justesse, ce qui justifie la place de Reynolds dans le panthéon des lettres : la description réaliste d'une intelligence qui renonce à elle-même au profit d'autre chose. C'est un phénomène surpuissant dupliqué depuis d'histoires en histoires, écrites ou non, restées à l'état oral, vécues par des protagonistes semblables ou non, différents, surtout les hommes, aujourd'hui plus cassés, plus tordus, moins polis, plus débraillés que le héros d'autrefois, Reginald Ernest Joyce – alors que les femmes, natives ou transformées, ont les mêmes traits de caractère que Vilai, les mêmes yeux nourris au noir –, et ce phénomène est : LE FAUX EST PLUS VIVANT QUE LE VRAI. Les mensonges de Vilai ne sont pas des mensonges ordinaires mais des feintes venues du plus profond de la pauvreté instrumentalisée, et chaque mouvement, chaque caresse, chaque promesse est une décharge dans le système nerveux du client, de l'amoureux payeur, du sponsor consentant, jouant de sa culpabilité, à la limite il donnerait sans baiser, mais elle l'oblige presque à coucher, pour l'éloigner de lui-même, et lui faire payer plus, toujours plus, interprétant Vilai dans des sens de plus en plus complexes, obsessionnels, où se joue son identité d'homme. Comme des fréquences lumineuses traduites en couleurs ou sonorités par le destinataire. Certes, la souffrance et la déception sont à la mesure de la joie de cette décharge initiale, comme un shoot qu'on tentera de préserver par tous les moyens, et qu'on poursuivra de dose en dose – de fille en fille, de corps en corps, pas seulement le sexe mais mieux, le vivant. Se mettre à la place de Jack Reynolds continuant sa vie après son roman, une existence discrète, parallèle à celle du livre, d'un côté des lecteurs de plus en plus nombreux, une communauté reproduisant sa lecture dans la vie même, retrouvant celle-ci dans ses expériences, et de l'autre Reynolds travaillant pour plusieurs organisations humanitaires dans différents pays, pas une vocation juste un gagne-pain très modeste, pourchassant le projet d'un grand œuvre, son dragon, et donnant des articles au *Bangkok Post*, ayant droit, pour finir, à sa nécrologie dans ce même journal – et cette note d'un confrère mythique, Bernard Trink, chroniqueur des nuits de Bangkok pendant trente ans : « If you didn't read Jack Reynolds's *A Woman of Bangkok*, long considered the literary classic about the night life of the metropolis, skip this item. Believe it or not, its White Leopard heroine was seen shooting pool a week ago at Rajah Hotel's *Hillary Bar* (Soi 4 off Sukhumvit). Her name, incidentally, is "Muck". And her personality is much the same as when Jack wrote about her. »

5.8 Dans le baht bus qui traverse toute la soï jusqu'à Pattaya Taï, l'artère sud perpendiculaire à Beach Road et qui me mène en bon croyant effectuant son pèlerinage vers Walking Street, priant à chaque halte et devant chaque bar, répétant en chapelet perle à perle les itinéraires de rues et les noms d'enseignes et de filles ou de ladyboys à l'intérieur, comme une Jérusalem, une Mecque, un Shambala mental d'un corps urbain illimité de membres et d'organes, j'observe un couple, lui jeune la vingtaine sans gras ni rides ni cet air débraillé mais plutôt jeune à maman, beau garçon éduqué avec chemise, et sa compagne, gagneuse très jeune et maquillée légèrement mais franchement, finesse articulaire des mollets et des coudes et des doigts, franchise du mascara et rouge aux lèvres, vêtue d'une robe jusqu'aux genoux et de talons discrets, copies bien faites d'une marque élégante et chiadée, très jolie, lolita totale, trop jeune pour être déjà très belle, jeune couple venant de se retrouver car il a sa valise avec lui, comme sorti d'un bureau neigeux et téléporté au Siam, habillé de flanelle beige pour le pantalon et de coton blanc pour la chemise, avec des cheveux très bruns ondulés jusqu'au cou et au front, très mince, des yeux très bleus, une vignette avec sa poupée qui secrètement dirige le tout. Vision bientôt descendue – il lui tient la main, elle flotte dans ses talons – à l'intersection avec Pattaya Taï. Où monte une gagneuse seule, réfugiée dans son miroir, occupée d'un bouton sur sa joue, qu'elle gonfle avec sa langue. Plus dure, plus rude que l'autre, une jupe plus courte, un maquillage plus guerrier, des formes plus prononcées et plus exposées. Deux types montent à leur tour, les yeux concentrés, méticuleux, obsédés dans l'observation moite du dehors, la succession des enseignes, des néons de bars et de bijouteries et de chausseries et de n'importe quoi à vendre. On laisse à gauche le *TukCom*, centre commercial entièrement dédié à la vente de matériel numérique, ordinateurs et téléphones portables si prisés des tapins, disques durs et autres douceurs et on file, passant un temple de style récent, ses stupas et ses pavillons. Détails empilés comme autant de munitions pour les nerfs. La nuit, cette nuit, ils réapparaîtront en fonction des trajets, tels quels, plus nets, plus précis car répétés, étincelles d'un pays aux couleurs préservées, embellies d'électricité, de lasers, et ils enseigneront, ils diront : le présent est une façade, le passé aussi, le futur est une obsession d'ignorant, seul compte l'impermanence, le flux fixe de l'esprit préservé. Puis j'éternue devant de telles convictions et aussi parce qu'il fait très chaud et que les sinus souffrent de passer de l'air conditionné glacé à l'air épais humide du dehors.

5.9 Porn : j'essaie de retarder son nom. Mais il est venu finalement. Je suis un sentimental. Là-dehors, j'essaie de trouver des diversions, d'éloigner quelqu'un. Le baht bus s'arrête à l'intersection Pattaya Taï, Second Road : je suis à deux ou trois cents mètres de Wàlking Street. Dans la fournaise et les fumées de brochettes huileuses, parmi les foies de poulet sur les grills et les chairs de canard et de porc, les tranches d'ananas et de pastèque, je compte les points d'une paix sexuelle relative, la disponibilité des autres envers soi et de soi envers les autres éloignant pour un temps les méfiances, comme si tout ne devait aboutir qu'à ça, non un livre comme chez les poètes, mais des rencontres. Je l'ai eue, ma rencontre. Je le sens quand je déambule dans la magie qui m'émeut différemment. Je me souviens, je ne vis plus. Je suis repu mais non sevré. Je ne retrouverai jamais l'émotion première, l'épiphanie, l'instant. Juste un souvenir à plaquer sur ce que je vis maintenant.

5.10 Car il s'est passé quelque chose. Dans un carnet daté de deux mois et quelques jours, indiquant comme lieu, *Petit Marcel, Paris*, j'ai noté : « Depuis quelque temps, si je ne l'appelle pas, elle n'appelle plus, et si je l'appelle, elle ne répond pas, ou si elle répond, elle dit : "yes", "no", "maybe", "why not", "you can talk", "I am tired", "I am busy", "call me later", d'une voix inverse de celle amoureuse qu'elle use d'habitude à chaque coup de fil, cette voix d'aujourd'hui étant la plus froide, la plus robotisée qu'elle ait jamais eue, mi-homme mi-femme avec franchise, une voix inconnue jusqu'ici, jouant tous les tons de l'indifférence, de la froideur, de l'ennui, de la pitié ou de la gêne, une voix qui me laisse donc : seul, figé, cloîtré dans le vide d'une conversation sans mots ou presque, avec des silences démesurés entre chaque, des mots très rares, qui viennent seuls ou presque seuls, petits groupes de mots – les miens, s'enquérant de son travail, de sa journée, de sa santé, dérisoires petits mots d'affects tristes, enfoncés, me rapetissant, me limitant, m'affaiblissant –, et non flot continu d'une discussion sur tel ou tel sujet sans intérêt, mais au contraire réduite à une économie de moyens radicale, une page blanche avec quelques termes posés là, dispersés, éloignés, l'horreur, la preuve d'une trahison. »

5.11 Les histoires de silence pullulent ici. Mais personne ne cherche à les écrire. Ou peut-être si. Les publier, non. Un ouvrage contre nature sans doute. Quelques mots puis des dizaines de pages blanches, puis quelques mots encore et de nouveau des pages blanches. Des phrases arrêtées. Une histoire de silence intégrée à la mise en pages de l'existence. C'est une image. J'en ai parlé au « Scribe ». Depuis quelque temps, je revois d'anciennes connaissances. Il rit, il a d'autres soucis, des problèmes de virgules dit-il, mais mon histoire de silence l'intéresse, déjà fait en poésie dit-il et beaucoup, un tic, mais l'intérêt c'est mes affects, leur mise en pages, je comprends mal, et laisse tomber répond-il, les ruptures sans explications c'est ordinaire, une vendetta pattayenne de base, il m'a suivi de loin, Porn et moi, Porn sans moi et moi sans Porn, même en coupant les ponts on est surveillé, commenté par la communauté des expats, « beaucoup de bruits sur toi », repète-t-il, « estime-toi heureux, des filles comme ça, on n'en voit pas beaucoup ».

5.12 À dix mille kilomètres d'ici, à Paris, dans l'impossibilité quasi permanente de la joindre, j'observais en moi gonfler une bulle, composée de toutes les craintes, toutes les simulations, toutes les projections de sa vie à elle, indisponible. Que faisait-elle à cette heure-là ? D'habitude, nous parlions. Mais désormais, elle était injoignable, avec toujours des raisons précises – travail, famille – dont elle n'usait pas hier, elle se rendait libre, trouvait du temps, me reprochait de ne pas l'appeler après une dispute, et c'est ce décalage, ce déclassement qui m'avait écorché, crétin imaginant ses soirées dans la chaleur, dans quelques lieux choisis, agréables, avec *quelqu'un*, comme sur cette photo postée sur son profil Facebook, indiquant un restaurant japonais, elle face à l'objectif, le regard fier, étrange, mais pas heureux cependant, cela je peux le dire maintenant, en détaillant mieux, à froid, un regard de combat, de celle qui n'a pas le choix, terminées les vacances, retour au réel semblait dire la photographie. Qui était derrière l'objectif ? Il y avait du délice à voir ces images-là des heures, un cliché inévitable, la jalousie et sa palette, jouir jaloux, être jouasse, preuves qu'on n'échappait pas à l'humain en soi, jamais, cette part réduite de soi-même, que rien, ni savoir ni cruauté distante ni ricanement critique, ne peut abolir, l'affect, le putain d'affect.

5.13 Des heures d'analyse pour comprendre, d'empathie, se mettre à sa place, mais pour la première fois échouant. Moi si vide avec les autres, si capable d'être poreux, passoire à leur identité et d'y entrer – eux tous, femelles et mâles si transparents, si naïfs, tous les autres avec leur volonté d'être, de saillir du monde, d'y devenir une personnalité (et donc de se retrancher du Grand Tout initial, de ne plus correspondre à lui, ce Grand Tout d'avant les choix, ceux qui réduisent, retirent l'individu de la manne du possible, le font chuter, renoncer, déchoir de l'esprit en l'engageant dans l'action, l'inaction préservant au contraire ce foyer primordial, ce feu d'étincelles, de perceptions d'une réalité plus pleine, plus complète, accessible dans le silence, la paix, l'absence de travail, mais pas sans rythmes, sans cadences quotidiennes répétées (cela, intuitivement, je le savais, initié sans maître, fils inné de la Voie), miroir des mouvements du ciel et des astres dans les gestes du jour) –, moi si capable de ça, comme élu des dieux pour le faire, et progresser dans la société sans donner de preuves de ma valeur autre que ce mime permanent des codes et des autres, moi si sûr d'être libre, préservé, jamais totalement à ce que je fais car toujours ailleurs, décon-centré au bureau pour me recentrer sur mes goûts, mes prières, mes amis, mes amours, jamais prompt à payer le prix de l'attachement complet, l'engagement, pour la première fois donc, tout me semble opaque, impossible de décrypter Porn, c'est elle qui est moi, c'est elle qui dirige.

5.14 Non, c'est encore autre chose. Elle démontre ma légèreté, mon absence de fond, mes pauvres dimensions de manipulateur et de joueur, incapable de grandes choses, serviteur des petites grandeurs, des sous-off d'une armée mexicaine, mimant à la per-fection leurs gestes et leurs parlers, mais incapable d'avancer. Être grand, c'est-à-dire seulement soi-même, calme. Mais à la place, un compétiteur domes-tique et intime, avec toujours la volonté de séduire et de convaincre et de dominer par en bas. Ce goût des tête-à-tête et cette fuite des grands raouts. Conseil-ler du prince et des princesses. « Consigliere », mais incapable de plus. Au mieux. Voilà où j'en étais, les pensées grossières, les prises de conscience abjectes et frauduleuses, la complaisance, tout pour ruser avec l'attente, et m'interdire de téléphoner, voulant qu'elle fasse des signes – elle le faisait (des appels quand je n'appelais pas, et des messages quand je ne répondais pas, peu mais quand même, pas une indifférence complète, et dans ces messages, la volonté de me rassurer, de ne pas m'en faire), mais jamais suffisamment à mon goût. Car avançant dans ma chute, j'avais besoin de plus en plus de preuves de ma valeur.

5.15 Mais quelque chose avait changé, que je ne maîtrisais pas. J'ai donc pris un billet. J'ai négocié mon départ de la boîte, la belle institution où j'étais, qui m'avait permis d'accéder à certaines choses, une identité sociale, larbin d'élite, et sauvetage inespéré d'où je venais, nulle part, comme les putes du Siam, même compteur pour tapins et punters, et l'argent, surtout l'argent pour l'Asie, deux, trois, quatre fois l'an. Ce n'était plus suffisant. Je devais y être tout le temps. Là-bas, en bien ou en mal, ce qui arrivait arrivait, et pleinement. Perdu à l'autre bout de ma langue natale, au milieu d'une langue tonale, dans la musique des cinq tons, comme des toboggans, des montagnes russes phonétiques donnant des sueurs, des excitations. Les farangs sont fous, c'est connu, il y aura toujours attachée à nous, les étrangers, l'image du mec perdu, du paumé céleste, répétant les mêmes phrases, tournant en rond, incompréhensible aux autres, un voyageur, un pillard, un conquérant, un soldat, « the lost soldier ».

Répétition n° 17

Se mettre à la place de l'officier français Hubert de Marais et du capitaine Willard, et de chaque personnage de la scène de la plantation française filmée par Francis Ford Coppola dans *Apocalypse Now*. La scène commence lorsque Willard et son équipe remontant le Mékong vers le colonel Kurtz à bord de leur navette fluviale, tombent, parmi les brumes, au détour de quelque bras irréel de la « Mère de tous les fleuves », sur un groupe de soldats fantomatiques français, vivant là isolés avec leurs familles, en rupture avec la terre natale, dans une belle et immense plantation, au milieu des autochtones, un village tribal, Blancs et Jaunes en tenue de combat contre tous les envahisseurs, les Vietcongs, les Vietminhs, et les Américains. Ils accueillent Willard et son équipage, qui peuvent enterrer l'un des leurs, et se ravitailler, et ils dînent. C'est une plantation luxuriante, en bois, avec des vérandas ouvertes sur le fleuve en contrebas, de grandes pièces décorées de mobilier précieux, de vieilles photographies noir et blanc, séparées par des voilures blanches, des candélabres, tout un décor colonial, une nappe blanche couvre la table où sont posés la vaisselle française, les verres à vin et à eau, les couverts argentés, les assiettes, les serviettes froissées, roulées en drapé sale, taché du repas, et le discours de l'officier commence : à la question de Willard demandant quand ils repartiront chez eux, il répond jamais, et devant l'insistance de Willard il répète qu'ils ne repartiront jamais, cette terre est à eux depuis des décennies, ils sont mêlés au paysage et aux populations, et ils ont une mentalité particulière, celle des officiers français d'ici, d'Indochine, nés ici et il précise ceci : en 1940 face à l'Allemagne ils ont perdu, à Dien Bien Phu ils ont perdu, en Algérie ils ont perdu, mais ici, ils ne perdent pas, ils ne perdront jamais, il dit ça en anglais et il hurle, avec des points d'exclamation : « In Deutschland we lose ! In Dien Bien Phu we lose ! In Algeria we lose ! But here, WE-DON'T-LOSE, do you understand captain ? » Le dîner se poursuit, chaque participant quitte peu à peu la table, le plus vieux d'entre eux, le père de l'officier sans doute, grabataire, en fauteuil, nourri à la cuillère par l'une des femmes, moustachu façon 1900, dit que le Vietminh est une invention américaine, et qu'ils sont bien marris, maintenant, les Américains, de se battre contre leur propre création, et Willard demande « is it true ? ». Et de Marais dit oui, c'est vrai, les mains jointes sur son front, « Yes captain, it's true », et le débat s'épuise sur l'intelligence absolue des peuples d'Asie du Sud-Est, et en quelques minutes, on voit présentées et synthétisées, toutes les relations entre l'Occident et le reste du monde, la culpabilité, la fierté blessée, la trahison de l'intérieur, la décadence. Une femme est présente à table, madame Sarrault, son mari est mort, et après le dîner, elle se retrouve avec Willard, elle l'emmène dans sa chambre et elle dit : vous avez les mêmes yeux que mon mari, vous ne reviendrez jamais aux États-Unis, des hommes comme vous on les appelle les soldats perdus, the lost soldiers, et elle lui prépare une pipe d'opium, avant de se déshabiller et de fermer les moustiquaires de son lit, comme un rideau tombé sur la scène, tandis qu'au plan suivant, la vedette quitte la plantation et les brumes, retournant au fleuve et à la recherche de Kurtz.

5.16 Lost soldiers et désormais, lost punters, clients perdus : suspendus entre deux modes de vie, finançant l'un par l'autre, pris entre deux urgences. Ils étaient là, tous, entre leur monde et Pattaya, pendant des années, comme moi, voyant venir le nadir, et le retardant le plus longtemps possible. Le mien était venu, finies les transitions.

5.17 Pattaya Taï rejoint Beach Road à l'endroit où celle-ci se transforme en Walking Street. Descendant vers la mer, on longe à gauche un salon de massage immense, aux filles alignées dehors, assises, en uniforme, un sarong fuchsia ou rose, et des bars profonds, massifs, aux comptoirs soulignés de néons, tandis qu'à droite, les baht bus attendent garés en file, parfois en double file, des clients qui les prendront comme des taxis individuels, ils paieront plus cher, mais ils seront emmenés chez eux directement.

5.18 En face, au bout, à l'intersection Pattaya Taï/ Beach Road, donnant brièvement l'impression d'une mâchoire monstrueuse, avec des gencives successives jusqu'au fond de la gorge, dents sexy plantées sur des tabourets, il y a le « poulailler », inchangé, et ses rangées de comptoirs parallèles et perpendiculaires où l'on circule comme dans un labyrinthe, avec des centaines de filles assises, le visage prostré, masqué dans du maquillage, parfois agité d'un « hello sexy man », ne faisant plus d'effort, aucune grimace d'accueil, sourire fuyard comme les yeux, toutes là, figées dans l'attente. Au milieu, un ring avec des combats de Muay Thaï. Plus personne n'y croit. Si on traverse le « poulailler », on aboutit au *Beer Garden*, au fond, et sa vaste salle-terrasse soutenue par des piliers enfoncés dans l'eau, donnant sur la mer. Les tapins y sont plus jouasses, combatives, anciennes dans leur attitude, old school, c'est le classicisme du lieu, on vient là pour vivre ce qu'on a lu et entendu ailleurs, rien n'a changé dans les parades entre punters et putes, on s'accoste et on cause, longtemps, comme un destin qui bascule, on se donne le change, c'est la Thaïlande à papa, les légendes sont nées là, les livres aussi, mal faits, mal écrits, mal traduits (attifés d'une couverture mal colorée, une femelle plein cadre, réduite à un rire, un clin d'œil, lambeaux d'une stratégie plus forte, la circulation du fric), les filles n'y sont pas contrastées, d'un style à l'autre elles se ressemblent, n'ont pas les cheveux longs, courts, décolorés, méchés, ne sont pas rasées sur un côté avec une raie longue sur l'autre, ou bien frangées sur le front et la cascade noire derrière, comme elles sont souvent, ailleurs en ville. Elles n'y sont pas à la mode, elles sont immémoriales. Ce sont des archétypes, des symboles, nimbés d'une sophistication rustique, statuaire. Elles ont un type semblable, carte postale d'ici, la même jupe courte serrant le même cuivre des jambes, et un coiffeur générique, donnant aux cheveux cette même surface raide et noire, brillante. Un artisanat de cent siècles ou mille. On vient ici constater que rien n'a changé. C'est le souvenir que j'en ai. Depuis Porn, je n'ai plus vérifié.

5.19 À Pattaya, c'est ma première nuit sans elle depuis longtemps. Parvenu à la hauteur du « pou-lailler », je tourne à gauche et j'entre dans Walking Street et sa porte d'accueil, une arche faite en tubes d'échafaudage. Sous le portrait du Roi, il y a un écran géant Samsung, et encore dessous, on lit :

WALKING STREET
passion of colourful paradise

C'est mieux que Benetton. Les passions, les cou-leurs, le paradis, la mer, les îles. Up to you, up to me. Le Siam est un bon interlocuteur : il te dit ce que tu veux entendre. Qui que tu sois, quelles que soient tes attentes, il te contentera. Il n'y a aucune arnaque. Et surtout, chose importante, il te laissera te disputer avec un autre étranger comme toi, qui aura entendu la même chose, vécu la même chose, mais pensera l'avoir mieux comprise que toi, et détenir le secret, le vrai visage de la Thaïlande, alors que toi, tu n'es qu'un effet de surface, une buée, un non-initié encore, tu n'as toujours rien compris. Et tu penseras la même chose de lui. Et tu te querelleras ainsi jusqu'à la plus extrême solitude. Et tu seras ce coq dans l'arène avec un autre coq comme toi, de race farang, et la ladybar, le ladyboy, le Thaïlandais dans les tribunes, ils lan-ceront leurs paris. Et les bouddhas couchés ou assis afficheront les mêmes sourires.

5.20 Dès les premiers mètres, en quelques foulées, le bruit sature la foule, désormais présente à chaque instant de l'année, sans distinction de saison haute ou basse, comme si la marée humaine à cet endroit de la ville devait rester identique, ne varier jamais, débitant toujours une quantité similaire de corps thaïs, russes, émiratis, indiens, chinois, français, allemands, anglais, suédois, norvégiens, italiens, espagnols, ukrainiens, ouzbeks, danois, polonais, tchèques, canadiens, australiens, japonais, iraniens, bengalis, venus payer et voir, toucher et se faire toucher, palper et fouiller, appeler « ATM » ou « sexy man », et moi aussi j'essaie à nouveau d'être un membre de cette race-là, punter, j'avance, je laisse le *Walking Street Bar* à gauche et sa carlingue rouge ancienne collée au mur façon cafard géant, son long couloir qui mène à la salle blindée et techno, j'avance, je laisse à droite un bar et son « band » issâne, j'avance, à chaque pas la musique change, les morceaux empiètent les uns sur les autres, marcher est une radio, on passe d'une fréquence à l'autre, d'un titre à l'autre, et tout s'embrouille dans la cacophonie. J'avance, je passe vite les premiers néons et leurs signatures et tourne encore à gauche, Soï 15, petite artère pleine de gogos et j'entre à l'*Angel Witch*. Un jeune type écarte des tentures usées, rouges ou carmin, et la salle apparaît, des gradins en amphithéâtre, concentriques, avec au centre une scène ovale et des barres de chrome plantées à la circonférence et montant jusqu'aux cintres, au plafond, d'où une passerelle émerge, et d'où les filles pleuvent à certains moments du show, agrippées aux tiges chromées, descendant sur la scène de façon rotative et finissant par y planter leurs talons, leurs blasons sonores, le clic des escarpins obscènes ouverts sur des ongles peints, un genou à terre l'autre jambe pliée, une main appuyée dessus en mode combat, le visage relevé cadré de cheveux noirs ou teints, raides, frangés ou non, gagner du pognon encore, de l'argent avec tous ces regards admiratifs, focalisés, fétichistes, hommes seuls, en groupes, ou accompagnés d'autres filles, parfois des couples d'étrangers triolistes, partouzeurs, échangistes, et parfois des filles, des baronnes et sponsos venues admirer les copines et rincer les minets, thaïs de préférence, coiffés, tatoués, minces, noués, musculeux, filandreux, vifs, rieurs.

5.21 Il n'y a plus de place ou presque, tout est plein, le spectacle est chez les spectateurs autant que chez les acteurs, j'adore ce lieu même si le show baisse avec le temps, peut-être que je vieillis, ou le show vieillit, ou les deux ensemble, mais c'est encore bien, il est zénithal, ce lieu, du fait de la qualité soignée, entretenue, d'une idée, classique : toutes les filles sont à louer comme partout mais ce sont de vraies danseuses, des théâtreuses, et bien mieux que dans les autres gogos, à la fois clin d'œil aux grands cabarets d'autrefois et rigueur d'un claque qui se respecte. On paie la fille non pas directement mais à la mamasan, tarifs non négociables, ce qui n'empêche pas la fille de demander son « tip » en plus, le billet supplémentaire qui conditionnera son bon vouloir, sa bouche et son cul. Ici, elles se prennent beaucoup pour des stars, ce qu'elles sont. Putes, putains, prostituées, danseuses : tout est noble dans ce classicisme des deux métiers associés, la danse et le trottoir, tout est combatif, il faut s'en sortir et régner. On m'assoit au deuxième rang, je suis bien placé mais peu visible, coincé entre deux Chinois et cinq Blancs, trois hommes, deux femmes, tous français, quinquagénaires bien faits, le regard hilare heureux, un brin blasé simulé, on se protège comme on peut des conséquences de ce qu'on voit. Dans l'œil des femmes l'inquiétude point derrière le sourire cynique, dans l'œil des hommes l'envie, la frustration et la peur. Ce n'est pas du libertinage ici. C'est la noblesse de sexe, un surgeon de celle d'épée. C'est la prédation des deux côtés de la passe. Autour de cette ville et de cette région, le monde s'ennuie à évoluer ou empirer, inventer ou détruire. Mais ici, on renaît à chaque mouvement triste d'un corps à louer. La passe est une porte. La passe d'ici, la passe d'Asie, d'Asie du Sud-Est. La passe d'Europe ou d'Amérique est un mur, la passe russe aussi ; la passe africaine ou sud-américaine est une esquisse, à peine, et pauvre, de ce qui advient là. Cum nobilitas.

5.22 Sur fond de Madonna, *Frozen*, des filles portant des masques ovales vénitiens très simples, peints aux yeux en pleurs, habillées de kimonos et armées d'éventails, les cheveux relevés en chignon percé d'épingles longues comme des baguettes, exécutent leur danse de sexe simple et mignon, lenteur et déhanchement, puis brusque accélération des cambrures, une course vers le suggestif parfait, l'inverse du *Windmill* et de l'*X-Zone*, où les filles se fistent en live et s'enfoncent le goulot de bouteilles de Singha ou de Chang dans le vagin avant de les tendre, sourires plissés, yeux fendus, cyniques, froids, rieurs, vers la bouche des clients. Ni mal, ni bien, tout est beau qui finit beau dans le Royaume.

5.23 Les numéros défilent ponctués par un bizarre intermède musical entre chaque, tiré du film *Dune* dans la version de Lynch, un cluster venu d'une des scènes de bataille et qui plonge la salle dans une ambiance d'orchestre symphonique de cinéma, promesse de grand spectacle, bonheur des sièges et des lumières qui se tamisent et s'éteignent peu à peu sous l'effet d'un souffle progressif. C'est, dit-on, le propriétaire mâle qui choisit les musiques, un Américain, dont certains, en commentaires sur des sites, disent que c'est un gangster, un truand, un tueur surtout, non seulement dans son pays d'origine, les USA, mais aussi au Siam, à la solde d'un réseau de flics, tandis que la propriétaire femelle, sa compagne thaïlandaise, est directrice artistique, elle gère les chorégraphies, elle brise la métaphore des sujets de musique pop pour leur offrir Pattaya, le sens littéral d'un *Bad romance*, ou d'un *Just live your life*, ou d'un *I want muscle*, elle est fine, je l'ai vue quelquefois, elle a tout de la danseuse classique, ce corps filandreux, maigre, ce visage au couteau, ce chignon, cette distinction froide et crasse aussi, elle était gogo avant, à l'époque des mythes, les années avant internet, avant le téléphone portable (l'époque où, revenus au pays, les types racontaient leurs histoires à des auditoires ahuris, hébétés, et le seul moyen de garder contact avec leur narration (dont l'héroïne prétendait attendre sagement dans son village tandis qu'au contraire, elle restait à Bangkok, ou Pattaya, dans la fête), c'était de téléphoner à des cabines là-bas, d'attendre que quelqu'un décroche et aille chercher celle qui allumait l'imagination, la distance grandissant les craintes, les fantasmes, sublimant la banalité, et surtout écrire des lettres, envoyer parfois des fax, des lettres détaillant le contenu de chaque journée, des lettres d'amour aussi précises qu'une opération du cœur ou des intestins), elle était gogo mais je connais mal leur histoire, je les ai vus, elle et lui, parfois, sans jamais les aborder, sans chercher à les connaître, par exemple en les flattant, les félicitant pour leur *Angel Witch*, le gogo majeur.

Répétition n° 18
Se mettre à la place de Bernard Trink, né à New York, dans le Queens, en 1931, et devenu, après la guerre de Corée où il sert et de nombreux voyages en Asie, chroniqueur des nuits thaïlandaises pour le *Bangkok World*, puis le *Bangkok Post*, de 1966 à 2003. La rubrique s'appelle « Nite Owl ». Elle a une personnalité, son géniteur est un styliste. Elle est divisée en colonnes. Elle a une mise en pages caractéristique. Dans ses meilleurs moments, elle est comme enluminée, avec ses vignettes publicitaires ou photographiques montrant une fille, un chanteur, une scène de bar. Ce style, c'est l'œuvre de Trink, un « grand œuvre modeste ». Un esprit XVIIIᵉ tropical. La jungle est dans le salon. Un style archaïsant

et pétri d'autre chose, l'esprit « expat », cette distance avec tout, ce recul, cette désillusion joyeuse, l'importance des détails, des anecdotes, le fétichisme des chutes, des échecs d'autrui, et dont beaucoup d'expatriés offrent la caricature, surtout ceux venus ici pour des raisons sexuelles, les sexpatriés, et qui pensent tout savoir et finissent victimes de leurs certitudes et de leur bouffonnerie, la femme et le pantin illustrés tous les jours dans les bars et les gogos et les chambres d'hôtel. Et les locaux, les natifs, les Thaïs de se marrer. Et c'est tout le sujet de « Nite Owl ». Pierre Louÿs aurait aimé, Baudelaire aurait aimé, Hubert Selby Jr. aurait adoré, Lowry aurait aimé, et Joyce aussi, situant *Ulysse* à Sukhumvit, et Céline, jouant son *Guignol's band* là-bas, Bangkok plus célinien que Londres, et toute la panoplie de ceux et de celles qui ont pour ambition l'épiphanie joycienne, cette convergence de l'écriture avec la vie, cette symbiose, cette obsession de vivre une langue et de rendre vivante une écriture. Le « vivant » au lieu du seul réel, linguistique cellulaire. Trink s'en fout, de ça, de la « beauté convulsive », des mots d'ordre fragiles de la poésie moderne. Le récit véridique des gogos, des boîtes et des trottoirs, des arrière-cours d'hôtels, des patios fleuris jonchés de déchets, des matinées post-festives assis sur le bitume, en lisière des commerces et des passerelles de bois au bord des klongs, ou bien de ces longues barres d'habitations aux fenêtres grillagées où vivent entassées trois, quatre, cinq, six filles dans quelques mètres carrés, faisant la cuisine au sol, accroupies sur des aliments, du linge pendu aux murs, des matelas roulés en coin et des sacs plastique bourrés de vêtements ou de détritus répandus partout, c'est ça son intérêt. Trink a une méthode, un art : il code son écriture pour désigner telle pratique dans tel lieu – blowjob bar, happy ending massage –, il emploie des mots repères qui tracent une Histoire aux racines lointaines – demi-mondaines dit-il, parlant des filles –, et il passe tout en revue, reconstituant l'écosystème de la nuit : les gens, autochtones ou étrangers, stars de passage ou inconnus, ladybars et ladyboys, ratés ou victorieux, voyageurs provisoires, touristes ou backpackers, exilés à plein temps, employés d'entreprises étrangères ou migrants volontaires, espions à deux balles, informateurs, pourris et vicelards, druglords et sexlords, et leurs acolytes (les observer c'est grandir, apprendre), et les lieux où les rencontrer : gogo bars, beer bars, salons de massage, boîtes de nuit, hôtels et bars d'hôtels, restaurants, salles de jeu – bowling, billard –, plages, trottoirs et courettes, marchés de nuit, étals de street food, et aussi, des comptes-rendus de films, de livres, de spectacles de musique pop ou traditionnelle, classique, des interviews, toute une liste comme un programme de vie. Il est ironique, Trink, mais il ne juge pas beaucoup, les conclusions, il les laisse au lecteur. Ce qu'il fait, c'est transcrire une ambiance. Il est marié, il n'aime qu'une seule femme, une Thaïlandaise rencontrée dans les années 1950 et épousée à Tokyo. Il ne consomme pas, il décrit. C'est un contemplatif actif, un auteur sans livre. Il interroge, il note, boit peu, s'enquiert, prend des photos de certaines filles et de la sorte, les starifie, les glorifie – le premier à le faire, et le seul encore aujourd'hui à l'avoir fait si bien, car informé, il relie ce podium qu'il leur dresse à celui des anciennes putains célèbres, les Coco Pearl, les Liane de Pougy –, et décrit « l'atmosphère », précise les changements de propriétaires et de décors, informe d'un agrandissement. C'est le potin putassier, à l'écoute des alcôves, des courants d'air des chambres de passe. Le secret, c'est le détail. C'est l'esprit Trink. Avec la descente. Il y a eu la dérive, il y a désormais la descente. L'important, c'est de chuter. Les colonnes obéissent à une succession précise : d'abord, un genre d'édito précieux, bourré d'archaïsmes linguistiques sur tous les sujets, puis la revue méticuleuse, courte, en trois lignes ou presque, d'une sélection de lieux, de livres, de « filles », de films, de faits divers, avec ses sous-entendus. Oui, « demi-mondaines », il a raison, c'est le terme exact pour ces ladybars, elles viennent de plusieurs mondes, elles sont analphabètes et savantes, analphabètes savantes elles se taisent, elles savent, elles friment, elles ruinent, elles pompent et crachent leur douceur, elles ont une mentalité souple, ce sont des gymnastes du sentiment, elles tournent un visage triste vers celle ou celui venu chercher de la tristesse, le journaleux en quête victimaire voyeuriste par exemple, ou le chevalier blanc, sauveur moralo-crétin, et un visage joyeux vers celui qui cherche la joie, le *sanuk*. Une photo montre Trink dans les années 1980, le pantalon à hauteur du nombril, gros, la chemise à l'intérieur cadenassée par une ceinture, les manches courtes et les motifs à fleurs, les cheveux clairsemés, gras, souriant, avec pour seul dandysme une chaîne où pend une médaille à motif de chouette,

symbole romain et grec de sagesse et de noctambu-
lisme, tenant par les épaules une gogo girl, bottée,
habillée d'une chemisette découvrant au niveau
des hanches un bikini, le cou cerclé d'un collier de
perles, souriante, enlaçant Trink et posant avec lui.
Il semble la féliciter – la légende dit : « Trink greets
an hostess, 1987 » (est-elle morte depuis ?, du sida
ou de drogue, quelle est sa vie maintenant ?, est-elle
une épouse vivant au Saharat Amerika ou au Saharat U-ro ?, est-elle retournée au bâne (village), victorieuse et ouvrant un commerce, ou cultivant des
terres avec un mari du cru ?) – et lui tend un genre
de papier qu'elle prend, et qui peut être n'importe
quoi d'un seul coup, une enveloppe de fric, un prix.
Un diplôme ?

5.24 Je sors de l'*Angel* après quelques shows et
retourne sur Walking Street, il est une heure du
matin, et je ne la vois pas. Porn. J'ai cette drôle
d'idée naïve de la croiser ici dans ses tenues ladybar
des photos d'avant moi, conservées sur ses profils.
Admirer ses peintures, expressionnisme aux lèvres,
aux ongles, aux yeux. Son époque *Insomnia*, ses rages
dansées sur les podiums, avec tous les types venus
mendier ses jambes, loin de ses inhibitions liées à
son islam et son changement de sexe. Avec moi, elle
minimisait ses sorties anciennes, ou les exagérait,
prenant le pouls de mes jalousies rétrospectives. Cuicui l'oiseau, sifflote ton attachement à ta maîtresse
en montrant ta colère dans tes cris aigus, ta panique.
Mais elle n'est pas là, c'est une illusion d'attendre,
j'ai plaqué sur elle depuis le début un être factice, je

suis superficiel, dilettante, j'ignore le réel au profit de ce théâtre mental où je caricature les gens, pris dans des rouages qui les dépassent, des machineries coincées dans des cintres trop hauts, tous ces rapports de forces dans lesquels le monde entier m'apparaît. C'est juste une fille qui souhaite être heureuse avec quelqu'un d'honnête l'acceptant comme elle est, une fille qui a fait des erreurs, qui s'est perdue un instant dans l'argent facile sans devenir non plus une vraie putain, et qui n'a pas agi différemment de ce que n'importe quelle fille dans le monde, éduquée ou non, aurait fait si cela lui était arrivé, tout cet argent venu de nulle part, et d'un seul coup, tout ce que j'avais préparé et écrit dans la perspective de la voir, toutes ces horreurs notées lui rappelant sa condition de transsexuelle qui vaut moins qu'une femme, toute cette machinerie visant à détruire son aplomb, sa toise et sa frime, me deviennent odieux, tandis que les lumières du gogo *Baccara* – des arêtes rouges sur deux étages – brillent et que je passe sans vraiment regarder (il y a pourtant une très jolie fille assise à l'entrée, dans un kimono court au ras du cul, grande avec un visage ado, parfait dans la symétrie, les lèvres épaisses, une allure de teenager cynique, une Trink's hostess made in *Nite Owl's column*). Je fuis. En face, il y a un bar gay, le *Guy Club*, le seul sur la Walking. Toutes les combinaisons s'affichent désormais dans cette rue, et soi-même on est l'une d'entre elles. Il faudrait un tableau périodique des genres, un Mendeleïev de la polarité sexuelle pour saisir toutes les nuances. Sortir de soi, entrer dans l'autre, s'inviter chez ses craintes, ses dégoûts. Les faiblards, on les casse, les baltringues bloqués sur leur identité. Pattaya, c'est l'atelier des genres sans gêne. Pas de théorie, de blabla, juste des passages d'une case à l'autre, c'est-à-dire de la baise. Polarité personnelle de l'inclination, identification sexuelle, sexe biologique. Polarité féminine, masculine, intermédiaire. Virilité, féminité, neutralité. Attitudes infinies, alphabet des allures et de leurs combinaisons (gestuelles, prononciations), complexion physique (homme avec des miniseins, femme à clitoris surdéveloppé). Hétérosexualité, homosexualité, bisexualité, asexualité. Attirances, penchants, mouvements permanents, pendulier des besoins, des désirs, pulsions, obsessions, fixation constante ou provisoire. Homme féminin hétérosexuel attiré par femme masculine hétérosexuelle, ou par femme féminine hétérosexuelle, ou par femme asexuée hétérosexuelle, ou par femme féminine bisexuelle, ou par femme féminine homosexuelle, ou par femme masculine homosexuelle ; femme féminine homosexuelle attirée par ladyboy féminine bien membrée. C'est sans fin, c'est Walking Street, c'est Pattaya. C'est le tableau périodique des genres joyeux[1].

5.25 Sur le trottoir, un jeune garçon aide un autre à vomir. Il rit, l'autre hoquette, le visage fripé dans les convulsions. À côté, un ladyboy affichant un rôle de timide discute avec un vieux, un quinquagénaire. Pattaya diffère selon l'âge, et la beauté de ses clients et de ses putes, évidemment. Une pute ne fera pas

---

1. Voir pages 258-259.

payer un jeune type, *parfois*. On peut payer la première nuit, pas les suivantes. Un jeune beau gosse
ne paiera pas, un autre du même genre paiera, avec
le mépris de la pute en plus, qui jouera de son ego,
lui faisant des caprices. Un plus vieux paiera peu.
Un autre paiera beaucoup. Tout est possible, tout
dépend de l'humeur de la fille, de ses stratégies. Je
continue sur Walking Street, passe devant le *Lucky
Star*. Je pense qu'il va faire peut-être beau en Europe.
Je pense aux saisons, à l'été. L'homme pense, il est
donc pourri de l'intérieur. Facile. Pas faux non plus.
Tirer des conclusions, tomber dans l'aphorisme,
misère de l'ennui, du manque. Je suis là, méditatif en
action, marchant dans une foule, Porn dans le crâne.
Elle est quelque part, mais je n'ai pas osé retourner au
Central. On croise des tomboys thaïs partout (un garçon né fille, l'équivalent des ladyboys), c'est la mode
de les voir employés dans les bars, ils (elles) font un
peu de sécurité, un peu de caisse, un peu de tout, les
gogos sont folles d'elles. Porn a une sœur tomboy, sa
préférée, elle s'appelle « Ananda » – nickname, prénom d'homme. Sur Facebook, il – elle – écrit sous
une photo de Porn : tu es mon frère aimant et toujours protecteur. Porn est un frère pour lui – elle.
Porn a d'autres sœurs aussi, mariées, l'une en Malaisie, l'aînée, couverte d'un voile qui laisse tout son
visage éclater dans un maquillage assuré, à la manière
Émirati en voyage, les sourcils noirs et les paupières
bleues ou vertes ou noires, et une autre plus jeune,
elle a des nièces et des neveux et chacun d'eux lui dit
« Uncle », Oncle.

Tableau périodique

PF Polarité féminine	PM Polarité masculine

SBF Sexe biologique féminin	SBM Sexe biologique masculin	SBH Sexe biologique hybride

Exemple

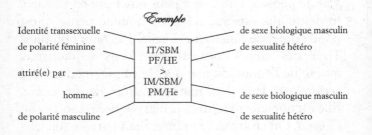

Identité transsexuelle — de sexe biologique masculin
de polarité féminine — de sexualité hétéro

attiré(e) par —
IT/SBM
PF/HE
>
IM/SBM/
PM/He

homme — de sexe biologique masculin
de polarité masculine — de sexualité hétéro

PM/SBH/ IF/Ho > PM/SBF/ IM/Ho	PF/SBM/ IF/He > PM/SBF/ IM/He	PF/SBF/ IF/He > PM/SBF/ IM/As	PM/SBH/ IF/Ho > PF/SBF/ IF/Ho	PF/SBF/ IF/Ho > PM/SBM/ IM/Ho	PF/SBH/ IF/Ho > PF/SBF/ IM/Ho
PM/SBH/ IF/He > PM/SBF/ IF/He	PM/SBF/ IF/He > PF/SBF/ IM/Ho	PM/SBM/ IF/Ho > PM/SBF/ IM/Bi	PM/SBH/ IF/As > PM/SBF/ IM/As	PM/SBH/ IF/Bi > PM/SBF/ IM/Ho	PM/SBH/ IF/As > PM/SBF/ IM/As
PF/SBF/ IF/Ho > PF/SBF/ IM/Ho	PM/SBF/ IF/Ho > PF/SBH/ IM/Ho	PM/SBM/ IF/Ho > PF/SBF/ IM/He	PF/SBM/ IF/He > PM/SBF/ IM/He	PF/SBF/ IF/Ho > PM/SBM/ IM/Ho	PM/SBM/ IM/Ho > PM/SBF/ IF/Ho
PM/SBM/ IF/He > PM/SBF/ IM/He	PM/SBM/ IF/Ho > PM/SBH/ IM/Ho	PF/SBH/ IF/He > PM/SBF/ IM/He	PM/SBH/ IF/Bi > PM/SBM/ IM/Ho	PF/SBF/ IF/Ho > PM/SBF/ IM/Bi	PF/SBH/ IF/Ho > PM/SBM/ IM/He

IF Identification féminine	IM Identification masculine	IT Identification Trans-sexuelle	
He Hétéro-sexualité	Ho Homo-sexualité	Bi Bisexualité	As Asexualité

PM/SBF/ IF/Ho > PF/SBF/ IF/He	PM/SBH/ IF/He > PM/SBF/ IM/He	PM/SBF/ IF/Ho > PM/SBF/ IF/He	PM/SBH/ IF/Ho > PM/SBF/ IM/Ho	PM/SBH/ IF/Ho > PM/SBF/ IM/Ho	PM/SBH/ IF/Ho > PM/SBF/ IM/Ho
PM/SBH/ IF/Ho > PM/SBF/ IM/Ho	PM/SBH/ IF/Ho > PM/SBF/ IM/Ho	PM/SBH/ IF/Ho > PM/SBF/ IM/Ho	PM/SBH/ IF/Ho > PM/SBF/ IM/Ho	PM/SBH/ IF/Ho > PM/SBF/ IM/Ho	PF/SBF/ IF/He > PM/SBM/ IM/He
PM/SBF/ IF/Ho > PF/SBF/ IM/Ho	PF/SBH/ IF/Bi > PM/SBF/ IM/Ho	PM/SBF/ IF/Ho > PM/SBH/ IM/Ho	PF/SBH/ IF/He > PM/SBH/ IM/He	PF/SBH/ IF/As > PM/SBF/ IM/He	PF/SBM/ IF/Ho > PM/SBF/ IM/Ho
PM/SBH/ IM/Ho > PM/SBM/ IM/Bi	PM/SBH/ IM/He > PF/SBF/ IM/Ho	PF/SBF/ IF/He > PM/SBF/ IM/As	PM/SBH/ IF/Ho > PM/SBF/ IM/Bi	PF/SBF/ IF/Ho > PM/SBF/ IM/He	PF/SBM/ IF/He > PM/SBF/ IF/He

5.26 Walking Street, son sol pavé. Plusieurs lieux ont fermé. Le *Jenny Star* a fermé, une planche le masque tout entier, c'est une vision horrible. C'était l'un des bars historiques de la ville, peuplé de lady-boys uniquement, certaines enroulées sur les piliers de chrome à l'entrée bordant l'escalator menant au *Marine Disco*. Le *Marine* a fermé. L'impression de survivre parmi des souvenirs. Les Anciens ont dû subir pareil. La fin d'Éleusis, des Mystères, rituels qui s'évanouissent, quelques prêtresses encore perpétuant les gestes, les codes. La roue, le cycle. Une impression seulement, car les trans du *Jenny* se sont déplacées un peu plus loin, elles sont toujours là, Walking Street tonne et crache une messe identique à celle donnée lors de ma première venue. Elle est même en expansion. Une nouvelle boîte, le *Pier*, vient d'ouvrir en son milieu, nouvelle scène pour les freelances, et tout au bout, avant le Bali Haï Pier et son ponton de plusieurs centaines de mètres desservant les ferries pour les îles en face ou les restaurants flottants, il y a cet énorme complexe où survivaient seulement, jadis, tout en haut, les deux salles du *Mixx Disco*, mais qui accueille désormais le *Lima Lima* en bas, où Boy George et Booba viennent se produire, et d'autres boîtes. Une éternité de podiums, de lasers et de beats. La mairie veut changer les choses. Au XXe siècle, dans les années 1970, elle voulait déjà ça, rompre avec le passé GI, le passé bordel et boxon, au profit des familles, maman, papa et bambins, et c'est arrivé.

Il y a des enfants partout, on voit même des gosses assis au comptoir, tandis que papa discute avec une ladybar. On filme. Sur YouTube, au hasard d'une vidéo de vacances, un garçonnet blondinet dansotte sous les néons, mains accrochées à une barre de gogo à Patong Beach, Phuket, la sœurette miniature de Pattaya. Aucune pédophilie à fouiller, juste le bordel, le désordre, l'improbable, le mélange, le chaos qui nettoie, la grande métèquerie des mœurs. Un pédophile est souvent un homme mort en Asie du Sud-Est. Les médecins sont réservés aux malades, pas aux criminels. C'est la police qui s'en occupe, ou le clampin de souche et de base. Machettes, flingues, la justice domestique. On est logique efficace ici, point de caboche coincée dans la bouillie des alibis socio-économiques. Tu prends un risque avec les lois et le bon sens populaire ? Ok, up to you ! Tu te fais prendre ? Alors tu paies, et c'est aussi ok, « som nam na » – bien fait pour ta gueule. Une charia sans Allah et les femmes sont plus libres. La régulation collective improvisée, un jazz judiciaire, la Kehilla, l'Oumma, et quel est le mot thaï, déjà, pour communauté ? Mais peu importe, je m'en fous. Ma condition d'être humain initié au vivant est au-dessus des prêches juridico-médiatiques et des bouffonneries en isme, démocratisme, populisme, totalitarisme, racisme, féminisme, nationalisme, épurée, limitée à 99 marches à gravir : Punter, pour les 33 premiers degrés, Amoureux, pour les 33 suivants, et Contemplatif, pour les 33 derniers. Une belle inversion. Porn, il me manque ton sexe refait, ton ésotérisme vaginal et plastique, ce goût d'urine et de parfum. Car je ne suis pas un théoricien. Je suis un sentimental.

5.27 Un jour, j'ai identifié un pays à une fille. Le pays précédait la fille, il était un argument contre les autres pays, le reste du monde. Perdre la fille, c'était perdre le pays. Avec précision, cette fille est devenue la clef pour comprendre et pénétrer les secrets du Royaume, les alcôves, les codes, les coulisses, les décors, les masques, les faunes, les flores, les esprits, les bas-reliefs, les profils, les tissus aux fils noués de couleurs proches mais différentes l'une de l'autre et figurant des motifs abstraits ou non, siamesques, avec des éléphants, des êtres en suspens, de grandes cérémonies autour de trônes à degrés (premier plateau, deuxième plateau concentrique (plus petit), troisième plateau idem, jusqu'à l'infinitésimal ascensionnel) au bout desquels règnent des divinités aux bras multiples, à tête animale ou non, maquillées, aux pieds ciselés de labyrinthes ou de damiers avec des cases écrites, une écriture difficile, s'éloignant toujours plus à mesure qu'on l'apprend. Ce pays était devenu à lui seul l'axe de mon univers personnel, un mont Meru dont la fille était la pierre. Un enfer mental, un gouffre financier, une pression dingue. Si Porn s'éloignait, le Siam devenait un passé inaccessible, ma construction mentale s'effondrait et faisait des douleurs partout, une humiliation lente, chronique. Je n'avais pas été digne. J'avais perdu. Lost punter, lost lover. Fallait payer. J'entre au *Lucifer Disco*, il est seulement deux heures du matin sur Walking Street.

5.28 Il y a deux salles, la première – la façade ouverte sur la rue comme un beer bar – est composée de comptoirs et de tabourets, il n'y a pas de piste mais on y danse en écoutant un band enchaîner un répertoire mêlant RnB, classiques rock et parfois, l'« hymne » local, *Pattaya, Pattaya, Pou Ying love u mak mak*, de Lou Deprijck, belge, chanteur de *Ça plane pour moi*, mais on l'a carotté sur les droits de sa voix répète-t-il partout, confisqué ses cordes au profit de Plastic Bertrand. Au fond, un couloir, avec des chiottes à gauche, ceux des filles, qui stagnent là et matent ainsi le cheptel masculin du soir, chaque type passe, il défile, il est jugé, on se frôle, des mains peuvent s'agripper aux couilles. Puis c'est la deuxième salle d'un coup, grande, un plafond assez haut, des murs mimant les parois d'une grotte, une fosse au milieu – la piste avec des tables comme des nénuphars ici et là –, autour de laquelle on tourne, à gauche la cabine des DJ, au bout de la piste une scène avec un nouveau band, musiciens noirs, chanteuse jeune et thaïe, qui enchaîne les tubes rap, RnB ou pop électro du moment. Derrière la scène, encore des tables, des gradins où s'asseoir, juste avant la mer, à peine visible depuis des parois teintées. C'est toutes les nuits un mouvement concentrique autour de la scène et de la piste, un tourbillon, une circulation giratoire, un vrai ballet comme les images de La Mecque, la Kaaba, on fait le tour, encore et encore, on descend dans la fosse, puis on remonte, et on reprend la ronde, on passe devant la scène, on passe derrière, on revient, on jauge, des podiums sont à l'entrée comme deux tourelles où des filles et des types se déhanchent, le band alterne avec des sets de DJ. Je ne connais plus personne. Je n'ai plus l'habitude. Les freelances sont partout. Elles sont « étudiantes », elles sont « vendeuses de fringues ». Toujours le Grand Jeu, le sida mental envoyé aux synapses des michetons. On se raconte un maximum de conneries. Frimer un genre, accorder des privilèges aussi, donner l'espoir d'une passe gratuite, toi tu es beau tu ne paies pas, établir des hiérarchies entre les clients, les voir se mettre en concurrence, des types adorent draguer les putes des autres afin de se sentir supérieur et certaines putes adorent voir ça et jouer avec les fleurs de l'orgueil mâle, c'est amusant faut dire, un art de cour oublié, un genre courtois tarifé, le cocufiage du client. La sélection naturelle dans toute sa violence esthétique. Certains punters sont des médailles. Parier qu'on se fera un bel animal friqué, qu'on le domptera, est un sport essentiel entre baronnes et pirates qui se respectent et construisent leur dignité réciproque de ça. L'amener à becqueter son clitoris humblement, le mettre en manque de ses menstrues nobles, et une fois dans son pays, le faire sponso. Quoi de plus beau qu'un beau client qui paie ? Et c'est idem à l'autre bord, chez les punters. Dompter un tapin royal, la rendre accro à sa langue, sa queue, sa classe – son corps mince et sportif, sa dégaine, son élégance cynique dans cette ville, sa richesse relative, sa vie en Europe, loin –, et donc cet espoir suscité chez sa pute de lui offrir cette vie-là avec ce garçon-là, un type bien, beau gosse, poli, buvant peu, sachant vivre, et l'amener lentement à y croire, la dure, la belle dure baronne devenue docile. Tout ça, très loin des fadasseries rédemptrices des romans d'aéroport, et leur dialectique Occident mal baisé/Asie blasée.

5.29 Adossé sous la cabine du DJ, je mate épuisé, sans conviction. La chanteuse décline *Diamonds*. C'est raté. Les projos, les corps, le climat composent une chaleur sans limite. « Shine bright like a diamond. » Il fait lourd, moite, spongieux, la mer juste à côté n'apaise rien, elle sent l'hydrocarbure et le sel, dans ses vaguelettes, la nuit, les lumières se dissolvent joyeusement. « Find light in a beautiful sea, I choose to be happy, you and I, you and I, we're like diamonds in the sky. »

Une jeune fille m'accoste, elle est avec un type émerisé au lifting, elle dit « my friend likes you, she wants you mak mak », et elle pointe une autre fille, la vingtaine débutante, une épaule que je distingue tatouée complètement, les cheveux courts rasés presque sur un côté, avec une longue mèche sur l'autre, à la mode Rihanna. Elle est décolorée. Elle est belle et détruite, plombée. « You're a shooting star I see ; A vision of ecstasy. » Elle reluque aux aguets, je réponds peut-être à sa copine, qui me lance une toise, toute la fierté crasse d'une affranchie tapin. Des yeux elle dit : mais pour qui tu te prends gros naze ?, et elle se casse.

« When you hold me I'm alive ; We're like diamonds in the sky. »

J'y vais, discute, son nom, son âge, d'où vient-elle, où vit-elle, l'ordinaire amuse-gueule. Elle demande : « How much do you take care me ? » Bizarre, elle devrait savoir, j'ai dû perdre la tronche des habitués et j'éteins ses espoirs : « One night, one thousand. » Une nuit, mille bahts, c'est mon prix, le prix d'ici, invariable, inchangé, le même prix, et passé une légère moue déçue dans ses yeux et sa bouche, elle m'enlace, sourit, « thank you to choosing me ». Ouais. Je sirote son verre dans sa paille. Le bonheur.

« I knew that we'd become one
Right away, oh right away
At first sight I felt the energy of sun rays
I saw the life inside your eyes »

J'essaie de mieux la visualiser en la pelotant. Sa robe serrée fait un calque de son cul, elle se cambre à chaque touche pour accentuer les rondeurs miniatures de ses fesses. Sa peau est mate, très, imberbe. Je veux voir ses pieds. Manucurés et beaux. Je me détends, j'oublie un instant l'amour, je retrouve une sensation perdue depuis longtemps. Autour, des grappes de filles jouent un clip réel que les gamins regardent, abrutis : ils sont là, les yeux surjoués frimeurs, de plus en plus fermés dans l'alcool. Ils ont peur. Quelque chose, un danger qu'ils perçoivent : sida, argent à trouver pour revenir ici, très vite. Tu veux satisfaire une pute, lui laisser l'empreinte. Tu te jettes dans un cunnilingus, t'oublies l'herpès, la syphilis, les crêtes de coq, tu te concentres sur le plaisir du tapin, tu veux la faire jouir, elle connaît toutes les queues et toutes les langues, tu veux que la tienne diffère, tu veux être le roi, t'as le droit d'espérer, elle t'y incite, et dans cette arène de maladie, si tu passes au travers, t'es un être supérieur, un noble, un anobli. C'est le rite de passage. Le merci d'un tapin, c'est le blason. Les autres sont des payeurs, toi non. Tu l'as eue, ta chanson.

Elle se colle, se détache, alterne, se colle, se détache, alterne, mate d'autres types, le visage sur mon cou, c'est bien, très bien, c'est le rythme d'ici. Je remarque un couple. Lui, la quarantaine musclée, le visage masculin, grand, elle moins de trente ans, mais son maquillage, son attitude lui donnent une longueur d'avance, elle connaît mieux l'existence que tous ses clients réunis. Ils sont dans les bras l'un de l'autre, engagés dans un slow blessé, déséquilibré : lui est saoul, pas que d'alcool, il ne distingue plus le vrai du faux ; elle c'est l'inverse, elle maîtrise, consciente. Il enverra son gavène. Il paiera l'ost putassier chaque mois. Et il la fera venir, en épouse, dans son pays. C'est une baronne.

« So shine bright, tonight, you and I. »

Porn, je déchois. Mon premier séjour ici, et les suivants, le jeu me grisait. Comme celui d'aller en gogo, peloter les danseuses, obtenir leur numéro quand la mamasan s'éloigne, et les appeler après leur rafale de short times, et s'éclater moins cher avec elles. Aujourd'hui, je subis. Toutes les filles, c'est faute de mieux. Bon qu'à ça, le reste m'ennuie. Faute de Porn. Le haut niveau, c'était elle. « We're beautiful like diamonds in the sky. »

5.30 Je prétexte une envie de pisser, lui demande de m'attendre, elle connaît la chanson, sait que je vais m'éclipser, s'accroche et stationne à l'entrée des chiottes. Pendant que je pisse, un type du personnel commence à me masser, j'esquive, pas envie de laisser du pognon pour ça. Je connais le jeu par cœur. On ne peut pas me la faire, pas à moi, pas à « Marly ». Je me répète ça sans arrêt, mon mantra du soir. C'est rythmé, ça digère vite les écueils. Je dis n'importe quoi, je décline. Il n'y a pas d'écueils, il n'y a que des plaisirs, pardon, des plaisirs adaptés aux moyens de les obtenir. Voilà, le vrai mantra, c'est celui-là. Le dernier mot : l'argent.

5.31 Elle m'agrippe, sent que je veux lâcher l'affaire. J'explique : je suis malade : mal aux yeux, les sinus, le ventre, l'intestin, le dos, une épaule énormément, la jambe, des fourmis dans un pied, malaises et compagnie. Elle grimace. Je la quitte vite. Dehors, j'essaie de respirer, il y a un vestige d'air marin dans la panoplie de fritures et d'égouts qui suintent de partout. Comme automatisé, je file à l'*Inso*, l'*Insomnia*, il est quatre heures du matin bientôt, tout Walking Street est là, c'est le début de la vraie nuit, les starlettes des gogos ont transformé leur long time en short time, prétextant des bêtises que leurs clients n'osent pas contredire et elles viennent s'amuser, les pirates frimeuses débarquent, les friquées sponsos sont là, les éclopées de Beach Road aussi, impossible de voir leur peau, si des taches brunes parlent d'un sida, le Grand Jeu s'organise, c'est l'heure des michetons conscients de l'être, des punters fauves et des crevards vrais ou faux. Je vois « Kurtz » et le « Scribe ». Ils me font signe. Ils se marrent.

5.32 Rien à leur dire. Quelques mots gueulés entre deux vibrations d'enceintes. « Alors "Marly", veuf ? » : « Kurtz » et sa façon de regarder, de parler. Toujours le rapport de forces. Une volonté intacte de vaincre. Ce type est fou. Il est en forme. Ses muscles sont nettoyés de la moindre graisse. Il a un foulard autour du cou, à la khmère. Des bracelets autour d'un poignet. Le crâne rasé. Un con d'esthète.

— Alors « Marly », veuf ?
— Pas vraiment, je fais un break.

— Vu ton « amie ». Travelo sublime, clair. Mais travelo quand même. Gros pédé, va ! Tu as eu tort pour l'argent.

— Mais de quoi parles-tu ? On n'entend rien en plus.

— Tu veux souffrir ? Elle voulait de l'aide. De l'aide *vraiment*. Après deux ans avec toi, tu pensais quoi ? qu'elle allait t'arnaquer ? T'es le premier venu ? Elle te faisait *confiance*. Cet argent, elle en avait besoin. *Réellement !* Deux mille euros. T'as foiré le test. Le vrai. Qui sépare l'initié de l'apprenti. Faire la distinction dans les demandes d'argent. Il y a celle qui t'humilie. Et celle qui te glorifie. Parfois, l'argent envoyé t'anoblit. Là, t'aurais prouvé ta valeur de vivant. Là t'aurais brillé. L'argent doit servir aux gens beaux. Et puis la somme, ridicule, deux mille euros…

— Tu te trompes « Kurtz », tu penses savoir, tu ne sais rien, comme toujours. J'ai zappé la communauté franco pour éviter ce genre de fadaises. Et toi, tu envoies combien ? Tu as les moyens d'ailleurs, ça doit te plaire.

— Je n'envoie jamais. Je suis *un degré* au-dessus de ça. Mais j'encourage ceux des grades inférieurs à le faire.

Il rit. Le « Scribe » ricane, lui. Il dit :

— Détends-toi, Warhol encourageait ses proches à faire des expériences en drogue et en sexe. Lui se contentait d'enregistrer les informations observées. Il était sain de toutes les impuretés qu'il suggérait à autrui, et « Kurtz », c'est notre Warhol, tu connais.

— Vous êtes tous des mythos, les farangset du Siam…

— Merci « Marly », dit « Kurtz ». Tu n'es pas un punter. Un sentimental. Un peu micheton. Je t'aime bien, tu es bon compagnon, en voyage. Notre virée au Cambdoge. Tu étais discret, tranquille. Difficile à sortir, après tes temples. Mettre un pied dans la nuit. Mais tu aimais bien, tu finissais par venir. Fais pas comme si on se connaissait peu. On est tous embarqués. Même rizière à la peau. Les forums et Pattaya. Le cœur en dessous de la ceinture. Pulsations génitales. Tu es bon camarade, oui. En partouze aussi. Tu te souviens, en sortant de l'*X-Zone* ? Raconte à « Scribe ». Quatre filles et nous deux, rappelle-toi. Le jacuzzi, t'arrivais pas à bander. Voir ma queue te gênait, les filles rigolaient. À l'aise avec ta timidité. Tu t'es détendu un peu. Les filles se sont roulé des patins autour de ta queue. Mille cinq cents bahts chaque. On avait négocié. Et t'as gambergé encore. Et t'as fui, gros lâche. Allez, viens, je t'offre un…

Je quitte leur table, entre deux effets de lasers, le noir total, la foule et le bruit infect des rythmiques électroniques. Plus loin, un type s'énerve, un Blanc, il y a des hurlements, et surgi de nulle part, le staff fait meute et frappe, éclate sa gueule, ils s'y mettent à huit au moins, personne ne bouge, ils adorent ça, n'attendent que ça, c'est l'*Insomnia*, ils affichent un mépris jouissif de l'étranger ici.

5.33 La fille du *Lucifer* est là, elle s'est trouvé un jeune type, elle le suit et comme il ne voit rien, me fait signe, sourit, comme pour dire tant pis, dommage, si tu veux tu peux encore. Bizarre don de ces

filles. Je suis gâté. Je ne suis pas un punter. « Kurtz »
a sans doute raison. Je dois être un pervers sentimental, comme il existe des pervers sexuels. Sale expression d'époque. Même moi je m'y mets. Autrefois,
sur ces sujets, on composait *Don Juan*. Ça irriguait
des musiques, des poésies, des peintures. C'était un
rapport à l'être aimé, au Divin. Aujourd'hui, on les
appelle autrement, comment dit-on déjà ?, les pervers narcissiques, voilà, c'est ça, les égoïstes manipulateurs. Les femmes se plaignent, les hommes aussi,
les faibles, les recalés de la beauté vécue, les craignos
de l'existence, les électeurs et les électrices, leur droit
de vote glissé aux urnes des doléances fragiles, et leur
vie amoureuse déchue en couple protectionniste avec
souvent des gnards gâtés en bandoulière. Espérons
que la crise fasse des putes de leurs mioches.

5.34 Je sors, il est plus de six heures, il y a l'aube
autour, c'est étrange, peu de fraîcheur matinale, la
chaleur du jour est déjà pesante, elle cuit les bitumes et
les plastiques des selles de moto, je remonte sur Walking Street vers Beach Road, des ladyboys traînent,
yabatisées, défoncées. Il y a des restes de fêtes partout, des monceaux d'ordures. La Walking de jour est
squelettique, ses néons éteints, ses enseignes sont des
arêtes dépouillées de leur chair lumineuse. Elle fascine pourtant. Les gogos laissent deviner leurs salles
éteintes. Des femmes font le ménage. En remontant,
j'entends un bruit d'after, l'AFTER par excellence,
qui bat toutes les autres villes du monde sous toutes
les latitudes, c'est sûr, c'est prouvé, j'oublie presque

Porn dans l'excitation de retrouver ce que je vais voir là, le *JP Bar*.

5.35 Il a changé. Impossible, pas lui et pourtant si. Il s'est agrandi, il a cassé des murs et occupe désormais une place autrefois dévolue à deux bars. Il y avait deux billards, il y en a d'autres. On sent maintenant la présence de touristes du Grand Jeu, ceux qui frôlent et qui fuient, venus en curieux, sans rien donner en échange, sans participation. J'exagère, je suis pessimiste, il doit y en avoir deux ou trois seulement et ils sont déjà en cours de métamorphose, ils seront dans le décor bientôt. Initiés, sauvés, affranchis. Pas la peine de rouler des mécaniques, au contraire, c'est d'humilité qu'il s'agit. Les pirates sont là. Tatouées et friquées, sponsorisées. De superbes filles. Maquées aussi à des flics locaux. Elles jouent au billard. Certaines se penchent sur le pool, puis au moment de tirer, juste avant de lancer leur queue, elles répandent leurs cheveux en remuant frénétiquement la tête au rythme de la musique. Un ladyboy solitaire, jupe courte, consomme verre sur verre et glisse dans ses narines un pulvérisateur. Il fait sombre et beaucoup sont cachés dans des lunettes de soleil. D'un coup, l'*Inso* se vidant et fermant, une foule s'est faite au *JP Bar*. Le Grand Œuvre alchimique. Aucune sélection à l'entrée. Des heures et des heures de nuit en tamis pour arriver à ce filtre, cet élixir, la faune du *JP Bar*. Le dernier round. Comme avant. Rien, ou presque, n'a changé. Sauf quelques détails. À trente ans de distance, le *JP Bar* répond au *Thermae* de Bangkok. Le *Thermae* et son ambiance spéciale. Un centre magnétique. Un

QG mental, remontant au temps des GIs, du temps d'avant les échangeurs géants, sans parler du métro. Fermé en 1996, réouvert à une autre adresse, et plus la même histoire. Le *Thermae* aujourd'hui, c'est une clientèle masculine chinoise ou japonaise. Plus rien à voir avec la foule complexe d'autrefois, même si des putes, devant, à l'intérieur, partout, illuminent son présent. Le *JP Bar* l'a remplacé dans l'imaginaire des nuits du Grand Orient Très Spécial. Une chance de l'avoir connu.

5.36 Il commence à pleuvoir, le *Central* va ouvrir, je rentre, dans le baht bus, quelques filles seules comme moi, no customer, ou bien ont-elles fini leur passe ? il est déjà neuf heures et des poussières, l'une me fait un grand sourire. Il y a des touristes « normaux » avec leurs enfants qui vont à Naklua sans doute. Ils se sont levés, ont pris un petit déjeuner, ils sont russes. Croisement de mondes, Pattaya tout craché.

5.37 Retour au condo pas cher doté quand même d'une piscine sur le toit. L'observatoire, la contemplation humide. Être payé pour voir. Cherche job comme ça, salarié pour voir Pattaya, enregistrer avec des outils humains – yeux, oreilles, peau, nez, langue, pensées –, la ville avant sa reddition – car elle se rendra un jour, elle disparaîtra, deviendra son propre musée, déjà des groupes de Chinois visitent Walking Street, esclaves traînés par une pancarte.

5.38 Je m'assois sur un des vieux transats qui bordent la piscine, la pluie est fine encore, l'inverse de ces avalanches tropicales archidécrites, celles des inondations. Pluie douce, fraîche, fine comme les chevilles, les os des filles d'ici. Le vert des palmes luit.

5.39 Porn absente, j'observe, je vois, je disparais. Je tente de retrouver le Siam sans elle. Je flotte, fondu dans le décor. Une petite place au soleil, sous la pluie.

5.40 Un point paraît sur le plan rectangulaire (piscine) parfaitement lisse (liquide), sans remous ni baigneurs, conséquent d'un premier impact (goutte d'eau ((pluie)), suivie d'une autre ((très vite)), et d'une autre simultanément ((des milliards)), formant un réseau dense en partie lacustre ((tropical)), inondant les ruelles ((visibles à cet endroit, le toit de l'hôtel)), créant des bassins ((aléatoires, frangés, moulant la déclivité des sols (((déjà humides, abaissés, avachis par le poids des constructions, posés sur des nappes phréatiques affleurantes ((((routes, bâtisses en tous genres, immeubles grande hauteur (((((hôtels, condominiums, centres commerciaux ((((((*Central Festival*, positionné au centre de la baie, surmonté du *Hilton*, immense, à la façade étrange, tramée de panneaux marron)))))), petits immeubles à la mode chinoise du XIXᵉ siècle composés de deux étages, parfois trois))))), et encore, disposés à rythmes irréguliers, des aires de marchés couverts ou découverts, des terrains vagues, en friche)))), ou si proches de la mer qu'il s'agit de sable mouillé, salé))), laissant les passants trempés parfois jusqu'aux hanches, marchant, évoluant à tâtons, les bras levés, chargés de sacs, de victuailles à sauver du déluge)), des trous d'eau où les véhicules baignent à moitié noyés), impact formant d'innom-brables parenthèses autour de lui, de petits arcs concentriques froissant peu à peu jusqu'aux bords le plan d'eau plat initial.

5.41 *Central Festival*, au centre de la baie. À cette heure, elle doit ouvrir ses magasins. Je file dormir. Plus tard, il est trois heures de l'après-midi, la torpeur a tout envahi, le jour est raté car il sera trop court, mais la sensation d'être à sa place, au bon endroit, comme une statue sur son socle, rattrape tout. Dehors, le ciel est épais, avec des semelles nuageuses, c'est la basse saison, celle des pluies, rarement continues, les éclaircies viennent vite, on entend des bruits de l'autre côté du mur, une fille halète en cadence, pas mécanique pour un sou, elle semble prendre son pied, c'est joindre l'utile à l'agréable, elles aiment ça faire la pute, elles n'aiment pas ça, c'est indifférent, ce qui reste, c'est l'argent gagné ou perdu, qui équilibre tout, venge tout, humilie tout, l'argent artisanal, pas vir-tuel, celui palpable en papier et métal semi-précieux, saturé de symboles nationaux, symboliques, religieux, initiatiques, l'argent. Comment, ici, gagner ma vie ? Question frigide. Après les exercices de musculation, après les ablutions, je sors. Ma rue est perpendiculaire à Soï Buakhao, en remontant vers Third Road. Porn n'habite plus ici. Lors de ma dernière venue, elle louait une jolie maison derrière la Sukhumvit, un quartier musulman, Soï 53 et consorts. Dehors, les carrioles de fruits – mangues, pastèques, ananas –, de viandes grillées – foies de poulet, de porc et de bœuf – et de Som Tam – salade de papaye – s'installent devant les blanchisseries, les ateliers de couture, les salons de coiffure. Arrivé au bout, sur Soï Buakhao, je tourne à droite brièvement, remontant vers Pattaya Klang, les bars sont ouverts dans la quiétude de l'après-midi, des types sont là, prenant leur petit déjeuner, les yeux amoindris, plissés vers nulle part, comme figés par la chaleur et la nuit précédente. Des filles se maquillent partout derrière les comptoirs ou sur les trottoirs. Beaucoup ont dépassé la trentaine et certaines sont un peu rondes, grasses. Leur clientèle est quinquagénaire au moins, pépère, le barfine survient tôt dans la soirée et vers deux heures du matin, on dort. Mais demain peut-être, elles changeront de registre, on les retrouvera plus combatives et plus endurantes. Parfois, après des problèmes avec d'autres filles ou des caïds locaux, une maladie vénérienne dure à soigner ou tout simplement une grande lassitude, la fatigue des néons sur leur peau et celle des beats dans leurs tympans, des filles se rangent quelques mois ou quelques années avec un type relativement vieux, souvent retraité, et se font épouses à la journée. Le type se sent chevalier, il a sorti une fille du caniveau, c'est dingue l'orgueil déplacé des mâles. Alors que franchement, les filles gagnent moins d'argent ainsi. Elles perdent en pouvoir d'achat ce qu'elles gagnent en tranquillité relative, car tout dépend du mari choisi, qui peut être un tyran domestique. On ne peut pas tout avoir chérie. L'homme de ta vie, celui de ton âge ou même un peu plus jeune que tu cherches, le type dans tes goûts, c'est-à-dire gentil, protecteur, ni trop beau gosse ni trop laid, dans la moyenne mais plus friqué que la moyenne, travailleur, pas buveur, pas cogneur, respectueux, facilement maniable, tu n'es plus assez gamine pour l'attendre les jambes croisées à jamais dans des lieux que tu sais merdiques, alors tu te mets à l'ombre d'un vioque, quelque temps, histoire de reconquérir une stabilité où tes traits de visage vont se reconstituer et retrouver cette forme diurne, douce, que tu affiches là-bas, dans ton bâne, lorsque tu visites la famille, et qu'ils avaient perdue à cause de ta vie la nuit, qui à force faisait fuir les gentils et n'attirait que les dingues et les dégénérés.

5.42 Je prends Soï Diana jusqu'à Second Road. Soï Diana, pour toujours, restera la rue de ma première venue ici, le *LK Renaissance* et sa petite piscine au premier donnant sur la rangée de beer bars en bas, ces fêtes compactées, le *Papagayo* aux vitres teintées derrière lesquelles des coyotees se préparaient, et sa grande chambre avec bain jacuzzi, et son lit profond, et sa méridienne, et son balcon d'où j'entendais couler ce que je pensais être une fontaine, tout en bas, et qui me transportait quelque part dans le sud de l'Europe, ce bruit d'eau coulant très douce avec son rythme apaisant et rafraîchissant. Je laisse le *Central Festival*, je longe Soï 13, il y a une armée de bars ici aussi, j'essaie de me souvenir d'un lieu où j'allais la première fois, où les expatriés français, les touristes se retrouvaient avant de se disperser dans la nuit. Il a disparu, sa déco étrange, comme un papier peint psychédélique violet sur tous les murs, n'apparaît plus. Lui aussi a changé de propriétaire et de vie plusieurs fois depuis cette époque. Deux filles sont assises et ne font rien, elles regardent chaque type sans aucun intérêt en portant à leur bouche peinte des doigts aux ongles peints et longs où sont serrés des pilons huileux de poulet. J'arrive bientôt sur Beach Road. La mer est à quelques dizaines de mètres, la mer dégueulasse et sublime de la baie de Pattaya.

5.43 Le soleil apparaît : le sol jusqu'ici uniforme se crevasse en zones de lumières et d'ombres ; des enfants improvisent une marelle avec la trame torve des feuillages projetés sur le bitume ; les putes assises ou debout un peu partout sur la promenade se réfugient sous les palmes à l'abri des rayons ; des types, la plupart vieux, négligés, s'assoient, engagent des conversations et négocient leurs désirs : en général des pipes avec éjaculation dans la bouche ou sur le visage, des sodomies, parfois aussi des plans urologiques, où bien souvent la fille n'a rien à perdre à pisser sur son client ; ou bien ils négocient l'inverse, ils chuchotent, veulent dominer, humilier la fille, lui mettre le pied dans la bouche, qu'elle leur lèche chaque orteil avant qu'ils se fassent gober la queue en lui donnant quelques gifles pour finir en levrette, leur pied encore sur son visage, lui enfonçant la tête dans l'oreiller ; des filles rigolent, acquiescent ou refusent ; les loueurs de jet-skis papillonnent, corps tatoués de calligrammes formant des stupas, des temples, des animaux, ou bien ce sont des prières, des mandalas ; ils ont dans les mains des brochures plastifiées avec les tarifs ; ils sont à l'affût des pigeons ; des grappes d'Indiens, tous masculins, se tiennent la main ou l'épaule, discutent, commentent, s'arrêtent autour d'une fille, engagent la transaction ; des gamines vendent des colliers de fleurs ; des couples russes et leurs enfants déambulent avec des glaces ; des groupes de Chinois marchent sous l'autorité de bannières censées leur servir de guide ; des joggeurs sinuent dans la foule ; sous les parasols usés, des sexa-génaires des deux sexes s'enfoncent lentement dans leur retraite improbable au paradis de la passe et des cœurs tarifés ; des fumées de grillades zèbrent un peu l'air moite omniprésent : c'est l'après-midi, sur Beach Road.

5.44 Alors j'arrive au *Central*, je pénètre à l'intérieur et je retrouve l'air conditionné et le semblant de norma-lité bizarre de cet énorme monument et traverse les bou-tiques que je connais par cœur, et certaines ont changé, *Jim Thompson House* s'est déplacée, répétition n° X, se mettre à la place de Jim Thompson, américain, espion pendant la Deuxième Guerre mondiale, fétichiste du Siam et fondateur d'une entreprise de textile exploitant le savoir-faire en matière de soie des Siamois et qui fait fortune ainsi, collectionne les antiques, construit une maison traditionnelle de bois en plein Bangkok (on la visite, de nos jours, coincée entre les tours de Chitlom), et disparaît mystérieusement dans les années 1960 en pleine forêt malaise, dans la demeure d'amis, mais je ne vais pas pouvoir le faire longtemps, je suis haletant, j'ai le cœur étrange, un rythme déréglé, je sens comme une sensation d'avant décès, je vois toutes les scènes d'avant défiler en accéléré et je comprends leur sens et je vois combien j'ai toujours été, non pas enfant mais adolescent dans ma manière de vivre avec les autres, et avec elle c'est le bouquet, toujours se méfier, se croire intelligent, échafauder des scénarios compliqués, tordus, où je me suis perdu, pas que moi, tous, le mystère c'est aussi de se demander pourquoi on aime ça plutôt que la stabilité, et je répète la réponse une fois de plus, LA FICTION EST PLUS VIVANTE QUE LA VÉRITÉ et je n'étais pas seul dans cette affaire, je ne l'ai jamais été, elle a dû aussi éprouver quelque chose, et j'approche, je sens, et finalement je la vois, assise au même endroit, comme si rien n'avait bougé depuis l'époque où je la retrouvais tout au début, elle est là, les bras croisés sur un châle qui linge tout son buste, son regard plus triste ou plus vieux qu'autrefois, une résignation ou tout simplement une affirmation, ne rien attendre de l'existence, être fière, et je vois, je ressens, je comprends combien elle n'est pas cet être vamp, cette fille parodiée, cette miniature psychologique, cette chose que j'ai faite d'elle si souvent dans mon théâtre où se révélaient mes valeurs limitées, butant aux murs de la caricature, juste un être avec sa propre histoire, une histoire difficile, naître femme dans un corps de garçon et subir son sexe comme une malédiction, et sa vénalité est l'équation de sa propre famille, de sa beauté chassée par des mâles et de ses besoins en médications et opérations visant à changer de genre, et c'est aussi – lumière, révélation – une protection contre tous ces hommes qui la cherchent et la convoitent, tous ces regards à la fois demandeurs et dominateurs qui veulent la parodier dans leurs draps (combien de fois n'a-t-elle pas vu, chez ses sœurs, ses frères de genre et de rue, les ladyboys, leur solitude dans leur chasse au bonheur, incapables d'être aimées, confinées toute leur vie à demeurer des sextoys dans le regard d'autrui), et cette vénalité, chez elle, est réduite à l'essentiel, peu de flambe dans ses atours, et elle force ainsi, elle oblige ceux qui l'aiment à travailler normalement pour assurer bonheur et protection, et c'est la moindre des choses, c'est le destin traditionnel d'un homme, et je me retrouve devant elle et je comprends. J'ouvre les yeux, et je comprends tout, sa frigidité disponible, ce chaud-froid du corps qui plaît à tous.

5.45 Dans ma boîte mail, à l'onglet brouillon, j'ai toujours cette lettre, écrite quand elle ne me répondait pas ou de manière indifférente, méprisante, et que je sentais venir en moi la vengeance. Cette lettre commence par : « Ma très chère Porn ». J'ai longtemps hésité à lui accoler ce « ma très chère », ou un « ma douce », un de ces fouets syntaxiques en deux mots, écorchant l'écoute sensiblarde aimante, où après tant d'années partagées, une tournure froide, cérémonieuse et tendre indique le fossé soudain entre deux êtres. « Ma très chère Porn. J'espère que tu vas bien. Je veux te dire que je ne peux plus être ton boyfriend. Mon ex-copine, dont je t'ai parlé, n'a jamais été mon ex-copine. Nous sommes toujours ensemble, nous l'avons toujours été. Ce qui est arrivé entre toi et moi, je ne l'ai pas cherché, c'est arrivé. Je t'ai dit un jour que, parfois, il faut mentir non pour manipuler, mais pour protéger et conserver l'être cher. Je t'ai menti – à elle aussi –, pour vous conserver toutes les deux. Je n'ai jamais baissé mes sentiments au profit de l'une ou de l'autre. Au contraire, je vous ai toujours donné cette impression d'être la seule. Mais maintenant, c'est terminé. Je suis épuisé et je crois que tu mérites ta liberté. Tu l'as prise d'ailleurs. Ou peut-être pas. Ces questions continuelles quand tu restes silencieuse, sans répondre aux appels, sans donner de nouvelles, je ne veux plus les subir. C'est fini. Es-tu fausse ou vraie, je n'ai plus à le savoir. C'est elle que je choisis car c'est une *vraie* femme. Tu comprends ? Après tout, il est normal que tu mentes : tes seins et ton sexe sont faux, comment ton corps ne le serait-il pas ? Fausse à l'extérieur, fausse à l'intérieur... » En l'écrivant, l'ignominie m'était apparue, et la joie d'avoir touché juste, la joie de la blesser dans sa nature même, j'étais fier de l'argument et de l'opposition, « tes seins et ton sexe sont faux, comment ton corps ne le serait-il pas ? Fausse à l'extérieur, fausse à l'intérieur... ». Fake outside, fake inside... C'était un coup mortel, dans le dos, une levrette morale. C'était une trahison, mais était-ce pire, me disais-je en l'écrivant, que de jouer avec les sentiments des types en leur prenant leur fric ? J'étais la vengeance, pas seulement des hommes qu'elle avait humiliés, mais des préjugés tout entiers de la société, qui avaient vu en moi un salopard, un profiteur, un déglingué, et que je rejoignais, fiston prodigue de sa cruauté, utilisant ses méthodes contre Porn. Je me souviens de son visage quand parfois, au détour d'une jalousie de ma part, je commençais à virer vers cette pente-là, ces insinuations sur sa condition de transsexuelle, son visage d'abord surpris, puis marqué d'une acceptation douloureuse de l'injure venant de très loin, de ce rejet familial initial et de cette peur du regard des autres, comme un destin, la fatalité d'être traitée ainsi, un jour ou l'autre, à cause de sa nature, par un être proche, l'aimé, elle qui me donnait toute sa confiance, car le monde est tel, dans sa puissance et sa majesté crasse, il ne faut pas rêver, or elle s'était mise à rêver, à se laisser porter, c'est clair maintenant, j'avais tout fait pour ça, pour qu'elle écroule ses défenses, d'elle-même les fasse tomber, et cette vie normale que nous avions menée, cette vie hétérosexuelle que nous avions, elle y croyait. Seul l'argent, ses besoins continuels d'argent, la rappelait à l'ordre. L'argent qui faisait d'elle une fille de Pattaya, malgré tous les abandons qu'elle consentait. Je n'ai pas mis son adresse dans la cartouche du destinataire afin d'éviter toute mauvaise manipulation et un envoi malheureux. Et j'ai gardé cette lettre, au secret, dans mes brouillons.

5.46 Je m'assois, elle sourit, et tout reprend comme avant, sans explications.

5.47 Allongé, en pleine torpeur d'après-midi, les yeux à moitié fermés fixés sur les pales du ventilateur, les draps brunis par la transpiration, j'entends, comme venue d'ailleurs, la voix de Porn apprenant le français : jour après jour, des mots nouveaux naissent de sa bouche, et d'autres, qu'elle sait déjà, se précisent encore, trouvent leur place dans sa gorge, son utérus d'où elle accouche ma langue natale, accentuée autrement. C'est comme assister à une naissance. L'entendre dire progressivement ce que je dis tous les jours, voir peu à peu son visage se transformer, acquérir une physionomie nouvelle, comme sous l'effet d'une chirurgie linguistique, me reconnaître dans sa mâchoire quand elle se force et articule ma syntaxe maternelle, saisir sa pensée à travers un prisme que je connais bien – le français –, et pénétrer ainsi les replis de son être lorsqu'elle parle ma langue, découvrir sa personnalité en flagrant délit, d'un coup saisi dans une tournure spéciale, révélatrice, au milieu d'une conversation banale, similaire à l'enfant qui, au hasard d'une action ordinaire, émerveille ses parents par une phrase prouvant qu'il n'est plus un bébé végétatif mais un être conscient, indépendant, avec ses propres ressources, ayant capté autour de lui ce qu'il a écouté, me fait pleurer. C'est un nouveau début. Je suis un sentimental.

5.48 Et je suis un étranger. Je peux rester dix ans dans ce pays, vingt ou cinquante ans, je suis un étranger. Je peux parler cette langue, l'écrire, traduire cette langue dans la mienne, traduire la mienne dans cette langue, je suis un étranger. Je peux me marier, mon enfant peut naître ici, comme son père, c'est un étranger. Je peux travailler dans une entreprise ici, payer mes impôts ici, je suis un étranger. Je peux avoir des relations, connaître des gens haut placés, je suis, je reste un étranger. Pour la vie, je suis en Thaïlande et je suis un farang.

ENTRACTE I-II

Ils s'interrompaient mutuellement sans cesser de parler, empiétant l'un sur l'autre, formant des phrases superposées, parfois l'une l'emportait et devenait un palimpseste sonore, elle masquait l'autre et la violentait car elle était prononcée plus fort, avec une conviction plus ferme, et parfois elles étaient sur la même tonalité, égales dans leur débit et donc difficilement audibles pour un auditeur externe qui, captant incidemment la scène, aurait eu le plus grand mal à comprendre de quoi il pouvait bien s'agir et pourquoi ils étaient si agités, avec cependant, à intervalles irréguliers, sans raisons précises ou bien simplement épuisés de lutter, des instants plus calmes, plus reposés, où l'un laissait l'autre seul dans son monologue, affichant une pause presque attentive, calme, mesurée, pour d'un seul coup revenir et recommencer le sien avec la même véhémence que précédemment, partant d'un mot de l'autre saisi au vol et l'exploitant, le mettant face à ses contradictions, lui intimant l'ordre de s'expliquer encore et encore, mais ne lui donnant jamais le temps de parole nécessaire, argumentant et s'esclaffant et se félicitant de lui en boucher un coin, et cela dans tous les lieux où ils avaient pris malgré eux l'habitude de se retrouver, à Paris, certains cafés, surtout les vastes, les grands, les brasseries des boulevards ou des portes, là où ils pouvaient s'installer sur de longues banquettes et être à peu près sûrs de n'avoir personne à moins de quelques mètres, et celles de certaines placettes avec des fontaines ou juste un rond-point, face à des jardins publics, mais ils pouvaient aussi bien aller dans le premier troquet venu à la sortie du métro et rester au comptoir et reprendre leur conversation bizarre où revenaient sans cesse un nom de pays, le Siam, un nom de ville, Pattaya, des noms de bars ou de boîtes, l'*Insomnia*, le *Red Point*, le *Pook*, le *Lucky Star*, le *Jenny Star*, le *Lolita*, l'*Angel Witch*, l'*Oasis a gogo*, le *Baccara*, le *Living Dolls*, le *Tiger*, le *Shark*, le *Carrousel*, le *JP Bar*, des noms de rues, Soï Diana, Soï Buakhao, soï aux chiffres énoncés en anglais, la six, seven ou height, Walking Street, Soï Lengkee, Pattaya Klang, Pattaya Nua, Pattaya Taï, toute une ribambelle de termes obsessionnels inconnus pour le péquin lambda de proximité et truffant la moindre tirade, formant comme des mantras hypnotiques où ils évoluaient sans gêne, totalement étrangers à leur environnement, et celles et ceux qui les retrouvaient, les amis de plus en plus rares et les amis d'amis qu'on leur présentait, les jugeaient vite insupportables, impossibles à saisir, répétitifs, indifférents à tout, absolument ailleurs, dans leur univers autiste et solipsiste, ravagés par leur passion de l'Asie du Sud-Est en dehors de quoi rien ne les intéressait plus, occupés seulement d'une région dans le monde, assez vaste certes, infinie en quelque sorte, mais pas la seule non plus, et qui grossissait chez eux au point de devenir l'unique terre viable, une terre, disaient-ils, pleine d'eau et donc de vie, et ils développaient des théories de plus en plus dingues et disproportionnées sur la beauté de ces territoires-là, de ces cieux et de ces paysages et des êtres qui y vivaient, et ils se désaccordaient seulement sur les types de relations à avoir, et « Marly » parlait d'amour et d'amour sans capote sentimentale ou physique, d'amour jusqu'au sida mental ou physique, un amour strict, militaire, où tout le corps et l'esprit étaient mobilisés pour l'autre, tandis que « Kurtz » parlait de baise, de sexe, un être minimum par nuit, à payer, louer, acheter, et de concentration, de discipline, de soin du corps par le sport afin d'être efficace dans la baise, le sexe, et d'épuration de la pensée occidentale et juive et chrétienne et musulmane, et il en parlait en punter, client, chasseur de tapins des tropiques asiatiques.

***

Cette fois-là, ils étaient au *Rostand*, face au jardin du Luxembourg, un beau lieu, une belle salle, les jolis murs, les jolis lustres, leurs verres de vin teintaient dans le soleil de septembre, bougeaient et titubaient, carillonnaient presque l'un contre l'autre, malades, parkinsoniens, tremblants, et la raison était dessous, c'était les jambes de « Marly », nerveuses, ce perpétuel mouvement qu'il avait une fois assis, cette agitation permanente des pieds, cette oscillation de haut en bas qui faisait vibrer les tables et les couverts dessus, et celle-ci n'y échappait pas, le crépuscule était sur eux, il était moins de vingt heures et la terrasse était bondée, la rentrée littéraire, les gens de lettres, les touristes, le « Scribe » venait souvent, aussi, du temps où encore, il vivait à Paris, avant son expatriation, sa quête, son sacerdoce de mots, et « Marly » avait travaillé pas loin, sa belle institution parisienne, son Alma Mater, la mère nourricière qui l'avait viandé, viré, éjecté vers une autre vie, et « Kurtz » était de passage pour son travail, un contrat à gagner, sa société marchait bien, la sécurité marchait bien, les guerres avaient besoin d'hommes sans uniforme, des consultants discrets, des acteurs anonymes, et « Kurtz » était détendu, et il disait à « Marly » : « Regarde-toi, regarde-toi bien. En proie aux doutes sur Porn. Aux questionnements sans fin sur Porn. Ce que Porn pense pendant que toi tu penses à elle sans arrêt. Et pourquoi elle agit ainsi. Et ce qu'elle peut bien faire de ses journées. Et qui voit-elle, et comment est-ce possible de ressentir ce que tu ressens pour elle sans qu'elle le subisse aussi. La même pression et le même manque. Ce poids d'absences et d'angoisses. Et pourquoi un tel déséquilibre entre vous. Elle forte, toi faible. Et comment tu as pu en arriver là, à cette défaite-là. Et souviens-toi d'avant, de ta situation d'avant. Quand tu avais un emploi. Un emploi salarié mais un emploi, une sécurité. La sécurité marche bien. Militaire ou civile c'est une denrée, une matière première. Elle coûte cher comme demain va coûter cher l'eau. Et comme coûtent de plus en plus cher le riz et le blé. Et je ne parle même pas de la viande, des légumes, des fruits. Il faut la choyer, la sécurité, quand un jour elle te croise, et toi tu l'as gaspillée. Jetée comme on faisait avant. Des postures et des attitudes pour des époques sous-peuplées. Quand on écrivait "ne travaillez jamais" sur des murs civilisés. Une phrase de plein emploi. Une phrase récréative, sans craintes. Plus tard, on rebondit. Le luxe des métaphores, les mots faciles. Mais regarde autour de toi, regarde bien les mailles sociales d'aujourd'hui. Elles sont partout, sur les réseaux, dans les téléphones et le moindre objet. Elles se referment sur toi et les autres car tu viens de l'esclavage et du servage, des siècles à remonter une pente. C'est ta fragilité, la fragilité des gens mal nés qui ont cravaché des générations pour se faire un nom et qui maintenant perdent tout, retour au néant, à la boue, aux bidonvilles. Un avorton comme toi qui gâche tout. Tu as faibli, craqué, tu n'as pas eu la force. Tu t'es réfugié dans le premier sentiment venu, tu as choisi l'amour. Ton luxe, ta belle vie orchestrée par un sentiment antisocial, l'amour, et pour quel résultat ? Un transsexuel de Pattaya. Le pire choix possible, une princesse du mensonge. De faux seins qui donnent sur un cœur faux. L'argent facile ne dérègle pas tout "Marly", il met tout à l'endroit au contraire. Il maintient les yeux ouverts, démontre le secret de l'existence, le code binaire. Celui qui paie et celui qui se fait payer, pas de concepts à avoir ni de regrets. Pas d'alibis, pas d'explications plaintives. Et toi tu étais de ce côté-là, elle te voyait comme ça.

Un amant et pas un mari. Un mec qui se fait payer, comme elle, en attendant d'arriver plus haut, toujours plus haut. Et toi l'amoureux qui veux tout tu n'auras rien. Tu n'as pas compris, tu n'es rien. Tu es un symptôme, un dilettante. Tu confonds tout, tu es irresponsable. Aux yeux des femmes, la pire chose avec la violence. Un naïf, un faible. Tu ne sais pas protéger, c'est ça, tu n'offres aucune sécurité. Et la sécurité, c'est ancestral, c'est ton métier, ça devrait l'être », et « Marly » répondait : « Peut-être, oui, je suis ça un peu, un peu ce faible-là, j'aime avoir le dessous et porter l'estocade à l'instant où l'autre se croit au top, c'est un rapport de forces, ta guerre je la mène dans l'intimité, l'art de la guerre au niveau du couple, c'est un défaut de croissance psychique, une perversion, un pervers sentimental, toi c'est sexuel moi c'est sentimental, dans les relations que je pratique, au travail à la maison je joue, je joue et je suis crevé de jouer, même avec toi ça ne me fait plus marrer, je m'emmerde et je m'emmerde encore et ça n'arrête pas, et ça me suinte de partout et de tous les membres cette merde », et « Kurtz » demandait : « Que veux-tu dire ? », et « Marly » reprenait : « Tu parles à un fake, la marionnette que je veux bien t'offrir pour te faire sortir de ta coquille et mettre au jour le baltringue, toi, qui se croit au-dessus de son sujet dès qu'il ouvre la gueule, toi qui affirmes, celui qui explique, moi je décris et toi t'expliques, et je te regarde avant de me regarder, puis je m'adapte et j'apparais, et toi tu sors à poil en croyant porter l'armure, t'as juste quelques poils qui traînent, et dans ce que je vois en toi je rigole, "Kurtz", tu t'es choisi un pseudo bien sonnant et symbolard et t'as fini par y croire, t'es risible, tu te fais des films de l'existence et tu te crois savant alors que non, t'es juste un solitaire de plus incapable de construire, un impuissant, je me souviens de l'épisode khmer, Poï Pet, le Cambodge, tu disais aller à la source, loin, aller dans les coulisses, et je t'accompagnais, un simple voyage, deux touristes, on avait vu surgir la terre rougeâtre bordée d'étendues plates et pleines de flotte, des rizières et parfois des villages faisaient irruption avec leur baraques de bois presque noirs, sales ou bien vieux ou les deux, il n'y avait plus rien de dangereux ou d'interdit dans cette zone depuis très, très longtemps, toutes les routes étaient ouvertes, parfois grêlées par la pluie qui tournait la terre en boue mais rien de guerrier dans les difficultés, juste le sempiternel merveilleux climat chaud et moite un peu déréglé là aussi et le commerce, le business, les flics eux-mêmes ne faisaient plus peur, on entendait des coups de canons entre Siamois et Khmers aux alentours du Preah Vihear mais on le visitait quand même, on était aux antipodes des camps rouges d'il y a trente-cinq ans, on pouvait aller partout mais toi tu te repaissais de ça comme d'une aventure, "Kurtz", tu étais chez toi disais-tu en cinéphile d'opérette, tu étais bon à réduire l'autre comme un coupeur de têtes, à réduire son espace mental à quelques traditions obsolètes qui ne valaient pas plus à leurs yeux que les breloques les plus connes exhibées ici ou là, bracelets et bouddhas de rechange, et amulettes crétines et plages de cons, et colliers de fleurs à se flinguer de honte, et tu ne pouvais t'empêcher d'imaginer quelque part, au Laos où on est allés ensuite, un endroit isolé, avec une population revêche, où tu aurais été l'unique Blanc accueilli, et dont tu serais revenu fier auprès des autres Blancs, Noirs, Caramels ou n'importe quel étranger de n'importe quelle teinte, jouant de tes aventures en violoniste ou en pianiste, l'initié des fins fonds d'Asie comme tu veux l'être des bas-fonds, pauvre petit "Kurtz" tout là-haut perdu vers la Chine, en quête de son Shamballa ou de son Agartha, tu devrais te prendre pour Pouvourville, Albert, un Français initié au taoïsme sous le nom de Matgioi, œil de jour, et te faire appeler Matdêm, œil de nuit, ça t'irait bien, ou mieux, te mettre à la place d'Ossendowski, Ferdinand comme Céline, le mec de *Bêtes, Hommes et Dieux*, un polak aux ordres du dernier des tsars, et qui se retrouve après la révolution de 1917 à fuir les bolcheviques et à traverser toute la Sibérie et l'Asie centrale, puis le Tibet et la Mongolie, et qui devient fou car seul, et fréquente les chamans locaux et se fait enseigner les secrets, et parle d'Agartha, le royaume souterrain d'où le Roi du monde enseigne les mystères de l'origine et des buts de toutes choses, il traverse le désert de Gobi, il est enivré par les croyances multiples qui poussent un peu partout dans la tête des tribus, des nomades épurés qui n'ont que leur crâne pour jardin, fontaine et douceur climatique, oui tu devrais te faire fabuleux comme Ferdinand Ossendowski, demander des conseils au "Scribe" et écrire ton auto-hagiographie rêvée, ta semence de dur à faire pisser de rire les vrais, les discrets, mon petit "Kurtz", colonel sans galons », et « Kurtz » finissait par dire, « ton problème "Marly", c'est la peur, la peur ».

* * *

Dans le *Bangkok Post*, puis dans les canards locaux qu'on leur traduisait car leur maîtrise du thaï était faible, ils lurent les circonstances de la mort de David Carradine, l'acteur de la série *Kung Fu* et de Bill dans le film de Tarantino et ils se regardèrent sans rire, ils savaient que c'était courant ce genre de chose, être retrouvé pendu par le sexe et le cou, un jeu sexuel qui avait mal tourné sans doute, mais qui disait beaucoup, en apprenait beaucoup non sur Carradine lui-même mais sur Bangkok, « Krung Thep Maha Nakhon Amon… », « Cité des anges, grande ville, résidence du Bouddha d'émeraude, ville imprenable du dieu Indra, grande capitale du monde ciselée de neuf pierres précieuses, ville heureuse, généreuse par son immense palais royal pareil à la demeure céleste, règne du dieu réincarné, ville dédiée à Indra et construite par Vishnukarn ». Son nom complet.

* * *

« Je n'ai jamais réussi à savoir d'où on affirme que Pattaya est la ville au monde où il y a le plus d'étrangers qui meurent, non de leur belle mort naturelle mais de suicide, ou d'accident sexuel, ou d'accident tout court, overdose de Viagra ou Cialis ou n'importe quel aphrodisiaque, de quelles sources et de quelles statistiques provient cette affirmation, disait "Marly" à "Kurtz", et pourtant je sais que c'est vrai, je sais que c'est la réalité. »

***

Et cette fois-là ils étaient porte de Choisy, dans le 13ᵉ arrondissement de « Marly », il vivait là, un quartier noble, avec ses idéogrammes chinois accrochés à chaque enseigne, l'été avait cessé comme il avait commencé, passant brusquement du froid au chaud pour revenir au froid, sans sas ni palier où s'habituer, et « Kurtz » demandait à « Marly » pourquoi : « Pourquoi es-tu resté comme ça entre deux eaux avec Porn ? Pourquoi cette stagnation, cette ambiance d'eau croupie ? Pourquoi, puisque tu étais sous la dépendance de sa face, tu n'as pas tout entrepris pour la rendre heureuse ? C'est-à-dire la faire venir à Paris. Ou t'installer là-bas, donner des gages. Pourquoi tu as tout saccagé comme ça ? Pourquoi cette bassesse de la crainte ? Pourquoi dépendre de la peur qu'elle te mente, et te trompe, et te mène en bateau ? Pourquoi ces mesquineries sur l'argent, un peu je donne, beaucoup je garde ? Pourquoi ne pas avoir décidé et l'avoir laissée prendre une décision qu'elle ne voulait pas prendre ? Et qu'elle a prise faute de mieux, attendre est sale, c'est un bacille psychologique. Pourquoi avoir vivoté au lieu d'agir ? Quitte à vivre en esclave autant le faire bien, avec honnêteté. Et pourquoi rester ainsi, les tripes au bord des nerfs, cette complaisance, ce pathos ? Alors qu'il y a tant de filles et de garçons-filles à explorer ? Tant de corps à louer ou vendre, et tellement de leçons à prendre auprès d'elles et d'eux, tellement à tirer ? Une source, et c'est la lutte des passes. Ma lutte, disait "Kurtz", car au cœur de la passe, il y a une lutte. Toujours un rapport de forces entre toi et la putain, peu importe qui elle est, d'où elle paraît, d'un bar ou d'un bureau dans un costume bien propre et bien sage, il y a toujours un masque entre elle et toi », et « Marly » répondait : « C'est une affaire avec Pattaya, la seule façon d'aller jusqu'au bout de cette ville pour assagir son effet sur soi, tomber amoureux là-bas c'est connaître son ultime secret, sa raison d'être, c'est essayer d'arriver là où personne n'arrive jamais d'après la rumeur, les ouï-dire, arriver à gagner une vie réelle à partir d'une base pourrie, arriver à obtenir le désintéressement d'un être intéressé, qu'il te donne ce qu'il refuse à tous les autres, la seule manière de comprendre l'époque, l'humanité d'aujourd'hui, une question de noblesse, d'anoblissement par un être supérieur car vivant, la quadrature d'un cercle existentiel peut-être, mais la seule voie pour arriver au vrai, cette fiction-là, Pattaya, dans ce libéralisme-là total, et d'un seul coup ça se dérègle, c'est une lutte t'as raison, des passes j'en sais rien, mais à défaut de vérité il y a du vivant, plus de vivant dans la fiction que dans la vérité, la réalité, toujours en phase décès, en mode cadavre, et puis c'est trop facile quand tu obtiens d'un être égal à toi les lauriers d'un attachement, trop simplet, c'est triste, c'est l'ennui, la mort, c'est facile, c'est indigne, c'est mesquin, esclave et démocratique, c'est l'inverse de moi, "Marly" en mode majeur, soumis un jour, dominateur un autre, et tu devrais en faire autant espèce de crétin de souche métèque, "Kurtz", mon petit "Kurtz", et arrêter de jouer au punter, et évite aussi de te montrer sympa en période Kali Yuga, même avec moi, tu pourrais passer pour un collabo du système dégénéré qui nous sert de droit et de société », et « Kurtz » lui dit : « Quand je descends Soï Buakhao, quand je m'arrête au *Pook*. Quand je tâte les ladyboys attablées là, le visage envahi par des yeux aux cils hypertrophiés comme leur cul ou leurs seins. Quand je m'arrête à l'*Oasis* et que je considère la scène et que je fais signe à l'une des gogos enroulée sur sa barre de venir s'asseoir et que j'entame mon round de préparation à la passe qui va suivre. Quand je suis couronné par les stroboscopes, ma gueule multicolore et que je fais l'effet d'un fou dans le miroir des chiottes, ceux de l'*X-Zone*, où les filles pissent joyeuses portes ouvertes. Quand je prends Soï LK Metro, quand je m'arrête au *Devil's Den*, que je salue les putes dehors, je les connais toutes, et reste écarlate, stupéfait de leur beauté abîmée, elles qui se louent par deux pour deux heures minimum, quatre mille bahts pour deux heures avec deux filles et elles doivent tout faire, et elles le font avec entrain, applaudissant à chaque éjaculation, souriantes et disponibles à se faire photographier, comme venues d'un autre monde. Quand je m'arrête au *Billabong*, au *Champagne*, au *Sugar Sugar*. Quand je marche Soï Diana. Quand je quitte Pattaya pour les campagnes, que je file d'un bâne à l'autre avec une fille et qu'on me présente la famille et que je joue le jeu, fasciné par la persistance indéfinie d'un manège similaire à celui qui, des décennies plus tôt, a mené des hommes à tout quitter pour s'installer là, les pieds dans les rizières, les fermes, le corps roulé dans un hamac comme un tabac dans un papier de clope et fumé par la famille, les flics, la chaleur, jusqu'à devenir des mégots voûtés et crevés, jetés à terre et brûlés, loin de leur famille natale, analphabètes de leur propre langue et de leurs propres valeurs. Quand je distingue le bonheur lumineux dans une plante, un arbre, une table de restaurant au bord des routes avec son rouleau de papier cul pour serviette et ses gobelets de piments et de cuillères et de baguettes et de cure-dents. Quand je m'entraîne chaque matin à l'exercice de chaque muscle, à les faire fins et ligneux, veinés comme il faut, à les faire thaïs, semblables à ces corps de combattants de Muay Thaï, tout en minceur d'acier caramélisé et luisant car huilés et transpirants. Quand je m'adonne à ça, je sais que j'ai fait un grand choix puissant, magnétique pour ceux de mon rang, initiatique. Un choix d'élection à l'envers de ceux habituels mais initiatique. Un choix triste pour les autres, ceux intelligents, jamais vivants mais toujours pensants, réduits à leurs synapses de foire, de kermesse de l'esprit, les juges vides, les théoriciens sociologues politiques militants crétins, les cuistres. Et toi tu n'es pas comme ça mais tu te fourvoies. Tu ne vas plus aux putes mais tu es un fils de pute, une langue de pute, un acteur de trottoir. Tu vas dans le malheur car tu veux tout et trop. Et tu as raison de dire que l'amour à Pattaya est l'apogée de cette ville, la confusion la plus totale réalisée. Mais c'est réservé aux vaincus, à ceux qui perdent. Et ta spiritualité d'emprunt ne te sauvera pas. Tu n'y connais rien d'ailleurs, tu feuillettes des millénaires de corpus et tu t'assois dessus. Tu ignores l'hindi. Tu ignores le thaï. Tu ignores le khmer. Tu ignores le lao. Tu ignores le mandarin et le cantonais. Tu ignores le malais. Tu ignores tout des subtilités sonores, tu ignores les traits des idéogrammes, tu ignores le *Yi King*. Tu sais mais tu ignores. Tu sais un peu mais plus tu sais, plus tu t'arrêtes. Savoir depuis les entrailles te fait peur. Comme avec les femmes tu survoles. Comme avec Porn tu calcules petit au lieu d'assumer, de partir de toi-même. Tu es foutu, et tu as de la chance peut-être. »

***

Ils passèrent devant un manège et « Marly » déclara que rien ne ressemble plus à un bar beer de Pattaya, avec ses putains dedans, qu'un carrousel d'enfants de ce genre, avec son chapiteau multicolore décoré de lampions turgescents et ses petites carrioles tournantes accessibles car ouvertes, et surtout la musique, la musique musicienne malsaine, toute la musique.

***

L'amour, disait « Marly », et « Kurtz » lui répondait : l'horreur, l'horreur.

DEUXIÈME RIDEAU

Même si les cartes, les plans, tirés de satellites marqués NASA, EADS, et autres blazes chinois ou russes, fliquent le sol et donnent aux rues, aux ruelles, aux espaces entre les rues, aux bâtiments, aux terrains vagues, aux villes entières, aux espaces entre les villes, campagnes, montagnes et mers, océans et fleuves, des allures d'aplats multicolores, comme une toile travaillée au couteau, les pigments écrasés précis, géométriques même torves, lignes et blocs se succédant sans fin ; **même si** les fonctions « maps » des moteurs de recherche bifident l'accès aux lieux en deux vues, l'une photographique, l'autre planisphère, l'une lumineuse, l'autre grise, l'une ensoleillée, l'autre indicative, l'une colorée avec ses masses de toitures orangées ou bleu cendré, celles du Siam, et ses verts de forêts ou de jungles, ses marron foncé ou clair de champs et de fleuves, ses gris et ses bleus de mers et de lacs, l'autre réduite à des traits, des noms sur les traits et des quadrilatères plus ou moins cassés entre les traits ; **même si** on passe de l'une à l'autre, alternant l'illustration et son modèle, la photo et sa reproduction graphique, étudiant, repérant le terrain, cherchant une direction, une estimation des distances, occupé, fasciné par le dessin crétin d'apparence complexe des axes de circulation et de non-circulation de toutes les zones repérées ou non, identifiées ou non du territoire survolé,

301

offert à la disposition de tous et sur tous les supports, les papiers et les terminaux numériques connectés, où chaque image dispose de la fonction « situer » permettant de faire voir où l'on est, dans quel pays et dans quel endroit de ce pays, même le plus paumé, le plus coincé dans un vide campagnard ou montagneux ou désertique, rendant obsolète la notion d'éloignement et de perdition ; **même si** ces misères cartographiques s'appliquent aussi à Pattaya et Bangkok et tout le chapelet des villes et villages et contrées qui de l'Inde et de la Chine continentales massives jusqu'à la Malaisie et l'Indonésie insulaires, émiettées à l'infini en îlots recomptés chaque année pour un quelconque record, se retrouvent également dans ces atlas portatifs où zoomer, dézoomer sans cesse, agrandir et réduire presque jusqu'à l'échelle 1 ; **même si** on passe en trois dimensions et que les volumes paraissent et que Pattaya s'active soudain en photos successives l'une après l'autre montrant la ville mètre après mètre à la seconde près en plan-séquence décomposé… on ne verra **rien**, absolument **rien** vraiment, ici comme ailleurs, mais à Pattaya plus qu'ailleurs, à Bangkok plus qu'ailleurs, en Asie plus qu'ailleurs dans le monde, **rien** de ce qui déraille toute tentative de rendu par la surveillance et l'utilitaire, comme jadis le Vietminh et le Vietcong déroutaient toutes les figures de fronts en s'infiltrant, disparaissant et revenant, **rien** des rues vides le jour, endormies dans le soleil et l'air épais moite, et d'un seul coup gonflées la nuit, dédoublées par des étals de marchés qui créent à l'intérieur même des chaussées des venelles parallèles provisoires où siègent les marchandes, les badauds, les clients et les putains, **rien** des lieux où les putains trônent, intérieurs de bars et de gogos et de boîtes, tentures et matelas des salons de massage, **rien** des façades de verre à transparence multiple des grands hôtels et des buildings de genres divers, et des voitures aux peintures miroitantes, et des surfaces vitrifiées partout en ville qui reflètent les foules, celles qui se négocient ou non, se promènent ou travaillent, **rien** qui dise le passage hâtif ou non d'êtres en êtres, de vulves en queues et de queues en langues, lèvres, ventres, aréoles, jambes, orteils peints, **rien** qui sente ou salive, les odeurs et les goûts, **rien** des relations, qui, dans le flux des mouvements captés par telles ou telles caméras stellaires, disent les frôlements et les amorces d'accords et de désaccords des physiques qui se touchent et se jaugent, se toisent et se charment, s'envoient chier ou se maquent, **rien** de la pollution chimique mariée avec la naturelle pour former ensemble une guirlande oculaire et olfactive, **rien** qui montre la sexogéographie des heures passées à chasser, trouver, détailler, dialoguer, injurier, juger, marchander et séduire, convaincre ou repousser, attraper la bonne, le bon partenaire, **rien** des entrelacs de broussailles salies de déchets sur Buddha Hill à Pattaya, **rien** du bruit des karts du circuit en contrebas de la colline juste avant l'immense parc du *Siam Bayshore*, l'hôtel de luxe bordant la fin de Walking Street et le début du Bali Haï Pier et son garage de hors-bords plus ou moins rouillés abandonnés, posés sur des remorques à pneus énormes, **rien** qui prédise les couloirs, les courettes, les halls profonds et sombres, vulvaires des immeubles mitoyens à deux soï qu'ils relient ; **rien** qui désigne l'imprévu d'une rangée de carrioles traînées par les mains brûlées et vieillies de celles et de ceux qui les poussent et les ouvrent, faisant surgir les fruits et les grillades de la nourriture de rue ; **rien** qui empêche la litanie des choses vues de se répéter indéfiniment par-delà l'usure des auditeurs, en mantras écrits, parlés, psalmodiés comme une course contre la fuite d'instants vécus impossibles à flécher sur une mappemonde, un plan, **rien** qui empêche le territoire, ici, au Siam, à Pattaya et autour, partout en Asie du Sud-Est, de surplomber toutes les cartes imaginables et de faire d'elles, ces cartes, des parties minuscules de lui, le territoire, **l'Asie, l'Extrême-Orient**.

ACTE II

Sexogéographie
(Kurtz)

À la fin du règne de Louis XIV, quatre mâles fardés et friqués s'enfermèrent au château de Silling, trucidant garçons et filles autour d'eux, mangeant, foutant et torturant en même temps.

Au début des années 1970, quatre prénoms aisés, Michel, Philippe, Ugo et Marcello, s'enfermèrent dans un hôtel particulier de Paris, mangeant jusqu'à crever, égayant leur agonie de trois putains ramassées dehors et d'une institutrice en chair, avec de gros seins, de grosses fesses, du bide et des cuisses.

Quelques décennies plus tard, à Pattaya, cent mille putains et plus monnayaient toutes les sexualités possibles à des dizaines de milliers de clients et de clientes, enfermés à vie dans l'argent facile et le sexe illimité.

« Kurtz » était l'un d'eux. Il multipliait les chambres, aimant aller d'une soï à l'autre, avec toujours le besoin de gommer ses traces, de ne pas voir taper à sa porte une ladybar qui tenterait de revenir pour se plaindre, ou planquer de la came, ou lui faire sa cour pour rester, c'était arrivé à d'autres dans des hôtels sans accueil, aux hôtesses endormies, où montaient les filles sans laisser d'ID card, incognito. Il jouissait de cette instabilité comme d'une boussole. Il s'enfonçait là-dedans, c'était sa jungle, sa petite virée dans la folie de la ville, elle recélait des trésors à bas prix et d'autres à prix plus forts, ce n'était pas l'argent qui comptait, du moins au début, simplement le nombre, la quantité corporelle, existentielle. Il achetait sa sauvagerie, il le savait, il était dupe de peu, concentré sur tout, calculateur, un solitaire arrogant. Il attendait de tuer. Se finir en finissant l'autre. Il haïssait la compagnie farang, la fausse fraternité punter dont il appréciait voir ses membres crever lentement, au figuré comme au propre, de leurs plaisirs grégaires, il n'aimait que la rare, la prédatrice vraie, celle dont les adeptes se reconnaissent de loin, se saluent de loin, défendent leur isolement de loin, ne partouzent jamais, sauf par combat, dégoût, et n'affichent jamais le bruit ignoble, braillard, des virées entre mecs.

Scène 6

— *C'est là qu'il faudrait un polaroïd !*
En plus de la cassette ! Tout marche-
rait ensemble, la cassette, les photos, tes
doigts raides et moi tournant mon con
autour !...
— *Tu aimerais hein ?*
— *...*

Denis ROCHE – *Louve basse*

6.1 Tout est treillis, crevassé, froissé. Son ventre
est vergeturé. Mère de famille. Je lèche les ridules
blanches, les motifs clairs qui saillent sur la peau
bronze. Elle a dépassé la maturité, elle est abîmée.
Pas par le sexe, mais le travail, l'usine ou la ferme,
un mari. Elle a ses yeux fermés, concentrés. Timidité,
gêne d'une femme mûre devenue putain. Je l'ai prise
sur Beach Road. Solitaire, apeurée. Pleureuse sans les
larmes. Ça m'a chauffé. Elle va crever. Je continue le
lavage. Je moule son nombril avec ma langue. Il reste
un peu de salive dedans après. Elle est sur le dos, je
tiens ses deux seins des deux mains, parfois seulement
j'en descends une. Je me branle par intermittence pour

tenir un semblant d'érection. J'oscille entre le dégoût et l'envie. Je pense à d'autres femmes. Celle-ci est trop morte. Je ramène son ventre en boule de chair, je presse et mords dedans. J'essaie d'obtenir un mamelon à téton creux au centre. Ce ventre broyé, strié par la progéniture, commence à m'exciter. Elle a sa bouche entrouverte, comme pour ronfler. Une masse noire de cheveux longs fait des nœuds compliqués sur l'oreiller. J'attaque son sexe, les lèvres épaisses, béantes, très brunes, ouvertes sur le rose terne, pas vif, de son vagin. Un clitoris éteint. J'essaie, comme un souvenir, de lui faire plaisir. Je lape une fois, lentement. Une deuxième fois, lentement. Je multiplie les lapées. Ma langue est sortie comme un gant défroissé à son maximum. J'accélère. En même temps, je tends les bras, j'attrape ses plantes de pied avec les mains, puis ses chevilles, puis ses mollets et ses cuisses, massant de bas en haut vers les fesses. Je lape et masse en même temps, concentré. Je débande. Ça dure un temps fou. Elle commence à bouger, sentir, puis s'arrête. Elle pense de son côté, cherche une sensation, tente, n'y arrive pas. Je continue le calvaire, je passionne seul. Dans ma tête, ça fume. Ma mâchoire me fait mal. Elle est complètement souple maintenant, ses lèvres retrouvent la plasticité d'un accouchement. Je rentre dans son bercail. J'écarte à fond, plonge la langue dedans puis fourre mon nez au maximum à l'intérieur. Ça sent chaud. Pas d'odeurs malades. À peine au début, un mélange d'urine et d'humidité parfumé au gel douche. Elle n'est pas atteinte, aucun champignon qui pue à un mètre, comme chez d'autres, dès qu'une cuisse est ouverte. Ma langue fouille en pointe son cul tandis que mon nez s'enfonce, le haut sur le clitoris, mes mains sur les hanches, la tenant fermement, la faisant aller, venir. Son bassin moule ma gueule. Ça la fait partir cette fois, elle cache sa tête dans ses pognes manucurées. Ridées et veinées par des années de ménage, de vaisselles sans gants pour se protéger. Dès qu'elle jouit ou semble jouir, je monte sur elle, rabat ses jambes, pose ses pieds sur mes épaules, et la baise à fond sans retenue. J'ai le visage trempé de son propre jus, j'approche ma tête luisante de la sienne. Je tape fort sans m'arrêter, ni rapidement ni lentement, cherchant un rythme. Les ressorts du matelas bruitent. Son vagin pète à chaque coup. Je cale un rythme. Inexorable, identique, même cadence. Je cherche l'effet d'une mécanique sans fin, longue durée. Qu'elle parte encore une fois. Je me retire, avance jusqu'à sa bouche et fourre à l'intérieur, poussant une dernière pénétration. Je crache et sors. Elle file à la salle de bains, sautillant, esquissant une grimace hilare, souriante, les joues gonflées au foutre. Elle revient très vite. Je lui file un billet, elle m'explique les deux enfants qui ne travaillent pas, sa mère encore vivante, l'absence de choix, la fatigue des manufactures.

Coulisse n° 1 : Le salaire journalier minimum est passé à trois cents bahts. En travaillant un peu la nuit, on peut atteindre onze mille, douze mille bahts chaque mois. Les salaires bas, les emplois de service. La guichetière des 7Eleven, des Family Mart. La cashier des bureaux de change. La piétaille des petits boulots qui finissent en boîte. Ce soir c'est fête, *Tawan Daeng* entre amis. Bal d'Issâne, avec orchestre. Un

311

grand jeu, une ambiance. Les foules chiadées, muscles en liesses, des siècles de riziculture dans les corps, de soleil sur les peaux. Trois cents bahts jour pour un boulot lambda. Secrétaire, ça pousse plus loin. Le boyfriend qui gagne autant. L'avenir en rêve. Puis, trêve de futur. Fin de stock. Le coup dur en famille. Mère malade, père cancéreux. Le besoin d'argent arrive, celui qu'on ne possédera jamais. Alors surgit la copine, la cousine, la « sœur » de village qui vous mène en « vacances ». Elle a réussi, et fait construire une maison. Pattaya, Patong. À Bangkok, c'est Sukhumvit, Silom. Même la RCA – Royal City Avenue. Les clubs sont partout. Les bars. Avant, c'était la règle. Les filles arrivaient là. Par bus et train. Gare routière d'Ekkamaï, de Mo Chit. Et commençaient à devenir gagneuse. Mille bahts pour une nuit pleine. L'étranger, le farang. Mille bahts sans fisc, sans trace, du liquide. Mille bahts premier prix. Ça monte plus haut. On hiérarchise les clients. Les vieux, les laids, les charmants, les beaux, les beaux cons, les glauques, les laids charmants, les laids au début, supportables au milieu, attachants à la fin, les laids de goûts et beaux de traits, les dangereux, les crades, les princes. Vingt nuits dans le mois, c'est vingt mille, trente mille bahts + le pourcentage sur les ladydrinks si affiliées à un bar + des tips divers + les petits cadeaux + les dîners gratos si long time + le sponsor probable après quelque temps, l'attachement d'un client. Toute une science, un métier ancien. Aujourd'hui ça reste et ça change. Les réseaux sociaux s'ajoutent à la tradition des passes directes, primordiales : Facebook, Badoo, Hi5, Camfrog. On organise son cheptel de maris en amont. Le but est pur : survivre. Pur aussi : l'or dernier cri, la monture techno, le téléphone chic.

6.2 La fatigue des manufactures, sa mère malade, le monologue. J'acquiesce sans conséquence pour elle, ni fric en plus, ni rendez-vous plus tard. Combat fade cette fois-là, sans victoire ni défaite, sans enjeu, une case neutre sur l'échiquier des passes.

6.3 Dix-huit heures, bientôt la nuit. L'instant beau, aux tropiques, des crépuscules. À Pattaya, l'ambiance spéciale s'installe. Elle remplace l'autre. L'agitation d'après-midi. D'un côté, celle zébrée aux torpeurs chaudes des punters et des putes. Des nuiteux jeunes et moins, au repos. Des lovers en guinguette avec des pirates, au bord des piscines. De l'autre, l'universelle touristique. Celle des promenades à Jomtien, Buddha Hill. Des visites aux cascades à deux heures de la ville. Des parcs d'attractions. Dauphins, toboggans. Du *Mimosa Plaza*. Village européen faisandé, reconstitué. Maisons pans de bois, tournisses, toitures clochers. Kitsch entier. Cette ambiance cède. Place au Grand Jeu, la nuit. Mais sans virage brusque. Sans la rudesse, le couvre-feu des zonages d'hémisphère Nord. C'est fluide, tressé. La foule chinoise, russe, indienne, familiale et thaïe se noue à l'autre, la tarifée. Les enfants courent sur la nouvelle Beach Road. Ils ont refait toute la promenade, en mal. Les pluies ont tout emporté. Il a fallu refaire ce qui venait d'être fait, tout juste. Beach Road, les putes sont partout. Elles sont en tailleur au sol, parfois debout. Accotées aux palmiers, palétuviers, manguiers. Un même cortège de types vieux sont avec

313

elles, engagés dans des palabres. Le négoce des passes.
Ce qu'elles font, quels gestes et pour combien. Ou discuter, simplement. L'art de converser. Salons dévoyés,
descendus des palais. Des nattes étendues, tapis volants
déchus. Au sol, des écorces de fruits, des pelures, des os
rongés. La Berezina des street foods. Les vendeuses de
bracelets, de montres, de billets de loterie, de lunettes
de soleil, de DVD, circulent entre les groupes. Souvent
des Birmans clandestins. Beach Road, je m'y suis mis.
J'ai appris à flâner. Après-midi malingre, d'ennui ravi,
le pouls de l'existence. Le soleil écrasé dans le ciel, son
jaune dilué dans le bleu blanc de la chaleur du ciel. La
flotte des parasols âgés, à la bande de sable accrochés,
d'année en année plus courte. En contrebas donc,
les baigneurs et baigneuses. Des retraités, des vieux,
leurs régulières, leurs enfants. Des Russes en famille,
des Chinois. Des Japonais en gang, potes, potesses en
vacances. Des Indiens, des Indiennes en élégants saris,
lunettes Gucci au front, leurs yeux maquillés sombres,
la pudeur haute, la décence froide des hautes castes.
Tout ça mélangé, secoué aux tapins. Du mal à s'en
passer, les neurones s'habituent. Ne travaillent plus,
ne pensent plus qu'à ça. Le sensoriel de Pattaya. Les
trames d'humanités disponibles. Tout un tissu. Comme
un drapé, en plein boulot. S'en couvrir contre l'ennui,
l'actualité. Une double vie, une ici, Pattaya, une ailleurs, chez soi. Ce spectacle, cette science. Elle vient du
bas. Elle infuse, crée des synapses, les ouvre, comme
une drogue, au suc des existences croisées. Là-bas, au
pied de Buddha Hill, les lettres. Le P, le A. Le T, le
T, le A. Le Y, le A. P A T T A Y A. Et plus petit, en
italiques, *city*. Melting-pot théorique partout sauf ici.

Jamais été sensible à ça, le métissage. L'arnaque décolorée. Mais ici, c'est plaisant, beau. Sans idéologie. Pas de politique. Juste des faits : une station balnéaire, une centaine de milliers de putains, une réputation d'étrangeté, des prix abordables, donc oubliés. Des facteurs ailleurs séparés, là conjugués. On croise, aussi, des familles émiraties. Femmes franches dans leur chasteté disponible. Ce voile qui renforce le maquillage, comme un spot. Le voile me fait bander. Pattaya, c'est Dubaï sans charia, des fois. Beach Road, sa plage, on sert de la Chang beer et de la Singha à trois, quatre couples de sexagénaires qui fêtent leur bon temps. S'asseoir et regarder. Un attroupement, un flic au milieu, dodu, glabre, qui garde son casque et règle à son profit une arnaque de jet-ski. Côté rue, les bars se répètent. Beer bars sans façade, ouverts sur la forêt de pylônes qui les soutiennent où cascadent des lampions. Carrés des comptoirs, à l'intérieur desquels les filles se fardent. Et des gogos, rares ici, dans cette partie de la ville. Certains sont déjà ouverts, cloîtrés par des vitres teintées noires, un vieux velours datant du siècle dernier à leurs portes. Antiquités de la ville. Le *Worldwide* et sa mini-coupole d'entrée. Quatre kilomètres comme ça. La succession des tailleurs. Les étals de fringues. Les salons de massage. Plus au nord, vers Naklua, les restaurants profonds, moelleux aux terrasses géantes, les jardins d'hôtel aux piscines lagons, quelques terrains vagues, le faux calme, l'opposé du sud, la Walking Street.

6.4 Pattaya c'est moi. Ma prothèse urbaine. Séparé je fane. Je boite. Sans elle. Et des autres. La fraternité Punter. Je me méfie.

6.5 Je crèche Soï Diana. Perpendiculaire à Second Road et Soï Buakhao. L'hôtel s'appelle *LK Renaissance*. Un luxe d'opérette. Ma chambre vaste, son lit deux fois deux, quatre mètres carrés. La baignoire fait jacuzzi, les côtés gonflés de jets balnéo. J'aime ici la piscine, ou le bassin dit piscine. Un rectangle minable au premier étage, côté rue. On surplombe les putains. Celles du *Papagayo*, aux vitres coulissantes, teintées. J'aime y coller ma gueule et mater. Signe de ponctuation, certaines me font des doigts levés. Casse-toi ou bienvenue, pareil. J'entre et tout s'apaise. Trop de bars pour choisir. Magie du nombre. Deux centimètres carrés d'une couleur, ce n'est pas comme deux mètres carrés. La vibration, le halo. Cent mille, ce n'est pas comme dix mille putains. Je ne subis rien, je souffre mes bougies d'année en année, comme un défunt. Autour du *Papagayo*, des beer bars. La rue en est pleine. J'adore Soï Diana. Au matin vers six heures, des ladyboys traînent, le cul sur des selles de mobylettes. Elles courent en talons vers moi pour monter. Je suis accompagné, elles se proposent quand même. Rien ne les dérange. Elles jouent leur folie d'hormones, comme des notes. Les filles rigolent, esquivent, quand elles tentent en thaï de nous convaincre d'un partage. Moi, elle et lui devenu elle. Parfois je dis oui. Soï Diana, *LK Renaissance*. La piscine minuscule et les transats. Dix-huit heures trente, la lumière s'intensifie. La fin d'une grande journée sans pluie. La saison haute, celle hors de prix, commence. Novembre. Une liesse envahit l'esprit. L'hiver boréal chez les autres. Ici, on conjugue au présent.

On syntaxe à la seconde, au rayon près du soleil pour toujours. On voit trouble à plus d'une heure de projet, d'envie. Je laisse venir à moi les petits bruits. Tapins qui racolent. Klaxon des baht bus. Criées des ambulants de bouffe. Demain midi, je quitte les lieux pour une autre chambre.

6.6 L'ordinateur portable. Un mail urgent des États-Unis. Mon associé furieux. Une perspective de contrat. Une manne financière. En millions de dollars. Quinze « consultants » pour l'Irak. Sécuriser des champs pétroliers d'une part. Enseigner le renseignement d'autre part. Lier les deux pour faire passer la pilule. Aux locaux. Avaler l'occupation énergétique. La routine, l'ordinaire des guerres privées. Un des faucons décisionnaires de l'appel est payé par la boîte qui fore à pleins tubes. Toujours le fuel l'important. Risques d'attentats, d'enlèvements. Ils veulent du solide, un plan précis de présence, d'actions défensives, offensives. Ils sont pressés, stressants. Hurlent un besoin de professionnels discrets. Sur le terrain. Sois dur et tais-toi. Je devais tout préparer. Ficeler le dossier. J'en suis responsable. Travailler séduire, travailler séduire, travailler séduire. Comme un toc. Une serrure qu'on ferme, ouvre, ferme, ouvre un nombre X de fois. L'appel d'offres se termine bientôt. Ils n'ont rien reçu. Ils ne recevront rien. Mon amerloque s'emporte. Qu'est-ce que je fous si loin ? Le fric nous tend les bras. Je laisse pisser. Incapable de rien. Incapacité, engourdissement. Effort surhumain de revenir. S'éloigner toujours loin. Mettre des distances. Tenir longtemps, j'ai assez de côté. Autour de moi, ça s'enfonce. L'impression d'un trou progressif. Je me creuse. Quatre murs de glaise, d'insectes. Les yeux plus qu'à ras. C'est bas des pâquerettes qu'on doit vivre. Ne plus penser qu'images. Ne plus parler qu'images. N'argumenter qu'images. Le seul vocabulaire crédible. Et joli.

6.7 Minuit plus, je quitte la chambre. Les couloirs sont des coursives. Elles sont ouvertes. Fin de clim, début des moiteurs. Les lampadaires frappés de déhiscence. Ils laissent des bogues jaunes fondues au sol. Ils luisent. Tout est précieux, lustré de nuit. J'ai faim d'un coup. Des tapins partout. Ceux qui disent viande disent mal. Le prédateur vrai aime l'animal entier. Le pelage. Je veux manger, lécher. Il y aura du sang. Une femme cette nuit. Pas de ladyboy non coupée. Pas de bite clitoridienne. Si elle pouvait avoir ses règles, ce serait bien. Je plante deux doigts, retire, fait des traits sur mes joues et les siennes. Menstrues sioux. Sinon je la plante. Avec mes dents, juste avant de gicler. Dans la nuque. En levrette, couteau planté dans les reins. Mon levier de vitesse. Des cris en bruits de moteur. Elle sera jeune cette nuit. Défaite par le temps présent. Les valeurs disjointes, contraires, de la technologie à posséder et d'une famille à nourrir. Disjointe par le tapinage très tôt. Disjointe et donc perdue. Et donc gagneuse et donc à vivre. Aucune pitié à avoir. Elles méritent mieux, les putes. Qu'on les pousse à bout. Le baroque des classes, plutôt que la lutte. Masses en chute libre. Ça leur apprendra d'écouter plutôt que baiser. Et confier aux cuistres penseurs, les fistons de patrons, le langage de leur révolution. Ruiner le riche par le sexe.

Le Chant de la Méthode. Finis les discours. Et puis, je n'y comprends rien. Je refuse de comprendre. Par hygiène, et non paresse. C'est volontaire l'incompréhension, chez les preux. Hygiène de l'incompréhension pour nettoyer la tête. La vider, la purger. Éjecter la merde mentale. Celle des marchands, les Vaishyas du monde entier. Elle nous parle. Une voix nous parle à tous. Pas une voix. Une Survoix. Me reprochant d'en faire trop. Comme une double ligne dans la tête. Une reniflant l'autre, fréquence frittant fréquence. La nasillarde, la ricanante. La SURVOIX, celle, critique, dans ma voix mienne. Qui me moque tous mes mots. Me fait parler actualité. Juger, donner avis. Débuter d'une phrase, puis bifurquer. Dire n'importe quoi, du galimatias. ELLE m'habite, m'emmène où c'est danger. ELLE réduit, caricature. Parle ma révolte contre ELLE, s'y substitue. L'anesthésie en me rendant pas net. Parole lourde, chargée, ennuagée, un ciel bas de mots lourdingues. Démon d'informations, de réactions. Moi froid, métrique quand je marche, ELLE me tacle. M'enrhume d'idées, d'affects. Politique et sentiment. ELLE qualifie, donc viole. Tente de brouiller Pattaya. Son indifférence aux temps présents, cherche à la dévier. La salir dans les coulisses des causes. Tout expliquer. Pire qu'un surmoi. ELLE nous guette. En chacun de nous, ELLE veille. Elle a pris des proportions en moi. Des capitales. À l'arrière-fond, l'arrière-monde de ma tête.

Coulisse n° 2 : TU t'es installée dans mon crâne un jour d'enfance, TU empruntais plusieurs voix pour me perdre, si nombreuses et de phrases si diverses, courtes, longues, moyennes, graves, aiguës ou les deux, montantes ou descendantes ou neutres, que je n'arrivais pas à te situer, faussant ma révolte dès l'entame en posant mal les enjeux d'un discours binaire, pile progrès, face régression, qui n'était que le tien, et qui subtilement anticipait toute réaction de telle sorte que te critiquer, c'était te renforcer et t'appartenir bien plus. Peu à peu, je t'ai vue prendre les traits de tels ou tels, hommes et femmes politiques, penseurs télévisuels et philosophes d'articles, et je t'ai sentie me condamner à mesure que je devenais parlant, vivant, avec mon goût naturel pour le beau. TU utilisais le code civil contre la Bible ou le Coran et soudain !, Paf !, la Bible et le Coran contre le code civil, le sexe contre Dieu et l'inverse d'un coup, l'intégrité, le divin contre le sexe et la liberté. Je t'ai vue détruire toute clarté au profit de l'obscurité de lois de plus en plus éloignées de la vie, et sous couvert du respect des corps et des êtres, je t'ai vue défendre le coupable et culpabiliser la victime, et t'infiltrer dans la caste sacerdotale, infecter ses rangs, posséder ses clercs, les transformer en traîtres et les faire injurier le bon sens et la beauté. Je t'ai vue commettre le mal moyen, faire silence sur ce qui te surpasse et peser sur le singulier qui résiste, injurier la nation et moraliser le voyage, ou surjouer la nation et criminaliser l'exilé, l'étranger, le gitan, trahissant tous les fronts, moquant le sens commun, appelant populisme tous les malaises, et je dois maintenant te le faire payer en moi-même et chez les autres, depuis le minuscule refuge corporel que je suis, un seul parmi les sept et bientôt dix milliards que nous sommes. Je t'ai vue commercer l'Histoire, faire du business avec l'horreur, tourner tout en dérision mercantile, niveler toute nuance au profit de tes pétitions de principe facile et j'ai dû m'éloigner très loin, dans les replis de la complexité siamoise, très loin dans les tonalités nuancées d'une langue difficile pour t'extirper de moi, j'ai appris les subtilités de l'étiquette d'une Cour lointaine et dure, la Cour des ladybars de Pattaya pour me nettoyer de ta pesanteur similidémocratique, et même là, TU es venue me flairer, cherchant à m'enfermer et me contaminer. TU me fais dire mal les belles choses, puis TU surgis et me tourmentes à chaque relecture, m'incitant indéfiniment à recommencer jusqu'à épuiser mon temps de vie sans jamais, jamais achever quoi que ce soit, et déchirer le meilleur. TU me culpabilises sans cesse dans la syntaxe et la grammaire, et quand je m'écoute, TU me files des hontes, m'obligeant à polir indéfiniment, et TU brandis une perfection imaginaire, TOI la SURVOIX, et pour quoi ?, pour qui ?, sinon pour TOI, TON profit contre le mien, car TU aimerais que je crève sans avoir parlé durablement. Pour les faibles, en revanche, TU te montres ladre, ils ne doutent de rien. Je ferais mieux de me taire. Mais il n'y a pas jusqu'au silence, la méditation comme autrefois les sages faisaient, que TU n'aies annexés à ton empire et ton pouvoir, de sorte que changer tout ne change rien, et TU fais ainsi dégénérer toutes les révolutions ascensionnelles vers le faux-semblant, la séparation des paroles et des actes. TU es la Survoix, celle qui soudoie les voix de l'intérieur, les vacille, les brade au hasard de ton grand jury de mal-vivants, TU es un corrupteur, et même si ton nom est un anachronisme, pour moi tu es Satan, Shaïtan, et tes thuriféraires sont partout, sept et bientôt dix milliards à exterminer, les femmes et les enfants d'abord.

6.8 Le moite règne. Il s'agit d'un règne comme on dit âge de fer ou du feu. Un sandwich d'air humide. Pas besoin de bouffer, c'est calorique pollué par ici. Dès dehors, sur le perron, j'encage deux filles. Sourires en sourdine, elles sont avec deux clients, déjà. Salut au groom. Lui me plaît, ses lunettes et son air sirupeux malsain. À te filer de la dope sous le matelas. Même moi, spécialiste en sécurité, je flippe. Tant de ouï-dire, tant d'histoires. Des mecs arrêtés chez eux pour de la came qu'ils n'ont pas. Vrai, faux : peu importe. L'horreur des films de stup. Je remonte la rue vers Soï Buakhao. À gauche, bientôt, s'ouvre Soï LK Metro. Par ici les légendes. Le *Lolita*, bar à pipes. Le *Devil's Den*, deux filles pour deux heures pour quatre mille bahts. Des lieux sains. Qui ambitionnent le corps. Nul chichi façon Walking Street. Point le désert des dragues. Juste le point d'honneur des boxons.

6.9 Carrefour avec Soï Buakhao. Je fais quelques mètres à pied. Continuité des activités, ponctuation identique. Vocabulaire identique de la phrase pattayenne sur des dizaines de kilomètres carrés : bar, salon de massage, bar, restaurant, opticien, bar, tailleur, pharmacie, supérette, bar, bar, bar, gogo, supérette, loueur de deux-roues, pharmacie, fringue, bar, bar, bar, bar, cybercafé, bar, hôtel, bar, restaurant, bar, guesthouse, bar, marché, bar, laverie, bar. Hypnotisme. Mantra. Bar, bar, bar, fille, fille, fille, ladyboy, ladyboy, ladyboy, punter, punter, punter. Facilité des rencontres répétées. L'argent est une règle qui n'empêche pas le reste. L'amour. Bar, bar, bar.

6.10 Écouteurs en piste, des morceaux d'une seule note épaulent ma virée. Giacinto Scelsi. Un rital mort, du siècle dernier. Un compositeur. Un noble. C'est logique antique je dirais. Évident comme l'intuition. Calmant, planant. Cervical. Plusieurs instruments jouent d'une seule note, répétée, répétée, répétée. Timbre à fond la caisse. Bar, bar, bar, fille, fille, fille.

6.11 Je vais m'attarder ce soir. Faire le guet aux désirs. Compter les faunes. Haute définition des noms de tribus. La pirate et sa peau paysagée, tatouée. Tatouages incantatoires. Discours carné, on récite les dessins. Vu hier, au dos d'une ladybar : papillons à corps de bite. Visages de filles pour les ailes, les yeux fermés, les langues sorties, tendues vers le gland. Roses tribales. Dragons immenses. Écailles dorées, bleutées, rougeoyantes. Ça excite des gens. Des photographes viennent faire leurs albums. C'est facile. Une peau efficace. Les mecs dépensent leurs passes à mater, admirer.
La baronne et son style lisse. Sans marque. Rien que le maquillage. La peau immaculée. Brune sans colorant. Dramatique et chieuse. Mauvais plan par principe. Sauf parfois, pour continuer sa légende. Les deux sont les mêmes, souvent. Confusion des genres. Baronnes tatouées. C'est précaire, le sens, ça change.

6.12 Prise de baht bus, jusqu'à Walking Street. Ça tonne de partout. Je file au *Windmill*, Soï Diamond.

Rangée de canapés noirs. Des mini-estrades y sont accolées. Show privé à la vue de tous. Sur la scène principale, des girls à l'étroit. Cul à cul dansant, collés. La plupart des clients sont bourrés. Des filles devant eux écartent leurs lèvres, fument du vagin. Du classique. On vient ici pour mieux. C'est l'une des adresses du fist fucking. Les filles s'enfoncent tout. On m'assoit. La mamasan prend elle-même la commande. Je ne bois pas. Elle le sait. Ce sera coca zéro. Je paie ma place en me payant un verre. J'y foutrai pas mes lèvres. Elles sont réservées. Cunnilingus, anulingus. Gobage de seins. Les peaux femelles sont nées pour ça. Une fois je me suis payé dix filles. J'ai fait des cunnis à tour de rôle comme on fait des pipes. Un régal. Masochisme libérateur. Elles se foutaient de ma gueule. Trois ou quatre faisaient comme les mecs. Debout, jambes fléchies, avançant leur chatte, leurs mains sur mon crâne, appuyant celui-ci. Me faisant passer dessous, donnant des claques sur mes joues, s'appuyant, injuriant. J'ai mordu le clitoris de l'une, très jeune et crâneuse. Au sang. Bien fait pour sa fente. J'ai rigolé, canines rouges. Filé un peu plus de blé. La blessée s'est calmée. Un bouquet de billets en guise de pardon. L'argent, c'est médical.

6.13 Je mate la salle. La plupart des types sont rivés aux mouvements des tapins. Ondulations, démarches vidéo, lenteur cinéma. Certains font leur choix. Parfois une fille esquive. Même ici, elles peuvent dire non. Le mec augmente son prix. Il gueulerait, il aurait des problèmes. Il la ferme, et l'ouvre à coup de bahts.

6.14 J'en vois deux qui se frottent, me toisent. L'une allure fouine, dure, expérimentée. L'autre très jeune, visage perdue, comme droguée. Ya ba ? Pas sûr. Difficile à situer. Comme une chute en live. Le cumul des premières semaines. Elle se métamorphose en putain sans retour. Bye bye famille. Le trauma bien profond. Son vertige, c'est l'abandon des dernières illusions. Elle ne contrôle plus rien. Elle est sous juridiction de l'ambiance. Pattaya aux manettes. Sims putassiers. J'en bande.

6.15 Je toise aussi, signe un geste bref. Elles descendent vers moi. S'assoient sur l'estrade. Pas de lady-drink, juste des billets de cent glissés dans leur string. Elles rigolent, matent un peu la mamasan. Jaï Dee – généreux – pour les putes, pas pour le lieu. Va falloir que j'y passe quand même. Elles me le demanderont, y seront obligées. Elles se roulent des patins à moitié. Se caressent les seins, le ventre. Font des esquisses de doigtés. Ça m'intéresse peu, mais poliment, je souris. La plus jeune, je lui fais ouvrir ses cuisses. Elle est rasée. Tout est lisse. Un simple trait pour fente. Rien d'extérieur. Je salive une main, pose quatre doigts sur la motte et avec le pouce, je caresse le clitoris. Il est toujours calotté. Je débute le travail. Lentement je frotte. Elle s'humidifie. Elle ne s'offusque pas des autres autour qui piaillent en thaï. Sa copine lui caresse les épaules et m'embrasse. D'où je suis, les autres clients voient leur dos et leur cul. Rien d'autre vraiment. Tout est recroquevillé, comme une grotte pour moi seul. Je la coince du pouce maintenant. Je frotte, appuie son clitoris, le fais rouler. Il a durci, il pointe un peu. Je la bascule. Plonge la tête et donne des coups de langue à intervalles répétés. Plan hépatite sauf pour moi. Sang supérieur, bleu des pilules de Viagra. Je descends plus bas, écarte les lèvres. Je nettoie. Puis remonte, la tiens assise devant moi. Renverse ma main, glisse un puis deux doigts dans le vagin et continue, avec le pouce, de frotter le clitoris. Je fais une pince qui l'entaille. À l'intérieur, mes doigts remontent vers le haut, appuient sur la face antérieure. Le pouce est toujours sur le clitoris. J'enserre et j'oublie presque le but. Mon seul horizon c'est sa peau, son odeur. Tout est chair. La transpiration est partout. Même les miroirs qui tapissent les murs s'y mettent. Tout se dilue.

6.16 Le but c'est le fist. J'ai maintenant quatre doigts. Je travaille toujours la face antérieure, appuie, la poussant vers moi. Elle s'agrippe à mon bras, serre avec une force inouïe. Elle grimace. Dans la salle, un morceau techno, *Silent*, massacre tout. Beau nom pour du bruit. Faut que j'arrive au but. La mamasan tourne et ne dit rien. Le skaï des fauteuils capitonnés, les relents d'alcool autour, les lasers, le chrome, le verre, le rose des tubes de néons. Je quitte le clito et enfonce le pouce. Ma main fait une pointe, les doigts tendus, joints. Cinq épées. Cinq mousquetaires. Dumas, sors de ce corps. Pauvre fille. Elle est trempée. Concentrée ou perdue. Tout son sexe empoigné. Elle hésite sur le chemin à suivre. Se retirer ou aller au bout.

6.17 Je laisse le pouce glisser le long de la paume tandis que j'enfonce peu à peu la main. J'y suis complètement. La copine la tient toujours par les épaules. Elle regarde, fascinée, complice, mon travail. Elle tord sa bouche d'un sourire collabo, cynique, son rouge à lèvres déborde et rend tout plus obscène encore. L'horreur du plaisir. J'en suis maintenant au poignet. La fille est en nage, elle a de brusques suées. Elle bouge peu, consciente. Elle a une main en elle. Une main entière. Putain. Je reste longtemps sur chaque trait du visage, rictus, commissures des lèvres, maxillaires à vif. Impossible de distinguer le plaisir, la peur, la haine, la douleur. Palette indéfinie des sens de lecture. Je scrute. Je fourrage doucement, fais des demi-rotations. Ça dure comme un python ingère sa proie. C'est lent. Même image.

Alors, il se produit une tendresse. Elle pose, laisse tomber sa tête sur la mienne. Au creux de la mienne, dans mon cou. Défaite ou confiance, peu importe. Les yeux fermés, la bouche ouverte. Douceur incroyable, imprévisible. Ça m'électrise. Je viens ici pour ça. Le contraste en vie. Le clair-obscur sanguin. L'amour n'offre pas ça. Le sexe oui. Le sexe tarifé. Celui soudain des rencontres. Celui qui dépasse le goût personnel. Qui fait découvrir des mondes. Inconnus tout à l'heure, maintenant l'inverse. Un lien spécial. Ma main dans son ventre. L'abandon. Entre nous deux, un troisième type apparaît. Une créature. C'est notre union, je la vois. Elle est là. Personnifiée, vivante. C'est mon film. J'y crois. Un client assis à côté se fout de moi, me tapant sur l'épaule. Ma main toujours en elle, je mordille un peu son oreille, lèche ses lobes, caresse son dos de l'autre main, sa colonne jusqu'au coccyx, sa raie du cul. Je cajole et fiste en même temps. Don't worry je dis.

6.18 Alors, j'enfonce d'un coup, comme si j'allais chercher ses tripes. Je pilonne. Je triture le col de l'utérus, son entrée. Je pénètre. Elle sursaute d'un recul violent. Relève la tête, paniquée. Je la rabats sur moi, arrête tout mouvement. C'est fini. Lui fais sentir l'à rebours du calvaire. Lentement à nouveau, en tournant ma main sur elle-même par demi-rotation, je commence à sortir. Elle halète, accroche un bras sur mon cou. Elle souffle dans mon oreille. Elle transpire sur moi. Bientôt, j'ai le pouce dehors. Un bref moment, je stagne ainsi, doigts dedans, pouce à l'extérieur. Puis je retire tout. Mieux positionné, je verrais un gouffre ouvert, son vagin offert. Là, ma tête contre la sienne, embrassant sa joue, je ne fais que caresser sa chevelure ramenée en chignon.

6.19 D'un trait, je passe ma main sur mon visage. Je suis couvert de cyprine. Un mec bien. Un hommage aux maternités. J'étais comme ça à la naissance. La copine hurle et rit en me voyant. L'autre, la compagne de fist, ma mariée, reste jambes ouvertes, haletante. On l'amène aux toilettes. Elle titube et boite. J'y file aussi. Balance des poignées d'eau sur ma tronche. Il n'y a plus de serviette. J'agite les bras, m'essuie dans l'air, projetant des gouttes sur le miroir. Un des Thaïs du staff m'alpague. Il me regarde rageur. No pay ladydrinks tonight ? Glisse aussi un « strong guy, u strong guy with thaï lady right ? ». Puis rit détendu, main sur mon dos. Un autre observe, calme. Jauge mes réactions. La plupart sont indifférents. Bizarre ambiance. Se casser. Je tipe la fille à sa mesure. Elle me fait un waï. Je suis un enfant dans un monde d'adultes. Les règles m'échappent. Je suis au Siam.

6.20 Dans chaque enseigne, je renifle un plaisir. Je compte les lieux, des dizaines par rue. Des centaines dans le périmètre Walking Street. Habités d'habitantes, à louer. Autrui facile. Offert sur des plateaux plantés de barres. Offrandes illimitées. Une bonne raison pour bosser. Aucune famille ne mérite l'argent gagné. Une putain, oui. Donne du sens au fric sué. D'accord avec « Marly ». Fraternité Punter. « Marly », le faux ami. Un Français. Connu d'avant, nos débuts. Même pucelage. À deux les premiers soirs. S'aidant de nos retards à Pattaya. Arrivés vieux en ville, la trentaine avariée. Quand d'autres commencent à seize ou dix-huit. Mon jumeau d'initiation. Vite emporté. Dingue d'un travelo du *Central Festival*.

6.21 On ne croise plus « Marly » par ici. Combien comme lui désertent ? Finissent amoureux. Paumés dans des bras trop grands. Même riches, ils ne saisiraient pas le truc. Mais « Marly » le sait. Et le fait quand même.

6.22 Il est plus de deux heures et les boîtes se remplissent. J'entre au *Walking Street Bar*. Long couloir, cabriolet rouge collé sur le mur à l'entrée. Cafard routier. Avec l'avion rouge dans la façade du centre commercial *Royal Garden*, c'est une rime. Je file aux chiottes pisser. Les serveurs sont moins éloquents qu'ailleurs. Ils vous pourchassent peu. On peut souvent rester tranquille. On vient commander au bar au milieu. La cabine du DJ est au bout, près des toilettes. Juste après l'entrée, deux billards. Des pirates partout. Grandes dames de la passe. Elles règnent, le font sentir. D'un coup, une blonde farang me saute dessus. Jambe glissée sous mon bras, elle m'embrasse. Un morceau de Pitbull et Marc Anthony embrase la salle. C'est l'effet blockbuster. On se hurle à l'oreille des politesses. Elle me fait danser en mode pantin. J'en rajoute, je fais de grands gestes. Le ridicule n'existe pas ici. Ce qui existe, c'est le sida, l'argent. Par exemple. Ou la Toise. La puissante. La Toise qui fige le crétin, la ramenant. Tous les cons vaporisés. Hospitalisés direct. Ou poussés dans leurs retranchements de blasés. Ça j'adore. Faire baiser sans capote un blasé qui débarque. Lui se croit tout permis. À toute épreuve. Un je-sais-tout. L'imagination au pouvoir, on a tout vu tout connu. On vérifie, veux-tu ? Pas d'excuses. Car non, péteux, tu t'en tires pas sans tirer à nu. Sans latex. Fais voir ta science. Fais voir ta folie. Toi le blasé. Le cocu des valeurs. Et le con tombe dedans. Pris dans son orgueil. Il baise sans capote. Le con, le vrai. Après, on le blackliste. Désolé, les suicidaires, c'est condoléances et la porte. Faut être débile comme eux pour nous écouter. Nous les punters vrais. Les condamnés. Les prédateurs. T'aurais pas dû dire oui. Sale contaminé. Merci, tire-toi vite. Pas de pitié à avoir. Ceux-là méritent moins.

6.23 Avoir des cadavres à son actif de punter vrai, solitaire.

6.24 La blonde est bulgare. Elle crie son voyage au Siam, son séjour en ville. Short court comme ses sœurs siamoises. Il y a un type derrière. Ils sont jeunes tous les deux, pas des gamins non plus. Il a un bouc, un crâne rasé. Trapu. Son frère ? Son mec. Son mari. Des partouzeurs ? Peu importe. Ils me demandent ce que je fais. Gentille question. J'écoute des chefs-d'œuvre techno. Eh oui, mélomane des dancefloors. Vraiment ça jette, tous ces tubes. Les filles font clip à chaque mouvement. Et puis ici, c'est pas feint. Ce sont des dangereuses. On les sent maladives. Elles tuent. On devrait fuir. Je suis dans l'énervement. Je surjoue un rôle d'expat avec ces gens sympas. Je suis ce que je hais.

6.25 Ils insistent pour savoir. Me connaître. Mes projets ici. Aucune histoire à raconter. Le présent à perpétuité. Soit tu piges, soit non. Point d'histoire, nul suspens. On sait où je vais. Mes jours se suivent comme ils se suivent dans la Nature. Monotonie, sauvagerie, monotonie, sauvagerie.

6.26 Plus loin, une Thaïe. Elle lève son verre en salut vers moi. Elle n'est pas seule non plus. Un type et une fille avec elle. Un farang. J'abandonne les Bulgares. Je m'approche. Elle joue de moi contre lui. Non, elle joue tout court. Je fais signe. Direction les chiottes. J'y vais, elle arrive bientôt. On stationne côté fille. Ça jacte autour. La femme de ménage nettoie toute la nuit. Nos urines, nos vomis, elle se plaint. « No men here, only Phooying. » Elle a raison. On reste là. La

Thaïe est grande, la trentaine. Du fric triomphant aux poignets, au cou. Montre et bracelet, collier. Son mec est son ex. Ils sortent en amis. L'autre fille est sa sœur. Aucune ressemblance, peu importe. Ces dragues bouffonnes m'ennuient. Je dis ok, me casse brusquement. Plus on paie, plus on paie. Même celles dont on veut pas.

6.27 Trois autres filles à une table. L'une en robe noire, une autre en blanche, la troisième sans intérêt. Je branche la Blanche. Elle m'a vu venir. M'observe depuis la Bulgare. Un œil longtemps posé sur un client, c'est un oui majeur. Grand luxe de fille. Peau brune, sans tatouage. Lisse imberbe. Sans trace de rien. Aucun bouton. Fermeté partout et ossature fine. Les doigts longs. Tout est noble. Dit venir de Phuket, Patong Beach. La sœurette de Pattaya. Sa miniature au bord de la mer d'Andaman. Là-bas, on prend plus cher. Très vite, je la serre. Très vite, je dis mille bahts. Je précise. D'habitude non, mais là oui. L'effet Phuket à oublier. Elle est d'accord. Sa copine en noire est sa sœur. Nice to meet you. Elle me dit de take care good sa sister. Elle même est aux mains d'un vieux. Pêche médiocre, rattrapée par le fric. Il paiera triple, quadruple, quintuple. Ce type de fille soigne sa réputation. La soigne à l'ambition. Il leur faut des jeunes. Des beaux. Des friqués. Ces trois éléments réunis, seulement là elles respirent à la mesure de leur sphère. Leur élite crasse. Ça rend furieux les punters les plus cons. Ils ont tort. Ils ont toujours tort. Qu'ils naissent mieux, mieux faits. Qu'ils travaillent plus. Emmagasinent de l'argent. Aucune pitié à avoir. Qu'ils y

332

pensent avant de venir. Qu'ils soignent leur race. Les baronnes ont raison. Elles ont toujours raison.

6.28 On sort. Dehors, des bandes de punters. Quelle injure. Je les hais. Quelle injure pour la condition punter, tous ces groupes. Il faudrait les tuer. Toute espèce de troupe mérite d'y passer. Faire un carton. Exterminer en masse. La technique de tuerie est indifférente. Ce qui choque les historiens, dans l'Histoire, c'est le racisme. Point le massacre. Un charnier d'attroupés. « Marly » me reproche l'isolement. Ma solitude bien faite. Plus je suis moi, plus je hais. Je moque et je hais. Je sors avec des êtres qui ne m'aiment pas, je les paie. Je bois aux coupes des séductions passagères. Ça va mal finir. J'observe des masses d'amis. Ils sourient, semblent heureux. Vocabulaire d'accolades. Ils s'éclatent. Ne se posent pas de questions. Comment font-ils ? Sans angoisse, sans ambition de soi-même ? Être plusieurs, plus de trois, c'est vulgaire.

6.29 On sort de Walking Street. Les *song téo* sont rangés. Pattaya Taï. Au carrefour avec Second Road, on monte dans l'un d'eux qui attend. Des bars sont encore ouverts. La fermeture est aléatoire. On éteint les lumières. Et on continue la fête. Le *Bodega*, le *Meeting Point*, toujours allumés. Clients et tapins jouent au puissance 4. Des couples conversent. Magie du thaïglish. Refaire le monde dans une langue avariée.

6.30 À hauteur de Soï Diana, j'appuie sur la sonnette, on descend. Vingt bahts au conducteur. Le restaurant d'angle est plein. Ouvert vingt-quatre heures sur vingt-quatre. Il n'est pas le seul. Pattaya, ville ouverte.

6.31 Soï Diana, le *Papagayo* s'est vidé. Des filles traînent encore sur les tabourets. Une seule danse sur le comptoir. Poings fermés, bras jetés. De gauche à droite, virevoltants. Dans son trip. Coyotees en paresse. Ma putain regarde, amusée. Elle fait semblant de découvrir la ville. Elle est fascinée par la quantité. Tant de lieux, tant de filles. Tant de mecs et tant d'histoires.

6.32 Le *LK Renaissance*. Elle aime le hall immense. Les dorures feintes. Blanc et or Saint-Pétersbourg. Les lustres. On lui demande son ID card. Dans l'ascenseur, je l'observe. Elle est accoudée. Les yeux vagues, le sourire saoul, heureux. Tous ses traits alcoolisés. Tous ses gestes lents. Pas calculés, juste décomposés. Elle est grande. Mince. Complètement galbée. Je vais la dépiauter. La démonter membre à membre. Elle va y passer. Il faudrait la tuer pour l'apprécier. Ma tête est brouillée. Il faut garder mesure. À Pattaya, faire attention. La ville n'attend que ça, les chutes. Les farangs qui se jettent des immeubles grande hauteur. Traduction de leur chute initiale. L'esprit pourri.

6.33 Elle se déchausse. Tient d'une main ses escarpins ratés. D'une marque imitée. Pieds nus, elle m'obsède. La finesse des membres. Dans le couloir, elle glisse sur les pointes. J'ouvre la porte. La scène de cul commence.

Intermède 6-7

L'ami américain avait toujours eu plus d'expérience, plus de contrôle, plus de manières directes que « Kurtz ». À l'époque de *Tempête du désert*, lorsqu'ils étaient deux rookies de leurs drapeaux respectifs, et qu'ils se rencontraient – d'abord en tant qu'officiers des transmissions appelés à collaborer, l'un, l'Américain, dominant l'autre, le Français, depuis la puissance de feu de sa nation, les États-Unis d'Amérique (c'est-à-dire une armée qui, dans ce temps-là, après la chute du mur de Berlin, le bloc de l'Est écroulé, l'Union soviétique dissoute, n'avait plus personne devant elle, et piaffait à l'idée d'essayer tout un matériel ancien et nouveau, de vérifier sur le terrain la viabilité de tel ou tel armement, et jouait consciemment son rôle de pion important, mais pion seulement, dans le vaste échiquier tissé par une classe industrielle et financière pressée de redistribuer les cartes des marchés en trouvant de nouvelles ententes et mésententes), puis simplement en tant qu'amis, car ils avaient développé des accointances, des proximités de caractères et d'affects qui leur avaient semblé de bonnes briques pour construire une amitié –, ils avaient compris tout le parti qu'ils pouvaient tirer ensemble de cette nouvelle donne mondiale, où le renseignement deviendrait un monde à lui seul où forer, du fait de l'arrivée progressive des bases de données.

***

C'était encore une préhistoire, les acteurs privés qui, aujourd'hui, tiennent les règles du jeu étaient soit bambins, soit étudiants, mais « Kurtz » et l'ami américain avaient perçu immédiatement, dans une intuition vécue en Irak, que même dans un univers dématérialisé, on aurait besoin de types qualifiés sur des terrains précis pour sécuriser discrètement, sans dominion officiel. Ils finirent leurs engagements et débutèrent leur boîte difficilement, puis, peu à peu, ils s'enrichirent, surtout après le 11 septembre 2001 et la grande planification sécuritaire qui suivit, créant d'un seul coup une manne de travail quasi illimitée par la série des réactions en chaîne produites par toutes ces guerres à demi menées, le pourrissement des situations étant le compost aux moissons de contrats qui succédaient aux belligérances plus classiques d'un État contre un autre. Entre-temps, la Toile avait percé dans les vies quotidiennes et des milliards de gens collaboraient tous les jours à son expansion, utilisant ses services de recherches ou de dialogues et renseignant indéfiniment des champs d'informations lors des parcours de navigation et d'enregistrements, de sorte que l'espionnage s'était, au début, engouffré là-dedans, délaissant les réseaux anciens, « physiques », sur lesquels « Kurtz » et l'ami américain s'étaient au contraire rués, occupant les places laissées vacantes, assurés qu'ils y trouveraient leur compte. Et ils avaient réussi, tout un système de complicités à niveaux multiples s'était ouvert à eux au Moyen-Orient, en Afrique et en Asie, où ils dégottaient des données de première main, car à rebours, afin de pallier les failles du virtuel, beaucoup d'échanges importants passaient par l'oral dans les hauts lieux du terrorisme, du crime et de l'économie.

***

Ils se fascinaient mutuellement. « Kurtz » enviait le sérieux éthique de l'ami américain, tout en moquant les défauts de cette rigueur, le manque de folie et de subtilité qui en découlait. Une bonne santé aux antipodes de la sienne, car s'il entretenait son corps, son esprit était sans optimisme, arqué dans un ersatz de *Crépuscule des dieux* rejoué sans fin, à son niveau, assez bas au fond, mais total, complet. Le passé familial de « Kurtz » était anonyme mais fier. Aucun nom laissé sur les généalogies officielles de batailles, de faits d'armes ou politiques, industriels ou artistiques, sauf peut-être autrefois, mais de cela plus personne dans ses proches de sang ne savait rien. L'ami américain, lui, reluquait cette distance de « Kurtz » pour toute chose comme la preuve d'une noblesse déchue mais réelle, issue des vieilles civilisations, ce goût infaillible, ce baroque des attitudes, ce tact de naissance. Étant linéaire, progressiste, il voyait ces dissymétries d'humeurs et de décisions comme une élégance ajoutée à une charpente classique identique à la sienne, rigoureuse et de perspective nette. Il se sentait barbare, trop terre à terre, moins souple que « Kurtz » dans les splendeurs diplomatiques qui n'étaient bien entendu que des simagrées de bas étage, mais où il savait que se jouaient les décisions des marchés auxquels sa société prétendait. « Kurtz » était indispensable à ça, ces profondeurs hypocrites et racées, ces coulisses de l'Histoire. Il haïssait et enviait ces contorsions. C'était des deux côtés des illusions que des années de travail en commun allaient éroder avec la précision d'une longue maladie.

***

Un soir de décembre, à Paris, dans une brasserie des boulevards des Maréchaux, au niveau de la porte d'Italie, à l'angle de l'avenue du même nom, alors que « Kurtz » sortait d'une conversation avec « Marly », l'ami américain l'avait retrouvé, et dans le gel envahissant, les morsures du froid, il avait dit comment les choses se passeraient désormais. Il était furieux, mais sobre. Sa furie était un diagnostic simple. « Kurtz » ne travaillait plus. Il ne travaillerait donc plus. Il était toujours fourré à Pattaya, devenu un quolibet pour ses collaborateurs. On savait tout de lui. Son pseudo assez ridicule sur un forum français. Ses allées et venues au Cambodge ou au Laos. Sa faconde de punter en public. Mais bon Dieu, comment avait-il fait pour descendre à ce point ? Pattaya, c'était une connerie de GI. Était-il dupe des tapins ? C'est bien pour se divertir disait-il, mais rien d'autre. Rien tu comprends, absolument rien d'autre ! Il hurlait presque. Il n'y a rien à apprendre, rien du tout, ne le vois-tu pas ?

* * *

L'ami américain n'en rajoutait pas plus sur ce point. Lui-même avait connu la ville après *Tempête du désert*. Par dizaines de milliers comme lui, on les avait envoyés là-bas, en récompense de la victoire. Le passé recommençait, celui des Suzie Wong et des GIs. Il en était revenu chamboulé. Puis il avait dominé son choc, puisé dans la bonhomie froide de son tempérament et juré de ne plus y mettre les pieds. Dans les premiers temps du retour, un peu exalté, il avait vanté la ville à « Kurtz », détaillant les bars, les ruelles, les lumières, la chaleur habitée, humide de climat et de suées disponibles. C'était unique, un trou noir, un pôle qui changeait la vie. « Pôle », le mythe des pôles. Il mélangeait tout. Au même moment, progressant dans la hiérarchie, on l'avait contacté pour intégrer une loge franc-maçonne, une tradition US en baisse mais toujours présente, et en plein apprentissage théorique des textes, dans cette période brouillonne qui précède l'initiation et l'entrée dans les premiers grades des frères, il avait connecté cette symbolique des pôles, du moins de ce qu'il en comprenait, avec Pattaya, dont la puissance magnétique avait frappé son esprit débutant des Mystères. Il avait déchiré très vite ce rapprochement, cette copie malhabile de correspondances inouïes, enfouissant Pattaya en lui jusqu'à n'en faire qu'une péripétie de jeune loup perdu aux ordres de ses pulsions et de ses supérieurs. Il en gardait un souvenir fasciné et pétrifié, de danger réel pour sa stabilité.

Mais « Kurtz » avait écouté, raffiné, amplifié ; il avait fait écho, il avait subi le poids d'une rumeur, de ouï-dire, et il avait entrevu quelque chose de lui-même dans ces paroles, déjà, avant même d'y aller, il avait su que Pattaya sommeillait en lui depuis longtemps, comme une vocation.

Et il s'y était rendu encore et encore et il avait trouvé là une rémission, le seul combat à mener. Il avait exploré dans le réel des rues et dans leurs excroissances sur le net à base de forums, les méandres infinis de cette ville. Il n'était pas un visiteur. Il était un adepte.

***

Dans la brasserie, alors qu'il neigeait maintenant, que les merdes de chiens des trottoirs se couvraient de blanc, l'ami américain avait simplement proposé le rachat de ses parts. Dans moins d'un an, pas immédiatement. D'ici là, tous ses dossiers retirés, « Kurtz » était libre.

***

Rentrant chez lui, effectuant une partie du trajet à pied, ses chaussures trempées par la boue des flocons, « Kurtz » comptabilisait les intérieurs haussmanniens, ou plus anciens, ou plus récents de son itinéraire, encore intéressé par ce que révélaient les dialectiques hivernales du dedans et du dehors, des endroits très séparés, tranchés, bien zonés, présents aussi en Méditerranée, qu'il voyait comme la pire mer au monde, avec ses maisons aux murs épais, aux façades fermées sur des patios à fontaines et jardinets maniérés. Et les persiennes et les jalousies et les stores vénitiens. Et les stries, les traits lumineux sur les sols, l'écriture ensoleillée projetée sur les dalles, les carrelages, les parquets. Il en voulait à mort à ces décors. Toute une culture assoupie, attendrie sur ces expressions saisonnières. Et ces sciences urbaines de la clôture et de la séparation, le zonage, des paysages divorcés par des hommes durs avec des idées dures sur n'importe quoi. Il était enfantin dans ces dégoûts-là, comme un gosse boudeur, recroquevillé sur son refus. Il haïssait ça, les saisons, ce qu'elles faisaient aux êtres. Il n'aimait que les gradations subtiles, imperceptibles, celles au-dessus de vingt degrés, celles au niveau de la ceinture. Quand on baisse une culotte, quand on glisse un caleçon, une chaleur génitale se répand. Le passage lent, infinitésimal d'une température à une autre. La montée lente vers le torride et la descente lente vers la fraîcheur relative sur toute une année. C'est de cette douceur qu'il acceptait des violences. La brusquerie des inondations, la puissance des moussons. Et l'omniprésence de l'eau. La chaleur infiltrée partout qui empoisonne la plus petite blessure. Le corps humain est à trente-sept degrés. Les fictions de l'Éden sont printanières et tirent vers l'été à tout instant de leurs récits. Seul ce basculement des pôles étudié des initiés fait qu'on subit cette insanité climatique des quatre saisons. Quand aux paysages cristallins des banquises et des toundras, il connaissait ça par cœur. Le corps y était trop engourdi, trop calfeutré dans sa maîtrise du froid pour saisir toutes les teintes bleutées ou diamantaires que les photos laissaient présager. Le corps à l'aise est un corps nu. En phase avec l'air, acclimaté. Vingt-cinq degrés, une bonne mesure pour un déploiement optimum des puissances sensorielles de l'humain. Sentir, sentir et toujours sentir. Encore fallait-il des semblables sur la même longueur d'onde. Il fallait des foules disponibles. Pour ça, la prostitution était le top. Pas celle bâclée des zones tempérées. Limitée dans l'espace, confinée à des rues courtes, bientôt interdite même dans les chenils du zonage. Pas celle-là. Mais celle ralentie, à degrés, des tropiques. Étalée sur des kilomètres de plages et dans l'énormité de districts entiers étendus à des villes. Celle d'Asie du Sud-Est. Celle du chef-d'œuvre : Pattaya.

* * *

Il n'habitait pas à Paris, il était de passage. Il avait vécu là, et désormais, il y séjournait entre d'autres voyages, dans des meublés. Il était rentré dans son deux pièces rustique, ce mobilier ladre et ces stucs badigeonnés d'acrylique blanc prompts à satisfaire les touristes sur l'éternel Paris, et il avait consulté ses profils sur deux ou trois réseaux sociaux, puis était allé sur un forum.

* * *

Yayafr.com n'existait plus, mais des succursales avaient embrayé sur les exploits passés, et les anciens membres qui restaient actifs s'étaient inscrits sur ces nouveaux sites. Ils étaient comme des survivants d'un âge d'or, des morts-vivants. Il y avait des perles, néanmoins, de beaux restes.

* * *

> **pattayadream.fr > Rubrique : Report > Intitulé : La lutte des passes ou les chroniques d'une punteuse > Auteur : MissAlice**

La lutte des passes ou les chroniques d'une punteuse #1

Salut bande de nazes, votre chérie est de retour et cette fois je vais vous faire un CR de mon trip au PDS, d'autant que je

341

me suis bien marrée à voir les têtes de certains d'entre vous, franchement pas des Brad Pitt, LOL, mais sympas parfois, bref je m'y colle, hihihi !

Bon, pour les newbs, je suis une fille hein, pas un ladyboy ! Et j'aime les filles, voilà ! Elles sont pas que réservées à vous les jolies thaïlandaises, et j'ai même profité de certaines de vos épouses à cause de vos conneries, MDR.

Déjà, vol Emirates, l'A380 pas mal mais je m'attendais à mieux comme carrosse et l'arrêt à Tatooine, merci bien, ça m'a pas fait trippé plus que ça ! Mais bon, j'aime assez les escales, on poirote en pensant que c'est bientôt le grand bain, on prend le temps, ça peut être cool aussi !

Des heures et des heures après : la délivrance : Suvarna-poum poum poum, youpi ! Aaaaah la chaleur !!! mdr !!! Siam, me revoilà ! La boulimie je vous dis, mais vous connaissez, au moins on est synchro à ce niveau-là !

Je sors respirer l'air pourri qu'on aime tous et direction le terrier du sous-sol. Je teste leur nouveau skytrain blanc. Alors c'est vraiment l'hallu ! pas cher du tout ! Les pauvres tacos, ça doit gueuler, c'est fini l'époque des arnaques pour eux. Au fait, il faut le dire. Suvarnabhumi est un des aéroports les plus safe au monde ! Rien à voir avec cette horreur de CDG ! Donc let's go Bangkok, descente à Makkasan, je marche jusqu'à Phetchaburi station, et file à Asoke. « Satani Tor Paï, Nanaaa : next station, Nanaaa ». La voix du métro bangkokois ! Youpi, ma Krung Thep d'amour, ma folie moite ! Je veux pas charrier mais ça me fait pleurer d'entendre ça, comme l'indicatif au passage des portes d'un 7Eleven !

Je check au Grand President, dans la Tower 3, ils ont refait les chambres, c'est pas trop cher, on a une piscine sur le toit et on est dans la Soï 11 ! Une douche et hop, direction un soapy massage dans une soï adjacente. Alors là, les filles se marrent à l'entrée en me voyant ! J'ai ma coupe Tomboy avec un léger maquillage, je la joue sexy, je souris et demande si je peux entrer. L'une me prend en main, m'amène à l'intérieur et me dit « happy ending miss ? » en rigolant. Et oui, « happy ending ». J'en vois plusieurs se concerter, je crois qu'elles discutent qui va me prendre mais holà mesdames, c'est moi qui choisis ! Il y en a une superbe, un peu triste, grande, super féminine, super dure dans les yeux, une jeune affranchie. C'est toi l'élue, ma belle. Elle grimace tandis que ses copines éclatent de rire. C'est bon enfant, super sympa. Ça leur arrive pas tous les jours d'avoir une fille ! Et ça c'est le top pour moi ! En général, je suis l'attraction, toutes les portes s'ouvrent et les punters sont plutôt accueillants, limite protecteurs ! Baiser en milieu hétéro en Thaïlande, c'est le paradis ! C'est un truc que les gens peuvent pas comprendre sans y être allé, le sanouk, la fête, on ne se prend pas la tête. Quand je pense aux bars lesbiens en Europe ! Au secours !

Bref, je me désape, enfile leur tenue, elle m'allonge, me masse le dos. Elle ne sait pas trop comment se comporter, je la guide. Je me retourne, on est face l'une de l'autre. Elle esquisse des caresses sur mes seins, je prends ses doigts que j'embrasse un par un, les gobant et les remettant sur mes tétons. Je dégrafe sa tunique, elle paraît un peu gênée, timide. J'attire sa tête et je l'embrasse. Elle ne fait pas ça bien, les baisers, ce n'est pas leur truc à ces filles. Je commence à vouloir toucher son pubis mais elle m'arrête : i do for you. Et d'un seul coup, elle devient plus habile. Elle se met à genoux sur moi, palpe mes hanches, mon ventre, mes seins, mes fesses, et passe une main dans mes cuisses. J'essaie de me concentrer, mais je ne suis pas passive alors je lui fais comprendre que je veux autre chose. Leur peau me rend folle. Je la capture entre mes jambes et l'attire à nouveau vers moi. On s'enroule et je dévore tout, les seins, les aisselles, le cou, le ventre. Je tète et je lèche. On s'écarte un peu nos lèvres pour se frotter nos clitoris et c'est là qu'on se met vraiment à baiser.

Scène 7

> *... les accidents momentanés qui arri-*
> *vaient de ces rencontres ; un je ne sais*
> *quoi de plus libre en toute la personne, à*
> *travers le soin de se tenir et de se compo-*
> *ser ; un vif, une sorte d'étincelant autour*
> *d'eux...*
>
> Saint-Simon – *Mémoires*

7.1 Tee-shirt d'illusions sur mesure. Talons et jean. Elle rend pulpeuses toutes les tailles S. C'est une pirate. Elle a plusieurs tatouages. Tous furieux, indélébiles. L'un d'eux est une main fermée avec le majeur levé. Fuck you pour dire fuck me. Elle est encrée nobiliaire, sang bleu à l'extérieur. Son visage calcule, sourit. Elle toise. Chaque geste est un rapport de forces. Elle est grande. Elle est très jeune. Un air juvénile. Violent railleur. Un air frimeur. C'est son maniérisme d'accueil, cette raille, cette rouerie. Elle est seule, une Smirnoff Ice dans une main, l'autre sur la paille, sirotant. L'*Insomnia* est blindé. Il est quatre heures et demie du matin. C'est le meilleur moment. Avec la fin. Je prends mon temps. Elle n'est pas pressée non plus.

Des types lui tournent autour. Elle reste calme. Elle affine ses refus. Les dégage sans dire non. Une gradation. Laisse une porte ouverte. Décide de qui. Elle m'a choisi. Elle est professionnelle, solitaire. Elle montre qu'elle a du fric en jouant celle qui n'en cherche pas. Elle en prendra quand même. Salaire de base. Ce soir, la passe, ce sera plaisir et si elle veut. Elle est sans besoin cette nuit, juste reine. Chacun s'entraîne dans son coin : coup d'œil, œillades et sourires. Ne rien décider, attendre encore. Je fouine. Accoudé à l'un des bars, je dépiaute la boîte entière. Sur les podiums, plusieurs filles se relaient pour danser. Pas des gogos, des freelances. Des volontaires de la barre et des planches. Pas payées par le lieu qu'elles animent. Elles se vendent et s'observent. Fascinées dans les miroirs collés aux murs partout, reproduites. Elles s'éclatent. Leur quart d'heure de célébrité. Nuit après nuit. Les mecs michetons en bas sont ravis. Hypnotisés, ils courtisent. Des types jeunes et moins, minces et moins. Ils sont dans l'écran sans cadre. Ils vivent un clip. Un film sans caméra. Versailles brutal. Courtiser, intriguer, baiser. D'un côté, se faire du tapin. De l'autre, se faire du fric. Un maximum. Autant qu'on peut. Des milliers de putes et des milliers d'argent. Le temps se compte serré, biftons en mire et congés payés vite dépensés. L'infini des transactions. Le négoce charnel artisanal. Gagner sur l'autre. Grande guerre psychologique. Et des armes. L'amour en fait partie. À cause de la peur. On fringue ses pulsions de sentiments. Tournoi courtois. Pas pour moi. Je suis un punter nu. Mais j'aime voir chez les autres ce que je ne serai jamais.

7.2 Un type regarde aussi. Accoudé, sobre. Classieux, cinquante ou soixante ans. Crâne ras au poil blanc, musclé sans graisse, droit, à l'aise. Il est discret, calme. Il jauge. Deux filles tracent dans la masse. Sans âge précis, le zénith de leur caste. Elles séparent la foule en deux. Ça s'écarte sans moufter. Leurs deux chairs tendues, lisses. Des yeux en première classe de la passe. Dureté femelle, la perfectionniste, qui pige l'autre en un coup d'œil et le deuxième, c'est pour juger, choisir. Paupières qui verdictent un prétendant payeur. Monde femelle justicier. La première, une sucette en bouche, fait avec ses mains, tout en marchant et dansant un peu, un geste pour dire : place, dégage. Deux gagneuses d'élite. Sponsorisées. Qui se la pètent. Avec raison. Deux baronnes. On se demande où s'arrête l'échelle de la baronnie avec ce genre de spécimens. À quelles expériences ces filles sont allées pour accéder à ces sphères-là. Ce n'est pas seulement une affaire de sexe. C'est trempé de violence. Ça baigne dans tout ce qui fragilise et détruit. Elles font peur aux cerveaux payeurs d'en face. Les clients. Elles font du marbre dans leurs têtes. Des veines glacées. Elles ont tapiné dans le monde thaï, puis dans le monde farang. Elles ont déjà perdu quelque chose. Elles sont off de tout, sauf du fric. Elles ont le savoir suprême : elles connaissent la pyramide. La grande, la sociale. Celle des castes, et son ombre dans l'autre monde. Celle de l'esprit. Qu'on ne remonte jamais. Qu'on dégringole tout en quittant la pauvreté. Le bien social, le mal moral. Sécheresse du cœur, récession de l'esprit. Crue des portefeuilles. Descente ascensionnelle. Paradoxe et schizophrénie des putains authentiques. Et des clients. Cette fois, je fais mon choix. Ma jeune pirate. Elle n'a pas bougé. Elle n'est pas impressionnée par les deux fauves. Elle ne parle à personne parmi les centaines de putes autour d'elle. Seulement avec les serveurs. Elle les connaît tous. Ils sont insupportables. Ils pointent leur mini-lampe torche sur les types et poussent à consommer. Si l'un d'eux s'énerve, flanche une parole d'agression ou d'humeur : ils foncent dessus à plusieurs. Et lui éclatent la tête. Le mettent en sang. Le traînent dehors et le remettent aux flics. Ils adorent. Un farang mort ou presque. Un étranger. Un hors-caste, une saleté. Un traîne-misère dans les bras de leurs sœurs.

7.3 Scooter. Le sien, on le cherche. Elle dit avoir dix-neuf ans. Un père cambodgien, une mère issane. Et ne pas être thaïe, en être fière. Elle me demande de conduire. J'ai mon permis à l'hôtel. Il est encore tôt, cinq heures. Pas de flics en principe. Sauf ceux qui courent. Footing sur Beach Road. On remonte vers Soï Buakhao. Passage au 7Eleven. Puis le *Little Court*. Trois mille bahts mois. Encore un endroit en U. Le bâtiment sur trois côtés. La cour au milieu. Des coursives distribuent les chambres. Beaucoup de filles y vivent. À peine entrée, elle ouvre une bière, rote de ses lèvres épaisses. Elle est joueuse. Commence un discours que j'arrête : sa fille d'un mec thaï, à seize ans, le travail en usine. Froideur, d'un coup. Sa jeunesse exige tout. La romance et l'argent. Je veux seulement la foutre.

7.4 Je m'assagis, l'écoute. Elle s'assagit, parle, mais pas longtemps. Détaille le père, tueur de serpents. Tueur dès l'enfance : he was a red khmer dit-elle. Son visage est soudain illuminé. Le père, le meurtre. He kills people. Cruauté réelle cette fois, sans jeu. On se reluque plus chaud. Je détaille ses pieds. Longs, abîmés, aux ongles malades, mal entretenus. Elle est maigre, mais conserve un cul très rond, cambré. Et son visage rigolard, de guerre rieuse. Une ironie armée. Elle dit s'appeler « Wa ».

Coulisse n° 3 : Ta Mok. C'était le nom du chef. Frère n° 5 dans la hiérarchie Angkar. Dans les années 1980, les Khmers rouges régnaient encore au nord du Cambodge, les zones frontalières avec la Thaïlande. Et Ta Mok dirigeait les troupes. Il avait sa réputation. Avant 1975, il avait exterminé à Oudong les classes bourgeoises. Tous les citadins. C'était, de goût soldatesque, un Savonarole. Entouré de jeunes gens spectaculaires. L'image reproduite partout, comme un symbole, de l'adolescent ou de l'enfant froid, garçon ou fille, aux yeux rieurs, aux traits tueurs, une casquette inclinée légère sur le crâne, un krama roulé autour du cou, ou presque élégamment dénoué de part et d'autre, c'était ses troupes. Les jeunes tueurs de Ta Mok. Dix ans plus tard, après l'invasion vietnamienne, après les tueries dans les rizières, le périmètre d'action rouge s'était réduit, et les jeunes avaient vieilli. Mais Ta Mok recrutait toujours. Des gamins paysans. Robustes et malins. Le parti avait changé. Où il s'était révélé. Les dirigeants s'enrichissaient. Ils s'appuyaient sur des réseaux de passeurs avec le

Siam voisin, des réseaux d'intérêt. Le père de Wa était l'un d'eux. Très jeune tueur de confiance dernier modèle, post-Killing Fields, que Ta Mok envoyait derrière la frontière planquer le cash du trafic de bois ou de miniatures arrachées aux temples. Il s'était fait des relations mineures, et il avait rencontré sa future femme. Le fric communiste, c'est le cash et l'or, les matières précieuses. Le capitalisme vit d'actions et de Bourse. Il avait fini par déserter. Après la liquidation de Frère n° 1, Pol Pot, par Ta Mok lui-même, la rébellion déjà blessée s'était disloquée, dissoute en fuyards dans les jungles denses et carnivores. En 1998, son père réfugié à Si Sa Ket, Wa était née de nationalité thaïe, dans la maison des parents de sa mère, honteux du choix de leur fille d'épouser un étranger khmer. Très vite, avec les amnisties, le jeune couple et l'enfant étaient venus s'établir dans la région des temples, au plus près d'Angkor, là où les touristes arrivaient de nouveau. Le père s'était fait touk-touk. Il parlait un peu anglais, lui qui, des années auparavant, tuait, torturait celles et ceux de son peuple qui l'enseignaient.

7.5 Elle veut une douche ensemble. Dégrafe son jean. Dans la salle de bains, elle tombe le tee-shirt. Ses seins sont plus gros que tout à l'heure. Elle joue des effets du soutien-gorge. Une taille plus petite que la sienne. Ils jaillissent et les mecs tombent dedans. C'est simple. L'homme simplet aux moindres courbes.

7.6 On se frotte, j'admire l'épiderme. Tout en bronze sans tache. Une de plus. D'un bronze brillant, laqué. Elle s'assoit, me tend le shampoing. Je prends une poignée de cheveux et masse. Du doigt, je lisse les oreilles, les lobes. Les creux. Je prends garde au front, les yeux. Je gratte le cuir. Puis je laisse couler l'eau. Le savon blanc mousseux glisse sur les épaules, les seins, le dos. Il reliefe les fossettes du haut des fesses, le creux de la colonne vertébrale. Elle est en tailleur sur le carrelage. Les joints sont moisis. Le pommeau de douche à moitié bouché. L'eau est frugale. L'ampoule est terne.

7.7 Debout à présent, je passe aux aisselles, aux mamelons. Elle se met une main au cul, au sexe, et nettoie. Elle n'est jamais sale. Elle fait ça plusieurs fois par jour. Avant et après chaque client. Deux fois propres pour chaque arrivant. Elle m'embrasse. Elle adore embrasser. C'est rare. Ça m'occupe plus que le reste. C'est très rare. Elle moule parfaitement sa bouche, sort sa langue sans forcer, roule. Elle est loin du baiser mal fait d'Asie du Sud-Est. Elle fait ça bien. Elle répond au dosage, va profond sans forcer, varie. Du pur flirt. Elle a dix-neuf ans. Elle met son âge sur la table.

7.8 Je presse ses seins. Un dans chaque main, j'alterne. Un dans la bouche, l'autre pressé et vice versa. De plus en plus vite, puis lenteur, et vitesse à nouveau. Du mécanique plaqué sur du mouvant. Je me fais presque chier. Seule la nouveauté du corps renouvelle la sensation du geste. On se sèche. J'ai un goût savonneux dans la bouche, celui de ses seins propres.

7.9 Je l'installe dos contre les coussins du lit. Dos au mur. Elle se laisse faire. J'écarte ses cuisses, j'attaque le sexe direct. Sa motte est protubérante, en demi-pastèque. Un monticule fendu. Rasée, elle aussi. Je lèche langue à plat. Ses lèvres s'ouvrent. Je gobe le clitoris, aspire, relâche, aspire encore, puis donne des coups de langue. Elle n'y croit pas. Après deux trois détentes, elle se cabre. Elle s'absente des réactions habituelles. Elle se relève et dit « stop to play with me, fuck me ». J'en étais sûr. Une chieuse. Une moins de vingt ans. Pas certain qu'elle ressente, à cet âge, le sexe oral. Pas comme sa mère. Il faut du temps, de l'expérience. Sa mère, à quoi doit-elle ressembler ? Épouse de Khmer rouge. Un visage spécial ? Et lui, le père ? Leur fille à Pattaya.

7.10 Je la retourne en levrette, direct. J'aurai tout. J'humecte majeur et pouce et je doigte le cul avec le premier, la chatte avec le second. J'enfonce, comme ça, en mode agrafe. J'appuie, pour faire joindre les deux à travers sa chair qui sépare intestin et vagin. Elle subit. Ça lui plaît. Je me penche comme je peux et l'embrasse. Elle roule, yeux fermés, les meilleurs patins du Siam. Depuis dix ans que je viens, c'est l'étoile. Tant d'attente pour un bijou. Le sexe sans flirt est un avorton. Surtout quand à l'autre bout, on pénètre avec tout.

7.11 De son sac dépasse « Sexy me ». Un parfum local. Un tube fin, en verre. Rose et or pour le bouchon. Une dizaine de millilitres pas plus. Une star thaïlandaise est la marraine de l'objet. C'est long.

Fin, commode à transporter. Facile à sortir. Je prends « Sexy me » et le plonge dans son cul. En l'absence de gode, il sera le plug.

7.12 Elle résiste. J'élargis progressivement, avec du KY. J'en vide la moitié, au moins. Elle s'évase, « Sexy me » ouvre une voie. D'un coup, une partie disparaît, aspirée. Le sphincter a lâché. Je commence lentement à venir et aller. Je me redresse sur les genoux. Je vais la prendre. Ma queue cette fois dure, j'entre en elle. Une main presse une fesse, l'autre guide « Sexy me ». Je finis par lâcher le parfum, et tenir ses hanches. Elle se cambre, avance et recule elle-même. Abréger, ce qu'elle cherche, par des ondulations. Je contrôle comme je peux. Je ne pense à rien pour détruire l'excitation. Retarder. Faire qu'il ne reste que le sang dans la queue sans plaisir. Ce round-là sera mien. La pénétration lui plaît. Celle vaginale, simple. J'enlève « Sexy me », me concentre uniquement sur son plaisir. Je vais au fond et ne pilonne qu'à partir de là. Elle reste collée à moi. J'alterne les positions, pour me calmer encore. Debout, les mains plaquées au mur, comme une fouille de flic. Je tape dedans. Je lève une de ses jambes. Elle halète. De l'autre côté du mur, un type se met à frapper comme un dingue. Silence bref, puis reprise. Elle rigole, je suis bien, très bien. Je fonce dans ses entrailles. Je me concentre sur une image royale. Géométrique. L'exagération de son cul, de sa jeunesse, de sa candeur. Je me vois fourrer brutalement sa fragilité. Une fragilité consentante. Qui en veut. Qui met en compétition les forts. Compare les puissants. Les asservit par sa faiblesse. Je la baise, mais j'ai tout dans la tête. Tenir l'érection sans jouir. Faire durer jusqu'à sa capitulation. Mon film m'aide. Le type frappe à nouveau et gueule. On entend un bruit de pas. Les parois sont légères. Furieux, queue à l'air, je vais à ma porte. Sur la coursive, le jour levé, je retrouve mon voisin.

Un Thaï.

7.13 Je croyais voir un étranger, comme moi. Je sais, il sait que je suis en tort. Un farang est fautif de naissance ou presque. Mais à Pattaya, c'est inévitable. Les flics guettent. L'arrestation, la caution, ils aiment. Et blacklister. Interdire de Royaume. C'est le dédale des soï. Les Minotaures casqués, bottés. Le farang est la vierge. Et dans mon état, si la police vient, je suis mal. Il fait des mouvements de bras, crie sur moi, mais ne tente rien. Il attend. Si je bouge, c'est prison pour moi, argent pour lui. Il ne sait pas se battre. Il ânonne la Muay Thaï. Trop lourd et prévisible. Je sais comment le tuer net, exactement. Où placer mes mains. Le retourner puis l'étouffer. Lui briser la nuque. Ou d'un coup le mettre à bas. La paume des mains dans son nez. Il ne verra rien venir. Des années de pratique. Même l'autre type, qui se pointe avec lui, ne peut pas faire le poids. Même à deux j'ai la technique, la science. C'est peut-être le bon moment après tout. Crever quelqu'un au petit jour. Et pourtant rien. Je dis ok. Je bats en retraite.

7.14 Des ennuis, je veux bien. En avoir, oui. Mais pour des seconds couteaux, des types secondaires, non. Ma chute dans les mailles policières, si elle a lieu, doit être grandiose. Chuter de haut. Faire du bruit en bas, chez les gueux familiaux, les nouveaux riches de l'esprit. Ceux qui pensent. De moi, il faudra dire : Dieu est mort. Tombé du millième étage.

Wa sort. Elle salue les deux Thaïs. Je suis en territoire ennemi. Isolé. Je baise avec un adversaire que je paie. La parano n'excite rien. Je ferme la porte. Reste mou face à elle. Je pars prendre une douche. Comme un dégoût au soleil. Dans le siphon de la douche, un chewing-gum. Un plastique de cure-dent. Depuis trois jours ici, je n'ai pas vu l'accumulation des restes. La saleté, la malpropreté relative. Le déchet dans l'hygiène. Se laver cinq fois par jour. Laisser traîner les emballages. Laisser pourrir l'enveloppe. J'entends des talons dans le couloir. Une fille rentre de passe.

7.15 Wa s'enfuit sous les draps. Il n'y a pas de télé au *Little Court*. Elle écoute des musiques sur son iPhone. Des copies d'un copain DJ à l'*Insomnia*. Elle m'affirme que j'aurai un jour des problèmes. Un don de voyance. Que je suis perdu. Déjà mort. Elle me propose de rester avec moi.

7.16 On se partage les écouteurs. Bras contre bras. On a vingt ans d'écart. Je félicite ses tatouages. J'en vois mieux certains. Le doigt fermé du fuck you de son épaule. Dans le dos, un maquis de fils de fer. Du tribal arrangé, qui montre une rose barbelée. Au niveau des omoplates, un *sak yant*, motif sacré. Un stupa aux lignes alphabétisées. De type Khao Yot. Une prière architecturée. Elle a trois mondes sur l'épiderme : le farang du fuck you ; le bouddhiste theravada du *sak yant* ;

le sexuel insulaire Pacifique de la rose concentration-naire. Les couleurs sur sa peau bronze sont éteintes. C'est le seul point faible de cette dentelle.

7.17 Elle veut sortir manger. J'explique la passe perdue. Honneur à geindre. Elle me la doit. Aucun dessin à faire. Elle sait, se casse sans billet. Pas même la gymnastique habituelle. La prise de tête oubliée. Ni reproche ni rien, remballé. Elle est pure. C'est moi qui m'humilie. À peine dehors, je la suis. Elle est surprise. Ça casse mes habitudes. Mon programme est flouté. Un jour une passe, au moins. Poubelle, déchiré. Ma vie de déchet. Être le suprême déchet. Raté. À cause d'un VLT. Very long time, la honte. Je suis micheton. On s'installe à quelques dizaines de mètres de là. Un hall profond. Faible en largeur. Mais long. Des currys et du riz. Des légumes. Œuf et poissons. Toujours la plus grande variété. Le plus grand choix. L'orchestre culinaire. La grande forme. Chaque plat en instru-ment. Des dizaines. Plus que partout au monde. Plus de plats que de goûts. Une tuerie.

7.18 La commande passée, plus rien à se dire. Elle regarde un mec jeune. En marcel, mal rasé. Décoloré. Tatoué aussi. Le dos entier. Dragon fluctuant jusqu'à faire un huit, de sa queue. Plus ou moins l'infini. Mathé-matique de feu. Les écailles rouges. La langue reptile. Bifide. Fond de nuage fouetté. En bleu. Le tonnerre. Il passe entre les tables. Il lui sourit. Il est avec une fille. Une ado comme lui. Tatouée aussi. Je lui souris. C'est une lutte. Lui sourit à la mienne. Moi à la sienne. Elle n'est pas laide non plus. Un brin en dessous du beau gosse qu'il est. C'est ça, toujours. Beau avec moins belle, belle avec moins beau. Le baroque des passes. Wa voit le manège, le sait. Ça l'agace. Ça n'a aucune importance. Les hommes ne comptent pas. Les comme nous. Les punters. Des porcs. Tout est flou depuis long-temps. Les contours des personnes comme des objets. Les sexes aussi. Tout s'échange. L'impression recher-chée. Elle est trouvée. Celle d'un tissu. De fils traver-sant tout. Des cordes. Et de celles-ci, nous. Quand on les pince. Des émanations. Des étincelles. C'est nous. Carrefour de dieux multiples. Des prétextes. Des occa-sions de forces contraires. Dans le meilleur des cas. Les rencontres font des corps nouveaux. Harmoniques et stridences. Accords en tierce, quinte. Ricoche gratuite.

7.19 Le verlan du bonheur.

7.20 Elle me suit à son tour. « We fuck, I go. » J'acquiesce. L'appétit m'a ouvert. Dans la chambre, je graisse deux de ses doigts. Ceux sans faux ongles. Elle a des faux ongles. Elle en est peintre. Par cen-taines dit-elle. Tous chez elle. « You come, you see. » Dans des godets des pinceaux. Des tubes d'acrylique. Une palette en plastique. Une loupe. Et Wa devient une autre. Sa vocation. En attendant, je la saisis par les cheveux. Elle rigole de cette violence. Elle se met à genoux. Déballe la queue et les couilles. Pompe et enfonce ces deux doigts dans mon cul. La douleur d'un côté est estompée par le plaisir de l'autre. L'effet prostate. Il survient bientôt. Elle vise juste. Elle écarte l'anus comme il faut. Je durcis d'un coup. Prêt à jouir. Je me retiens. Je m'assois sur sa main. Je tape ma queue sur son nez. J'adore son nez cambré. Symétrie des narines. Je promène le prépuce dessus. Dans sa bouche, je vais jusqu'à la garde. Son nez sur le ventre. Souvenir d'une brochure X. Une vieille, trente ans ou plus. En noir et blanc. J'avais douze ou treize ans. Des boat people porno. Vietnamiennes en sandwich par des larbins disco. Des Blancs. Coiffure Alban Ceray. Et elles au milieu. Leur bouche écartelée par la taille des queues blanches. Leurs narines dilatées, en syncope. Les yeux bâclés au mascara. Fermés. Les sourcils froncés. Comme mortes. Perfection.

7.21 Je quitte le souvenir pour Wa. Sa coupe au carrée. Canon à genoux. Elle se marre, parle la bouche pleine. Elle sait tout à son age. Le ridicule, le grotesque du sexuel. C'est bon. C'est un fuel. Qui mène loin. La voir parler me fait saliver du gland. Je ne retiens rien, je crache. Elle prend tout, ses yeux plantés dans les miens. Rieuse. Elle avale. Puis dit qu'elle n'aime pas ça. Mais elle le fait. Elle est ravie que je sois ravi. Suis-je ravi ?

7.22 Mon horizon mental se limite aux putes suivantes. Mon ambition aux putes suivantes. Mes projets aux putes suivantes. Mon patrimoine aux putes passées. Ma mémoire aux putes passées. Mon présent aux putes présentes. Mes passions aux putes présentes. Mon imaginaire aux putes réelles.

7.23 Punter.

7.24 La nuit s'est installée. On ne voit rien d'ici. Des filles vivent à trois ou quatre dans les mêmes chambres que moi. Trente mètres carrés de femelles et de vies femelles à plusieurs. Je suis au cœur d'un des milliers de harems de la ville. Un gynécée recommencé à chaque recoin de Pattaya. Le moindre condo abordable, c'est Byzance de filles. Mec au milieu des femmes, je respire. Tout air masculin me fait vomir. Un mètre suffit pour me faire hoqueter. Les types thaïs de ce matin sont partis travailler. Des emplois de chiens. Qu'ils disparaissent à dix mille bahts mois.

7.25 Rester isolé. S'isoler. S'insulariser. L'élixir Punter, la solitude. Filtrée, de bassins en bassins.

7.26 SMS de mon associé. Est désolé. Confirme le rachat de mes parts. Regrette cette fin prématurée. S'inquiète de mon état d'enterré. Mon attitude est une chute. Il ne peut pas assumer. Je ne sers plus à rien. Mes réseaux sont à sec. Ma raison sociale est éteinte. C'est vite expédié. Ça passe comme dans du beurre. De qui parle-t-il ? L'impression de lire une langue étrangère.

7.27 À quelle rue se confier ce soir ? Ici, c'est vivre mortel dans l'éternité. Celle quantifiée des nombres de bars. Toujours plus nombreux, toujours plus peuplés. Le nombre de filles dépassant le nombre de jours à vivre. Une éternité terrienne et sexuelle. Je refais toujours surface aux nuits tombées. Dix mille lieux m'attendent. Vingt mille. Cent mille filles. La haute saison. Des mois de soleil et de nuits sans pluie. Un tatami de sexualités à faire. Se promener, se croiser. S'emmener. Je bande de ça. Du possible incarné là.

Coulisse n° 4 : TU t'attaques à la prostitution avec toute la violence requise par la malhonnêteté, TU cries libération et TU trafiques ainsi la liberté par des discours faussés, TU condamnes les clients à la vindicte et les putains à la clandestinité et demain ce seront les actrices et les acteurs porno. TU t'éclates à m'éclater dans mon lyrisme assumé, TU surgis et TU critiques l'apologie de la foutrerie sans cause, TU viens de faire dix mille kilomètres théoriques dans ta tête à base d'études ministérielles sur la prostitution et de tout ton poids de cadavre bavard, TU cherches à interdire, juguler, et surtout salir une Noblesse de rue qui dépasse en valeurs toutes celles de robe et d'épée réunies, et surtout, enterre ta félonie démocratique intellectuelle laïque quand ça t'arrange, religieuse quand ça te plaît, scientiste psycho quand t'en peux plus d'arguments moraux, détaillant les ravages en amont subis par les putains, et le détraquage du client en aval, t'empiles les viols et les rapports de classe que TU es le premier à renforcer par ta capacité à parler sans écouter celles et ceux qui vivent de ça et autour, et c'est pour tous les sujets pareil, une même méthode d'étouffement du vivant, TU orientes dans ton sens les paroles recueillies, une cuistrerie illimitée identique, crânement vendue en bulletins de vote et en reportages divers sur tous les sujets de société que TU imposes, tant ces sujets-là sont inexistants pour la plupart des gens, leurs soucis premiers étant le bonheur, une brève parenthèse de plaisir dans un univers fruste et régulé là où il ne faut pas, et dérégulé là où il faudrait, et TU as évidemment déclaré que l'hédonisme était partout, que c'était son règne abject irrespectueux partout, que l'égoïsme était son corollaire, qu'on jouissait toujours aux dépens d'un autre, pauvre crétin, alors que jouir seul n'existe pas, il n'y a que les acculturés du Kali Yuga pour le croire, même la masturbation est habitée, le plaisir, le bonheur c'est la rencontre, l'accouplement, la science festive, le bruit des collusions d'instruments divers et les naissances qui en jaillissent, et c'est plus encore, bien plus, et si TU fais ça, TU dis ça, TU fientes ça, c'est que TU y prends plaisir justement, plaisir d'interdire chez autrui ce que TU pratiques chez toi, dans le confort de tes résidences surveillées dont l'architecture est aussi minable qu'un dessert de mastaba chantilly. Hitler et Staline que TU cherches si bien chez les autres dès qu'ils pensent violemment contre ton emprise, sont tes créatures, TU es l'embrouilleur suprême, TU as réussi car TU as corrompu, TU es le principe corrupteur dont parlent les alchimistes et dont l'humain est composé, mais je suis conscient de qui TU es, je sais ton nom, ton action à figure socialiste ou nationaliste, ta tiédeur rouge ou blanche terroriste à base de mots et de censure, ton ultra-centrisme d'affadi du vivant et jamais, jamais TU ne m'auras, même si TU produis cette coulée en moi, comme pour me coincer encore une fois, me ridiculiser dans ma prise de parole en paralysant toute sortie, mais je suis loin, je suis à Pattaya, je suis protégé.

7.28 Wa file se doucher. Je pose mille bahts sous son téléphone. Elle me laisse son numéro et sort. Les bars font du raffut, battent le rappel. Je prépare ma nuit. Ablutions et curage. La mouise propre.

7.29 Sous mon ventilateur, on étouffe. Pas d'air conditionné au *Little Court*. Des émanations de ya ba aussi. Une faible rincée. Les filles fument. Partout et de plus en plus. C'est le stéroïde de la passe. Ça fait des nuits d'éveil sans fin. Tenir des jours sans dormir. Dehors, chaleur par bouffées humides enrichies d'huile de grillades. Et de fuites d'égouts. L'air sucré.

7.30 Je marche jusqu'à suer. Un baht bus passe et klaxonne. Montée et séchage par la vitesse. L'apaisement cutané en accéléré. Passage hâtif d'un état du corps à l'autre. Beaucoup en deviennent malades. Les sinus aux abois. Ça ralentit. Trafic comme une mauvaise digestion, des pétarades en fusion. Arrêt bref. Devant le *Pook Bar* et ses ladyboys. Elles sont fluides sur leurs talons. Leur féminité de synthèse. « Marly » converti. Les « filles » du *Pook*. D'un autre genre que sa Porn. Je devrais faire un tour au *Central*. Vérifier cette Porn. Elle me toise à chaque fois.

7.31 Je vais au *Castle*. Third Road. Une boîte sadomaso. Chère pour la ville mais à voir. Pour vérifier le SM à l'aune de Pattaya. Un infantilisme occidental. Il n'est pas très courant ici. Un import faible. Question de relief. Il manque de flash. La lutte des passes, c'est autre. L'antipode des libertins. Ceux nouveau sens. L'actuel, pas l'ancien. Le *Castle*. L'entrée payante. Une ambiance médiévale. Une prison. Des barreaux pour rideaux. Les maîtresses siamoises supervisent.

Des soubrettes comme en France. À la solde de leurs cuissardes. Presque parfait. Seule la ville casse le délire. À faire rire les baronnes. Ce sont elles, les maîtresses. Leur office est dans les boîtes. Les bars sans masques. Ni décors de cuir, ni lune. La ruine, le sida, l'humiliation. Comme des Charons, elles guident. Pauvre SM, si on compare. Misérables fouets, face aux pirates. Mais inutile d'en rajouter. Je quitte le *Castle* respectueux. Les filles rigolent. Pas pris même le verre inclus dans le prix d'entrée.

7.32 Descente vers Walking Street nuit. Du monde partout. La rue piétonne est pleine. On sonne la saison haute. Elle n'existe plus. Chaque mois rempli à ras. Mais il fait beau sans condition. C'est un gage de fêtes bondées. Une liesse de contrastes. On sait que l'hiver tue l'Europe. À petit feu de neige sale. À petit froid. L'hiver tue. L'Afrique n'est pas mieux. Si je pouvais flinguer tous les continents depuis Buddha Hill. J'y mets un lance-missile. Des transcontinentaux. Et j'appuie. De bonnes adresses à effacer. Alger, Rome, New York, Tokyo. Une ivresse bruitiste. Le tintamarre de Walking Street.

7.33 Vibration. Mon portable affiche un numéro thaïlandais. Wa propose de me rejoindre. Il est une heure. Pattaya est un trou noir. Étoile morte. Effondrée. Impossible de s'échapper. Tous y tombent. Punters, putains, familles. L'indépassable horizon.

Intermède 7-8

Il était parti de loin cette nuit-là, quasiment de l'*Amari Orchid*, car il venait de prendre un verre au bar avec « Harun » qu'il voyait de plus en plus pour peaufiner des projets d'installation à long terme à Pattaya, et c'était un prétexte pour « Kurtz » de rejouer indéfiniment sa chute devant ce type, « Harun », dont les rêves étaient aux antipodes des siens, mais qui à la fin se révéleraient sans aucun doute aussi absurdes que ceux des punters. « Harun » était un mélange de discrétion et de rêve éveillé, de pudeur brusque et d'élans lyriques quasi incompréhensibles qui tous avaient la ville pour objet et dans cette ville un fantasme à l'état de plans, d'ébauches, de maquettes, une construction gigantesque et babélienne comme on en voyait parfois sortir de terre ici, et qui symboliserait par ses formes, ses circulations à l'intérieur de ces formes, ses espaces d'habitations et d'activité, la synthèse de sa vision du « Grand Orient Très Spécial » comme il répétait sans cesse, robotisé par ses projets et ses délires. En attendant, il faisait l'agent immobilier et il avait raconté à « Kurtz » des dizaines d'anecdotes sur des dizaines de candidats à l'expatriation, une galerie d'hommes et de femmes en burnout avec leur vie d'avant et qui étaient prêts à tout perdre pour reconquérir un peu de vie dans leur existence.

***

Et « Kurtz » y voyait les confirmations des effets de la « Survoix » comme il disait, cette massue fracassant tout, emmêlant toutes les choses, embrouillant tous les êtres, trafiquant les discours au point de rendre chacun paranoïaque et méfiant, avec la ferme volonté de se tirer loin. Cette Voix collective était une saloperie. Jamais il n'avait pensé qu'elle aurait un tel pouvoir. Et elle s'attaquait à la prostitution maintenant, il l'avait lu. Elle s'attaquerait à la pornographie. Elle avait toujours été sexophobe, canalisant le sexe autrefois dans le mariage et la reproduction, et le canalisant maintenant dans l'amour, celui librement consenti, c'était l'expression choisie, et quelle horreur, tout ça, quelle horreur. Comme ces types, disait « Kurtz », mi-parodique mi-sérieux, qui au Cambodge, au Vietnam, ordonnaient à des gamins de tuer mais leur interdisaient d'écrire « enculé » sur leur matos car c'est obscène. Les mêmes chefaillons de garde avaient rappliqué, infiltrant les anciennes luttes libératrices pour les faire dégénérer dans le puritanisme totalitaire et la destruction du vivant. Oui « Harun », oui, tu m'entends, tu m'écoutes ? Ce sont eux qui nous détruisent, eux qui nous mettent dans des postures de clowns, ou de fascistes, ou de populistes, des postures d'intégristes ou d'hermétistes, c'est leur clapet critique à ces cuistres !

***

« Harun » constatait alors combien « Kurtz » était prisonnier de ce qu'il venait de quitter, dépendant de cette actualité et de ce pays qu'il vomissait, malade, un lymphome irrémédiable mais très lent, et combien il aurait dû regarder du côté de « Marly », s'inspirer de « Marly », qui lui avait rompu avec tout ça, sa seule préoccupation étant maintenant cette Porn, cette fille, cette transsexuelle, sa seule obsession, sa seule manière de penser et d'agir, ne fréquentant plus les expats, exilé volontaire et heureux dans cette fille et seulement elle.

En sortant de l'*Amari Orchid*, en traversant pour se rendre sur le côté plage des trottoirs de Beach Road, « Kurtz » avait avancé presque solitaire dans cette partie de la baie, celle proche de Naklua, le premier kilomètre, à peine quelques couples, quelques filles échouées là, vieilles et isolées, comme des queues de peloton lâchées par la bataille qui se jouait plus haut.

***

La mer avait reculé, la marée découvrant une étendue plate jonchée de plastiques multicolores en forme de bouteilles, de sacs, de brosses à dents, des ustensiles de toutes sortes, et aussi les gommes des composants divers des pneus et les reflets mousseux des produits chimiques, et les coquillages et les algues arrachées, les bois. Dans cette palette de chaque nuit, un punter mort et une pute morte, salés à l'eau du Golfe, pouvaient très bien faire leur apparition et égayer les colonnes du *Pattaya One*, ils avaient d'ailleurs chroniqué un certain nombre de meurtres, deux filles abattues dans leur transat sur Jomtien, quelques coups de feu sur Soï Diamond ou Walking Street, mais c'était vite englouti dans la masse des suicides et des saisies de drogue et des descentes de flics dans les claques et des festivités de tel ou tel lieu à propos de telle ou telle célébration, ce n'était rien en comparaison de ce qui se déroulait vraiment et qui laissait malgré tout la délicieuse impression d'une ville sûre, même pour une fille seule.

***

La lutte des passes ou les chroniques d'une punteuse #8

Donc cette nuit je me suis rendue au Shela Tomboy club, juste en face du Hollywood Disco sur Third Road et j'ai tapé dans le mille de la mouise made in lesbienne au Pays du Sourire ! Le Shela, ce sont des hôtesses tomboy pour des clientes très filles. Attention, ça ne peut pas plaire à toutes, si vous me lisez, sœu-rettes, ce dont je doute, tellement vous êtes en Europe flinguées par vos militantismes neuneu. Bon, je critique, mais j'en profite aussi, et c'est pas la question mes délires sur un féminisme magique. Et puis, vous vous en foutez, mes frangins punters, du fond de vos bières, de vos drogues, et de vos chéries, eheheh…

Donc ici, au Shela, il faut la jouer féminine way, on est pas lesbiennes, on est des hétéros et on veut rencontrer des mecs différents, des mecs avec une fente comme nous, des tomboys, vous suivez ? Si on est soi-même tomboy, on est accueilli aussi, pas de problème, sauf qu'on est en concurrence avec celles qui bossent, et là, ça peut vite dégénérer à la mode pattayenne, sans faire trop de bruits mais beaucoup de bobos ^-^.

On peut aussi « take care » un tomboy du lieu, mais entre tom-boy, on est pas très à l'aise. Le tomboy aime la belette maquillée à talons et la belette maquillée à talons aime le tomboy :)

Bref, j'ai joué de mes cheveux courts en la faisant garçonne années 20, je me suis fardée à mort les lèvres et les yeux, j'ai mis une jupe ultra courte, des talons, des bijoux fantaisies (clair que j'allais pas mettre de vrais bijoux ! on vous les arrache dans la rue, surtout à cet endroit de la ville, avec tous ces terrains vagues autour du Noir, du Hollywood et du Shela, bien sombres la nuit !), et je suis entrée en mode « girly girly », un premier tomboy au trousse.

Elle m'a reluqué direct, il faut dire qu'il y a peu de farangs et beaucoup de thaïes. C'est dingue le nombre de gogo girls et de ladybars qui viennent passer du temps ici dépenser le fric de leur passe ! Si si, j'exagère pas, à force de leur faire faire des trucs lesbiens, vous les convertissez, hihihi. Ou alors vous les dégoutez, j'en sais rien. Je dis rien, j'en suis une de cliente. Et c'est là que j'ai eu ma galère... Je me suis retrouvé à payer des verres à une puis deux hôtesses, enfin deux tomboys sans faire attention aux prix. J'ignore ce qui s'est passé mais après moins de deux heures à ce rythme, l'addition est arrivée, huit mille bahts !!! Alors là je dis non c'est pas possible, me faire carotter comme une grosse conne de newb ! Et voilà le staff qui débarque et me gueule quasiment dessus en me brandissant le détail des consommations. J'ai payé et je suis parti dégoûtée. À la sortie, j'ai croisé une fille canon ! Elle a vu ma sale gueule, limite si je chialais pas. Bon, en fait si, je pleurais quoi ! Elle m'a accosté en disant qu'elle avait maté la scène et que je ne suis pas la première à qui ça arrive, faut faire attention à ce que les hôtesses commandent et comme en plus je suis farang... Bref, elle a été très gentille avec moi. Elle était habillée en rouge pétant, tout très court, ces cheveux ultra longs. Elle m'a dit être gogo au Baccara sur Walking Street. Elle a un fiancé français, mais oui, l'un de vous alors ! Un mec qui la sponsorise en attendant de la faire venir. On était toujours à la sortie du Shela, sur le trottoir, et elle m'a proposé d'aller d'abord prendre une soupe à côté, dans le terrain vague. On a parlé une heure au moins, leur soupe est pas terrible, mais pas grave. Je me suis sentie super bien d'un coup, la nuit, et la chaleur, ah la chaleur comme dit Polo dans Ladybar 2, putain de référence, on peut pas s'empêcher de la ressortir, mdr ! Un rade tranquillou, les lumières au loin, ça jette ! C'est magique le Siam, un bien beau pays, hahaha. Elle m'a dit, tu veux t'amuser ? J'ai dit ok, alors on est allées au Noir à côté. Le Club Noir, c'est l'une des boites HiSo de Pattaya. On y voit des stars de série télé et de cinéma, des riches thaï, des expats bien vicelards et fashion, des *mannequins, des escorts, quelques crevards comme vous, et un peu la haute des ladybars de la ville. Beaucoup de jeunes. On s'est retrouvées là avec « Tac », c'est son surnom. Elle a commandé une bouteille de Bacardi, royale, et elle m'a rincé ! Oui, rincée par un baronne, ça le fait non ? Votre rêve, ma vie, hahaha. En sortant vers quatre heures, un peu ivres toutes les deux, elle ma dit je te raccompagne. On est allées chez moi sur Soï Lengkee, au China Garden, huit cents bahts la chambre immense et un jacuzzi yes ! Dans son sac, elle avait un sextoy, elle a voulu que je m'en serve sur elle. En fait je me suis occupée d'elle toute la nuit et ça tombe bien, je le répète, je suis très active. Elle avait des pieds superbes et je me suis régalée ! Je suis fétichiste et toutes les siamoises tarifées ne sont pas top de ce côté-là, c'est soit génial car elles sont fines, soit criblé de champignons ! J'ai été longue, elle avait un sexe très beau, très lisse. J'aime le naturel et à cause de son travail elle se rase mais ça ne m'a pas gênée, je suis habituée. Elles sont faites pour être dégustées et embrassées ces filles. Et « Tac » n'a pas eu à se plaindre. On s'est fait un 69 et on a fini au sex toy. Je n'ai rien eu à payer ! Spéciale dédicace au sponsor ^-^:)))*

> **FaranglIssan** : Salut MissAlice et un ptit bravo pour ton report, c'est plaisant à lire mais je trouve qu'il manque un peu de détails niveau cul, tu devrais en dire plus. Voilà, bonne continuation. Et balance les tofs !

> **MissAlice** : tu veux dire façon anatomie ? Désolée, ça me fatigue vos éjaculations sur des kilomètres, on y croit pas d'ailleurs.

> **AssLover** : Ouais PissAlice, d'autant que toi on te croit avec ton histoire de gogo gratos. Et une mytho, une !

> **Spider** : Moi g aimé ton trip, fo pas tombé dans le piaige tendu par des méchen ici, on ait plus inteligents que sa ! c ma phillosophie en tou cas et g te conseil de fère pareille !

> **AssLover** : PissAlice, c'est juste une naze de mytho. Une gogo gratos, c'est dans ses rêves. Au fait spider loser, la bibliothèque, c'est en centre-ville…

> **Spider** : mé ge t'emerd asslover ! c pas en direct ke tu viendré me dire sa gros fis d pute ! Sérieux fo ke t'arèt de me chaufé là tu te prand pour ki !

> **LeConsul** : Et voilà. Des membres font l'effort de raconter leurs aventures et les no life piliers de forums rappliquent et disent des saloperies. Tu es un pauvre hère AssLover, mais on le sait depuis que tu as bavé sur les comptes du Kangoo Club. Toujours là pour bavasser, répandre des rumeurs, un vrai corbeau. Mais on a ta tronche en photo, on te loupera pas à yaya. Tu sais, un accident est vite arrivé, les « suicides »…

> **Webmaster** : je ferme la discussion. Menaces de mort, cinglerie, le jouet se casse, une fois de plus. Vous ne comprendrez donc jamais !!!

***

En s'approchant du « poulailler », juste avant Walking Street elle-même, « Kurtz » avait jeté un bref coup d'œil au pseudo-combat de Muay Thaï qui se déroulait là. Il se souvenait de ses débuts ici, quand il cherchait à se raccrocher à des théories pour illustrer son attitude de punter. La passe comme un Kumite, l'art martial majeur. C'était très joli, très recherché, ça faisait sens. Ce n'était pas faux non plus. Mais il n'était plus un combattant dans l'arène des passes, même pas un samouraï au service d'une maîtresse putassière. Juste un renégat. Et elle aussi, cette image-là, se disait-il en pénétrant la rue majestueuse sous son arc de triomphe malingre en forme d'échafaudage, elle aussi, c'est une connerie de luxe.

Scène 8

La musique chantée, elle, ne s'en prend qu'aux êtres cassants.
Et moi, ____ moi j'étais ailleurs : emballés de détritus schopenhaueriens de machines à écrire et de vomis de mélodies, et fumant de peintures !

Denis ROCHE – *Louve basse*

8.1 Dix mille voix. Cent mille. Un million. Et dans chaque voix des milliers d'autres. Des millions. Crescendo vocal. Toutes féminines. Pas une masculine. Sauf la mienne. Toutes thaïlandaises. La mienne étrangère. Française. Elles vivent à côté. Elles vivent autour. Je suis seul dans ma langue. Ma maternelle. Ma mère à moi. Lourdingue en milieu bringue. À Pattaya, ma mère et moi. Ça yak – parle – en mitoyen. Moitié une langue, moitié l'autre. En thaïglish. Le franthaï a perdu. Pas enseigné. Manque de clientèle. Seulement quelques putains. Des filles à farangset – français. J'apprends le thaï. Le pur et strict. Pas le mitoyen lao. Pas le dialecté du Nord, de l'Est. Pas du malais mâché. J'apprends le thaï Degnau. Le manuel

370

Degnau. Charles comme un roi. Carolingien, Valois. Mérovingien, Bourbon. J'apprends le thaï royal. Celui des voyelles. Des tonalités. Des manuels de poche Degnau. Drapeau français et thaï en couverture. Les mêmes couleurs. Les nôtres verticales. Les leurs horizontales. Un signe. Phonétique, grammaire. L'essentiel du vocabulaire. Des filles entrent, des filles sortent. Le thaï reste. Il est chez lui chez moi. Qui ne suis pas chez moi. Farangset – français. Chaque trois mois l'immigration. J'ai du pognon. À Singapour, Bangkok. La *Kasikorn Bank*. Depuis l'emploi perdu, j'ai mis tout là. Une rente sur peu d'années. Sauf une somme pour l'achat. Un condo dans Pattaya. Je visite. Finir sédentaire étudiant. Le visa d'un an qui permet de rester là. Chercher l'école. J'en ai pour toute la vie. Les cinq tons, les accents. Les rafales de sons. Toute l'existence à Pattaya. On est lundi maintenant. On est jeudi. Vendredi, samedi. On est mardi, dimanche. On est mercredi. C'est pareil. Jours maigres. Je fuis les hommes. Je cours les féminines. Les propositionnelles. Conjonctives, relatives. Celles du *Bodega Bar*, du *Red Point*. Celles du *Lucifer*, de l'*Insomnia*. Je cours Soï 6, 7 et 8. Je cours les claques. Le *Devil's Den*. On est mercredi. Jour des enfants, des gamines. Sans famille.

8.2 La *Kasikorn Bank*. L'agence du *Central Festival*. Je l'ai vu tout de suite, lui. Un banquier. J'ai dit no mister. Only lady. Il m'a regardé mal. Un pur mépris. Une custode de balles. Il m'a situé sans lunette. Un tireur de putes. Une femme est apparue. Talons, tailleur, cheveux laissés aux épaules. Grassouillette. Mais toujours cette peau. Et ces paupières qui filent. Des deux côtés. Un trait de crayon divin. Un pinceau bouddhique. Les yeux bridés. Avec le nez, les pommettes hautes. On les croit toutes disponibles. Pas encore fripées par l'époque. Quelque chose de loin qui remonte. Une liberté sans peur. Pas peur des mâles ces filles. Au contraire. C'est une ressource, le mec. Elle scanne le cœur, le cerveau. Travailleur ou pas, rentable ou pas. Chasseur ou non. Je bande. J'avance en elle, dans sa voix. Elle expose les services, la carte de crédit. J'ai l'esprit hachuré. J'écoute en subissant. Je traduis son anglais dans mon français d'oubli. J'essaie de tenir droit. D'argumenter. Passé cinq mots, je perds. Je marque un pas. Des mois de thaïglish. J'y vois plus rien à six mots. Myopie linguistique. Intérieure donc grave. Penser français me coûte. J'oublie. J'articule dans la douleur. Les longues phrases en fuite. Elles s'amenuisent. Deviennent trop courtes. Se suivent indépendantes. Comme des rochers en mer. Affleurant, isolées. Une marée les noie. Je desserre la mâchoire. Je souffre des maxillaires. Sujet, verbe, compliment. Dire du bien de rien. Merci. Kop Khun Krap. Le vide, le grand. En genre et en nombre. Les règles d'école, l'enfance livresque. Syntaxe de quelques mots. Au-delà c'est friche. Un mal dingue. Après, traduire. En thaïglish. Se faire comprendre. On me comprend de moins en moins. On me parle peu. Mon français s'épuise. Il fond dans la chaleur. S'assèche en syllabes floues. Mélangées à d'autres. Créaturelles. Néologisme. Français d'exil. Orthographié expat.

8.3 Mon compte est prêt. Je peux acheter. Les prix ont augmenté. Rendez-vous avec « Harun ». Mal connu auparavant, de mieux en mieux maintenant. Un habitué, un faisandé madré. Il travaille dans une agence. Difficile à confesser. Un double face, père d'Algérie, mère de France. Il a son rêve. Celui de construire. Il vend par défaut, en attendant. Bâtir un condo vivant. Un organisme d'habitations. Il en parle toujours. Les yeux zébrés. Une drogue personnelle. Aucun stup peut l'arrêter. Il est son seul consommateur. Mais le dealer c'est Pattaya. Le dealer royal. Des drogues personnalisées. Chacun sa came. Même les flics y tournent. Plus jamais ils quittent la ville. Rien que le spectacle infuse leurs narines. Leurs yeux, leurs oreilles. Rendez-vous au *Central Festival*. Le grand, le mercantile châtelain. Le *Hilton* est son donjon. On monte au bar du toit. Un rooftop bar de conte de fées. L'autre versant de la ville. Le neuf. Le riche. Des gens à fric. Ils viennent comme les autres. Fascinés comme les pauvres. Les Rsistes. Devenir millionnaire au Siam. Il faut arriver milliardaire. Les phrases toutes faites de Thaïlande. Tu peux sortir la fille du bar. Tu peux pas sortir le bar de la fille. Etc., etc. Quitte à perdre son argent, autant le perdre ici. Comme son temps. On ne le perd pas. On le place. Placement charnel. Pas du financier. Un placement existentiel. La conjonction de l'affect et du rendement. Billet de mille tendu à une fille. Le taux de rendement sensoriel est énorme. Du 100 % par minute. Et la perte aussi. Ça monte et ça descend très vite. C'est cardiaque. On sent son pouls dans le billet. Le cœur est un ami. L'ami de Pattaya.

8.4 « Harun » me jauge. Ses yeux assis dans sa critique. Ses pupilles comme deux fesses sur un trône. Ils condescendent et jugent, portraiturent ironiques, amusés. L'observation. L'évaluation. Il demande : « T'es sûr ? T'es sûr d'acheter ? L'achat c'est pigeon. » Il est encore jeune, le garçon. D'ailleurs, on finit tous par battre de l'aile. Voler et s'écraser. Le nombre de types qui sautent. Une spécialité locale. Le défenestré. Le suicidé grande hauteur. Ici on rêve éveillé. Et on se casse la gueule, engourdi. Torpeur à la tête. « Harun », je te le dis : avant, j'étais un autre. Un self-made-man. Ma petite boîte. Dans la sécurité. Un ami américain comme associé. C'est mon curriculum, la vérité. C'est étrange et noir sur blanc. Comme à la guerre. Ni sexe ni âge, mais des ennemis, ou des alliés. C'est énorme, déjà, à différencier. Tout un travail. Et de l'argent à gagner. C'est ma méthode, « Harun ». Tout mon passé. Comment j'ai fait, pour perdre ça ? C'est simple, perdre j'aime ça. Tu vois, je m'aplatis dans le cliché. Plus le choix. Alors oui, trouve ma volière. Ma cage, l'étage élevé. Avec vue. La mer, les vagues. Les nuages, le ciel fouetté. Celui des moussons. Ou le bleu des hautes saisons. Une haute saison en enfer. Une basse au paradis. Le purgatoire, c'est ailleurs. L'hiver en Afrique, en Europe, aux Amériques. Tous biblo-coraniques. Des continents gâchés. L'opium du poulpe, le prosélyte. On a trahi le premier livre, « Harun ». Torah Torah Torah. Le cri de guerre du Kali Yuga. Ils sont chez nous, au Siam, autour. Ça te parle, n'est-ce pas ? Ils polluent les villages d'Inde. Se mélangent aux Hindous. Corrompent les sutras de leurs prières. Pas pire sur terre que les biblo-coraniques. Et les Torah Torah Torah. Eux sont honnêtes. Préférer l'original aux copies. Ne convaincre personne. Approfondir son Chant. Son peuple. Un

Mantra. Tout le Talmud. Yahvé, œuvres complètes. Comme l'Hindou, avec ses Védas. Ralliement, adoration. J'y vois de moins en moins. C'est le vertige. Abraham le yogi. Moïse le dictateur. Le gourou. La fuite chez les fumeurs de ya ba. Crystal, crack. Les eaux s'ouvrent. Les vulves d'Orient. Mes frères d'armes de Tsahal. J'en ai connu. Perdus d'Extrême-Orient. Ils ont déserté. Néo-hippies. Au pied de Ganesh. Prodigues, plus jamais. Aucune Téchouva, chérie, Pattaya, seule Terre promise. Péplum d'horreur. L'horreur, l'horreur. « Harun », un étage élevé, très haut STP.

Coulisse n° 5 : Le *Pattaya One* raconte : un Norvégien de quarante-six ans a sauté du balcon de son appartement, situé au douzième étage du *Pattaya Center Condotel*, dans l'après-midi de mercredi. L'incident a pour l'instant été reconnu comme un suicide. Monsieur Haakon H*** est tombé sur l'aire de parking et son identité a été confirmée par Khun Chon***, âgée de vingt-cinq ans, sa compagne depuis un mois et demi, et qui a été appelée sur les lieux par des voisins. Elle a révélé à la police que monsieur H*** venait la veille de lui demander de partir pendant quelque temps à cause de sérieux problèmes le concernant en Norvège, et qu'il voulait être seul. Elle a précisé qu'il était sujet à de violents accès de dépression et que depuis quatre ou cinq jours, il ne dormait plus et parlait seul un mélange de norvégien et d'anglais, et pouvait avoir des gestes brusques. Sa santé s'était aussi détériorée, mais Khun Chon*** est certaine que ce n'est pas la raison de sa mort volontaire. L'ambassade de Norvège a déclaré être à la disposition de la police thaïlandaise pour déterminer les causes exactes de cet apparent suicide.

Par ailleurs, dans la soirée du même jour, un homme d'origine européenne, mais dont l'identité n'est pour l'instant pas avérée, a sauté du sixième étage du *Central Festival*. Emmené au *Memorial Hospital*, il est décédé dans l'ambulance des suites de blessures à la tête. Il aurait enjambé la rambarde de sécurité du dernier étage du centre commercial, avant l'escalator d'accès aux cinémas, mais personne ne l'a vu faire. Miraculeusement, aucun individu n'a été touché au moment de l'impact, situé au niveau très fréquenté du *Food Land*. Le colonel de police Suwan C*** arrivé sur les lieux et chargé de l'enquête a précisé qu'il s'agissait d'un jeune homme de vingt à vingt-cinq ans, blond, sans argent sur lui, mais dont le portefeuille contenait plusieurs photos d'une jeune Thaïlandaise. Les recherches continuent pour déterminer l'identité de la jeune fille et celle du jeune infortuné.

8.5 Il y a les View Talay. « Harun » vante ces grandes machines. De belles piscines, de belles pièces. Les parties communes à revoir. Mais c'est ainsi dans tout Pattaya. Un bon compromis, ni luxe ni rade. Il y a le View Talay 6, parallèle au *Central Festival*. On voit ses balcons. Une barre blanche, béton et verre. Très haute. Côté Naklua, vue bouchée par le *Central*. Côté Jomtien, vue pure. Cristalline jusqu'à Buddha Hill. Mais terrain vague en face. Depuis des années. Un jour en chantier. Le mieux reste les largeurs. Les appartements d'angle. Mer ou terre, la vue garantie. Mais c'est cher. Un est à vendre justement, mais au View Talay

7, son jumeau à Jomtien. Tout mon fric là-dedans. Ne plus avoir le choix. Faire le nœud du non-retour.

8.6 On est amis maintenant, avec « Harun », on se comprend. Ça va vite ces choses-là. Comme l'amour, les passes. Les amitiés à Pattaya. « Harun », il est multiple. Une face vente, une face artiste, une face punter, une face mystique. Quatre visages, comme une tête du Bayon. Je devrais y retourner. Casser mes idées sur les vieilles pierres. L'immobilier pattayen. Je l'attaque sur le blanchiment. D'où vient l'argent des chantiers ? Et tous ces Russes ? Qui bâtissent russe. Ouvrent russe des écoles russes. Mangent russe. Baisent russe. Les gogos russes et les boîtes russes. Les blondes russes. Les rousses russes. Les brunes russes. Pourquoi cette Russie chez moi ? Dans ma ville. Ont-ils des forums en russe ? Sans doute. Protégés par leur cyrillique. Le thaï et le russe. Deux murailles alphabétiques. Aussi dures à l'écrit qu'à l'oral. Encore que le russe non. « Harun » patiente mon délire. T'as remarqué « Harun » ? Aucun Russe sur les forums anglophones. De tout sauf d'eux. Même des Chinois on trouve, mais eux ? Des Russes ? Ça me fait penser à « Marly ». Pourquoi ? Porn, sa princesse, couche russe. Elle a couché russe avant lui. Un jeune Russe. Une histoire belle comme un Western Union. Dès qu'il revient, elle sourit. Repart avec lui. Elle l'aimait bien. Toujours un peu. Les ladyboys aiment beaucoup. Un trop-plein d'amour à donner. Sensibles à la moindre attention. Porn ladyboy Rolls Royce. « Marly » est aveugle. Sa gueule, j'adore m'en foutre. Finir micheton, la honte. J'ai deviné « Marly » dès le début. Un escroc, un compliqué. Toujours à tout embrouiller. Un cérébral. Tout dans la tête, rien dans les actes. À se faire des misères à l'intérieur. La tronche d'un monologue. Le front ridé. Ça ravine dans le ciboulot. Un cocktail pattayen. Il a trouvé sa ville. S'en fait une fixette. Ronge l'os Porn jusqu'à la ruine. Plus de dents pour mordre sa vie. Il va déteindre. Il va fadir. Porn va le laisser. Elle a un beau cul. Un pur cul. Je vais la brancher.

8.7 Autour de nous, c'est le soir en HD. Le toit du *Hilton Pattaya*. Plein axe, le golfe du Siam s'illumine. Une rougeur, une verdeur, une jaunisse glissent dans les vaguelettes. Une bleuette. Des ronds de jet-skis enchantent la surface. On en peut plus. On va envoyer des cartes postales à tout l'univers. J'ai envie de me pencher. De voir le vide. Ça tournoie jusqu'en bas, vers Second Road. Des lumières de bars. Les tabourets peuplés. Ça flamboie rouge. Ça va « Kurtz » ? La voix d'« Harun ». Merci de te soucier. Je vais bien, je vais acheter. Un condo, n'importe. Un très élevé. Au-dessus de mes moyens mentaux. Dieu au plafond. Les araignées. Tu auras ta commission pas d'inquiétude.

8.8 Je me casse. Un long couloir mène aux ascenseurs. Descente. Le hall de l'hôtel. Le *Central Festival*. Je passe devant la boutique de Porn. Elle n'est pas là. Dommage. Une prochaine fois. J'adore son cul. Elle se laisse tâter des fois. Mais jusqu'au bout jamais. Une opérée blessée. La mauvaise réputation des post-ops. Elles terminent folles. Leurs sexualités fermées. La verge retournée en ceinture de chasteté. La folie d'aller au bout d'une chose comme ça. Se sentir femme.

Moi je suis un mec. Un strict. Qui aime les femmes. Peux pas blairer les mecs. Faudrait des guerres pour les calmer. C'est pour ça que j'aime mon métier. Ou que j'aimais. Chercher des consultants. Monnayer des gardes. Envoyer toute cette masse à la mort. Ils sont bien payés. Armée privée. À la discrétion des haineux. Moi. Un haineux savant. Le monde va mal, « Kurtz » va mieux. J'ai collaboré. On imagine pas combien on peut gagner. On est nombreux. Mais persévérant on s'enrichit. Il faut percer. Percer tant qu'on peut dans les foules. Les enterrer. Chantiers immobiliers, charniers humains. Cette facilité à se mettre à la place des victimes. Alors qu'on est bourreau facile. Une victime est toujours coupable. Elle est honteuse. Se retrouver à cette place-là, c'est signe de faiblesse. Toujours du côté des bourreaux. Tuer de tout mais pas n'importe qui. Je vais bien finir par trouver. Ma victime, mon Graal. Je sors du *Central*.

8.9 Dehors, un cocktail car. Côté Second Road. Je connais le patron. « YoYo ». Un type de Korat. Il a une bande avec lui. Un jeune serveur tatoué. Un copain du serveur tatoué. Et trois filles avec eux. Un pour chaque. La femme de YoYo est sympa. Elle a la douceur expérimentée. À la Ponce Pilate. Elle voit des histoires. Et s'en lave les mains. Elle m'a vu avec Wa. Wa connaît YoYo. Il sert des « pocket drinks ». Plutôt des saladiers. Un ragoût d'alcools. Et des rondelles de fruits aux bordures. Citron, pastèque. Ananas, mangue. Et des pailles. On sirote à la paille. Mon associé américain m'a dit ça fait pédé. Boire avec une paille c'est pédé. C'est ce qu'il m'a dit. J'avoue, je sirote à la paille. Je ne bois jamais. Mais si je bois, une paille c'est bien.

8.10 Je m'assois un peu. J'écoute un band qui se produit à côté. Ils ont dressé une estrade. Des collégiennes jouent aux fans. La foule de Pattaya longe le *Central*. Entre ou sort. Une fille en short extrême. Un jeune tatoué à sa main. Un vieux sous brushing Bobby dans *Dallas*. Une fillette de gogo à sa main. Les Russes sans limite. Un groupe de Chinois en laisse. J'ai la tête à l'Est.

8.11 Wa est à Si Sa Ket. Je l'ai suivie et j'en suis parti. Je l'ai eue mon aventure Khmer rouge. Son père et ses serpents. Son passé d'horreur. J'ai vu dans son village au Cambodge. Toute cette fantomanie. Les bourreaux et leurs enfants, les victimes et les leurs. Des survivants. Lui aussi en est un. Il vit là, au milieu de familles qu'il a tuées. Il vit mélangé au sang versé. Un climat qui explique tout. J'ai vu sa guerre. Autre chose que nos bêtises afghanes ou africaines. Massacre aux scolopendres. La technique est simple. On fait des coupures à un prisonnier. On l'enferme dans un endroit clos. On lâche les scolopendres. Ou d'autres insectes. On peut aussi lâcher les rats. Il y a des variantes. Une mort atroce. Les insectes mordent. Entrent, font des trous dans la peau. Se nichent dans les orifices. Est-ce imaginaire ? Il m'a dit ça pour m'effrayer ? C'est Wa qui traduisait. Et à moi, pourquoi ? M'impressionner ? À cause de mon travail ? Il veut être embauché ? Les Cambodgiens sont moins prudes que les Thaïs. Ceux d'une certaine génération du moins. Ceux de la guerre. Un sentiment d'impunité.

8.12 On était à vingt, trente kilomètres de Siem Reap. Pourtant pas le bout du monde. Entre Siem Reap et le Banteay Srei. Non, plus loin, vers le Beng Mealea. Une route radieuse. Des touk-touks partout et leur derrière de touristes. C'est là qu'il vit, son père. C'est là que Wa achète des terres. Un bon prix. Pas celui affiché pour les « barangs », les étrangers. Non, un prix khmer. Avec le souvenir rouge du père. Il a terrorisé les vendeurs. J'en suis certain. Il a obtenu un prix pour sa fille et pour lui. Sa réputation. Il est tendu sec. Il a une moustache. Et des yeux plissés. Un ordinaire. Un normalisé du lieu. Tout juste un peu trop joyeux. Un sans-souci. Plein d'énergie. Une puissance dans ce corps petit. Noueux, sec. Un entrain de vie jusqu'à la gorge de ses adversaires. Ses interlocuteurs. Civils ou militaires. Toujours un krama sur les épaules. Le pantalon de toile roulé jusqu'aux genoux. Il est mototaxi, à Siem Reap. Il a une place à l'aéroport. Il attend les touristes. Pour le voir, on était passés par Anlong Veng. Le poste frontière. Autrefois le dernier bastion. Et la route forestière. La jungle. Poussière précieuse. Celle du paysage. Vert sur terre rouge. Comme des terres battues où fuseraient tous les verts. Tous ceux possibles. Les phosphorescents et les éteints. Les sombres et les clairs. Les verts jaunes et les verts rouges. Une panoplie verte. L'origine des autres couleurs. Même le blanc semble naître là. Une étrangeté. Du moins le blanc du Cambodge, le blanc brouillard du Tonlé Sap. À la fois le vert et la violence. Une incarnée. Dans les yeux des habitants. Un éclair passé qui perdure. Ça ne s'arrête pas. Ça continuera toujours. Le gourdin barbelé. Un immense individu. De pyjama noir. La casquette au front. Le krama au cou. Les pieds nus. Il domine le ciel khmer. Un géant. Son ombre dans les têtes. Les jeunes feignent l'ignorance. C'est passé dans les gènes. Un traumatisme. Les villes vidées. Les putes aux champs.

8.13 Wa, putain à Pattaya. Fille de Khmer rouge au Cambodge. Il n'a pas l'air de s'inquiéter. Il détaille sa maison. Sur pilotis. La tradition, la meilleure. Il dit ça. Il vient d'un milieu paysan. Analphabète. L'Angkar, c'était l'oral. Il regardait les cadres faire des dessins au tableau. L'un d'eux l'avait pris sous son aile. Et peu à peu comme ça, jusqu'à Ta Mok. Il était doué. Doué pour tuer. Impressionnant. Malin, débrouillard. Trouvant des solutions. Était-il pédé avec les cadres ? Pardon ? Non, rien, désolé. Une question muette. Pas pu m'en empêcher. La sexualité en milieu angkar. Franchement. Ils devaient bien baiser dans leurs cases. Tous ces pyjamas noirs. Les kalachs en bandoulière. Je n'ai rien dit. Il y avait des viols. Tous ces jeunes gens. Cette violence. La libido à plein nez. Pourquoi ce cadre l'avait-il pris ? Lui, parmi les autres ? Un jeune garçon sous son aile de Khmer rouge. Mais ça sentait la fin. Les années 1980. On trafiquait, on ne politisait plus. Il faut savoir une chose. Avant 1979, l'Angkar martyrisait, oui. Mais en priorité les populations des villes. Celles des campagnes reculées ? Moins concernées, presque épargnées. Elles fournissaient des combattants. Il était né avant la chute de 1975. Mais en zone déjà rouge. Il avait grandi en pleine horreur. Il n'avait pas souffert plus que ça. Il n'avait presque pas connu ses parents. Le passé était fruste. Les temples, une cachette. L'ennemi, un voisin. Bouddha, il a su ça plus tard. Une découverte. Une révélation. Un peu rouée, surjouée. Sa manière de raconter. Bouddha retrouvé. En Thaïlande. À cause de sa femme. Une grâce. Son ange.

8.14 Avec Wa, nous traversons une route. On voit un étal d'araignées grillées. Un minimarché. Son père devant. On s'assoit sous une bâche. On prend une soupe. Le travail est bon. Les touristes sont bons. Ils amènent de l'argent. Du futur. En se débrouillant, on devient riche. En une ou deux générations. Il connaît quelques « huiles ». Flics, militaires. Politiques. Il est trop paysan pour siéger à leurs côtés. Mais il est impliqué, comme eux. Ils ne l'inquiètent pas. Même si récemment des procès. Ceux des premiers Frères de l'Angkar. Il ne s'en soucie pas. On juge des crimes d'avant 1979. Les siens sont venus après. Fin 80, début 90. Et puis, il connaît, il sait des choses. Trop. Dans ces procès, il y a des étrangers. Le faire taire, l'éliminer ? Impossible, compliqué. Et c'est un bon gars. Un porteur de valises. Les « huiles » nouvelles l'aiment bien. Sa fille a une fille. Elle est dans mes bras. Elle n'a pas peur. Elle regarde mon nez. Elle le prend dans ses mains. Une nouveauté de près. Un nez long. Un nez barang. Autour, des collègues à lui. Touk-touks. Une armée d'abîmés. C'est du moins l'image qui m'en reste. Certains très jeunes. D'une sagesse de frappés. Des gars doux. Des gars inquiétants. Des pas dans leur assiette. Ou à l'aise dans le malaise. Celui qu'ils provoquent. L'un s'est approché.

Drogué au ya ba, les yeux brillants. Sans lentilles mais quasi. Un phosphorescent des pupilles. Il rigole dans son mégot. Au bord des lèvres, comme une salive. Il y a des seaux. Tout un groupe avec de l'eau. Ou du soja. Ou du riz. Et de la vaisselle dedans. Elle trempe sans savon. Grasse dans le tiède aquatique. Les gens ont tous l'air de se connaître. Un touk-touk s'arrête avec une cargaison barang. Une famille. Toute belle. Deux gosses, un couple la quarantaine. Lui massif, barbu à lunettes. Déjà blanchi du poil. Elle en robe longue. Épaules découvertes. Son cartilage fin dans le cou. Un chapeau de paille. Et le guide de voyage.

8.15 Je dis à Wa : « Et les filles ici ? » J'ai connu des claques. Un peu. Le *Sok San.* Pour étrangers. Il a fermé. Tout s'accélère. Je veux des claques pour locaux. Ceux du père. Ou de ses amis. Cette nuit-là, j'y ai eu droit. Sans toucher, comme un peureux. Des yeux seulement. Quelque part, dans un dédale de cambrousse. Des chemins, quelques maisons. Rien de mystérieux, juste un labyrinthe. Des tours et des bifurcations. D'un coup, un groupe de baraquements. Collés à une colline boisée. Des dizaines, aussi précaires qu'une pluie. Agencés semblables, briques et tôle en toiture. Par blocs de six ou sept. Entre chaque, une ruelle. Des planches posées contre la boue. À l'intérieur, des visages. Illuminés. Comme allumés. Des visages camés, très jeunes. Tout dans les yeux, les prunelles. Hypertrophiés de drogues. Scrutateurs. Des visages de terreur. La mâchoire ferme. À chaque bloc, un type ou deux, gardiens. Désignant les chambres. Pointant les corps à la torche. Le matelas au sol. Des brocs d'eau. On baise là. Un lieu coupé de tout. Même de l'Histoire et des Khmers rouges.

8.16 « Slaves » a dit Wa. On a quitté le Cambdoge, deux jours après. La Thaïlande semblait un monde épargné. D'une civilité de dentifrice, le sourire bien attaché, la douceur pressée aux lèvres. À Si Sa Ket, je suis resté quelque temps. Puis j'ai retrouvé Pattaya. Les coulisses issânes de la ville, les coulisses campagnardes des claques. Les passages secrets qui mènent de l'*Insomnia* aux bânes isolés. Ceux profonds, près des frontières. Tout ça n'était qu'avant-postes. Pattaya creuse d'autres coulisses plus loin, très. Dans tous les pays limitrophes. Dans l'espace et le temps. Des coulisses au Cambodge, en Indonésie. Des coulisses dans le Phnom Penh de 1975, le Saïgon de 1975. Le Jakarta de 1965 ou 55. Des assassinats. Des coulisses dans le fin fond de l'Histoire. Celle d'Asie du Sud-Est.

8.17 Je quitte YoYo, son cocktail car. Nuit étoilée, celle des beaux jours. La pollution voile tout. Scintillation amoindrie, remplacée par les phares. La circulation est épaisse. D'année en année plus dense. Comme un Bangkok recommencé. Des heures pour faire des centaines de mètres. Surtout les week-ends. Un ralenti nourri aux scènes. Des heures du jour à la nuit dans le ballet putassier. Et les mêmes ambulants, et les mêmes enseignes.

8.18 À hauteur de Soï 8, je traverse Second Road. Remonte vers Soï Buakhao. Deux ruelles de bars. Des centaines de filles. Des clients, beaucoup anglais, allemands. Des écrans diffusent du foot. Échange de frime autour des billards. Cette faculté de faire théâtre. Partout on trouve un projo et on joue.

8.19 Je dors au *LK Royal Suite*, Soï Buakhao. Mon plaisir, c'est de donner sur rue, face au *Little Court*. Mieux que si j'y créchais. Je vois sortir, entrer toutes les filles. Comme ce soir, à mon balcon. L'une d'elles en blanc me salue. Elle est au téléphone. Je bats d'un bras en guise de sawatdî – hello. Elle répond pareil. Un signe du doigt vers le bas. Elle hoche la tête et descend. On se retrouve à l'entrée du hall. Il est immense. Il a des canapés profonds. De grandes baies vitrées. Un restaurant d'extérieur. Le luxe dans la crasse. Elle est très mate de peau. Une incisive légèrement avancée. Manucurée des mains, des pieds. Bien faite. Des seins et des fesses. Mince sans maigreur. La bonne santé parfaite. Elle est bien dans sa tête cette fille. Elle aime ce qu'elle fait. Elle aime l'argent gagné comme ça. Elle passe du bon temps. Elle dit adorer sa peau cuivre noire. Et en face, adorer celles des Blancs. Elle jouit du contraste dans les miroirs des chambres. Ses yeux sont stricts. Elle veut du bonheur. Elle veut tout gagner. Elle aime le sexe. On reste une demi-heure dehors. On joue le flash parfait.

8.20 Aucun suspense sur le prix. Mille pour toute la nuit. Dès l'ascenseur, tout est direct. Elle plaque ma tronche sur ses seins. Ils sont moulés pour les bouches. Taille humaine, ni petits ni gros. J'aspire tout. Je prends l'un, le soulève, lèche le pli, remonte au mamelon, m'acharne sur l'aréole. J'ouvre, gobe et tête. Puis, du bout de la langue, lape. Un chat sait faire ça. Dans des bols de lait. Brusquement j'ai son image d'étranglée. Ma main serrée. Salir la scène d'une bonne violence nette. Ça survient comme ça. En plein plaisir donné à l'autre. Lui faire peur.

8.21 Je continue mon lavage. On est dans le salon. J'attaque le ventre. Son nombril. Je la tourne. Je soulève la robe. Elle n'est pas douchée mais elle sent bon. Une propreté lustrée par l'extérieur. Une heure dehors à peine pour lui donner ce goût humain. Sueur sans puanteur. Ça me rend plus précis. Minutieux et lent. Elle sourit. Elle a visé juste. Un gustatif. La tronche de l'emploi. Il a besoin de manger. Il est insatiable. Il pourrait passer des journées à faire ça. Sans bander. Il n'a pas besoin. Une fois ou deux quand ça vient. Son plaisir réel est ailleurs. Dans la satisfaction d'une femme. Il a des humeurs comme ça. Pas un soumis. Un attentif.

Elle voit le meilleur de moi. Elle me sauve encore une fois. À Pattaya, elles sont partout.

Coulisse n° 6 : VOUS VOUS êtes présentées à plusieurs, mais VOUS n'étiez que son émanation multipliée. VOUS étiez plusieurs femmes, dans plusieurs rues, à plusieurs heures d'intervalle, d'années en années. VOUS étiez femmes car j'aime les femmes. VOUS auriez pu être des hommes si j'aimais les hommes. Et VOUS étiez là, à marcher, des jambes partout, les fameux compas qui arpentent le globe en tous sens, et l'équilibrent, et l'harmonisent, et ça déambule, et ça s'arrête, et ça stagne aux vitrines, et ça fait croire des disponibilités. Un oui théorique, un non en pratique, la dialectique des rues gratuites. Elles n'étaient pas responsables, jeunes ou mûres, innocentes de leur allumage, c'était VOUS, c'était TOI diffractée en elles, SURVOIX qui dit vas-y. Tu les possédais et les mettais en porte-à-faux, les faisant provocantes fermées, provocantes interdites, TU les nimbais de fierté, puis leur donnais la peur, elles voulaient s'ouvrir mais TU as réussi à les tordre vers une sensation de crainte sculpturale, de chasteté hautaine de plus en plus inhumaine, TU les murais dans un jeu crétin du regarde et ne touche pas, comme une oasis esquissée après des jours de soif dans un désert de soif. Une oasis où l'eau désirable est rayée d'un sens interdit. Parfois, TU octroyais un oui à l'une d'elles, qui disait donc oui à l'homme ou la femme qui voulait d'elle, un oui comme un privilège pour maintenir la pression et faire croire que la liberté circulait. C'était un leurre, qui permettait en plus de faire fonctionner ton capitalisme de malbouffe dans des restaurants coûteux, junk ou étoilés, car évidemment, TU avais interdit la street food dans nos villes pour cause d'hygiène. TU éteignais les bars après deux heures, les cuisines après onze heures et demie, TU autorisais tous les commerces déshumanisés vingt-quatre heures sur vingt-quatre sur le net mais TU pourchassais le rapport humain aux nuits tombées car TU savais, et TU sais, que c'est là que naissent les vies nouvelles. TU as tellement invoqué l'inhumain dans les conditions de travail noctambule, qu'on a fini par te croire, mais TU t'attaquais aux métiers du plaisir, jamais à ceux de la production qui restaient ouverts indéfiniment avec des gens payés au rabais dans des entrepôts mortifères. Mais à Pattaya ton pouvoir s'est arrêté à celui de l'argent. Pas beaucoup, juste quelques billets. Un bref billet échangé entre partenaires particuliers et tout se libère, les rues se détendent et s'élargissent dans les chambres, les lignes se brouillent, les cartes se froissent et retrouvent leur valeur de broutilles indicatives de rien. C'est incroyable, mais TU as perdu face à ce que TU connais le mieux, la corruption par l'argent. Sur ton propre terrain, TU t'es pris une claque. Alors TU t'es mis à envoyer tes sbires, les commandos de juristes mâles et femelles télévisuels, les politicards de plateaux et les sociologues des basses-cours, celles des universités loin des galeries des glaces versaillaises, là où les putains règnent deux fois, dans le réel des couloirs et dans l'imaginaire des miroirs, les cerveaux de leurs clients. TU les as envoyés pour condamner tout ça et te renflouer un peu. Mais pauvre diable, TU parles à un libre, là ! Un Français de l'extérieur. Un humain de l'ailleurs. J'ai la joie. Cette nuit, j'ai la joie occitane, celle savante des « trobars », et je la ramène comme un drap sur les tropiques du Siam ! Je suis hors ta juridiction. Je suis dans la joie !

8.22 Après la douche, elle m'allonge au sol. Elle se fait complètement comestible. Elle fourre ses pieds dans ma gueule. L'un puis l'autre. Ils sont beaux. C'est rare. Longuement, les yeux fermés. Mains sur les hanches. Puis, elle s'assoit sur ma bouche. Nez dans son cul, langue dans le con. Je paie pour lui donner du plaisir. Je respire l'air siamois. Le seul qui m'intéresse encore.

Intermède 8-9

Liquidation. En faisant le tour de ses biens, il constata que la plupart ne lui appartenaient pas. Ils étaient peu nombreux, souvent un futur héritage dont il jouissait déjà (commode, armoire), des legs (un tapis, une lampe), des cadeaux (des livres, des vêtements). Mais peu de lui-même. Le résultat d'une vie de meublés, d'hôtels et d'achats mobiliers bon marché qui finissaient brisés et pourris en quelques années. Ces situations courantes en France il y a moins de cent ans avaient presque disparu, mais elles revenaient vite, le nomadisme urbain, la fuite de lieu en lieu avec quelques valises et malles en fonction des moyens du jour, déjà perceptible chez les plus faibles, élargissant son emprise à des cercles de plus en plus vastes de la société. La différence était que jusqu'à présent, « Kurtz » n'avait jamais manqué d'argent, il gagnait bien sa vie et dépensait son fric à des activités non pérennes, de sorte qu'il lui restait juste assez pour camper dans une presque aisance. Et sans famille à charge, il était de toutes les manières plus riche que la plupart des bien payés, hommes et femmes mariés, parents dont il voyait les angoisses pour leurs progénitures.

***

Dans la petite maison de village où son père vivait encore, totalement isolé et cloîtré au rez-de-chaussée, avec, pendu dans sa chambre, l'une des trois pièces avec le salon et la cuisine, un fusil de chasse dont il disait attendre impatiemment de faire usage contre les premiers qui, un jour ou l'autre, violeraient son domicile, comme on voyait dans les faits divers, « Kurtz » avait entreposé ce qu'il ne laisserait pas aux ordures, s'installant à l'étage au-dessus, composé de deux petites pièces et d'une salle d'eau. Le dernier niveau, les combles, avait été aménagé autrefois en bureau pour lui, avec une lucarne en son milieu qui, de l'extérieur, donnait à la façade un air de cyclope.

***

C'était moins un village qu'un hameau, avec cependant une boulangerie, le seul commerce du lieu, le village lui-même se trouvant à cinq minutes de voiture. On était à soixante kilomètres au sud de Paris, mais on pouvait très bien être dans le vide, en plein désert des cultures agro-industrielles, et leur impression de désolation que les printemps et les étés n'adoucissaient pas. Splendide pourtant, il y avait une immense forêt, des platanes, des noisetiers, des marronniers n'en finissaient pas de feuiller et de dépérir, des buis, des bouleaux, des hêtres, des ormes, il y avait des reliefs, des rochers, des étangs au sommet des collines, des étendues de lichens et de fougères et de champignons, des framboises sauvages mûrissaient et pourrissaient, les fleurs étaient multiples, les cris d'oiseaux des centaines, et dans les fermes, on entendait le chant du cochon, du porc, de la truie, du coq, des poules, on voyait des traces de sangliers qui s'étaient frottés dans les mares, et parfois, pures, des biches. On était près de Fontainebleau, dans sa forêt qui devenait celle des « Trois Pignons » vers l'est et portait d'autres noms ailleurs, et les nuits lisses, claires, transparentes, on voyait une énorme cloche lumineuse au loin, un incendie fixe au nord, Paris, la région parisienne.

La désolation venait d'ailleurs, du calme. Un calme spécial, fantomatique, un calme d'abandon, de futur éteint, de fatalité. Les champs étaient immenses. Le soleil était rare, il perçait mal les brumes matinales qui duraient parfois toute la journée, en hiver, en automne. La pluie était la pluie, c'est-à-dire froide à toutes les époques, glacée, givrée, neigeuse, grêlonnée, boueuse, elle obligeait à se vêtir. Il avait connu cette impression au nord du Laos et en Chine, cette immense cape de brouillard sur toutes choses, un smog à se suicider en masse. À Xam Nua, proche du Vietnam, une seule route bordée de bâtiments irriguée de venelles terreuses, il était resté des jours à dépérir. La seule différence venait des gens. L'activité des gens. Les heures diurnes grouillaient. Même dans le plus paumé des bânes thaïlandais, les plus ravagés par l'alcool de riz et la paupérisation, des marchés surgissaient on ne sait trop comment, parfois au milieu d'une route entre deux nulle part. Les nuits cependant, sauf celles des fêtes, et elles étaient nombreuses, on rentrait chez soi. À cause des esprits. Toute une hiérarchie de fantômes et d'esprits, géants ou nains, poilus, difformes et obscènes, sanguinolents et moqueurs, livides et tueurs, parfois seulement des têtes volantes avec leurs organes pendus en dessous, un panthéon d'espèces venues d'autres mondes, ceux que les sens humains ne peuvent pas percevoir mais que ceux du sommeil et de la nuit, ceux des yeux fermés laissent deviner. Et donc, on demeurait en famille dans les maisons, souvent encore en bois, que les farangs trouvaient si élégantes et les Thaïs, les Laotiens, si difficiles à entretenir. Mais là aussi, à cause de la chaleur humide ou pour d'autres raisons, c'était ouvert. Des terrasses s'illuminaient de lampes et de bougies au crépuscule et les conversations, les repas se faisaient là, formant des îles lumineuses dans toute la nuit.

***

Comme une balle de mousse que l'on presse indéfiniment, comme un komboloï dont on fait passer les perles l'une après l'autre dans ses doigts, comme les allers et retours effectués sans arrêt dans une pièce, comme ces dialogues menés tout seul avec soi-même, « Kurtz », dans les séjours très courts qu'il faisait dans sa maisonnette familiale, finissait par se poser de sales questions, laissait venir à lui de sales idées, rejoignant son père dans une volonté de solitude obsessionnelle, le moindre passant lui faisant l'effet d'un ennemi à zigouiller rapidement, un coup de flingue et hop, bon débarras. Comme il s'ennuyait, il imaginait des moyens mécanisés de détruire toute cette sale race. Il y avait des livres d'histoire chez son père. Toute une bibliothèque Jean Mabire. Le récit méticuleux de chaque division SS. Il se demandait pourquoi lui, « Kurtz », qui avait connu modestement les combats, avait fondé une société vivant de la guerre, avait recruté et envoyé des jeunes gens bien payés dans des endroits difficiles, qui savait, donc, de quoi il retournait, était devenu comme ces civils assoiffés d'autodéfense. C'est que la vie civile était plus vicieuse que la militaire. Ça devait être ça. Ça ne pouvait s'expliquer que par ça. Une usine à frustrer chacun dans ses désirs personnels. Pour occuper les gens, on ouvrait des salles de sport de combat. Afin de les éduquer, de dominer leur rage et leur haine. La surchauffe éducative des rings, la dialectique du sac de frappe. Ça rassurait de se dire qu'on savait comment agir en cas d'agression. Toute cette population entraînée pourrait offrir au monde le spectacle d'une guerre civile géniale sous peu. « Kurtz » venait de lire dans une encyclopédie illustrée qu'il connaissait par cœur enfant et qui retraçait toute l'histoire de l'humanité en vingt ou trente volumes, que les peuples en Europe furent surpris du raffinement d'horreur des Français pendant la Révolution de 1789. On coupait les bites et les couilles, on les mettait dans les bouches, on paradait avec et on dansait autour, on buvait à la santé des seins coupés des femmes riches. Un pèse-nerfs idéologique vers la République. Ou bien tout était faux, exagéré, des anecdotes rapportées par des antirévolutionnaires. Ça devait être ça, les récits trafiqués, la jungle des interprétations. L'Histoire écrite par les vainqueurs. Tout était froid en lui, confus dans son cerveau, l'argumentation, la morale d'un discours, la logique en berne, et les seules fois où quelque chose d'intelligible survenait, c'était sous la forme d'une passe dans un pays chaud.

***

Il y avait deux télés, l'une en bas dans le salon, l'autre en haut dans sa chambre, la télé et les sujets de société. Il n'était plus tout à fait enfant là-dessus, il réagissait moins, ne faisait plus des bonds comme beaucoup en faisaient encore devant leurs téléviseurs quand un ou une intervenante affirmait quelque chose qui heurtait le parti adverse. Il pensait combinatoire. C'est un marché de prise de parole. Une parole inédite peut avoir son impact. La scène médiatique est sophiste. Ça doit être ça martelait-il dans sa tête en proie mille fois aux martèlements et aux ratiocinations. En faisant le tour des courants dominants ou marginaux, des scandaleux ou des plébiscités, on pouvait combler les manques, comme une combinatoire allant au bout de ses permutations. Il y avait un révisionnisme de droite, il en fallait un de gauche et du centre. Révisionnisme de gauche. Les camps de rééducation visaient à rééduquer. Comme dans le poème d'Aragon. Celui-là, on ne l'avait pas mis en chanson. Sa fréquentation du « Scribe » l'avait rendu lecteur. La grille était simple, il suffisait de généraliser des suffixes. Ceux en isme, en philie ou ceux avec phobie. Hétérophobie après homophobie. Masculinisme après féminisme. Caucasophobie, négrophobie, souchiennisme, francophobie, idéocisme, beurophilie. Des réactions en chaîne. L'aile du papillon qui devient typhon.

***

Ce qui lui plaisait aussi, c'était tous ces sites d'information ouverts aux commentaires. Un festival, la liberté d'expression dévoyée, le défouloir des basses pensées, lâchées anonymement ou presque, sans les rênes de la scène publique, où les visages sont à découvert. Il savait que les RG passaient un temps fou à lire ça, à s'éclater comme des bêtes en prenant le pouls de la sensibilité politique des populations à partir de ces prises de parole réglées sur la pulsion sociale. Voilà en quoi consistaient les matériaux de leurs analyses. Et elles remontaient haut, des caves d'écoute aux ministères, il avait vu passer les rapports volumineux, les détails statistiques. Aussi simple que ça. Sacrés RG.

***

Ça ne durait jamais longtemps, il revenait vite aux forums sur Pattaya, et il se laissait envahir par les paysages de là-bas, et regardait YouTube pendant des heures. Il repassait sans cesse les travellings, les longs plans-séquences où défilaient les bars et les filles dans les bars, les sons successifs, la nonchalance des attitudes pas pressées de turbiner, personne n'obligeant personne, et les vidéos se succédaient, celles prises à l'*Insomnia*, celles au *Lucifer*, celles dans tel ou tel complexe de bars, les ladybars souriantes, ou dansantes ou faisant la gueule, cachant leurs visages. Celles aussi dans les chambres. Les filles initiaient un strip, regardaient la télé. Mangeaient, disaient stop en souriant maussades. Les collaboratives et les résistantes. Et les paroles en thaïglish, les clients débiles disant dans un langage débile des propos infantilisants réduits à quelques termes mal accentués, vulgarisés dans leurs voix débiles. Et les filles ne disant souvent quasi rien ou rigolant. Et d'autres fois, tout semblait joyeux, naïf, la volonté de faire la publicité de son propre bonheur. Des montages de mariages en Issâne. Et les commentaires salissants surgissaient alors, injurieux ou d'une ironie glaçante.

***

Ainsi, comme des millions d'autres, « Kurtz » passait ses nuits connecté au Siam, différemment de certains punters qui, eux, michetonnaient leurs relations, communiquaient amoureux avec une fille à qui ils demandaient l'aumône d'une conversation sur Skype.

***

« Kurtz » coupait dans le vif des relations, il n'entretenait que des bulles intenses avec les êtres, en sexe et en amitié, et les laissait crever. C'était le décalque de l'orgasme, ou bien de la paresse, ou bien n'intéressait-il personne de suffisamment accro pour le suivre, le retenir, le supplier, au moins une fois, de rester avec lui, le secouer, lui demander d'arrêter, lui donner l'envie d'un engagement, un reflet motivant, c'est-à-dire ce fuel d'être à deux, ou bien peut-être haïssait-il ça, vraiment, il n'était qu'un obsédé sexuel n'ayant qu'une seule ambition, les baiser toutes, connaître tous les orifices de tous les êtres possibles, et Pattaya, avec ses cent mille tapins, assouvissait sa faim, lui donnait un territoire pour le faire en partie, dans la mesure de son temps de vie restant.

***

Depuis la lucarne des combles, et comme la nuit était claire, après une journée à vaquer entre son père, ses préparatifs de départ et ses navigations sur le web, il voyait la cloche des lumières de Paris et de sa banlieue rayonner au nord, et il se rappelait les obsessions qui le tenaient quand il vivait là-bas, sa volonté de rencontres, suivre les femmes, ce qu'on appelle drague, chasse, mais il trouvait ces mots faibles, tout petits, fragiles, dilettantes, incapables de traduire la pulsion, la nécessité d'aborder, de séduire, de mener toute cette foule à faire l'amour, non à partouzer mais à tout jouer dans un rapport à deux, de multiplier les partenaires, de les toucher, les palper, et d'agir toujours comme si elles étaient uniques, et elles l'étaient, à l'instant où elles surgissaient à la surface des rues, des salles de cafés, des bureaux, des métros et de n'importe où, avec la force d'une décharge dans sa tête, d'une électrocution à base de détails, où l'allure, l'attitude se divisaient peu à peu en vocabulaire, le genou, le poignet, les articulations, les chevilles, les mains et les pieds, et dans ceux-ci la forme, la finesse des doigts, les manucures ou le naturel, les peaux, les seins et les fesses, le ventre, le nombril, les jambes et dans celles-ci le mollet, la cuisse, la jointure derrière, les plis entre la cuisse et le mollet, c'était chaque fois des zooms et des contre-zooms, il y passait un temps dingue, et il était renvoyé dans ses cordes, car elles étaient la plupart indisponibles, elles avaient une vie autre que celle d'aller d'un type à l'autre avec obstination, avec méthode, avec patience, comme lui était patient, suiveur, marchant une heure derrière l'une d'elles pour saisir le bon moment d'une parole à dire qui déciderait des autres.

***

C'était gentil, fraise tagada de la fascination pour le sexe opposé, mais c'était déjà forcené comme passion, stakhanoviste, huilé comme une arme employée tous les jours, avec régularité, aborder une femme, la suivre, l'emporter ailleurs, et c'était impossible à réaliser. La pornographie était une chance, un recours, un dérivatif, certes frustrant mais remarquable, et il allait alors au sex-shop, la Toile n'existant pas encore, et il passait des après-midi à admirer les milliers de physiologies qui donnaient dans ces films le meilleur d'elles-mêmes, l'illusion travaillée au maximum d'une disponibilité sans cesse recommencée, de races, d'âges et de corps différents, un festin d'anatomies toujours approvisionnées, chaque actrice ayant à offrir une partie de son identité. Mais il lui manquait l'avant, le regard, même rapide, le point de rencontre. Le lieu d'où ça part.

***

Et Pattaya lui avait offert ça. On pouvait croire qu'on rencontrait et la rencontre survenait alors, dans sa vérité nue, intéressée. Et quand elles disaient non, c'était encore plus fort. Leur non résonnait depuis la majesté de leur corps à louer. Les clients redoublaient d'efforts pour s'éviter une telle humiliation. Short time, long time, very long time. L'élasticité du temps dans les bras des ladybars.

« Kurtz » remerciait la ville. Il embrasserait son bitume. Il serait bientôt de retour.

> pattayadream.fr > Rubrique : Report > Intitulé : La lutte des passes ou les chroniques d'une punteuse > Auteur : MissAlice

La lutte des passes ou les chroniques d'une punteuse #15

Merci au webmaster d'avoir réouvert le sujet pour un dernier post, car voilà, c'est fini, mon séjour se termine ! J'en avais marre il y a quelques jours, mais maintenant j'ai juste les boules… Bon, je suis allée à l'Insomnia, il y avait foule, c'était dingue, les filles faisaient presque la queue pour accéder aux podiums et danser. À un moment, il y a eu plus de mecs que de filles, le comble à Pattaya, lol ! J'ai finalement appelé « Tac », elle m'a dit de la retrouver chez elle. Finir par un longtime, ce n'est jamais bon, je le sais, on s'attache à la fille d'autant plus qu'on va perdre la ville, le pays, la Thaïlande ! Elle vit sur Jomtien, ça m'a fait une petite trotte avec mon Timax. La nuit était trop belle ! Une de plus ! J'avais peur que les flics me chopent et me volent quatre cents bahts pour le plaisir mais nada, personne sur Second Road, et RAS sur Jomtien. Elle vit dans un beau condo payé par son sponso. Vous connaissez le trip : il souhaite venir s'installer à la retraite, alors il investit et il installe sa différente. Elle dit qu'il est sympa. On s'est embrassées longtemps, elle y prend goût je crois, elle se laisse de plus en plus faire, elle en redemande. Elle m'a saisi la tête et m'a directement dit « smoke » avec un putain de rire bien méchant ! Ça aussi elle y prend goût. Ma langue, c'est mon savoir vivre, yes ^-^. J'ai pris mon temps de la faire souffrir, de jouer avec son clitoris. Je mettais un doigt et léchait en même temps, puis deux doigts, trois. On a fini endormi toutes les deux l'une contre l'autre. Elle s'est mise à ronfler, ça m'a ému, je plaisante pas, je me suis vu vivre ici avec elle. Vers midi, elle m'a fait jurer de lui écrire et je suis retourné à ma chambre Soï Lengkee. Je vais pas tarder à partir, le bus est à dix-huit heures pour l'aéroport. J'ai trop envie de pleurer.

***

« Kurtz » était assis aux premiers rangs de la classe éco du vol Thaï Airways de 13 h 40, chaque jour décollant vers Bangkok depuis l'aéroport Charles-de-Gaulle, assis dans l'A380 majestueux qui, une fois en l'air, tamisait ses lumières pour obtenir une teinte

violacée fuchsia renforcée par les courbes intérieures de la carlingue, comme une enveloppe maternelle, un moule d'apaisement,
un casque de paix sur les passagers, et il savait qu'il avait pris la
meilleure décision possible, l'une des meilleures de sa vie, non pas
un petit exil provisoire mais un départ sain et sec, pensé et organisé, sans retour prévu, un aller pur et net, et il voyait s'éloigner
la campagne française qu'il détestait, il traversait la météo européenne, les nimbus et autres masses, et il se mit à ressentir une
immense nostalgie de quelque chose qu'il n'avait jamais connu et
d'un pays mal vécu, arqué sur l'orgueil de quitter un amour déçu,
et il subit, en vrac, la pensée de son père vieux resté en bas dans
la maison solitaire, celle de la maigre carrière ratée qu'il avait effec-
tuée, ses états de service et les deux ou trois carnages auxquels il
avait pris part, toujours de loin, et il se laissa aller à vociférer en lui
contre l'horreur des ratages, ces occasions déféquées par manque
de joie ou d'innocence, l'horreur des conditions de vie, et tandis
qu'il haïssait tout, il remarqua un type à côté de lui, plongé dans
son iPad, un épais dossier ouvert devant, engagé dans une existence manifestement active pleine de réalisations et de projets et
de résultats, ne se posant pas de questions inutiles, avançant dans
la certitude des lendemains, et il se ravisa d'un coup une première
fois, il avait échappé à ça, cet optimisme-là, puis il resta un moment
prostré et il se ravisa une dernière fois, il était apaisé, tout était
bien ou mal sans importance, un calme inoculait ses tempes, il était
en route vers le présent, la succession des jours qui s'égrainaient,
indifférents, et il voulut serrer la gorge de l'homme à ses côtés, éclater la pomme d'Adam, complaire ses doigts à percer la carotide,
mais il ne fit rien, se consola d'esbroufe à se revoir en meurtrier.

Scène 9

Au premier signal, ce jeune homme aimable,
élevé dans l'horreur de la violence et du sang,
s'élance du foyer paternel, et court, les armes
à la main, chercher sur le champ de bataille ce
qu'il appelle l'ennemi, sans savoir encore ce que
c'est qu'un ennemi.
Hier, il se serait trouvé mal s'il avait écrasé
par hasard le canari de sa sœur, demain vous
le verrez monter sur un monceau de cadavres
pour voir de plus loin, comme disait Charron.
Le sang qui ruisselle de toutes parts ne fait que
l'animer à répandre le sien et celui des autres, il
s'enflamme par degrés, et il en viendra jusqu'à
l'enthousiasme du carnage.

Joseph de MAISTRE

9.1 La douche trois fois, neuf fois par jour. Je me
nettoie. J'hygiène. Point de froid sous ces tropiques.
L'eau à profusion. Depuis mon emménagement, je
baigne. Ma salle de bains est immense. Une pièce
entière, à vivre. Un rêve d'enfant. Une salle de bains
adulte. De grande taille. Un univers. Se laver, une
obligation. Une mission. À cause des farangs. Pas la

sudation mais les farangs. C'est la seule erreur ici. Trop de farangs dans l'immeuble. Je n'arrive pas y croire. Je n'y crois pas. Une telle erreur de ma part. Moi l'habitué. L'affranchi grand style. « Kurtz » l'exterminateur. J'ai acheté les yeux fermés. Au vingt-sixième étage du View Talay 7. Un deux pièces d'angle. À Jomtien. Il y avait bien cette odeur de poulets pourris. De cadavres. La transpiration farang. Les pires farangs. Les affables. Les condescendants. Ceux qui plaignent les autres. Victimisent les autres. Pas le farang grandiose historique, le conquistador. Mais le nouveau. Le post-colonial. Le néo-gauche à l'aise. La gauche mépris. L'anarchodandy familial. L'associatif aisé. Le donateur de temps. Le violent maso. Qui se hait. Aime l'autre contre lui-même. Théorise. Le farang délavé aux couleurs afro-rebeues. Un pur Blanc d'actualité. Celui qui culpabilise et accumule. Une prodigieuse accumulation de conscience mauvaise. En plus des marchandises. Les apôtres des maux d'Histoire. En arrêt maladie. Et les autres, les droituriers. Trop d'impôts vous comprenez. Trop d'étrangers. Des sympathiques de la flanche. Qui n'ont pas fait leur service militaire. Mais qui sont va-t-en-guerre. Des faucons en petit. Des maquettes de soldatesque. Qui redécouvrent leur culture. L'église et la mairie. Ils en font des ersatz. À tuer net. Crétins de souche. Et donc ils sont autour de moi. Ils sont au moins quatre. Un couple quinquagénaire. Lui photographe, elle ancienne rédactrice. D'un magazine de médecine douce. La médecine caviar. Celle qui esthétise. Mais d'avant-garde. À base de technologie. Une écolo techno sans frein. Socialiste avec distance. Prompte à se moquer d'elle-même. Lui plus discret. Des phrases comme des couperets. Un ignare docte. Les deux joyeux dans leurs contradictions. Et qui s'ébrouent dedans. Grouin, grouin. Des porcs satisfaits dans leur boue intérieure. Car ils partouzent. Des houellebecquiens de gauche. Ils adorent se prendre une petite et la « gâter ». Les petites de Pattaya. Les « protéger ». C'est doux, ils disent complices et tendres. Ils sont différents. Ils éduquent en baisant. Disent être « trouple ». Pas comme les clients ordinaires. Ceux-là des salauds de chiens. « Ils sont beaux ces gens. » Elle dit ça presque accablée. Ça veut dire pauvres. Les Thaïs. Des gens pauvres. Ils aiment Pattaya et ses putes. Mais ils les plaignent.

9.2 Ils militent dans un dispensaire. Pour qu'elles s'en sortent. Un truc crevard d'un docteur crevard du coin. Un Français lui aussi. Il a trouvé la combine pour rester. La bonne action. Il constate le sida chez les tapins. Dit c'est horrible. Voyez ce qu'ils leur font. Ils : les punters. File la trithérapie. Et discrétos, se tape des putes dans les boxons. Il en a une aussi, chez lui. Comme les autres. Mais lui c'est romantique. Un sauveur. Un chevalier soigneur. Il a sorti sa femme de l'enfer. Comme il dit, ne cesse de le rappeler. Je t'ai sauvée. Comme un clairon, la relève du tapin. Tous les jours, cette phrase. N'oublie pas, je t'ai sauvée. Elle hoche vaguement la tête. Toujours à cinq mètres de lui. Dans les rues. Sa condition. Elle a un amant flic. Elle aide son blanc doc au cabinet. Un bouclard de l'esprit. Il gratte même des prix. Une consultation contre une pipe. Pas directement, mais façon tacite. Il s'est fait blazer « l'ange de Pattaya » dans les conversations. Les télés

403

d'Europe viennent le voir. Un bon collabo du cliché. Mais les filles sont nobles, ici. Elles clignent des yeux gentilles et disent « good man ». Par pitié pour lui. Son ego d'étranger. Un pur farang qu'elles méprisent.

Coulisse n° 7 : Depuis longtemps déjà, depuis toujours en fait, consciente que TU ne pouvais pas rester sagement dans les frontières de TON histoire à regarder fuir les cerveaux de celles et de ceux, encore vivants, qui ne voulaient même pas engager avec TOI le combat, conscients que ce serait là nourrir TON discours faux, TU as dépêché dans la diaspora française quelques-unes de tes créatures les plus perméables à ta voix, afin de carier à jamais tout espoir de t'échapper par l'expérience d'une autre existence. Ainsi a-t-on vu arriver non plus les colons dégénérés d'autrefois que TU avais si profusément fournis afin de dégoupiller tout esprit de séduction, mais une nouvelle race de bien-pensants, d'abord adeptes d'organisations non gouvernementales, expédiés en bénévoles agents de propagation de ta cuistrerie morale, exaltant la corruption par la masse d'argent d'un coup transféré là, puis, plus subtilement, de types et de femmes lambda, ne payant pas de mine, ne faisant pas les esclandres écolos habituels sur les bons sauvages exploités, mais des êtres passe-partout, similaires à nous, vivants comme nous dans ces lieux qu'autrefois il te suffisait de dire infréquentables pour les rendre vivables. Car au moins, on s'y retrouvait libre de toi, c'est-à-dire libre de renaître sans avoir à te déconstruire, à te faire cet honneur d'employer la dernière moitié de sa vie à défaire un nœud subi pendant toute la première moitié, un nœud d'angoisses et de culpabilité et de malaise et dont le seul remède était le départ définitif. Et donc ils sont venus à Pattaya, alors qu'avant ils passaient autour en crachant, et ils ont tout envahi et les voilà mélangés à nous, les purs, les ennemis de toi, la SURVOIX, qui nous reviens par eux dans nos têtes aérées, les voilà qui se mêlent à nos goûts et les infectent, les voilà qui jugent progressivement un style d'être et de vie, en se réclamant d'une expérience qu'ils trahissent et qu'ils n'ont fait que survoler, et les voilà qu'ils font des livres de sociologie primaire ou des pontifictions, des histoires aphoristiques sommaires sur les villes du jeu et du sexe, disant sans le dire que Las Vegas est minus, et Rio catastrophique, et Macao aseptisé, et le divertissement une plaie, et faisant les intelligents grâce à ta SURVOIX de cuistre sur les labyrinthes passionnels des cités-bordels dont ils ne connaissent que le début et dont ils tirent des fins, des formules toutes faites, une profusion dingue d'affirmations sans vie. Mais nous le savons bien, nous sommes chez nous ici, nous connaissons ta duperie, nous avons les moyens de t'éviter, malgré ce brouillage de nos chansons de passes par ton prosélyte discours, cette obsession chez TOI à convertir, interdire et réglementer.

9.3 En plus du couple, deux jeunes. De France aussi. Une femelle, vingt-six ans. J'ai demandé. Elle est ici pour le travail et l'aventure. BTS tourisme. Assistante d'un directeur d'hôtel. Elle est en phase avec cette ville. Elle se confronte aux « sœurs ». Elle dit sœurs en parlant des filles. Des « copines » précise-t-elle. Singeant une complicité transculturelle. Très sûre de ça. Une forcenée de la sororité universelle. Pas celle de ses mères féministes. Une plus nocive. Moins conceptuelle. Une négligée de l'intellect qui pense pratique. À l'intuition, au maquillage. Entre femmes on se comprend. Vous les mecs, tous les mêmes. On te suce et on te hait. Une haineuse maso. Son kif, c'est de trouver un mec gentil, féministe, prompt à plaindre les femmes. Un pense-bien. Et de le tourmenter. Le cocufier avec des brutaux. Ça la fait bander. Rien que d'y penser elle exsude. Elle a connu ça à Paris. Elle l'a quitté pour Pattaya. Pas une blague, c'est vrai. Elle a dit : là, je vais comprendre. Affronter le réel. Tous ces mâles et toutes ces femelles. Elle dit : on me la fait pas. C'est une caïd. Pas d'illusions. Pas clair dans sa tête, mais elle est sûre que si. Qu'elle sait où elle va.

9.4 L'autre jeune est mâle. Un poupon sportif. De formation géographe. Un fêlé de la cartographie. C'est son anomalie calculée. Ça fait bien au View Talay dans les dîners farangs. Car ils organisent des dîners entre eux. Mon truc, c'est les cartes. Une bizarrerie savante. Lui est là pour le vent en poupe. Celui de la croissance asiatique. Saisir le bon moment. Le dominion futur. Il a des idées d'entreprise. Il a des amis de son âge chez les Thaïs. Il insiste beaucoup là-dessus. Lui a des locaux potes. Lui est un connaisseur. IL SAIT. Il parlote le siamois sans gêne. Sans honte. Une bouillie. Ces gamins sont nés sans douter. Aucun fond éthique en eux. Mais des surfaces morales à la pelle. Des horrifiés cyniques. Pas même profond, leur cynisme. Pas grec. Juste contemporain. Une pellicule. Il regarde de haut, rigolard, à peu près tout. Les filles sont gratuites pour lui. Il ne paie pas. Il n'a pas à payer. Lui est au-dessus de ça. Non par lutte des passes. Non par privilège donné par un tapin. Il ne paie pas par principe. Il le décide. L'amour gratuit. Les filles l'apprécient au début. Et le méprisent à la fin. Il dit faire la distinction. Entre les bonnes et les mauvaises. Il y a deux Thaïlande. Celle normalisée des classes moyennes et supérieures. Et celle à vendre des putains. Pauvres et rapaces. Il ne faut pas douter. Ne pas être dupe. Les payer c'est collaborer au système. Il dit tout savoir. Tout connaître. Il s'amuse avec les putes par bravade. Avoue que c'est passager. Et entretient de vraies relations avec les « good girls ». La grande droite mépris. La droite à tuer. Ça manque de Sibérie. Ça manque de goulags. J'ai un frigo. Et des idées.

9.5 Et donc je me retrouve avec ça. Cet air de France sur mon palier. À quelques portes les uns des autres. Il y a aussi des Russes. Je les aime mieux. Des Chinois. Je les aime mieux. Des Japonais. L'un d'eux solitaire. Toujours sa porte ouverte. Un pot de fleurs à l'entrée. Antisocial. Vivant avec une Thaïlandaise. Un argileux. Un mec qui fond de plus en plus dans les couleurs locales. Un disparu. Un presque comme moi. Un frangin. Non. Attention, je commence à penser français. La démagogie française illimitée. Les fausses fraternités. L'autre esthétisé. Le vivre à droite penser à gauche. Des années à s'échapper. Des années d'oubli et elle revient. Et son corollaire. L'argumentation française.

Le plan Descartes. Dehors, lentement dehors contre un mur. Les fusillades hygiéniques. Saint-Simon contre Descartes. Céline contre tous. Un Céline thaï. Un Céline calme. Parler court en chuchotant. Articuler les sentences. Je vais les flinguer. Je vais les torturer. *Hostel* en VF. Je veux me réjouir. Me réjouir. Éteindre les rires. Éteindre toute comédie franchouillarde.

9.6 Il y a aussi des Thaïs. Filles pour la plupart. Leurs farangs les ont mises là. Ceux-là et celles-là, je les aime bien. Couples tarifés. Même si elle est crasse et lui cassé, ils sont beaux. Embellis de récits. Lui traité de porc, elle de victime. N'est-ce point le gage de leurs valeurs ? Libres du bonheur singé. Leur bonheur viscéral. L'épiderme à vif. Ils sont spirituels de quête. Agressifs de goût. Moi aussi je pourrais mettre une fille chez moi. Finir à deux. Elles défilent moins qu'avant, déjà. Je vis seul, célibataire. Certains prétendent pédé.

9.7 Hier, je suis allé au *Living Dolls a Gogo*. Walking Street était bondé. Ça dégorgeait de partout. Des groupes de filles en kimonos. Siglés du nom du lieu où elles travaillent. Parfois décolorées. Méchées blondes ou rouquines. Marchant sur talons hauts. Quasi nues. Elles avaient dû bouffer ensemble. L'une au bras d'un tomboy. Toujours à se marrer. Une cour en transit dans la foule courtisane. À l'entrée du *Baccara*, une show girl star fumait. Accoudée au gros videur de l'entrée. Au-dessus d'elle, l'enseigne couronnait sa toise. Une grille de lumières rouges. Le nom **BACCARA** en bleu vide. Devant elle, d'autres filles du gogo. Attifées de pancartes. Prix des consomma-tions. Converse rouges montantes, tabliers noirs. Des gamins en face faisaient un show de break dance. Un type grimé en Michael Jackson donnait son spectacle de clopes. Enfoncées dans les oreilles, ressorties par le nez. Un attroupement autour d'eux. Au *Living Dolls*, je n'étais pas resté longtemps. Des grappes de Chinois taxaient les sièges. Et flambaient les filles. Des milliers de bahts glissés dans les strings. De l'argent bradé vers le haut. Puis j'avais fait le *Roxy*. Une fille s'est mise sur mes genoux. Elle levait son cul, bougeait ses fesses. Je prenais ses globes et mordais dedans. Elle poussait des cris mécanisés. Ses yeux froids riaient. J'ai payé deux ladydrinks. Elle m'a glissé son numéro. La mamasan absente, pas très vigilante. De nouveau dehors, j'ai listé mon bonheur. Rouge, rose, jaune, bleu, vert et bruits. Chaleur, humidité. Aux entrées, les hôtesses poireautaient. Certaines avenantes, bos-seuses. Hurlant de venir. Souriant aux prochains. Tous ces hommes et ces couples. Même aux enfants. Une poussée maternelle dans les jambes. Beaucoup sont des mères. Elles aguichent le cœur humain. L'humanisme sexuel des passes d'Asie du Sud-Est. J'ai filé nulle part. Au Bali Haï Pier, je me suis assis. Un ponton jusqu'aux ferries. Un jour ils couleront. Ils partent et viennent surchargés. Cargaisons de tou-ristes vers les îles d'en face. Koh Larn, la plus aisée. Une suite de plages où faire couple. Mariage punters ladybars. Alliance de sable.

9.8 J'ai fini au *Lucifer*. Un ami manager dedans. Fran-çais de loin. On l'appelle « Q ». Une star thaïlandaise fait un set. Da Endorphine. Coupe carrée teintée. Une pro du podium. J'aime sa pop. Drôle d'énergie cette nuit. Cocktail de castes. Sur scène une vraie star. Dans la salle les putes. En freelances furieuses, donneuses de danse. Frimant chaque geste. Une boucherie. Les punters dégoûtés. Les plus cons du moins. Les vrais savourent. Un don ces filles. Elles vieillissent l'imaginaire. Des réelles sans cause. Il faudrait une stèle pour chacune. Une pierre parlante. Leur vie gravée. Merci pour vos toises. Elles grandissent les joueurs. Les joyeux du boxon.

9.9 Qu'une seule s'arrête ce soir. Qu'elle me sublime aussi. Qu'elle me fixe encore. Hier j'en étais là. À formuler des vœux. Autant parler obsèques. De la frustration simple. Le corps bombardé qui recule. Pattaya file des haines. Comme moi des nombreux traînent. Épuisées les grandes marques des gogos. Les starlettes branchées chrome. Épuisées les timpes fraîches. Celles des cars du Nord et de l'Est aux gares routières. Épuisées les good girls gone bad. Épuisées toutes les femmes. Et celles mecs devenues femmes. Épuisées les ladyboys grosse queue gros seins. La mélancolie du rassasié. Le plafond de verre du plaisir. Le bout du corps. J'étais ailleurs. Des Français dans mon condo. La dalle de haine m'a fait rentrer. Ils étaient là, dans leur sommeil ou leur sortie. Dehors ou dedans, à polluer en respirant. C'est eux qui comptent maintenant. Ils méritent une balle. Une balle suffit toujours. Une balle, c'est un Graal. Leur crâne révélé. Ils sont élus. Ou plutôt éligibles à la balle. Reste à trouver l'instant.

9.10 On allait s'amuser. Je me suis endormi comme ça. Seul à Pattaya.

9.11 L'air conditionné ronronne. Le silence au Siam est fictif. Le bruit est une espèce surpeuplée ici. Même les zones inhabitées sont bruitées. Insectes, reptiles et fauves. Une symphonie vivante. Les clichetiés diraient carnivore, venimeuse. Volatile et poissonneuse. C'est un fond sonore. Je me suis réveillé froissé. J'ai pris mon petit déjeuner à deux heures. Mon balcon offre la mer. Elle était marron grisée tout à l'heure. Marron verdie maintenant. Penché, je vois les parasols de Jomtien. La longue plage jusqu'à Ban Sa Re. Je tourne le dos à Pattaya. « Harun » a bien travaillé. Il a deviné ma vocation. Il sait comme les voyants. Un vrai agent immobilier. Un bâtisseur de destin. Descente à la piscine. Elle est en courbes. Pas une olympique angulaire. Une lagon. On peut quand même y faire des longueurs. On détermine la plus grande distance d'un arc à l'autre. Et on va et vient en affirmant son territoire. On éclabousse celles et ceux qui veulent passer. Et qu'y a-t-il sur les transats ? Qui se repose en lisant ? Lunettes de soleil baissées sur les pages ? Qui feuillette un iPad ? Le couple de quinquagénaires.

9.12 « Heyyy comment allez-vous ? » ; « Bien madame, très bien » ; « On profite ? » ; « Non, je nage comme ça presque tous les jours » ; « Hier, nous sommes allés au marché de nuit de Thepprasit Road à pied, une longue promenade sous cette chaleur » ;

« Oui » ; « Très décevant ce marché, on est loin des standards de Bangkok » ; « Oui » ; « Pattaya manque quand même d'un vrai marché de nuit, ou d'un marché tout court d'ailleurs » ; « Oui » ; « Du genre de ceux de Huai Kwang, quelle splendeur ! » ; « Oui » ; « Jusqu'à cinq heures du matin et plus, des échoppes de vêtements, de la street food, tout l'univers en somme ! J'aime Bangkok ! » ; « Oui » ; « Il y a bien les marchés de nourriture ici, mais pas tant que ça au fond, et si petits ! » ; « Oui » ; « Vous connaissez celui du Soï 53 je crois ? Derrière la Sukhumvit, dans le coin musulman » ; « Oui » ; « Là c'est encore le mieux pour les viandes et les fruits » ; « Oui » ; « Il devrait en ouvrir un sur le terrain vague voisin du *Central Festival* » ; « Oui » ; « Ces Thaïs sont adorables mais ils manquent quand même d'idées » ; « … » ; « Ils ont une administration soviétique ! » ; « Oui » ; « Écoutez, nous devrions faire connaissance, mon mari s'appelle Michel et moi Nicole » ; « On m'appelle "Kurtz" ».

9.13 Nicole et Michel marquent un temps de surprise. « Kurtz c'est un surnom, hein ? Sacré monsieur va ! Vous aussi vous êtes un drôle d'expat. » Michel explique sa vie. Il est écrivain et photographe mais pas seulement. Un métier dans les labos pharmaceutiques. Du moins avant. Directeur commercial. Trois décennies ou presque à sillonner la planète. Juste après l'école de commerce et le troisième cycle à Sciences Po. Trente ans de vie pour de grandes marques de médocs. Des antidépresseurs. La dépression, Michel connaît. Mais il n'en pouvait plus. « Ils

vendent des comprimés qui vous tuent. » Il se sentait ailleurs, d'un autre monde. Le week-end, les
vacances, il photographiait. Il avait rencontré sa
femme dans un club de vacances. Et passion directe.
Une belle histoire. Gagnant bien leur vie mais cultivant un jardin secret. Loin des concessions. Une
radicalité secrète. Au début, il la foutait à poil. Des
week-ends d'amateurs. Et shootait tant qu'il pouvait. Une bibliothèque entière de tirages. Du 6/6
et du 24/36. Avant le numérique. À deux, ce fut
l'orgie. Des disques durs à la pelle de sa femme. Et
puis ils voyageaient. L'Amérique du Sud, l'Afrique.
Ah l'Afrique ! La savane. Le vieillard bibliothèque !
L'origine de l'homme ! « "Kurtz" vous connaissez
l'Afrique ? Ça reste encore à faire ! Tant de gens qui
parlent d'Afrique sans connaître ! Ce crime contre
l'Afrique on le paiera ! » Ils ont senti l'agressivité.
Ça leur a fait peur. « On le mérite bien mais quand
même ! Et puis le sida ! Si tu savais "Kurtz" ! On se
tutoie ok ? Le sida ! Et les radicaux musulmans ! On
les caricature ces gens-là ! C'est plus complexe. Pas
tous mauvais ! Tenez, Nicole a porté le voile ! Mais
oui ! Elle se sentait belle, précieuse ! Un châle autour
de la tête. Bleu touareg vous voyez ? Avec une longue
tunique, un long pantalon flanelle. Blanc aux revers
dorés. Quelle élégance ces tropiques d'Afrique ! »
Enfin, un jour ils sont partis. Et ont découvert l'Asie !
Ahhh l'Asie ! L'époque continuée des hippies. Le
mal jaune ! L'Indochine ! On ne ment pas, il se passe
un truc ici. Une magie plus forte que celle d'Afrique !
Un sortilège ! Dix ans qu'ils font l'Asie. Des mois par
an. Leurs boulots en ont souffert. Voyager dans la

beauté ça change tout ! La beauté ancestrale ! Une jungle habitée de temples ! Eux aussi à Roissy, ils pleuraient au retour ! Ils se sont fait virer tous les deux. Ils s'y sont bien pris. Avec leurs indemnités, ils peuvent finir tranquilles ! Ils ont conservé l'immobilier en France et mis l'argent à Singapour. Et les voilà à Pattaya. Pour quelque temps, après ils verront. Pattaya ce n'est pas une vie ! Un projet à Luang Prabang. Le Laos, presque une terre vierge. « Pattaya, mais Pattaya c'est une gourmandise mon cher "Kurtz" ! Il faudrait quand même nous expliquer ce surnom ! Pattaya, donc, parce que nous sommes hédonistes ! On veut aussi montrer aux filles que les farangs bien existent. On veut les aider à se sortir de la spirale prostitutionnelle ! Saviez-vous que beaucoup se sont fait violer enfant ? Comment ça d'où je tiens ça ? Mais d'études sérieuses ! Non je ne lis pas le thaï mais je lis l'anglais ! Et je connais des gens dans les ONG ! C'est horrible "Kurtz" ! La pauvreté, l'esprit de caste ! C'est Madagascar + l'Inde. C'est la faiblesse de leur culture si belle ! Écoutez on fait un dîner ce soir avec d'autres résidents. Venez à dix-huit heures trente. On boira au coucher du soleil. Quel temps sublime en ce moment ! À ce soir donc ! »

9.14 L'instant vient en moi. Il y a comme deux forces en lui. Une me pousse dehors, à rencontrer, me réchauffer aux autres. Lancer mes rayons. Dans Pattaya, dans toutes les soï. Cette force m'active et me lie. Avec les gueux royaux. Les Samo des claques. Les Ladybars. La meilleure compagnie au monde. La meilleure vie. Un rappel de soi, hier. Mes parents sont

414

nés de parents pauvres. Fragiles et fiers. J'en suis là, malgré eux. Leurs labeurs honnêtes. Je ne les mérite pas. Je les retrouve en elles, cependant. Les ladybars. Leur étoile noire.

Et l'autre force me rétracte. Me recroqueville viral. Une force ancienne et retrouvée. Colère contaminante. Tous ces farangs. Une concentration d'énergie sale. À l'extérieur elle me tient. C'est ordinaire, rassurant d'être comme ça. Combien de gens croisés qu'on tuerait bien ? Combien de meurtres à faire ? Une purge au jour le jour. Une tête qui ne me revient pas, une tête qui saute. Ils font pareil dans l'autre camp. Être soi-même l'ennemi de l'autre. On se défend en attaquant. L'activité cérébrale. Le constat de la chienlit. Le monologue intérieur. Du meurtre et du sexe. Du justiciable facile. Peu d'autres choses. L'essentiel de l'esprit. Une fabrique de sang et sperme. Et les tortures. Le chauffeur de taxi à scalper. Le couple égoïste à kidnapper. Le serveur à décapiter. La classe de mômes à fusiller. L'enfant sacralisé à démembrer. Les moins de dix ans à snuffiser. Une balle par nuque. Découpage au couteau. Lacération, mutilation. Essence et tronçonneuse. Le meilleur du cinéma. Et la conscience bacillaire. La saleté à nettoyer. Il faut faire le ménage dans ce condo. Ça manque d'hygiène. Une infection grave. Ça pue ma race.

9.15 Avec moi un Heckler & Koch. En haut, dans un tiroir. Un modèle MK 23. Doté d'un silencieux. Il m'accompagne. C'est mon cadeau d'entrée. Depuis mon installation définitive. Mon associé américain m'a fourni un modèle neuf. Au moment de signer les derniers papiers. La cession de mes parts, l'adieu aux armes. Finie la sécurité. J'apprécie ce flingue, sans plus. Aucun fétichisme là-dessus. Pas de haine non plus. Les stands de tir pullulent ici. Au début j'y allais souvent. Mon HK MK faisait bander. Les tenanciers hilares. You are dangerous mister. Du Thaï tatoué. Le grand genre du *sak yant*. Le tattoo sacré. Protection des pieds à la tête. Racaille spirituelle. Nourrie aux magies, aux moines. Eux disposaient de modèles vieux. Des vieilles conneries. J'allais derrière la Sukhumvit. Un club modeste. Un hall petit. Le terrain derrière. Cloîtré pas haut. Les cibles contre un remblai. Creusé dans une colline. Pas de risque. Les farangs tirent mal ici. Des fanas de *Scarface*. Un mauvais coup et la balle perdue. Pas moi. Tirer, mon ex-métier. J'ai dû venir vingt, trente fois. J'avais droit aux doigts cerclés. Pouce et index jointés. Ça signifie bravo. Je sais encore tirer.

9.16 L'après-midi comme ça, à ruminer. Au bord de l'eau. Le clapotis des vagues chlorées. La rumeur balnéaire autour. Le vent parfois, un peu pisseux. Le remugle d'égout. La torpeur libre. Celle des jours filaturés à perte. Désœuvrés, sans but. La prise de pouls du monde. Dans les parois d'après-midi figés. Au milieu des orchidées. Des jardins arrosés. Toute une douceur de vivre à soi. On se dit c'est impossible. Il faut prévoir, bien calculer. Mais non, après dix ans d'Europe à pleins tubes, on peut le faire. Dix ans d'USA, dix ans à travailler. De Canada, de Germanie. Dix ans de pays froids. Ceux qui paient bien. Qui paient encore. De moins en moins avec le temps. En fait c'est déjà fini.

Je dis n'importe quoi, c'est terminé. Disons qu'avant c'était possible. Juste partir et s'installer. On s'attend à une catastrophe. Sans boulot, sans rien. Et puis non, les jours s'enchaînent. Un jour un petit job fait signe. Quelques milliers de bahts pour tenir. Et on tient. On reste. On se réveille toujours vivant.

9.17 Le jeune poupon sportif se pointe. Maillot de bain accompagné. Une jeune Thaïlandaise poupée. Une presque japonaise. La peau très blanche, très porcelaine. Insupportable en fait. Des cheveux très longs, très noirs. La peau vierge, sans trace. Une fille bien. Trouvée à Pattaya quand même. Une brève œillade m'indique le vrai. Une qui branche sur le net. Une pute de site web. J'exagère mais peu. Une fascinée du farang. Ou c'est moi qui délire ? Toujours à chercher l'abject, la pitrerie. C'est l'heure de remonter. Je salue car ils me disent hello. On se retrouve ce soir chez Nicole et Michel ? Je dis oui et m'en vais. C'est une mission qui m'est donnée, depuis toujours à m'attendre. Seul pour ça, ce destin-là. Sauver Pattaya de ces gens-là.

9.18 Les parties communes sont moches. Des couloirs terribles, béton. Comme délaissés, abandonnés. Une couche de misère. Entre deux luxes. Même les guesthouses valent mieux. Les hôtels bas de gamme. Leurs coursives luxuriantes décorées de plantes. Mais là non. Du parking habitable. L'horreur. Celle des jungles immobilières tentaculaires. Arrivé chez moi, je file au tiroir. Je vérifie le MK 23. Culasse et tout. Il marche au poil. Il est d'attaque. Je n'ai aucune idée, rien. C'est juste un réflexe, sans plus. Évidemment je ne tuerai personne ce soir. Ça passe dans la tête et ça s'en va. Ils sont atroces ces gens, rien d'autre. Sur un carnet, je dessine Nicole, Michel, à traits grossiers. Un couteau crève leurs yeux, ils sont ligotés. Pour eux, qui suis-je ? Un type mauvais, baiseur de putes. Pas d'enfants, famille délaissée, mes vieux abandonnés. Voisinage mauvais, moisi. L'ordinaire de la vie d'immeuble expat.

9.19 Je me prépare vaguement. J'inspecte la chambre. J'ai deux pièces. Un salon, une chambre. Vastes les deux, très grandes. Les moins lugubres de ma vie. Animées de grandes baies. Dans la première une cuisine. Dans l'autre une salle de bains. Là aussi spacieuses. Tout est desserré. On circule aisé. On dort aisé. On mange aisé. On chie aisé. L'aisance facile. Facile d'accès, pas riche mais frimeuse, imitation luxueuse. Mes objets vivent là. Mes jeux sur des tables. Un de go, un d'échecs. Comme chez ce type, fréquentation des forums, « Scribe ». Lui les collectionne avec les livres. Tient des parties d'échecs imaginaires, féeriques. Moi c'est sobre, élémentaire. Pas d'enthousiasme, à peine des ossements. L'essentiel habitable. Des restes là, de mobiliers posés. Un canapé, un tapis compliqué. Un afghan réel. Des chaises de ladybars. Et les vêtements. Il fait chaud et l'époque est laide. On manque d'occasions de se vêtir. Qui s'habille trop bien fait clown. Les chemises blanches sur mesure. Les smokings tropicaux. Les costumes légers. Les mocassins de films. Tout ça envolé, perdu. J'ai des chemises, oui. Une veste, oui. Des pantalons, oui. Mais l'essentiel est pantacourts, shorts et tee-shirts, quelques polos. Des chaussures streetwear. Certaines élégantes. Les farangset marchent en tongs. Et portent une sacoche mini. En bandoulière. On est loin du passé.

9.20 À dix-huit heures trente, je monte. Ils habitent à l'étage au-dessus, le dernier. Un grand appartement, deux comme le mien réunis. Un panoramique. Immense vue, à droite Pattaya, à gauche Jomtien. Une dizaine de personnes. Les présentations sans intérêt. Un seul couple mixte gêné. Elle thaïe, lui belge. Elle discrète gênée, lui bavard gêné. À rembarrer sa femme d'un coup. La prendre pour une conne. Toujours à la rabaisser. Plus fort que lui, impossible de s'en empêcher. Nicole irradie. Elle plaint la femme et tance le type. Et jouit de voir ça, une locale humiliée. Pas à elle qu'on ferait ça. Elle a ses armes. Et puis elle a fait un vrai mariage. Oui ma petite, tu récoltes ce que tu sèmes. L'argent ne fait pas le bonheur. Ils sont si beaux ces gens, elle est si belle. Pauvre fille. Pauvre, pauvre, pauvre fille.

9.21 J'ai besoin de boire. J'avale du vin blanc et rouge. J'enfile verre sur verre. Moi qui ne bois jamais. J'encaisse mal ces bouteilles d'import. De l'australien, du mauvais rhône. Tout ça en vrac dehors. Il fait nuit dans la baie. Du sol monte la fête. Il y a des filles en bas, des ballets. La promesse d'une autre vie tient les cœurs et les sexes.

9.22 Retour aux petits Blancs. Michel geint sur la France. Il montre des photos d'Afrique. Une fille à demi nue plongée dans une rivière. Du linge à côté. Il explique le Niger. Le poupon sportif est assis sur un sofa. Seul cette fois. Il discute avec un autre couple de Français. Des retraités. Jamais vus encore. Les lumières sont tamisées. Elles créent des reliefs. Les meubles se découpent. Le moindre dénivelé fait une ombre. Ils ont de l'artisanat local. Des bouddhasseries. Tête du Gautama. Des tableaux en faux jade. Des bas-reliefs d'éléphants et de mer de lait. Le *Ramayana* illustré. Deux grands éventails ouverts accrochés. Ceux-là sont très beaux. La nuit est presque douce. On se gratte les jambes. Les moustiques arrivent même jusque-là.

9.23 Miss BTS tourisme apparaît. Accompagnée d'une Thaïe. Une fille d'hôtellerie. Étudiante fin de master à Rangsit University. Sœurs d'adoption. Je sais comment m'y prendre. Ces deux-là dans mon lit. On discute de Pattaya. Elles rient de mes histoires. Je ne cache pas grand-chose. Je zappe les fists au *Windmill* ou l'*X-Zone*. La fille thaïe est à fond. Elle boit du vin. Elle est saoule vite. Habituée des alcools, pas du vin. Ça saoule autre. Il y a aussi du champagne. J'en sers copieusement.

Coulisse n° 8 : L'étudiante, en Thaïlande, est la plus sexy au monde. Son uniforme en fait une pure merveille. Loin de l'objet sexuel crétinisé, elle affiche une morgue surhumaine. Depuis ses jupes courtes noires et ses chemises moulantes blanches, elle domine l'avenir. Elle vient d'une famille aisée ou riche. Elle vient des classes moyennes ou de la paysannerie laborieuse mais propriétaire de ses terres et qui s'est enrichie.

Ses parents sont souvent indépendants. Elle est parfois boursière, d'origine pauvre. Elle joue sur tous les tableaux. Sérieuse en cours, fille aimante à la maison, séductrice en privé, sideline – prostituée –, parfois, pour payer ses études. Un mythe urbain, une institution. Humaine comme n'importe qui, son portrait n'épuise pas son comportement. Sa fréquentation est une école pour ses professeurs. Amoureuse à la folie, elle est fusionnelle sans limites. Elle peut se tuer pour un homme. Plus couramment, elle peut tuer pour venger une trahison. Elle est fière, tendre ou taciturne. Aux dernières nouvelles, il y aurait un peu plus de deux millions d'étudiants de premier cycle universitaire, et deux cent mille étudiants niveau master et supérieur. Le nombre de filles n'est pas précisé.

9.24 Elles finissent par s'éclipser. Une soirée ailleurs. La villa d'un copain. Si je veux je viens. Je zappe la dérive. De dix on devient six. Puis quatre. Bientôt moi, Nicole et Michel. J'ai battu un record. J'ai tenu longtemps. Ils me plaisent bien. Ils souffrent beaucoup. Je m'y connais en souffrances. J'en ai vu chez les gens. Ils sont comme ces otages qui comprennent leurs ravisseurs. Cette journaliste néerlandaise. Violée et compréhensive. Si traumatisée, si haineuse de ses libérateurs. Cette horreur en elle. Cette horreur en eux. Michel, Nicole. L'horreur, l'horreur. Le grand-guignol grinçant. Comme ces SS ridicules. Toujours l'horreur se grime. Du grotesque maléfique. Les démons sont clownesques. Ils sont possédés. C'est exactement ça. Ils ne sont pas eux-mêmes. Farangs victimes, c'est évident, une révélation. Leurs paroles menottées, idées reçues d'esprits malfaisants. La Survoix. Il est trop tard, pour eux, dans cette vie-là. Mais pas dans l'autre. Il y a un remède. Tout converge, tout est signe vers moi. L'instant est là. J'ai compris. Je m'en vais. Je suis fatigué. Nicole me câline. Mais il est tôt « Kurtz » ! Surtout pour quelqu'un comme toi. Bon alors, ton vrai nom, c'est quoi ?

9.25 À peine rentré, je cours au tiroir. Tout est précis. Plus d'idées noires. Tuer, c'est soigner l'âme des assassinés. Je remonte vite fait, par l'escalier. Je vais les aider. L'altruisme vrai. Le désintéressé. Ça va me coûter cher. Je sonne. C'est Nicole qui m'ouvre. Ah !, tu as oublié quelque chose. Il t'a oublié dit Michel, il s'en veut. Il est un peu ivre. Heureux et ravi Michel. La bonhomie partouzarde. Il veut me voir avec sa femme. Je dis : je veux vous aider. Vous souffrez, je veux vous aider. Nicole se tourne vers Michel. Il est laid Michel. Un front hydrocéphale. Des cheveux gras. Des traits défaits. Des gencives orphelines, édentées. Et cette lenteur. Cette bizarre élocution. Parlant du nez. Un genre enrhumé. On a envie de le moucher. Un petit garçon mal aimé. Nouvelle rotation de Nicole vers moi. Elle a mon MK 23 sur le front. L'embout du silencieux à deux centimètres. Son crâne n'explose pas. Le coup est tellement proche qu'il fait un trou sale, poudré. Michel crie. À peine une seconde. Je vise vite. Il tombe et je l'achève d'un deuxième tir. Et je TE vois partir furieux, furieuse. Survoix sans trachée. TU quittes leur corps. Leurs cadavres retrouvent quelque chose. Une lumière spirituelle.

Intermède 9-10

Avec l'étrangeté, la dureté d'être ailleurs, « Kurtz » s'était trouvé confronté à la langue, d'une part la difficulté d'en apprendre une nouvelle, de nature opposée à la sienne, et d'autre part de conserver celle dans laquelle il continuait de penser et de sentir, la française, surtout les premiers temps, traduisant à mesure en anglais d'abord, puis en thaï peu à peu, les bribes de vues, d'odeurs, les bribes de goûts et d'idées qu'il formulait péniblement, atteint d'une douleur musculaire inhabituelle, une pubalgie soudaine qui arrête net dans la course, un claquage dans les termes, cette fuite jour après jour du vocabulaire, des mots, puis dans les mots eux-mêmes de l'orthographe de ceux-ci, un flottement dans les règles d'accords et de conjugaison, comme si, dans ces paysages de banyans, de palmiers, de rizières et de chevelures noires et lisses, vécus maintenant non plus à la manière de péripéties provisoires, mais comme des états de fait de son quotidien, avec la banalité d'une présence pour toujours, une distorsion apparaissait, un manque de liens qu'il lui aurait fallu combler, construire peut-être à coup de néologismes, ou bien par une syntaxe trouvée à même les trottoirs, bien tordue aux circonstances, aux contextes traversés, avec des formulations bizarres, et des précisions allongées démesurément pour ne rien perdre. Or, court sur phrase de nature et de plus en plus avec l'éloignement, il se sentait sablier du français sans possibilité de se retourner pour retrouver son niveau initial, natal, un sablier percé de la langue française.

***

Ainsi, ce qui autrefois était transparent pour lui, indifférent, gênant, odieux, devenait maintenant nécessaire, les autres, les Français, du moins quelques-uns, son élite choisie par ses soins. Il voyait « Scribe », un peu comme on consulte un magnétiseur ou un astrologue, cherchant dans ses discours un climat familier où retrouver des habitudes linguistiques, se perdant avec lui dans ses tentatives indéfiniment répétées de décalques de Pattaya, il voyait « Harun » qui restait sobre, efficace dans les récits qu'il donnait parfois au compte-gouttes de sa clientèle de plus en plus nombreuse à vouloir s'installer quelque part à Pattaya ou d'autres villes thaïlandaises, il voyait incidemment « Marly », toujours rare, plus solitaire encore que lui-même, « Kurtz » pourtant de plus en plus asocial, le paradoxe étant qu'il fuyait ses semblables tout en cherchant cette langue commune à lui et eux, ses ennemis, les expatriés.

***

Il y avait toujours la possibilité de glaner sur le net des livres et des films en version originale, et il passait les nuits où il n'était pas dehors à quêter les passes à regarder tout ce qui existait en matière de longs et courts métrages dans des versions d'images dégradées, devenant floues si on les mettait en mode plein écran, mais conservant un niveau sonore acceptable.

***

Et cette nuit d'après le meurtre, il se mit à aller d'un extrait à l'autre de fictions déjà vues, et de reportages aussi, une quête désordonnée, longue, torturée, passant de la scène des chiottes bouchés puis explosés dans *La Grande Bouffe* de Ferreri où Michel Piccoli hurle « quelle horreur, oh mon Dieu quelle horreur », pataugeant dans une mare de merde, nageant dans les excréments répandus, multipliant avec complaisance les expressions de dégoût au milieu de la chiasse, à celle d'un documentaire intitulé *Prostitution* daté de 1976, et composé de témoignages de prostituées, les premières séquences montrant complaisamment là aussi, savamment, par tous les vices du montage, une rousse pleurant après la reconstitution d'une passe, disant qu'elle ne pourra plus jamais recommencer, et détaillant les pratiques de certains de ses clients, la plume dans le cul, l'éjaculation dans un plat et la dégustation minutieuse du foutre, expliquant que baiser avec une femme, quand on est soi-même une femme, ce n'est pas sexuel mais doux et donc jouissif, faisant de l'homosexualité féminine une thérapie de l'hétérosexualité, allant ensuite aux dernières minutes d'*Apocalypse Now* où le seigneur Brando, le corps scié à coups de machette par le dénommé Willard, souffle « l'horreur, l'horreur », tandis qu'un visage surgit par intermittence, celui d'une très jeune Cambodgienne aux traits doux figés dans une expression dure, et continuant par d'autres saynètes, celle de *The Killing Fields*, *La Déchirure* en français, où une autre Cambodgienne, profil très jeune, symétrique, parfait, casquée dans une jeep, écoute de la pop tandis qu'un ado soldat comme elle exécute un Khmer rouge avant la chute de Phnom Penh, celle de la tronçonneuse dans *Scarface*, l'un des acolytes de Tony Montana menotté dans une salle de bains, découpé peu à peu sous ses yeux, pour revenir en territoire plus français, le monologue final de *La Maman et la Putain*, « votre petite tête qui comprend tout et qui raconte des grands trucs grandiloquents et absolument ridicules et prétentieux, j'en ai rien à foutre et je vous aime, il n'y a pas de pute c'est tout, tu peux sucer n'importe qui tu n'es pas une pute, il n'y a pas de putain qu'est-ce que ça veut dire putain », et s'arrimant d'un coup au *Feu Follet* de

425

Louis Malle, aux notes usées, trop jouées de Satie, la scène des objets dans la pièce du personnage principal, Alain, la mélancolie, le révolver, les coupures de presse punaisées, deux visages de femmes, les papiers à l'écriture raturée, les gros feutres, et finissant par quelques brèves du *Pattaya One*, un touriste en sang agressé par deux ladyboys de la Beach Road et cette descente au *Lucifer*, les filles contrôlées à l'intérieur, le ya ba saisi en masse chez les putes, les clients et même les managers, les arrestations, tout le monde dehors, les derniers plans offrant la Walking Street pleine de foule, noyée de couleurs et de sonorités, et cette moiteur des visages, aux fronts et aux joues.

***

Il alla sur le balcon, soupesa le vide en se penchant, mesurant sa tolérance au vertige qui était faible car il avait toujours eu des problèmes d'oreille interne, son tympan percé à dix-sept ans suite à une otite mal soignée. Il respira bien et passionné l'air chargé de lumière et de bruits de Jomtien Beach, ses longues tranchées colorées de bars déployées en quadrilatères qui s'étendaient très loin vers Ban Sa Re, il sentait son corps acclimaté maintenant aux températures toujours chaudes remplies d'humidité du Siam, il ne transpirait plus comme avant, il avait juste la peau lustrée, et il prit quand même une douche et il sortit.

***

Sur Thapphraya Road une fois de plus, il marcha traversé de bonheur. Il aimait tout ce qu'il voyait, jusqu'aux chiens breneux, une joie visuelle à chaque sortie et la belle raison de sa présence ici, outre les filles sans cesse reluqueuses et reluquées, outre les filles-garçons palpeurs et palpés, outre les goûts sexuels explorés l'un après l'autre satisfaisant sa croisade personnelle, tout ça faisant partie du lot, qui rendait la vie viable, les extérieurs appétissants, quels que soient les problèmes et les maladies et les solitudes et le fric absent.

***

Une heure plus tard, ayant un peu traîné au *Country*, une grosse machine violette de néons, avec des billards et un band live qui chantait issâne ou thaï, en partie vide ce soir-là – et « Kurtz » adorait cette sensation de désolation douce, ces fêtes à moitié fréquentées, un type jouant avec une fille sa partie de puissance 4, un autre sur le pool avec sa queue, deux ou trois assis, un couple dansant doucement, toute une tendresse noctambule saisie isolée, dans un lieu déserté, avec la rumeur de foules ailleurs, c'était les instants tardifs où Pattaya capturait la majorité des noceurs dans la mélancolie –, il était sur Soï 7 et sa succession de gogos, de beer bars et de tapins.

***

Il regardait les punters comme lui et se sentait différent d'eux, comme eux sans doute, chacun dans leur histoire, devaient se sentir différents de lui. Car tous avaient le même orgueil absurde, d'être un client à part, le distingué du troupeau, celui désigné d'un doigt par les timpes, vers qui elles vont et reviennent volontaires, pas le micheton ni le mac mais le différent (calquant sur elles ce qu'ils disaient eux-mêmes d'une ladybar particulière : « c'est ma différente »), celui ne payant plus après avoir payé. Différent des autres, l'ordinaire grande gueule qui flambe, ou à l'opposé analyse, croit savoir. L'ambition des punters, la seule de leur vie. « Kurtz » n'aimait pas ceux qui en rajoutent, des puceaux disait-il et dans sa bouche ça revenait souvent, des puceaux de la viande, il n'aimait pas ceux-là, qui parlent viande, bidoche, qui griment leurs actes comme un simple tirage de coup, qui rajoutent haineux d'eux-mêmes ou fiers bêtement que c'est radical, presque un viol, ou que c'est naturel, un besoin. Lui ne tirait pas son coup, il faisait durer la passe, il explorait des limites partagées, il arrachait des caresses comme on écorche une peau, il obligeait au cunnilingus, il aimait brouiller les signes de la douceur qu'on préserve pour d'autres, il cassait les frontières du sentiment et du fric, il travaillait au temps, à la montre, leur nonchalance, leur paresse l'aidaient, il aimait les attirer dans l'arène de l'ambiguïté, mélanger ça, la tendresse raisonnée, calculée, avec le reste, les goûts bizarres, les trucs cradingues, car il n'était pas dupe, il savait qu'au cœur du contrat se cache une autre lutte et dans celle-ci, lui le punter « Kurtz », arracherait la jouissance du tapin, son alter ego sur le front de la prostitution. La lutte des passes. Il n'était pas dupe des paroles des filles qui, repenties ou pas, confessent leurs vies, notent leurs vies, pleurent leurs vies, reprochent leurs vies à ceux qui les maquent ou les paient, il n'était pas dupe de cette impossibilité de dire le vrai chez certaines d'entre elles, qui, pas connes, allaient dans le sens du vent officiel, et le vent officiel disait que c'étaient de pauvres filles victimes pas très douées, alors elles hochaient oui à toute cette raclure sociologique. La rue continuerait de toute façon sa course. Et celles qui assumaient crânement leur existence, elles étaient réduites à des miniatures d'exception, des collabos. Mais tout ça, c'était pour la putasserie d'Europe ou d'Amérique. Ici c'était autre chose, la relation farang/locale était d'un autre niveau. Ici, on jouait avec sa ruine et sa santé mentale et physique. Les passes d'une vie. Ici les putes avaient un sceptre qui était leur race, et l'étranger payeur devait faire très attention, très très attention.

***

« Kurtz » adorait la fierté thaïlandaise. Il s'y sentait bien, tout était clair, il était un farang et cela lui convenait. Jamais colonisés, sans doute le mystère siamois résidait là. Militaires et flics, et les mafias minuscules, aux bottes. Des coups d'État, des couvre-feu. « J'ai toujours été féminin en politique, disait-il, et j'aime me donner au plus viril des États. »

**

Et donc il circulait parmi ceux comme lui qui déambulaient, hésitaient, parfois entraient poussés par les hôtesses rigolardes et petites à la force surprenante, contrastant avec leur taille et leur corpulence fine et fuselée, cette jeunesse des membres qui les accompagnait dans l'âge mûr.

**

Et il sentait combien il jugeait mal, voyait mal, pas assez nettoyé du passé natal, avec ses débats et ses discours, et il se rappelait toujours ces ladybars au début, avec qui il restait longtemps, quelques jours en mode lover, et qu'il assaillait de questions, qu'il torturait de questions sur le pourquoi du comment de leur condition, et qui lui disaient sympas « you are talking too much, you don't need to ask and wait answer for everything », et qui lui rabattaient son caquet en vivant.

**

Le visa étudiant est le plus simple pour rester longtemps sans avoir tous les trois mois à passer la frontière au Laos, au Cambodge, en Malaisie et revenir dans la journée même avec un nouveau tampon, et quoi de mieux que d'étudier ces filles-là enseigner l'existence ? Il fallait se faire humble, apprendre l'art de se taire, de fermer sa gueule, non pour obéir mais pour retrouver un usage fort de paroles fortes, après.

***

Les énormes terrasses des bars de la Soï 7 ouvraient sur des profondeurs béantes de comptoirs, de billards et de rangées de sièges, de fauteuils et de tables, traversant les blocs jusqu'à Pattaya Klang d'un côté et la Soï 8 de l'autre, composant un dédale, une infinité rougeoyante venue de spots et d'enseignes poussés à fond avec les musiques, tandis que parfois, flottaient les drapeaux des nations d'origine de leurs propriétaires. Le *Happiness Star Bar* et son zinc en carrelage bleu, une barre plantée au milieu, une frise de néon vert courant sur la poutre à l'entrée, le sol dallé de cases noires et blanches figurant l'échiquier où poser ses talons en guise de pièces à monnayer. Un jour, « Kurtz » s'était vu conseiller un lieu de la Soï 7, le *Dom's Bar,* par un moine bouddhiste, dont le frère était le manager, et c'était toute la réalité du Siam, se voir vanter un claque par un prêtre, à cause de liens familiaux, la tradition au cœur du commerce, le commerce au cœur du sacré, le sacré au cœur du sexe, le sexe au cœur de la réussite, la réussite au cœur du beau.

***

Il y avait de plus en plus de clientes à venir consommer dans les beer bars, de plus en plus de filles farangs à faire la fête au milieu des barres chromées, avalant des litres de mousse et d'alcool, s'enfonçant elles aussi dans la nuit thaïlandaise, ou bien cela avait-il toujours été plus ou moins le cas ? Il se souvenait d'une mamasan vacharde qui, à la vue d'une farang commençant un strip sur un podium, poussée à la rivalité par la présence des Siamoises en masse qui régnaient là tranquilles, disait « it's good, when custumer see that, they go with thaï ladies ».

***

C'était ce qui avait toujours manqué à la prostitution, une vraie clientèle féminine nombreuse et durable, mais il aurait fallu pour cela plus que des révolutions. Sauf ici, où des karaokés réservés aux femmes leur permettaient d'y choisir un minet à leur service, qu'elles rinçaient avant d'en faire ce qu'elles voulaient dans les chambres des love hotels. Beaucoup de tapins masculins parlaient de la violence des désirs des femmes. Elles avaient leurs propres délires, semblables à leurs frères punters, et leurs préjugés, parmi lesquels celui voulant qu'un type soit fort et qu'il supporte aisément un certain degré d'actes durs, et qu'en plus il soit excité, car c'est connu, un homme ne pense qu'avec sa queue, un sein dehors suffit à le faire bander. À Pattaya, la clientèle était souvent des ladybars venues là se détendre et dépenser un peu dans le sanouk, le fun, l'argent des passes et des sponsors, et elles étaient parfois plus douces avec le cheptel à louer de leurs frères, car elles connaissaient exactement qui sont les hommes et comment, et elles entraient à leur tour dans la sororité Punter.

***

Parvenu sur Beach Road, il marcha jusqu'au *Central Festival*. Dans l'espèce de cuvette de béton qu'il faisait à l'entrée, comme une anse, une baie desservie par des marches bordées de palmiers, il observa quelques types et des filles assises là. Tout était fermé depuis longtemps mais les lumières de l'écran géant qui pendait sur une des façades faisaient un halo, et l'immense tour du *Hilton* éclairée par ses chambres renforçait l'impression bien réelle qu'on ne dormait jamais nulle part, à Pattaya.

Il prit un baht bus et fila vers Walking Street. Le défilé des filles côté plage et des bars côté terre. La quantité magique des lieux et des corps. Il était dans le sacré des chiffres, il en sentait l'attrait, les voyait autour de lui. Puis il arriva au bout de Beach Road, à hauteur du « poulailler », le labyrinthe des comptoirs et le long couloir vers le *Beer Garden*, sa terrasse donnant sur la mer, qui autrefois avait vu des GIs débarquer pour se reposer des combats vietnamiens et cambodgiens. Quand tout avait commencé.

L'autoroute du cul lui faisait face, embouteillée comme toujours, Walking Street, le plaisir des bouchons, des trop-pleins de trafics humains. Punter Brotherhood.

Scène 10

Ce flirt continuel que j'entretiens avec les animaux.

Henry de MONTHERLANT – *Carnet XX*

10.1 L'œil dans la mosaïque. Réveil tête baissée. Au ras du damier. Un bras tombé du lit. Le sol est une œuvre d'art. L'étrangeté de cette chambre. « Harun » m'avait dit : tu vas voir. Des milliers de faïences. Des éléments indépendants. De petits corps courts. Collés, posés. Bout à bout adaptés. Séparés de joints blancs. De loin ils forment des motifs. Des blocs d'images diverses. Des scènes mélangées. Elles parlent de Pattaya. De filles pendues aux barres. De lieux lumineux. D'endroits habités. On reconnaît Walking Street. Un plan frontal. Les enseignes superposées. Ça peut faire kitsch. Mais l'artiste a joué d'un truc. Il n'a pas mis de couleurs. Il est resté dans les tons gris, noirs. Les tons encre et foncés. Les tons bleutés nuit. Beaucoup d'acheteurs voulaient casser ça. J'ai dit non surtout pas. Et j'ai gagné la mise. Mon deux pièces radieux au View Talay. Le numéro 7 dernier cri.

10.2 Il est tard. L'après-midi bien entamé. La langue thaïe monte au balcon. Vingt-six étages de filtres. Qui font tomber des syllabes. Les tons s'évasent. Les résonances restent. En bas, dans la rue, la street food. Un quarteron d'étals. Plein de clients. Des paroles et des cris. Éventés mais audibles. Je reste les yeux à terre. Je suis les tesselles. L'une après l'autre, j'observe. Dehors le parlant. Dedans l'image. C'est mon film disjoint. Il y a les coïncidences. J'en ai pour tous les matins. Un passe-temps heingre. Une monotonie.

10.3 La Thaïlande m'a échappé. Passé à côté. La vie normale des gens. La middle class zappée. Celle mondialisée des universités. Passée à la trappe. Elle m'a snobé. J'ai fait pareil. J'emmerde leur mépris. Le mépris thaï des étrangers. Ceux camés aux filles de vie. Ici Pattaya, rien d'évident. J'ai à peine eu le temps. À peine dégluti cette langue. À peine affirmé quelques mots. Que déjà rideau. Les flics vont sonner. C'est le mauvais moment à passer. Je sais qu'ils vont sonner. Une question d'heures, de jours. D'heures plus que de jours. Les corps trouvés. Michel, Nicole, décapités. J'ai mis leurs tronches au frigo. Les flics interrogeront les témoins. Ceux de la fête, ceux d'hier. Ils viendront chez moi. Ne fouilleront pas maintenant. Mais se mettront à fouiller. La procédure m'ennuie beaucoup. L'attente m'ennage beaucoup. Des suées incontrôlées. L'angoisse d'enfance qui remonte. Celle des matins d'école, la paralysante. Une semelle sur le torse. Une vie enrôlée. Une société au KY. Enfoncée en soi par tous les pores. L'étouffement précis. Aucun plaisir à gagner. Aucun plaisir à concourir. Le déclin des joutes, celui des luttes embellissantes. Lutter pour stagner. La lutte des passes est différente. Une lutte élective. Des affinités stellaires. Le tapin joue son corps et gagne du fric. Le punter joue du fric, sa santé, gagne une pulsion. Un corps prouvé, qui enseigne. Le corps enseignant des putains.

10.4 J'ai pourtant sauvé ce couple. Ils étaient bons pour une mort certaine. Leurs âmes condamnées à rien. Leurs âmes perdues. On m'aurait compris jadis. À l'époque des bûchers. Qui est celle des cathédrales. Des fresques ou des palais. La piazza della Signoria, Florence. Tous les cultivés pâmés. L'extase facile. C'est là qu'on suppliciait. On devrait aussi place Beaubourg. Juste pour le baroque. Le baroque des classes. Ça ferait sensation. Une pendaison, une guillotine. Rien qu'une fois, pour mémoire. À l'ancienne, manière inquisition. Une reconstitution. On prend un facile. Un qui fasse pas innocent. Voyons, qui sont les grands coupables aujourd'hui. Le violeur. Le banquier. Et le pédophile. Voilà, actons un pédophile. Si possible en voyage. Genre Afrique ou Asie. Le dernier médiatisé. Pas d'hôpital, pas d'HP. Direct au brasier. Et hop, crémation publique. Les flammes de l'Enfer. En charia on mutile encore. J'en parlais hier à « Harun ». Il a haussé les épaules. Théoriquement je suis contre, pratiquement je regarde. Je me rassasie. Bande d'hypocrites heureux. Et bavards. Et théoriciens. Et scienteux-humanistes. Si enfoncés dans leur bien. C'est eux qui poussent au meurtre. Eux qui vandalisent. Eux qui empaillent. Les fonctionnaires de la contradiction simplette. Toute vie sur Terre les effraie.

Qu'on me file du sarin. Du gaz pour sept milliards de masques. En augmentation constante. Un charnier de pleurs langés. Les maternités. Le taux de natalité. Qu'on m'éloigne d'eux. Qu'on m'exile à Capri. Avec le poète latin. Qu'on m'exile à Langkawi, Malaisie. Avec Mahsuri, l'innocente. Qu'on me les brise menu. Qu'on me file la télécommande des ogives. Ogiver la planète. L'entraxe de Notre-Dame, explosif. La Sainte Chapelle transcontinentale, façon Pershing II.

10.5 Combien, comme moi, à faire des plans de tueries ? À les exécuter ? Mais on sauve des âmes. Incompréhensible pour les gens d'aujourd'hui. On passe pour fous.

10.6 L'intelligence théorique, c'est l'ennemie. Ras la rue, la raison. Et tout ira mieux.

10.7 J'ai échoué. Pattaya a disparu. J'ai laissé l'actualité remonter en moi. Du vomi. La haine collaborative. Avoir des goûts = la mouise. Pattaya, l'insouciance, ont disparu. Le remède s'est perdu. Où sont les mots de l'ailleurs ? Où est l'étrangeté maintenant ? Comment ai-je pu faiblir à ce point ? Laisser les quatre murs français m'envahir à nouveau. Cette réduction progressive. Ce climat de débiles. Cette bulle hypercritique. Ce pucelage de blasés. La raréfaction du vécu français. Ce jugement sans vécu.

10.8 Le nihilisme intégral de l'Europe actuelle. La patrie du non. Le dire, c'est en être. Le vice malingre.

Le cercle vicieux français. Le passeport mental. On ne s'échappe pas de sa naissance. Leçon karmique.

10.9 Je me protège pourtant. Jusqu'à hier, fidèle au préventif. Je vis à dix mille kilomètres de la maladie. Je ne baise que des putes. Des vieilles, des gamines. Filles et mères ensemble. Sœurs jumelles ou non. Etc., etc., les corps marchands. D'eux-mêmes, d'un membre, un organe, ou la totalité. Marchandise nuit, à toute vitesse. De bonnes fesses à crever. De quoi me faire exclure des consciences. Je suis haï. Qui voudrait ce savoir-là ? J'ai mis les voiles. Loin de l'infect. Et c'est eux, les malades, qui débarquent maintenant. Certains guérissent en partie. Finissent mariés aux ladybars. Sauvés. Les autres dans mon frigo. Têtes coupées. Sauvés aussi. Mais moi condamné. Je vais mourir siamois. Sur le sol thaïlandais. Incinéré. Mes cendres jetées au golfe chaud du Siam. J'aurais pu tomber amoureux d'une bouddhiste. D'une hindouiste. D'une flippée des déesses. D'une agenouillée de Ganesh. Tout sauf l'actualité européenne. Elle m'a rattrapé. Qu'on nous envahisse. Le péril jaune, qu'il revienne. Qu'on mette des fiers à la place des traîne-conscience. Les souffreteux de la mémoire. Du guerrier mastard en place des faibles haineux.

Coulisse n° 9 : TU m'as automatisé dès le départ, avant même les débuts de conscience, si bien et de bielles si sûres, d'une huile si tendre que te résister c'était t'appartenir. Dès que je parle de TOI pour te combattre, je te donne vie, c'est classique. Te refuser ou t'accepter revient au même, puisque tu mets les mots dans nos bouches. Aussi, j'arrête les frais. Et puis, je t'ai flinguée, j'ai libéré Nicole, Michel.

10.10 Quelque chose qui déraille. La terreur ou la paresse. Derrière les vitres, le monde ennemi. Il faut se ressaisir. Couper le robinet à plaintes. Celle de l'étranger, n'importe lequel. La complainte du farang. Une dernière fois, je vais retrouver mon code d'honneur. L'ambition de pisser droit. Finies les déchéances intellectuelles. L'esthétique facile des fins de race. Me lever. Les difficultés progressent, sortant du lit. Elles surgissent dans tout. Que faire des derniers jours ? S'inviter au *Bliss*. Bar à pipes, sept cents bahts la turlutte. Sur Third Road. Ou au *Billion bar*. Bar à pipes. Six cents bahts la turlutte. On est assis sur une chaise. Elle suce et crache dans un seau ou avale.

10.11 Descente en ville. Après les pompes, les poids et la douche. Les murs se rapprochent. Naissance d'une tombe. Caveau dans un placenta. Comme aux matrices, le jus des morts. Un filet jaune. Des images plein la peur. Téléscopages. Marcher double. Il y a moi. Il y a moi au-dessus de moi. Est-ce ainsi, se voir à l'échafaud ? Séparation, se voir se voyant se voir. Ou bien l'inverse, tout coïncide. La souffrance, la sensation de souffrir. Celle qui ramène tout sur un plan. On ne fait qu'un avec elle. Celle, physique, des douleurs. Les fois où j'ai souffert, j'étais moi. Pas d'échappatoire. Comme les torturés. Toute pensée dans la plaie. Ils prient de s'évader. De quitter cette chair effondrée. Celle travaillée par les bourreaux. Les Khmers rouges d'S21. Les tenailles sur les seins, les fers. Toute une panoplie d'Enfer. Dominer la chair ? Les yogis, les martyrs, disent que oui. Le sexe est plus que la chair. Les gnostiques le savaient. Contre tous, ils l'ont su.

10.12 Dehors, je collabore. Perméable aux décors. La succession des soï. Thapphraya Road, que je remonte à pied. Elle est chapeautée de condos géants. À leurs pieds, des commerces. Le clair-obscur. La pénombre. Celle des bars en plein jour. On y entre. Ils font des nuits dans leurs salles. Nocturnes, inondés de noirs. Façade libre, sans murs. Ouverts sur l'intérieur. La nuit permanente. Les mêmes fauteuils d'osier. Des coussins usés. Aux entrées, des palmeraies dans des pots. Le long des trottoirs. Palmiers, sassafras miniatures, bonsaïs locaux, orchidées. On aime le vert. Sous toutes ses teintes. Le vert tacheté violet, blanc des orchidées. Les comptoirs rutilent. Les rangées de liqueurs brillent. Des néons bleus, rouges, traversent les bouteilles. Et miroitent les alcools. Des guirlandes de lampions courent. Assises, la peau des filles participe aux couleurs. Coins éclairés, coins sombres. Les reliefs du bonheur. La femme de ta vie pour une heure. Pourquoi perdre son temps ailleurs ? Les passes contribuent à l'humanité.

10.13 Puis on ressort. Contrastes à nouveau, des niveaux d'une ville. Les yeux levés, le jour. Bleu du ciel et compagnie. Les yeux baissés, la nuit. Ça, c'est en journée. Après dix-huit heures, la nuit rejoint la nuit. Celle du ciel et celle des bars. Plus qu'une seule traînée festive. Des bruits et du commerce. Finir sa vie criblé de fêtes.

10.14 Thapphraya Road, les baht bus filent, klaxonnent leur présence. Deux coups pour signaler. Je hèle et monte. La circulation est dense. Les chantiers s'enchaînent. À droite, Thepprasit Road. On longe Pratumnak et la colline de Bouddha. On passe sous des échangeurs. On arrive sur Second Road. Bientôt le carrefour avec Pattaya Taï. Avant lui, les fins de soï, froissées sur leurs enseignes, trop nombreuses. Le fouillis lumineux pourvoyeur d'oubli. Le carré musulman entrevu. Son quadrilatère de sons hyper-puissants. Les chichas et les chignons. Les filles qui griment les séries arabes. Elles s'arabisent à leur clientèle. S'iranisent ou s'aryennisent. On smoke en terrasse dans de profonds sofas. Les pilons de poulets, l'alcool. L'Orient le vrai. Les Émiratis heureux. Comme disait une vidéo sur YouTube, « Forget the 72 virgins. Just give me Walking Street ». Autour du *Marine Plaza*. Beauty Chicha. J'aime cette partie-là. Les échoués de la terre. Au bout de Walking Street, côté Bali Haï Pier. Les grappes de gratteux. Ceux à guitares sèches, pauvres. Thaïs et Russes mélangés. Assis, bourrés. En tongs et shorts. En vie négligée. Enfilant les cordes, les morceaux ratés. Du russe, du thaï et de l'anglais. Des paroles saccagées. Des accords détruits. On les fuit. Ils boitent leur alcool. Ils sont à côté des dessinateurs. Ceux qui portraiturent. Juste au pied du restaurant immense. Une grande terrasse aux bougies. Qui donne sur la mer. Classe, cher, vide. Juste avant le bâtiment du *Mixx*. Des escalators lancés vers les clubs. Le building accolé à Buddha Hill. Le *Lima Lima* et autres. Boy George qui fait DJ. Boy George à Pattaya. Travelo aux manettes. Terre sacrée des ladyboys. Il faudrait tenir un registre. Tous les noms de tous les lieux.

Leur histoire et leur reprise. D'un propriétaire à l'autre. D'où vient tout cet argent ? C'est cher de plus en plus.

10.15 Au carrefour avec Pattaya Taï, je change de baht bus. Remontée dans les terres. Vers Soï Buakhao. À hauteur de Soï Chayapoon, je descends. Le *Lolita* est là. Le blowjob bar connu. Une référence à Pattaya. Autrefois Soï LK Metro. Maintenant Soï Chayapoon. Des mecs ont trouvé leur femme ici. J'en connais quatre. Femme d'une pipe, femme d'une vie. Ont-elles trouvé un vrai mari ? Homme d'une pipe, homme d'une vie ? Comme c'est idiot. L'amour et ses mystères. Pattaya et ses dingueries. Coup de foudre au blowjob bar. Difficile à croire mais vrai. Cette ville rend fou. Perte des repères. Valeurs ridiculisées. Le sauvetage peut commencer. Pattaya sauve du Kali Yuga. « Marly », « Harun », le « Scribe » ont raison. Le Kali Yuga, l'âge de fer. Leur grand mot. J'y connais rien. Je soupçonne sans savoir. Un initié d'adoption. Les mieux informés sont « Scribe » et « Harun ». « Marly » survole, comme toujours. Un paresseux. Il y a cette intuition en nous. Cette lumière en soi. La connaissance des cycles. Ça tourne pas rond. Un grand huit accidenté. Toute l'existence bâclée. Un Dieu malsain à l'origine.

10.16 À l'entrée, les mêmes qu'autrefois. Les mêmes uniformes. Polo blanc signé *L Pattaya*. Le kilt court. Les filles ont la trentaine. Peu de clients encore. Tout est propre. L'intérieur peint en rouge. Le bar spacieux, des sièges partout. Et les pièces à pipes à l'étage. Le contraire du blowjob bar traditionnel. Au *Star of Light*, on se fait sucer sous le bar. Les vieux rades à pipes. Le pot chinois où cracher. Les glaviots de foutre des filles. Les seaux pleins qui restent là. Certains vidés une fois dans la semaine. L'atmosphère bj bar. La rance, la cafardeuse. Les types assis, main sur une bière. L'autre dessous. Le visage rouge. La crispation soudaine. Oublié au *Lolita*. C'est net, civilisé. Des fellations privées. Et un miracle : « Bee ». Une légende. Elle est de retour. Elle avait quitté les lieux. La revoilà. Elle explique faire une pige. La reine. La coupe n'a pas changé. Carrée aux mèches auburn. On prend un verre. On monte à l'étage. Le sourire incroyable. Sa signature. Elle m'assoit, m'essuie, nettoie tout. La lingette chaude, humide sur le sexe, le cul. Et elle attaque. Elle tire sur le membre. Le début est masturbatoire, visuel. La technique classe. Elle trait, mate et sourit en même temps. Prend en bouche, flirte avec le gland. Elle suce cambrée, fait tous les clichés. Professionnelle, droit dans les yeux. Le client est une caméra. Les images porno reproduites là. Taille réelle de l'actrice. Ils viennent pour ça. Toujours l'image X entre elle et eux. Ils veulent ce qu'ils ont vu. Elle tient les débuts d'érection, ne lâche rien. Appuie sur le canal de la verge. Elle sait tout. Elle continue de branler, passe aux couilles. Puis bascule mes jambes et lèche le cul. Elle enfonce toute sa tête. Elle lèche sans retenue. Elle est radicale dans son travail. Meilleure que les autres. Une légende pattayenne. La queue dure, elle revient. Puis ferme les yeux sur le membre. Et commence un va-et-vient régulier, sans fin. Une main à la base. Qu'elle enlève quand elle prend tout. Elle alterne gorge profonde et pompage. Et reprend le rythme initial. Ni lent ni rapide. Juste inexorable. Au moment de jouir, elle se retire. Tient la langue ouverte sur le gland.

442

La bouche fait cercle. Et reste immobile, jet après jet. Reprend la verge dans sa bouche et aspire. Et donne un baiser, avant de sourire.

10.17 En descendant, elle explique. Elle a ouvert un commerce. Une supérette dans sa ville natale. Nakhon Phanom. Bords du Mékong, à la frontière du Laos. Elle a de la clientèle. Mais toujours des frais. Dans un an ou deux, elle sera libre. Le commerce suffira pour nourrir sa famille, l'éducation des enfants. Elle me dit de venir la voir. Me donne l'adresse.

10.18 Soï Chayapoon, je flâne. Les sonos sont à fond. La rue est une radio. On remonte les fréquences. Des morceaux techno, rock, pop thaï. Électro, trans, hip hop. Dance, free jazz, RnB. Hard rock, metal, blues. À chaque coin, des filles interpellent. Poussent un type à l'intérieur. Restent froides, attentistes. Sourient brutalement. Se ferment. Mangent, décroisent les jambes. Dansent et s'engueulent. Au niveau de Soï Buakhao, je stagne. Les deux-roues pullulent. Un katoey en amazone, et son chauffeur motosaï. Elle est quasi nue. Un bout de tissu en guise de robe. Ses seins presque à l'air. Croissant d'aréole dehors. Sa peau lisse comme plastifiée. Son visage sur-opéré. Les paupières bloquées. Une cacophonie sans fin. Une forêt d'enseignes à droite. Une autre à gauche. Tout Soï Buakhao en liesse. C'est la nuit encore tôt.

10.19 Au niveau d'un 7Eleven, un étal de street food. Deux tables installées. Ils font du *keng pét pèt*. Canard, lait de coco, piments. Ananas, tomate cerise. Sucre de palme râpé. Basilic thaï. Différentes sauces aromatiques. Celle au poisson, celle au soja. Je prends du riz. Et aussi une Singha. Je bois contre mon habitude.

10.20 Il y a du ya ba partout. Des cachetons à fumer. L'effet traîne sur les filles, les clients. Drogués pour tenir. Faire du non-stop dans les rues. Détour par Soï LK Metro. J'entre au *Devil's Den*. Le patron m'accueille. Un sexlord de Pattaya. Son club est la Rolls des claques. Un mythe. Venu de Bangkok. L'*Eden's Club*, Soï 7/1 sur Sukhumvit. À l'époque, tenu par un Français ou un Belge. Le concept des deux filles pour deux heures, c'était lui. Faisant tout. Si pas satisfait remboursé. Il a passé la main. A subi plusieurs fusillades. Il avait ouvert le *Hell* à Pattaya. Devenu le *Devil's Den*. Sur leur website, les filles sont décrites. Avec leurs pratiques. Une fiche de ce qu'elles font et ne font pas. Pipe, sodo. Cum in mouth, cum sharing. Giving pee, receiving pee. Etc. Il y a aussi une feuille de test sanguin. Toutes séronégatives. Vierges de drogue et de syphilis.

Coulisse n° 10 : Le *Pattaya One* raconte : le lieutenant de police Khun Atiwit K***, des services d'immigration, a procédé à une vaste descente au club *Devil's Den*, situé Soï LK Metro, dans la soirée de mercredi. Vingt-trois hôtesses ont été contrôlées. Onze ont été interpellées pour possession et usage de drogue, notamment du ya ba. Des contrôles sanguins ont également été réalisés. Ils ont révélé plusieurs cas d'infection à la syphilis et au VIH. Le propriétaire, monsieur Jack T***, a été emmené au poste de police pour interrogatoire. Il est accusé de proxénétisme. Le lieutenant de police Khun Atiwit K*** a rappelé que la loi thaïlandaise interdit la prostitution. Monsieur Jack T*** a déclaré n'avoir aucun rapport avec ce type de commerce et fournir simplement un service d'accompagnement touristique pour sa clientèle.

10.21 Dans le bar, des filles prennent place. Il y a une ligne jaune au sol. Celles à droite pratiquent la sodomie. Les autres non. J'abrège. Pas la force à ça. Pas après le *Lolita*.

10.22 Je prends Soï Diana. Ambiance identique. Des billards, des danseuses. Un grand complexe de bars, après l'hôtel *Areca Lodge*. À l'*Areca*, une fois, on m'a tendu un ticket. On l'a donné à la fille avec moi. À ne pas oublier demain précisait l'accueil. Sinon, je devais payer cent bahts d'amende. Au passage des piscines, on nous a reluqués. Des familles de punters et tapins. Avec leurs gosses. Qui n'ont pas aimé nous voir. Les prunelles farouches. Ils venaient du passé. Ils avaient quinze, trente ans de Pattaya. Ils s'étaient mariés. Ils étaient comme tribaux. Éloignés de tout, du monde. Des sauvages. Des claqueurs de portes. Celles de leurs civilisations respectives. Créant leur îlot au Siam. Un atoll informel, sans logique géographique. Un brise-carte. Une île intérieure, en ville. Une autre au bâne – village de la fille. Et des allers-retours, sans cesse. Parfois aussi Bangkok, Koh Samui. Phuket ou Chiang Mai.

10.23 À pied jusqu'à Walking Street. Vingt minutes à peine. J'arrive en eau. En pleine dinguerie. Je lève les yeux. Ne vois que des enseignes. Prières de passes aux cieux pollués. Cette ville est une bénédiction. Je me penche. Façon musulmane, je baise le sol. Les pavés de Walking Street. Des punters se marrent. Des filles rigolent. Un vieux, un réglo, lève son verre. Un pur. Il me salue. Il comprend. C'est un honneur, une chance d'être ici. Pattaya c'est Atlas. Elle soutient le monde. De toutes ses fêtes des bras se dressent. En capture de lasers. Ils portent la terre. Ils ne le savent pas.

10.24 Bombardé, surexposé. Stimulé partout. Le corps n'est pas entraîné. Trop de couleurs, de peaux. De bruits ou d'odeurs. Aucune halte, aucun repos. C'est plus doux l'après-midi. Près des piscines, dans les chambres. Mais là aussi ça envoie. Des stimuli à tout-va. On finit épuisé. Aigri de ses limites. L'espérance de vie est trop faible. Le taux de fatalité. Les destins en boucle, scratchés. Les platines existentielles. On ne va pas s'arrêter. Quelle existence ont les fantômes ici ? Ils y croient tous aux *phî*. Les esprits.

10.25 Fantôme à Pattaya. Vampire. Quelle belle éternité. Le jour où la ville s'arrête, il sera temps. « Kurtz » goes to Pattaya.

10.26 L'*iBar*. Le sigle vert. Une touche Start d'ordinateur. Un *i* dans un cercle. Je file au bout. Les billards. Il y a concours ce soir. Dix mille, vingt mille bahts à gagner. Une nuée de baronnes. Qui dépensent le fric sponso. Une frime interminable. Les suceuses de Soï 6 font bombance de Bacardi. Une table, une bouteille, quatre filles. Un déchaînement de commandes. Elles ne dépendent que d'elles. De la plus laide à la plus belle. Les punters devraient comprendre. Dépendre d'un mec, jamais. En avoir plusieurs pour ne pas devoir à l'un. Aucune reconnaissance à avoir. Aucun effort à donner. Qu'ils séduisent au contraire. Qu'ils paient, séduisent, fassent rire. Qu'ils s'élèvent. Qu'ils donnent le meilleur d'eux-mêmes. Qu'ils soient dignes des passes. Du fric qu'ils octroient. Qu'ils soient intelligents, pas dupes. Respectueux. Pas ces singes qui réduisent les putains. Se veulent aimés. Se désirent sauveurs. Et comblés de servilité. Et quand déçus, se moquent. Ironisent des putes sur les forums. Mais qui paie ? Qui attend des mercis serviles ? Qui dépend de l'autre ? Des médiocres ! C'est eux qui devraient remercier. Lèche ! Lèche punter, lèche ! Gentil chien-chien. Lèche et paie, punter. Sauf toi. Toi non. Toi, tu es le punter soudain. Le punter éclair. Celui de ma vie. Ce soir, je me rends. Tu es l'homme qui a compris. Un jour, il y a en un pour comprendre. Un jour, tu es le roi. Et c'est moi, Ladybar, qui te couronne. C'est moi le diadème. La précieuse qui médaille ta vie. Après moi, tu peux dire, je vis. Je suis vivant. Merci.

10.27 Les filles jouent. Billard américain. Un type en fauteuil roulant joue aussi. Avec lui, les pirates se font petites. Elles le waï à chaque victoire ou défaite. Toujours cette drôle de douceur pour l'amoindri, le blessé. Dans la violence la caresse.

10.28 Je monte à l'*Insomnia*. Un escalier intérieur relie l'*iBar* à la boîte. Fouille à l'entrée. Toujours gaffe aux armes. Une techno ravage les nerfs. Une musique atroce. Les candidates aux podiums se bousculent.

Elles grimpent et dansent. Une nuée de mecs aux pieds. Lèche punter, lèche. Elles se marrent, s'admirent. D'un mauvais morceau, elles font un festival. Ces mal vues des études. Ces dégommées des castes hautes. Elles revanchent leur vie là. Les mépriser, c'est perdre. Elles gagnent plus que beaucoup. Elles nourrissent, vêtissent des familles. Elles toiturent en dur des cabanons. Elles en font des maisons. Elles achètent des terrains. Elles protègent, et c'est leur mot de la fin.

10.29 Un dernier tour et je prends. Elles sont cinq à une table. Des quilles de bouteilles dessus. L'une me sourit. Elle est en short court. Talons très hauts et maillot noir. Cheveux traditionnels longs. Au cul et lustrés. On se drague à mains nues. Elle me palpe. Tâte mes bras. Descend en rythme comme pour une pipe. Et presse mes mollets pour voir. Elle pèse, soupèse. Juge sans quitter mes yeux. Ça lui va. J'ai l'accord. Mille bahts en goguette. Putain de beauté.

10.30 Dehors, c'est trans. Des ladyboys partout. Elles trimbalent leur déhanchement. N'arrêtent pas de lisser leurs cheveux. Fuient dans leurs miroirs de poche. Toute une chorégraphie nuiteuse. La danse ladyboy.

10.31 Elle a un scooter. On file sur Second Road. Puis Thapphraya Road. L'allure ventilée des scooters. Les routes tropicales. La nuit rafraîchie. Les oreilles bourdonnent assourdies. Effets d'après boîtes. Jomtien comme silencieuse. Des îlots sonores sur la voie express. Des rumeurs d'enceintes, de baffles. Là-bas, dans les bars de Jomtien Beach.

10.32 On gare le scooter. L'énorme ossature du condo pèse. Un château blanc. Il est cimenté neuf. J'ouvre et la fais passer. Elle se déchausse et sourit. Elle va direct au balcon. Ouvre les baies. Et tombe dans un transat. On discute ainsi. Je veux prendre le temps. Elle est allongée. Les yeux plongés dans la baie. On distingue tout jusqu'à loin.

10.33 Do you have beer ? Elle file au frigo.

Et hurle, après un silence bref, un blanc. Deux têtes grises. Elle se recule, me menace en thaï. Hurle et fuit. Ça dure peu de temps. Je n'ai pas bougé. Toujours sur le balcon, toujours assis. Je suis prostré. J'avais oublié. L'Occident m'a rattrapé hier. Le petit raout expatrié. Nicole et Michel. Les houellebecquiens de gauche. Les esthètes rosacés. La vraie droite avec l'extrême. Leurs têtes givrées. Tout revient si vite, incroyable. Le vocabulaire français. Les truismes, les quiproquos. J'ai Paris dans les yeux d'un coup. Les discours de la Survoix. Les censeurs à perpétuité. La crétinisation, les faux débats. Terminées les papayes, les mangues. Les cinq tons, les négoces charnels. Le pays natal. Sa corde à mon cou. J'en suis le seul coupable.

10.34 Elle va prévenir les flics. Cette fois c'est fini.

10.35 La nuit fraîche. Celle du View Talay 7. Mon vingt-sixième étage, mon cocon. Il y a un peu de vent. Très fin, un grand cru. Il donne du plaisir à la peau. La jouissance. Heureux climat. Je suis heureux ici. Je me lève et enjambe. Je suis maintenant debout. Rambarde extérieure, bras derrière le dos, tendus. Agrippés aux tubes. Les pieds sur le rebord. Pas d'esthétique des ténèbres. Pas de romantisme du pire. La transgression, discours puceau.

10.36 Car avant de disparaître, et qui que tu sois, sache de moi ceci : si tu es palestinien, dis-toi que je suis l'Israélien qui te casse le bras à coups de pierre dans les reportages ; et si tu es israélien, dis-toi que je suis le Palestinien qui tue tes sportifs aux Jeux olympiques ; si tu es américain, dis-toi que je suis le taliban pakistanais qui égorge ton otage ; si tu es taliban, que je suis l'Américain tranquille chez lui qui te mutile à coups de drone ; si tu es une femme, dis-toi que je suis ton violeur ; et si tu es un homme, dis-toi que je suis ta femme qui t'humilie, t'émascule avec un autre, et te ponctionne ton fric après un divorce ; si tu es blanc, dis-toi que je suis le Noir qui t'agresse par plaisir car tu es faible, et si tu es noir, dis-toi que je suis le Blanc qui vend ton ancêtre comme esclave. Qui que tu sois, dis-toi que je suis l'ennemi. Quoi qu'il arrive, ton pire ennemi.

10.37 Me voilà prêt pour le sol. Je suis d'espèce aérienne. Volatile vautour. J'ai peur. Je n'ai pas les couilles d'être un « Kurtz ». Pseudo difficile. Je ne sais pas voler. Quel parcours gâché. Sursaut avant le saut. Rester fier et fort. Lâcher prise. TA voix s'arrête de penser. La Survoix défenestrée. Milliards de vocalises coupées. Le grand jury jeté, décomposé. L'horreur, l'horreur qui s'éloigne. Elle diminue. Je peux sauter. Le paradis, le paradis.

ENTRACTE II-III

Tapé parfois dans un genre imité des anciennes machines à écrire, avec un style courrier anachronique, parfois dans d'autres typographies, embourbé ou précisé par des effets de corps et de graphies, de grossissements et d'exposants, d'italique ou de gras, il y avait du texte partout, c'est-à-dire des feuilles partout, empilées en tas plus ou moins épais, ou bien laissées seules, au milieu des rares meubles qui composaient les deux pièces, et c'était ce qui restait de « Kurtz », une masse scripturale assez énorme, sans doute posée là par l'intéressé avant sa chute, et que la police royale allait confisquer, et qu'« Harun », entendu par les flics dans le cadre de l'enquête, avait entrevue en venant sur les lieux, alerté par un des voisins du View Talay qu'il connaissait pour être son bailleur, et il avait pu entrer dans l'appartement et identifier son occupant écrasé vingt-six étages plus bas, tandis qu'au-dessus gisaient deux corps, leurs têtes dans le frigo de « Kurtz », défigurées à cause d'impacts de balles et d'une coupe mal faite au niveau des cous, les chairs pendantes grisées par le froid, et il s'était penché sur les feuillets et il avait lu quelques lignes, quelques bribes arrachées à la vigilance policière, et c'était torrentiel, l'inverse de lui à l'oral, toujours sec et pauvre, quoique précis et mécanique, l'inverse de son débit segmenté, crispé sur le point final à atteindre vite, les points successifs dans sa voix comme des tirs rapprochés, alors que le torrent affiché là prenait au contraire la voilure de très longues trames explicatives, de fureurs, d'une éloquence fluide et traversée par des violences, sans doute plus pesée que la littérature habituelle des tueurs motivés, mais quand même identique par sa patience à ne rien épargner d'un cerveau en friche, et cette masse constituait une surprise, rien n'ayant laissé prévoir qu'il noircissait comme ça à la chaîne, ou bien était-ce simplement ce mal universel d'écrire sans avoir lu, tous ces millions d'individus qui se jettent sur leurs écrans et leurs claviers avec moins de cent livres au compteur, ou vingt, ou dix, et « Kurtz » ne lisait pas, mais il n'était pas de ceux-là, on ne pouvait pas dire ça, ou si on l'avait dit, on devait reconnaître après coup que ce n'était pas cela le moteur de ces ramettes dispersées, cornées par endroits, où dans le corps même des séquences surgissaient des élans manuscrits, tremblants, comme une rythmique parkinsonienne, et au fond avait pensé « Harun », c'était logique, car vu de l'extérieur, dans les conversations de beer bar ou plus récemment, sur les terrasses classieuses des toits d'hôtels avec leurs vues à couper le souffle, même là « Kurtz » paraissait la proie de dédoublements permanents, de retournements permanents de situations mentales et physiques, saccadés et multiples qui donnaient à sa vie une couleur psychiatrique, désœuvré le jour et baiseur la nuit, pour bientôt mélanger ses rythmes, shaker, brouiller tout ça dans un emploi du temps saccagé, désordonné, et on l'avait vu errer ces dernières semaines, les filles l'avaient vu errer dans les soï sans chercher à les prendre, intéressé à moitié à la chasse et au sexe, comme habité d'une phrase démesurée qui bavait un peu sur ses lèvres car il murmurait tout seul, une de ces phrases sans début ni fin précis, fastidieuse à force, qu'on prenait toujours en marche, montant et descendant en elle, déraillant avec elle, empruntant les lacis qu'elle voulait bien prendre, allant avec elle partout, ces mots se substituant à

454

ceux qu'on possédait, une phrase vivante s'écrivant toute seule, capturant un hôte pour s'en faire l'habitante, forant son cerveau avant de le quitter épuisé, et faisant de lui un simple lecteur, un témoin de son déroulé, infiltrant son monologue personnel par sa propre cadence, son propre flux où chacune et chacun n'était qu'un visiteur provisoire, et c'était ça, sans aucun doute, ce texte en vrac qu'il avait tenté de reproduire là.

***

Jour blanc sur Jomtien, mal levé, cotonneux et poudreux. « Harun », en sortant du View Talay 7, se souvenait du survol des feuilles, bref mais suffisant pour en parler quand même en fragments, un des enquêteurs qu'il côtoyait par ailleurs l'ayant autorisé dans un sourire froid, tendu, d'une assurance d'épée, à parcourir un peu ces lignes laissées par le suicidé. Il y avait des listes, mais ce n'était pas l'important. Elles disaient dans leur sobriété de compte-gouttes, leur efficacité d'ossature, la pharmacopée des passes, notamment le nombre et le type de pilules prises pour « lutter », c'est-à-dire assurer un niveau suffisamment long d'érection, des recettes de cuisine sportive allant à l'essentiel et garantissant le maintien des forces et de l'énergie à brûler dans les rencontres, et des noms de filles avec l'épigramme de leurs actes, de leurs attitudes, de leurs toises, c'était des hommages épelés à foison, brossés à l'émeri d'une volonté sans affects, voulant fixer la force de leur survie pour les jours futurs où « Kurtz » se serait souvenu.

***

Le mieux était ailleurs, dans les tentatives reprises indéfiniment de bâtir un corpus cohérent du mode de vie punter. C'était le diagramme auquel « Harun » avait assisté depuis des années chez tant de candidats à la vie au Siam, un passage minutieux d'un état d'esprit à un autre, la joie, la culpabilité, la peur, la dépression, la fierté, l'humilité, la sagesse, la concentration, l'impatience, l'éloignement, toute une panoplie sensorielle graduée sur les calendriers des allers et des retours de celles et de ceux qui, comme « Kurtz », fréquentaient indéfiniment les milliers de bars qui pointillaient les nuits de Pattaya, de Naklua et de Jomtien, ou d'ailleurs, en Gambie, en République dominicaine, à Cuba.

***

C'était leur art courtois de peindre en tous parlers les étiquettes de rues, les barfines, les ladydrinks, les tarifs arrosés aux joutes des négociations, de faire sur leurs corps des expériences vernaculaires transmises de ladybar à punter ou de punter à ladybar ou de punter à punter ou de ladybar à ladybar. C'était leur manuel équestre de disserter les positions qui les voyaient passer de cavalier à monture. Une lente reconquête par les passes d'une vie délestée de l'utilitaire. Ils étaient haïs.

***

Restaient en « Harun », fixées dans sa tête, alors qu'il enfourchait son scooter et commençait son retour sur Pattaya, des bribes lues faisant un montage incohérent, ou d'une cohérence de hasard, restait « son nez écrasé contre le ventre, à demi étouffant », restait « les jambes jetées en arrière, brisées, les deux mains déchirant la vulve », restait « le flot de pisse répandue par l'une sur l'autre », restait « l'odeur pourrie aux aisselles atteintes d'un herpès géant », restait « la méticulosité étrange des bulbes sur une peau, la symétrie polyédrique des infections cutanées », restait « la surprise à la vue de ses seins d'un téton arraché »,

456

restait « sur la cuisse, une brûlure qu'elle dit d'accident de deux-roues et qui dessine un kaposi géant », restait « la bouche peinte à l'extrême pour mieux cacher des boursouflures inquiétantes », restait « cette fille de la beach qu'on disait malade, la peau presque noire et criblée de taches très sombres », restait « le chewing-gum fourré dans la bouche par une freelance en quittant le *Lucifer* pour le *Candy Bar* et qui me donne le tournis et une fatigue intense », restait « l'impression qu'on acquiert son prestige au prix du rejet qu'on suscite », restait « la fabrique des parias est moralement étayée, les chevaliers sont des salauds », restait « elles préfèrent toutes la défonce brutale que le cunnilingus car c'est trop intime », restait ça et d'autres choses semblables, qui d'extrait en extrait, laissaient remonter le monologue de « Kurtz » à la surface des lectures parcellaires d'« Harun ». Et aussi, cette phrase manuscrite en anglais suivie d'un smiley bizarre, obscène, répété partout, une divinité ciselée à membres multiples s'adonnant simultanément à toutes les pratiques : « fuck them all !!! »

***

« Harun » avait dans la plupart de ses dessins le trait des graphismes art nouveau, cette ligne facile qui s'enroulait difficile, nouée au pire sur des exactions fantoches et des souplesses philistines, au mieux dans des artifices seuls capables de détailler toutes les anfractuosités d'un sexe vécu millimètre par millimètre, le nez dedans. Il avait dessiné Pattaya des milliers de fois, et dont le résultat était ces milliers de panoramas depuis Buddha Hill, reprenant la trame des rues et la courbe de la baie d'où montaient vers le ciel des bulles comme de savon ou de BD, à l'intérieur desquelles se déroulaient non des dialogues, mais des scènes de gogos, de trottoirs et de chambres. Il avait ciselé des centaines de blasons pour signifier les enseignes qui vivaient là leur existence électrique la nuit et éteinte le jour. Par sa complexité, ce smiley aurait très bien pu être de lui mais il ne l'était pas, sans doute une réalisation d'un talent d'ici, à qui « Kurtz » aurait fait commande. Car sur le net, de telles productions en accès libre n'existaient pas. Il n'y avait rien de mystérieux là-dedans, juste la désagréable impression de découvrir son originalité, sa patte personnelle dans un autre que soi.

***

Dans le four de Thapphraya Road, embouteillée et polluée, cuite aux échappements, trempée d'humidité monoxydée, « Harun » s'était faufilé, façon deux-roues destrier au milieu des carrosses, il avait traduit un simple trafic en course de prestige où s'affrontaient le plus rutilant véhicule et le plus bizarre équipage, tantôt berline, tantôt tas de rouille le coffre à l'air, il avait traversé les étendues motorisées quotidiennes, ne notant même plus telles ou telles particularités qui montraient la débrouillardise et l'invention aux dépens des codes routiers, comme celles de traîner avec soi toutes sortes de carrioles permettant le transport de produits alimentaires ou autres, et il avait abouti sur Second Road juste après le *Mike Shopping Mall* et sa piscine sur le toit, dans une petite placette bordée de restaurants multi-cartes où l'on cuisinait un peu de tout sur fond de nourriture thaïlandaise vite expédiée, et c'était là qu'était son agence. Il y restait un peu, mais jamais longtemps, il vadrouillait sans cesse.

***

Alors il s'était mis à fouiller dans ses mails et à retrouver sa correspondance avec « Kurtz », à peine quelques messages, surtout au moment de son achat au View Talay 7. Autrefois, dans ce qui aujourd'hui lui semblait une préhistoire innocente, il avait rencontré « Kurtz », son avatar sur yayafr.com, Marlon Brando se faisant couler de l'eau sur son crâne lisse, et il s'était fait une idée de l'homme à cause du personnage et de ses commentaires en ligne, peu disert, toujours précis dans les informations données, telle description de bar, tel itinéraire de plage vers Sattahip ou Rayong, et une fois sur place, avant que lui-même ne s'expatrie, étant encore au stade des voyages financés par de petits boulots minables en France, il avait mesuré l'écart entre cette idée et la réalité du « Kurtz » physique, lui aussi rasé, mais maigre, aux muscles survivant sur des os, pour finalement comprendre qu'à Pattaya, derrière « Kurtz », le splendide « Kurtz », il n'y aurait qu'un « Kurtz » minus, un minable, comme lui-même, « Harun », n'était qu'un roi déchu pour les autres membres.

***

L'emportait l'imaginaire de soi-même, c'était la seule victoire qu'on pouvait atteindre ici, un imaginaire qui restait imaginaire, c'est-à-dire la mythomanie et la mégalomanie vécues à l'extrême, entretenues par les tapins qui poussaient les mots qu'on leur disait à bout, demandant des preuves sans cesse de l'argent promis. Dans cette spirale où beaucoup cherchaient un rôle de première grandeur, sauveur et chevalier des putes de qui ils attendaient des manières et de la reconnaissance pour les avoir sauvées de ruisseaux qui n'existaient que dans leur crâne, « Kurtz » s'en était bien tiré au début, simple punter sans affèterie sentimentale, du moins dans les limites de ce qu'autorise Pattaya en ces termes-là, car la propriété de cette ville est justement de placer cœur et cul au même niveau de la gagne. Et « Kurtz » avait ressenti très vite le plafond de verre, cette limite infranchissable si on ne s'adapte pas. C'était la leçon de « Marly » de subir l'amour pour progresser dans les grades supérieurs de Pattaya.

« Kurtz » lui avait dit que ces derniers jours en France, il les avait passés à Paris, ne partant pas directement de la maison familiale pour Pattaya, car il avait toujours aimé entre deux points aménager des haltes, des pauses, des sas, il s'était retrouvé dans une chambre d'un hôtel derrière les grands magasins du boulevard Haussmann, les rues avec des noms de villes froides et congelées du Nord ou de l'Est, Amsterdam, Londres ou Budapest, et il avait un peu marché, déambulé faiblement, goguenard haineux du pavé, pris des métros, enquillé les itinéraires, et il s'était souvenu qu'« Harun » avait vécu à Nanterre et il s'était retrouvé à la Défense un soir, au centre commercial des *Quatre Temps*, là où « Harun » aimait parfois aller car cela lui rappelait un peu les grands complexes commerciaux d'Asie, et il lui avait confirmé en se foutant de sa gueule qu'effectivement on pouvait y saisir une vague ressemblance, avec son cinéma UGC au dernier niveau, et à l'avant-dernier sa suite de restaurants accompagnés d'une miniscène rotative où trônaient un piano et son pianiste jouant là, adoucissant la banlieue par une sonorité assez fausse, l'acoustique initiale de ce bocal n'étant pas prévue pour ce type de prestation, le tout sous un grand puits lumineux, une coupole au centre de laquelle siégeaient les escalators qui traversaient des étages aux bordures animées d'écrans vidéo publicitaires, toute la quincaillerie visuelle qu'on finissait par admirer dans la lobotomie des week-ends. Manquait toutefois presque tout pour faire croire aux champignons commerciaux géants d'Asie du Sud-Est, manquaient les filles attendant le client, manquaient les vastes bancs pour s'asseoir et regarder, manquaient le nombre de points où se restaurer, la diversité des cuisines, la débauche alimentaire, manquaient les chiottes et les armées de nettoyage, passant à toute heure briquer les carrelages, les moquettes ou les parquets, manquaient les boutiques de luxe et celles à très bas prix, les deux extrêmes dans un seul endroit, manquaient les salles de jeux vidéo, celles de bowling et de billard, les attractions type bateaux fantômes, simulateurs de courses automobiles ou de chute libre, manquaient les salons de chirurgie esthétique, les chaînes de librairies, les salons de beauté, manquaient la chaleur, la moiteur et l'air conditionné, et autour manquait l'Asie. Même dans un centre plein, ouvert le dimanche comme l'étaient les *Quatre Temps*, la ruche semblait dépeuplée.

***

Un soir, ils étaient au *Club Blue* au coin des Soï Buakhao et LK Metro, un rectangle aux façades de verre éclairées bleues avec des comptoirs collés aux vitres où dansaient des coyotees pas pressées de servir les clients, elles touchaient leur salaire minimum, se faisaient un peu de pognon sur les ladydrinks, partaient de temps à autre avec un type et exerçaient le reste de leur commerce dans les boîtes ou sur le net, s'inscrivant sur des sites de rencontres, jouant la fille cherchant une relation sérieuse et multipliant ainsi les chances de tomber sur un mec enfin capable de prendre soin d'elles, de leur famille, de leurs besoins, de leurs caprices, de leurs doigts, de leur cou et de leurs poignets, de leur allure et de leurs angoisses.

***

« Oui ça ressemble un peu disait "Kurtz" hurlant, les *Quatre Temps*, au *Central Festival*. En fait pas du tout. Un nain et un géant. Deux mondes éloignés. Et toi qui interprètes. Tu en étais là. Comme les autres à quêter. Faire l'aumône d'une ressemblance. Ton Siam quitté, ta nostalgie. Paris plié, fini. Les visages cloîtrés. Alors qu'ailleurs, là-bas. L'herbe plus verte des chattes

461

rasées. Ça me fait rire. La misère assumée. Revendiquée en plus et rageusement. Hein "Harun". "Harun" l'Arabe. Et moi le francaoui pour toi. T'es pas une bégueule d'immigré. C'est dingue d'en arriver là. Mais il n'y a rien pour toi ici. Rien. Tu crois trouver un avenir mais non. C'est bouddhiste ici pas musulman. Tu t'en fous de l'islam mais pas eux. Eux s'en occupent pour toi. Tu vois je te dis ça sans racisme. T'es un nègre pour ces bridés. Ta teinte cuivre ils s'y connaissent. Ok ils ont fait des tee-shirts Ben Laden. Les premiers viennent d'eux. De Thaïlande. Mais c'est de l'humour. Il y a l'humour noir. Eux c'est l'humour sang. Ils adorent ça les scènes de mort. Remarque, t'as trouvé du boulot. Contrat local, une misère en fin de mois. Et tes rêves d'architecte pour tenir. T'as une piaule de pauvre. Au moins ça, tu perpétues. La légende des Occidentaux en fuite. L'esthétique du crade lumineux. Ce fétichisme des chambres d'Asie. Du Sud-Est exclusivement, petites sans fenêtres réelles. Grillagées donnant sur des coursives. On en voit aussi en Chine, Hong Kong. C'est pire ailleurs. N'empêche, je partage ça. Ce lugubre enchanteur. Le merveilleux favela. Le bidonville lyrique. Ça baise là-dedans. C'est le moyen d'avancer. Le riche paie la belle mioche à cul parfait. Pas mieux comme histoire. Le pauvre c'est beau. Le riche c'est beau. Le laid c'est l'entre-deux. La classe moyenne qui travaille sérieuse. Et la riche qui légifère les mœurs. Heureusement, ça disjoncte. Ça s'écarte en mode gamine gymnaste. Les petites jambes bien équerres sur le sol des crises. Ça me branche les problèmes. Ça fait des occasions de séduire. La mouise est une maquerelle. Tu comprends "Harun" ? Tu comprends ça l'Arabe ? T'es au-dessus des provocations c'est bien. Et tu m'aimes bien. Tu préfères les fiers. Ceux qui se respectent. Pas les maqués de la culpabilité. Avoue que tu les vomis. La mollesse blasée des queues portées à gauche. Tu aimes les autres. T'aimes la Noblesse. Les pas touche à ma nation. On a guère de choix. On est né dedans. Question de bon sens.

Avoue que tu les vomis. Le Siam c'est fort. C'est fier. T'aimes ça avoue. »

* * *

« Harun » trouvait la politique faible, un métier de castrat idéologique et c'est ce qu'il avait répondu à « Kurtz », et aussi que sa seum l'ennuyait, il avait des vœux, des prières, des chants à vendre et singer, pas des complaintes figées net dans un ricanement cynique. « Kurtz » était encore trop à la surface de son pays natal, pas assez éloigné, « tu sais "Kurtz", cette volonté d'antipodes, de lointains, pas d'exotisme, juste en finir avec la malversation mentale, ne plus en parler et parler d'autres choses, tiens, par exemple de cette danseuse là, "Nok", son nickname, elle a une tête de salope, une dureté moelleuse, j'ai connu sa sœur et je vais te la faire courte son histoire, cette sœur bossait à Bangkok il y a dix ans, sur Soï Cowboy au *Tilak Bar*, elle était canon cette fille, une huppée du déhanchement sobre, il y avait comme une volonté dingue dans ses tours de podium, elle attirait les michetons sensibles qui voyaient en elle une de celles qui méritent mieux que les sceptres précaires en inox ou en chrome où chaque soir elle s'accroche, des mecs flingués par la chaleur, le mal jaune et les zones tierces, à savoir le bon, le mauvais et le mauvais-bon ou le bon-mauvais, pas le gris, juste cette trinité-là, une nouvelle triade dans la liste des triplettes célèbres et spirituelles, bref je l'avais prise un soir moi aussi, et on s'était revus, et revus, et revus encore jusqu'à s'apprécier presque, je la jouais toujours un peu caïd à cette époque mais de moins en moins et elle de moins en moins baronne, elle laissait filtrer cette mélancolie insondable des filles d'ici. On baisait sans capote, mais la première nuit d'un énième retour, alors que j'allais la foutre, elle a stoppé net ma main, disant non des yeux, et j'ai compris tout de suite. On est allés manger, je lui ai donné cinq mille bahts, une fortune, et je ne suis plus jamais revenu. Elle a continué un an, deux ans ses tours de piste et de haine joyeuse. Un soir je l'ai aperçue, elle était là en kimono, talons compensés très hauts, assise en lisière d'un rade de Patpong 2, très maigre mais un visage toujours royal encore que cerné, des yeux un peu enfoncés, une ladyboy lui donnant à manger. Il y avait de l'épuisement dans ses bouchées, elle puisait dans ses dernières forces, pour une salve ultime d'envoi à sa famille. J'interprète, je n'ai rien su des détails, du pourquoi et du comment, ni qui étaient les siens, si même elle en avait. J'ignore si je caricature ou déforme sa réalité à elle qui n'était pas la mienne de toutes les façons. Deux mois plus tard, elle était morte du sida. »

* * *

« Harun » était resté comme ça à faire défiler ce qu'il avait su de « Kurtz » jusqu'à l'heure du déjeuner, comme ça branlant entre le souvenir et le travail, ouvrant deux fenêtres sur son écran de bureau, l'une étant un mail de client potentiel en quête d'infos, l'autre un forum francophone où quelques-uns des anciens de yayafr.com s'étaient regroupés et survivaient là en autarcie, de plus en plus abîmés par l'entropie, de plus en plus usés, comme du sable ou de la sciure de bois, des poussiéreux incapables de se renouveler, répétant les mêmes blagues, les mêmes anecdotes, les même injures, allant il est vrai un peu plus bas chaque fois dans le rien, l'insignifiant, l'anecdotique, la diffamation, avec chez un ou deux cependant une conscience claire de la chose, un semblable esprit volontaire d'inversion, non celui mélodramatique des grandes transcendances maléfiques façon guignols de l'extermination, non, un d'un autre genre, esseulé, hébété, le genre à pourrir sur des paillasses éloignées, avec des guirlandes de chaleur et des filles jeunes qui en connaissaient plus sur la vie et le sexe que les rombières nanties dégénérées à la politique égalitaire, un très bas, une bassesse entourée de corps encrassés dans la survie, des corps sans choix ni véritables lois pour les arrêter, en bonne santé morale et physique, des rieurs de l'arnaque et du vol et du viol, des scameurs et des scameuses tropicaux, flambant le fric gagné, et ils se repaissaient de ça, ceux du site, d'une ultime nuance et d'une infime variation d'histoires de quenelles et de maladies car ils y voyaient de vieux savoirs, peut-être un basculement d'un coup vers des illuminations, l'irruption à nouveau d'un âge d'or pour un nouveau cycle, un Krita Yuga.

***

« Harun » était resté comme ça et il avait fini par sortir, sa patronne, une Thaïlandaise d'origine chinoise ronde et mûre, ayant demandé de lui ramener un plat de poisson, un *Pla Rad Prik* que cuisinait pas trop mal un restaurateur à deux rues de là, il allait falloir reprendre le scooter, et « Harun » s'exécuta, s'enfonçant dans son quotidien et voyant s'éloigner le fantôme de « Kurtz » et son mal jaune d'un autre temps.

TROISIÈME RIDEAU

Même si, à Pattaya comme ailleurs, une fièvre s'est répandue, celle en béton et verre de l'immobilier fou, avec ses tours et ses barres géantes ; **même si** les promoteurs de tous bords se sont rués sur cette ville de sexe, sans doute eux-mêmes venus d'abord pour des raisons semblables à celles des autres visiteurs lambda, les filles et le rêve cassé d'un bonheur domestique éloigné des standards tracés d'avance de leurs pays d'origine, et qu'ils ont cherché comme les autres un moyen d'y rester et d'y faire des affaires, voulant comme les autres joindre l'utile (gagner sa vie) à l'agréable (profiter du génie d'un lieu unique), et donc prospectant des terrains, s'associant à des Thaïs, se mariant à des Thaïes, achetant des baux de trente ans sur des parcelles autrefois rizicoles devenues brusquement des chantiers, formant alors d'énormes tas de terre retournée avec des grues plantées dedans et d'énormes blocs assemblés ; **même si** peu à peu la toile urbaine a envahi les campagnes en respectant toujours ce même canevas de bars, de boîtes et de salons de massage indéfiniment créés à mesure des rues, en bas des habitations, quel que soit l'éloignement des quartiers du front de mer, celui-ci devenu saturé de lieux festifs, où le bruit fait de cris, de musique électronique et de négoce sexuel, est un état naturel comme dans la jungle cette rumeur d'insectes entre

469

les feuilles, les plantes, les arbres ; **même si**, le temps passant, de nouveaux entrepreneurs arrivant, les projets sont devenus de plus en grands, hauts, vastes, attifés de noms pompeux de civilisations disparues (*Atlantis Resort*), d'îles paradisiaques en danger (*Maldives Condo*), ou de fleuve immense symbolisant la perdition tropicale complaisante (*Amazon Suites Apartments*), donnant ainsi à leurs acheteurs potentiels nés de continents lointains (Amérique du Nord, Europe) ou de pays plus proches (Inde, Chine) l'illustration pour les uns, ceux du Nord, d'un rêve ancien, fondamental, renforcé par des cours de devises encore favorables, celui d'une fuite au Sud, vers l'Éden perdu, le paradis d'une région chaude, ensoleillée toute l'année, et pour d'autres (Indiens, Chinois, Émiratis), l'accès aux corps dénudés, tarifés, cette sacralité sexualisée observée sur les murs de leurs temples mais ici palpable dans les rues, comme un bas-relief de Khajuraho d'un seul coup animé et vivant ; **même si** les Russes sont venus, et continuent de venir en masse avec leurs propres zones résidentielles immenses criblées là aussi de boxons peuplés de filles blondes importées, commençant d'abord par vivre entre eux au mépris des locaux pour ensuite, à leur tour, subir la magie thaïlandaise et entretenir à l'année de prestigieuses ladyboys ou simplement des filles, les plus belles de la ville, ne lésinant jamais sur l'argent, les bijoux, les objets techno, à la fois chinois d'esprit pour le portefeuille (générosité sans limites envers la beauté des putains) et caucasien pour le corps (yeux clairs, blondeur, blancheur des peaux), devenant ainsi une clientèle recherchée par les putes ; **même si** l'envie de poser son ancre ici est d'abord sexuelle, **la vérité** se trouve plus loin, plus profondément dans le nomadisme qui voit les unes et les uns passer d'une chambre à l'autre, d'une piaule à short time à une pièce unique où péricliter à l'année, dans l'attente, l'enfermement de soi entre des murs moisis, comme clef vers une spiritualité tronquée, perdue, mal enseignée, la recherche d'une illumination ailleurs, loin des destins préfabriqués en action partout sur terre que cette cité, Pattaya, court-circuite par la masse des corps à louer et vendre, des dizaines, des centaines de milliers, dans une pluralité luxuriante balnéaire d'endroits de fêtes, les meilleurs étant ces bicoques de quatre planches à toitures de zinc, minuscules, décorées de lampions, où trônent quelques fauteuils de skaï griffuré, et souvent un billard autour duquel s'agitent deux ou trois fauves femelles fatiguées d'un univers de passes, puisant ici ou là encore quelques sourires, quelques forces à séduire le gibier friqué, le farang, l'étranger, qui, fasciné, vient une fois de plus trouver là son vrai domicile, son chez-soi précaire, sa véritable, sa dernière adresse.

ACTE III

La France qu'on quitte
(Harun)

Une fois à l'intérieur, on découvrait une enfilade de pièces identiques, successives, de plan rectangulaire, mitoyennes, aux cloisons fines, perméables aux bruits, accessibles depuis des portes elles aussi rectangulaires, fermées souvent d'un simple cadenas, numérotées de trois chiffres, sauf au rez-de-chaussée, le premier indiquant l'étage, les deux autres le numéro de l'appartement, cent par étage, et la même opération se poursuivait indéfiniment jusqu'au dernier, elle pouvait ne jamais s'arrêter, chaque niveau étant la réplique du précédent, chaque chambre la copie de l'autre.

Seul changeait l'ameublement en fonction des habitants, faisant des blocs plus ou moins serrés d'objets plus ou moins massifs, emboîtés l'un dans l'autre, dépendant l'un de l'autre, du lit aux armoires, des armoires aux miroirs, des miroirs aux cuillères, des cuillères au riz, du riz aux bols, des bols à la télévision. L'unité d'habitation était une longue barre dans une suite de barres similaires, aux fenêtres analogues, changeantes en fonction des rideaux et des stores, plus ou moins levés ou baissés, écartés ou tendus, formant de loin des trames complexes aux lignes intersectées. Dehors, une piscine collective fixait l'endroit : un lieu chaud, très chaud, tropical, luxuriant. Une route à grande vitesse longeait l'ensemble surpeuplé, jamais endormi, toujours actif, de sorte que, l'observant depuis un véhicule en mouvement, et selon son allure, on pouvait y lire des détails, capturer des lumières, saisir des impressions privées, domestiques.

« Harun » vivait là à l'année, entre son travail à l'agence immobilière sur Second Road, ses projets d'architecture, ses notes sur le Grand Orient Très Spécial, et les petites ruelles, les soï alentours, où il aimait flâner, manger et regarder, une fois à l'extérieur.

Scène 11

*La multitude des poules mouillées le
considérait comme un pédant répétitif et
cérémonieux, aux réactions prévisibles,
mais elle admirait sa supériorité innée,
tel un éperon.*

José Lezama Lima – *Paradiso*

11.1 Au réveil, ce sont des dessins punaisés qui
s'imposent, dont le premier, très grand, occupe tout
le pan de mur opposé à mon lit, révélant, à coups de
traits précis, équilibrés, du plus fin au plus gras, une
structure de piliers réguliers, culminant à des hauteurs inégales, comme un orgue au sommet mais aux
tubes espacés, entre lesquels des cases sont posées,
suspendues, une fois vide, une fois non, reliées par des
coursives, formant une barre très longue en façade,
très haute, en quinconce, créant des reliefs, des jeux
d'ombres portées, des profondeurs d'un étage à l'autre
suivant la course du soleil, et à plat, vu d'en haut, les
lignes fuyantes en diagonales parallèles, une allure de
damier, très court en largeur, trois unités à peine, chacune occupée, pour les cases pleines, en leur centre,

d'une maison dite contemporaine, aux éléments géométriques simples, cubes, cylindres et dômes emboîtés, entourée d'un jardin divisé en pelouse, piscine et massifs de fleurs, le tout composant un ensemble à la fois homogène par les intervalles égaux, les styles similaires adoptés, et différencié par la somme des agencements volumiques combinés, adaptés à l'infini aux goûts et aux besoins des habitants, comme un livre est en même temps une épaisseur de pages identiques et un groupe de blocs hétérogènes à l'intérieur, cette bâtisse jouant à la fois de la terre et du ciel, villas suspendues sur des plateaux, cumulant les valeurs du collectif (l'immeuble), à celles de l'individuel (la maison personnelle), ornementée d'un blason à l'entrée, unissant l'arsenal du visible animal, végétal, minéral, à celui, invisible, des esprits, fantômes, faunes et flores fantastiques, offrant, pour finir, l'image d'un instrument de musique géant inconnu, aux jointures illustrées de pastilles graphiques compliquées, semblables aux pochettes de disques des vieux vinyles ou des roulottes de vieux peuples errants.

11.2 Le deuxième dessin, le troisième, et les autres, sont de simples diverticules du premier, qu'il m'arrive souvent de refaire, et chaque matin, quand je m'éveille, j'en fais le tour, j'examine comme un légiste leur arabesque, un par un, avant le p'tit déj.

11.3 Le beurre, ici, me fait vomir à voir. Il est d'une texture plastique, sans goût, coupé à l'hydrocarbure, au caoutchouc, à des restes pétroliers, je devine ça quand il flotte dans mon café, fondu de mes tartines grillées, formant des nappes jaunes irradiées dans le noir dilué, je devine ça sur l'emballage, derrière les noms chimiques étranges des composants, du beurre d'import trafiqué, on dirait le trajet Pattaya Koh Larn, vingt minutes dans une mer tropicale d'un bleu instable et mensonger, zébrée au dégazage des tankers, des ferries, de la moindre yole d'ici, toujours plumée à l'arrière d'un moteur. Tous, marins, navires, à faire les coqs sur la mer, comme ces sampans de Bangkok et leurs hélices au bout d'une tige, qui raffûtent le Chao Phraya dans tous les sens et tanguent à pleine vitesse, ça donne des sursauts, on se sent proche du naufrage. Et franchement couler là, se retrouver dans le fleuve de la Cité des anges, non merci, j'ai déjà vu d'énormes serpents sortir de lui, les pythons réticulés. Toute une humanité reptilienne, car ils sont intelligents ces serpents, ils pensent, réfléchissent, fascinent avec leurs yeux de pin's d'Halloween.

11.4 Cette nuit, j'en ai rêvé justement, une armée de serpents géants sur chaque branche des arbres du jardin de l'immeuble de mes grands-parents paternels, dans le sud de la France, entre Nice et Monaco, c'est là qu'ils étaient les chanceux, venus d'Italie début 1900, lui pêcheur en pointu, elle femme de ménage, et leur bien, un grand deux pièces acquis dans les années 1960 avec vue illimitée sur la voie ferrée et derrière, la Méditerranée et le port de plaisance construit entretemps, c'est-à-dire Chiotte-sur-Mer, valait une fortune à leur mort, mais leur fille, ma mère, avait épousé un rebeu, mon père, et l'argent s'est évanoui chez des cousins éloignés. Quand j'entends le mot cousin, du coup, j'ai envie de frapper, du moins avant, quand j'étais victime, c'est-à-dire quand je vivais en France, le pays des larmes critiques, des bouffons de souche et d'adoption, le pays des conquis, des lâches, avant le PDS, le pays du sourire, ou comme dit « Marly », du sida. Mais trêve, retour au loin, à l'ailleurs.

11.5 J'ai consulté pour rire l'interprétation des serpents géants dans un rêve, et ça renvoie au sexe, le désir, le reflet, la volonté d'une sexualité épanouie, puissante, majestueuse comme le débit de l'autre grand fleuve siamois, le féminin, la Mère de tous les autres, le Mékong. Ça tombe bien, ça colle bien à Pattaya de rêver ça, même endormi, je suis au poil de la ville, des filles, des ladyboys, des punters. Encore au lit, je m'étire, me déplie, fais craquer mes articulations et stagne un bon moment, satisfait du lieu, passant d'un angle à l'autre, cherchant le petit couloir qui mène au balcon. Quarante mètres carrés non-stop, à peine divisés une fois par la salle de bains dans un coin, le tout pour quatre mille bahts, cent euros, une aubaine pour un jeune comme moi, une vie nouvelle, accessible, pas facile, mais possible. Au plafond, mon ventilateur est auguste, antique, nourri aux rythmiques modern style d'un Erté, d'un Beards-ley, du pur dentelé façon mosquée Sheikh Lutfollah, des lignes profondes, racées, pour battre l'air. Même à l'arrêt, quand je vois ses pales singeant les ailes d'un triplan gothique allemand, à la sauce Baron rouge Richthofen du design, et son moteur, avec sa virole débordante de mécaniques tuyautées comme du Bayeux tissé dans une usine Steampunk, je bande, je jouis de l'existence tropicale, ce luxe de l'air chaud en toute circonstance, du moins pour moi, le demi-djez, le quasi-rebeu, « l'Arabe qui venait du froid ».

11.6 Celle-là, cette expression, elle vient du site yayafr.com, à l'époque où newbie, on me fracassait facile, les simplets déjà sur place m'appelant l'Arabe à cause d'« Harun », mon pseudo royal des *Mille et Une Nuits*, et comme on était en janvier quand j'ai foulé Bangkok la première fois, et que j'arrivais banlieusard de Paname, je venais donc du froid. C'était bien et beau comme la cinéphilie télé de proximité. L'injure, je la donne, je la reçois, question de politesse et de Talion et même en deçà, avant Hamourabi et son code de barbu taillé propre limite efféminé, mais arabe, rebeu m'enchante, ça me sert encore aujourd'hui, avec toute cette clientèle émiratie, qui nous déteste, nous du Maghreb, le Maghreb de canard, on claudique sur deux rives, sauf nos jeunes sœurs, qu'ils paient aux Champs-Élysées, qu'ils putifient, en mécréants, kouf-fars saoudiens qu'ils sont, vacanciers à Paris.

11.7 P'tit déj expédié, séance d'haltères et de pompes expédiée, douche expédiée, je descends vite, salue ma logeuse, une Thaïe de cinquante ans au moins, mariée à un Anglais poivrot de soixante-quinze piges à peine, tous deux possédant là une dizaine d'appartements qui assurent leur p'tite rythmique de vie, et je cours au scooter, loué longue durée chez un muslim de la Sukhumvit Soï 53, un type droit, il vient de Narathiwat, à la frontière malaise, on se salame et on parle toujours un peu. Le scoot est là, garé au pied de la barre, entre deux grands palmiers des montagnes, tandis qu'au bas du mur, grimpant jusqu'aux premières fenêtres et parfois plus haut, court une frise végétale qui fait le tour de chaque immeuble, et laisse éclater plantes et fleurs, avec des massifs d'orchidées de tous types et des ylangs-ylangs.

11.8 Sorti du complexe, je plonge dans la Sukhumvit qui borde l'immeuble, et remonte vers le nord prendre Pattaya Klang, l'artère centrale qui descend vers la mer. Le trafic s'est amplifié dans cette ville, chaque mois ou presque crache une salve de nouveaux prétendants, des étrangers d'Europe, de Russie, d'Amérique, des Émirats, d'Inde et de Chine, la circulation grésille dans tous les sens, avec une masse de deux-roues infiltrés partout, montés par une, deux, quatre personnes, chargés de sacs alimentaires ou de matériaux divers, on en voit même avec des animaux. Du coup, nombre de très jeunes farangs circulent sans casque, et font n'importe quoi la nuit, des zigzags et du bruit. Ici c'est libre, illusion grand écran, p'tite mafia du j'fais-comme-j'le-sens, libre et fluide jusqu'au flic des bas-côtés, la main lente qui fait signe, arrête le véhicule, contrôle et trouve moyen de pomper quatre cents bahts et plus, sur le dos des naïfs. Ça peut aller loin, très loin. Les flics du coin ne sont pas les flics de France et d'Europe, les flics d'ici sont des flics, appuyés sur leurs bottes, dans leurs bottes de motard ou leurs mocassins qu'on dirait Berluti anti-émeute, cinglés dans des pantalons et des chemises cintrées, ils abusent de l'uniforme, de l'attitude et de l'accessoire, lunettes noires et tout, flingues et ceintures blanches et ils ont un droit de ratonnade et de dîme qu'on appelle corruption chez les fragiles, bref le flic thaïlandais est le plus Scarface au monde comme l'étudiante thaïlandaise est la plus sexy. Ça les calme, les caïds, ils filent se la raconter dans leurs repères à chicha de la Soï 16, en haut de Walking Street.

11.9 Il est huit heures trente, j'ouvre l'agence située sur Second Road, en retrait dans une petite enclave comme une placette, perpendiculaire à la rue, elle est posée au bout d'une rangée de commerces dont le premier est un bar-restaurant, ils servent jusqu'à pas d'heure, et au crépuscule, un petit band issâne reprend les classiques d'Earn the Star, Jintara Poonlarp ou Siriporn Umpaipong, la chanteuse est jolie, la quarantaine dans un corps d'adolescente, il n'y a que son visage qui vieillit léger, ça l'embellit.

11.10 Sur la vitre de l'agence, les annonces forment une mosaïque en lettres et images cadrées dans des fiches. Derrière, dans les deux minuscules bureaux, des piles de dossiers cartonnés s'élèvent, composent des rangées, des tours. Ce sont des Babels administratives. Elles sont faites des papiers de clients du monde entier venus ici s'acheter un rêve. Et le sommeil peut commencer. Et le grand rire peut s'épanouir et l'argent se mettre à fuser, le palpable, le froissable, le respirable, cette encre si stable des billets passés sous les narines.

11.11 Les mails s'affichent. Ils racontent tous une histoire semblable, un malaise, un dégoût, le désir de vivre ailleurs, loin, très loin, et ici, en Thaïlande. Et nous, l'agence, on vend partout. On vend sur Pattaya et autour, on vend sur Bangkok et autour, on vend sur Chiang Mai, on trace un cercle avec Chiang Mai au centre et on vend dans les collines avoisinantes, les *mou bâne* à dix ou quinze minutes de routes, on vend sur Chiang Rai, on vend sur Udon Thani, on vend sur Khon Kaen, on vend dans les îles, Phuket et Koh Samui, on vend dans toutes les villes, et dernièrement, on vend à Nakhon Phanom et Mukdahan, des villes de frontières posées sur le Mékong, le concept écolo, le calme, l'air et l'environnement sain, et des possibilités de croissance encore inusitées, car non explorées, ou mal, ou insuffisamment, enfin n'importe quoi pour attirer, séduire. Ça sonne humide, royal, aventureux un peu pour les froissés du froid et de l'impôt, de la social-démocratie et des droits sociaux, les retardés de l'exotisme, ou simplement les fatigués, ceux que leurs patrons ou même leurs familles ou leurs amis ratent par peur de les voir réussir, les impatients, les curieux. Un beau gâchis qui s'expatrie. Et qui a du pognon.

11.12 C'est mon gagne-pain qui gagne peu, mais mensuellement, sans surprise, à peine un pourcentage si miracle je dépasse la barre haute d'objectifs que ma patronne fixe en rigolant quand je demande si oui, une augmentation peut survenir. Elle m'a pris car je parle français, je parle anglais, je parle un quart l'arabe, j'ai des notions et du sérieux, je présente bien, je ne coûte pas grand-chose. À peine plus cher qu'un Thaï mais plus fiable, car voulant rester ici. Le sésame, c'est le work permit et le visa chaque année renouvelés par elle, sa boîte. Et ça vaut tous les bas salaires, cette permission-là, pour ceux, jeunes comme moi, qui aiment Siam, mangent Siam, écoutent et vivent Siam, et qui, de toute façon, gagneraient moins, ou rien, en proportion, dans l'Hexagone.

11.13 J'ai une vieille bécane, faite d'un écran avec une fréquence de balayage très faible, une barre horizontale passe sans arrêt de haut en bas et parfois c'est la verticale qui s'y met, de gauche à droite, et dessous, d'une unité centrale grise et bruyante, au ventilateur ronflant, et cette équipage me sert quand je suis là, c'est-à-dire pas souvent, presque à mi-temps, le reste se passant dehors, dans les visites, et j'en profite. Sortir, c'est prendre une semelle de chaleur par tous les pores et rentrer, c'est lentement se rafraîchir. Le corps existe, habillé d'une seule épaisseur, pas comme au Nord, noyé dans des couches de vêtements. Je filtre, classe, échelonne, hiérarchise les messages, et j'ouvre.

11.14 Valérie M a quarante-huit ans et souhaite s'installer durablement, son travail arrive à expiration, une séparation à l'amiable avec une grande entreprise à qui elle a donné vingt ans, elle espère de bonnes indemnités, et elle va vendre son bien, banlieue ouest, une belle plus-value, elle dit ça d'un coup en précisant son budget, dix millions de bahts, deux cent cinquante mille euros pour l'achat de trois appartements, un pour elle, deux pour louer, elle dit connaître la région pour s'y être rendue trois fois, elle est amoureuse du pays, elle veut y vivre, y refaire sa vie, s'assurer un pécule mensuel suffisant lui permettant de tenir via ses locations en attendant de trouver un travail ou d'y créer le sien, elle a bien étudié la question, elle pense qu'investir est plus sûr, et garder quelques liquidités, au pire elle revendra, reviendra, elle n'aura pas tout perdu dans cette « aventure ».

Décor n° 1 : Il y aurait un grand balcon donnant sur un fleuve ou la mer, une grande terrasse surplombant l'extérieur, une grande baie vitrée avec de grandes volutes de toiles blanches légères pour rideaux vus dans les scènes de films tropicaux où des Occidentaux attendent le passage du temps comme si c'était l'Orient-Express, Proust à Savannakhet ou n'importe quel blabla du même acabit, et de grands pots et de grandes plantes vertes dans les pots, et des prémices de bambous et de palétuviers, des prémices de banyans et de manguiers, de grandes envolées jardinées sur une terrasse où l'on trouverait aussi de beaux transats en bois, du teck si possible, avec leurs matelas ourlés à bords gansés, et un lot de chaises autour d'une belle table à dîner, de la balle la belle aux pieds en fer forgé, avec un plateau de verre dessus, et des lanternes et des candélabres accrochés aux murs ou pendus au plafond qui, la nuit, feraient l'ambiance feutrée à coups de bougies et d'ampoules d'intensités recherchées. Il y aurait à l'intérieur deux pièces au moins, l'une, salon et salle à manger réunis et très vastes, avec la cuisine tout équipée dedans, si possible allure acier grisé et laque bien blanche, et des sofas et des statues de bouddhas, et un tapis volant sur des dalles grandes échelles marbrées, et des peintures de batailles de divinités, et l'autre, une chambre épurée, l'écran télé au fond, ce serait d'un luxe définitif, avec une salle de bains grand genre, de l'eau déclinée dans un lavabo vasque, creusé façon bassin miniature comme ceux plus grands des waterfalls du coin et une douche balnéo en vis-à-vis d'une baignoire jacuzzi comme touche finale, point final du Paradis.

11.15 J'ai retenu la somme, énorme, et j'ai répondu que oui, son projet était faisable, à condition d'adapter tout ça et de diversifier les régions d'achat, leur gestion pouvant très bien être assurée par notre bureau du Nord, à Chiang Mai, ou de l'Est, à Khon Kaen. C'est jouable, chère Valérie et même mieux. Pour cinq millions de bahts, vous pouvez disposer de votre résidence principale à Chiang Mai, une ville superbe et qui conviendrait bien à vos goûts parisiens (vous êtes parisienne, cela vous suivra toujours, les petites boutiques, l'ambiance néo bistrot), mais hors les murs et justement, le quartier top, c'est Nimmanhaemin, à l'est, près des universités, une zone en pleine explosion, et chance !, nous avons un bien dans ces prix-là. Pour les studios, deux options cumulables. Pattaya, station balnéaire qui aime les locations de petites surfaces pour de jeunes touristes fêtards ou simplement les budgets congrus, et il y a toujours des demandes (enfin, c'est théorique, il y a plus de propositions que de locataires, comme il y a plus de putains que de punters, mais ça, Valérie, je vais pas vous le dire !). Et là, il existe des projets tout neufs dans le nord et le sud de la ville, surface de vingt-deux mètres carrés pour un million de bahts. Vous pouvez en acheter deux ou trois et faire une dernière acquisition ailleurs, pour moins cher et plus grand, à Mukdahan. Et Mukdahan, chère Valérie, qu'est-ce que c'est Mukdahan ? C'est du Duras en barre si je puis me permettre, et si vous connaissez un peu son œuvre, vous allez comprendre, car Mukdahan, c'est face au Laos au bord du Mékong vous voyez un peu ?, avec un pont de l'amitié qui relie la ville à quelle autre ville, je vous le demande ?, eh bien la réponse la voici, syllabe l'une après l'autre, Sa-van-na-két ! Oui, la cité mythique de la mendiante qui marche vers Calcutta dans l'œuvre de Marguerite !, et c'est la stricte réalité, la réalité la moins imaginaire qu'on puisse vous écrire, et si vous passez ce pont et que vous découvrez l'autre rive, alors vous êtes transporté dans des ruelles où d'un coup survivent à l'état de semi-ruines de vieilles maisons coloniales, et qui sait si un jour, quand le Laos s'ouvrira encore plus qu'il n'est déjà ouvert, hélas, vous n'aurez pas envie d'y planter vos rêveries et d'y faire des chambres d'hôtes ?

11.16 Je n'ai pas mentionné la consommation facile d'opium, l'opium sans crainte, l'opium pour les nuls. C'est au Laos que ça se passe, on peut se flamber un bon stickar et ne pas craindre l'arrivée du flic thaï et son scénario *Midnight Express*, le film qui fait mouiller tous les scarlas du coin qui se rejouent les séquences comme des alexandrins, et les backpackers, et les vitrifiés de l'avenir aussi, arrivant par bateau à Vang Vieng pour se jeter dans la « Nam Song River » en se brisant parfois les os, et se droguer et boire jusqu'à ne plus revenir pour certains, cherchant le seum et le trouvant. Non, sur ça, je n'ai point précisé ni quoi ni qu'est-ce, il y a tout sur YouTube, on y voit du seum expat à gogo, et je dois vendre.

11.17 Patrick et Florence S sont un couple de quarante et un et trente-cinq ans avec deux enfants et un chien, ils veulent changer de vie, Patrick étant burnout dans son job de consultant (arrêts maladie répétés) et Florence sans emploi depuis trop longtemps, et ils cherchent un local sur Bangkok pour ouvrir un restaurant, car leur passion, c'est la cuisine, ils savent faire disent-ils, et je n'en doute pas, je connais ça par cœur, la gastronomie, dans notre Hexagone, la cuisine, avec l'écriture, c'est le dada sérieux de millions de gens, les pointilleux de la fourchette, qui tournent le vin dans leur verre dix fois pour faire éclore le bouquet, bref, ils ont ce rêve culinaire absolument passionnant et original d'ouvrir un restaurant, et peu d'argent, mais un montage complexe, car des amis pourraient compléter le capital de la boîte qu'ils se proposent de créer là-bas, à savoir ici. On est en correspondance, c'est le cinquième message qu'ils m'envoient et j'ai leur confession de foi d'expatriés déployée lentement comme une pieuvre sur leur propre rêve. Le concept est clair, précis, ils veulent faire une sandwicherie haut de gamme pour, en premier, les expats des centres d'affaires de Silom ou de Sukhumvit, en deuxième tous les autres, les touristes et pourquoi pas les Thaïs curieux, car ils savent précisent-ils, ils savent que le peuple thaïlandais comme ils disent n'est pas friand des autres cuisines, la leur étant sans doute l'une des meilleures au monde, du moins est-ce ainsi qu'ils perçoivent les Thaïlandais percevant leur cuisine. Ça roule, tout est possible, mais au prix qu'ils veulent mettre, non, ce n'est pas possible, pas encore, il faut plus, bien plus, plus d'amis dans le capital, il faut viser plus haut, et c'est mon devoir de les pousser à se mettre à table, et d'ajouter encore et encore du flouze, de gratter les fonds, de les faire emprunter toujours plus, et petit à petit, d'apprendre qu'ils ont plus d'économies qu'ils n'en disent, et donc de les amener à garnir leur projet de cet argent-là, à mettre plus de fric, à trouver les bons associés thaïs nécessaires pour prêter leurs noms et créer cette putain de boîte, à y mettre tout leur pognon qui ne sert à rien, sinon à le perdre dans une banque, les gens aiment tout entendre pour se prouver qu'ils ont raison de faire ce qu'ils s'apprêtent à faire, et c'est mon job de les pousser, de les précipiter dedans. Ce serait dommage, dis-je, écris-je, de renoncer à la géographie si polyvalente de Sukhumvit, ses bureaux, ses bars, ses communautés du monde entier, un vrai vivier pour un joli petit commerce. Un détail, cependant, m'agace, c'est lorsqu'ils disent avoir repéré des locaux minuscules en déshérence dans quelques soï adjacentes sur Sukhumvit à Bangkok, des bars avec deux ou trois putes à l'intérieur (ils n'écrivent pas putes, mais jeunes femmes), et qu'ils en feraient, eux, un meilleur usage de ces endroits-là, car franchement, ces pauvres filles avec ces porcs, puis revenant en arrière, un peu contrits, en rigolant, disant qu'ils n'émettent là aucun jugement, et s'emmêlant les pinceaux, et assurant savoir combien c'est différent la prostitution en Thaïlande, et compliquant leur putain de phrase, leur putain de paragraphe sur un sujet totalement externe, et finissant par me taper sur le système avec des insanités ordurières pareilles, ça me rappelle l'ancien monde quitté, et penser que les habitants de cette zone puissent d'un seul coup faire irruption dans MON Siam et polluer avec leur mentalité pourrie MON mode de vie, ça met en état de haine. C'est très simple, je vais, de façon légale, faire mon travail en accédant à leur requête, et ruiner leur vie. On verra qui fera des singeries quand, sans fric et sans futur, ils seront obligés de faire tapiner leurs filles ou leurs fils aux Indiens du coin qui s'enrichissent à vue d'œil, les bâtards puants. Un boss de mes connaissances, mal embarqué dans son rade de quinze mètres carrés au coin de Soï 23 et Sukhumvit, cherche désespérément un pigeon pour reprendre le bail de trente ans bien écorné de deux décennies et demie qui lui reste. C'est une jungle administrative que même moi j'emprunte avec dégoût, ces aléas bizarres à base de keymoney et autres renouvellements précaires. Je le fais néanmoins avec plaisir dans certains cas comme celui de Patrick et Florence S.

11.18 Quitter son pays, c'est être haineux d'une manière ou d'une autre, avec méthode ou pulsion, et c'est être dangereux pour son prochain le plus proche, son compatriote, et c'est être à l'aise avec ça, heureux, joyeux, courtisan des hautes sphères de la Trahison.

11.19 Ma patronne arrive vers dix heures, elle est grasse, j'aime infiniment la peau lisse que ça lui fait, et les mollets et les cuisses tendus par les rondeurs, sans parler du ventre et des hanches, des fesses, et aussi ses seins, qu'elle montre légèrement dans ses soutiens-gorge pigeonnants, son chemisier toujours blanc savamment ouvert sous sa veste tailleur suivie d'une jupe au-dessus du mollet et de talons souvent escarpins, toute l'élégance de la maturité qui célèbre son poids sexy à chaque forme. Elle a une coupe au carré qui frange son front façon Jessie J, et c'est, quoi qu'il arrive, une salope de patronne qui me presse niveau finances, et fait que souvent, je puise dans mes réserves gagnées en France, et m'oblige à voir ailleurs.

11.20 En dehors de l'agence, j'essaie donc de fourguer mes talents d'architecte, je prospecte les racheteurs de bars, je suis bien placé pour connaître les changements de propriétaires, et j'y vais à l'arrache, aménagements intérieurs, décoration, rafraîchissement, ravalement de façade. Ils sont beaux ces lieux, c'est intimidant, émotionnel pour un comme moi, d'y travailler, d'y faire des réalisations. Car déformé par mes études, ma culture bien cultivée, j'y vois plus que les autres, et surtout, j'y vois un territoire vierge. L'architecture des lieux de timpes, gogos, bars ou claques, c'est la révolution copernicienne de cet art. Si on taxinomise pour y voir plus clair, on pénètre dans la forêt des catégories et des sous-catégories, et des corollaires et des commentaires associés. Et si on cherche à tailler dedans, ça repousse et s'entrecroise plus encore, c'est la jungle d'un coup, l'Oasis tentaculaire intellectuelle des classifications. Pour commencer simple, la faire exotérisme à papa, actons qu'il y a deux familles en architecture générale, et il y en a deux aussi dans cette spécialité qu'est l'architecture de prostitution (on dit bien archi de bureau ou coloniale, alors pourquoi pas de putains, archi-ladybar). Il y a la fonctionnelle et il y a la transcendantale, ou la métafonctionnelle, la fantaisiste, la formaliste pour les caves qui pipent mal le Simurgh paragraphique de mes phrases en plein vol. La fonctionnelle vise à l'efficacité stricte, elle part d'en bas, des comportements à satisfaire, bâtie peu à peu autour de ça, et l'autre vise à la pure, l'aérienne esthétique, elle vient d'en haut et descend modifier les comportements qu'elle abrite. Sauf que, ouais, mais ça veut dire quoi, tout ça, dans l'univers tapin d'un gogo, d'un bar, d'une ville entière de boxons ? Ça veut dire que les codes s'inversent. Ça veut dire d'abord que le fonctionnel est artistique, vulgaire, frappe-à-l'œil, baroque comme un soutif ou un string dentelle, formel comme deux fesses symétriques totalement rondes, deux belles coupoles de dômes idéaux séparées par une ficelle. Les codes tournent, le grand Kalachakra se met en branle. Pour satisfaire sa fonction, qui est de faire du fric avec les pulsions, les sentiments du client, pour le frapper dans son attraction, l'attraper comme le papillon dans un cône lumineux, le gogo, le bar de plein air, celui des tropiques, doit sacrifier aux débauches d'effets, de lumières, de creux et de pleins, de rivières de néons, il lui faut des drapés, des corniches, des stucs et des frises, il lui faut des lasers. Alors oui, bien sûr, souvent, ce sont seulement des estrades noires maquillées aux spots et les filles sont là pour faire oublier la vision famélique où elles évoluent. Mais d'autres fois, les patrons sont plus stricts, ils sacrifient au purisme forcené du fonctionnalisme de leur église en mettant le paquet, et voguent les luminaires, comme au *Baccara*, à l'*Alcatraz*, de vrais palais en cuir faux et inox pur, de vraies munificences de podiums savamment labyrinthiques avec des escaliers frisés de lampions empruntés aux music-halls reconstitués d'Hollywood et du Paris 1900. C'est le bazar qui ne s'éteint jamais dans la fête permanente, le halo qui appelle, comme un muezzin, les fidèles à la passe. C'est Walking Street et ce sont les Soï 6 et 7 et 8. C'est Soï Buakhao et Soï Diana et Soï LK Metro. C'est toute la ville qui s'élève à la nuit, dans la pureté de sa mission.

11.21 Et l'artistique alors, où est-elle cette voie-là ? La méta, celle qui dépasse, surpasse ? Elle est dans ce qui serait fonctionnel partout ailleurs. Elle est dans les pièces sans décoration, sans fenêtre, sans rien, un matelas sale roulé par terre qui donne pas envie, elle est dans les claques à esclaves qui abattent des cadences strictes de short times, elle est dans la laideur, l'atroce. Elle est dans l'Enfer qui satisfait le goût des riches pour les bas-fonds, les sensations bien fignolées du glauque, la vidée de tout espoir, qui trouve son beau dans l'horreur. Tout un marché de halouf. Et c'est fonctionnel ça ? Oui, du point de vue de l'architecture générale, c'est le minimum sans ornements, quatre planches, et dessus, posée, une tôle, c'est le niveau zéro de l'habitat, sans fioritures, rien, juste un toit et des murs. Là, on s'abrite de la honte de la pluie. Folle, n'est-ce pas, l'architecture timpe ? Contre-initiatique. Mais ça ne s'arrête pas là, c'est un leurre, encore, de fixer le sacré dans ces camps où les putes agonisent. L'artistique ultime de l'archi-putassière, la Voie royale, la libératoire, c'est un tour d'écrou supplémentaire. Comme si, descendu à la pointe d'une pyramide inversée, on trouvait non pas un bas-fond, mais un reflet. De quoi ? De la vraie pyramide, sommet vers le haut. Le Krita Yuga après le Kali. Mais faut franchir cette pellicule miroitante, et c'est point donné aux koufars de la chose, même au punter lambda c'est refusé généralement. Ça se produit lors d'une passe, dans un détail, une intuition, l'œil fait une toile dans son environnement, il trace une ligne d'une couleur de mur à un crachoir à foutre, d'une paupière fardée à une foliole artificielle, d'une mèche de baldaquin quelconque et ses frisotis ferreux aux taches de sperme et de sang abandonnés comme les cailloux d'un p'tit Poucet pervers, et d'un seul coup, de tous ces entrelacs, *il voit* une forme. Ce que je veux dire pour finir, sans tout dévoiler, c'est que ça survient n'importe où. Une architecture invisible.

11.22 Et donc je tente de m'y mettre. Ce matin, j'appelle un type qui vient de prendre en main un bar sur Soï 13. Pour moi, le meilleur reste le beer bar dans son jus initial, un mélange de paillote et de gogo, sans murs, sans rien que des piliers comme dans une mosquée ou un temple grec, et au centre, le saint des saints, le comptoir de forme carrée évidé, aux arêtes formant le zinc proprement dit où s'asseoir, il y a des filles dedans et des filles dehors, elles circulent de l'un à l'autre, il y a un plaisir de magie à voir ça, un bien-être littéral, le temps coule, coule, et assis, les lèvres de plus en plus enfoncées dans leur verre, discutant, jouant avec les filles, on distingue le bonheur. Là, ce sera difficile, Soï 13 est blindée, les espaces qui permettaient aux beer bars d'être comme des pagodes successives sont comblés, ce sera donc un bar. Je prends rendez-vous, il n'est pas très bavard, cet air revêche de patron de rade enterré dans les problèmes financiers, déjà, avant même de commencer. J'insiste et je visionne en lui parlant, j'ambitionne.

Décor n° 2 : Dans cet espace étroit, matriciel, haut de plafond, cinq mètres, on disposera côté fond, une mezzanine occupant la moitié de la surface au sol, laissant l'autre moitié dans sa béance, située côté rue, l'entrée complètement ouverte, sans mur, qu'on masquera un peu par une enseigne hyper-travaillée, plate, tabulaire, massive, semblable à une stèle horizontale, tombant depuis l'allège sur environ un mètre cinquante, composée des lettres du nom du bar bien séparées, faites en plaques noires décalées de la surface d'appui, formant ainsi un relief par rapport à celle-ci, éclairées par-derrière de néons jaunes, donnant, la nuit, une profondeur à l'ensemble, tandis qu'à l'intérieur, la salle elle-même, outre la mezzanine meublée de deux canapés disposés l'un en face de l'autre, avec un billard au milieu, sera tapissée de bouteilles espacées en quinconce dans des faux murs, encastrées dedans, comme des niches, des cavernes de dimensions variables, aux arêtes illuminées bleues, proportionnées aux bouteilles exposées, vides, les vraies, les pleines situées derrière le comptoir, courant, filant partie gauche si l'on est dos à la rue, une ligne pure, elle aussi éclairée de l'intérieur, chaque volume du lieu, chaque cloison, chaque surface paraissant alors léviter dans l'espace nocturne.

11.23 Mais c'est difficile, impossible de se faire payer correctement, les prestations concurrentes sont trop faibles, les Thaïlandais sont de merveilleux designers, et les boss qui se veulent des sexlords ont des femmes avec des idées, des contacts à elles, tout ça est compliqué, très, l'art payé. Je suis comme un salarié qui s'aperçoit combien c'est difficile de survivre seul, dehors, et qui s'enterre dans l'impression d'avoir de la chance, la paie, la fin de mois assurée. Comme : l'adverbe est en trop. Je suis salarié, salarié jusqu'à l'os, salarié des tropiques, le type qu'on voit dans une vie sans droits, loin de ses bases natales, ahuri de rêves aux herbes verdies de n'importe quel ailleurs, et six jours sur sept à bosser pour un salaire minable. Et franchise pour franchise, quand je sens l'après-midi qui s'avance, la soirée qui prélude, la nuit qui s'annonce, et la ville qui sert d'écrin à tout ça, les filles, les travelos, le spectacle, quand je pense aux hivers d'Europe et partout, j'ai de la chance, beaucoup de chance.

Intermède 11-12

À Pattaya, les souvenirs tenaient lieu à « Harun » de béquilles pour justifier sa présence ici et lui marteler qu'il avait fait le bon choix.

***

Cette nuit-là, il revit son bizutage, il se déroulait en deux fois, la première le jour d'accueil, quand les étudiants se voyaient répartis dans leurs ateliers respectifs, répondant à l'appel de leurs noms effectué dans la cour des Beaux-Arts de Paris, faisant d'eux des gamins retrouvés, engagés dans une mécanique infantilisante, et suivant leurs « maîtres » comme des chiens jusqu'au bâtiment ballot de la rue Jacques-Callot, entourés de la meute des anciens, les élèves des années supérieures qui riaient entre eux et mettaient peu d'effort dans leurs yeux pour créer une sympathie trompeuse, et la seconde quelques semaines plus tard, quand les études commencées, tout semblait rouler vers l'apprentissage des arts d'Hiram, ou moins pompeusement de l'architecture à l'école dite de Paris-La Seine. De toutes, c'était la pire et la plus conne, mais l'une des rares encore à faire rituel de passage.

La maître, un homme courtois et de physique très long et très doux, avait pour domaine tout le plateau du troisième étage, et c'est là que les disciples y dessinaient, y projetaient peu à peu leur maquette dans des cartons-plumes, des feuilles de bois ou de papiers, et qu'ils y exposaient à intervalles réguliers leurs réalisations soumises aux appréciations de leurs semblables et de l'équipe des professeurs, et que les palabres sèches ou élogieuses ou indifférentes départageaient le bien du mal, le bon du mauvais dans toutes ces débauches de lieux communs à base de toits pentus comme des « maisons Merlin », ou des emboîtages géométriques aussi développés qu'un jeu de Lego gâché.

* * *

Le premier jour, donc, après l'écoute du grand homme expliquant les objectifs pédagogiques de l'atelier qui portait son nom, et de façon plus générale des buts de la vocation d'architecte dans un contexte professionnel déjà sinistré, après les derniers mots sibyllins clôturant son discours insistant sur le fait de ne pas s'inquiéter sur ce qui allait suivre et qu'ils y étaient tous passés, lui compris, et que cela fédérait l'esprit de groupe, des jappements et des ordres grognés s'étaient fait entendre, des bousculades torse contre torse et des coups d'épaule, et il s'agissait de foutre à poil tous les nouveaux, on leur tendait un sac poubelle pour y mettre leurs vêtements, on leur hurlait de laisser tout ça en tas, puis de monter à l'étage, chaque niveau étant doté d'une mezzanine. Certains résistaient mais finissaient par obéir, c'était un jeu et surtout une initiation. « Harun » avait suivi, curieux, le premier à se dévêtir, presque gênant pour ses bourreaux, comme un vicelard toisant de sa stature un attroupement de bouffons. De loin, pour un être méthodique, il paraissait en pleine gabegie spirituelle, lisant Coran et Bardo Thödol sans restriction ni conflit, s'imprégnant de tous les rites et de toutes les confessions, shakant les références sans se gêner, mais pas New Age pour un sou non plus, haïssant les syncrétistes et les convertis, méprisant les hiérarchies car il avait dès le début la morgue des prophètes et la certitude des prophètes dans la justesse de leur mission. Il ignorait encore où irait la parole qu'il détenait informulée en lui-même mais vivante, en gestation dans le placenta de son cerveau géniteur, et qui fusait parfois en termes associés bizarrement et le faisait passer pour incohérent, sympathique, ou légèrement naïf et fou. En attendant, il était à poil, gravissant avec d'autres veaux l'escalier vers l'estrade supérieure où tout était mis au noir, dans un état de nuit symbolique avant la lumière révélatrice de l'entrée dans la confrérie des branleurs massiers, les grandes baies vitrées masquées par du tissu noir.

***

Chacun avait dû épeler son prénom et son nom, et les gaziers s'étaient jetés sur ses consonances rebeues, se repaissant d'insinuations, le jugeant, le mettant à l'épreuve, oscillant avec lui entre la volonté d'en rajouter pour lui montrer qui était le chef, et la crainte de se retrouver pris à leur propre jeu, une vendetta aux fesses, nez à nez avec la rue, ce qu'ils nommaient la « rue » et la « banlieue », pris de stupeur et de superstitions involontaires en les évoquant, une crainte irrationnelle, ancestrale et médiatique en même temps, absurde car la plupart en venaient, les images des télévisions remplaçant le réel de leurs trajets, mais peu importait, comme si cette part humaine de croire à des lieux de magie maléfique trouvait là-dedans une version laïque des forêts d'avant, où vivaient brigands et sorcières pratiquant sacrifices humains et bizarreries, décadence elle aussi de l'antique forêt peuplée de créatures intermédiaires et surnaturelles.

***

Puis on les avait couverts de peinture à coups de rouleaux accrochés à des tasseaux de bois, et on leur avait offert de la bière, et demandé sans hurler de se rhabiller et de continuer la beuverie au Balto du coin, rue Guénégaud, un troquet doté d'un babyfoot. L'intérêt ne changeait pas depuis les collèges et lycées, derrière le jeu surgissait le plaisir de mutiler, car lorsqu'on y mettait les mains pour empêcher la balle de rentrer au dernier moment afin de faire durer les parties et de dépenser moins de fric, le but de l'adversaire, alors, n'était pas d'aider, mais de remuer à fond les manettes pour écraser les doigts et les blesser et faire couler un peu de sang pas cher payé.

***

La seconde mouture avait lieu quelque temps plus tard, la routine bien installée dans les têtes et les corps, juste après un rendu, afin d'être sûr que le maximum de gus seraient là. À nouveau, on hurlait de se déshabiller à celles et ceux présents ce jour-là, et cette fois, c'était une opération à grande échelle, tous les ateliers, dont le plus rude était situé au dernier étage de la Grande Masse des Beaux-Arts, se réunissaient pour foutre leur apprentis dehors et à poil, et les faire pousser sous les injures un chariot le long du boulevard Saint-Germain, les obligeant à entrer dans les cafés du coin pour quêter ou mettre du bordel. C'était le rite maçonnique du pauvre, mais grâce aux correspondances, tout, même le plus minable, avait un sens. L'important était d'en être se disait « Harun », et d'inverser les chaînes, il avait ri avec mépris des tocards qui l'avaient badigeonné, et il s'était rué, lui plein de peinture, sur les types qui haranguaient, les tachant et salissant leurs chaussures, pantalons et blousons, en faisant des tryptiques de vêtements colorés, et il s'était affirmé lors de cette séance, comme un galérien totalement fier et peu contrôlable, c'est lui qui gueulait le plus, et il avait fini par faire peur réellement, et provoquer des haines, criant « Vive l'Algérie » au milieu d'une grand-messe sans particularité politique,

501

et un début de baston avait même égayé la mi-parcours avant qu'« Harun » ne se ravise, et change de devise en une série de descriptions des axes de Paris sous un angle sacré, citant Fulcanelli et Jean Phaure, puis ne flambe la suite du trajet sous les quolibets en dansant sobrement, main sur la queue en guise de cache-sexe, devant deux femmes assises en terrasse du Flore, et s'excusant de le faire, expliquant que des crétins le forçaient à ça et que son avenir et son intégration dans la microsociété française des écoles d'architecture impliquaient cette simagrée, et qu'ils y avaient tous droit, mais que lui ne voulait pour témoins ou complices de son dépouillement et de sa croix dans cette épreuve de Taef que des femmes, et elles s'étaient montrées conciliantes et même plus que ça, car il avait effectué un déhanché sans en rajouter, avec distance, créant seulement par son regard fixe un contact, sans badiner, sans ciller, genre métaphore d'une érection contrôlée.

* * *

Il se rappela encore dans un raccourci d'un seul bloc toutes ces années d'études, comment il tentait de dompter par la résistance des matériaux, l'élasticité des formes qui lui venait trop facilement, et comment il se réfugiait toujours dans l'ingénierie afin de garder un contrôle sur cette ligne sortant de lui, si aisée à s'égarer et se diffracter dans tous les dessins possibles, et de quelle manière cette palette de super-pouvoirs graphiques trop simples à dégainer sur les papiers les plus divers filait des boutons à certains amateurs théoriciens des angles froids, simples, sans arrondis ni stucs, alors que lui, « Harun », considérait l'inverse, chaque fonction devant être au service d'un ornement considéré comme l'élément principal charpentant l'œil du visiteur et de l'usager, à la fois confirmé dans ses trajets et élevé dans ses aspirations les plus visuelles et auditives, de par le jeu des hauteurs, des longueurs et des largeurs, l'élévation d'un lieu devant contribuer à celle, mentale, esthétique, des populations appelées à y évoluer, et comment il nourrissait sa minutie de toutes les métaphores et symboles et analogies trouvés dans tous les pays et sous toutes les latitudes et toutes les dates, un siècle et demi de photographies et de plans ayant reproduit et rendu accessibles dans des livres les ensembles de pierres et de bois et de bétons et de verres et de briques les plus lointains, les plus jeunes comme les plus vieux, et les nouveaux logiciels mappant les surfaces les plus accidentées possibles pour en faire de nouvelles plus torsadées et creusées encore, subtiles comme une éternité de canyons suggestifs, et combien il lui sembla qu'il progressait de grade en grade jusqu'au plérôme de son art, maîtrisant l'ordinaire des parcours en ville par la reconnaissance optique des différents bâtis, capable non seulement de nommer chaque élément un par un, identifiant dans un chantier de démolition ou de construction tous les fragments, avec une prédilection pour les façades et les charpentes et les espaces de circulation, mais encore de faire des croisements, des associations de matériaux comme lorsqu'il mettait des moquettes sur ses maquettes en guise de toitures ou de murs, impliquant donc, si demain on les réalisait, des surfaces moirées, à reliefs d'océan, tout en vagues, et il allait ainsi dépouillant tout Paris pierre à pierre, et cette nuit encore il pouvait décrire et répéter la totalité des 1 113 scènes des vitraux de la Sainte-Chapelle, et les copier sans se tromper l'une après l'autre, semblable au prisonnier qui, pour s'exercer et ne pas devenir fou, récite des poèmes appris à l'école, effectuant à la main le même périple en boustrophédon que leurs spectateurs-lecteurs, lancette après lancette et baie après baie jusqu'aux rosaces, cumulant les arcs et les trames de plomb, les losanges et les cives, et posant même les couleurs des verres et jusqu'à leurs teintes, leurs variations selon l'heure d'ensoleillement, et laissant venir à lui tous les petits détails qu'il

503

avait retenus presque inconsciemment et qu'il pouvait maintenant resservir à satiété en Thaïlande où dominaient les scènes luxuriantes du *Ramakien*, adaptation siamoise du *Ramayana*, alors qu'il n'était chrétien et catholique que de sa mère, et hindouiste et bouddhiste et taoïste que d'adoption, et que son père avait joué de sa précellence de père et réalisé sur lui l'Aqiqa en lui donnant son prénom qui le faisait musulman, et fier par le cœur d'être enfant de la vraie foi.

***

Il se retourna plusieurs fois dans son lit en proie au vertige, au tournis, les oreilles occupées, attentif malgré lui au ronron du ventilateur qui nappait tout l'air épais de sa chambre et dressait des tornades de poussière quand il allumait les lumières. Une fille avait partagé quelques mois son logis puis était partie laissant un autel de prières qu'il entretenait sans cesse et qui mettait du détail dans son mobilier, du précieux, des bols et des encens et une statuette posée sur un tissu tout rouge. Les fleurs, les riz, l'eau, les fruits, les thés constituaient la plupart des offrandes et il ajoutait parfois des bracelets dont il appréciait les compositions et les rythmiques de perles.

***

Il y eut un bruit progressif de talons, gravissant d'abord les marches puis traversant la coursive, et il sut à la porte qui s'ouvrit qu'il s'agissait de Tan, une voisine, et comme il était tôt, il se dit qu'elle avait soit abrégé son long time en prétextant n'importe quoi, soit n'avait pas trouvé de clients, ce qui était quand même peu probable bifurqua-t-il, car il savait combien elle était courue à cause de cette tradition moulée dans du sexy contemporain qui qualifiait son style, la peau non marquée, non tatouée, non siglée à l'obole des rues et des passes, très mate et imberbe, et des cheveux longs noirs non colorés, noirs de leur naissance noire et qui finissaient en pointe à la naissance du cul, et habillée d'un simple bout de tissu blanc la contrastant tellement qu'on la voyait jusqu'à l'agacement, soit elle n'avait pas eu la niaque de travailler, et elle devait d'autant plus être prise de cette tristesse sans fin où les filles de Pattaya se complaisaient souvent, de cet état second à leur sourire péniblement gagné sur la fatigue, la peur, la lassitude, la paresse, la culpabilité, comme assaillies par leur karma, qu'elle avait dû gâcher de l'argent en boisson, s'étant sans doute décidée à travailler cette nuit sans réelle volonté de le faire et rattrapée en cours de verre et de fête par la faiblesse et le dégoût, alors que les demandes incessantes de fric pour sa sœur ou ses frères venues de sa mère se manifesteraient très vite à nouveau par des sms et des appels, et « Harun » passait ainsi souvent ses fins de nuits quand il ne dormait pas, dans la prospective des raisons infimes et multiples qu'avait telle ou telle fille de rentrer à telle ou telle heure, et c'était toujours une occupation qui le ravissait, il les connaissait pour la plupart et entretenait avec elles des rapports généralement cordiaux qui n'allaient pas jusqu'à leur prêter de l'argent comme souvent cela arrivait entre elles, chacune étant débitrice d'une dette en ville les forçant parfois à une brusque éclipse au village ou dans les bras d'un très vieux pour ne pas subir les foudres d'un impayé et la violence des « sœurs » qui plantaient du couteau aussi simplement qu'on tranche la viande en mangeant. Et toutes ces litanies projectives transformaient l'existence d'« Harun » en sutras d'hypothèses sur la vie des filles de bar, car même lui, expat de compétition, expert en Pattaya, en était arrivé au même état qu'il avait connu jeune débarqué, l'incertitude sur leur identité, qui elles étaient vraiment, chacune étant un abysse d'expectatives, certaines avaient fait des études avant de se retrouver là, d'autres non, elles venaient d'un même horizon de pauvreté relative, mais formaient une voie lactée d'étoiles divergentes, ennemies, se promettant la sororité perpétuelle et se trahissant, s'abouchant autour des queues de leurs clients et se crachant dessus après s'être offertes aux amitiés les plus pures, c'était autre chose, toujours, quand on croyait les comprendre, et c'est pourquoi il était si dangereux de les aimer et de les épouser et de s'engager avec elles, alors qu'il était si vital, si nécessaire de demeurer à leur côté, en leur compagnie, sous leur patronage et leur autorité, toujours si généreuses en coup de jus sexuel et sentimental, toujours promptes à stimuler quelque chose, à rendre vivant l'endormi, et lui « Harun », avait trouvé la parade, il ne vivait avec aucune en particulier mais au milieu de toutes, c'était un harem de ouï-dire et de chatoiements, un flot d'humeurs bonnes et mauvaises, il était lui aussi réglé sur les menstruations et les nécessités ferrées au cœur de chaque femme de pourvoir et d'assurer la survie, la pitance, le foyer des êtres chers, de la famille, avec une force, une nécessité charnelle absolues.

***

Il se leva à moitié, puis retourna au lit, et il se dit que rester seul était aussi pesant, finalement, et qu'il aurait bien aimé une complice longue durée à sa vie, mais il connaissait Pattaya, et il somnola jusqu'au matin, raviné par les doutes et seulement apaisé à la vue du soleil revenu, et ce serait au moins ça, une journée chaude et ensoleillée, sous les tropiques, loin du pays natal.

Scène 12

Moi qui ne suis le vassal de personne
j'adopterai l'écriture chinoise
ce qui ne veut pas dire que
je sois disposé à obéir
à quiconque
j'adopte ces lois,
mais refuse les ordres.

Ezra Pound –
Cantos chinois, LVIII

12.1 *Vivre ailleurs*, c'était le titre. Et le sous-titre, *Histoires farangs en Thaïlande*. Et l'exergue, rien, pas d'exergue, je n'en avais pas mis. À l'intérieur, de belles pages, des blocs de textes et d'images rédigés et montés par moi-même, une tuerie, l'art poétique totale de l'expatriation, l'élixir, la quintessence du phénomène.

Et dans les images, du ciel bleu, des plages, des moines, des temples, des bidonvilles, des filles, des jeunes, des cascades, des marchés, des épices, des riz, des bars, des villas, des piscines, des bars sur les toits, des piscines sur les toits, des bars dans les rues, les plages, la mer, des îles, des rochers, des montagnes, des fleuves.

Et dans les textes des phrases, beaucoup de phrases bien faites, bien dites, une propagande toute chaude, moite, assurant que « jamais autant qu'aujourd'hui l'envie de s'expatrier ne s'est à ce point fait sentir dans notre pays » et que « la Thaïlande représente l'élite des destinations avec son éventail de plaisirs et de paysages d'exception », et encore « venir ici, c'est abandonner quelque chose, échapper au conditionnement et découvrir une vérité, l'apprentissage du bonheur, malgré les difficultés », et « les taux de rendements dans l'immobilier sont encore exceptionnels, profitez-en maintenant avant qu'il ne soit trop tard », tout ça égayé de témoignages de gens vrais, des véridiques, passés par tous les problèmes de la transplantation et qui ont réussi leur joie, celle d'arriver là et d'y rester. Pas la prose des guides, un antiguide au contraire, *évidemment*, la post-modernité adaptée au genre de la plaquette de voyage longue durée, celle qui prend à témoin et qui fait complice son lecteur, un initié en puissance, et qui sait avant même de savoir, pas besoin d'avoir vécu ces choses pour connaître, l'intuition, l'imagination suffisent, observer c'est connaître, déjà, de la bonne came adaptée à la clientèle hexagonale, suffisante, des anémiés du vécu mais qui parlotent et assertisent comme ils cuisinent ou écrivent : de naissance. Point ne m'ennuie qu'ils le fassent, les koufars, du moment qu'ils achètent. La brochure est toujours là, mise à jour, augmentée, gonflée d'annonces, téléchargeable, imprimable, à partager, commenter,

disponible pour tous les inquiets, les « Occidentés »
de la route, celle des Indes ou d'ailleurs.

12.2 Mehdi, vingt-cinq ans, diplômé d'un master
en affaires internationales, option Asie, et Franck,
vingt-quatre ans, diplômé en comptabilité (BTS) et
en anglais (licence), souhaitent créer une marque de
mode spéciale, sans logo, basée sur le savoir-faire
tisserand d'Asie du Sud-Est, à leur avis trop mal
exploité par les grands fabricants mondiaux, et régulièrement noyé dans la contrefaçon et les usines d'enfants mal payés dont les télévisions raffolent, et pour
ce faire, ils veulent d'abord rassembler en un réseau
social professionnel tous les artisans et les petites
manufactures qui localement existent encore, que
ce soit en Thaïlande, au Laos, en Indonésie, peut-
être en Birmanie, afin de les coupler à de nouveaux
couturiers, le tout pouvant constituer une base utile
pour leur concept de vêtements équitables en direction des urbains bien payés du monde entier, et donc,
pour y arriver, ils cherchent un pied-à-terre au Siam,
Bangkok ou même Pattaya finissent-ils par lâcher, si
possible une villa, ni trop près, ni trop loin du centre,
le « Darkside » par exemple, cette partie un peu
après la Sukhumvit, ils semblent bien renseignés, ils
s'imaginent engagés dans un plan colocation décalé à
l'étranger, l'amitié sous les tropiques, le soleil.

12.3 Entre les lignes, toutes les lignes, quelles
qu'elles soient, celles d'un message ou celles d'un livre,
il y a d'autres lignes, et mon but, c'est de lire ces lignes
masquées dans celles qui ne le sont pas, de deviner

exactement de quoi il retourne dans ce palimpseste qu'est ce désir d'une autre vie, ailleurs, ou d'une fiction. Ce que je veux dire, souhaite dire, c'est qu'ils sont sincères, Mehdi et Franck, ils veulent vraiment réussir leur biz et que ça marche et qu'ils en vivent, mais ils veulent autre chose aussi, ils veulent tout, le plus simplement du monde, comme si moi je décidais d'aller décrocher Al Qamar sans faire l'effort de bâtir le système pour y arriver, ils ne veulent donc pas seulement la villa, les filles, la fête, ça c'est pour les notonectes à cerveau Ibiza ou Miami, non, ce qu'ils veulent, eux, c'est Pattaya, le truc de ouf qui te ravage la tête dans tous les sens, ils ont connu ça une fois et ils sont foutus les gamins, morts pour le pays, la famille, le mariage avec la houri bien propre, mort pour leur projet même, qui pourtant se déroule en Technicolor boosté juste à côté, tout autour en fait, les ateliers de confection, pas loin vraiment mais déjà trop loin de Walking Street et de l'*Insomnia*, et du *Mixx*, et du *Marine*, ça j'en suis persuadé quand je lis entre leurs lignes, les lignes fatales de leur curieux choix de villégiature. Et mon rôle maintenant, c'est de leur trouver l'endroit qui les verra mariner, non pas six mois mais un an à pleins poumons, le temps d'écluser en loyers et long times romantiques le fric ramassé chez les parents et peut-être même une banque rapiat qui aura fait un prêt, ou les organismes de crédit, les Cetelem de la mouise.

Décor n° 3 : La villa sera située à Pratumnak, ce coin un peu colline qui sépare Pattaya de Jomtien, à la croisée des deux villes, dans un de ces petits lotissements au milieu des restes de forêt tropicale, coincés entre deux grands ensembles de condominiums dont ils dépendent souvent d'ailleurs, et elle aura deux niveaux, le premier, outre un bref petit chiotte et une brève petite douche, consistant en une seule étendue carrelée réunissant le salon, la salle à manger et la cuisine, chaque partie à l'aise, sans meubles qui se heurtent et obligent à slalomer entre eux, d'où s'élèvera, depuis un coin porteur, un escalier droit, sans contremarches, mur d'échiffre et limon formant deux lignes bien parallèles désignées la nuit par un éclairage indirect au revers, et desservant un espace composé de deux chambres et de deux salles de bains, chaque étage équipé de baies vitrées du sol au plafond, à vantaux coulissants, toutes boiseries, charnières et seuils escamotés de manière à fluidifier les parcours oculaires et pédestres, et donnant la nuit l'impression de miroirs, ouvrant le jour sur un petit jardin tropical clôturé de plaques bétonnées, largement occupé par une piscine balnéo, le tout noyé dans la touffeur, la moiteur, les rongeurs, les cafards géants, les geckos, les éclairages publics extérieurs et leurs lianes électriques filant de poteau en poteau alourdis de transfos mal accrochés mélangés aux terrains vagues adjacents bientôt construits, envahis d'herbes géantes, de fougères et de bambous comme des restes de jungle, donnant une ambiance de luxe posé sur de la sauvagerie, Pattaya, Walking Street et les soï à quelques roulées de là.

12.4 À midi, allongé dans ma chambre, après déjeuner, un *khao pad kong*, du riz frit, des crevettes et des herbes, entre deux rendez-vous, c'est très vide, très froid que le Grand Orient Très Spécial s'invite, s'incarne, ma baudruche, mon nounours, aux instants très rares eux aussi où je me sens nettoyé, propre, élimé de tout travail sauf celui d'imaginer. Autour, c'est le chantier qui s'entend, s'enchante dans toute la ville et dans la rue, l'immeuble même. Des bruits de perceuses viennent s'enrouler aux sifflements des pales du ventilateur. Depuis les portes ouvertes, des mots thaïs fusent, rieurs, les filles agenouillées font la cuisinent ou reluquent la télé. Le calme, ici, n'existe jamais. Le silence, jamais non plus.

12.5 Au mur, le grand dessin s'est modifié, ses traits plus affinés ou épaissis, décrivant toujours, mais d'une facture plus tourmentée, presque anatomique, viscérale, la structure de plateaux superposés de format damier soutenus par des piliers plantés cette fois sans ordre, aux intervalles non plus rimés mais libres, dangereux pour l'équilibre, les cases pleines et les cases vides ne formant plus une succession binaire homogène mais une étendue semblable à celle d'un mot croisé, renforçant le relief très accusé de cette barre toujours aussi fine et aussi haute, non plus classique mais baroque, comme une montagne accidentée, tandis que les pignons laissent percer des surgeons, des croissances encore contrôlées de poutrelles, de coursives diverses et arquées, début d'une étrangeté, et que les maisons situées au centre des surfaces bâties sont désormais de style hétérogène, tantôt vieillerie rustique avec toiture tuilée en pente, linteau, trumeau et harpe, balustre, allège et soubassement, tantôt modulaire, aux volumes angulaires ou courbes agencés indéfiniment selon un crescendo de plus en plus fouillé, formant ainsi, niveau après niveau, l'impression d'une page, d'un texte syntaxiquement complexe, consonantique, labyrinthique dans sa tenue, de blocs inégaux, asymétriques, inversant les codes, le rôle des pleins (les villas, les forces porteuses des trames d'acier) étant de faire émerger les vides de tous types, dans ce condominium unissant la terre au ciel, où les jardins sont perchés, et les détails, les ornements, les blasons d'origine de plus en plus ciselés, gravés, froissant les éléments porteurs visibles, les poutres, les dalles et les murs, de graffitis trop travaillés, surchargés, les formes figuratives du monde animal, végétal, minéral, et celles plus abstraites des mathématiques (chiffres) et de la géométrie (arabesques, dédales, mandalas), constituant les signes d'une langue muette, parlée de l'intérieur, graphique, ancienne et moderne, sans époque, faisant du bâtiment un signe fait d'autres signes, fait d'autres signes à leur tour, du plus grand au plus petit et du plus petit au plus grand, l'étage dans l'immeuble, la baraque dans l'étage, la pièce dans la baraque, l'objet dans la pièce, le matériau dans l'objet, l'atome dans le matériau, l'électron, le proton dans l'atome, etc., et vice versa.

12.6 L'alarme de mon téléphone sonne, je me réveille brusquement, engourdi et presque froid, je m'assois, reste un instant comme sonné, me croyant ailleurs, en France, puis je file dehors dans l'après-midi entamé, retrouvant la chaleur ordinaire, et croisant, tout au long du trajet jusqu'à l'agence, des types en tongs et bermuda, mains dans les poches, l'allure négligée, paumés dans leur séjour, incapables de faire autre chose que traîner, même plus interpellés par les filles qui, aux seuils des bars, s'agglutinent nombreuses, allumant les radios, s'asseyant au comptoir, la tête penchée sur le mobile, tandis qu'à d'autres coins des groupes avancent, serviette de bain en main, dans la torpeur d'un jour commun de Pattaya City.

12.7 Il est dix-huit heures, la lumière va décliner bientôt, il a fait un pur temps saison sèche toute la journée, pas un nuage, pas une trace, sauf d'avion, juste un bleu layette, pas celui, tranchant, des périodes de pluies lourdes, épaisses, où quand il fait beau, c'est l'azur, non, celui un peu lavasse des mois sans pluie, légers encore que chauds. Là, tout va bien, j'entends presque la baie, avec ses filles assises ou debout et ses ronds de jet-skis. Cette rumeur, ce bruit de fond. Les vagues, les voix, les moteurs, le cliquetis de n'importe quoi d'un peu métallique sur les milliers de tiges de parasols plantés il y a des décennies. Tout ça un peu assourdi, comme venu d'un coquillage, les pas sur le sable. Dehors, l'espace de la place est d'asphalte, c'est un parking sauvage avec des traces d'huile et de pneus au milieu de rainures aménagées où fleurissent des jardinières. Plantes et véhicules forment la géométrie du lieu, avec leurs broussailles de branches et de tôles embouties. Le tout sous cette cloche moite qui aspire vos chemises sur la peau. Et les palmes et les tresses de palétuviers. Et au bout, tout au bout, en longeant les restaurants, les guesthouses, les petits hôtels, la rumeur de Beach Road. Sa courbe est devenue mon plaisir, mon hadj. Au début, j'ai eu du mal. Une fois dedans, on subit les premiers temps ce qu'on croit perdre, car j'aimais des choses en Occident. Les librairies par exemple, je rigole pas, des dizaines de milliers de titres accessibles à Paris, rien que feuilleter ça m'occupait. L'odeur d'un livre a cet effet qui le rapproche du billet. Pattaya n'a pas l'équivalent, mais la matière des bouquins, si. Pattaya, plus forte que tous les livres. Du polar, du cul, du science fictif, des confessions, du romanesque, du métafictionnel, du dramaturgique, de tout, et du comique, du tragi-comique, de l'hyper-sociologique, du gratuit, de l'inutile surtout, de l'artistique, de l'art pour l'art à fond. Et de l'ésotérique ça oui. Une rangée de ladybars agenouillées devant une ligne de moines en tenue orange, ça monte au cerveau. Une pute qui fait sa prière avant de baiser, mains jointes et prosternation, ça éduque. Et quand elle quitte son bar, allure mélangée, moitié fragilité moitié dureté, un quart distinguée, trois quarts camée, manucurée et dévoyée, et qu'elle plante trois encens dans le bac de cendre juste à l'entrée, les mains portées sur le front incliné sous la déesse ou le dieu interpellé, tu t'évapores de plaisir d'être au bon endroit, au bon moment, avec la meilleure prêtresse de ta vie. Ici, on est spirituel sans gêne et sans maladie prosélyte. On se sent halouf face à eux, même en priant Allah. Taré de pays, le Siam, ayant envoûté mes fidélités paternelles, j'ai pas résisté longtemps. Ici, c'est le Potosi de la fiction, on vient, on creuse mais attention, faut se faire ascète, faut avoir lu avant, et bien, et sérieux, pour prétendre faire sérieux et bien, à son tour, son propre bijou, son diamant paginé.

12.8 C'est puissant cet endroit, clair, ce qui impressionne, c'est le contraste, un calme de surface et des courants violents, c'est dur à rendre, décourageant car vite, on est moins fort que le cumul des faits divers empilés. Suffit de copier, de monter les flux web d'actualité. « Le gosse de riche, Attapol I***, surnommé "Banque", tirant en l'air pour discuter à la moindre occasion, restaurants, boîtes de nuit, chassé par la police dans tout Pattaya, arrêté au volant de sa MerdeSS Soï Buakhao, demandant, menottes aux poignets et rigolard, qu'on le libère car fils de procureur et frère d'un ponte du service des stups de la Région 7 », couplé à « une petite Cambodgienne de douze ans violée en plein jour par l'employé d'une société de prêt, venu rendre visite pour affaires à son père, un gardien de sécurité d'un chantier de Naklua, et qui, trouvant la fillette jouant devant les baraquements mais pas le type, décide de passer son temps de rendez-vous à ça dans sa bagnole », couplé à la « descente d'une cinquantaine de membres de l'équivalent du FBI thaïlandais dans une série de gogos sur Walking Street et "découvrant", "stupéfaits" (il faut ici sortir couvert et mettre des guillemets partout), que la plupart des établissements sont la propriété des flics locaux ou bien reversent 70 % de leurs gains à ces derniers pour leur "protection" », couplé à une infinité d'autres faits ordinaires et orduriers, bizarres et malsains, drôles et quasi-gags, compressés en moins de vingt-quatre heures, bien tassés dans une journée normale, et répétés toute la semaine et toute l'année, ça fait beaucoup.

516

Ici, on lit des vivants. Je sais, ça peut faire « exagéré » mais non, c'est le réel le moins modifié auquel on puisse prétendre.

12.9 Au début donc, les premiers temps, un blues de baltringue m'a assailli, puis je m'y suis fait au bonheur. Si on n'attend rien que de voir, d'entendre et sentir des trucs habituellement lus et vus dans des fictions de genre limite, jamais vraiment écrites ou filmées, on est nourri comblé ici. Si le luxe, c'est de pouvoir se baigner tous les jours de l'année, alors le trésor est siamois, ou indonésien, ou cambodgien, ou birman, ou malais. Surtout, si on veut vivre à son rythme, selon ses propres chiffres biologiques, sa propre mesure, alors oui, ici, c'est le grand terrain de l'arithmétique humaine. Personne, absolument personne ne va venir te chercher si toi tu ne fais pas un premier pas vers ton bourreau. Et personne, ou presque personne ne te chiera dessus, ne viendra taper une conversation empoisonnée si tu n'as pas, toi-même à l'origine, ouvert ta gueule pour recevoir du fiel. Certes, il y a toujours les tailleurs indiens qui veulent t'empoigner de leurs sales mains et t'abordent quoi qu'il arrive d'un « hello sir », même si cent jours ou mille, tu les croises et leur dis non. Certes encore, il y a les clandos birmans ou cambos qui viennent te fourguer leurs fausses montres, leurs fausses lunettes et leurs bracelets multicolores pourris et leurs DVD, ou parfois, mais rare à Pattaya, tellement ça paraît redondant, le rabatteur pour un quelconque claque des merveilles. Mais ces raclures-là ne sont pas gênantes, on est pas face aux aumonards puants et dégénérés des koufars de l'hémisphère Nord. L'aérien, le paradisiaque, c'est dans la solitude qu'on le repère et le serre, et la solitude inviolée, quasi du fait des barrières d'une langue lointaine, c'est ici qu'elle s'acclimate le mieux, un respect, une quiétude, une métrique aux pieds composés de tous les gestes répétés jour après jour vers la perfection.

12.10 C'est la nuit, presque dix-neuf heures, je stagne alors que j'aurais pu fermer il y a presque deux heures de ça et même un peu plus, je vois dehors une rangée de palmiers thaïlandais assez hauts, qu'on dit de montagne, ceux avec le sniper dans leurs palmes à la cime après un long tronc qu'on trouve dans les films sur la guerre du Pacifique, je vois une rangée de deux-roues et les jeunes vendeuses des magasins en uniforme, on dirait des étudiantes, mais ce sont des opticiennes la plupart du temps, ou des aides-médicales des bureaux de cliniques adjacentes, la couleur varie mais pas le patron de la jupe tailleur, elles sortent, enfourchent les bécanes et se cassent vers une fête ou le boyfriend ou la famille. Je vois les néons sur Second Road, les rougeurs, les verdeurs, les bleuissements qui fondent et deviennent de la vapeur diffusant un halo sur plusieurs mètres autour de leurs sources. Et je me vois moi, dans le reflet de la vitre. Et je m'emmerde sec, heureux et sans regrets.

12.11 La première fois que les membres du forum disparu m'ont zieuté, à l'époque où j'étais encore dans ces galères en ligne, ils ont été surpris. C'était plus que la distance commune entre l'avatar et la personne, plus que cet écart subi par tous une fois en live où l'on se dit, putain, « Kurtz », il a cette gueule en vrai, ou bien, merde, « Tariq Ram », il s'habille et parle comme ça en vrai, c'était plus que l'Omar Sharif de ma photo, celle dans Lawrence d'Arabie, la moustache, l'élégance bédouine et d'un seul coup ma dégaine d'actuel fripard tongué et pantacouré, sans les froufrous d'une djellaba précieuse. « Harun » l'Arabe avait l'air italien du Nord, la peau quasi blanche, les yeux quasi bleus, le faciès légèrement africain, de loin, une pincée sans doute dans mes veines d'un pharaon. Et des bouclettes qui me donnaient une allure Juif d'opérette, que j'ai rasées depuis. Et un nez à la grecque. Sans parler du versant rom. C'est simple, chaque regard de ces types était les aiguilles d'une montre qui tourne et s'arrête à chaque trait du cadran méditerranéen. Une horloge ma tronche, et j'ai eu droit à tout, sans stress. Libanais à minuit, algérien option kabyle à deux heures, égyptien à trois, marocain, français de souche, italien, espagnol ou portugais. Un a dit juif tout court, sans dire Israël. Eux étaient blacks, ou rebeus, ou blancos, ou métis bien clairement métissés, ou même asiates. J'étais le métèque pas net, d'autant qu'en parole, j'avais l'air de partout, je prenais pas de risques, sauf de me foutre plus ou moins de leurs gueules à tous ces tocards, mais indirectement, à la vicieuse, avec des rafales de sous-entendus, j'étais pro pour injurier sans injurier, « Kurtz » et son racisme timide, « Omar » et son islam de mosquée de comptoir, un autre aussi, un Noir comique marronnasse de peau, avec une barbichette, culture post-Banania, qui se pignolait aux forfaits du colonialisme. Ça durait quelques heures et puis Pattaya emportait tout ça vers la seule vérité qui compte une fois dans cette ville, celle en eux depuis leur naissance, l'ADN micheton, la vérité des fréquentations pattayennes, les ladybars, les ladyboys, les putes. Terminées les racines, la France mentale et ses impasses sadiques, rayées les poléniques son père. Tous disparus dans la grande pandémie du mal jaune. Combien n'ont plus voulu rentrer, combien sont devenus tellement accros qu'ils ont préféré se tuer ici plutôt que de revenir vivant au bled auprès d'Aïcha ou de Florence ? Tous toutous, heureux d'être en laisse. Tous, ils ont fini avec la même peau de punter, le même regard de pur prédateur livide, magnétisé par sa proie et qui tente vaguement d'avoir la fourrure du guépard dans sa chasse titubante, ce roulement d'épaules qui serait un groove de félin. Une silhouette s'éloignant chaque nuit sur Walking Street ou dans les soï, disparaissant pour toujours dans les bruits et les néons d'Asie du Sud-Est.

12.12 Je prends mon scooter et fraie dans Second Road, les baht bus s'accumulent et klaxonnent, je vais à un dernier rendez-vous avec une fille nommée « Poo », une copine à ce travelo du *Central Festival*, Porn. Il y a foule de tout, humanité, nourriture, commerce, ordures, c'est le vrac et des ladybars à chaque mètre. Si j'étais l'urbaniste de cette région, avec le pouvoir de modeler le territoire, je ne bougerais pas, je ne changerais rien à Pattaya.

12.13 Je tourne encore et je rallonge mon parcours, exprès, j'aime les virées gratuites, pour rien, direction *LK Legend*, de la marque LK, un mélange d'hôtel et de condominium, pas idiot leur concept, ça permet de partager les charges en deux, même si j'ignore les détails, qui paie plus que l'autre, le touriste ou le résident, on dit que lors des grandes inondations de Bangkok en 2011, des stars thaïlandaises y ont acheté des appartements de repli, duplex ou triplex. À mesure que j'avance dans Soï Arunothai, une rue à souvenirs où j'allais les premiers temps dans une espèce de paillote improvisée près d'une piscine de condo tenu par un francaoui corse mort du sida ou d'un cancer depuis, et qui servait de ralliement pour les apéros koufars, je constate la densité des constructions, une preuve de la bulle sexo-immobilière de cette ville, là où autrefois les terrains vagues l'emportaient encore un peu.

Décor n° 4 : Ce sera un petit complexe de claques à boissons, comme ceux déjà existants et qui s'égrainent partout, des beer bars mitoyens les uns aux autres, mais ouverts l'un sur l'autre comme des cellules infiniment reproduites et communicantes, au point que le client ne sait jamais où il est vraiment, chez untel ou untel, il faut toujours qu'il lève les yeux pour faire le tri dans les lanières lumineuses, les néons, les guirlandes, et distinguer l'enseigne, mais ici comme ailleurs, ça l'occupera juste au début, interpellé par cette architecture des lieux, décloisonnée, sans murs, soutenue de piliers, décoincé donc, dézoné, et pour lui ça dira toujours quelque chose, les filles ne sont pas enfermées ici, sauf dans leurs rêves faciles de succès où elles s'acharnent jusqu'à faire la gueule, pleurer pour immédiatement rigoler avec les copines et les types venus là, faire la fête c'est ça, et tout commencera par ces bâtisses-là, fluides, réduites à des arêtes lumineuses et des matières sans valeur, le skaï et le plastique, portiques vers une autre vie, trous de verre, trous noirs.

12.14 Le *Legend* apparaît, illuminé et posé sur son socle de vieille rizière asséchée où n'affleure que le goudron du parking et des équipements collectifs, dont la piscine, avec sa fontaine coulant entre des rochers trompe-l'œil en béton, c'est un ensemble de bâtiments pas très hauts, sept étages et mon rendez-vous, la dénommée Poo, me reçoit au deuxième d'un « one bedroom » comme on dit ici, c'est-à-dire un deux pièces, et ça sent le ya ba. Elle est véloce la fille, elle m'explique vite fait qu'elle veut vendre, le tout à un prix trop cher. Un morceau issâne coule de la télé tandis que j'inspecte les lieux, cherchant le rituel mortifère, la pipette, l'atelier de plastique, la fiole ou bien la feuille d'alu roulée en gouttière où poser le cachet à brûler, celui qui fond et qu'on suit de gauche à droite car il glisse, briquet en dessous, tandis qu'on aspire avec une paille, un conduit, n'importe quoi, on inhale la putain de fumée. Mais rien, tout est nettoyé et je ne vais pas ouvrir ses tiroirs. Elle rempile ses demandes de prix, je lui fais l'ordinaire de l'agent, les questions, à qui appartient cet appartement, est-il sous nom thaï ou farang, où sont les papiers. Rien n'est clair, tout est bizarre, comme d'habitude. Un livre unique traîne sur une étagère, un manuel de trading en français. J'inspecte toujours, je la laisse avancer dans son histoire. Elle lâche qu'elle est mariée, un jeune type, et peu à peu, entre ses mots crassement pudiques destinés à sauver la face, savamment, le conte de cette nuit se dévide tout seul, fil à fil, lentement.

12.15 Il est français. Venu en vacances ici, il n'est jamais reparti. Même lorsqu'il est retourné en France, son seul objectif de vie fut de reprendre l'avion et de courir l'Asie dans tous les sens avec comme pointe de compas Pattaya. Le centre magnétique a ses lois et même le plus raté obéit à ces putains de règles initiatiques. Sauf que lui, comme la masse des autres, est un analphabète du symbolique, un trépané du traditionnel, et si on lui parle de ça, il hausse les épaules, pas différent d'un philosophe rationnel ayant son doctorat, car question spiritualité, c'est kif-kif, même niveau de koufardise. Peu importe, il suit, comme le plus sage, les préceptes de Pattaya, mais en aveugle. Après tout, Hallaj lui-même, le saint, l'amoureux, à la question de savoir lequel des fidèles était le plus proche du Miséricordieux, a répondu : ni le soufi, ni l'apprenti du Tasawwuf, ni certainement aucun des théologiens du Kalam, mais le plus modeste, le moins éduqué des croyants, le plus soumis aux agissements du Tawid. Ok, ok. Donc lui est un enfant du siècle, un mal diplômé, gâté par ses parents classe moyenne, il s'est saisi du voyage comme de la dernière excuse pour justifier sa fuite, et ses parents, persuadés par des siècles de livres cons que voyager forme la jeunesse, ont financé son sabbat tropical. Certes inquiets, quand au milieu de paysages d'îles sublimes, surgissaient des filles non moins sublimes, souriantes un max, et dans lesquelles ils semblaient reconnaître les mêmes qu'à la télé on présentait comme de la chair à bites occidentales. Le gamin, en Thaïlande, façon hyper-originale, s'est pris de passion pour la boxe thaïe. La Muay Thaï. Et des comme lui, ils sont des dizaines de milliers dans le monde à venir dans les camps qui n'ont pas fini de pousser un peu partout au Royaume pour des stages d'une boxe belle, aux combats introduits par des prières et rythmés par la musique lancinante, géniale, le Sarama. Les coups, les sons qu'on n'entend plus sur le ring, et dans la salle, la magie, la magie des quatre instrumentistes du Sarama mortel, les tambourins, la cymbale, une espèce de hautbois qui perche aigu, et un gong. Il est pris, c'est sûr, il est ivre. Mais ce n'est pas tout, le jeune Français est soudain le plus beau damoiseau de la terre et les filles pleuvent, c'est plus qu'une simple satisfaction physique, ça devient une drogue, ça devient le sens de l'existence d'évoluer parmi des regards qui se renvoient sans cesse votre image, comme un face-à-face de la créature avec son créateur, la vraie danse de l'amour. C'est clair, il vivra ici. Il rencontre Poo dans une de ces nuits où, une fois le stage terminé et les combats presque tous perdus, il erre avec d'autres potes dans la folie des ruelles. Une good girl à l'époque, enfin presque, étudiante réellement, d'une famille elle aussi classe moyenne. Son boyfriend thaï l'a quittée et elle a décidé que plus jamais elle ne tomberait amoureuse d'un mec de sa race. Trop traître. Elle est morte ce jour-là, vraiment. L'étranger lui, sous-estime ce deuil. Elle veut un farang pour vivre sa vie de défunte. Elle a des amis qui en ont. Aussi, elle a du mal à trouver du boulot. Elle est difficile, elle veut bien gagner sa vie. Alors elle vient à Pattaya, d'abord en vacances puis pour toujours. Car l'argent est facile ici. Elle n'est ni trop grosse ni trop sombre de peau, elle est belle pour les étrangers. Ils l'invitent à dîner, la sortent, la gâtent. Elle se dégoûte un peu, ne couche pas si facilement, mais elle aime l'amour, elle est en bonne santé et elle est seule, alors quand le type est de son âge, elle s'amuse. Et elle tombe sur le Français. Une ébauche de durée se tisse entre les cuites et les torpeurs d'après-midi, et les séjours dans les îles, au fin fond des mers d'Andaman ou de Chine du Sud, le golfe du Siam. Ils ont un enfant, se marient, et les parents du francaoui achètent un appartement au couple, à Pattaya. Poo s'attend à mener une vraie vie avec un type responsable, qui paiera tout et prendra soin d'elle, elle est fière d'être au LK, organise des *parties* avec des copines qui viennent piquer dans son assiette généreusement tendue, car ici, on partage. Mais après quelques mois et la brève reconversion du mari dans la finance amateur depuis la maison, la fête reprend ses droits et ils explosent en vol. Lui est avec ses frères de dingueries, et elle, de son côté, sort de plus en plus avec les fausses copines, passe son temps sur Walking Street, lâche définitivement prise de son monde thaï et devient une apprentie catin, qui se laisse donner de l'argent quand le type le veut bien. Elle se fait connaître à l'*Insomnia*, c'est une adepte, les serveurs la saluent. Elle se nymphomanise, elle adore le cul, se faire sauter par de jeunes étrangers, pas plus de vingt ans, même lorsqu'elle affiche désormais la trentaine. Lorsque son farang la quitte définitivement et lui laisse le bambin, elle squatte l'appartement et entoile ses relations masculines de demandes savantes. Elle a bientôt son petit réseau de sponsors. Elle a beaucoup pleuré, c'est certain. Ses rêves merdiques ont viré aux cauchemars mais aucune pitié à avoir, elle est satisfaite au fond, même si à cours de tout d'un jour à l'autre. L'argent facile était en elle, dans ses fibres. Le gamin à nourrir, c'était juste l'excuse. Elle s'est mise dedans. Il y a des photos sur la commode. Très jeune, encore vierge de Pattaya. Une réelle innocence, une attente de la vie.

12.16 Donc elle veut vendre ce condo pendant l'absence du mari, avant le divorce, avant de perdre son confort. Manque de bol, je ne suis pas la bonne porte à ouvrir, ce genre d'opération n'est pas du goût de ma patronne, et je dis qu'il y a malentendu mais que merci quand même pour l'histoire et bonne chance, tchôk dî.

12.17 Dans Soï Arunothai, des musiques s'élèvent, des rythmes Issânes, à base de *khên lao*, et je file dans la douceur. À hauteur d'un carrefour, un hangar et dedans, des joggeurs sur leur tapis, des cyclistes, tendus dans l'effort.

12.18 Après le travail, d'habitude, je me fais des séances de muscu, développé couché, élévation poulie, traction, tapis ou vélo, c'est pas ce qui manque les salles de sport, il y en a plus qu'en France, et de tous les genres, comme celles sans licences réelles qu'on trouve en plein air, il y en a une au croisement qui sépare la montée vers Buddha Hill et la descente vers Jomtien en venant de Pattaya, des haltères en béton qui courbent dangereusement la barre quand on les fixe dessus, du matos laissé comme ça, à la merci du climat. Il y a les salles estampillées *Tony*, Tony l'Eurasien, moitié ricain moitié thaï, très bon comme storytelling, d'un côté le fils de GI, de l'autre le fils de pute, dans l'imaginaire c'est frappant comme si c'était l'enfant des mille et une nuits de cette ville, né à l'époque des contes & légendes, la guerre au loin, l'armée des États-Unis et les filles du Siam en grande baisouille, lui le gosse des premières soï et des premiers bars, même si là aussi, la vérité est ailleurs. Tony, comme Tony Montana, s'affiche en publicité géante un peu partout dans la ville, Tony en biceps et sourire, les bras puissants croisés, et sa tête blanche, brune, sympathique. *Tony's Entertainement Complex*, où l'on trouve une boîte, le *Tony's Disco*, des hôtels, et son poumon économique, les salles de sport. Les bruits disent qu'il est le fils d'un Californien propriétaire d'un restaurant à Hollywood fréquenté par les stars. Et la vérité c'est qu'il est vieux maintenant, le visage serpé à la chirurgie esthétique, avec un côté grande folle bad boy, le genre pédé mafieux du Chinois dans *Hangover*, mais musclé, bien sculpté aux hormones et aux poids. Le nombre de types qui dans cette ville se prennent des trucs dans les veines et dans le nez est phénoménal. Il offrait récemment une carte de membre à vie pour ses salles, un prix de trois mille bahts je crois. Là aussi, bon story-telling, Pattaya c'est à vie, on n'en revient jamais, autant être honnête avec soi-même et prendre sa carte de membre jusqu'au tombeau.

12.19 Je passe sans stress un contrôle de flics qui ne m'arrêtent pas et je termine dans un karaoké que j'aime bien sur Third Road. Des hôtesses attendent, il y en a une, Dee, que j'apprécie, elle a dix-neuf ans et paie ses études avec ça. Le lieu est confortable, ce n'est pas un de ces karak minables qui pullulent maintenant, avec guigne à chaque meuble et stéréo. Les pièces sont vastes, on dit cosy, l'écran plat énorme poisse tout de stroboscopie quand les lumières s'éteignent et on enchaîne avec Dee les morceaux de groupes ou chanteuses genre Bodyslam, Tata Young ou Thaitanium, du rap. C'est un bon moyen d'apprendre cette langue, et surtout de laisser tomber le sérieux, de se fendre la poire et de jouir de rien, micro en main, fille à côté, en pensant qu'avant, en France, je foutais ces musiques à fond, presque en pleurs du Royaume perdu pour de longs mois, alors que là, boulot fini, sentant venir l'ambiance, la belle, celle qui laisse des joies, de purs émerveillements, j'ai tous les plaisirs de la nuit qui s'offrent à ma paie merdique.

Intermède 12-13

Les rideaux étaient bleus plastifiés comme ceux d'une douche mais ils protégeaient de l'extérieur, disposés en accordéons et plis piqués des deux côtés de la fenêtre, ils avaient un effet chimique et semblaient tissés de fils carnivores, laissant des rougeurs et des gonflements sur la peau, si on se frottait à eux, des eczémas, un tissu de Chine peut-être, où la route de la soie était celle du cancer aujourd'hui, même en Thaïlande on craignait l'import des enfants industriels du puissant Empire céleste, leurs tentacules, leurs métastases, en se penchant sur les fibres, on voyait la trame mal tenue laisser passer le jour, et le matin, ils nimbaient la pièce d'un reflet aqueux rimant avec le goût, pâteux, des bouches malpropres. Le corps refroidi par la nuit, c'était le meilleur moment, les minutes de l'aube, la fraîcheur avant la moiteur, les deux collées, successives. « Harun », à Pattaya, réglait son réveil sur ces instants-là, l'hébétude, la pesanteur, la chaleur faisant une pause illusoire. Les pales du ventilateur étaient les vraies aiguilles de son horloge climatique, il y avait trois vitesses pour accélérer ou décélérer la température ambiante, il pouvait faire très chaud ou simplement chaud, ou frais, parfois.

***

En se levant, il les tira, et tout devint jaune et rougeoyant, un drap écarlate séchant sur la coursive et colorant son entourage

529

d'un même reflet carmin rappelant les bordels de la ville. Puis les lumières s'atténuèrent, et ce qu'il vit, ce fut des jeunes filles passer silencieusement, comme pieuses sur leurs pieds nus, glissant sur la coursive, des silhouettes plus que des corps, elles étaient sobres dans une tenue qui ne l'était pas, comme si l'*Insomnia*, le *JP Bar*, les pipes, les sodomies, n'avaient laissé sur elles aucun décibel, aucune humiliation, et qu'elles étaient intactes, au-dessus des crasseries de l'existence. Il vivait décidément au bon endroit, c'était définitif, comme une condamnation à mort.

***

Puis il ouvrit son armoire, après le sport et la douche, et il reçut Paris, Noisy, la France en pleine gueule le temps d'un flash, à la vue du vêtement pendu, un trench-coat chaud, épais, de prix, de marque, qu'il avait porté le jour du grand départ, un jour glacé, sec, perlé, d'un bleu banquise, où le soleil ne perçait pas, seul le brouillard avait des pointes jaunissantes dans sa purée froide qu'on recevait sur les os.

***

À Paris, il se levait artiste, il se couchait salarié, éteint et fracassé, quand il exerçait des emplois précaires pour survivre, très éloignés de son ambition initiale, celle de journées réussies, chez lui, studieuses, concentrées, traversées uniquement par sa création d'architecte, dont les objets fabriqués, construits, n'auraient été que la face visible et minime de son existence, au lieu de quoi il avait droit aux usures, à l'épuisement des facultés que la nuit lui rendait presque intactes, mais que la progression du jour, du matin au soir, érodait et salissait, englua sant ses dispositions, son venin formel, dans la trivialité d'un job à la con, et même lorsqu'il rejoignait une agence pour une pige ou deux, et qu'il mettait ses propres lignes au service d'un projet vendu inventif, il subissait la frustration.

***

Un été, il se retrouva conseiller immobilier, à vendre Paris à une clientèle fortunée, anglophone, et il s'effraya du décalage entre son dégoût de cette ville et l'enthousiasme des étrangers pour Paname, mais c'était normal pensait-il, chacun son sort dans son choix d'exil, tous les nombres étaient avec lui, « Harun », toutes les fêtes, les *Mille et Une Nuits* s'écrivaient ailleurs, les palais se dessinaient ailleurs, en Asie, Paris était une ville achevée dans les limites de son périphérique qui, comme le *limes* romain, signalait son maximum, non pas seulement territorial mais architectural, et les frères de banlieue ne voulaient même plus la prendre, ils rêvaient tous comme lui de Pattaya, de Phuket, de Malaisie, d'Indonésie, de rap sur fond de plages, de petits commerces tranquilles avec une zouze bridée, une houri d'ici-bas, aux relents de Walking Street ou du bloc M à Jakarta. Car ils étaient pudiques, la plupart, affichant derrière la gestuelle et les hyperboles d'exploits de baise, la crainte des maladies et la peur de finir maudits.

***

« Harun » vivait encore chez ses parents, il en ressentait l'humiliation mais il avait un plan depuis longtemps, le retour en Orient, un plan mûri adolescent à Noisy-le-Grand, d'abord vague, tronqué par l'idée de voyage, les beaux petits voyages, puis avec le temps de plus en plus précis, l'émigration, comme autrefois son père du Sud au Nord, il irait d'Ouest en Est, comme Ibn Arabi, ou Joseph de Maistre. Ses maîtres d'alors vivaient

531

très loin dans l'espace et le temps de la mosquée de Noisy et de son cheikh salafiste tunisien, qu'il avait fréquenté en fictif, riant de l'Oumma trahie, riant de toute sa stature de moudjahid de sa propre voie, en bon Ikhwan al-Safa, naviguant dans tous les courants de la religion de son père comme on se force à l'entraînement à tout genre d'exercice, c'était bestial en lui les rapports divins, c'était sexuel l'écoute des prêches de morts-vivants, c'était puissant les lectures d'Attar ou de Jabir ou de Sohrawardi, puissant le martèlement des distiques de Rûmî, même si à la vue d'Occidentaux forcenés convertis à cet islam de métaphysique et de degrés vers la Sophia perennis, il éprouvait d'un coup une aversion illimitée, et par principe, par souci distinctif, il défendait alors, il illustrait l'inverse, la folie des furieux de l'orthodoxie, les propos des plus cons des rigoristes, avec la joie de se savoir haï.

**

Il lut un pédé, Genet, amoureux des Arabes, mais c'était en surface, il aimait les Arabes si et seulement si contre les Européens et les Américains, mais dans un mainstream arabe, dans un landerneau arabe, il aurait aimé les Américains, les colonialistes et les plus sionistes des Juifs, c'était son système d'esthétique sans retour, son sacerdoce, il était entré en Trahison comme on va au cloître, et « Harun » aussi trahissait à sa manière, rompant les os de son père en lui, et de ses ancêtres en lui, les salafs, comme le prêtre des catholiques fait de l'hostie, et un soir, en pleine dispute avec son paternel, son padre, son daron, son reup, qui lui demandait à quoi rimaient ses études auxquelles il mettait si peu de sérieux, et qu'il n'avait pas que ça à foutre, trimer pour une progéniture ingrate, et que traîner avec l'ivraie de la mosquée, c'était faire mal à sa mère et lui donner des migraines avec tout ce qu'on entendait dans la communauté, toute cette folie des camps d'entraînement au Yémen, il lui avait dit de se rassurer, qu'il était un traître et qu'il dénoncerait contre de l'argent les engagés du martyre, et il s'était mis à blasphémer en le prenant au mot de sa crainte, son père l'avait cru extrémiste de la foi du Prophète, eh bien il l'était d'un autre genre, ni religion, ni athéisme, il l'était du Ta-Wil, il était Hallaj, « Allah c'est moi et je vais créer une nouvelle science, la *blasphématique*, et ce sera pour électriser les plus bornés des croyants, et face aux mécréants, cela voudra dire l'affirmation du plan divin contre l'évolutionnisme gnangnan du vivant, comme si derrière les ossements de singes ne se cachaient pas des anges, il fallait être aveugle pour ne pas sentir des ailes du divin, et dans le divin, idiot pour croire en Dieu, franchement quelle bande de crétins ». Et il avait fini par dévoiler sa vocation, dans une scène très mélodramatique, non ce soir-là mais un vendredi, quand son père dialoguait avec l'imam salafiste tunisien portant lunettes à la sortie d'El Joumou'a, car il était pieux même si peureux pour son fils des conséquences d'un engagement trop poussé de la foi, il avait dit avec une mine d'enfant blagueur pas tout à fait maître de ses émotions et trop colérique, et ce fut la dernière trace d'enfance révoltée qu'il eut de sa vie face aux paternités de son existence, il avait dit qu'il serait barman du Coran et des Évangiles et de la Torah, barman du Bardo Thödol et du Ramayana et du Rig Veda, et qu'il prendrait une sourate et un sutra et un extrait d'épître et qu'il shakerait tout ça et le ressortirait dans quelque ville future prompte à accueillir ses prophéties et ses prières centonées de tous les cantiques anciens et présents qu'il pourrait trouver, jusque dans les poubelles des traditions officielles, chez les gnostiques et les ismaéliens par exemple, et l'imam l'avait maudit depuis ses lunettes dans des raclements de gorge qui auraient pu ressembler à un prélude de fatwa, laissant tomber de sa bouche un arabe militarisé en syllabes kaki mais qui était une suite de menaces où les mots étaient rotés, et « Harun » avait dit « arrête de roter tes mots » et c'était injuste car l'imam maîtrisait le texte oral, sa bouche était experte, et c'était se foutre de la langue arabe, et son père avait levé la main, et « Harun » avait esquivé. Et après, il avait dit la sentence de Zarathoustra et de Nietzsche, une expression archaïque et passée de mode mais qu'il jouissait de balancer en arabe : « Allah May-Yet », « Dieu est mort ». Et la semaine suivante, face au prof de biologie, « Allah Akbar ». Et face à une fille aux cheveux libres, il intimait d'une voix douce, ferme, « berceuse alimentée de Hadiths », d'une voix crescendo maniant « la beauté des lois aussi construites qu'une musique », intimait de mettre le voile, lui disait de le mettre. Et face à une sœur voilée de montrer ses cheveux à la terre du Tout-Puissant, car n'est-ce pas que ses yeux sont partout et donc dans ceux de ses créatures non moins, hommes, femmes, bêtes, Il voit à travers eux, et qui sommes-nous pour nous cacher de tant de reflets divins. Et les problèmes commencèrent.

* * *

Il avait quitté Noisy-le-Grand pour se réfugier de l'autre côté, chez sa tante maternelle, à Nanterre, où il avait passé son bac. Elle vivait seule dans un bel appartement et le considérait comme son fils et par respect et reconnaissance, il la massait des pieds aux épaules après son travail, et lui montrait ses dessins, et lui lisait ses textes. Ses parents avait fini par le rejoindre, quittant Noisy pour toujours, tricards à cause de leurs fils impie et prédestiné, c'est comme ça qu'il se sentait. « Harun » était retourné vivre avec eux à Puteaux, en lisière de la Défense, leur standing s'était amélioré, un trois pièces dans une ville friquée, et ils finissaient même par se dire qu'ils vivaient un peu hors de France en prenant certaines rues, comme celle de la République, où tout au bout d'un boyau néo-haussmannien, les tours de la Défense surgissaient dans la perspective des passants et des conducteurs, abolissant les distances, rendant proche de par leurs masses ce qui était lointain. C'était un écho très faible venu du fin fond des villes aimées d'Asie du Sud-Est que la famille avaient visitées, ce chaos dans les airs, ce nez à nez avec des hauteurs divergeantes, et « Harun » y trouvait une nostalgie délibérée pour le Siam.

C'était autrefois et ça sortait du placard, toutes ces impressions-là, ce jour-là, à Pattaya.

***

Il choisit une chemise cintrée blanche, un pantalon de toile beige et une paire de mocassins marron et descendit à son scooter.

***

Tout Paris était loin de lui, toute la France des impasses et celle, personnelle, incarnée en lui, des délires initiaux, des échecs, son malaise où il se détruisait. Une France préfabriquée, fausse, qu'elle n'était pas. À Pattaya, parmi les putes et les autres punters, il avait fini par accepter son identité d'émigré, et n'ayant plus le choix, désigné par les autorités de son nouveau pays comme un Français, il l'était devenu totalement, français de l'extérieur, seulement capable d'aimer sa nation de naissance loin d'elle, car étouffant dans sa matrice hexagonale, sentant une erreur quelque part, le pourrissement, ne pouvant être français qu'en dehors de celle-ci.

***

Il avait retrouvé l'humilité, le sacerdoce. Il travaillait et pensait, créait sans opposition ou presque. Ses dessins au mur élevaient une structure précise de maisons suspendues comme à Baby-lone on faisait des jardins, mais sur un grand nombre de niveaux vers les hauteurs, et bâtisse après bâtisse, chacune décalée pour former des reliefs, comme un Tetris raté ou un Rubik's Cube cassé, on escaladait jusqu'à trois cents, parfois quatre cents mètres pour dominer tout Pattaya dans une débauche de plantes, d'arbres, de volumes, de plans d'eau, de coursives et d'ascenseurs. Car il situait son projet là, au bord de cette mer-là.

Avec le temps, comme une érosion, le projet se dégradait néanmoins, suivait la chute des quatre âges, c'était facile à faire, et il jouissait de la perte, puisque tout était pris dans le Kalachakra, c'était justifié par des millénaires de pratiques, la perte, la déchéance et la renaissance, l'important était la prise de plaisir. Dans les meilleurs moments, il se sentait cohérent avec ses choix, il vivait l'adab, ne provoquant plus, ne parlant presque plus de ces choses sauf en lui-même, et sans initiation réelle, de par la concentration et les lectures, il pensait avoir atteint un degré de connaissance, et il justifiait l'irrégularité de la Voie par celle de son temps, être régulier dans ce siècle, c'était être perdu pour la vraie foi qui s'était cachée, enfouie, inchangée dans les cœurs des êtres mais trompée en surface par la religion, cette invention satanique, et attendant de rejaillir dans le prochain Krita Yuga, le nouvel Âge d'or. C'est cohérent disait « Harun » conduisant heureux dans les soï matinales de Pattaya. Tout est corrompu et il y a plus de vérité en soi-même, plus d'impersonnalité, de présence du Tout en soi que dans les vies communautaires. Et la transmission d'un être visible à un autre est rompue, c'est pour ça que tous les enseignements ne valent rien, sacrés ou profanes, dans une loge fermée ou dans une université, c'est le même mensonge qui se poursuit, la même impasse, et il riait en se disant ça tandis que les bas d'immeubles fuyaient dans sa visière de casque et que les passantes se faisaient fugitives et prisonnières de leurs reflets avant de disparaître.

À l'agence, il fit défiler tous les profils de ses clients dont il tirait plus qu'il ne fallait des anecdotes, il remontait les généalogies de leurs désirs d'ailleurs, il créait une palette de nuances sur le sentiment de diaspora, ils étaient de plus en plus nombreux et ça devenait intéressant, cette fuite, cette « France qu'on quitte » comme il disait, son autre leitmotiv avec « Grand Orient Très Spécial », puis il se rendait sur les forums de voyages et d'expatriation, les sérieux, ceux qui, officiellement, ne parlaient pas de tapins, mais souvent, on y retrouvait sous d'autres pseudos les mêmes qui sévissaient sur les sites de punters. Car c'était une manière de vivre, payer n'était qu'une façade, une fois dedans, c'était les mariages, les réimplantations dans des campagnes auprès de belles-familles prédatrices, et le chemin douloureux du bonheur, jusqu'au suicide radieux, aux infections salvatrices.

> **voyagevoyage.com** > **Rubrique : Thaïlande** > **Intitulé : Se finir au Siam, un conte à rebours** > **Auteur : Heil2guerre**

Se finir au Siam, un conte à rebours#1

Salut.
Heil2guerre, 48 ans, prof de philo en région parisienne, banlieue ouest, niçois d'origine. Ça, c'est pour l'état civil et préciser le cadre de ma demande. C'est d'ailleurs moins une demande qu'une attente. Mon dernier parent, ma mère, vient de mourir, et j'hérite, disons d'une certaine somme. J'ai accumulé, aussi, un petit pactole, après plus de vingt ans de fonction publique (au rabais, je vous rassure, mais j'ai toujours été sobre, jusqu'à une date récente, ma luxure est de date récente). Bref de cet argent accumulé, important mais pas outrecuidant, je souhaite

en profiter maintenant. J'ai découvert la Thaïlande il y a cinq ans, et ce fut – ça l'est toujours – un bouleversement. Mes critères moraux ont été abattus. Mes certitudes détruites. Mon corps atteint. Mon couple cassé : j'ai divorcé, perdu la garde de mes deux enfants, et j'en ai ressenti une grande liberté et une grande tristesse de ressentir cette liberté. Un voile a été jeté sur mes choix passés, puisque j'étais incapable de me battre pour en conserver le fruit. J'aime mes enfants, mais j'aime encore plus ce pays. N'est-ce pas absurde, d'en arriver là ? Je suis tombé amoureux, aussi, d'une thaïlandaise. J'ai cru, sincèrement, au bonheur avec elle, et d'une façon totale, je l'ai vécu, quelques temps, comme jamais, de toute ma vie. Elle était l'esthétique incarnée. Et ça aussi je l'ai perdu. J'ai cru que c'était impossible de vivre des douleurs pareilles. Et pourtant, elles me sont arrivées. J'ai pensé la Thaïlande interdite après mon échec avec elle. J'avais été jugé indigne de la seule terre où la poésie de mon existence, ses rythmes, avait trouvé à se planter. Et je me suis planté, dans un autre sens que celui agricole. Mais le temps à une ontologie plus subtile que la mécanique de la souffrance et de l'oubli. En lui, le temps, la chair trahie assume ses responsabilités et se guérit comme au fleuve de longévité. Désormais, tout va bien, je vais bien, ma décision est prise. Je quitte tout et m'installe là-bas, jusqu'à la fin de l'argent. Je n'y ferai rien, ne chercherai pas à subvenir à mes besoins.

L'argent terminé, je me tuerai.

Au début, j'ai tenté de mettre en œuvre un programme. Convertir ma somme en nombre de jours. De combien avais-je besoin pour vivre à l'aise mes débauches au quotidien ? De cette mesure serait né un calendrier précis. Mais j'ai jugé que c'était trop éloigné de ma liberté recherchée. Cela m'obligeait à compter, à ne pas dépasser. Sera dépensé ce qui doit l'être, sans souci. Voici donc mon projet, en quelques lignes rapides. Je me propose aussi d'en faire le récit sous forme de journal, j'écrirai le *lendemain sur la veille, jusqu'au dernier, qui seras tu, puisqu'à cause du système emprunté, je serai mort, le jour d'écrire sur le jour de ma mort.*

En attendant, je vous propose de réagir, commenter. Avez-vous déjà envisagé ce type de fin ? Avez-vous déjà croisé des individus dans mon cas ? Il me semble qu'ils existent, car j'en ai connu, des farangs en chute libre, qui se finissaient, mais sans le formuler vraiment, comme un balbutiement, comme un mensonge à soi-même aussi, ou bien mimaient-ils l'ignorance pour mieux savoir, en secret, aller au bout du gâchis, passer pour un con volontairement ? Cette fin prévue vous parle-t-elle ? Qu'en pensez-vous ?

Scène 13

*Burlesque et embourgeoisée dans un bar
de Varna, l'avernale Vernis, telle une
avare batave, hyperboréale et hybride,
aborda barbue un bourbon berbère râblé,
absorbant de l'imberbe – par un tour de
bilboqueutarde – les bulles vertes de sa
barbare braguette.*

Reinaldo ARENAS – *La Couleur de l'été*

13.1 L'ascenseur descend en apnée dans les profondeurs du *Hilton*. À l'ouverture, le hall immense
apparaît, son plafond en relief, formant des vagues de
feuilles verticales crémeuses, traversant toute la surface, entre les plis desquels se cachent des lumières
jaune safran qui tamisent l'ensemble. Au sol, des canapés ovoïdes, des coussins ovoïdes et des tables basses
épaisses et carrées simulent des archipels. Malgré les
dimensions, l'impression d'enfermement ou de bulle
est réelle, aucune vue sur l'extérieur, la baie, les soï
adjacentes. Il faut encore prendre un nouvel ascenseur pour arriver au lobby de l'hôtel, sur rue, presque
caché, presque fondu dans la façade qui file sur l'un

des côtés de l'énorme *Central Festival*, avant de disparaître et de laisser place à la bordure des portes techniques à hublots, celles des livraisons, bientôt suivies des rampes de sortie et d'entrée des parkings.

13.2 Trente-quatre étages et quelques instants plus haut, j'étais au bar du toit, le *New Horizon*, à siroter, et tenter de croire mon interlocuteur, mister « Vladimir », un homme de taille moyenne, les cheveux blonds, avec sa tête de Caucasien mongoloïde, un Rahan à cheveux beaucoup plus courts mais pas rasés, et totalement sec, des muscles secs sur les os, comme bouffés par l'alcool. « Vladimir », je l'ai connu sur Walking Street une nuit, tout au bout vers Bali Haï Pier, dans ce restau-bar-discothèque russe imprononçable, le « P » quelque chose, et qui a un orchestre live, un endroit célèbre ici, ouvert, sans mur, comme partout, on y fume des chichas, on y danse, on y chante avec une bonne volonté, une innocence presque, qui satisfait tous les clichés du Russe fêtard, pas de regards en biais sur la manière de bouger, ce lieu c'est juste l'éclate loin du froid, et des passants s'accoudent souvent aux bordures, pour voir. J'étais là car un couple m'avait invité, deux jeunes un peu en dehors de leur communauté, ils étaient venus à l'agence, ils voulaient visiter autre chose que les produits des brochures quadri déployées par les intermédiaires de leur pays, les pressant de prendre crédit auprès d'une banque affiliée pour profiter avant qu'il ne soit trop tard de cet eldorado ensoleillé. On avait difficilement parlé, eux ne maîtrisant pas beaucoup l'anglais, et on avait beaucoup ri par compensation, comme je venais de Paris ils avaient immédiatement sorti le tapis rouge des complicités soudaines, cette ville ayant décidément toujours des carats de rêve à offrir. Ils avaient un peu d'argent, ils étaient sur la piste ascendante, ils voulaient un pied-à-terre ici et ils étaient très nouvelle vague, c'est-à-dire encore une fois ces générations de l'ère du soupçon, soucieuses de comparer, vérifier, peser, qui succédaient aux anciennes, celles sorties du communisme ou ayant de vagues stigmates du communisme, et qui dépensaient à tout-va et seulement dans le giron du réseau national, des Russes hyper-russes encagés dans les projets d'oligarques d'un immobilier fou.

Décor n° 5 : C'est un lotissement, qui, à première vue, ressemble aux successions génériques de maisons habituelles, avec les mêmes toitures à pentes, les mêmes inclinaisons, les seules différences, de bâtisse en bâtisse, étant le nombre de pans adoptés, très nombreux, et leurs axes, également très nombreux, renforcés de lucarnes, donnant à l'ensemble, depuis les niveaux supérieurs, l'allure des facettes d'un diamant éteint, écrasé sur terre, météorite d'ardoise, béton et eau (piscine), première indication qu'il s'agit d'un peu plus qu'une simple banlieue construite en place d'une rizière ou d'un bout de jungle pelée, et qui possède un périphérique, une rue circulaire ceinturant tout l'ensemble et percée de quatre axes d'accès, formant ainsi une croix solaire avec un rond-point pour centre, lui-même divisé en cerceaux concentriques, d'abord la voie routière, puis la voie cyclable, puis la voie pédestre, chacune séparée d'une bande de pelouse, la dernière voie, la pédestre, coupée de quatre ouvertures symétriques, entrées ou sorties de deux chemins perpendiculaires séparant en quarts de cercle un minijardin central d'allure labyrinthe, avec au point d'intersection, une petite fontaine à son tour divisée en petites roches, petites cascades, petites coulures, reproduction miniature du rond-point, lui-même reproduction miniature de la structure globale de l'endroit, qui, vue du ciel, ou des condominiums alentour, est un vaste mandala aux ruelles en équerres multiples et croisées, aux maisons comme des blocs de compositions méditées, chaque habitant devenu le récitant malgré lui d'un mantra qui lui échappe mais qui le bénira, c'est certain, et son promoteur également, grâce au fric récolté par des années de crédit.

13.3 C'est donc là, dans ce lieu russe de Walking Street, que j'ai connu « Vladimir ». Il était juste à côté, entre deux types comme des gardes du corps et trois jeunes femmes comme des escorts, et je parlais vaguement condominium avec le couple et je dessinais pour me faire comprendre, et il était intervenu, d'abord en russe avec eux, puis en anglais avec moi, un peu rude, pas saoul mais rude, totalement relâché, sans gêne, pas pour aider j'ai pensé d'abord, mais pour s'imposer, alors qu'en fait non, c'était sa manière à lui de rendre service, il s'ennuyait surtout. Why do they want make a visit with you ?, avait-il lâché, il riait mais le reste de son visage était fixe, les yeux, les sourcils étaient fixes. You are francuzsky, french, right ? a new French, an Arab. Ça le faisait rire, il guettait assez peu ma réaction, il n'avait rien à craindre, il était sûr d'être dans son droit partout sur la planète, le droit du fric. Le couple a fini par partir et je suis resté avec « Vladimir » et les sbires et les filles, il m'a rincé avec leur saleté d'alcool, voir que je buvais ne le surprenait pas, et on regardait la piste, il y avait un vieux type minuscule faisant des gestes de chef d'orchestre tout en remuant des hanches, on le croise souvent ici, c'est une attraction droguée, il a manifestement pris un coup sur la tête. Ils sont nombreux, les vieux comme ça, notamment un autre, moustachu et cheveux gras aux épaules, en jean court ras des fesses et bottes de cowboy avec un chapeau, camé aussi, toujours sur Walking Street, et qui grime des danses disco devant les bars musique à fond.

13.4 Il m'a pris en sympathie tout de suite « Vladimir », je crois pouvoir le dire maintenant, il est très seul ce mec, très isolé. On s'est revus plusieurs fois, au début il monologuait, parlant de lui, de ses projets, il est promoteur, il construit en Russie et en Asie et puis un jour, il m'a demandé des nouvelles de moi et je suis parti à lui déballer mon histoire, je devais me sentir seul aussi, mais surtout j'avais une poussée d'angoisse, un symptôme de vieillissement déjà, l'envie d'être crédible à ses propres yeux, et tous ces dessins, tout ce Grand Orient Très Spécial, dans ces instants de peur, j'y croyais sans y croire vraiment, j'avais conscience du bric-à-brac qu'ils constituaient, je jouais raide sur la corde de références prises au sérieux par des dynasties entières de créateurs et de penseurs et moi, du fin fond de nulle part, je somatisais ça dans une grande forme à peine vraisemblable punaisée dans ma piaule et voilà où j'en étais quand

« Vladimir » s'est pointé, avec ses invitations ici et là à dîner, boire, manger, et aller dans des lieux russes avec des filles russes, qui avaient toutes cette pâleur héroïnomane de sorte que leur blancheur était double, elles étaient moins blanches que plâtre. Officiellement, elles étaient en vacances ou étudiantes à l'année, en vrai elles étaient aux mains des réseaux, certaines venues d'Asie centrale hyper-jeunes, quatorze ou quinze ans. D'autres avaient évolué dans la hiérarchie, elles étaient les régulières régularisées, ne se droguaient pas ou peu, suintaient de marques et d'exigences comme des secondes épouses. Pattaya a toujours été la ville des porte-flingues des mafias du monde, ici les affranchis coulent doucement des jours de paix, blanchissent dans l'immobilier leur fric, certains dans des bars, tous en cheville avec la police et l'armée.

13.5 Chaleur, moiteur, lenteur, peu importe, mer chaude, pisseuse émeraude, peu importe, palmiers, palétuviers, bambous, filles dorées, peu importe si c'est ça qui est la cause, mais les plus durs comme les plus mous finissent dans la démission d'eux-mêmes, oublient les raisons de partir, comme si toute volonté réelle était corrodée par un sentiment de sable qui fuit comme la plage de Beach Road en recul, mètre à mètre. « Vladimir » était donc devenu poreux, jamais il ne m'aurait calculé ailleurs qu'à Pattaya, mais là, oui, il avait ouvert un filet de porte, une embrasure.

J'ai tout déballé, mes études d'architecture, mon projet global, les circonstances pécuniaires qui m'ont fait dévier en attendant de retomber sur mes quilles, ma spiritualité de métèque, mon islam réinterprété à la sauce bouddhique, mon bouddhislamisme comme j'ai dit. « Vladimir » a écouté, il m'a raconté de vieilles histoires d'Afghanistan où des soldats s'étaient convertis, il y avait même des films là-dessus, et aussi des racontars de batailles avec la cavalerie tatare, d'aïeux cimmériens, il était sympathique comme un maître avec un chien mais il était sympathique, et puis il m'a simplement dit de lui montrer quelque chose.

13.6 Au *New Horizon*, j'ai donc déroulé mes cro-bars. Tous montraient sous différents angles le projet, qui ressemblait à un arbre géant technicisé, touffu, le tronc rendu hypothétique par la masse des branches latérales et des jardins aux plantes pendantes comme des linges. Certes, il restait beaucoup à faire concernant les impératifs fonctionnels, qui devaient être aussi vivants qu'une sève. Mais j'avais travaillé le concept en premier, comme un uppercut envoyé direct à la face du champion-promoteur pour faire tache dans son cerveau. « Vladimir » a regardé, il a changé très vite, il est devenu brusquement précis dans ses demandes, car, truc fou, il paraissait intéressé, ouvertement inté-ressé. Était-ce les semaines de bonne compagnie ou pas, il était mordu. Outre le concept, le fait d'ache-ter une vraie maison à vie lui semblait un début de com extra dans le contexte siamois. Il m'a demandé si j'avais parlé de ça à quelqu'un, j'ai dit que j'avais breveté le tout en France, ce qui n'était pas vrai, et n'avait aucune importance pour lui, il parlait seule-ment fric, promoteur, autres types de son gabarit. Quelqu'un savait-il ? Il a prononcé comme au cinéma, genre une révélation faite par un des protagonistes à un autre qui est justement impliqué et mis en danger par celle-ci, mais le premier n'en sait rien. Non, il était le seul pour l'instant et j'ai senti un frôlement bizarre au moment de dire non, comme un djinn se foutant de ma tronche. Ils sont nombreux ici, les Thaïlandais en voient partout, des créatures de ténèbres et de peur. On les appelle Pii, le i traîne derrière le P. Des fantômes, des esprits, des goules. Des grands maigres de plusieurs mètres, les côtes apparentes avec des mains et des pieds énormes, ou bien des têtes de femmes volantes et des viscères à l'air, dessous. Là, c'était juste un coup de vent, une venette de Casper, pas plus. J'ai compris l'alarme, dire non c'était dire oui à l'envers, aucune prudence, mes seufs bien prises au bon vouloir de « Vlad », il allait me la mettre, j'en étais certain d'un coup, me prendre l'idée, le concept, je n'étais rien pour ce type qu'un cerveau sans cervelle, un coup de patte, une brève intuition dépourvue de sens pratique.

13.7 Depuis le *New Horizon*, on voyait les côtes thaïlandaises illuminées vers le nord, au-delà de Naklua, par les raffineries de Chonburi, et vers le sud, par les tours de Jomtien. La plupart des tables étaient orientées vers Walking Street et le laser vert de l'*Insomnia* restait fixe un instant, puis clignotait en rotation rapide, avant de se fixer à nouveau. On pouvait distinguer l'imbrication des artères principales gorgées de lumières avec les soï perpendiculaires tout aussi éclairées, puis des soï avec les lacis de ruelles, de cours et d'arrière-cours, de passages comme des couloirs absolument livides, et on pouvait aussi constater les différentes hauteurs des constructions, les très hautes et les très basses, trouvant leur harmonie au hasard des traits que l'œil finissait par tracer sur tous ces points de fuite et de séduction, et on remarquait la diversité des plans enchâssés, des trapèzes et des losanges verticaux coupant des rectangles couchés, certains reflétant à leur surface des luminaires brouillés, et c'étaient les milliers de piscines au sol ou en étages qui miroitaient, et d'autres complètement sombres, des toits encore vides d'une activité qui, sous peu, ne manquerait pas de naître, le bord de mer étant saturé très loin dans les terres, et le moindre mètre carré, surtout à ces distances aériennes, devenues infiniment séduisantes, et il y avait les degrés faits par les balcons et les terrasses, et pas mal d'autres choses, c'était l'axonométrie des jeux de stratégies adaptées à Pattaya. On pouvait très bien ne jamais finir d'observer, s'enfermer dans son verre et ses yeux, ce lieu était fait pour ça, et aussi entendre l'énorme rumeur du bas monter jusqu'à nos tables, nos fauteuils, dans la brise, le calme plus frais des hauteurs, le tout ventilé par une haleine de fille de bar débitant au kilomètre un hello sexy maaan traînant, un you forget meee traînant, venus des profondeurs, ou un couplet de band thaï, ou un set de hip hop saisi au vol.

13.8 À notre table, il y avait du vin français payé par « Vlad », et des encas thaïs payés par « Vlad », et je piquais dans le verre et l'assiette, comme dans le dû d'un mécène. Ma parano fonctionnait plein jus, j'étais vide, sans réplique, à peine un orgueil de poissard qui reste agile, s'étale sur les canapés, prend aise et pose, et « Vlad » avait repris son monologue d'il y a quelques jours, il était tranquille lui, les événements coulaient de source depuis ses veines jusqu'à ses sbires, exécuteurs de ses dires, et tout, la moindre action, revenait vers lui pour l'enrichir encore et encore, c'est l'image qu'il donnait, assis sur sa fortune, sa vie, une accumulation prodigieuse de succès, un destin de nabab. Une guerre entre nous bonhomme, et un art de retard pour moi. Le créateur tout petit et rapetissant face au producteur. Je me suis arrêté net, j'ai tenté d'atterrir en catastrophe dans la réalité, ne pas jouer un 11 Septembre de honte et de misère sur mon œuvre grande hauteur, torpiller ma tour depuis mon vol d'Icare, et je me suis réfugié dans Pattaya qui s'étalait autour de nous. Yellow magic city, a dit « Vlad », et il a simplement précisé qu'on devait se revoir vite avec des spécialistes de son écurie, et qu'on étudierait ensemble la faisabilité du projet, le type de terrain nécessaire, et aussi ma place dans cet organigramme. Tout semblait clair, aussi transparent que puissent l'être les affaires dans cette ville.

13.9 Là-bas, dans la chambre, sur le mur, le grand dessin s'est transformé, ses traits devenus méconnaissables, évasés, boursouflés, décrivant en coups secs et longues traînées une structure organique parcourue de veines affleurantes et nouées, tantôt filaments à peine visibles, amassés l'un dans l'autre comme des asticots grouillants, tantôt grosses artères épanouies en branches et ventricules amassés, simulacres des voies de circulation (ascenseurs, échelles, escaliers rayonnants ou droits, colimaçons simples ou doubles), des tuyauteries fines ou épaisses des eaux potables ou usées, des colonnes d'air et des conduits électriques filaires, traversant une multitude de niveaux comme les disques enchâssés d'un tronc vertébré ou d'une pile d'assiettes désaxées, chacun décalé de l'autre pour donner, réunis, un cylindre torturé, très froissé, de circonférence cabossée, où des ruches, des nids, des trous s'incrustent partout, certains en lisières, à la limite de basculer dans les airs, d'autres enfoncés, à l'abri, enfouis dans le treillage des reliefs, ce sont les maisons de stature troglodyte, aux ouvertures visibles, béantes et sombres, aux façades confondues dans la masse d'où elles saillent, séparées, masquées par des floraisons qui, de loin, ressemblent à des prêles géantes, des fougères, des palmiers aux feuilles pennées, comme des typographies mélangées, des blocs surchargés mais encore agencés, désordonnés mais encastrés, correspondant aux unités d'habitation, aux jardins forestiers surplantés, aux piscines devenues cascades passant d'un étage à l'autre, rendant impossible un entretien complet, laissant au temps, c'est-à-dire la Nature, le soin de réguler cette part d'elle-même bâtie par des hommes, ce condominium résultant de villas mutantes posées l'une après l'autre et contre l'autre, dans une surenchère cellulaire à la mesure des tropiques et du pays, le Siam, chaque parcelle pénétrée de sa voisine, comme un mot appelle un autre, pour épuiser, liquider le possible, tandis que dans cette masse entrelacée, fouillée, cousue en plusieurs épaisseurs maillées laissant voir la pellicule du dessous, tout peut se lire, n'importe quel symbole ou n'importe quelle anecdote, dans une saturation du sens complètement dépassé.

13.10 À la sortie du *Hilton*, je reste un instant sur Beach Road. La nouvelle Beach Road et ses nouveaux pavés rouges, verts ou bleus, et ses nouveaux arbres, palmiers, palétuviers, et ses putes et clients, les mêmes, simplement c'est plus difficile de s'asseoir, de stagner, les autorités locales ont supprimé les bancs. Des mois sans fréquenter cette partie de la ville et Walking Street. Il faudra s'y remettre. La perspective d'un gros contrat d'ailleurs m'y oblige presque, la « vente » d'un gogo. Il n'y a pas de vente évidemment, juste un passage de témoin entre deux pigeons, simple couple dans une escadre de volatiles formant la manne des contes & légendes de Pattaya. Ouvrir son bar, il y en que ça excite encore. J'ignore combien de temps, avec toutes les informations connues sur les déboires, les arnaques, les quenelles, toute cette folie pourra durer. Et si moi j'ouvrais le mien, en guise de capitulation, en suicide lent mais certain ? Je n'ai pas les moyens, tout simplement. Au loin, ça peut paraître des problèmes de nain, ouvrir une affaire, mais il faut connaître les récits du retour, aussi tristes, aussi pires qu'une traversée de la Méditerranée vers Lampedusa. Il n'y a pas de passeurs, sauf soi-même. Il n'y a pas de coupables, sauf soi-même. L'argent est pris légalement. C'est légalement ici qu'on trucide. Là, tous ces bars. Ils marchent ils ont l'air. Ceux du bord de mer. Allons voir un peu les noces précaires.

13.11 Foutre en levrette sous des paillotes tandis que les autres sous la neige moralisent et s'englacent, ça c'est la dialectique level One du Grand Orient Très Spécial, ça c'est la musique des terres en réponse à celles, limitées, des sphères. Entre le *Central* et la Soï 7, il y a quelques dizaines de mètres et des bars.

De longs comptoirs parallèles à la route. On longe les jambes des tapins qui rabattent. Se faire un maximum de fric sans se lever, c'est l'alexandrin de leur drame ou de leur comédie, peu importe, c'est le credo number one à ne jamais oublier, et j'ai adoré payer ces filles-là. Je suis passé à d'autres lieux et d'autres filles mais je suis ému, toujours, en passant devant ces rangées de bons et moins souvenirs intenses, les seules bouffées d'existence quand autrefois, j'alternais l'Asie du Sud-Est et la France.

13.12 Il n'y a pas de meilleure façon au monde de dépenser son argent que d'aller dans un pays chaud le donner à des filles. Pas de meilleure manière, aucune qui se rapproche de l'émerveillement de laisser un billet sous un sac vers midi, après un dernier coup. Et ce contact, putain, ce branchement, ce courant alternatif à tout de serrer la main à une pute en lui laissant un billet, cette décharge qu'on se prend, cette caresse à trois, un papier entre deux peaux, c'est bon pour le moral.

13.13 Je m'arrête au *Happiness Bar*, Soï 7, une des filles fête son anniversaire, et son sponsor et fiancé régale le lieu en boisson et barbecue. Je reste dehors, les sourires me glissent dessus. J'ai l'humeur trav cette nuit. Un beau ladyboy, non coupée, grande, mannequin. Il y en a quelques-unes ici, belles. Mais je cherche ailleurs, je retrouve les sensations d'autrefois, celles où je retardais mon choix, travaillant à pousser le plus loin possible la quête, le plus tard, jusqu'au matin. Je retourne au parking du *Central Festival* en traversant toute la Soï 7. Une succession de toitures empagodées, ailées d'inclinaisons, plumées de tuiles, ou simplement toitures-terrasses posées sur des colonnes plantées sur des dalles de béton grandes comme des places qui communiquent, toute la rue en plan libre ou presque d'un bout à l'autre, avec de brefs dénivelés, quelques marches pour former un relief où monter et descendre entre deux séquences de temps assis aux comptoirs échelonnés des deux côtés de la rue, au milieu de billards et de tables basses. Néons et bougies se disputent l'éclairage. La chaleur noie tout dans un flou humide, une ambiance aqueuse. L'air vulvaire avant les vulves. Ce sont des promenades vaporeuses, un sauna gratuit, le luxe climatique. Je me mets à y croire. « Vladimir » dit vrai, il me veut, il ne veut pas me la mettre. Au parking du *Central*, je prends ma bécane et remonte vers le *Pook*, Soï Buakhao, me faire enculer.

13.14 Il faut vingt minutes au moins. Je trace parallèle à Pattaya Klang en cherchant à éviter les flics des croisements. Tout est fête, je pourrais m'arrêter cent fois dans cent bars. Le *Pook* est blindé, une vingtaine de ladyboys dansent, stagnent, clignent des yeux, déhanchent, et se font des films dans leurs miroirs de poches, avec mille fois, la main dans les cheveux, qui brosse. Un groupe de types est là, même tee-shirt, et ils s'amusent, enchaînent avec les lb des séances de bras de fer. Le combat débute et les lb autour viennent mettre la main aux couilles du combattant farang. Une dénommée Queenie s'assoit sur mes genoux. Fine, avec des fesses larges et des seins encore petits, hormonés seulement, et un visage de transfuge, rien de masculin mais pas complètement femme non plus, un visage de chirurgie. J'emprunte en short time, mille bahts, j'assure que ce sera court, très court. La négo finie, on prend un verre et parle de tout, des manifestations à Bangkok pour un énième projet de retour de Thaksin, un ex-leader exilé, renversé en 2006, on parle des stars ladyboys du petit et grand écran et de l'arrivée des tomboys. Elle même a un petit ami tomboy, mais c'est quoi ce bordel chez les lb de se taper des mecs à vagin ? Je rigole en lui disant qu'elle n'est pas katoey complètement et elle le prend presque mal. J'éteins l'embrouille direct en lui disant qu'on y va et qu'elle se bouge.

13.15 Il y a un hôtel à trois cents bahts à trente mètres. On monte dans une chambre propre, deux serviettes roulées sur le lit, la douche adjacente. Elle se déshabille, timide, ne sait pas si elle doit montrer sa queue ou la cacher. Muet, j'approche, l'embrasse dans le cou puis la bouche. Les lb ne sucent pas mieux que les femmes mais ils embrassent souvent parfaitement et profond. Des baisers longs, incroyablement amoureux. Elle sent la menthe. Les newbies s'imaginent qu'en serrant un lb, ses odeurs sont masculines, mais les doses d'hormones ont depuis longtemps modifié son métabolisme. La plupart transpirent la femme et le médicament. On reste un long moment à se manger la bouche et je presse ses seins, son cul, je déballe chaque centimètre de sa peau, elle frissonne, et là, j'avoue ne pas savoir si elle se protège d'un vrai frisson en simulant, si elle ne simule pas, ou si elle est dégoûtée de mes pattes sur son velours. Je poursuis méticuleux et je félicite sa salope de douceur, ce granulé si fou chez un garçon d'origine. Sa queue, elle, ne trompe pas, elle bande déjà, mais elle trompe sans doute quand même, car aidée de Kamagra, elle gonfle, mécaniquement. Je lui tape le cul et la pousse à la douche. On se savonne en duo, elle me nettoie nickel, et passe sa langue dans mon cul, puis remonte aux couilles et me pompe un jet d'eau sur la gueule. Elle est de plus en plus dans le trip et je sens que je vais la démonter, elle est à l'aise car je suis à l'aise avec sa queue et sa féminité. Do you want pee in my mouth ? Tout à l'heure sans problème, si je ne suis pas de mauvaise humeur. On sort et on se pagne de serviettes quelques secondes avant de flirter encore, debout devant le lit, et de s'y mettre. Assise, elle me suce à genoux en cambrant son cul à mort et en se branlant. Puis elle remonte, pose sa queue contre la mienne, en fait le tour avec ses deux mains et nous masturbe. Je bouffe ses seins de jeune fille, pas gros, mais d'aréoles bien développées, une vraie gamine idéale offerte aux langues, et je tète sa sensibilité, elle creuse le torse, avance à nouveau, électrisée aux pointes que je pompe comme un nourrisson. Tout ça me monte dans le cerveau, il n'y a plus rien qui compte sauf ça, et j'ai vaguement la satisfaction de me dire que ce sera comme ça jusqu'à la mort, ces instants-là. Je passe à son cul. En levrette, elle attend passive et bouche ouverte, mon inspection très précise. Le moindre pli de sa raie est léché, j'écarte à mort, je rabats et serre, rouvre encore. Je joue de ses fesses en MC, elles sont mes platines, je scratche son anus. Il est gros son cul et son trou est lisse, à peine une pointe timide de vieille hémorroïde dégonflée. Ça lui fait un microclito. C'est un cul de fille plus fille qu'aucune fille et elle est montée comme un mec. Ses couilles pendent. Je les serre sans presser, les femmes ne savent pas faire ça bien, les connes. Et je lèche doucement, les prend doucement dans la bouche, n'aspire pas beaucoup, juste assez pour une pression sanguine adaptée. Salope, je me sens chienne. Pute à ma bouche. Je remonte au gland et je pompe. Je me traite de pédé, de fiotte, je m'admire et je me hais, « Harun » le fier. Non, sérieux, je fais le job de mon désir et je n'ai pas d'états d'âme particuliers sauf la joie d'être à Pattaya. Je prends ses fesses en guidon et j'encule, après l'avoir nappée au KY. Ça glisse sans peine, des années de queues dans son vagin de lb. J'y vais vite, j'appuie ses épaules pour aller loin, elle encaisse en laissant passer des cris d'adulte qui mue. Toujours le même bruit zarbi, le même étrange son d'amalgames, comme des mots dans une phrase prise en délit de puberté. Je vais gicler, or je veux m'en prendre. Je sors et lui dis à son tour de me mettre. Elle est surprise, un peu mal à l'aise. Ah non, pas maintenant, pas un mauvais plan ! Elle s'y met quand même, m'enduit de KY, et passe derrière moi. J'attends. Je sens ses mains sur mes fesses, elle écarte et presse et son gland flirte avec l'anus. Elle débute son entrée et débute ma douleur, j'ai un moment de recul qu'elle ne rattrape pas, je reviens de moi-même et dirige l'arrimage, j'appuie, me branle pour faire passer sa queue, je ressens une brûlure intense, comme une peau qu'on arrache, un étouffement aussi, puis d'un coup le plaisir. Mais pas longtemps, elle débande. Je tente de serrer le début de son manche en anneau avec ma main, elle reprend un peu de volume, s'excite et crache n'importe comment, trop vite, sa bite tordue en tuyau mal irriguée. Ce con a joui en demi-molle. C'est un minable et un salaud, comme les autres. Je ressens la haine d'être une femme mal baisée par un sale naze de mec qui n'assure même pas le pouvoir que je lui laisse, et je reprends mes prérogatives de mâle, et lui fais payer ma féminité salie. Je lui saisis les cheveux brutalement, elle crie un peu mais reste docile, elle sait qu'elle a été nulle et que c'est moi qui paie, j'ai envie de lui éclater la gueule à cette fiotte et je lui pourris la bouche en allant de droite à gauche faire des boules sur ses joues comme on voyait sur les économiseurs d'écran d'autrefois. Je brutalise ses vertèbres de lopette. Quelle pauvre tache, cette pauvre conne. Je jouis de mauvaise humeur dans sa bouche, une main sur son crâne, une autre sous son menton de manière à bien lui fermer sa gueule. Elle fait une grimace en avalant, elle est prise de toux quand je quitte sa face. Je suis calme maintenant, on retourne ensemble à la douche, on se lave encore et on file chacun de son côté avec un waï. À peine, je me retourne pour constater, de l'œil et du coin, le love hotel de classe moyenne, ni bouge ni rien, un endroit propre, tout juste.

Décor n° 6 : Ce sera un lieu de passe tout en béton à l'extérieur, et en miroirs, tons chauds et coussins à l'intérieur, brutaliste de peau et doux d'organes, tapissé, lambrissé, coloré, le contraste sera l'outil de l'architecte tout au long de l'aménagement, quand passé la coque grise et cirée, on découvrira un patio très haut et un lobby très long avec une table de bois au plateau éclairé safran par-dessous, les murs parfois lattés de teck, le béton plus noir et brillant strié de colonnes encastrées au sommet desquelles des luminaires taperont au plafond taffeté comme une robe de mariée, fouetté de replis comme des canyons. Les chambres, elles, seront toutes miroitées, vitrées, teinturées de gris bleutés, de marrons jaunis, une baignoire apparente au sol en guise d'île, un lit sur des tatamis, ce sera de très mauvais goût mais minimaliste, non pas la surcharge habituelle du vulgaire mais une plus inédite, aérée, et cependant factice.

13.16 Près de la Sukhumvit, dans une ruelle pelée, poussiéreuse, tout entière rendue aux chantiers qui, çà et là, deviendront des bâtiments nouveaux de mode ancienne, à la chinoise, le rez-de-chaussée dédié aux activités, avec l'atelier au fond et le magasin en façade, où, entre les outils et les machines, la présence d'un mobilier, téléviseurs, linges en corbeille, tas de vaisselle, matelas roulés, ventilateurs et plantes innombrables, donnera des lieux l'impression d'être en plus des habitations, au-dessus desquelles deux, trois ou quatre étages laisseront filer leurs balcons grillagés, je m'arrête à hauteur d'un stand improvisé chaque soir, quelques tables, des bougies, des gobelets de cuillères, baguettes, et plusieurs marmites de différentes soupes ou currys siamois. Je commande un *tom kha kaï*, soupe citronnelle au poulet et coco, et bras croisés, voûté, je laisse monter le calme relatif autour, il est deux heures du matin, et sauf la chaleur, les mauvaises herbes, quelques clientes, un chien galeux, et par intermittence, le bruit de scie sauteuse d'une mobylette, il n'y a rien, le néant.

Intermède 13-14

À l'époque de Paris, expliquait « Harun » à « Vladimir », il
fréquentait des restaurants thaïlandais comme on laisse buller
un souvenir jusqu'à éclatement de ses particules sensorielles, il
laissait les currys, les riz frits et les épices commandés fermenter
dans sa bouche, puis il avalait, et tout son être était projeté dans
des ravissements qui le menaient invariablement au ras des soï,
cette partie des villes siamoises qu'il aimait le plus, les stands de
street food, où assis on déguste un plat et des foules. Ces restaurants parisiens de cuisine thaïlandaise avaient des patrons
de différents genres. Soit c'étaient des couples mixtes, et ils
vivaient la bonne formule, ouvrir en France un troquet thaï, plutôt
que l'inverse, un restaurant français au Siam, condamné à mort
avant même de durer, et ils proposaient une carte fréquentable,
soit c'étaient des Chinois ou des Vietnamiens qui s'improvisaient
cuisiniers du Royaume et jouaient sur le préjugé voulant que le
péquin blanc considère tous les Jaunes comme les mêmes, et là
c'était immangeable, soit encore c'étaient de vrais Thaïlandais,
ou à moitié, ou de nationalités limitrophes ayant vécu là-bas, et
ils n'étaient pas si nombreux, il fallait connaître la langue un peu,
et la nourriture cette fois était meilleure, parfois très bonne, et
« Harun » allait là, souvent. Certains comme lui, sevrés, cherchant un substitut pour tenir, s'y rendaient aussi et parlaient de
méthadone, mais « Harun » haïssait les métaphores qui étendent
la drogue et la prostitution à d'autres domaines. Les conditions

de drogué, ou de prostitué, ou de punter, ne renvoyaient qu'à elles-mêmes, elles étaient incomparables, exclusives. Quand les propriétaires étaient des Européens mariés à une Thaïe, les restaurants portaient des noms touristiques, comme le *Phuket*, le *Koh Samui*, le *Sukhumvit*, et même le *Pattaya*. Quand c'était thaï presque pur à l'intérieur, les expressions plus neutres l'emportaient, comme bonne chance ou bonjour, conservant l'anglaise transcription phonétique, *Sawasdee*.

***

« Harun » avait ses habitudes au *Sawasdee*, et longtemps, il mangea dans l'indifférence polie et affable du patron qui le servait sans chercher à créer avec lui une relation d'habitué. Sa femme était plus diserte, plus ouverte, elle était présente les midis, et peu à peu, comme une plante qu'on nourrit, elle arrosait sa clientèle en se racontant, expliquant venir de Bangkok, près de la gare de Hua Lamphong, et être d'origine chinoise, elle se disait d'ailleurs sino-thaïe. À l'époque des seigneurs de la guerre, au début des années 1920, son aïeul était venu là et avait prospéré dans le seul pays non colonisé de la région. Il en avait conçu une grande reconnaissance pour la royauté sacrée du Siam, et aujourd'hui, au *Sawasdee*, le portrait du roi et de la reine était accroché très haut, comme pour bénir la salle. Il y avait aussi un autel à Bouddha, avec des offrandes et la statue, au centre. Une fontaine miniature donnait un bruit d'écoulement continu, et donc cristallin aux oreilles, apaisant comme dans les magasins *Nature & Découvertes*, ça sentait d'ailleurs l'achat réalisé en France. Aux murs, outre le roi et la reine, on trouvait des tableaux en bois sculpté et laqué avec des incrustations de résine opaque ou de nacre, et qui montraient des rizières et des scènes du *Ramakien*, avec Hanuman, le roi des singes, conduisant son armée.

***

Le dernier mois qu'il passa en France, « Harun » était dans un état d'apesanteur, flottant dans l'évanouissement, heureux, n'ayant rien à subir, aucune pression d'un programme, il partait avec un peu d'argent pour tenir un an ou deux, et des droits sociaux qu'il lui plairait de dispenser dans les tapins royaux de Pattaya, cet argent servirait à ça, il vivrait frugalement, mais au centre du monde, et il verrait la circonférence de ses aspirations s'élargir, il s'augmenterait même lorsque les forces lui manqueraient car la vie extérieure le nourrirait de ses vues et de ses odeurs et de ses sons. Et il allait au *Sawasdee* allégé, son visage l'indiquait, décontracté, décrispé, et le patron se montrait aussi plus affable, et un soir, il expliqua presque tout.

***

« Harun » avait reçu un bonjour moins froid qu'à l'accoutumée, il s'était assis et le patron lui avait tendu la carte et il avait débuté la conversation, un prétexte trivial, la météo, le temps froid déjà, début novembre, et il avait précisé qu'il aimait ça, les quatre saisons, l'alternance des gammes climatiques et les tonalités des feuilles, les amplitudes thermiques, et « Harun » avait dit l'inverse, qu'il haïssait les amplitudes noisives, et ils s'étaient mutuellement jeté des explications à la figure dans la complète amitié commerciale qui unit un client fidèle à un commerçant consciencieux, et ensemble, ils se révélaient semblables dans les parcours inverses qui les constituaient, sauf qu'ils vivaient sur la même montre mais pas à la même heure, « Harun » était au début de son cycle, à un endroit matinal du cadran, quand l'autre avait déjà effectué le saut à l'étranger, il était tard pour lui. Et « Harun » apprit son histoire, il n'était pas thaï mais cambodgien, et il avait renié deux fois le Cambodge, il le disait avec la froideur de la survie, il était en froid pour toujours avec ce pays et jamais il n'y reviendrait affirmait-il, son père y était mort, et toutes ses sœurs, et une partie conséquente du reste de sa famille, c'était sous l'Angkar, à l'époque où les « frères » régnaient au Kampuchéa, et il avait fui seul en 1978. « Harun » redescendit du dédale des soï futures de Pattaya et de Bangkok qui occupaient toute sa tête depuis quelque temps, et il connaissait assez cette histoire d'Angkar pour se poser des questions. Pourquoi 1978 et pas avant ? Il n'y avait ni mystère ni surprise à marquer, des réfugiés débarquant dès cette époque, déjà, mais il savait aussi, et vaguement, par ses lectures hachées, que des purges avaient eu lieu cette année-là dans les rangs khmers rouges eux-mêmes, et il aurait voulu demander si sa famille n'en avait pas été aussi, mais il s'abstint. Les bourreaux deviennent victimes dans une société de bourreaux, c'est une forme de justice qu'au-dessus, il existe toujours un être susceptible de vous faire ce que vous faites subir, et cela indéfiniment, jusqu'au chef suprême, et il n'y avait jamais que Staline et Mao et quelques autres en Corée du Nord, ou à Cuba, ou en Argentine, ou en Algérie, ou au Sénégal, pour crever naturellement, ce qui fait quand même un sacré paquet d'individus morts dans la tranquillité de leurs crimes.

* * *

Et après des semaines de marche, il s'était retrouvé dans un camp de réfugiés en Thaïlande. Et il avait renié son pays ouvertement, le maudissant une première fois. Il apprit le siamois, vint à Bangkok, se mit à l'apprentissage de la cuisine. Il travailla et rencontra sa femme. Ça n'avait pas été simple pour elle de faire accepter une relation avec un moins que rien quasi clandestin, et surtout cambodgien, khmer, l'ennemi de race, et elle devint une paria pour les siens. Son plan à lui avait toujours été de venir en France, car il avait des rudiments déjà de cette langue de par son père qui la parlait pour l'avoir étudiée à Paris dans les années 1950, et « Harun » rajouta en silence, comme Saloth Sar. Salir la douleur d'un soupçon, c'est la cuisine française, le doute.

***

Il obtint un droit d'asile et ils vinrent au milieu des années 1980 à Paris, et il maudit encore le Kampuchéa. « Mon pays et moi, nous sommes fâchés », disait-il, et c'était très sobre, très digne comme reniement, très correct, rien d'injurieux, sauf que c'était peu courant, et il continuait en disant que les animaux ont toujours été à la tête de cette nation de reliques et c'était déjà plus blasphématoire, et aussi qu'ils étaient infiniment racistes, que les Jaunes, de toutes les couleurs humaines, étaient les plus imbus d'eux-mêmes, les plus ivres de leur race, et qu'ils se voulaient plus blancs que les Blancs et pensaient que tout ce qui tend vers le noir est laid. Après vingt ans, il ouvrit son restaurant dans Paris même, et ce soir, il était heureux car il avait épongé son emprunt. Et il répétait sans cesse que jamais il ne reviendrait au Cambodge, jamais plus. Et qu'il aimait la France et surtout sa capitale, « la plus belle ville du monde, ça oui », et qu'il y avait dans ses rues du plaisir et une volonté d'embellir, et c'est exactement ce qu'« Harun » disait de Bangkok et de Phnom Penh et des autres cités dont il pouvait épeler les différentes consonnes et voyelles avec souvent des trémas sur les i. Le patron cambodgien adorait l'infinie variété des vins et des fromages français et il disait sans rire, dans son propre fief, son restaurant, sa réussite, qui avait une clientèle d'habitués, du quartier et de beaucoup plus loin, un succès plus que d'estime, discret et sûr, une garantie de fréquentation pour longtemps, que les cuisines de là-bas, celles d'Asie du Sud-Est, étaient pauvres en comparaison,

même la sienne, siamoise, que c'était trop huileux, et « Harun »
ne comprenait pas bien. Qu'elles valaient moins, celles de pays
entiers, qu'une seule de « nos » régions, et n'est-ce pas un peu
exagéré demandait « Harun » et l'autre lui dit non, et qu'il lui
conseillait de faire attention au Siam, car il se doutait bien qu'il
y allait, « vous êtes un de ces jeunes fascinés par les plages et
les filles, vous venez souvent, c'est logique de savoir que vous
y allez, je m'en doute bien. Mais il faut faire attention, car vous
êtes un étranger ».

* * *

Et il avait continué en s'emportant presque, du moins à sa
manière, qui était celle de l'ancienne mode du Cambodge,
comme un prince Sihanouk retrouvé, avec cette voix presque
atonale, toujours sur la même fréquence, d'une amplitude limitée en décibels, ni basse, ni haute, dominant toute émotion de
sa maîtrise expressive, il avait dit en mode fleuri « votre vie va
s'écrire dans les bras des filles khmères ou laos ou thaïes et
votre sang va se mêler mais vous ne serez jamais intégré, nous
sommes purs, même quand nous nous mélangeons, aussi faites
attention, faites très attention, conservez des biens ici, ne mettez
pas tout dans ces terres-là qui peuvent retourner au sang du jour
au lendemain, qui aurait pu croire qu'un peuple dont le colon
français disait qu'il regardait pousser le riz quand les autres le
plantent s'autodétruirait un jour de la sorte avec une telle rigueur,
un tel cœur ? », et il s'était émietté dans un discours sinueux et
contradictoire plein de coliques et de bulbes où purulaient les
maladies de l'exil subi ou affirmé, un éloge de sa race et une
haine de celle-ci, une haine de son pays et un amour de celui-ci,
un amour de sa terre nouvelle et une haine de celle-ci.

* * *

564

« Harun » avait marqué, appuyé même un temps de silence, puis il avait expliqué ce qu'était le Cambodge aujourd'hui, pour un type comme lui, pour des expats, une solution, une dernière chance, il avait commencé par les premiers séjours, Siem Reap, car tout doit débuter ou finir par un temple, il avait parlé des visites matinales dans les différents monuments somptueux comme des sculptures géantes à la peau bas-relief, suivies des pipes dans les salons de massage et des séances de piscine dans les énormes complexes d'architectures néo-communistes des hôtels le long de Charles de Gaulle Road, ou de Sivatha Road, et ensuite les nuits au bord de la rivière, les boxons en lisière de la ville, ou à l'*X Bar*, sur Pub Street, au milieu des bobos backpackers, et il avait continué mettant ses phrases dans les routes empruntées, les faisant correspondre, allant d'une frontière à l'autre du Kampuchéa qu'il avait traversé plusieurs fois, expliquant que si sa qaïda personnelle était Pattaya en Thaïlande, le Cambodge tout entier constituait son refuge, sa réserve de chasse aux filles, aux paysages, aux impressions d'Asie, et combien il adorait ne rien faire sur les côtes de plus en plus saccagées près de Sihanoukville, et passer par Poïpet et ses casinos et ses gangs rigolards de passeurs, et remonter vers le Rattanakiri, et comme une mouche faire des lignes périodiques dans ce territoire, traçant dans l'espace des triangles emmêlés autour d'un axe central itinérant, et dans sa bouche c'était une suite de bars et de filles attendant à Phnom Penh sur 136 ou 130 Street, et on y voyait le passé persister, les mototaxis étaient tous à vouloir revendre de la drogue et des filles, et il y avait une incroyable sensation collective d'indépendance à l'égard du reste du monde, c'était comme au Laos et plus qu'en Thaïlande l'impression d'être dehors, engagé dans une destinée étrangère aux préoccupations habituelles du reste de la planète. C'était une illusion, mais partagée par la population et les expatriés, et cela formait une colle entre eux, un lien, la passivité, la résignation, le passage des journées sans projets au-delà d'une semaine ou deux, la visibilité réduite au seul présent. Il parla aussi de la terre rouge comme battue et des jungles. Et il dit que pour la fraternité punter, la diaspora Sex'n roll & rap, les radicaux de l'existence, la Thaïlande c'était avant-hier, le Cambodge hier, et la Birmanie aujourd'hui, d'une décennie à l'autre ils reproduisaient les mêmes expressions à propos de pays différents, disant que lorsqu'un Cambodgien agressait, c'était pour tuer ou mutiler, et qu'ils s'y mettaient à plusieurs pour être assurés du résultat, et que les filles khmères étaient multi-faces et sorcières, et que même après dix ans de vie douce, elles trucidaient leurs maris avec la complicité des flics et des moines, et c'était les mêmes légendes qu'on avait servies des années auparavant à propos des filles de bar de Pattaya et de Nana et du Klong Toey à Bangkok, et donc ces expats étaient comme un plat identique trimbalé de table en table comme autant de pays où les convives, les populations locales, venaient se servir jusqu'à laisser les miettes aux chiens.

* * *

L'autre l'avait écouté sans combattre ou chercher à détruire l'immense bordel, le boxon géant aux linteaux de temples et couronné de stupas que le discours d'« Harun » avait fait surgir, car ce n'était pas au mépris de toute nuance pour d'autres aspects du Kampuchéa, c'était simplement la porte d'entrée et de sortie qu'il fallait accepter de franchir sans jugement pour comprendre le reste des pièces infinies qui s'étalaient partout, les blessures de guerre, les écoles pour sauver les enfants des rues, les cultures de riz et l'industrie textile, les artisanats et les marchés, la richesse de chaque jour vécu à l'ombre de la puissance spirituelle des pierres d'Angkor, les lacs et les rivières et les plans d'eau, avec, placides, toutes les lumières glissant dessus et miroitant. Seule une putain était la clef pour l'étranger des trésors préservés du passé, même si elle n'y connaissait rien, elle avait l'anatomie des apsaras, elle avait leur sang et donc la mémoire intuitive de ces choses-là, et dans un geste, depuis un membre fin, un poignet, une main, l'acte de manger, porter en bouche un pilon grillé de poulet, huileux, une arête de poisson sortie de doigts peints, tannés, les ongles longs, entre le pouce et l'index, les trois autres en éventail, transparents dans la lumière néon, on distinguait celui de filer, le savoir-faire d'une tisserande, et le tissu, les fils étaient partout qu'elle tirait invisibles du passé jusqu'à son présent de bar et de boîte à se louer assise, dans l'attente du ladydrink, première marche vers la passe.

***

Et le patron avait souri, et il avait repris la main sans sourciller sur cette lutte entre eux de deux mondes, il savait que son client était comme les autres, une victime, et qu'il était engagé dans un processus d'autodestruction sans retour, se finir, se bousiller an Asie du Sud-Est et y prendre plaisir, un remugle esthète. Et cependant, il avait admis avoir connu des histoires magnifiques, comme seuls les contes peuvent en produire, et dans les années 1980, les suites des guerres de la péninsule annamite avaient eu leur lot d'actes d'amour sans limites et il avait parlé d'un homme connu de tous, John Everingham.

***

Et « Harun » avait rebondi, il connaissait le conte par cœur, et tout était vrai : il était une fois un jeune Australien qui dans les années 1960 partit à la découverte du monde, sûr et certain que la vie promise dans son pays ne lui conviendrait jamais, en proie à l'intranquillité des éveillés qui, dans chaque génération, se cassent le plus loin possible. Au fil de ses voyages, il était devenu photographe et reporter, et comme sévissait la guerre du Vietnam, il s'y était rendu et il avait dénoncé par ses clichés publiés dans de nombreux journaux du monde entier, les bombardements des B-52 de l'Air Force au Laos, et il s'était vu apprécier par le Pathet Lao, le parti communiste, et en 1975, après leur prise du pouvoir à Vientiane, il avait été l'un des seuls journalistes étrangers autorisé à rester. La vérité, c'est qu'il était tombé amoureux d'une Laotienne, Kéo Sirisomphone, et comme il le dit aujourd'hui, il en était juste raide dingue et transi. Cependant, Everingham voyait le Pathet Lao transformer le pays en camp de rééducation et de travail, et pratiquer les arrestations de masse et la torture, et il s'était mis à dénoncer ce nouvel ordre comme il l'avait fait de l'ancien, à travers des photos secrètement envoyées aux agences étrangères par des canaux clandestins, et on l'avait arrêté comme espion, jeté en prison, puis expulsé du pays. Installé en Thaïlande, son obsession était cette jeune femme laissée là-bas. Il avait alors élaboré un plan d'évasion, rejoindre Vientiane en plongée sous le Mékong depuis Nong Kai et faire le trajet inverse avec elle. Elle ne savait pas nager, on tuait tous les candidats au départ, on les déportait, mais c'était la seule solution. Il s'y reprit à plusieurs fois, les militaires laotiens mitraillant tout mouvement suspect, jetant des grenades, mais la troisième fut la bonne. C'était un exploit et c'était le genre d'expérience qui devait vous lier à jamais, on était en 1978, et l'année d'après, ils étaient mariés.

***

« Oui », avait ajouté le patron, « mais dix ans plus tard, ils ont divorcé, elle a gardé le restaurant que John avait ouvert pour elle, et lui dirige désormais un groupe de presse, il est passionné de serpents, il vit toujours en Thaïlande. L'un de leurs enfants, Ananda, est une star de cinéma. C'est une belle histoire qui finit par une séparation. » Ce genre de vraie fable parlait à tous les punters michetons, qui se voyaient aussi sauver une fille du monde totalitaire des rues d'Asie du Sud-Est, ou de la pauvreté, et ça aussi le patron le savait.

***

« Harun » s'était levé, expliquant son propre départ imminent, ses préparatifs, l'espèce de bien-être où il était comme sous l'influence de massages subtils invisibles, et il avait pris congé et remercié, on lui avait dit bonne chance, et une fois dans le métro, il était resté un bref instant, le temps d'une rame, à regarder un des plans de Paris où sont indiquées les lignes de bus, et il avait une fois de plus constaté la forme cervicale de cette ville vue du ciel, comme une coupe de cerveau, et tous les vaisseaux sanguins à l'intérieur, les rues, et il ne ressentait plus aucune fascination pour ce type d'image, car le sang, l'agitation, les synapses et les neurones, tout avait disparu, c'était mort, comme toute cette nation, elle était crevée cette ville, et chaque habitant y était un bacille, un ver, on en chassait les putains et les clients, et pour lui, « Harun », c'était la preuve d'un mal rôdant, cette interdiction des passes.

***

« Vladimir » avait écouté, il connaissait tout ça car il était omniscient, c'est-à-dire riche, et comme Dieu, il survolait les foules depuis ses voyages d'affaires, et il entendait les doléances du monde entier, habillé en jean et baskets lambda, il ne se mêlait pas aux crasseux, il ne jouait pas à être comme eux, il en venait, nouveau riche, la meilleure place pour être au centre partout et se sentir bien, et « Harun » lui plaisait comme un être doué trop fragile pour gagner à la fin, et il le regardait comme un roi son trouvère ou son bouffon, il se disait que son projet de tour d'habitations à base de maisons pouvait être une bonne idée à condition qu'il soit cantonné au rôle de concepteur dans une équipe, un pion essentiel mais un pion seulement dans l'échiquier du business.

Ce n'était pas difficile, il n'avait aucune ambition sociale réelle, aucun sens pratique, il se faisait des idées sur tout, les choses, les gens, « Vladimir » le voyait, il se lisait dans les yeux d'« Harun » comme un de ces Russes d'enquêtes télévisées à l'Ouest, un d'opérette gore, évidemment mafieux, brisant les doigts ou torturant les proches de ses ennemis, ou les faisant arrêter pour trafic de drogue, ce n'était pas faux, ce n'était pas vrai non plus, c'était plus compliqué à saisir pour un trouvère graphique, un amuseur cultivé, dessinateur comme « Harun », et ce dernier semblait aveugle, ignorant de l'hommage ainsi reçu, le seul qu'il obtiendrait jamais, une confirmation de sa vocation, car pour la première fois, un homme le regardait comme un artiste authentique.

Scène 14

*Partout autour d'elle la nuit, la nuit d'un
univers absurde, d'un univers sans raison
d'être – tout à bas prix –, d'un univers
où en dépit de leur hypocrisie, leur vulgarité, leur solitude, leurs difformités,
leur désespoir, tous les autres sauf elle
parvenaient à trouver un minimum de
croyance, qui dans une banale grue mécanique, qui dans un mégot de cigarette
ramassé par terre, qui dans un bar...*

Malcolm LOWRY
– *Sous le volcan*

14.1 Pattaya brille, firmament au sol, posé en
réponse à celui, céleste, masqué par l'encens pollué des véhicules et des raffineries. Elle luit tandis
que j'observe, depuis Buddha Hill, assis tranquille à
siroter un jus de kiwi, la courbe allumée de sa côte
jusqu'à Naklua, et les hautes tours qui la terminent, et
qu'à côté, un homme grand, mince, chemise blanche
et mèche grise, pantalon je dirais en lin, mocassins,
transpire et s'inspire, son reportage futur devant lui,

étalé. Il connaît ça par cœur dit-il, les putes, le soleil, par cœur il connaît la mer tropicale et ses vagues tendues aux mendiants du sexe, de l'amour, par cœur les sommeils de bar sur des épaules de brunes tatouées, et il sait le racolage de ses confrères, par cœur il sait, et les mensonges qu'ils disent, mais lui fait ça intelligemment, lui n'est pas menteur, lui n'est pas l'étoupe de conscience des racoleurs d'audimat, lui n'est pas rabatteur. Il est journaliste, présentateur, comme les autres, mais différent. C'est un homme d'image, de cœur, il a sa carte de presse propre, un nom à particule, d'orthographe nobiliaire, et sur le paf, c'est un monument, Bernard.

14.2 Où nous sommes, tout est clôturé sauf ce troquet made in Siam, à flanc, le seul du sommet, entre la montée vers le temple et l'esplanade en proue de colline, un vieux split de simili-Volkswagen coloré rouille, son tronc ouvert sur des cocktails de fruits, une machine à café, des bouts de grillages torsadés comme des mèches de cheveux brûlés, des piles de verroterie, des sachets de saloperies sucrées dont quelques-uns chinois, les pneus crevés, et qui repose là, dans une couronne de verdure armoriée à base de frangipaniers, d'ylangs-ylangs et de mûriers, à pic ou presque, avec quelques tables, quelques bancs de bois et une estrade mini sur pilotis, après quoi c'est la pente raide vers Pattaya étalée en bas, l'arc de la baie en panoramique et les miniatures des navires, des barges d'huîtres ou de sel. Le soir, des bougies posées, quelques spots dirigés vers les cimes, au milieu des détritus, des chiens breneux qui fouillent les restes jetés en contrebas, des moustiques, des fourmis voraces sur les jambes, les bras, une barquette de Som Tam dans les papilles, moitié papaye, moitié piment, du crabe écrasé dedans, et dessous, Walking Street qui tonne, et toutes les soï très loin dans les terres illuminées et bruitées, c'est féerique, musical, un trip vers son effondrement personnel, l'apocalypse tropicale. Et par cœur il connaît ça « Bernardin », le malaise à l'étranger, les nausées d'exil, il ne s'en rassasie jamais, des années qu'il vient et toujours cette morsure, ce coup de jus à la vue de Pattaya, cette joie, et certes il ne peut pas dire les choses comme ça, même en deuxième partie de soirée, mais au moins, il ne condamne jamais vraiment, c'est le mérite de ses émissions.

Décor n° 7 : Il est vingt-trois heures et plus, on est dimanche, dans l'hémisphère Nord, en France, et la télé est allumée dans le salon ou la chambre, les enfants dorment et demain le travail reprend, ou l'absence de travail, ou la perspective de le perdre bientôt. Dehors, il fait généralement dégueulasse et froid et quand il fait beau, c'est sans avenir réel, comme un sursis dans une prison glacée. Une série dit d'ailleurs « l'hiver vient », et c'est le cas, on le sent, et pour longtemps, la glaciation couve sur l'Occident atteint au cœur. C'est un couple, ils stagnent dans un demi-sommeil et ils regardent ahuris des scènes de plages en Thaïlande et des scènes de bars en Thaïlande, ou au Cambodge, ou aux Philippines. Des séquences de typhon, de tsunami, puis de fêtes dans des îles luxuriantes, de longues simagrées de cocotiers penchés sur leurs palmes précipitées vers les eaux de reflets pierres précieuses.

Le montage est plus subtil qu'il n'apparaît, comme un message subliminal disant : c'est mieux là-bas. Même lorsque les témoignages habituels d'exploitation sexuelle surgissent, ils y croient à peine, tant les images contredisent les discours. Entre eux, une langue de bois les réunit. Ils condamnent et désirent en même temps. Tout quitter pour s'installer ailleurs. Au moins on sera au chaud toute l'année, il y aura de nouvelles choses à apprendre. En eux, c'est l'Inde morte, ils souffrent, ils le savent, d'être plus intelligents que leurs désirs les plus simples. Ils sont de leur temps, leur cerveau a fait mourir leur corps. Ils sont dans la précarité, dans l'aisance raide ou l'opulence, seuls ou en famille. Tout ferme avant vingt-deux heures dans leur vie et c'est pas près de changer. Une nouvelle semaine s'annonce, ils somnolent, et comme dans un rêve maintenant, depuis l'écran, des bribes de ces vies lointaines leur arrivent atténuées, montrant des jeunes et des retraités se la coulant douce au Paradis, entre des temples, des mendiants, des activités grouillantes, des processions sacrées le long de fleuves rois et de jungles musicales dont, langue de bois oblige, conditionnement accepté, ils admettent que ce sont des clichés.

14.3 « Bernardin », si je l'appelle comme ça, c'est en hommage à son prénom, Bernard, il a un côté saint, très francaoui poli avec une voix grave, old school, agréable, et puis aussi à cause de *Paul et Virginie*, l'innocence lointaine, outre-mer, le voyage. Lui, son équipe, sont là pour quelques jours, ils veulent montrer la Thaïlande autrement, chaude mais pas pédophile, ni sidaïque, c'est la déontologie qui les sépare des autres chaînes, quand tous les mâles sont filmés comme des haloufs. Il y aura certes un petit chapitre inséré sur le temple du sida à Lopburi, avec ces corps déjà squelettes et des statistiques griffonnées rapidos et débitées rapidos par la voix off pour confirmer que la prostitution est le facteur numéro un de la transmission, sans même faire gaffe aux contradictions qui çà et là naissent et bourgeonnent comme au printemps les fleurs, avec les prises de parole des malades eux-mêmes, pas putains pour un sou, sauf une et ladyboy en plus, rinçant ainsi le spectateur en curiosité locale, la transsexuelle thaïlandaise, et le rassurant, c'est un membre d'une minorité, et bien portant d'ailleurs, ladyboy sauvée pour l'instant par une trithérapie générique instaurée depuis les années 1990, le Royaume étant le premier pays au monde à s'être mis à la fabrique de médicaments de ce type quand les autres condamnaient cette initiative et léchaient les bottes des criminels de l'industrie pharmaceutique, les marchands de santé responsables de la pandémie dans le monde, mais ça, il le dira pas « Bernardin », même s'il acquiesce, consterné par l'hypocrisie ancestrale des humains entre eux. Certes, il y aura sans doute, aussi, une petite brève sur la corruption locale, ou bien sur l'injustice du système de santé, oubliant au passage de parler des hôpitaux publics gratuits, comme il existe des bus gratuits à Bangkok, un peu vétustes et sans clim et dangereux mais gratuits, et au moins, il n'y aura pas, ou peu, de longues séquences sur une quelconque association de lutte contre la pédophilie, le trafic d'êtres humains et autres ignominies, crucifiant au passage tout un pays glorieux, le Siam, et une région, l'Asie du Sud-Est, sur l'autel du business du don et de la bonne conscience. « Bernardin » sait que les pédophiles sont justement les membres de ces associations, et qu'au mieux, tous les expats en place travaillant pour les ONG se retrouvent dans les mêmes bars que les punters à peloter les mêmes cuisses et siroter les mêmes langues percées des ladybars, et qu'ils vont loin dans la saloperie, les baratinant sur une vie meilleure, parlant éducation et les sautant gratis, ou bien dénonçant leurs compatriotes pour de simples consommations de drogues, et justifiant leur présence et leur lutte ici en tendant des pièges aux touristes, montant des histoires de toutes pièces avec des filles locales qu'ils manipulent pour qu'elles séduisent, mènent aux chambres de passe et attendent que les flics fassent irruption armés des télévisions d'Occident, promettant pour seule lune des cours de massage ou de couture, avec à la fin le salon et l'usine.

« Bernardin », ce qu'il veut, ce sont des réussites, des récits de gagne, il surfe sur la France qu'on quitte, celle actuelle des départs à l'étranger.

14.4 La petite estrade où nous sommes est perchée, il n'y a qu'une petite table et deux chaises, des feuilles d'arbres massifs tropicaux nous cascadent sur le front, il y a des toiles d'araignées et des bruits de grillons, de criquets, et la vue. « Tu n'imagines pas le malaise, dit-il. C'est terrible, même moi je n'en peux plus et pourtant, je n'ai pas à me plaindre… Bientôt, il y aura plus de vie sur Mars qu'en Europe ou aux

États-Unis, et à Paris, c'est déjà ça… C'est une mécanique terrible qui a tout infiltré, les modes de pensée et de vie… Un climat froid, une législation qui poigne la totalité du monde physique, la paranoïa des caméras de surveillance partout, pas de travail, ça fait des gens chez eux, qui veulent partir. » Ses yeux sont braqués sur le lacis des rues en bas éparpillées, du bruit grimpant. « Comment montrer cette ville vraiment, elle dépasse les moyens techniques, nos focales, nos angulaires, à chaque fois c'est le même cinéma, on distingue à peine le réel des soï sur les enregistrements. » Il dit ça en sourdine, il n'est pas rêveur au point de s'imaginer un jour artiste mais il reconnaît Pattaya, son Grand Orient Très Spécial. « Je suis allé partout, Sosua, Nocibé, Natale, la Colombie, Cuba, partout, le Sénégal, l'Afrique du Sud, les États baltes, l'Ukraine, la Roumanie, j'ai fait le tour des putes de la planète, et je te l'affirme, elles sont toutes belles à l'intérieur. Ce sont des Miss. »

14.5 La France qu'on quitte, c'est ma spécialité, docteur ès départs, et c'est la raison pour laquelle « Bernardin » est venu me voir, on lui a parlé de moi. Une de ses documentalistes de la maison de prod a fait ses gammes à Pattaya, elle est venue en vacances sur les conseils de potes à elle, Aïcha je crois, si son prénom est vrai, car on fabule les identités souvent par crainte irrationnelle des casseroles qu'on pourrait traîner plus tard, la mauvaise vie, et la fête en Asie elle apprécie, on est loin, on se lâche, on voit de tout, de jeunes Israéliens en rupture de Tsahal, des muslims des beaux quartiers de Téhéran et de Kandahar, et l'islam d'Asie du Sud-Est, un de djinns et d'esprits, de génies géniaux surgis de bouteilles que les filles se mettent en cul et vagin dans les gogos. Un islam réel, qui ne renie rien et synthétise tout, qui est comme Pattaya, un cône aspirant toutes les spiritualités vers le mystère du divin, le Dieu Un est le premier nom vers une totalité plus vaste, mais l'humain doit être préparé, purifié, et Aïcha le sait de toute la puissance de l'Appel qu'elle subit. Pattaya, sa Mecque, elle a conservé des contacts, et me voilà.

14.6 J'ai une liste de gens à voir, on a déjà visité un premier couple cet après-midi, ils sont mixtes, elle vient d'Issâne et lui de Marseille, ils ont un petit établissement, un hôtel bâti il y a trente ans, ils ne se sont jamais quittés, et ils vivent des chambres qu'ils louent à l'année ou au mois, la terre est à la femme et ils ont fait construire dessus. C'est un couple d'âge homogène, à peine dix ans de différence, elle est plus jeune que lui, elle a un corps aussi souple et mince qu'autrefois contrastant avec son visage marqué, lui est rouge et ventru, il boit beaucoup, il a déjà eu un accident cardio-vasculaire. Trente ans de vie ensemble, c'est rare et c'est ce dont « Bernardin » voulait parler, montrer que ladybar et punter peuvent fusionner. Le conte de fées avec, en bruit de fond, les cris, l'appel de cette forêt nocturne, les râles des bordels. Il a fait l'interview chez eux, et aussi dans Pattaya, simulant une promenade, un long plan-séquence sur eux marchant et se parlant, faisant des commentaires sur les bouleversements de la station balnéaire, allant d'une soï qui n'existait pas à l'époque à une autre qui n'était qu'un chemin boueux entre deux terrains cultivés, fouillant les détails comme des chiens le nez dans les poubelles. Je lui avais trouvé le gros lot, c'était la parfaite nostalgie, j'avais presque envie de pleurer, j'espérais finir comme eux, avoir une pute thaïlandaise dans ma vie très vieux et me souvenir, sans fin, des nuits d'avant, du Pattaya de maintenant.

14.7 Ils s'étaient connus à Bangkok au début des années 1980, elle se rappelle la boîte, le *Peppermint Disco*, une institution, et ils allaient parfois au *Thermae*. « Bernardin » avait connu cette époque-là, le *Thermae*, le développement de Soï Nana, l'ère magique du NEP, *Nana Entertainment Plaza*, le *Nana Hotel*. Ça lui filait des mélancolies, ce couple, et la mémoire de sa jeunesse débarquée là, correspondant pour l'AFP, quelques piges. Tout est toujours en place, le *Nana Hotel* et les deux mêmes rombières de mauvaise humeur à sa tête, et leur clientèle de disjonctés maintenant sexagénaires qui reviennent toujours ici sur fond de moquette de plus en plus moisie de taches de sperme et de sang, et le parking à l'entrée qui, après deux heures du matin, se remplit de freelances souvent ladyboys, jusqu'au matin. Ça sentait encore le GI déguerpi la décennie d'avant, et l'apogée de Patpong et de Silom. Et lui, le mari, disait qu'on rencontrait des Suzie Wong de cinquante ans ayant débuté dans les bordels à quatorze ou quinze ans et qui régnaient toujours du haut de leurs talons, devenues souvent mamasan, et qui racontaient des temps plus lointains encore, transmis par des plus vieilles aujourd'hui mortes, où les klongs filaient dans la ville, et les hommes s'habillaient bien.

14.8 Puis on était passés au manager du *Lucifer*, un dénommé « Q », comme dans 007, un peu après le crépuscule, la Walking Street se remplissait doucement, et ils ont fait l'interview devant. « Q » avait sa propre histoire de jeune fondu de musique hip hop, un type du Sud français, périclitant dans le Sud français, un compétent gâché mal diplômé devenu bosseur à plein temps d'une des plus célèbres discos de Pattaya et qui avait créé son agence événementielle, et qui faisait venir des DJ du monde entier dans la capitale des tapins. Je n'avais jamais bien compris comment pouvait marcher tout ça, mais c'était logique après tout, un retour de bâton assez simple, les Thaïs adoraient le hip hop et ils avaient vu les clips, et ils les avaient transportés dans leur vie réelle, puissance mille et plus, avec toute la nuance et la subtilité de leur instinct faussaire et parodique, non faute d'invention mais l'inverse, capable de tout ingurgiter et de tout dégorger à l'état neuf et pur, et quand les auteurs de RnB & Co et les mastards du chant parlé s'étaient pointés, ils s'étaient retrouvés comme les autres, sur le cul, regardant fascinés les baronnes se la jouer, sur des chansons qu'ils n'auraient pas mieux vécues sans elles. « Q » expliquait ça et d'autres choses et sans agressivité, sans tacler la France, juste comme si elle n'existait plus. Son crâne rasé, ses bras tatoués. Dans la tête de « Bernardin », il représentait la Gaule des banlieues venue faire son oral de rattrapage sous les tropiques, celle dont on n'avait jamais voulue et qui partait au loin se chercher une page vierge, sans crainte des corrections humiliantes et autres douceurs dans les marges. Pas le rouge des copies foirées donc, mais celui, lumineux, des nuits tarifées. Dans un accès de joie entre deux prises, il avait même dit : on fait du « néon-réalisme ».

14.9 Il y avait ensuite deux patrons très sympas d'un petit bar à Chicha Soï Yensabaï, le quartier général de la Wesh disent les retraités d'ici interviewés. Quelques-uns, dans la clientèle, avaient fait leur chmata en venant se plaindre en plein tournage des flics locaux amendant l'absence de port de casque et de permis, alors qu'ils avaient lu partout sur des blogs ou vu à la télé qu'ici c'était roue libre les oreilles à nu. L'un des deux boss avait aussi une boutique de fringues, et un même message suintait entre les paires de pompes et les tee-shirts à sigles nobles imités, celui d'une survie loin des souches trahies. Tous les deux passaient leurs matinées à s'entraîner dans un camp de Muay Thai, et faisaient quelques fois des combats, ils s'étaient peu à peu couverts de tatouages dont ils ne maîtrisaient pas bien la puissance symbolique sur leur chair, avaient-ils seulement conscience qu'une inscription sur soi-même entraîne des conséquences sur tous les plans de l'être ? Et sur leurs peaux on aurait dit un cadavre exquis de formes comme si chaque tatoueur s'était passé les corps à l'aveugle, pour, à la fin, offrir ça, un capharnaüm d'orientations religieuses éclatées. Mais ça plaisait à « Bernardin » ce bordel coloré d'encres, quarteroné yakuza biker bouddhiste et sexuel.

14.10 On se barre. « Bernardin » me paie pour ce service mais il souhaite en plus m'interviewer, je dois jouer le rôle du diplômé expatrié volontaire, candidat à sa propre élection, sa réussite ailleurs. À la fin, cela formera une galerie médiatique positive, « Bernardin » en est sûr, loin des habituels médaillons collectés depuis trente ans de pseudo-documentaires sur les pays tropicaux des exils, ces types violentés du début à la fin d'un soupçon, des êtres néo-colons, des coupables de mariages mixtes avec des filles du cru sans choix, etc., etc., « Bernardin » veut rompre ça. Mais « Harun », son guide, a une autre idée. Oui, parfois, je passe du je au il, par majesté. S.A.S. à Pattaya. Pendant qu'on descend tranquilles à pied et suant sous la couche de moiteur qui, même la nuit, comprime les tissus sur les peaux, et qu'on s'apprête à rejoindre la station suivante pour le film, je gamberge à la troisième personne. Il va faire un show à Bernard, « Harun Batin ». « Batin », ça veut dire secret, agent ésotérique, intime, caché. C'est lui, le Joseph de Maistre du groove des exils, à lui on ne conte pas les fleurs artificielles du bon sauvage, ou celles du naufragé sauvé par la Nature primitive. « Harun », il va jouer spiritualité retournée comme un gant, un soufflet au présent franco-banquise. En Dieu, au centre pile, il y a le sexe. Et dans cent ans, les archives du cul et du sacré, c'est à Pattaya qu'on les trouvera.

Décor n° 8 : C'est un musée des punters et des ladybars, avec une galerie de l'évolution du sexe tarifé depuis les cavernes jusqu'au *Lucifer Disco*, pour signifier que ça continue et continuera toujours, le cadastre illustré des rapports musicaux marchands entre deux êtres, la passe. Musical, car c'est une stridence, ça participe des harmoniques de la cruauté, ça provoque des émotions vives, et ça concertise, ça orchestre.

La coque extérieure est une arène circulaire, sa façade creusée de milliers de niches. Elles ont toutes la même forme de demi-sphères concaves, incrustées sur toute la longueur et la hauteur du bâtiment. La nuit, par un système holographique éteint le jour, endormi, elles s'animent de scènes prises sur les trottoirs et les bars du monde entier, projetées là pour starifier, glorifier les prostitués, filles ou garçons, travestis ou non. Abstraite le jour, la façade devient ainsi figurée la nuit. Une fois franchi les portes d'entrée, situées dans l'axe des niches dont elles reproduisent le dessin, mais coupées à moitié à leur tour, pour former des quarts de sphères ou des demi-cercles, on découvre une suite de structures circulaires concentriques alternant espaces extérieurs et intérieurs contigus ayant des rôles identiques de salle d'exposition, communiquant par des sas, où ne seraient perceptibles, par illusion décorative, que les ébrasements plus ou moins sculptés, avec parfois même des paumelles ouvragées pour rien, simulant un mécanisme d'ouverture et de fermeture absentes. Ce sont donc des couloirs circulaires, tantôt à l'air libre et tantôt non, dont les murs tiendraient lieu de cimaises, s'ils n'étaient vides. Ne sont exposées en effet, au sol, que des stèles, là aussi cylindriques, mais de taille humaine, chacune au nom d'une fille de bar, ou d'un gigolo, ou d'un client ou d'une cliente, avec une brève histoire épigraphiée. La seule évolution est celle des ajouts de stèles, et des mouvements de ces dernières, qu'on réinstalle d'un socle à l'autre, d'une époque de l'année à une autre. Eux aussi sont des disques identiques d'épaisseur très mince, révélant à la fin que le bâtiment tout entier est construit à partir d'un seul alphabet, le cercle, décliné dans tous ses caractères, du cylindre à la sphère, tout au long du processus, depuis la forme générale de l'arène, jusqu'aux niches et aux socles et aux stèles, suggérant, au-delà du musée lui-même, que l'origine de l'inspiration géométrique, c'est la courbe.

14.11 Pour l'entretien, j'ai choisi de me tenir de nuit en contrebas de Buddha Hill, au niveau de la signature de la ville en lettres géantes. Il y a une esplanade et des bancs, j'ai demandé le grand angle pour avoir en totalité :

PATTAYA *city*

J'ai la tourmente, le trac, ça brouillonne. Donc à la voix en off qui pose poliment la question number one : « pourquoi être venu à Pattaya ? », je claque en sec et en clair : À cause des putains, pardon, du divin !, pas celui des koufars de base qui prient en analphabète, ou celui de ceux à l'opposé qui rationalisent en couches-culottes de l'athéisme, mais celui de ceux qui possèdent l'élévation de souche, la noblesse de sang chaud, la noblesse qui dit tout et son contraire crânement en fonction des tromblons d'en face, celle qui prie et baise sans se poser de question, qui éprouve en ascète, accueille en ascète les relents du monde vécu

584

et s'approprie l'énergie déployée pour s'en faire une rythmique, celle qui se veut française de souffle, de respiration, sans gêne et pleine de crasse, les entrailles bénies, celle des couvents, souvenirs picturaux des nonnes vénitiennes avec bure décolletée sur leurs seins cloîtrés, car comme je dis, croire en Dieu n'est pas très intelligent, mais c'est esthétique, c'est beau et c'est tout. Ce Tawaf-là, c'est pour ceux qui savent, tu vois ?, et à la question numéro deux assénant : « De quoi tu parles là ? », je claque en sec et en clair : J'informe les peuples de l'existence du Grand Orient Très Spécial ! Ce n'est pas un complot, mais une réalité souterraine. Les punters sont parmi vous. Vous n'y échapperez pas. Les initiés se foutent de votre gueule, bande de plocs. De Brahma à Bouddha, de Bouddha à Allah, il n'y a qu'une rime et des plus pauvres, la pauvreté c'est la clef, comme dans le message d'Îsâ, Jésus, avec son amour du prochain, radieux et en croix, et qui dit amour dit sexe, tu comprends mieux, maintenant, les connexions, les liens cachés, la toile profonde où on évolue ici ? Et à la question numéro trois : « Peux-tu revenir sur terre et juste nous parler de ton expatriation ? », je dis le plus humblement possible : Voici la vraie nature de la ville, son titre vrai :

PATTAYA yuga

, l'ère de Pattaya, car il n'y a pas d'endroit plus évident pour comprendre le temps présent, le Kali Yuga, et si Dieu le veut, le Miséricordieux, j'en serai le Prophète, ce sera moi le messager de ses secrets dans les cœurs volés des vivants l'ayant visitée, cette ville est mon théâtre, chaque rue est un couloir desservant des sièges de bars, chaque short time room communique avec l'autre et les scènes sont partout, les spots, les décors, les costumes, les coulisses vont loin dans le monde entier renâcler des monstres et des salauds, des tsars et des cés...

14.12 Et c'est là que « Bernardin » a dit stop, on coupe, on arrête.

14.13 Ça date de l'école, le lycée, j'ai toujours foiré les oraux, une panique, un sentiment bizarre de me sentir jugé de l'intérieur par l'extérieur ou l'inverse, je ne sais plus, « Bernardin » semble gêné, cette complicité entre nous gâchée par un mauvais casting, ça ne lui convient pas, mais il possède assez d'éléments pour son émission, et c'est surtout tant pis pour moi, mon profil zappé, ma pub d'agent immobilier, si j'ai foiré c'est « som nam na » – bien fait pour ta gueule, précise-t-il, comme si ce bâtard pouvait m'apprendre quoi que ce soit en mauvais thaï de bar.

14.14 On se quitte en se promettant de se capter demain. J'ai promis de lui faire rencontrer « Vladimir », il aura ainsi l'exclusive sur un riche oligarque russe, un marronnier récent des formats télévisuels du genre. Je récupère mon scooter et fuis dans Pattaya retrouvée. Cet argent accepté pour jouer au guide télé doit être dépensé vite fait. C'est la rançon des superstitions. C'est malheur de garder argent gagné par des canaux médiatisés malfaisants. Il est tard pour les bordels, je les aime l'après-midi ou en début de soirée, mais après dix heures, jamais. Demain, sans doute, j'irai faire un tour entre deux rendez-vous. Tout est nuit et lumière dans la cité balnéaire, et comme j'accélère sur Second Road, les cris des filles de bar et les sonos composent une bande-son bloquée sur avance rapide retrouvant ici ou là par la grâce du trafic élastique, un semblant de tonalité naturelle. Je vais chez moi faire une pause douche et parfum, car j'ai sué d'une traite depuis ce matin.

14.15 Après l'ablution, je reste un instant assis, iPad en main, je dépouille un mail d'un couple voulant finir au Pays du sourire. Michèle a soixante-trois ans et Pierre soixante-sept, ils sont d'anciens commerçants, ils n'ont qu'une pension modique, mille quatre cents euros expliquent-ils, ils n'en peuvent plus de leur vie. Je zappe leur monotonie, je me cloue au lit une minute histoire de me réfrigérer au frais des pales du ventilateur.

14.16 Sur le mur, le grand dessin s'est mortifié, déchiré par endroits, formant des crevasses ourlées en accordéons minuscules ou bien des lambeaux pendus roulés sur eux-mêmes, et décrivant, dans les surfaces libres encore préservées, un corps déstructuré, illogique et méconnaissable, inhabitable, de genre difficilement repérable, animal, végétal ou architectural, masse informelle où sous les hachures, les jets, les éclaboussures, les taches jetées, on distingue des réseaux déconnectés, des niveaux effondrés les uns sur les autres de ce qui pouvait être un bâtiment ou un être vivant vertébré, cette fois dépecé, autopsié sans raison sauf celle d'abîmer, de couper, de trancher et de laisser des plaies, arrachant les canaux de circulation, pelletant les façades et ne laissant plus à la vue qu'une impression de peau rongée, malade, envahie de croissances et de lambeaux, de pelures et d'escarres, d'effondrements et de ruines, ou plus rien n'est lisible, ni mur ni ossement, ni chevelure ni feuillage, ni sang ni piscine, ni maison ni organe, ni poils ni fleurs, ni veines ni couloirs, tout mélangé, saisi à un stade de pourrissement avancé, chaque signe, chaque caractère, chaque symbole disparu, broyé, fondu dans une mixture de compost, d'engrais, où ne manque que l'odeur, la puanteur, offrant l'image parcellaire, fragmentée, d'un chaos.

14.17 Dehors, la chaleur m'empare, c'est comme si la saison chaude s'installait déjà alors qu'on est en décembre. Il y a des vendeurs de brochettes et de fruits à l'entrée de mon complexe d'habitations, je m'arrête une minute grignoter du foie de poulet. Comme un staccato aéré, en dents de scie, des bouffées du passé européen nordique reviennent et je bénis le temps présent qui me voit manger à pas d'heure et au chaud au milieu de gens beaux et d'une foule promise et disponible, une foule femelle pour combler l'échec et l'ennui quand ils surgissent. Je plaisante avec un des vendeurs et un motosaï écroulé sur son guidon la peau très mate et crevassée, comme vérolée, les dents cariées. Il est mince et athlète, seul son visage est ruiné. J'enquille un quartier de pastèque, une fille passe et me demande si c'est bon, *aroï maï* ? C'est la chance simple, et ce luxe, j'ignore si eux le goûtent comme nous, étrangers, nous le goûtons. Si je suis plus riche que leur moyenne, je suis pauvre dans la mienne, et rien du tout dans leur pyramide de castes ennemies, aussi mon bonheur est-il asocial, ou réduit à cette seule société de la passe ou d'un contact charnel, et pour l'essentiel, il est climatique, élémentaire, quand d'un plongeon, je touche l'eau au matin, et l'air à toute heure, ou quand partout, je me véhicule dans le coin.

14.18 Je trace sur Sukhumvit et tourne vers la mer sur Pattaya Klang. Il y a un nouveau karaoké avec des hôtesses dehors, toutes pirates, tatouées, assises en deux rangées comme une équipe faisant la haie, prêtes à tacler en talons compensés. Elles parlent entre elles, créent un écran ésotérique de cils fardés qui choisit sa clientèle. Elles ne manquent pas de crânerie pour se la jouer ainsi, aux frais du boss qui doit leur rincer un fixe. Une vraie bulle putassière. Le verlan du décor, c'est la clinique où on avorte, où on chasse les maladies, où le sida n'est plus un complot ourdi par Big Brother mais une banale réalité sanguine conduisant à la mort. Des types passent, sourire piteux, entrent. Faut que je fasse ce karak. Les grosses machines clinquantes me sont passées, mais quand même, par conscience, de temps à autre, il faut s'y remettre.

14.19 L'époque pas chère est close. Il y a dix ans encore, oui, le beer bar était accessible aux working class d'Europe maquées aux tapins thaïlandais et qui ouvraient leur paillote facile comme une succursale de leur cerveau affidé. Il faut aujourd'hui des dizaines de milliers d'euros pour un gogo respectable, décor minimum et profusion de strass. Sur Walking Street, un million pour un lieu. Jamais on en a vu autant, jamais avant de si différents, jamais un tel nombre à chaque nouvel an. Même le bar le plus minable et loin du centre se négocie plusieurs milliers d'euros. Il en ferme, il en ouvre tous les jours, très vite, dix, quinze mille de ce genre-là, enroulés l'un dans l'autre. Alors ce fric ? D'où vient l'argent ? Tout ce fric, d'où vient-il ? Du blanchiment, du rêve, des deux, du hasard, de la ville elle-même, générique, engagée dans une fuite cellulaire, un devenant deux et pullulant indéfiniment, un pogrom des logiques urbaines ? Gog et Magog d'habitations ? L'appel de Pattaya ?

Une fois garé, j'avance dans le goulot qui sert d'entrée, une fille me conduit à l'intérieur, maquillée japonaise, elle a une toque, des bas résille blancs, je hais ça sous la chaleur, elle semble une infirmière, et tout, dans sa tenue, ma gueule, les couleurs somptueuses des décors, paraît maladisiaque.

Intermède 14-15

« Harun » s'aidait de ses mains, écartant l'espace des corps devant lui en deux plans qui se refermaient vite sur le noir et le bruit, à peine éclairé d'un pouls lumineux à base de lasers et de spots, avançant dans la salle qui n'était qu'une seule piste où surgissait l'archipel des tables et des podiums, traversant l'étendue des punters et des putes collés les uns contre les autres en une masse informe, et il cherchait la sortie, il était tôt, moins de minuit, et bientôt commencerait le décompte orchestré par le DJ lui-même, un geek thaï à lunettes aux bras tatoués de *sak yant*, et les serveurs ne cherchaient même plus à vendre, ils étaient pris au piège du grand nombre, bloqués avec leur plateau, noyés, tête levée pour respirer avant de replonger, et il finit par se retrouver au niveau de l'escalier, précédé et suivi d'une multitude comme lui, les femmes titubant leur descente à cause des talons trop hauts, de l'alcool et du ya ba, tandis qu'en sens inverse, un identique mille-pattes humain gravissait les marches vers les hauteurs de l'*Insomnia*, chacun croisant l'autre lentement, marquant un temps d'arrêt à cause du débit embouteillé, se dévisageant, et d'un coup, tous se mirent à entendre les chiffres à rebours, certains s'éloignant de la voix et d'autres s'en approchant à mesure qu'ils rejoignaient l'intérieur, et tous répétèrent neuf, huit, sept, et ce n'était pas possible, « Harun » n'allait pas subir la nouvelle année dans ce goulot, cet intestin de club, et à quelques mètres du dehors et des pavés de Walking Street, ce fut « Happy New Year » d'un seul coup.

***

Une pluie d'artifices criblaient Pattaya, son ciel envahi par les fusées protocolaires, et toute la Beach Road était devenue piétonne, même les soï perpendiculaires jusqu'à Second Road étaient fermées, vidées de toute circulation, partout c'était une foule de liesse plus mélangée encore qu'à l'accoutumée, un équilibre s'établissait entre ladybars et ladyboys, clients et familles venues du Siam entier rejoindre leur progéniture, ou profiter des loisirs de leur classe moyenne nouvellement acquise, trimbalant bambins et lunettes de soleil, ou satisfaire leur soif de strass au milieu des célébrités thaïlandaises qui aimaient aussi la station putassière pour sa panoplie festive, et les jours précédents, du reste du monde, avaient débarqué plus de Russes encore, et plus d'Indiens, de Chinois et d'Émiratis, venus jouir de leur nouveau statut de riches voyageurs, leurs femmes laissant tomber des mèches de cheveux noirs depuis des voiles savamment relâchés, et il y avait aussi plus de blonds et de châtains, des Européens et des Américains, eux aussi revenus, mais pour une dernière fois peut-être, profiter de l'argent qu'il leur restait, et c'était l'époque de l'année la plus détestée des punters véritables et ancestraux, mi-décembre, mi-janvier, la saison des sponsors, celle des prix hors de prix, chaque tapin doublant au moins ses tarifs, choisissant une clientèle jeune et docile pour entretenir une relation girl friendly, et demain elles s'envoleraient avec eux dans les îles Andaman ou du Golfe, Koh Samui ou Koh Chang, et partout dans le Royaume, de Phuket à Satun et Chiang Mai et Bangkok, on fêtait le nouvel an, c'était l'un des clous de ce mode de vie là et du Haut Empire de l'année, quand il ne pleut jamais, avant le Bas Empire de la saison des pluies, et le calendrier pouvait se lire ainsi, indéfiniment comme une dynastie répétée de jours souverains, où boursouflaient sans cesse une fête, une passe, une plage, une perte de soi, un salut.

***

Il devait faire très froid en Europe, très seul aussi, toute la journée des messages s'étaient empilés dans sa boîte mail, disant la frustration, l'angoisse, l'envie d'être ici, loin, au lieu de là-bas, dans une clarté rationnelle de mort clinique, sous des cieux achromes, gris. Les évadés se multiplieraient, tout était raison pour fuir, on changeait de pôle, on voulait muter, s'inventer des futurs chauds, grimer la quête d'une autre humanité, celle de l'homme oriental, l'homo orientalis, et lui, « Harun », en serait le témoin.

***

Après l'*Insomnia*, il hésita entre la gauche et la droite, soit remonter vers Beach Road, soit retrouver le Bali Haï Pier et son ponton de quelques centaines de mètres où il pourrait s'asseoir et regarder la ville scintiller. Il était invité à plusieurs endroits, sa patronne organisant un cocktail dans un restaurant sans murs de Third Road, un de ces hangars à nourriture et orchestre à côté du *Club Noir* et du *Hollywood Karaoke*, « Vladimir » ouvrant les portes de son énorme villa sur Jomtien à quatre cents personnes au moins, et trois ou quatre autres patrons de beer bars l'ayant appelé pour le faire venir, ça ferait un consommateur de plus en ces temps difficiles.

***

Il choisit la droite et fraya dans Walking Street, au milieu des « hôtesses », des showgirls mises à l'extérieur un instant et se relayant avec des pancartes pour attirer et séduire, habillées souvent de cotillons divers, étranglées de guirlandes, la tête prise dans un bonnet de Santa Claus, car Noël ou jour de l'an étaient semblables pour elles, n'avaient aucun sens particulier, et « Harun » finit par arriver au bout, dépassa l'arc et son néon d'écriture de bienvenue, et déboucha sur une grande esplanade de béton, avec à gauche, longeant la route et la côte, les premières pentes de la colline de Bouddha, mal boisées, comme une tête décoiffée depuis longtemps et sale, les arbres gras, dévastés, pollués dans leurs branches et dans leurs terres par des détritus de tous types, tandis qu'à droite, après une brève bande de plage survivante où mouillaient des esquifs longs et fins de pêcheurs comme sont les membres des gens ici, le doigt effilé de leurs mains, leur coque peinte, s'ouvrait la travée de Bali Haï Pier, enfoncée dans la mer jusqu'aux ferries ancrés au large.

***

Des grappes s'étaient assises et dînaient sur les flotteurs, des jeunes Thaïlandais, certains même se baignaient. « Harun » avait gardé sa Singha achetée à l'*Insomnia*, elle était chaude, imbuvable mais il trempait encore ses lèvres dedans, c'était moins laid qu'un coca, et il se laissait porter par le rien, le vide, la succession pure des secondes en dehors de tout projet, de toute envie.

***

Il eut une sensation étrange d'un coup, théorique jusque-là, il était le seul étranger à cet endroit, ce n'était pas la première fois, et à moins de cinquante mètres, des couples russes et chinois marchaient lentement, mais ici même, alors qu'il s'était mille fois trouvé seul au milieu des Thaïs, il éprouva qu'il n'était pas aimé,

594

on le regardait avec dédain ou mépris ou on l'ignorait comme un fantôme, et il eut l'impression qu'un danger traversait tout l'air de cette ville et de cette région et qu'un jour, les touristes, les expats, tous les autres seraient exterminés, pourchassés dans les rues, on enfoncerait les portes des habitations, on violerait les femmes devant les maris, on châtrerait les hommes devant les femmes, on couperait les membres des enfants devant les parents, on ferait des tortures aussi diverses qu'un livre illustré expliquant le fonctionnement de machines complexes, ce serait un grand lavage de sang à la face de l'Histoire policée des transhumances et des voyages.

***

Il refusa la parano et ouvrit son iPhone et se jeta sur le net, la connexion était lente, et hors cadre, il entendait les rires et les joies du nouvel an, et les fêlures vocales des punters, l'un d'eux entre-temps s'était installé avec un micro et une sono de karaoké et hurlait « it's my liiiife » de Bon Jovi d'une voix fausse insupportable, il était énorme, crâne rasé, et agitait son tee-shirt d'une main, il transpirait et sa peau était rouge, et il déchoyait joyeusement, avec méticulosité, s'autodétruisant avec la grâce de la laideur assumée, une splendeur de déchet.

***

> **voyagevoyage.com** > **Rubrique : Thaïlande** > **Intitulé : Se finir au Siam, un conte à rebours** > **Auteur : Heil2guerre**

Se finir au Siam, un conte à rebours#12

Je ne bois plus ni ne pense à ma terre natale sans éprouver, du déracinement, l'ontologie fière de celui qui s'exprime clairement depuis la seule grande Histoire qu'il accepte : celle de sa langue. Lisant Joseph de Maistre hier, *Examen de la philosophie de Bacon* et ses premières pages si précises, lui qui passa en Russie de belles années productives, je ressens une symétrie d'inversion, moi non pas l'antrustion de lui mais son opposé, comme lui exilé mais tombé bas, appelé vers le bas quand il s'évasait aux astres, le long de la Néva, dans des entretiens bordés du marbre des quais de Saint-Petersboug et du soleil rasant l'horizon. En moi désormais, nulle aube qui ne soit malaise, nul crépuscule qui ne soit maladie, mais comme des sceptres, des médailles nécessaires à mon absolution, à cause du temps perdu dans des fadaises démocratiques.

Je me relis, ça manque de chair, c'est abstrait. Cette ville, Pattaya, est extraterrestre, elle est un rêve à celui qui arrive, éberlué, confronté à l'impossible d'autant de putains au mètre carré. Si le prix du mètre carré dans le monde augmente, ici le mètre carré est le plus densément peuplé de chair à louer, ce qui relativise le prix à payer pour y habiter. Et comment penser cette ville hors le commun de la Terre si ce n'est par autre chose que le concept ? et pourquoi ne pas proposer à l'existence l'extra-concept ? Car oui, l'extra-concept est l'outil où se pense, se réfléchit, s'argumente l'extra-terrestre. L'OVNI est ici l'OUNI, l'objet urbain non identifié.

Mais retour à ma journée, mon Dasein assumé : elle a quatorze ans, c'est la plus jeune à ce jour de mes « amies », elle vient après ses cours et je la nourris et lui donne de l'argent. On s'est fait de l'œil au Central Festival niveau cinéma où je traîne les après-midis, car les filles de Beach Road me lassent et je suis fatigué des pirates des sois 6 ou LK Metro ou Buakhao ou Honney, fatigué de leur ésotérisme cutanée où rugissent des draguons et des temples et des sutras. Même si j'aime apprendre à lire le thaï sur leurs peaux, ça me fragilise leurs toiseries depuis le piédestal de leur caste. Et donc je me tourne vers les très jeunes,

596

mais déjà si savantes, avec leurs yeux brillants où s'inventent des perspectives de meilleures vies. Elles sont farouches, bien plus que celles de Birmanie, plus habituées sans doute, leur niveau de vie est meilleur, à leurs yeux, je ne suis qu'un vieux dégueulasse sans doute. Je me pense Socrate avec Alcibiade, Hadrien avec Antinoüs, le Maître, et c'est normal que le vieux prenne la prime jeunesse en âge de sexualité, normal depuis toujours, il n'y a que récemment que cette normalité est devenue anormale et c'est la preuve d'une époque invertie, d'une société à rebours, la preuve du triomphe du mal par la morale, l'enfer, c'est l'abstinence, la condamnation de ce qui est naturel.

La vérité aussi, c'est que cette petite me rappelle ma fille qui me manque.

PS : je suis désolé de m'arrêter là, de laisser en suspens les choses, de ne pas aboutir, d'apparaître par fragments, de vous faire arpenter des chemins qui ne mènent nulle part.

> **PunterMaster** : cher « Heil2guerre », c'est très déplacé comme intervention, et ce n'est pas le bon forum. Ici, nous échangeons sur les pays que nous aimons découvrir, pas sur l'exploitation de ces pauvres gens. Je propose au modérateur de clôturer la discussion afin d'éviter les amalgames que votre sujet risque de provoquer. Et je ne vous souhaite aucun bonheur dans votre déchéance.

> **Spider** : C 1 un voyage pour lui ossi, fo savoir lire ! T cho he2gerre, un gros pédo MDR ! G aiméré pas t'avoar dans le quartier, sérieu !

> **AssLover** : ouais, tu nous rends pas service, t'es ce que les médias dénoncent, le tout justifié d'un jargon philosophique de charcuterie grande surface. Un punter en chute libre, c'est autre chose, ça touche pas aux gosses, on a une morale de vrais mecs. Heil2guerre est un zamel de mes couilles. Je lui chie à la gueule à ce tarba, et qu'il vienne me

la jouer pédo, on va voir qui seigneurise dans la frappe. Moi c'est l'épée, pas la robe des noblesses de tarlouzes.

***

Son scooter était garé loin sur Pattaya Taï au niveau du *TukCom*, le centre commercial spécialisé dans les produits électroniques, et dans la moiteur nocturne, il longea le Wat Chaimongkon, et ce fut une plage calme dans la folie. Les bâtiments de prières, d'enseignement, de crémation et d'habitations des moines reposaient dans la quiétude, éteints et muets, et ils étaient le reflet dans le béton et les tuiles, des visages doux et mutins, recueillis et fermés dans de brefs sourires et des sourcils froncés, de la majorité des enfants et des adultes d'ici, engagés dans un autre calendrier et d'autres genres de valeurs.

***

Et il rentra dans la vitesse et la nuit, accélérant sur la voie express, Sukhumvit, longeant la côte aussi loin que lui permettait son réservoir en direction de Bang Sare, les constructions s'espaçaient, il pouvait entendre malgré le vent d'immenses traînées festives, il croisait des pick-up d'ouvriers épuisés et de jeunes Thaïs le suivant des yeux rigolards, et cela dura au moins une heure et plus, jusqu'à Satahip. La base navale et ses splendides parterres de fleurs et d'arbres entretenus sur des dizaines d'hectares bordaient des routes belles comme un Siam des merveilles, et il finit par accéder au bord de mer. Il y avait des restaurants nichés dans les collines, en terrasses de teck où des bougies vacillaient dans la moiteur, posées sur des nénuphars donnant aux tables l'allure de lacs miniatures, et de loin, « Harun » observaient des convives d'un autre genre que ceux de Pattaya mais unis à eux par des méandres de rêves identiques, c'était cher, kitsch, néo-colonial et de caste aisée, ou à l'inverse moins cher, accessible, pour tous les goûts, on y voyait des punters reconvertis maris et leurs ladybars devenues épouses manger dans la dignité, la douceur de la vie familiale, parfois avec leurs enfants qui deviendraient peut-être acteur, actrice, mannequin, médecin, avocat, le taux de réussite des progénitures mixtes étant, dit-on, supérieur que chez les sangs purs.

* * *

Il s'arrêta sur une des plages, et en face, à portée de nage pour les premiers, il y avait des îlots rocheux féeriques couverts de jungles qui s'éloignaient dans l'horizon plat d'une mer calme, à peine illuminée au loin par les lumières des tankers dont certains klaxonnaient en réponse aux fêtes qu'ils devaient apercevoir depuis leurs ponts tout au long de la côte, et l'air était clair jusqu'aux étoiles, il y avait près de lui une statue noire de déesse posée sur les rochers, aux bras chargés d'offrandes de fleurs, et qui bénissait les flots, mais il ne sut pas laquelle.

* * *

Et « Harun » s'assit et la chaleur était partout mais fraîche par endroits, quand une brise infime semblait sortir des vaguelettes du bord, et il était seul et vide, d'une solitude et d'un vide réussis, pris dans le vertige d'une joie sans fin de correspondre avec tout, il était arrivé à cet état de bien-être et il n'avait pas peur, car autour de lui, le monde siamois était disponible, quelqu'un, une fille du Royaume, l'attendait, il n'avait plus à se presser, il vivait dans l'éternité, il le sentait.

Scène 15

Ça devait être comme ça dans les temps anciens.
Des gens d'une telle bizarrerie, comme jamais de ma vie je n'en avais vu ou n'avais entendu parler.

João GUIMARÃES ROSA – *Diadorim*

15.1 La France qu'on quitte, c'est mon travail, mon job, celle des émigrés, français fuyards, pétochards, l'émigration rodée aux traités révoqués, l'édit de Nantes et compagnie, celle des grandes peurs, des évadés, des fuites religieuses, politiques, économiques et désormais sexuelles, la France des satisfaits, des blasés, des grégaires, des législateurs en série, des aphorismes puceaux et des leçons de grande morale, fuie par les « traîtres », les « aristos », les « égoïstes », les « ratés », les « échoués du système », les « recalés de la société », les clients des putains, en fait les victorieux, les hautains et les fiers, les morgueux d'une certaine beauté, et qui ne se laissent pas faire, pas enfermer dans l'image des langues wesh ou grand style, des arts wesh ou grand style qu'on leur colle et qu'ils recrachent, avec des *r* raclés ou des froideurs d'antique grammaire, jouant du cliché en soliste et s'imaginant plus fort que l'ennui. C'est la France quittée par tous les refroidis ou les trop chauds, les plus bas et les plus hauts, par toutes les femmes sans peur qui voyagent seules, c'est mon gagne-pain, mon business, la France hémorragique des expatriés, et je n'ai pas fini d'en parler, d'en baver, de cette liste chaque jour plus longue, celle des rêveuses, des rêveurs de l'ailleurs.

15.2 Aujourd'hui, les jeunes gens voyagent comme avant ils allaient au bordel. Jamais dans leur pays ils n'auraient l'idée d'effleurer une pute. Mais ici, ils s'y vautrent, commencent dompteurs de tapins et finissent procréateurs. Les ventres des ladybars les attendent pour les cadenasser. Ainsi l'enfant est-il le fruit d'un acte de survie, d'un accident et d'un plaisir et non du confort du sentiment. Il est neuf heures du matin, j'ouvre l'agence, la journée est radieuse, d'un bleu supérieur, ni trop azur ni trop layette, le trafic est incroyablement optimiste et métis, il y a de tout sur les routes, les ladybars rentrent de longtime à mobylette ou à pied, lentement, le maquillage coulant sur leur sourire en coin de casque et de cheveux au vent, avec leur sponsor époux et protecteur, elles les enlacent de leurs bras fins comme des menottes en bronze et or, la journée, la nuit qui vont suivre s'annoncent lyriques, comme ma fournée quotidienne de messages.

15.3 Frédo a dix-neuf ans, il a fait son premier séjour en Asie du Sud-Est il y a un an, juste après son bac pro, un cadeau de ses parents, trois mois d'apprentissage de l'existence sous les tropiques. Il s'est bien amusé, le Cambodge, la Birmanie, le Laos, une pointe aux Philippines, l'Indonésie et la Malaisie. Intuitivement, il est entré en grande sagesse en se frottant aux rites de dix mille ans des Royaumes du Sud chinois. C'est en Thaïlande qu'il a le plus longtemps séjourné et beaucoup festoyé, même si Koh Phangan, ce n'est plus ça avec sa *Full Moon Party* de bobos entre eux, c'est du moins ce que les très anciens lui ont dit, depuis longtemps retirés aux Moluques, au Timor, ou plus loin, et qu'il répète, en bon apprenti. À Phuket, il a traîné à Patong Beach, pour voir, et sur Bangla Road, pour voir, et dans les Soï Crocodile, Eric ou Tiger. Il était parti en mode backpacker et il a terminé en punter, mais il le sait à peine et l'admet à peine. Les familles d'expatriés se haïssent. Les backpackers, souvent en couple, dreadlocks de wallouf en guise de coiffe, détestent les punters, qui les méprisent en retour, eux-mêmes haïs des expats d'entreprise, viciés dans leur couple blanc sur blanc. Il est vrai qu'aujourd'hui encore, malgré les informations, le routard est un pigeon, on peut toujours l'enfiler en lui vendant l'existence de cascades et de rivières peu fréquentées, lui louer des piaules dégueues à des prix de malade et surtout, surtout, lui refiler de la drogue et le faire ensuite arrêter en se partageant la caution, même si récemment, ça devient plus chaud et c'est dommage, très dommage. Le simple fait qu'il soit routard, avec sac à dos et bermuda ethnique, le condamne. Le simple fait qu'ils aillent et viennent en couple les condamne. Ici, c'est seul qu'on réussit, avec un compagnon, une compagne locale, jusqu'au jour

où, clash, il ou elle vous gicle, sortant de son sarong un amant, une fille de jeunesse jamais oubliée. Frédo, donc, a fréquenté une pute freelance du *Hollywood Disco*, il n'a pas payé, elle a fait ça bien, a relui le cuir de sa virilité naissante, même si, à mon avis, ses « sœurs » ont dû la tancer un peu, c'est un risque, il pourrait ne pas revenir. Il a baisé sans capote, en séducteur. Elle a seize ans, et désormais, elle est enceinte. C'est le but du message de Frédo. Il veut venir s'installer ici. Il ne parle pas d'appartement, il demande des conseils. Il précise bien qu'il connaît mon métier, mais il a besoin d'aide. Toujours, il y a ces gens qui s'adressent à vous pour d'autres raisons que celles pour lesquelles on vous paie. J'ai une rengaine de chanson dans la tête, à lui servir en réponse :
le vagin est une poubelle,
      et la queue une sale ordure,
on fout l'ordure à la poubelle
      et c'est bébé en confiture.

Je me ravise, un peu chmata. Inutile d'embellir par des mots de latrines le jour le plus beau. Et demain s'annonce encore meilleur, et pour des mois de saison sèche, c'est pareil, le plus beau jour, suivi du jour le plus beau, suivi du plus beau jour, suivi du jour le plus beau, suivi du plus beau jour, suivi du jour le plus beau.

Décor n° 9 : C'est une clinique privée, dans une soï courte, à peine quelques dizaines de mètres, perpendiculaire à deux autres soï très fréquentées. Il n'y a rien de discret, elle affiche ouvertement son statut, elle est spécialisée en gynécologie, en obstétrique, en

MST. La devanture est vitrée, les lieux n'occupent que deux niveaux en plus du rez-de-chaussée. Dès l'entrée, quelques sièges fixés à une barre forment la salle d'attente, tandis que le bureau d'accueil est tenu par deux infirmières. C'est petit, sobre, les murs sont d'un bleu usé, très clair, un galon fait corps avec le plafond blanc, largement fissuré. On est ici à l'envers des hôpitaux luxueux, très chers, qui font réputation au Royaume. C'est en fait un cabinet médical, mais doté, dans la dernière pièce au fond, d'une salle d'accouchement et d'opération. Les étages supérieurs sont divisés en chambres minuscules, réduites à l'essentiel, un lavabo, une douchette, un toilette. Au Siam, l'avortement est *bâp*, péché, et c'est interdit par une loi datant de 1956, sauf si la fille prouve que c'est danger pour sa santé physique ou mentale. La tête, c'est donc la clef, le sésame. Elles passent un entretien avec le médecin qui décide si, oui ou non, la grossesse va tout bousiller, leur psychologie et leur avenir, en faire des folles. La méthode, pour les filles, c'est ne pas simuler la folie, mais dire l'horreur d'une situation subie. Pas prêtes, pas d'argent, pas de père, et surtout seules, si seules, seules comme une note unique et répétée sur une portée. Elles sont là, les mêmes de l'*Insomnia*, du *Candy Bar*, du *Bodega*, des milliers d'autres, démaquillées, rendues à elles-mêmes, accompagnées de « sœurs », à attendre. Le personnel est professionnel, c'est un marché, on paie cher pour se faire avorter. La salle de consultation est désordonnée, mais le diagnostic impeccable, et les compétences, bonnes.

15.4 Vers midi, je vais au *Food Court*, au niveau – 1 du *Central Festival*, un open space de cuisine facile et faite devant vous, on trouve toutes les bouffes du monde, et les épices sont ladres. C'est dégueulasse, souvent, quand c'est européen, et quand c'est thaï, passable. Les kebabs y sont odieux, les pizzas et les grillades atroces, les desserts non moins, un défilé horrifique d'assiettes saucées industrielles et grasses, mais j'ai opté pour un pad thaï simple à trente-cinq bahts et un vis-à-vis avec Porn. Porn, c'est un ladyboy maqué avec un Russe, un Australien d'origine turque, un Thaï d'origine chinoise, et un Français d'origine française. Elle a aussi une foule d'autres mecs, des courtisans, et le vrai, c'est qu'elle adore jouer. Et la voir jouer est un jeu pour celui, extérieur, qui regarde. C'est une partition sans fin, exécutée sans cesse, qui s'arrêtera peut-être à sa vieillesse, et tous ces types sont des notes dans sa portée. Elle ne dit jamais non, ne refuse qu'à moitié, sauf si, sans argent, le garçon vient et tente de faire compagnie, ou alors il faut être très jeune et très beau, et même là, c'est précaire. Elle attire surtout les Orientaux, moyens ou extrêmes, les Émiratis, les Iraniens, les Turcs, les Pakistanais et les Indiens. Ses goûts vont plutôt vers les yeux clairs et les peaux blanches, et elle me dit en riant, quand je passe et qu'on discute, sa frustration. Elle est musulmane et ce sont les musulmans qui trinquent le plus, chaque fois que je passe, il y en a un ou deux venus offrir un sac, un bijou, une enveloppe pour l'aider. Ils s'assoient avec elle, lui parlent. Pas besoin de se prostituer, ça coule. Elle a un sourire sublime et tellement factice que j'ai du mal à croire qu'on puisse la croire, mais l'amour est ailleurs. Je la regarde évoluer à l'entrée de sa bijouterie, elle gagne bien sa vie.

15.5 Un couple d'angelots prend place à deux mètres. Lui est blanc, geek avec des lunettes et très mince, maigre, des muscles avortés, à peine vingt ans, un tee-shirt délavé sur un jean flottant, elle un peu plus jeune, sa peau très mate, avec des petites taches brunes ici ou là, des pieds abîmés par la riziculture et le manque d'entretien, un visage de gosse pas laide qui se néglige, une de ses arcades sourcilières percée et des yeux maquillés très vite, ses cheveux tenus par une baguette lui faisant une épaisse crinière noire, habillée d'un short mini et d'une jaquette à capuche, chaussée de tongs, et ils ont un enfant. Ils sont aspirés par le bébé, n'ont d'yeux que pour lui, le nourrissent d'un biberon tandis qu'ils ont du porc caramélisé et du riz dans leurs plâtrées. Autour, on les regarde, et je vois que Porn elle-même les regarde. « So young », dit-elle. Le contraste est complet entre la grande ladyboy hautaine et demi-star, cheveux longs jusqu'au cul cambré, et la petite maigrelette sexy au port toujours altier, mais en partage, elles ont une dureté égale de traits dans les expressions, une capacité commune de combat. Elles se toisent et Porn, la première, en grande sœur, sourit avec douceur, et déclenche en riposte un sourire de l'autre identique. C'est un instant fugitif et puissant, des sous-entendus codés, imperceptibles, une rafale d'expressions brèves, souvent oculaires, qui, d'un visage à l'autre de ces deux Thaïlandaises, forment une conversation.

15.6 Du *Central* à l'agence, j'effectue le trajet à pied, Pattaya est une des seules villes thaïlandaises où marcher est courant, un plaisir. Dans un mois, on va devoir refaire mon work permit et mon visa, une procédure fastidieuse, la vraie littérature de voyage, les tampons, les paperasses, les dossiers. Mais j'ai bien travaillé, la crise voit affluer une foule de rejetés qui tentent ailleurs ce qu'ils échouent chez eux. Et cet après-midi, je présente mon Grand Orient Très Spécial à « Vladimir » et deux de ses associés, j'ai mon dossier dans une clef USB, ils ont réservé une salle de réunion de l'*Amari Orchid*, ça semble sérieux.

15.7 À l'agence, un autre rendez-vous m'attend, un homme d'une cinquantaine d'années, qui veut acheter, s'installer et se finir ici, ça se sait dans son allure, assis courbé, téléphone en main pianotant, ses doigts grande vitesse tombant sur le clavier, nerveux de jeux ou d'écriture, c'est immédiat, il sent l'échec assumé à des kilomètres, celui volontaire des pentes descendues à grosses enjambées.

15.8 On file chacun sur un scooter vers Jomtien, la route est blindée, on serpente jusqu'à une voie plus rapide, sans feux. Les grues sur Pratumnak ont déjà fait place à des parois verticales géantes d'où dépassent des mikados ferreux, et des soudeurs cachés laissent derrière eux des gerbes d'éclats dessiner des parapluies en pointillés orangés avant de disparaître dans l'air. On pousse plus loin, dans les soï perpendiculaires à la mer, après la Sukhumvit, dans des complexes d'habitations posés en pleine campagne, entre deux massifs de palmes et de fougères.

15.9 Ce n'est pas la première rencontre, on est au stade nodal des familiarités jouasses sans amitié, des tapes sur l'épaule et des confidences de sa part, et il me dit ce qu'il aime vraiment, ce qui le fait bander, à savoir tuer le temps dans un hôtel pourri à regarder seul toute la journée des programmes télé de boxe thaïe et de séries les plus bidon possible, puis la nuit tombée, sortir juste en bas et pas plus loin grignoter des brochettes de viandes grasses et huileuses, avant de remonter se branler au lavabo et finir par s'écrouler abruti par le ronflement de la clim. C'est ça qu'il aime, et à répétition, il y voit un secret, il n'a pas tort, et je l'estime un peu mieux du coup, ce rythme, c'est pour les doués, les ascètes, ceux, élitistes, qui s'interdisent la névrose réflexive positive menant nulle part, sauf, il est vrai, à la vulgarité des découvertes scientifiques. Lui veut du baroque, du monstrueux difforme, de la naine suceuse et du cul-de-jatte sodomisé, un roman de Sade zoomé immobilier, le château devenu pièce unique dans un condo merdique, avec un point d'eau fuyante au milieu d'une déchetterie de matériaux cancéreux. Pas les favelas non plus, il n'aime pas les caricatures, car injuste et lumineux, il trouve les bidonvilles parodiques de leurs conditions perdues.

15.10 Les immeubles vieillots de peinture défunte, il y en a partout, avec fenêtres aveugles sur des coursives étroites. Esthète de l'habitat malade, il pousse la beauté jusqu'au bout, l'achat d'un taudis. Ce genre de plan n'est pas pour les caves. Ceux qui louent sont des lâches. Des endroits pareils, faut y laisser son nom et son fric avant d'y laisser sa vie. Si possible avec emprunt, mais regret, il a de quoi payer d'un coup, il rate donc son endettement. Il a le visage ridé par trop d'éclats de rire nerveux, de rigolades bastonnières, les violentes des foutages de gueule. Il est grand, mince, d'une ossature épaisse, avec des mains de géant, des broyeuses quand elles serrent.

15.11 L'appartement est au premier étage, le couloir ressemble à celui d'un hôpital abandonné, sans lumière. Devant des portes en bois fins, des rangées de chaussures indiquent la présence de plusieurs personnes par chambrée. Ce sont des studios identiques qui se répètent des deux côtés. En ouvrant la porte, on découvre un sol dallé bon marché, des murs crémeux usagés, et le fond est divisé en deux, d'un côté la salle d'eau, de l'autre un espace en encoche résultant de cette division, où l'on peut, si l'on veut, installer une kitchenette. Quatre cent mille bahts, c'est le prix demandé, qu'il accepte sans négocier. Il a trouvé son Shangri-La, sa cité mythique où prier. De cette cellule naîtront des extases. Une fille sort, muette, à peine un regard jeté, ni sawasdî, rien, elle nous considère comme nous sommes, des démons, des esprits perdus, comment juger autrement des étrangers si loin de leur patrie et qui viennent traîner dans leur monde ? Souvent, ici, on est un être invisible aussi longtemps qu'on n'adresse pas soi-même la parole, ils les reconnaissent les fantômes, ils sont spécialistes de ces autres mondes que nous avons réussi à éteindre chez nous, d'abord avec nos théologiens rationnels, puis avec nos rationalistes tout court, sans Dieu. Et ces mêmes gens font le Mal sans Diable, comme autrefois le Bien sans Dieu, l'extase sans sucre ajouté, celle bio des athéistes mystiques. Quelle bataille de baltringues, et c'est nous qu'on traite d'illuminés ? Ok, je crois en Dieu en fonction du beau qu'il m'apporte et après ? Et le Tout-Impuissant des punters, on en parle ?, tous ces types épuisés qui marmonnent la bouche pleine de cachetons de Cialis qu'ils vont baiser et jurent en anglais aux oreilles d'une jeune Thaïe pliée de rire, quels crétins ces farangs, quels crédules, mais c'est beau ces foules pieuses.

15.12 Il est intéressé, il y aura les papiers à faire, prouver la provenance des fonds, l'enregistrement au cadastre, la banalité d'un achat suicidaire. Retour vers Pattaya, on se quitte à l'intersection Second Road et Pattaya Taï, qu'il remonte vers les terres tandis que je descends sur Walking Street. J'ai rendez-vous avec un survivant, vingt ans de présence ici, un record ou quasi, anglais bourru et qui veut vendre son rade. Autrefois, du temps de sa splendeur, il avait été le héros, et sa femme l'héroïne, d'un documentaire de la BBC sur les filles de bar. Une vraie, une authentique mamasan, et lui, un sexpat amoureux comme dans les rêves, toujours accompagné d'une bière, et ventru et joufflu, un « gros porc » donc, pour le seul halouf authentique, celui derrière son écran jugeant comme il télécommande, en zappant. J'ai toujours apprécié ce rosbeef, la sympathie qu'ils véhiculent, lui et sa femme. Mais c'est dû, sans doute, aux images qui sont restées. J'étais ado dans ma barre de Noisy quand j'ai vu ça, une caméra filmant une œuvre d'art à ciel ouvert, Pattaya. Les couleurs du jour avaient la force des nuances, surtout les verts, qui suintaient des plantes, et les bronzes, qui suintaient des filles. Les couleurs de la nuit avaient le même prestige, n'épargnant aucun dégradé d'une teinte à l'autre, mais plus encore, les néons et les loupiotes rehaussaient la chaleur et la moiteur visibles sur les peaux luisantes comme des cires. Le *Toy's Bar*, du nom de la mamasan, un beer bar glorieux de Haute Époque, la pharaonique des folles histoires de fric perdu pour des putains. Toy, parlant d'une fille, disait « she is like a movie star ». C'était toucher au but avec les références du bord. Elles donnaient, ces filles, de l'art dans le quotidien de types qui n'y connaissaient rien. Leurs mouvements, leurs toilettes plusieurs fois par jour, leur poudre dix fois posées sur leurs joues, et les rouges et bordeaux sur les lèvres et les ongles n'étaient que le haut de l'iceberg, le reste, sans maquillage, tenant à des gestes, des mouvements, des finesses dans le buste droit, des fulgurances de caractères, des violences de bon sens et d'esprit, d'où, sans éducation profane, mais venu d'une lointaine connaissance, comme une preuve des réminiscences, elles composaient, et toujours composent, leurs règnes de guingois, mais célestes. Elles avaient aussi des vulgarités partout, dans la façon de renifler des fois, dans le rauque de la voix. Elles bombardaient le spectateur d'impressions nombreuses et toujours contraires mais portées par un seul être. Je n'ai jamais oublié. Je n'oublierai jamais. Et quand mon tour est venu, quand j'ai atterri au Royaume et tressé mon conte désaxé sur les polarités en désordre de mes pulsions, j'ai retrouvé cet Anglais, comme un miracle, et sa femme. Ils ont vendu le beer bar, investi dans ce petit comptoir mitoyen au *JP Bar*. Ça m'a fait bizarre. Le *JP Bar* est un autre monde, point de douceur, l'absolu de la Toise, de la frime des ladys sans bars, freelances et pirates tatouées, dealeuses de dope aux plus faibles des sœurs. Et voir ces deux êtres de ma mémoire dans le présent de cet univers du *JP*, ce fut comme une chute. Et le fait est que ça ne marche pas fort, il y a peu de clients, c'est un coin du passé égaré dans le Pattaya électro nimbé de réseaux sociaux. Ils ont vieilli. À l'époque déjà, l'Anglais était en survie. Elle s'occupait de tout, du bar et des clients, des filles et des intendances. Une mamasan du Haut Empire, quand la ville moins développée construisait un mythe aujourd'hui toujours vivant mais déjà exploité au second degré. Ou bien je me trompe, je confonds l'ère primitive de l'Âge d'or avec le zénith de celui-ci, qui est maintenant. Dès qu'on quitte le Royaume, on retourne au Kali Yuga terrien, tandis qu'ici, on est encore au Paradis. Il m'explique la volonté du patron du *JP Bar* de le racheter pour s'agrandir. Le prix lui semble incorrect et sa femme est résignée, avec cette furie siamoise dans l'acceptation fataliste d'un pouvoir trop fort, comme des castes sans cesse reconstituées dans les moindres rapports. Car le patron du *JP* est un Thaï apparié aux poulets. Il me demande si je ne connais pas un pigeon qui pourrait d'un coup et vite craquer le rachat. On s'attarde, je lui explique n'avoir personne et que c'est mort actuellement.

Soit les types ont de l'argent et prennent une grosse machine, soit pas beaucoup et ils ne peuvent que rêver le petit rafiot naviguant sur Walking Street. Il travaille désormais dans un mythe urbain et comme tout objet de valeur, cette rue est sans prix. Sexopoly, le jeu des vrais bilets.

Du coin où l'on est, une venelle artificielle perpendiculaire à Walking Street, Soï Lucky Star, du nom du bar qui fait l'angle, tout est sombre, même en plein jour, car la tôle des toitures couvre tout. Il fait nuit dans ce segment, mais aux deux extrémités, il fait jour, et les couleurs règnent, vert et rouge des assises de tabourets, jaune de certaines enseignes, vert encore des tapis de billard, rouge encore des lumières. En les quittant, Toy me tient dans ses bras en me disant « take care » avec sa voix légèrement cassée, et encore maintenant, à son âge, elle joue dans ce geste ordinaire, un registre qui dépasse mère et putain, sœur ou amante, de complète séduction, de totale indépendance d'être soi, thaïe, femme, comme un art de naissance jamais épuisé dans son exercice.

15.13 De retour à l'agence, ma boss au téléphone, je reste devant l'écran, prostré, penché dessus comme pour travailler alors qu'au contraire, je regarde derrière, la placette animée et les palmes. Puis je fais défiler les cinq planches de ma présentation. Puis à nouveau la ville dans cette portion minime à l'extérieur du bureau. Une serveuse d'un des restaurants en face fait signe à deux hommes de s'asseoir et les appelle comme font les ladybars. Je boucle tout et pars vers « Vladimir », mon nabab.

15.14 L'*Amari Orchid* se prépare à accueillir ce soir un de ces raouts étranges où se reconstitue aux antipodes une microsociété de gens « importants », jouant d'un décorum identique à ceux des « Awards » en musique et en cinéma. C'est l'un des sommets illusionnistes de cette ville, de se travestir en cité normalisée dédiée aux parades de la célébrité. Des cimaises tapissées de logos de marques souvent inconnues et parfois bien réelles donnent un fond à des estrades où monteront tout à l'heure des invités pris en photo et déversés sur le web des magazines en ligne à la gloire du nouveau Pattaya. Un article ridicule écrit par un crétin disait d'ailleurs récemment, « After Ibiza and Saint-Tropez… Pattaya ? ».

Une telle affabulation avait du bon, on recrutait à tour de bras des demi-riches des classes moyennes aisées d'Europe et des États-Unis, des beaufs qui venaient en famille claquer le pognon de deux ou trois générations de bonnes conduites commerciales et d'enrichissement, et se faire un Miami ou Monte-Carlo à leur mesure. En descendant de scooter, je vois les livreurs apporter fleurs et bouteilles de champagne.

15.15 Passant le hall et m'annonçant, on me conduit dans une des salles de réunion, généralement consacrées à des séminaires. Des boîtes viennent ici réfléchir à leur fonctionnement, au milieu de cent mille putains. On n'arrête plus le baroque et le comique. « Vladimir » est là, assis, d'humeur excellente, et il n'a qu'un seul acolyte et son premier mouvement est de me dire qu'on va ailleurs, un bateau loué. « Tu as mal saisi, dit-il, la réunion a déjà eu lieu, elle ne te concernait pas et c'était juste pour te retrouver, j'aime parler avec toi dans mes déplacements. » Je n'y comprends rien. Je reste dans ma moue, ne réponds rien, c'est encore un plan comme Pattaya sait faire, du grand n'importe quoi façon coup de théâtre. « Don't worry, my arabian knight, dit-il, tu vas parler de ton projet. »

15.16 L'homme qui l'accompagne est français comme moi, il parle russe et il est ingénieur dans le bâtiment, c'est un exilé de la première heure, son départ remonte aux années 1970, quand les « mai 68 » à deux francs d'Europe de l'Ouest avaient chassé vers l'Extrême-Orient les jeunesses les moins complices du nivellement. Il est borgne, une barbe blanche taillée à la Burt Reynolds, des cheveux ondulés qui ont dû être noirs. On dirait un revenant, un sosie de Charles Duchaussois. En sortant de l'*Amari*, une berline japonaise trapue nous attend portes ouvertes et on file jusqu'au Bali Haï Pier en évitant la Walking Street déjà piétonne à cette heure. Sur le port, une vedette de plaisance nous mène au centre de la baie. Il y a quelques barges à huîtres autour et l'*Oriental Star* se prépare à briller dans son ancrage permanent.

15.17 Il est dix-huit heures trente, et le crépuscule est servi. La journée a été chaude sans excès, l'humidité, bizarrement affaiblie pour cette époque de l'année, janvier, n'empêche pas la moiteur de coller avec l'air, et tout, dans cette mer polluée, signale quand même les tropiques des eaux émeraude. À cet endroit choisi par « Vladimir » pour mouiller, l'écliptique des lumières des boxons et des bars de Pattaya m'apparaît dans sa quantité effroyable et sonore, car la rumeur jusqu'à nous des fêtes en face qui se préparent est perceptible par vagues inverses de celles, maritimes, envoyées par le Golfe sur la côte.

15.18 Je reste muet, comme les deux autres, tous les trois réunis dans la vision subie, des voyants, la poésie foutue, ratée. Le pilote, un beau Thaï tatoué, lunettes de soleil sur le nez, chemisette manches courtes cintrée ouverte sur un marcel et cheveux gominés, nous sert des bières. « Vladimir » me demande d'exposer le projet. Comme un athlète, je crache avant de me lancer.

15.19 « Queen chante *Flash*. La collusion du nom du groupe avec celui de la chanson provoque un sens extrême. D'un côté la royauté sous l'égide de sa partie féminine, la reine, de l'autre le plaisir le plus total, qui évanouit. D'un côté des hommes qui chantent sous un titre de femme, de l'autre un morceau à nom d'extase qui confine à la déchéance et l'esclavage. C'est la magie du Pop, de faire rencontrer les deux bords d'une société, mais toujours sous l'autorité du bouffon. Et c'est en ça que ça rappelle l'Ancien Régime, le seul important, la Royauté. Le Roi est une fonction baroque qui tient dans la rencontre d'une mission fabuleuse, le "Principat", avec la veulerie d'un être, le couronné, tant la tronche des nobles et de leurs actes ne sont jamais, jamais à la hauteur de leurs pouvoirs sacrés. C'est pop, cette dissymétrie, la gueule pourrie cerclée de hauts symboles. Les francaouis et les koufars d'autrefois n'ont pas guillotiné un homme mais sali un principe, un ordre. Le peuple souverain est l'idéal dont la révolution est toujours la perversion. C'est une règle irréfragable. Aujourd'hui, il convient donc d'aller au bout du désordre initié jadis et de se vautrer dans Pattaya où la Noblesse de rue trouve sa Cour. C'est un raccourci, je vais vite, mais toi "Vladimir", tu es l'autre peuple de la Révolution, et tu sais ça très bien, et je comprends en le disant pourquoi tu m'apprécies, car on est dans le même bateau, comme ce soir, et donc tout a une signification, même ce détour débile de m'avoir fait venir à l'*Amari* pour ensuite m'amener ici, car "avant de connaître la Lumière, il faut connaître les Ténèbres" comme dit le b.a.-ba des loges du monde entier, et de la nôtre aussi, "Punter Brotherood", hein mon frère ? Tout ça, tous ces principes ont vieilli, dans la musique pop c'est mort, et c'est au tour des arts anciens et savants de revenir sur le devant de la scène vivante, et l'architecture incarne bien, maintenant, la grande pandémie des références mixées, le grand mélange, le bordel spirituel et matériel, crispation et syncrétisme, et voici donc le pourquoi du comment de ce projet inspiré de Pattaya, le Grand Orient Très Spé… »

15.20 Vladimir fait un signe d'arrêt puis éclate de rire, et le Français qui n'a pas cessé de traduire embraye lui aussi en toussant. « Ok, now shut up and show us the screen. » Il se saisit lui-même de l'iPad que j'ai dans les mains, et avec l'autre, ils paginent les cinq dessins et les détails techniques. Ça prend quelques minutes, dix ou moins. Ils se parlent en russe en hochant la tête et « Vladimir » acquiesce à plusieurs reprises au francaoui doté d'une bedaine frangipanée de viandes et d'alcools haloufs. « Ok "Harun", it's not possible, the idea is nice but it's not realistic. » J'ai l'impression d'être en France d'un coup, comme si tout exil s'était aboli dans l'espace d'une conversation en langue latine. J'ai comme envie de tout flinguer. Mais « Vladimir » me ramène à la réalité de la ville, Pattaya et ses zaps rapides d'une humeur à l'autre : « On va le faire quand même "Harun", l'idée est trop bonne, simplement c'est une idée, un concept, il faut tout reprendre à zéro et calculer les masses et les répartitions autrement, car là, ça s'écroule avant d'avoir commencé ton Grand Œuvre, et surtout, ferme ta gueule, tes délires vont casser ton projet, ne parle que de maisons suspendues, de condominiums de villas, de soleil, de jardins suspendus, c'est ça le point fort. »

Décor n° 10 : Sur le mur, dans la chambre, le grand dessin s'est recomposé, neuf, décrivant une structure neuve, en traits retrouvés, simplets, polis, efficaces, du plus droit au plus courbe, du plus fin au plus gras, avec de légères grisailles et de légers dégradés, simulant un immeuble à base de maisons empilées, espacées, répétées. C'est une chimère. Il est inconstructible.

15.21 De retour à terre, j'accompagne un peu les deux autres à la fête immobilière. On remet des récompenses aux meilleurs projets. Là, ce sont des types que je connais, tous anglais, bâtisseurs d'un lotissement de villas luxueuses, dans les terres, loin, près d'un lac artificiel, à côté d'une colline minuscule bientôt rabotée, son pelage forestier abattu, ériflé en nouvelles résidences. Les lits ont des lumières indirectes en dessous des sommiers qui font ressembler les chambres à des bordels. C'est mille et une fois les prix de la Soï 6. La plupart des hommes sont blancs et la plupart des femmes sont thaïlandaises. En général, elles travaillent dans les entreprises créées à l'occasion des chantiers. Elles sont toutes les maîtresses de leurs employeurs et tissent lentement leur nouvelle vie sur fond de vins australiens, de flûtes de champagne, de cheveux décolorés et de pipes.

15.22 Je file et trace sur Beach Road. À l'entrée de la Soï 6, je me gare et remonte la rue. Au *Passion Dance Club*, une nouvelle m'intéresse, jeune et petite, toute grasse et un visage de dingue, pommettes, paupières et lèvres de grande peinture classique. Ses cheveux arrivent juste aux épaules avec une frange sur le front. On monte à l'étage, sept cents bahts le short time, trois cents la chambre. Se déshabillant, elle rigole tout le temps, mais il n'y a presque rien à enlever, elle est juste vêtue de talons, d'un kilt ras du cul et d'un haut bikini. Elle est zouze des Beaux-Arts, clair, une tasse qui sait tout de sa caste et son gras, j'en fais ma compil, les seins, le ventre, les cuisses, les hanches, les fesses, je prends et j'alterne les pressions. On file à la douche et je commence à manger. Sur le lit, je lui demande si elle a une lime à ongles, et comme elle répond for doing what ?, je lui dis de se foutre en levrette et de se limer les ongles pendant que je la prends comme ça.

La variante magazine m'intéresse moins. Ça la fait rire de nouveau et elle dit de m'attendre, ouvre la porte, hurle en langue lao-issâne un truc, et juste après, elle est en position. Je bande difficilement mais le cacheton de Cialis avalé un peu plus tôt va faire son effet. Cracher ne sera pas simple. Me sentir con va m'aider. Je suis un esthète, plus un artiste. Elle se lime pendant que je lime et s'emmerde à jouer celle qui s'emmerde. La boucle est bouclée, parfaite, j'ai des manies de punter habitué, j'ai des lubies, comme un vieux, je suis pour toujours citoyen d'adoption de Pattaya, un raté de grand style. Il n'y a plus que l'ennui qui m'électrise encore.

ENTRACTE III-IV

Certains des membres des forums se croisaient seulement, se connaissaient de vue, se saluaient de loin, se parlaient par tiers, s'ignoraient franchement ou se snobaient à jeun, sans les cuites qui rapprochent, les fraternités veules, de bordels et de bars, francophones dans leurs cas, où ils se donnaient rendez-vous, et s'informaient des uns, des autres, par ouï-dire, rumeurs. « Harun » ne connaissait pas « Scribe », qui connaissait « Kurtz », qui connaissait « Harun ». C'était du temps où « Kurtz », encore, était vivant, et connaissait « Marly », qui connaissait tout le monde, mais vaguement, car assis souvent au *Food Court*, au *Central Festival*, face à l'une des boutiques de Porn, il en voyait passer, des gens, et d'allées en venues, de discussions en saluts, d'intermédiaires en précisions, il remontait les généalogies, identifiant dans la carrure malingre ou épaisse, grande ou minuscule, le pseudo actif sur le net, et toujours il constatait le décalage entre le corps et l'esprit, le divorce entre un nom d'emprunt saturé de significations et de projections, et le physique réel, ses mouvements, ses allures, la vérité visuelle, olfactive, vocale d'un homme sur le terrain, loin de la Toile et ses sortilèges de Basse Cour.

Porn, elle, connaissait chacun, au moins appelé, une fois, à devenir client.

La plupart des autres en revanche se côtoyaient, nouaient des relations fragiles débutant toujours de manière semblable, quand pour la première fois débarqués à Pattaya, ils se rencontraient et sympathisaient, inconscients du monde dans lequel ils évoluaient, se laissant aller au fil des premières nuits avec leurs premières putains et leurs nouveaux « amis » à des confidences sur leur vie réelle, leur identité réelle, leur vrai travail, leur situation familiale, prenant des photos et se laissant prendre en photo, toutes choses qui une fois passés les premiers séjours, se retournaient contre eux et finissaient en ragots dans le meilleur cas, en moyens de pression, de chantage la plupart du temps, et ils s'affranchissaient ainsi, se durcissaient, devenaient eux-mêmes à leur tour pour les néophytes les bourreaux que d'autres avaient été pour eux, et ils se retrouvaient tous aux adresses indiquées sur les sites par les patrons venus faire leur pub, on voyait fleurir les bannières de bars, de guesthouses, d'hôtels, de bureaux de location de scooters, et c'était une guerre, des pseudos d'occasion surgissaient, pourrissant les réputations et traçant des histoires de vols, d'arnaques, de filles mineures, de descentes de flics, des réputations sans preuves de pédophilie se répandaient quand, mal réveillé, d'une humeur de vrai chien de meute la gueule bornée par ses propres aboiements abrutis, un type se mettait à pondre un post impliquant l'une ou l'autre des personnes vues la veille et dont la tronche ne lui revenait pas, ou mieux, à planquer de la drogue chez lui et à le faire arrêter, il trouvait ça amusant, le carrousel de son ennui tournait dans sa tête, vrillait dans son cerveau aéré aux climatiseurs poussiéreux de chambres défaites, où tout suintait, les murs et les lavabos fuyant une eau tiède vite devenue vapeur dans la moiteur, l'humidité, tandis que dans les lits, les filles et les travelos ramenés se concentraient sur leurs téléphones ou l'écran télé sans cesse allumé, ou la queue à sucer.

**

Ainsi le tissu de Pattaya empruntait toutes les figures de points possibles, toutes les coutures, tous les raccords, tous les types de techniques du tricot au tressage, à la dentelle, chaque être, de la putain à l'enfant fréquentant les écoles, du punter au flic, aux commerçants, aux politiciens, aux moines, aux touristes, chaque Thaï et chaque farang, étant comme partout ailleurs un fil traversant d'autres fils, mais plus qu'ailleurs y faisant des mailles, et plus nombreuses, en plus grand nombre que partout, des trames et des chaînes, des rabats, des ourlets, des dente-lures dans l'étoffe des rencontres tarifées, les entrelacs et les biais, on sentait les aiguilles traverser l'air à grande vitesse, et lier un peu plus les individus filaires, une humanité-corde qui jouait sa partition de sexe et de désœuvrement au maximum des possibilités sensorielles de l'espèce, de l'argent perdu ou gagné.

**

Depuis longtemps « Harun » ne gagnait rien avec ceux-là, les punters en muscles et morgue couronnés d'une gueule cassée de naissance, un ou plusieurs traits défigurant des visages qui en Europe, aux Amériques, en Russie ou en Inde, faisaient peur, et quand les traits de naissance restaient réguliers ou beaux, c'était la fréquentation de l'Asie du Sud-Est et de ses facilités qui les rendaient difformes, toujours ce caractère livide, cynique, mythomane et hautain pour tracer dans les plis des lèvres, des fronts, des yeux, le faciès réel de leur déréliction.

**

Et cette nuit pas plus que les autres, « Harun » ne gagnerait rien à boire en leur compagnie, même il y perdrait un peu à les frôler, mais parfois il aimait ça, retrouver sa préhistoire à Pattaya dans ce ballet persistant du cœur réel de la ville, les punters, dont il faisait encore partie depuis sa solitude bon chic bon genre et froide d'expatrié disposant d'un travail dans une compagnie locale, et il observait la ronde, et non loin il y avait ce type, « Scribe », dont il savait sans jamais lui avoir adressé le début du début d'une parole, où il vivait et ce qu'il faisait, et il était seul comme lui, les yeux plantés dans la foule de Soï 7, et « Harun » se souvenait de ce patron rencontré lors d'un premier voyage, et qui n'était pas patron mais simplement gérant, et qu'on avait impliqué dans différents problèmes de caisse volée partout où il avait officié, des comptes trafiqués (mots employés sur les forums, glaviotés avec toute la précision de week-end d'ennui et de vergetures intellectuelles, toute la sociologie du coma des vies boréales), et aussi l'habitude d'essayer gratuitement toutes les filles qui venaient travailler dans son bar, de les baiser à plusieurs reprises quand bon lui semblait, ce qui était une pratique courante ici, et quand des filles d'autres bordels venaient dans le sien ramenées par des clients et qu'elles discutaient avec leurs sœurs bossant là, elles apprenaient combien il était porc – « mou » – avec les gagneuses, un gros dégueulasse, et que jamais elles ne viendraient y bosser, non merci, et donc « Harun » se souvenait que ce gérant, ce manager comme on disait, lui avait peint la ville aux couleurs des poubelles, tous les déchets de l'humanité se donnant rendez-vous ici, échouant ici affirmait-il, « si tu savais », et combien il était savant de tout ça, et il répétait ça toutes les nuits devant des auditoires plus ou moins fascinés gaspillant leur pognon en alcool et discussions, c'était une spécialité française de discourir à pas d'heure sans beaucoup de filles autour, il déroulait sa vie ancienne en France, marié gagnant beaucoup de fric avant de venir ici pour se changer les idées après un court séjour en prison, il prenait soin de souligner ce fait d'armes comme pour dire attention, vous avez à faire à un « vrai », et il enchaînait sur son ex-copine thaïe de Bangkok, une castée, une haute, une bourgeoise au teint blanc, avec qui il marchait sans lui tenir la main car en bon connaisseur du Siam, il savait combien sont laides les réputations de filles s'affichant avec des farangs, et il poursuivait ainsi buvant au crédit de ses clients sa propre marchandise, se faisant inviter lors de visites dans les gogos de la ville où il touchait des commissions ridicules sur les consommations et même les barfines, quelques bahts de plus, et il disait souvent qu'il écrivait un livre sur Pattaya, il en avait même trois en route, un guide de voyage « déjanté », c'était l'adjectif employé, et ses mémoires de sexlord, lui le gérant, le patron, le caïd de Soï Buakhao, mais il n'était pas méchant, juste brisé, c'était vrai, abandonné sans papiers réels, en overstay, au milieu des ladybars toujours entre deux passes, deux prières à Bouddha, deux Western Union, ou des offrandes à Thao Suranari, l'héroïne qui sauva la ville de Nakhon Ratchasima des envahisseurs, des étrangers, se servant des jeunes filles thaïlandaises comme d'une arme, leur montrant qu'elles sont des armes, les faisant flirter avec eux, gagnant leur confiance, les enivrant, puis la nuit, les tuant jusqu'au dernier.

***

Il avait survécu quelque temps, passant d'un job à l'autre, et son acte dernier, de gloire, ce fut une « lettre » envoyée à des dizaines de membres pour lever des fonds en vue d'un énième bar dont chacun serait actionnaire, il précisait aussi que cet argent lui permettrait de poursuivre son aventure au Siam, et qu'il serait le principal détenteur des parts du boxon puisque enfin, il en serait le gérant, et des michetons avaient payé, mille

euros ici, mille euros là, crédules, confiants ou simplement inti-
midés, très seuls, tenant à cette amitié avec cet homme comme
ils tenaient à leur rang auprès de ladybars qu'ils sponsorisaient,
et le lieu avait ouvert, et quelques mois plus tard, très vite, fermé
sous une avalanche d'ironie et de bruits de couloirs, de polémiques et de menaces, et chacun se souvenait et les financeurs
se cachaient, honteux.

***

Tous ces types, et « Harun » aussi, portaient leurs souvenirs
comme des pompes de marque et de cuir, ils les ciraient avec
passion, les faisaient reluire, leur donnait une odeur de cire, des
Madame Tussaud du relent proustien, de la balle à écouter pour
se fendre la poire.

***

Juste une illusion, des rêves doux, c'était la beauté de Pattaya, sa drogue, ces histoires-là, « Harun » regardait toujours
« Scribe », il devait en jouir aussi de tout ça, en esthète du répétitif des mêmes blandices cachant des poignards et des ruines,
des maladies, le comique, le tragique, le boulevard, l'ésotérique,
le mystérieux, le savant, tous les genres et tous les styles joués
en ville, sous ses yeux copieurs.

***

« Sweet dreams are made of this » : on entendait les couplets entre les cris et les joies du *Heavens Door Bar* où ils se
trouvaient, et tous ces êtres, à Pattaya, avaient effectivement
voyagé de par le monde et fréquenté les sept mers, et chacun,
même le plus minable, le moins humain, avait des désirs précis,

certains voulaient utiliser les autres, certains voulaient que les autres les utilisent, certains voulaient être abusés, et certains voulaient abuser des autres, la tératologie chantée, parfaite, des soï de Pattaya.

***

Le morceau fini, « Harun » s'était levé, discutant un instant avec deux filles en lisière, singeant une complicité, les prenant par le bras, elles avaient éclaté de rire lorsqu'il s'était penché, murmurant un truc, puis il s'était engagé vers Beach Road, et « Scribe » l'avait vu disparaître au milieu des passants, il le connaissait de réputation, et il avait continué d'observer autour de lui, la musique toujours jouée, gluante, et c'était drôle de sentir les affects plaqués aux accords, les gens avaient tous une écoute sentimentale, ils ne voyaient pas réellement les enchaînements, ils mettaient des images sur les rythmes et ils déclenchaient leurs danses, des déhanchements souvent mal synchronisés mais sans volonté, sans calcul, rien de prémédité dans ces décalages, juste un manque d'expérience, le corps est un problème, la justesse des danseurs est rare, sauf chez les putains qui, la plupart, s'en tiraient bien, c'était professionnel quoique monotone chez elles, le pas de danse, et « Scribe » était resté là jusqu'à la fermeture, jamais réelle, car même lumière éteinte, des couples demeuraient assis au comptoir, jusqu'au matin.

QUATRIÈME RIDEAU

Même si, dans les eaux salies du golfe du Siam, Pattaya reflète ses néons et ses lettres, dans un effet miroir cliché ici particulier ; **même si** l'écriture alors cannelée par les vagues des lumières de la ville est la traduction fidèle d'histoires brouillées, tordues, entre des êtres venus chercher richesse et âme sœur, ou simplement le cul, la bouche, le portefeuille, la peau adaptée à leur soif de fusion ; **même si** Malcolm Lowry survient d'un coup du tombeau son livre en main, *Sous le volcan*, et se dit, merde, pourquoi ne pas avoir situé Quauhnahuac ici, pourquoi suis-je né si tôt, trop tôt, inversant pour une fois un sentiment d'habitude subi dans l'autre sens, celui de naître trop tard dans un monde trop vieux ; **même si** donc Hubert Selby Jr. surgit à son tour pour écrire un *Last Exit to Pattaya*, baignant comme chez lui dans le monde ladyboys, tomboys, punters et putains, pédés et les-biennes, mégalos et mythos, flics et drogués, expats et perdants, rêveurs, frimeurs, aristos et branleurs, trouvant son vrai territoire, son ballet, son opéra, son New York, dans le Siam d'aujourd'hui ; **même si**, à sa suite, toute une plâtrée d'artistes et d'auteurs, des Bacon et des Baudelaire, des Céline et des Joyce, des Eustache et des Biély, des Nabokov et des Genet, sortent de leurs cimetières respectifs et dégorgent de toutes les époques et de toutes les cultures en mode zombies et morts-vivants venus

633

traîner comme les autres, les visiteurs actuels, leurs savates en quête d'inspiration et de style dans une ville poussant la vulgarité au-delà des limites humainement supportables, faisant de ses habitants des hybrides, des mutants du goût le plus communément admis, nourris par l'activité principale, la vente d'amour et de sexe, formant ainsi une ambiance permanente de paresse illimitée, de désœuvrement comme miroir à l'art le plus vieux, le métier le plus vieux, le plus antique, le plus royal : la fiction, le récit de soi pour subjuguer l'autre ; **même si** les charmeurs de serpents ne sévissent pas ici de manière habituelle, laissant les venins faire leur travail de sape des systèmes immunitaires physiques ou intellectuels, afin d'offrir au spectateur une dernière salve d'existence bien sentie avant une disparition de toute façon inévitable ; **même si** une foule de créateurs se met au chevet de Pattaya pour la capturer, la transmettre, en conserver la puissance magnétique, l'attrait, **toujours** elle sera plus fictive que les fictions qu'on en tire, elle sera une grande inconnue et **toujours** un mystère, une bizarrerie, tantôt lyrique, hystérique pour celles et ceux qui arrivent, tantôt maladive, inévitable pour celles et ceux qui connaissent et reviennent là par défaut, pestant, jurant de ne plus s'y faire prendre, mais continuant d'empiler des retours jusqu'au dernier, l'ultime, celui qui les verra disparaître à jamais dans l'explication qu'ils donnent si facilement de Pattaya, ces successions de formules péremptoires des expats sur les lieux, les êtres de cette région, ce continent, ce texte oral illimité morne repris de bouche à oreille dans toutes les langues, où s'agite une rhétorique d'assertions, d'aphorismes, de tautologies, de fuite syntaxique vers la possession d'un sens minimal dans une ville qui n'en a pas, comme les déesses et les dieux n'en ont pas, assiégés de prières mais inépuisés par elles, jamais pris, jamais tombés, tandis que le Grand Livre, le vrai, l'authentique, est un registre, un cadastre, un codicille composé de noms propres, de surnoms, de tarifs, de dates, de mesures, de données climatiques, sexuelles, pharmaceutiques, bancaires, douanières, dont la seule issue narrative est la pure reprise, la transcription stricte et pure, ordonnée et pure de chaque élément, semblable à ces modèles dont la perfection implique non l'interprétation mais la simple copie.

ACTE IV

Fabriqué au XXe siècle
(Scribe)

Peu à peu, toutes les choses autour du « Scribe » étaient devenues les pièces d'un gigantesque jeu d'échecs aux cases imprécises, fluctuantes, mobiles, présentes partout, et bouger l'un de ces objets, le déplacer d'une certaine manière, le remettre d'une autre, l'utiliser d'une certaine main, à une certaine heure, une certaine date, dont l'addition des chiffres donnait un autre chiffre chargé de significations bénéfiques ou dangereuses, le ranger ailleurs, le changer, le mettre à un endroit différent de celui habituel, ou le conserver à cette place trop longtemps, c'était faire un coup dans une partie qui influait, il le sentait, sa destinée la plus immédiate comme la plus éloignée, entraînant sa vie dans une suite de causes et d'effets à l'image de ces pluies sur l'eau qui font des cercles concentriques indéfiniment croisés en reptiles vermisseaux, un grouillement de vitraux vivants, l'interaction géométrique permanente, et c'était pire encore, il voyait des présages dans tout, la carafe sur la table, l'ombre d'un pilier sur une terrasse, l'impression jaune puis noir d'un battement de paupières, et même quand il marchait, franchir la petite raie, l'infime jointure au sol de deux pans de goudron, si c'était du pied gauche c'était mauvais signe, et du pied droit le bon, comme dans les scènes d'initiation au moment de passer la porte ouvrant sur la salle des « frères », aussi adaptait-il son allure, comptait-il ses pas, raccourcissant ou allongeant la cadence à la vue d'une de ces frontières si importantes, car il suffisait qu'il traverse l'une d'elles avec la mauvaise jambe, à l'instant d'une pensée qui toujours chez lui était un désir ou un vœu, pour que celle-ci échoue, et il allait ainsi à Pattaya, Jomtien ou Naklua où il passait désormais l'essentiel de son temps au Siam, allait touchant le bois des arbres ou des tables ou des bancs, répétant à tout instant « touchons du bois », et les filles en lisière des bars le regardaient de leurs visages inexpressifs et attentifs à la fois, comme venues d'un autre monde alors que c'est lui qui venait dans le leur, le regardaient en se moquant ou le fuyant, ou l'acceptant par compassion, et il rentrait chez lui, une chambre et un balcon donnant sur une rangée de palmiers à travers lesquels on distinguait la mer, et le soir, dans la chaleur, il aimait voir les palmes coller presque à la rambarde, leurs feuilles palmées d'un vert cru irréel et comme phosphorescent, et il se mettait alors à écrire, écrivant sans cesse, à peine agacé par l'irruption sur l'écran du correcteur automatique, indiquant très vite et en rouge, « phrase longue ».

Scène 16

Je n'aime pas à voir la fillette annamite
Qu'on loue au jour le jour pour un petit écu
Mais qui n'est pas dressée au plaisir sodomite
Et ne gagne son pain que par le trou du cul.

Pierre LOUŸS – *Pybrac*

16.1 Attablé en terrasse du petit appartement que j'occupe, je tape ce texte à mesure. J'écris en direct, il est difficile de tenir la cadence, je m'accroche au présent de l'indicatif comme un singe à sa branche. Passe en même temps ce qui me passe par la tête, et ce qui passe autour, c'est-à-dire le monde. Passe un oiseau, par exemple, c'est facile. Une femme, évidemment. Passe un nuage, un avion dans un nuage, un éclair. Avec un peu d'invention, je pourrais extrapoler, m'avancer hors du monde, dans l'imagination. Ce serait retomber dans ma tête, et j'y suis déjà, c'est donc un cercle, que la manie des adjectifs me pousse à préciser : vicieux. Tourner en rond, derviche textuel. Le cercle, j'en connais un rayon (il y a là, de ma part, une facilité volontaire, que je ne corrigerai pas, l'amplifiant au contraire, d'une paire de parenthèses), j'en collige les formes, j'en note les occurrences : dans les disques, les roues de vélos, de motos, de voitures, de fêtes foraines, de bracelets (aux chevilles, aux poignets), dans les bagues, les colliers, les plots, les bittes d'amarrage, les rouleaux de PQ, les montres, les horloges, les trous de balles. Rien n'est exhaustif, tout est incomplet, il en manque beaucoup, mais ce n'est pas le sujet, ni le lieu, ni l'heure. L'heure : c'est l'après-midi, cinq heures, et le lieu, Pattaya, Thaïlande. Il vous suffit, pour en savoir un peu plus de cette ville, de ses spécialités, de sa réputation, de sa situation géographique et médiatique, d'aller sur le net vous documenter. Vous ? Mais toi, lectrice ou lecteur. Tu es là, avec moi, tu assistes au texte, qui se déroule maintenant. Nous sommes synchrones, nous sommes ensemble. Tu es devant moi ou derrière, je t'imagine dans mon dos à me juger. Corrige ci, corrige ça. On dit que tu ne sais plus lire. J'ai du mal à le croire, si tu me lis. Accroche-toi, le sexe, la violence viendront sans doute, ou l'intérêt, l'intrigue, n'importe quoi. Voyons, comment dire, si je m'acharne à simuler tes sentiments, je dirais que tu es peut-être fatigué, et que tu souhaites te délasser, te divertir. L'ennui et la curiosité. Ça commencerait mal entre nous, alors. Car quelle absurde façon ce serait de m'aborder. Quelle pitié, et qui donnerait corps à tous les préjugés. Oui, si c'est ainsi que tu viens, que tu m'ouvres, effeuilles mon épaisseur, tu ne sais plus ce qu'est un livre. Tu n'as plus les codes pour reconnaître une œuvre. Les as-tu jamais eus d'ailleurs ? L'Œuvre est ardue. Elle est vivante. Ses parties sont des membres. Ne sens-tu pas les phrases respirer ? Des rythmes, une foulée, comme toi tu souffles. Vois : un instant c'est calme, le suivant haletant. Ainsi va ta vie, sa respiration, ainsi vont les textes, leurs rythmes. Comment t'appeler ? Camarade ? Camarade cobaye ? T'injurier ou te flatter ? Mais non, tu as raison, tu as payé. Tu es un voyeur, tu devrais pouvoir intervenir et me dire de faire ci ou de faire ça. Un jour sans doute, tu pourras, mais là, pas encore, pas maintenant, accroche-toi. Qui que tu sois, te voici là. Face à moi, et moi face à toi. À peine, entre nous, il y a de l'air. Respirons ensemble, en même temps, veux-tu bien ?, cette brève tranche d'air de tes yeux à mes lettres, de ta lecture à mon écrit. Où que tu sois, où que je sois, c'est pareil. Connais-tu ce film de John Woo, *Volte-face* ? Deux types, l'un bon, l'autre mauvais, l'un héros, l'autre anti-héros, échangent leur visage. Le bon officie sous les traits du mauvais, le mauvais sous ceux du bon. À la fin, ils se tiennent en joue, un miroir les sépare, ils hésitent un moment, se regardent, puis ils tirent, rageurs, sur cette atroce image d'eux-mêmes. Ainsi de nous deux. N'oublie pas : tout au fond, nous nous haïssons, tels que nous sommes.

16.2 Au ras des arbres, d'où je me tiens, la mer fait une ligne. Au-dessus, les nuages font les leurs. Et moi, je fais les miennes. Tout est donc lié, tout est donc bien. En ville, d'autres lignes méritent d'être relevées. Au *Devil's Den*, Soï LK, l'une d'elles sépare les filles en deux : à gauche, celles qui acceptent la sodomie, à droite les autres. On choisit une première ladybar, qui en choisit une deuxième, et on monte à trois pour deux heures et quatre mille bahts. À l'intérieur, tout est permis. Dehors, une caméra filme la terrasse à l'entrée, et depuis l'étranger, à la nuit tombée, on peut voir quelques-unes manger, pianoter sur un ordinateur et s'enfermer dans leurs téléphones portables. J'y vais moins souvent qu'à la mer, où j'essaie, chaque jour, de compter les vagues, de leur donner un nom, de les identifier, de les classer. Elles sont là, indéfiniment jetées aux plages et reprises par le large, depuis l'horizon, tout en haut, vers le sable et les transats, tout en bas. Elles arrivent, en voici :

, les cheveux sont faits d'abord pour être tirés ,
en levrette ou à genoux , entre poils et jambes ,
queues et vagins , lèvres et prépuces gobés ,
strass aux mèches , sperme barbouillé dans la flambe
, les cerveaux sont faits d'abord pour baiser , jouir
à fond , copuler , partouzer , discuter , ni
travailler , ni gagner , ni perdre , ni gémir ,
mais vivre ascète ou débauché , au paradis
, les fronts sont faits d'abord pour se sentir rider ,
quand une queue fourre en bouche et crée des soucis
de gorge étouffée sous l'effet des coups donnés ,
et qu'on vomit à genoux des salmigondis
, les yeux sont faits d'abord pour être maquillés ,
regarder les corps triquer , les encourager
à plus loin touiller les reins des putes engagées
sur la voie royale des voyeurs obsédés
, le nez est fait d'abord pour entrer au vagin ,
le haut frottant bien et précis le clitoris ,
les narines prises dans les relents marins
des parois inondées aux odeurs fleurs de pisse

, les oreilles sont faites d'abord pour entendre
crier les punters attroupés , leurs queues à rendre
des filets de foutre déposés dans les lobes ,
bouchant les tympans , et propageant des microbes
, les joues sont d'abord faites pour être gonflées
d'une queue allant et venant sur les côtés ,
créant une boule prête à tout éclater ,
avant le retrait qui veut dire : j'vais cracher !
, la bouche est d'abord faite pour articuler ,
tenter de parler , quand les queues ou les chattes ,
appuient sans pitié jusqu'à créer
des rots , des refrains , des gémissements qui grattent
, les langues sont faites d'abord pour s'enrouler
autour des bites , ou fouiller jusqu'à l'utérus ,
laper les clitoris , et goûter les humus
des mouquères réglées , en fadant leurs fessiers
, les cous sont faits d'abord pour se voir étrangler
par des mains furieuses préposées aux branlettes ,
quand une queue va y chercher sa sanisette ,
ou qu'en levrette on veut guider sa chevauchée
, les épaules sont d'abord faites pour creuser
leur clavicule , et devenir comme des vasques
où viennent se soulager les queues en bourrasque ,
et y laisser le foutre d'un beau bénitier
, les mains sont d'abord faites pour se mettre en bol ,
et recueillir le sperme de plusieurs giclées ,
et conduire à la bouche le jus des cagoles ,
et ne pas oublier entre-temps de branler
, les seins sont faits d'abord pour être malaxés ,
pressés , mangés , sucés , ce ne sont pas les verbes
qui manquent , mais ce qui manque à cette gerbe ,
c'est de s'obstiner , une fois éjaculé

, les ventres sont faits pour ne pas être engrossés ,
mais défoncés , tranquillement , vague après vague ,
ou brutalement , par coups d'embruns déchaînés ,
transformant une simple queue en une dague
, les nombrils sont faits pour recueillir les crachats
de salive ou de foutre , c'est toujours liquide ,
et ça fait flic ou floc quand on remue rapide ,
les mains aux hanches des ladybars aux abois
, les vagins sont d'abord faits pour être observés ,
photographiés , leurs dessins étudiés de près ,
lèvres , clitoris , poils , anfractuosités
respirées , écartées , et sans stress , violentées
, les queues sont d'abord faites pour bander veinées ,
offrir un sang bien dur aux regards opposés ,
et tenir l'érection aux trous sollicités ,
quitte à prendre un cacheton pour y arriver
, les culs sont faits d'abord pour être pénétrés ,
léchés , doigtés , fessés , pressurés à deux mains ,
longtemps respirés , la tête enfoncée en vain ,
dans l'espoir d'y trouver sa belle identité
, les hanches sont faites d'abord pour qu'on les fesse ,
une bonne raclée , une bonne poignée ,
et rougies , pressées , apprêtées pour qu'on les blesse ,
en les marquant au fer , d'un trait de tisonnier
, les fesses sont faites pour s'écraser aux gueules ,
têtes ouvertes comme des cuvettes de chiottes ,
se faire lécher , presser , poser comme un linceul
aux visages étouffés , assoiffés de ribote
, les jambes sont faites pour laisser s'écouler
les menstrues , et coincer les crânes entre les cuisses ,
caler les jeux à de strictes douches de pisse ,
ou s'écarter , se décroiser , et se frotter

646

, les pieds sont faits d'abord pour se faire enchaîner ,
et crever d'un talon un humain allongé ,
la pointe dans l'œil et les orteils à la bouche ,
tandis qu'en été les fétichistes se touchent

J'ai triché légèrement, et fait comme si elles me venaient spontanément. Or, de cet endroit, je ne vois pas grand-chose, une suite d'écumes, à peine, et encore en me levant, car tout est masqué par des palmes, et n'apparaît qu'un horizon confondu au ciel, et donc la vérité, lectrice, lecteur, c'est que j'ai copié-collé cette mer fontaine, d'une vision antérieure.

16.3 Mais peut-être déjà en as-tu assez. Peut-être t'énerves-tu. Peut-être te dis-tu merde. Tu es de ceux-là, peut-être. De ceux ou celles qui disent merde en pensant tout dire. Agent d'argot pour seule radicalité. Ou bien marmonnes-tu que c'est terriblement ennuyeux, archirevu ? Ou que tu es perdu ? Tu ne comprends plus. Tu cherches une histoire. Peut-être me cherches-tu des histoires ? Et tu m'en chercheras une, en ayant fini. Tu me réponds sans doute, mais t'entendre je ne peux pas, impossible, pas encore, ça viendra, je m'accroche. C'est épuisant, sache-le. Toujours ces hypothèses, et t'interroger dans le vide. Peut-être t'acharnes-tu à détester ces phrases ?

Passons à autre chose. Dehors, le soleil et les putes. De temps en temps, la pluie, mais toujours des putes. Les putes sont l'essentiel de cette ville, son prétexte, le corps, le trait – de caractère – de cette cité balnéaire où j'ai décidé de finir mes livres, ma vie et le reste. Comment la décrire, par où commencer son hommage descriptif ? Revenir à zéro, au premier mot, c'est l'envie de n'importe qui, lorsque engagé sur un mauvais chemin, il tourne ses pas à rebours, mais il est trop tard, et je ne suis pas seul. Tu es là, toi aussi, tu attends, comme moi, que ça vienne. Attendre, ici, est beau plus qu'ailleurs, il y a tant de lieux où s'asseoir et s'entendre appeler, et se faire peloter, tant de personnalités à ouvrir, les féminines, les masculines, dans des conversations, l'une après l'autre, comme un oignon, après quoi, c'est la passe, le mariage, ou le vide, rien dans les mains ni dans les poches, adieu l'argent, fini l'amour, la santé. Ici, c'est Pattaya, comment dire déjà ?

La ponctuation est là, les virgules, les points, les tirets, les parenthèses, mais les mots, pas encore. Donc essayons, encore une fois, Pattaya, et les putes, mais attention : ni posture, ni folklore de la part de leur serviteur, scribe attentif à l'étiquette de leur cour, grand transcripteur de leur art, moi-même ici-bas, né pour ça. Pas de déglingue fadasse. Point de sentences amorales, scandaleuses et spectaculaires. Ni jugement, ni valeur, un simple débit, visant à la perfection de l'eau claire, venue des sources en montagne et qui dégringole. De la rigueur, de la syntaxe, une obsession, un métier, de l'observation, c'est ça. Et des virgules, avec des points. Des vagues, des vagues, la mer, la mer. Et de l'aide. Car cette apostrophe ringarde à toi, lectrice, lecteur, même moi, je n'en peux plus, ces phrases montées en miroir qui se regardent, tellement usées elles m'apparaissent, tellement rincées, on veut du chaud, de l'humide, c'est l'endroit pour, ça doit venir, coucher sur le papier, il faut en sortir, on finira philistin, une insulte ce mot, un mépris, il est d'un autre, de qui ? de Nabokov, un Russe américain, le pire mélange, ni gauche ni droite, c'est du rouge-brun, ça claque, je sens le lecteur en moi, il est là, il est moi, il me juge derrière l'épaule, arrête qu'il dit, arrête là, tu en fais trop, tu t'allonges trop, tu t'allonges trop chéri, trop bien tu t'élastiques, c'est l'œil géant dans le dessin d'Hugo, il me condamne, comme un père linguiste, il est là, il abat, il tire à vue, c'est l'autorité, à pleine volée, ça m'électrise, toutes ces raclées, fessées textuelles, ces polémiques, ça choque mon sacerdoce, le bruit autour des mots, contre les mots, j'ai froid en pays chaud, je perds mes moyens, j'en gagne d'autres, je voudrais revenir en arrière, effacer, mais pas moyen, il faut continuer, assumer, faire comme cette ville, Pattaya sans retour possible au bercail des secondes chances, mais au lieu de m'enferrer dans ce tunnel, du lecteur à l'auteur, de l'auteur au critique, je devrais, comment dire, parler de cette ville-là, Pattaya, comme Nabokov fait avec sa Lolita, c'est pas ce qui manque, ici, les jeunes filles savantes, entrer dans le sujet, le vif… mais comment dire… :

Souffleur n° 1 : Pattaya, lumière de ma vie – light of my (fucking) life –, feu de mes reins. Mon péché, mon âme. Pat-Ta-Ya : le bout de la langue fait trois petits pas le long du palais pour taper, à trois, contre les dents. Pat-Ta-Ya.

Le matin, elle était Pat, simplement Pat, surnom d'héroïne dans le film *Ladybar*, ou statu quo d'échecs, le pat, ni vainqueur ni vaincu après des nuits de sexe et d'amour entre punters et putains. Elle était Patta souvent, comme pattatras, tout s'écroule, Braoum ! Vraoum ! Le grand décombre, toutes les soï qui s'effondrent et Walking Street au bord de l'eau. Elle était Yaya sur les forums en ligne, Yaya, un machouillis dans la gorge, patois d'humaine déchéance, roman d'amour sans orthographe, langue française vaporisée sur des murs expatriés. Elle était Tata, tante, grande folle, ladyboy absolue. Elle était Ya le matin, oui en allemand – souviens-toi, Français, l'Occupation –, un Oui immense et planétaire aux trottoirs et boxons, elle était « aPattante » le soir, le a en place du é, comme Derrida fait pour différance, faut pas se gêner, la faute justifiée, théorisée, sérieuse, la lettre a en place du e, deux jambes écartées par une barre avant pénétration. Mais dans mon corps, quand je la sens et la foule, y marche, la traverse, en jouis, de Sukhumvit à Beach Road, dans toutes ses soï, sous mes pieds, elle est toujours Pattaya.

16.4 Quoi qu'il en soit, et qui que tu sois, lectrice, lecteur, la vérité, c'est que sur ces pages et les suivantes, nous sommes ensemble au même instant, et pour longtemps. Pour toujours, même, si tu reviens à ces pages, indéfiniment, relire comme une montre fait avec le temps, l'aiguille, tous les jours, pointant les heures, les minutes, les secondes identiques. Oui mon gars, ma chère, toi l'inconnu(e), je suis là, derrière cet écran fin, cette pellicule toute finaude, c'est moi qui frappe à mesure les mots de ta lecture, *au même moment*. Certes, c'est un effet de style, je te l'accorde. Sache, du moins, ceci : à jamais, tu n'es plus seul. Ne vois-tu pas, ne sens-tu pas le but ultime de ma manœuvre ? Vous tous, ne comprenez-vous pas ? Ni jeu post-moderne, ni lubie, non, mais être une voix de secours quand, quittés de vos amis, de vos amours, de vos familles, après des séparations et des deuils, vous vous sentez terriblement seuls… Vous tous, vous ne l'êtes plus. Toujours quelqu'un sera là, moi à cet endroit précis, pour vous accompagner. Regardez-moi, écoutons-nous. Une voix, oui, dans le vide, pérorant, mais à votre écoute dans les moments où, abandonnés, vous subirez l'absence de tendresse, de reconnaissance, toute cette solitude, n'importe quoi qui vous éloigne et vous enfonce. Quelqu'un vous interpelle. Certes, mes moyens sont limités, je ne peux pas vous répondre, et c'est pourquoi j'essaie, de toutes mes forces, d'anticiper vos réactions, non pour faire le malin, mais pour simuler, comme je peux, et modestement j'en conviens, une conversation, une présence amicale. Eh oui, bande de paranos blasés, vous ne savez plus reconnaître le véritable ami qui vous veut du bien, et vous traduisez en machiavélisme narratif ou romanesque cette volonté de présence, pour vous aider. Vous si seuls en Occident, si seuls en Orient, si seuls en Chine, en Inde, aux Amériques. N'est-ce pas la meilleure façon de vous montrer Pattaya ? De vous l'offrir ? Car ici, dites-vous ceci : toujours quelqu'un se propose et vous attend pour changer votre vie et transformer votre monde, ou plus simplement, pour vous guérir de cet atroce sentiment de solitude. Quelqu'un de très beau. Toutes les nuances d'une langue chantonnante, toutes les figures de séduction, tous les types de désirs, tous les lieux paradisiaques, chauds. Ici, tu es à Pattaya. Ici c'est bar sur bar, tu oublies le temps, tu files dans le présent. Contre un peu d'argent certes, mais si peu au fond, et tu en ferais quoi franchement ? Le donner à ta progéniture, qui, de toutes les manières, t'accompagnera mal dans tes derniers jours ? Ne te fais pas d'illusions, les enfants enterrent leurs parents et les foutent en maison de retraite. Alors qu'ici au contraire, dans les noces précaires de Pattaya, l'intensité d'une seule nuit rattrapera tes blessures. Et la phrase de Rilke, le poète Rainer Maria Rilke, affirmant qu'une seule nuit d'amour enseigne plus de choses qu'une vie entière consacrée à l'étude, une affirmation pleine d'emphase et d'optimisme, là seulement, elle trouve une terre où prendre souche, une réalité. Elle n'est pas la seule. Les phrases d'anthologie ont pour fumier Pattaya. Contre un peu d'argent, oui, mais n'est-ce pas démontrer l'importance de la chose, que payer ? Tu recevras plus en échange, tu peux me croire. Et donc ici aussi, de la même manière, dans cette page-là, contre un peu d'argent (le prix de ce livre), tu ne seras plus seul, jamais, je serai là, jusqu'à ta fin, à t'agacer, et tu pourras même te défouler sur moi sans craindre que je te quitte, nous formerons un vieux couple, car je te comprends au fond, toute cette fatigue en toi, ces carrières, ces mariages, ces télés, ces débats, ces déceptions, mais pour ça, il faut payer un peu, et si par hasard tu tombes sur ce passage en feuilletant, j'en profite pour te demander instamment de te fendre d'un achat – et si tu l'as déjà fait, de me racheter pour tes proches, j'aime être offert à d'autres, ça m'aide à vivre, à rencontrer les filles de bar, à continuer de t'accompagner, et je te promets de tout faire pour rester là aussi longtemps que possible, toi et moi pour toujours. Également, j'indique que tout mon argent est rigoureusement dépensé dans la fréquentation des lieux de prostitution et des prostituées, que jamais je ne donnerai le moindre de tes centimes à aucune association caritative, spécialement celles exploitant les bénévoles à la sortie des métros, avec leurs tee-shirts et leur sourires de sectaires consciencieux (quand je vivais encore à Paris, c'était les crétins les plus auto-satisfaits que j'aie vus), ni à aucun mendiant, ou gens du voyage, ou quêteux religieux, ou même amis et parents. Je ne les méprise pas, ces gens, mais j'aime les putains plus que les autres humains, et je ne suis pas riche, alors je choisis.

16.5 Précédemment à tout ça que j'écris devant toi, je suis sorti brièvement manger un plat de riz frit. Il faisait très chaud, l'humidité exsudait de toute part, plaquant les vêtements, y faisant de grandes taches aux aisselles et dans le dos, sauf chez les femmes thaï-landaises, à l'aise avec ça, leur peau lustrée, intacte, à peine quelques reflets aux coins des joues, sur les pommettes, ou dans le cou, à la naissance des cheveux, s'essuyant d'une main souvent très fine, comme cise-lée, un ragoût de préciosité pour les fêlés de beauté, et la chaleur masquait le bleu sans nuages du ciel pour donner une teinte jaune nucléaire, comme si des radia-tions avaient mis le ciel sous cloche. Je suis remonté et j'ai vu l'écran scintiller, la pièce dans la pénombre, mes stores vénitiens entrouverts, et mes doigts se sont détendus, et j'ai laissé chacun faire empreinte avec les touches (qu'il faut souvent nettoyer, la crasse des phalangettes noircissant leur surface élégamment courbée), le majeur gauche sur le A, l'index droit sur le T deux fois, le majeur gauche à nouveau sur le A, puis le B et le L, le E accentué aigu. Les mots se formaient et se déformaient, je relisais et j'effaçais, ma main droite remontait jusqu'à l'extrémité droite et haute du clavier, au nord pourrait-on dire, au nord-est, et du majeur, j'appuyais sur la touche un peu plus large affublée d'une flèche orientée vers la gauche, à rebours du sens de lecture et d'écriture, j'appuyais et tout ce qui précédait s'effaçait, tout, très rapidement, les lettres avalées à l'envers, les mots et les virgules que j'aime tant, qui sont de tous les signes, avec le point, ceux qui se rapprochent le plus d'un coup de pinceau, une petite languette aussi parfaite qu'un poil pubien, et j'effaçais tout ça en proie au démon de la réécriture, ou de la honte, ou de cette « survoix » dont parlait le regretté « Kurtz », qu'il faut que je te présente. « Kurtz » était l'ennemi intime par excellence, le camarade critique, et l'autre, son camarade cobaye, celui qui t'essaie comme pote ou sextoy et te laisse choir après l'expérience, celui qui te plombe une journée avec son humeur toujours mauvaise, un grand type rasé comme une pierre ponce, sans humour, toujours violent, ne souriant qu'aux brûlures, un mythomane croyant à son personnage. Il s'est jeté dans le vide, jadis, il a eu droit à quelques lignes nécrologiques dans le *Pattaya One*. Ce « Kurtz », il te disait parfois, à moitié camouflé dans des phrases courtes, qu'il avait une « survoix », s'adressant à lui, le jugeant sans cesse. Je peux comprendre, c'est universel, commun à tous. Une survoix comme un surmoi et qui ricane en vous, désaccorde vos portées, vos sonorités patiemment posées, vous file des timidités, des envies de se tuer, prend le parti de vos adversaires, vous injurie, vous intime l'ordre de déchirer, de refaire jusqu'à crever. Moi-même, elle m'arrive vite cette survoix, quand j'écrivais tout à l'heure – et maintenant aussi –, et cette envie, alors, de mourir dans l'exercice de ses fictions, mais j'ai continué malgré tout, retirant et ajoutant pour finir ici même, dans cette phrase-là, sur ce mot précis, le *mot*.

16.6 Il est maintenant cinq heures trente et une minutes, trente-six secondes, et le temps de l'écrire, il est quelques secondes de plus, et plus je continue, plus je m'éloigne, le temps passe plus vite que l'écriture du temps, j'ai beau frapper de plus en plus vite, si demain une épreuve débutait, consistant à taper en toutes lettres les quatre-vingt-six mille quatre cents secondes, mille quatre cent quarante minutes, et vingt-quatre heures d'une journée complète (de Minuit une seconde à Minuit, sous la forme débutant par « Minuit une seconde », puis « Minuit deux secondes », « Minuit trois secondes », et cela jusqu'à « Vingt-trois heures, cinquante-neuf minutes, cinquante-neuf secondes », en passant par « Une heure quarante-deux minutes dix-huit secondes »), eh bien je serais perdant, le gong fatal du dernier instant retentirait avant même que j'aie pu dépasser la moitié de cette masse, et pourtant, sache-le, lectrice, lecteur, je caresse l'idée mégalomane de faire un livre de ce genre, vingt-quatre volumes, un par heure, et entre chaque seconde écrite, je le redis, en lettres et non en chiffres, je mettrai, j'inclurai un texte court ou long au hasard de l'élasticité du temps, comme un verre est plus ou moins vide ou plein selon l'humeur, il y en aura un par seconde, trois mille six cents par ouvrage, une sacrée somme multipliée par vingt-quatre, un sacré texte pour concurrencer les textes sacrés, leurs poids, pas un qui tienne facilement dans la poche, non, là, il faut les grands espaces, les grands moyens, l'adversaire c'est l'Univers ni plus ni moins, tout doit aboutir à un livre a dit Mallarmé, un grand, un immense, qui fasse masse dans la durée et l'étendue, mieux que le corps nôtre, le mien et le vôtre, appelés à crever, et dans cette vie même, à souffrir l'imperfection dans le regard d'autrui, le reproche, songez-y, le refus, l'éconduite, tristesse, chagrin, alors que Grand Livre c'est Grande Joie, sache-le, songes-y, toi l'étranger, l'étrangère en vis-à-vis.

16.7 Je me calme, tout s'arrête, les doigts cessent d'obéir à des forces contraires, et seule reste l'ambiance présente, à base de hautes températures et de taux d'humidité élevé délectable, une rangée de fourmis empruntent sur le balcon une des jointures aux dalles composant le sol de faux marbre de mon appartement, le seul dommage de ces insectes étant les piqûres qu'ils font, de gros boutons gorgés d'eau quand je les entaille avec un de mes ongles, et je peux à nouveau dire les choses comme elles viennent, par exemple l'envie soudaine de me baigner, avant le coucher du soleil ou même, super luxe, pendant qu'il se couche.

16.8 Les piscines sont partout, à Pattaya, Jomtien, le Siam entier, c'est un pays posé sur l'eau, on patauge, c'est une bénédiction, comme leurs temples, et leurs peintures axonométriques.

16.9 En descendant, je croise « David », un voisin, jeune fêtard de Tel-Aviv, faisant comme moi, tous les trois mois, le trajet au Laos pour renouveler son visa, et qui filme, caméra au poing, dans la rue, tant qu'il peut, dans la foule. C'est son journal explique-t-il. « C'est pas nouveau mais je m'en tape. Je m'éclate à tout prendre, et tout monter au ralenti. On est dans l'infraphysique. Surtout les scènes de cul avec les filles. C'est lent, on voit des choses trop minces pour l'œil habituel. Et l'image que la ville envoie, elle est hors cadre, tout déborde, et ça se voit *à l'intérieur*. Un paradoxe que j'aurai jamais fini d'explorer. Faut juste trouver le bon angle, en général un grand, un panoramique, pour obtenir un fragment qui se respecte, et d'un seul coup, zoomer sur un détail, un tatouage d'une fille d'ici, une enseigne de bordel, un éventaire de loterie. Faudrait une caméra "omnivision", un objectif-sphère, une surface entière de boule-caméra. » Son anglais est d'habitude très sec, grave, rauque presque, chaque mot séparé, jamais mangé l'un par l'autre, jamais contracté, les plans qu'il me montre sont souvent fixes, sans travelling, juste un agrandissement soudain, après quelques instants, sur une partie de l'image précédente, une voix off descriptive ne disant pas tout, et même presque rien, il est heureux avec ça. Il a fait un premier essai documentaire il y a un an, mis en ligne sur Vimeo, intitulé *À Pattaya*, trente-trois minutes de montage non linéaire, vu deux mille six cent sept fois, ce n'est pas si mal, pas si bien, un départ. Son journal, son grand œuvre, il le nourrit aussi d'une caméra fixée à son balcon dirigée vers les soï qui enregistre en permanence. Le film brut est diffusé en léger différé, sur son site personnel, depuis six mois, et c'est un succès, des connexions parviennent du monde entier, des sevrés du Siam, des intoxiqués, venus quêter leur dose thaïlandaise, à base du passage ordinaire des filles et des ladyboys, jamais pressées, traînant les pieds, mangeant quelques fruits, jetant les peaux de banane, de durian, crachant des pépins, des bouts de poulet coincés dans leurs dents, sirotant un fruit pressé, un plastique à la main, de victuailles ou de rien, et un sac, souvent de marque, des contrefaçons joyeuses, magnifiques, et aussi les jets de scooters dans l'écran, des zébrures, ralentissant brusquement, certaines fois, laissant deviner une conductrice, un conducteur, sa passagère, et les crépuscules, avec le début des lumières, la présence des bars, même ici, dans cette partie calme, le halo des lieux.

16.10 La piscine est vide, je peux nager sans me soucier d'éclabousser, le ciel est tellement dégagé que malgré la chaleur, le bleu est quand même net, et très nets sur l'eau sont les rayonnements, qui se multiplient quand le bassin s'agite, les vaguelettes font des reflets partout, je nage, je nage dans le ? Dans le, comment dire… Le… L'éternité. Quoi ? – Le bonheur.

C'est la piscine allée.

Avec le soleil.

Souffleur n° 2 : À moi. L'histoire d'une de mes folies. Depuis longtemps je me vantais de posséder tous les paysages possibles, tous les culs, toutes les sexualités, et je trouvais dérisoires les ringards d'Europe et des États-Unis, leurs milieux, leurs Culture culturelle et si peu corporelle, si mal spirituelle. J'aimais les vidéos idiotes, footage amateur dans les villes-bordels de République dominicaine, de Madagascar, de Gambie, de Colombie et des Philippines ; les enseignes de beer bar pourvu qu'il soit paumé sur une île illuminée, dorée, embrassée d'émeraude aquatique ; les confessions sans orthographe de michetons sur le web dans des forums débiles ; les refrains niais des tubes RnB, techno, électro. Replet, esthète et satisfait, j'y voyais une Science, un sens second, degré profond.

J'avais tout lu, tout, j'étais armé contre l'ignorance, et plus que tout j'étais punter, c'est-à-dire foutu dans l'œilleton médiocre des lymphomes humains de l'ordinaire condition. Je les toisais tous, et plus que les autres, les blasés, les raréfiés du vécu, qui s'embarnissent d'imaginaire, les bidons.

Je rêvais croisades, furies, voyages sans critique du voyage, le pompon des médiocres, qu'ils restent chez eux. La morale est la faiblesse de la cervelle.

À chaque être, plusieurs vies me semblaient dues. Cet homme ne sait pas ce qu'il fait : mieux que lui, je connais ce qu'il pourrait faire. Cette famille est un repaire de putains qu'il faut tenter par quelque argent. Devant des tablées, je causais Pattaya tout haut, expliquant des lubies d'éperons sexualisés, sans gêne et peur, preux des caniveaux, plus savant qu'aucun labo socio anthropo en matière de belles humanités pratiquées, foutant les sphincters, loués, des rues d'Asie du Sud-Est.

Ainsi, j'ai aimé être un porc.

Aucun des sophismes de la folie – la folie qu'on condamne par des lois – n'a été oublié par moi : je pourrais les redire tous, je tiens le système.

Ma santé fut menacée. La terreur venait, les maladies – sida, syphilis ? Je me traînais dans les ruelles puantes et, les yeux fermés, je m'offrais au soleil, dieu du feu.

Oh ! Le micheton drogué à la pissotière du gogo bar, amoureux des thaï ladies, et que dissout un rayon ! Je tombais dans des sommeils de plusieurs jours, et, levé, je continuais les fêtes les plus tristes dans des bras d'arachnides, tissant ma mort. J'étais mûr pour le trépas, sans emploi, tout perdu, sans contacts, oublié des amis, des parents, et par une route de dangers, ma faiblesse me menait aux confins du monde et de la putasserie, patrie d'apatrides, aux mains des flics brigands des royaumes difficiles. Je dus voyager encore plus, détruire les enchantements des soï scélérates. Sur la mer, que j'aimais comme si elle eut dû me laver d'une souillure, je voyais des virgules dans les vagues, et la possibilité d'un texte – et d'une fille. Elle est venue d'Indonésie.

Le bonheur est donc arrivé, comme une fatalité, il est mon remords, mon ver d'une existence trop immense pour être dévouée, fidèle à une seule pente.

Cela s'est passé. Je sais aujourd'hui saluer la beauté.

16.11 Près des transats abandonnés, ce sont, éparpillées et renversées, carcasses de Singha beer, de

Chang, et de vodka, laissées là par un groupe de jeunes Russes, garçons et filles, des vacanciers. Et deux autres personnes avec moi, un couple, lui corpulent de langue scandinave, elle thaïlandaise, un dos entier tatoué, un corps aussi fort qu'une liane, c'est elle qui lâche ou pas son client, ça se sent à chaque empreinte humide de chlore et d'eau que ses pieds tendus sur leurs pointes laissent sur le rebord. Autour, des palmiers, des acacias, un banyan épais comme un taillis, des branches torsadées dans tous les sens. « La chance de ma vie », ma femme, l'épouse vraie, va rentrer, bientôt, pour dîner. La chance, le hasard, un jour, d'en avoir, c'est-à-dire que mon coup de dés, quand bien même lancés dans des circonstances éternelles du fond d'un naufrage, celui de vivre à Pattaya, d'avoir choisi d'y vivre, nourri, ce choix, ce naufrage, de mes lectures anciennes de grandes beuveries, où se disait que l'accès au verbe, le grand, se fait au détriment de toute réussite sociale – c'étaient les mots d'ordre, le folklore de cette littérature-là, « comme si une insinuation simple au silence enroulée avec ironie, ou le mystère précipité, hurlé dans quelque proche tourbillon d'hilarité et d'horreur, voltigeait autour du gouffre » –, ce coup de dés avait abouti à un être, une femme, pour m'aider, me sauver du labeur alimentaire.

16.12 La femme qui travaille est l'avenir de l'homme qui écrit. À Paris, j'ai rencontré cette femme qui a sauvé ma vie, installé celle-ci le nez dans mes ambitions et mon œuvre. Soit tu fais, sois tu te tais disait-elle, et parfois pas besoin de mots – un geste, un regard suffisaient. Avant elle, j'attendais. C'est l'attente qui est magnifique. J'attendais souvent, j'ignorais si c'était la paresse qui s'installait sous prétexte d'attente, ou si c'était l'œuvre qui retardait, repoussait sa venue dans des textes toujours difficiles, bourrés d'effets typographiques et d'autres réjouissances expérimentales comme on disait si mal à cette époque. Mais toujours, c'était comme si des pages s'inséraient à la place de celles désirées, des mots qui n'étaient pas les bons, des complications, et je supprimais les fichiers créés. Ces « choses » d'écrits et de sons venaient malgré moi, j'avais beau m'empêcher, m'astreindre à faire simple, c'était compliqué, toujours, des complications venues du clavier. Comme une maladie, des tics, une obsession. Impossible à l'époque de gagner de l'argent avec ce genre d'élucubrations. Or j'avais la maladie des oisifs. L'argent, il m'en fallait assez pour les avions, les chambres, les filles, les après-midi en terrasse de café, les virées, les déjeuners de campagne, l'herbe éteinte à coups de nappes déroulées au printemps, les jours ouvrables, laissant les routes ensoleillées, feuillues, évidées des laborieux, des ennuyeux. Assez pour les plages, les longues périodes à ne rien faire, les longues séquences vides, assez pour le désœuvrement, la déréliction, la déchéance anonyme auprès d'anonymes comme moi venus d'autres métiers, qui fermentaient lentement dans le rien paysagé. Assez pour ne rien foutre. J'ai travaillé pour vivre riche en vacances, roturier des week-ends et des congés, et j'ai failli réussir, rater mon existence. Dans cette bafouille de non-vie, une silhouette de femme s'est profilée.

Simultanément, les milliers, qui, juste avant elle, dans la rue, pouvaient m'interpeller, me jeter dans des filatures sans fin, toutes, elles me devinrent indifférentes. Il n'y avait plus qu'elle. Elle avait de l'argent. Elle avait du pognon. Elle n'était pas riche à millions mais assez pour mon cas. Elle aimait travailler, elle voyait ça comme une liberté. De fil en aiguille, j'ai réussi à l'attirer, à me rendre important, nécessaire, comme un repos d'après-guerre, son après-guerre à elle étant celle de son corps transplanté en France depuis l'Indonésie, le clash intime des civilisations. D'où elle venait, de Jakarta, des coins pauvres de la grande ville de Java, elle avait survécu à coups de beauté, de sourire, de retenue bien placée, elle avait séduit des « boulés », les Blancs étrangers, elle avait construit une carrière de femme au foyer, puis de divorcée victorieuse, et comme elle était gagneuse des pieds à la tête, elle fit des études en France, qu'elle n'aurait pu faire dans son pays natal, là-bas très chères, ici gratuites, ou presque, et elle obtint des emplois, et elle se fit aimer, elle était perfectionniste, et elle remporta la mise du salariat bien payé, pour elle une expérience exotique de plus dans l'étrange Occident. Sa seule épine, et toujours on rencontre une épine, ce fut moi. J'étais un poids. Elle le savait. Elle m'allégea de certains défauts. Puis me mit en branle, sur la route. C'était dangereux. Me mettre au berceau des voyages. Les siens, mais à rebours. D'ouest en est. D'où elle venait, j'irais. En route, j'ai découvert Pattaya. Glissé vers une autre voie. Tout un livre attendait là. Cette fois, ce serait moi. Elle devait suivre son roi. Nous n'avions guère de choix. Elle était effrayée de m'avoir donné les clefs d'une fuite qu'elle connaissait par cœur. Fille de là-bas, elle avait vu les hommes quitter tout pour une jeune comme elle. Venir avec moi ? L'idée lui paraissait absurde, dans un pays si proche du sien. Elle s'est laissé faire pourtant. Elle DEVAIT se laisser faire, putain. Combien de disputes entre nous, combien de tristesses ? Et sa certitude qu'à la fin, la déception l'emporte. Et nous voici chez nous maintenant – ne vois-tu ma chérie ? –, ce pays tiers, ni chez toi, ni chez moi, un lieu neutre, la Thaïlande, c'était simple dans mes prévisions simples, tu pouvais te faire muter dans un bureau à Rayong, près de Pattaya, on y trouve plusieurs usines de la grande entreprise tricolore pour laquelle tu bosses.

16.13 Oui, nous voilà ici désormais, sa présence protectrice, fantomatique autour de moi, c'est le bord de la mer, des vagues à revendre, ça tourmente ou ça berce. Le deal entre nous, comme un tour de magie, consiste pour elle à nous garantir un minimum de confort dans cette vie-là, pour moi notre immortalité dans l'autre. Un tombeau. Cette peur de mourir sans laisser la masse de mots nécessaire, le nombre de signes obligé pour venger l'incompréhension de notre présence sur terre, le plaisir d'y être et la souffrance d'en partir, ou la souffrance, l'horreur d'y naître et la délivrance de la quitter, ce baroque, cette dissymétrie, ni juste ni injuste. Elle venait du pire de la survie, laissant des litotes partout de sa vie passée, elle devait donc comprendre ça. Enfin, c'était plus complexe encore, plus privé.

16.14 Après son retour, sa douche, et les détails échangés de nos journées respectives, après l'avoir massée pour la détendre, lui avoir servi une piña colada vaguement ratée, nous sortons, je l'invite au restaurant avec l'argent qu'elle possède. Je conduis le scooter jusqu'à Third Road, près du *Differ* et du *Club Noir*, il y a un grand hangar à bouffe, un parmi d'autres dans ce périmètre, on apprécie ce lieu, un band enchaîne les tubes d'Issâne, et des gens se mettent à danser, comme dans un *Tawan Daeng*, à faire la fête. Ladybars et farangs sont moins nombreux qu'ailleurs dans la ville, mais ils sont là quand même. Elle aime lister les différences de méthodes entre les Thaïs et les Indos sur les moyens de capturer l'étranger, ou plus précisément l'ATM comme elles disent – « chez nous en Indonésie nous disons "my bank", nuance-t-elle, et mon ex-mari, je l'appelais comme ça, "my bank", auprès des copines, de ma mère, et c'était louangeur, ça signifiait que j'avais un mec ayant les moyens de posséder une vraie femme et une vraie vie ».

16.15 Plus tard, nous allons à Buddha Hill, profiter du panorama. Des touristes chinois mitraillent tout. Au pied des bancs, sur la maigre esplanade d'où la plupart des clichés de la station balnéaire diffusés en masse sur le net sont pris (et qui montrent la courbe de la côte jusqu'aux tours de Naklua, et plus loin les raffineries de Chonburi, tout au fond du panorama), il y a des tas d'ordures, et avec la chaleur, la moiteur, une odeur de pestilence absolue, que j'adore. Et cette vue, j'aimerais bien la dire, résumer, comment dire, l'impression qu'elle fait, les lumières partout et les bruits vaporisés dans la distance, Walking Street et les soï, les lacis, tournants, et tous les bars encore une fois, répéter, enfoncer tout ça dans la tête du lecteur, à coups de marteau, le nombre de bars, le nombre de tapins dans les bars, les boîtes, le nombre de punters, le nombre d'échecs entre eux, de passes, de coups, comment dire, la musique, le sens lyrique de ces histoires, les métriques, la leçon d'existence, mais comment dire déjà, le plaisir du texte déjà, dans la simple copie des noms de lieux et des tarifs, des « nicknames » et des numéros de soï, ce plaisir du texte dans cette ville-là, Pattaya, comment dire déjà ?

Souffleur n° 3 : La beauté d'un lieu m'intéresse si et seulement si à l'intérieur se trouvent des gens. Et réciproquement, un visage, une silhouette, un vêtement, deviennent des rencontres à cause du lieu dont ils sortent pour entrer chez moi, en moi. Voilà pourquoi Pattaya me séduit. À Pattaya, ce soir, je me sens bien. C'est nouveau, inédit, mais ça date aussi du siècle dernier, ça rappelle quelque chose, et aussi, j'y retrouve l'antique pouvoir de la véritable architecture, de l'urbanisme vrai, qui est conjointement d'embellir les corps qui marchent, dansent, et d'animer les espaces, les édifices.

En Europe, aux États-Unis, partout ailleurs dans le monde, le théâtre des villes meurent facilement, leurs nuits surtout. Ici non, ça s'amplifie. Tout y est, en plus grand, en plus nombreux : les scènes de bars ; les rideaux ouverts sur des romances courtes, longues, dangereuses ; il y a même des balcons, Buddha Hill, les rooftop bars, où l'on peut à loisir regarder à toute heure le parterre de la ville, ses immeubles et ses soï, sa mer et ses jungles, au loin. Et les larges lumières rouges, vertes et bleues des néons par millions. Émotion de toujours : monter l'escalier de l'*Insomnia* sur Walking Street, ou du *Marine Disco*, et déboucher sur un lieu vaste, traversé de lasers et d'ombres, entrer brusquement, comme un initié, dans le sacré de la représentation (même et surtout quand le spectacle est ici partout dans la ville). Théâtre : ce mot grec vient d'un verbe qui veut dire voir, et Pattaya est le lieu dévoué à la vue : l'obsédé noctambule, l'agité du festif passe son temps à regarder partout, avant de s'y mettre à son tour, dans la foule, et de s'y faire voir.

Pattaya est sans proportions, unique, un baroque des classes et des genres, des lieux et des êtres, toutes choses qui donnent un prix à sa découverte. On y dort peu, et l'étrangeté vient de sa douceur, on n'y a pas peur alors qu'y commercent les corps, les drogues, et toutes les substances de plaisir et de mort. On y circule indéfiniment du nord – Naklua – vers le sud – Jomtien –, on change de restaurants, de salons de massage, d'hôtels, de bordels, de filles, de clients, de ladyboys, autant de fois qu'on le souhaite, liberté de mouvement toujours frustrée ailleurs, à cause du nombre limité de choix. Pourtant, cette liberté ne suffit pas à expliquer Pattaya. Tout y est normé aussi, les prix, les règles, le barfine, le ladydrink. Certaines expériences ont montré que la petite souris blanche manifeste une grande anxiété lorsqu'on la place dans une arène vide, dénuée de repère. Pour qu'autant d'individus de cultures et d'âges différents se sentent bien dans un tel endroit, il faut que des repères s'y perçoivent, entre les distances incertaines d'une pute à son punter. Et c'est l'ancestral besoin de grandes découvertes amoureuses, existentielles et sexuelles, ici satisfait à une échelle jamais atteinte auparavant, qui explique cette singularité.

À Pattaya, les lieux et les corps sont multipliés : halls divers d'hôtels et de guesthouses donnant sur des végétations denses autour de coins d'eau, piscines et fontaines où bavarder, se retrouver ; bars pour accueillir, s'amuser tranquillement, calmement, caresser la cuisse d'une ou d'un partenaire en sirotant un alcool ou une bière ; arènes des boîtes offrant l'immense spectacle de danses lumineuses traversées de filles et de garçons disponibles. Le grand matériau de l'art contemporain, de l'art depuis cent ans et plus, de l'art quotidien comme de l'art muséal, n'est-il pas la lumière ? L'écran qui brille où s'affiche le virtuel des codes n'est-il pas un de ses blasons ? Ainsi brillent aux murs des lieux pattayens téléviseurs numériques et terminaux 16/9 de tous types, affichant leur flux de séries et de matchs et de news et de clips à peine regardés ; ainsi, partout, les néons s'infiltrent et sont des acteurs, des spots intelligents, pensants, à l'esprit compliqué, raffiné, tel un montreur de figurines hyper-charnelles, qui sont les foules improvisées sous le tamis des diodes. C'est un art nouveau et ancien mélangé, celui des couronnements d'un côté, et des révolutions de l'autre, cette fois fusionnés, dans la mélancolie de Pattaya. Un art total, wagnérien des trottoirs.

À Pattaya, je ne suis pas obligé de participer pour être acteur : regarder, c'est déjà inviter, car mater est le préambule de l'action. Là ou ailleurs, c'est souvent court, c'est ici toujours plus long, allongé. Le short time dure une heure, au moins. On boit, on parle, puis on monte, on redescend pour boire, parler. Couple précaire, mais couple déjà.

Et je peux dire alors, au milieu de cette agitation sans fin : « comme tout est étrange ! », et je vérifie l'authenticité des affiches visibles dès l'aéroport cent quarante kilomètres plus haut, vers Bangkok, le célèbre adage qui dit : « Amazing Thailand ».

Pattaya n'est pas une ville comme les autres : elle rassemble en une fois des plaisirs ordinairement séparés : celui des rencontres incertaines, entre putasserie et romance, parmi des dizaines de milliers de choix ; celui des chaleurs luxueuses ensoleillées toute l'année, qui permettent au corps des baignades quotidiennes ; celui des paysages variés, depuis l'authentique palmeraie jusqu'au kitsch des parcs d'attractions géants et la torpeur des îles à moins de vingt minutes de bateau ; celui du calme des maisons donnant sur des jardins et des piscines et celui d'un bruit lancinant, violent, fait de voix et de musique thaïe ou étrangère ; celui, babélien, des langues de toutes nations ici parlées pour séduire et faire l'amour.

Tout cela réuni fait quelque chose de très ancien qu'on appelle la fête, et qui est bien différent de la distraction : tout un dispositif de sensations destiné à rendre les gens heureux, le temps d'une nuit. Le nouveau, c'est cette impression de synthèse, de totalité, de complexité : je suis dans une ville qui se suffit à elle-même, qui est à soi seule sa propre actualité, sa planète. C'est par ce supplément que Pattaya n'est pas simplement une ville mais une œuvre, et que ceux qui y vivent ou s'y rendent peuvent à bon droit se sentir des personnages, et les putains qui les attirent des artistes.

Mais ce n'est pas fini. Car alors, les artistes, ceux des musées ou des bibliothèques, auraient-ils reconnu dans Pattaya la capitale magnétique de leurs créations ? L'autre nuit, allant dans les soï, je me suis souvenu d'un texte de Barthes décrivant une vieille boîte disparue, le *Palace*. Des histoires de draperies, de frises, de détails splendides et théorisés. Rien qu'une métaphore en somme, voyageant loin dans ma mémoire, et venant embellir Pattaya d'un dernier charme : celui qui nous vient des fictions d'autrui, ici vécues par soi-même.

Intermède 16-17

« Un spectre, disait "Scribe" à ses amis retrouvés de Paris après l'une de ses villégiatures en Asie du Sud-Est, un spectre hante les relations sexuelles : le spectre du sida ; un spectre hante les familles : le spectre des enfants ratés ; un spectre hante les otages : le spectre de l'exécution ; un spectre hante le cercle vicieux : le spectre de la mise au carré. » Et il continuait sans s'arrêter, enfonçant des portes ouvertes qu'il prenait pour des tombeaux profanés dans son cimetière personnel de références mélangées : « Un spectre hante les problèmes de logement : le spectre de la rue ; un spectre hante les gouvernements : le spectre du peuple ; un spectre hante les voyageurs solitaires : le spectre des putains ; un spectre hante le scientifique : le spectre de l'inexplicable ; un spectre hante les corps séduisants et faibles, ignorants le self-defense : le spectre du viol ; un spectre hante la nuit le sommeil des propriétaires : le spectre des voleurs ; un spectre hante l'écriture : le spectre de la répétition. » « C'est dingue », poursuivait-il, souvent la bouche pleine, il était cette nuit-là dans un restaurant du Marais de Paris, *Swchartz*, à déguster un burger à la new-yorkaise comme la décoration du lieu, « c'est dingue comme les spectres se sont multipliés depuis la phrase de Marx sur le capital, ne parlons pas d'Hamlet, restons au XIXᵉ siècle, avec son spiritisme, son magnétisme, son théosophisme, les spectres partout, ils ont fondé Auroville en Inde, même époque que Pattaya, des spectres, on

671

les sent rôder de cerveaux en cerveaux, se répliquer dans les débats, laissant chacun hébété, possédé par eux. Les animaux copulent et donnent naissance à d'autres animaux. Les humains, eux, réfléchissent et donnent naissance à des spectres. C'est ça la pensée, l'activité cérébrale. Un cloaque de déchets morts toujours animés. Ça violente et ça fout à longueur de monologue intérieur. Toutes ces gueules vitreuses le matin dans les transports. »

***

Et laissant passer un blanc histoire d'avaler une bouchée de viande hachée, de pain sucré, d'oignon, de tomate et de cheddar, il ajouta : « Il faut agir. On doit buter les spectres. Faire comme... voyons comme euhhh... oui !, c'est ça !, comme Bill Murray dans le film ! Se faire virer de son emploi, puis écrire pour flinguer tous ces fantômes ! »

***

En sortant dans la petite rue où quelques bars lesbiens survivaient de moins en moins nombreux dans un Paris de moins en moins noctambule, il constatait qu'on le prenait pour un clown. Personne dans son entourage de cette époque, sauf peut-être deux ou trois parmi eux, ne pensait qu'il ferait autre chose de sa vie que pisse-copie dans une agence de communication. Certainement pas des livres, il avait trop d'ambitions formelles compliquées pour ça, les temps avaient changé, le XXᵉ siècle avec ses lubies de transformations était une parenthèse oubliée et les intellectuels en place étaient, au mieux, des goules au services des vieux vampires post-idéologiques. « Et le pire, accusait "Scribe", c'est que la zombification du monde est désormais un fait acquis par les pouvoirs officiels, une métaphore légitime et acceptée du devenir humain, plaisantée dans les plateaux télé et les bouquins, anesthésiant du même coup cette formidable intuition des visionnaires du passé, à savoir que dans l'évolution des espèces, le mort-vivant est l'étape majeure, non pas seulement du libéralisme, mais de toute société organisée. » Il faisait froid cette nuit-là, dans la rue de Rivoli, et marchant vers Châtelet pour retrouver son métro, il calfeutrait son cou dans le col de son caban, et il descendait, marmonnant et habillé hivernal, l'escalier vers la puanteur des lignes.

***

Trois lettres, la A, la B et la D, desservaient les quatre points cardinaux d'un nom magnifique, Île-de-France, abrégé en trois lettres aussi, IDF, avec ses connotations insulaires anticontinentales, et par la B et la D ou pouvait aller au nord ou au sud, dans des villes aussi pourries que Sarcelles ou Évry, et par la A, dans des villes aussi pourries que Noisy-le-Grand et Nanterre. Les villes étaient pourries car les infrastructures étaient pourries, c'était un pourrissement établi, heureux de l'être, la bonne franquette de l'hygiène écrasée, et les transports reflétaient le pus en cours, ils étaient semblables aux veines injectées de bleuissement et de boursouflures des films comme *Resident Evil* ou *Zombi Holocaust*, et leur existence était placée sous l'autorité d'une autre lettre, la Z, sans rémission, même leurs vacances ne rachèteraient jamais ces paysages soudoyés de la banlieue parisienne à la con, et « Scribe » allait à l'ouest retrouver chez elle « la chance de sa vie ».

***

Entre elle et lui, il y avait le bon sens. L'acte et non les mots. Elle l'avait mis très tôt en face de sa vie d'avant, mal vécue, passive, précaire alors qu'il était né dans la pourpre à l'échelle mondiale, un pays avec de l'argent et des possibilités. Elle venait de beaucoup plus loin géographiquement et socialement, d'Indonésie et des bidonvilles de Bandoung et Jakarta, et elle avait non seulement survécu, mais vaincu l'ennemi de caste, le karma qui la destinait à des cieux toujours trop chauds, trop pollués, trop pauvres. Non, ça, c'étaient les pensées de « Scribe » et elle ne pensait pas comme ça. Comme beaucoup de filles nées dans ces régions, elle délaissait les mots sans force qui cherchaient à l'attraper, la définir. Son savoir silencieux se muait en colère sourde quand des termes déplacés venaient se poser sur elle pour dire qui elle était. Le mot pauvreté. Elle n'avait d'autre choix que celui de chaque jour parvenir à avancer dans une vie nouvelle, recommencée ailleurs, en France, et d'améliorer son sort et celui des siens, qu'elle soutenait. Cette force, c'était aussi son mystère. Les hommes au début lui avaient servi de tremplin. Elle avait utilisé sa beauté, sans concession sur les raisons. Les hommes trahissent, de toute façon. Ils doivent donc assurer l'essentiel : l'argent. Elle disait souvent qu'il faut un premier homme, un jeune, un local, un Indonésien dans son cas, pour faire de beaux enfants, puis un deuxième, un étranger, avec de l'argent, pour donner une belle maison dans son pays et une bonne éducation aux enfants, et un confort de vie avec un beau divorce, puis un troisième homme, le dernier, pour soi, sa vie de femme, son plaisir. S'abandonner ne signifiait plus rien, c'était sans risque, car tout était déjà acquis, la progéniture, le foyer. Lui, ce dernier homme, n'aurait pas d'enfant d'elle, jamais, d'abord parce qu'elle vieillissait, ensuite parce qu'il n'était pas fait pour ça, il avait un rôle d'amant et non de père. Et « Scribe » correspondait à ça, il était incapable de copuler pour procréer. Un désir d'enfant, chez lui, c'était juste un sursaut d'orgueil prouvant qu'il pouvait en avoir.

Et les jours s'étaient traînés comme ça dans l'amour, et « Scribe » s'était habitué encore une fois à ce bonheur neuf, et il se montrait superstitieux dans ce qu'il pouvait dire d'elle, montrer d'elle, il la cachait en quelque sorte à ses autres relations, la préservait, il vivait des vies parallèles et cette division des proches faisait régner la paix. Synchroniser tous ses comptes, sur les réseaux, c'était risquer très gros, tout perdre, une fois que l'un était percé, on accédait aux autres. C'était pareil dans son existence réelle, il séparait tout pour que jamais on ne puisse tenir un portrait trop proche de ce qu'il était vraiment, pour que jamais on ne puisse savoir tout de ses activités, de ses rencontres, de sa personnalité adaptée au contexte, le familial, le professionnel, le relationnel, l'amical. Cette pudeur qu'il mettait à partager sa vie, elle n'en souffrait pas plus que ça, ayant comme lui un itinéraire très solitaire, sans retour sur les amis perdus, la famille perdue, les hommes partis, à commencer par son père très tôt, aussi se débrouillait-elle seule pour beaucoup de choses, et elle jugeait également détestable tout ce qui venait de l'art, quel qu'il soit, qu'elle regardait en connaisseuse, sa propre mère ayant été une vraie chanteuse, mais dans le Jakarta d'alors, chanter signifiait la nuit, le monde de la nuit, qui signifiait les putes, et toute chanteuse était, dans l'idée des expats et des locaux, une putain potentielle, une déclassée, ça n'avait d'ailleurs pas changé. Elle connaissait les difficultés d'argent de ces métiers, et elle haïssait comme nombre de ses sœurs d'Asie ces problèmes-là, elle n'avait jamais eu le temps de rêvasser longtemps, se sortir des quatre planches au pied des rails de chemin de fer où elle dormait enfant était l'unique priorité de ses pensées, son terminus de nuit, avant le sommeil.

Et même aujourd'hui, longtemps après, comme un soldat commando n'en finissant jamais avec d'anciennes missions traumatisantes, toujours agité d'un qui-vive et d'une violence, elle gardait des tics d'humeur face à ce qu'elle jugeait un luxe, la pratique de l'art, et dans sa bouche, ce terme signifiait gâchis, naïveté, danger, facilité. Même les réussites de stars lui paraissaient le résultat d'un jeu pipé, et la littérature, plus que les autres, estimait-elle d'instinct, était la récréation de gosses de riches, les pauvres, elle l'avait lu, finissant fous, suicidés, socialement moqués, abusés.

***

Et ce soir-là, après cet intermède avec d'anciennes connaissances qui pourvoyaient encore les revues en textes complexes, le « Scribe » était rentré chez elle, on était vendredi, le week-end commençait, et demain ils iraient au cinéma.

***

Avant elle, il n'était jamais allé en Asie, voyageant en Europe sans voyager, aucune contrée, même les États-Unis et le Brésil, qu'il avait deux fois parcourus, ne l'ayant plus que ça bouleversé, il n'avait ni l'argent ni l'envie de l'ailleurs, il était satisfait d'être à Paris, entre ses galeries et ses librairies, satisfait des rues percées d'appartements lumineux ou mal fichus, satisfait de tout, borné de tout, et elle était apparue avec toute la sérénité d'une courtisane assagie, et d'année en année, elle avait sapé ses certitudes. Il était né dans un territoire muséal. C'étaient des fantômes qu'on venait admirer, au mieux on gagnait du fric avant de retourner au bled. C'est elle qui l'avait projeté vers Pattaya, sans qu'elle le sache au fond – elle ignorait l'existence de cette ville –, pour la première fois ne maîtrisant pas les effets qu'elle provoquait chez son homme.

***

Car à mesure qu'il avançait dans sa minuscule réussite sociale de cadre précaire spécialisé dans la rédaction de documents de communication, l'ingénierie du « storytelling » déjà tellement foré qu'on n'osait plus prononcer ce terme sans un sentiment de passéisme subi, à mesure qu'il souffrait toujours plus de sa mission contrariée d'écrire, son quotidien écartelé entre des projets de livres jamais terminés et les nécessités alimentaires, il avait fini par surjouer les pays de cette femme, « la chance de sa vie » comme il l'appelait, où il percevait un intérêt obscur mais déjà puissant, une vocation en somme, et il l'avait poursuivie de demandes pour y aller ensemble, ce qu'elle refusait, l'enjeu n'étant pas le même, l'argent à réunir pour s'y rendre dépassant le coût d'un simple billet pour elle, lui et les enfants, mais impliquant également de gâter la famille restée là-bas, d'accéder à des demandes pour des études, des maisons, car c'était recevoir une bénédiction difficilement explicable de faire ces gestes et d'en recueillir la joie, ça vous guérissait de tout, ce n'était pas être absous ou nourri de reconnaissance, mais c'était la perception charnelle et précise de faire le bien autour de soi, le don strict, pur, sans échange.

***

Toutes choses desquelles « Scribe » restait poliment à distance, il n'y voyait qu'un folklore de plus, une illusion, une contrainte surtout, une arnaque presque, il était si doué pour décortiquer, analyser, comprendre et expliquer, il riait, pestait, ironisait de ces pauvretés sentimentalisées, il n'avait de leçon

677

à recevoir de personne, lui-même n'était pas riche, qu'avait-il à foutre de gens incapables de se bouger et qui attendaient d'une autre leur destin ? Il était sourd, elle le savait, et ne lui en voulait pas plus que ça, elle était sage, on ne peut pas se mettre à la place de quelqu'un, certaines vies sont définitivement incompréhensibles pour d'autres.

***

Il était donc parti seul, et même elle, n'aurait pu savoir « ce qui se passait là-bas », comme disait, sur un ton curieusement dramatique d'un coup, un personnage d'une comédie télévisuelle sans prétention sur les nuits thaïlandaises, ses ladybars et ladyboys, et il était tombé sur Pattaya, et comme pour tous les autres, sa vie avait changé. Il était rentré nerveux, survolté, plus rien ne l'intéressait, il s'agaçait de tout, était de moins en moins concentré, pris d'un coup d'accès de rage ou de brusques tirades sur ses séjours, dissertant sans fin sur ce qui se passait là-bas, obsédé, comme si plus rien ne comptait. Tout ce qui faisait l'ordinaire de l'actualité de son pays, son continent et son époque, et qui nourrissait les conversations, tous les débats d'apparat, sujets de société, tous les tropes médiatisés n'avaient plus aucune importance. Comptait seulement Pattaya. Les rues, les soï de Pattaya. Les bars de Pattaya. Les filles et les garçons-filles de Pattaya. Les ragots de Pattaya. Les récits, les histoires, les chiens écrasés de Pattaya. Les boîtes de Pattaya. Les plages ignobles de Pattaya. Les drogues de Pattaya. Les arnaques, les carottes. Les odeurs. Les nourritures. Et les langues de Thaïlande. Ses dizaines de dialectes.

***

Il lui avait fallu deux à trois ans pour s'habituer et ne pas tout jeter d'un coup. Au moins gardait-il, grâce à cette femme qui venait de là-bas, d'une région identique, un peu les pieds sur des terres connues. Mais il savait qu'il était en sursis désormais, et qu'un jour il partirait. Surtout, il avait peur que cette ville disparaisse avant qu'il ait pu en faire quelque chose. Et il avait intrigué sa mise au rancart de la boîte pour laquelle il officiait très bien jusqu'ici. Ce n'était pas difficile. Se faire virer est une banalité d'usage. Il n'était pas seul. Dans son cas, il y en avait des tas qui, après Pattaya, liquidaient leur existence peu à peu. Au hasard de ses recherches sur le net, longtemps avant, il était tombé sur des forums. Il avait pris le nom de « Scribe ». Il avait rencontré des mecs semblables et des femmes dans la même urgence. « Marly », « Kurtz ». Tous avaient fini ou finiraient comme lui.

***

En se réveillant auprès d'elle ce jour-là, il sut que quelque chose allait se passer. Son rêve à jour de ses obsessions caciques, pour cette ville et cette femme. Il allait la demander en mariage en lui demandant de la suivre. La bague et le billet. L'anneau parfait, l'étai où grappiner ses contradictions. Il la préparait depuis des mois, lui vantant l'expatriation. Dulcifiant ses rages d'ailleurs, il calmait son débit, modulait ses baves en virgules sages au coin des lèvres, son discours fredonné félin en phrases nuptiales. Et le bon sens en cerise croque-mitaine d'un réel sans valeur. Elle avait un très beau travail en France, qui payait bien, mieux encore que le sien. Elle pouvait parfaitement retourner chez elle en contrat d'entreprise étrangère et bénéficier d'un salaire encore plus grand. Il écrirait, elle travaillerait, ils vivraient heureux sous des tropiques plus du tout tristes. Tous ces lieux fabuleux, ces hôtels, ces paysages. Et ce climat luxueux. On lâchait des mots dans l'humidité moite. Des mots français. Ils flottaient, se dissolvaient, s'évaporaient pour se recombiner juste après dans sa propre bouche. Ici, les langues incubaient dans la splendeur des jungles. C'était luxuriant d'espèces jamais vues, qu'un nom, une description faisaient entrer dans de nouvelles phrases. On tirait de la nature exubérante un texte planant. On fumait heureux sa langue natale dans une contrée où elle n'était pas née. Voilà ce qu'il lui disait, et elle entrait dans une colère froide, venue de très loin, tirant ses racines de son expérience, et elle le toisait en lui disant : « Tu rêves, tu es un inconscient, un idiot. »

***

Mais ce jour, il avouerait le processus engagé. Il ne savait pas comment il s'y prendrait pour le lui dire mais il y arriverait. Et ils iraient au cinéma. On passait un film qu'il voulait voir mais dont elle n'aimait pas le genre, un film d'esprits horrifiques, *Land of the Dead* de George Romero. Une reprise dans une salle de l'UGC des *Quatre Temps* à la Défense. Elle croyait sérieusement aux esprits. Elle était pleine de récits de « tuyul », « nenek lampir », et autres « pocong » et « kuntilanak ». Une fois, disait-elle, elle avait vu un « tuyul », ces esprits à corps d'enfant et tête d'adulte, assis sur le ventre de son ex-mari endormi, le regardant fixement, lui transmettant un sort.

***

Toute la journée, il avait été la proie de ses démons, pressentant que cette décision qu'il prenait, il la subissait plus qu'il ne la maîtrisait, et tout son corps était traversé de grelottements soudains, sous l'effet de courants froids venus de nulle part.

***

Pendant la séance, il avait rigolé, la bouche ouverte sur sa dentition blanche, souriant à des scènes qui étaient comme un carnaval contemporain dirigé contre la société, par exemple la prise de la tour luxueuse par les zombies, avec ses magasins et ses restaurants, et la dévoration des clients, les piercings arrachés, tout ce fétichisme abattu par des hordes de parias morts-vivants, et il se goinfrait de pop-corn sucré, tandis qu'elle était accrochée à lui, enfouissant sa tête contre son épaule, regardant à demi, sursautant et fronçant les yeux.

* * *

La séance finie, ils sortirent et se dirigèrent vers sa voiture à elle, le long d'une avenue déserte à cette heure. Marchant à ses côtés, le silence partout, il se lança dans le énième récit de leur future expatriation, pris d'une frénésie joyeuse, dragueuse, joueuse, lui promettant le bonheur, dansant presque sur ses extrapolations, mimant les palmiers, glissant ses pieds sur le bitume façon « moonwalk », comme si c'était une promenade sur le sable insulaire de Bali par lune claire, mais plus ils avançaient, plus quelque chose se passait, une transformation sans doute, elle commençait à devenir pâle, et lui s'emmêlait, devenait violent dans ses paroles, voyait surgir à droite et à gauche tous les fantômes de ses envies contraires, leurs gueules affamées, décharnées, hideuses, la littérature tronquée, le besoin d'argent, Pattaya, la haine des Français, tous ils étaient là, fantomatiques avec lui, ses démons, et lorsque enfin il lui avoua qu'il allait partir et s'installer à Pattaya pour écrire, et qu'elle DEVAIT le suivre dans la nuit thaïlandaise, qu'ils iraient ensemble à la rencontre de l'œuvre à venir, qu'elle n'avait qu'à se laisser mordre pour être comme lui, elle eut un mouvement de recul, et elle se mit à frémir, elle vit son vrai visage d'un coup, celui de son père parti,

681

de tous ces hommes fuyards, elle vit le spectre qu'il était devenu, monstrueux comme les autres, il était comme les autres, et elle le repoussa violemment, et elle hurla de terreur.

***

Le « Scribe » se réveilla en sueur. C'était un cauchemar. Une réalité du passé et un cauchemar d'aujourd'hui. Il s'entendit murmurer « ne t'inquiète pas, j'ai fait un mauvais rêve » à l'oreiller d'à côté. Il lui parlait toujours. La chance de sa vie. Cela faisait deux ans maintenant, peut-être plus. Combien de temps en fait ? Il alla sur le balcon. Pattaya rosissait. C'était l'aube, l'annonce d'une belle journée. Pas un nuage cette fois. Il se dit qu'ils iraient à Koh Larn. Puis il resta immobile longtemps.

Elle n'était jamais venue avec lui.

Et seul à Pattaya, il avait compris, dès les premiers temps, le traumatisme de cette séparation pour lui. Elle était là, oui, d'une certaine manière elle l'était, elle DEVAIT l'être. Il en avait fait un spectre. Elle hantait sa nouvelle existence. C'était pour toujours un ange. Et l'échec de sa vie.

Scène 17

C'était l'histoire d'un homme qui avait commencé très brillamment et qui avait fini dans l'horreur. C'était un homme qui se mettait en habit tous les soirs et finalement, qui se retrouvait dans la maison de fou, à faire le chien, à quatre pattes, et à baver.

Paul Morand
*– Entretien radiophonique
avec Pierre Lhoste*

17.1 Passe le présent dans la prose. J'écoute, j'entends le bruit des touches, j'enregistre les frappes avec un vieux DAT, et j'en repasse la sonorité, je m'écoute donc écrire, faute de mieux, incapable de mieux, solipsiste et furieux. Dehors, c'est la saison basse, et les intempéries. Les pluies passent, aux gouttes innombrables, se mêlant, dans ses régions côtières surchauffées, aux sables divers, dorés ou noirs volcaniques, ou simplement lunaires, d'un teint d'hostie, formant une bouillie d'enfant, un de ces bouillons de riz qu'on sert ici, en cas de maladie. Ce serait peu de compter toute sa vie les gouttes de pluie et les grains de sable. Il faudrait encore donner un nom à chacun, et les romancer, les marier en les jetant aux aventures de leur nomination, leur inscription à l'état civil du langage. Gouttes et grains sont les personnages de l'écrit. En voici un, de grain, sorti de mon Adidas gauche, sans doute venu de la nuit dernière, et ma promenade sur Beach Road. Il s'appellera « granuité », à cause de l'heure où je l'ai trouvé. Ça m'amuse, je me fais chier. Heureusement, les ladybars sont là pour écouter.

17.2 Il n'y a pas de vitrines, pas de séparation, aucune surface transparente, aucun filtre ou calque, entre les foules qui déambulent au milieu du trafic omniprésent dans l'étroitesse des soï, dépassant les carrioles de street food imprégnées de fumée grasse et d'odeurs de friture, d'huiles bon marché, et les putes qui sont assises, des milliers de jambes de femmes identiques, croisées, alignées sur des sièges au dossier souvent rouge, tenu par un tube chromé descendant et montant, pivotant comme les aiguilles d'une montre sur l'ennui, le désœuvrement de l'attente des clients, un pied en haut, agité de mouvements rotatifs, tendu, relevé vers le ciel, puis redescendu, comme cherchant à se frayer un chemin dans sa chaussure même, ou échapper à une irritation, une démangeaison quelconque au niveau des pointes, de la voûte ou du talon, qui parfois sort, apparaît visible un instant avant de disparaître encore dans sa carapace mince de faux cuir, de peau de synthèse, de plastique teinté fluo, tandis que l'autre pied repose immobile sur un rebord, un bref tiret, une encoche, comme un crochet, une marche évidée où s'appuyer, on les dirait

toutes sectionnées à l'aine du fait du pli de leur position assise, leur buste droit, une cuisse posée sur l'autre,
leurs genoux fléchis, et alternant cette posture indéfiniment, leurs membres échangeant leur place, comme si
jouait là un ballet, une chorégraphie minimale à vitesse
variable, un de ces tableaux vivants mécanisés rejoués
par de vraies actrices, un de ces bataillons de danseuses
disponibles, exposées, telles quelles, monotones et multipliées, mais d'une monotonie enfoncée dans le crâne
des prétendants d'une heure ou d'une nuit, magnétisés,
leur cerveau arraché, tout entier consacré à ce qu'ils vont
pouvoir faire avec elles, aux pulsions qu'ils vont pouvoir
lâcher en meute, certains plus timides que d'autres, ou
encore à ce qu'ils leur prêtent de désirs consentis, d'accords sexuels, obsédés de questions, de réponses à leurs
questions, savoir si elles aiment ça, des fois, et que oui,
un peu, elles doivent quand même aimer ça, et l'impossibilité, pour elles, de le dire publiquement, sous peine
de jugement, ou bien inversement, haïssant, subissant,
continuant leur solitude, leurs cheveux comme deux
rideaux sur leur visage penché, concentré à consulter
un téléphone portable, tapotant, dans un anglais appris
à la vitesse éclair des rencontres, des messages au monde
entier, écrivant sans fin depuis leur piano miniature,
entretenant avec eux, les punters, des relations textuelles, du texte sans lendemain.

17.3 C'est Soï 6, je déambule, comme d'autres, au
hasard des corps conducteurs, des cris et des flashes
que provoquent, savantes, les gagneuses aux entrées des
soixante et plus, de bars aux noms suintant l'ordinaire
ou l'invention, l'expression courante décalée, celui de

série télévisée « girly girly » emprunté et posé là, le *Sexy in the City*, comme transplanté d'un corps civilisé vers un lieu qui l'est moins, quoique parfaitement normé, organisé, huilé, les barfines, les short times, régulé en journée, et la nuit, au début, car après, tout se dérègle, tout devient moins clair, le sexe, l'amour, l'amour du sexe, le sexe par amour, le micheton qui sommeille dans tous les punters, au hasard d'un épuisement, d'une déprime, d'une lassitude, ça resurgit et on s'attache à la plus crasse des tapins, on fait comédie avec elle, on se retrouve comique, bouffon aux yeux des autres, sentimental d'une rue où serait née, d'après des dires de foire, de kermesse du cul, le « fuck and forget », la notion, l'affirmation du « fuck and forget », l'injonction de baiser et d'oublier, non pas seulement de ne pas s'attacher, c'est l'évidence niveau 1 du punter apprenti, mais de ne rien penser de ces choses, de ne pas tirer de leçons, de conclusions sur l'existence, s'abstenir indéfiniment, suspendre le jugement, se concentrer, se retirer en soi, aucun savoir, aucun secret, aucune meilleure connaissance de l'humain, fuck and forget, comme le titre d'un livre français, dont j'aimais justement, et d'abord, le titre, cinglant, simple, en anglais.

17.4 C'est Soï 6, et si j'étais un bon scribe (ce pseudo me rappelle toujours un forum, pattayacracra, où en page d'accueil, on pouvait lire qu'il s'agissait du site « le plus con, le plus trash, le plus savant sur la Thaïlande, les îles et les filles de bar », dont l'un des webmasters, une fois, s'était fait minutieusement éclater la tête, ses jambes brisées, son visage tuméfié, par un type n'ayant pas supporté de voir sa régulière exhibée par un autre membre dans des photos de cul prises au cours d'une passe), je tenterais de copier tous les noms de bars, de restaurants, de salons ou d'hôtels de cette rue et de toute la ville dans leur graphie originale, de les reproduire dans leur jus électrique, leurs méandres d'ampoules et de néons, leurs polices découpées dans toutes les matières, mais pour cela, sur l'écran, il me faudrait l'aide d'un graphiste, et ça coûte cher et prend du temps, ou des compétences en graphisme que je n'ai pas, et n'aurai donc jamais, car il est trop tard pour moi, je n'ai pas l'humilité de retourner à l'école, d'apprendre à maîtriser l'art des palettes et des tableaux de bord aux multiples onglets, les filets de détourage, les pinceaux et les pipettes, et les gammes chromatiques, les filtres, et toutes ces fonctions qui permettent des typographies frappantes, et les blocs de texte et les outils de chaînage pour des mises en pages labyrinthiques cohérentes, non, le temps est compté en syllabes maintenant, c'est une métrique d'angoisse comme l'argent qui s'en va, économisé sur les années de travail en France, converti en jours man- gés, dormis, baisés ici, à Pattaya, écrivant, même en pleine rue, de tête et de mémoire, laissant les phrases se faire, n'arrêtant pas, chassant les histoires de la ville transmises par les jeunes filles, les lépreuses, les cras- seuses, parfois habité d'un démon du bien, voulant les aider, plein de pitié pour les femmes du Siam, vivant des journées, comment dire, pareilles à celle d'un Cos- tal dans les romans de Montherlant, comment dire, comment c'est déjà le quotidien d'un auteur chez lui, avec l'effet de distance efficace, la troisième personne appliquée à soi-même ?

Souffleur n° 4 : Le « Scribe » se pencha sur la feuille, et il poussa son cri de guerre, son « Montjoie Saint-Denis », et il hurla « Je les encule tous ! », car la création romanesque est un viol de la Nature, et il rentra dans son œuvre, avec toute sa faim, et il rentra dans sa probité. Et la première phrase apparut, sûre de son élan, de sa courbe et de son but, heureuse de sa longueur promise, avec les anneaux coruscants de ses qui et de ses que, avec ses parenthèses, ses fautes de grammaire, ses virgules et ses points-virgules (il la scandait tout haut : « virgule… point-virgule… » : c'était la respiration du texte ; si le texte n'avait pas bien respiré, il eût crevé, comme un vivant) ; apparut, enroula, déroula ses méandres, ses rugosités, ses mollesses et ses diaprures, avec une lenteur sacrée.

Il écrivit neuf jours de suite, à raison de douze heures par jour. Il écrivait avec du sang, de la boue, du sperme et du feu. Il la vidait, Pattaya, sa ville, son délire, comme un plat qu'on sauce, comme un lac embourbé qu'on récure complètement. Il la pompait et la dégorgeait dans son roman, toutes ses rues, le moindre détail répété, reproduit, brodé au clavier, un matraquage, un lavage de cerveau du lecteur pour le restituer propre aux musiques des ruelles et des filles de bar.

Et il écrivit douze jours, à raison de dix heures de travail par jour, plein de la grossièreté et de la naïveté créatrices, et plein de l'amusement créateur. Et ce qu'il écrivait était bon.

Et il écrivit ensuite quatre jours, à raison de quatorze heures de travail par jour. Et ensuite il prit du repos : il chassa les putains et les vendeuses des centres commerciaux durant trois jours, il avait dix mille, quinze mille boxons et des milliers d'échoppes pour lui au bas de son logement monacal, sa cellule d'écriture, et il fit trois passes et il eut deux aventures.

Et ensuite il écrivit encore quinze jours, à raison de douze heures de travail par jour. Et ensuite il prit du repos : il chassa durant deux jours, et il fit deux passes et n'eut pas d'aventure.

Et ensuite il écrivit encore quatorze jours, à raison de douze à treize heures de travail par jour. Et ensuite il prit du repos : il chassa durant trois jours, et il fit quatre passes et n'eut pas d'aventure.

Et ensuite il écrivit encore six jours, à raison de neuf à dix heures de travail par jour. Et le soir du sixième jour il souffla, comme un bœuf. Et, regardant ce qu'il avait fait, il rigola, et il dit : « J'en ai jeté un sacré coup ! » C'était sa propre substance qu'il avait répandue, et cependant elle restait intacte en lui : dans le travail comme dans le plaisir, il était toujours plein de ce dont il s'était vidé, affublé de priapisme sublimé, jamais soigné.

Et ensuite il écrivit encore onze jours, à raison de quatorze heures de travail par jour. Et le matin du douzième jour, qui était le soixante et onzième jour de sa création, il en eut assez, et il alla se baigner en face, à Samae Beach, sur l'île de Koh Larn.

17.5 Quittant Soï 6, retrouvant Beach Road, touchant le bois des arbres et des bancs, pris de superstition pour un rien, avançant dans la foule lente, les familles, les prostituées, les clients, sentant la chaleur transformer mes vêtements en buvard, ma peau huileuse, humide, laissant des empreintes de plus en plus grandes sur ma chemise, j'arrive au *Central Festival*, où, passées les portes immenses du premier étage, la climatisation fraîchit d'un coup les corps, les fige dans leur transpiration, et je descends au *Food Court*, je devrais dire nous, car la chance de ma vie, ma *femme*, est avec moi. Nous aimons, quand elle peut, nous promener ensemble dans les soï de la ville, jouir du spectacle dont elle admet, après coup, l'intérêt renouvelé, à chaque répétition, alors qu'au début, à Paris, elle prenait un air dégoûté, « mais pourquoi ces choses glauques te sont-elles nécessaires ? ». Puis elle s'était laissé prendre, fascinée à son tour par ce livre sans attaches, aux pages libres, sans cadres, s'écrivant devant elle, dont elle pouvait faire partie, se rendant à l'*Insomnia*, l'*iBar*, comme certaines étrangères font maintenant, mélangées aux putains, et j'avais ressenti une douleur terrible, pas une jalousie mais un deuil, une amputation, une partie de moi arrachée, et le sentiment de salir la plus belle part de ma vie. Les autres, les punters, devaient la regarder, l'imaginer, cette femme, venue pour s'amuser, mais rien ne s'était passé, comme si personne ne l'avait vue. Et depuis, nous n'avions plus cessé de sortir l'un avec l'autre, allant partout ensemble, à tout moment, n'arrêtant pas de parler, de partager nos impressions, d'échanger, et si parfois je me fais un long time, un short time avec une lady de Pattaya, elle ne m'en veut pas, choisit même pour moi, me donne des conseils, c'est terrible en fait, baiser ailleurs, je déteste ça, mais il faut bien, quand même, par hygiène.

17.6 Là, parmi les boutiques, il y a Porn, ses joailleries, on l'aperçoit, les épaules roulées dans un de ses
multiples châles qu'elle affectionne, monochromes et
fragiles, assise au sein de l'or, de l'argent et du toc, elle
se fait rare, souvent à l'étranger peut-être, et je dis à
ma femme, regarde, un homme parfaitement femme,
et elle m'engueule en retour, me reproche un style
sale, réducteur, venir ici pour écrire ça et seulement ça
alors que non, Porn, elle est splendide d'autre chose,
d'autres phrases habillant son corps mieux que n'importe quel tissu, d'une grâce, d'un don, d'une bénédiction, Dieu veille sur elle ou un truc dans le genre
de Dieu, une force, un témoignage du miraculeux,
un élan vital. Alors je cherche mieux, je creuse, j'emprunte, comment dire… Porn, c'est un peu comme
Georgette chez Hubert Selby Jr., son *Last Exit to Broo-
klyn*, inutile de recourir à Dieu, ma chérie, quand il
y a Selby, je suis français, athée comme on vit, sans
savoir pourquoi, mais la littérature j'y crois, rien n'est
vrai, ni Dieu ni théorème, ni prière ni équation, mais
Selby existe bien, et son livre aussi, avec ses exergues
tous bibliques, son *Last Exit*, et son chapitre deux, et je
retrouve les termes exacts, et je dis, je copie :

Souffleur n° 5 : Porn est pédé. Un pédé dans le
vent. C'est-à-dire qu'il ne l'est plus. À vrai dire, il
(elle) ne l'a jamais été. Donc, Porn n'est pas pédé.
Elle (il) n'a jamais essayé de se cacher par des discussions sur le mariage ou des discussions sur le droit
des tantes, mais il (elle) a satisfait son hétérosexualité en devenant une femme. Elle l'a toujours été. Une

femme dans le vent. Une vraie, plus vraie que nature, car la Nature (la biologie) imite la médecine (l'Art), spécialement celle, esthétique, des cliniques d'ici, et elle (il) éprouvait une certaine fierté, tu vois ma chérie, une authentique fierté à être tout à la fois, jadis un homme (un garçon), après une ladyboy, maintenant une femme, pas n'importe laquelle, une de Pattaya, une Pattaya-lady, une souveraine, une dangereuse, une chef de famille, qui soutient les siens, qui les nourrit, les gâte, les venge des méandres des castes du Siam où l'on subit les semelles invisibles de celles et de ceux qui naissent au-dessus, même si tous, en chœur, disent nous sommes frères, nous sommes sœurs, nous sommes thaïlandais.

17.7 Je salue, ma femme reste en retrait, je suis presque furieux, Porn, comme tous les autres ici, fait comme si elle n'existait pas, mais je ne montre rien, elle est sympathique avec moi, on m'a dit (c'est « Marly », une vieille et vague connaissance, l'un de ses compagnons, qui me l'a répété) qu'elle me trouvait « touchant », avait pitié à cause de cet amour pour ma femme, mais alors pourquoi faut-il qu'elle ne lui parle pas ? Car, sachant, semble-t-il, de quoi il retourne, elle *devrait*, dans sa prétendue compassion, me suivre *jusqu'au bout*, comme von Stroheim suit Gloria Swanson dans sa descente aux Enfers, vers les flics venus l'arrêter.

17.8 Il y a de longs silences avec Porn, rien à répondre quand je commence à parler de ce que *nous* faisons de nos journées à Pattaya, ma *femme* et moi, semblable à Columbo, réduit à lui, toujours « ma femme » au bec, son mégot, comme il y a des silences gênés avec tous les autres, à Pattaya, quand je me pointe, et donc *on* la quitte, je salue une deuxième fois, je fais un deuxième waï, j'aime ce geste beau comme la signature d'un trait sûr en bas d'un chèque en bois, la politesse ici, c'est le fric que l'on n'a pas, il faut que je fasse gaffe, j'écris aigri.

17.9 Ces gens, ces filles, ces garçons, ces garçons-filles, ils travaillent tous, dedans, dehors, se louent facilement, vendent des vêtements, des chaussures, des bijoux, vendent des médicaments, des soins du corps, des pipes, des sodomies, des éjacs faciales, bucales, du sado-maso, des golden showers, des Som Tam, des jus de fruits, des brochettes de viandes, de poissons, du riz. Quatre kilomètres de plages, et des bruits. À cette heure de l'après-midi, elles sont plus vieilles que plus tard, le soir, quand elles rajeunissent, remplacées par d'autres, leurs filles, leurs sœurs de dix ans, quinze ans leurs cadettes, assurées de trouver l'ATM éjaculateur, elles s'y mettent souvent à plusieurs, proposent de partir à deux, le punter jouit vite et c'est plus de passes dans la nuit, plus de billets le matin. Chaque semaine, depuis des mois, des années, plusieurs jours par semaine, je me retrouve à faire les mêmes trajets, creusant des lignes qui se ressemblent, et sur Beach Road encore une fois, à cet instant, je dis à ma femme, distraite des passantes qui pourraient lui ressembler – à qui elle ressemblerait si elle était restée dans son Bandoung, son Jakarta quitté il y a de cela des années, des décennies maintenant, elle avait à peine vingt ans, et à Paris, les îles lui manquaient, et la famille –, je dis « qu'est-ce que j'peux faire, ché pas quoi faire », comme ça, longtemps sur la plage courte en profondeur, les transats noyés.

17.10 « *Kes tu peux faire ?* dit-elle. Mais écrire voyons, tes jeux de mots à la française : *crier gare* et prendre le train par exemple, ou : *te prendre en main* et découvrir que tu te masturbes, ou : *ne pas avoir les yeux dans ta poche* et constater que c'est une chance, sans quoi tu serais mutilé, et tu peux continuer comme ça, faire risette, guili-guili aux mots, les décaler, les titiller, les jouer, les chatouiller, et te rouler par terre de rire, c'est amusant, t'autocongratuler avec tes semblables, tu vois "ske j'veux dire ?", comme des collègues à toi, certains du moins, vous adorez faire ça, les Français, vous infantiliser, le ricanement pédant en écrivant, une anomalie, un gâchis, c'est comme les bars francophones à Pattaya, les seuls où l'on voit plus de mecs que de filles à turbiner, à peine trois ou quatre abandonnées tandis qu'à côté, vous êtes là, entre vous, en cercle, à discuter, discuter sans fin, tout le monde s'amuse, baise en ville, et vous, vous discutez entre vous, prenant des poses jusqu'à vous prendre la tête, des pipelettes avec une littérature de pipeau, enfin… ce que tu veux je te dis… tu fais comme tu veux, nous sommes venus ici pour TON livre, ce livre sur CETTE ville, loin de tout ce qui occupe le reste du monde, dans une autarcie de plus en plus appuyée, ne voyant personne, ne parlant à personne sauf à nous deux, à tel point qu'on dirait un seul monologue avec de temps à autre des brèches, des saillies de tes lectures et des miennes, et TOI, tu me demandes "ske tu peux faire ?", mais c'est insupportable enfin !, tu peux tout faire à Pattaya, tripoter la queue de vingt centimètres d'une fille aux seins parfaits, tu peux tout dans ta langue, tu es français, une exception culturelle, tu peux donc même te permettre de parler de tout sauf de sexe dans une ville où il n'y a que ça, une occasion française de te faire remarquer français dans un environnement international où l'on finira par te dire : *c'est un Français*, avec cette moue entendue que nous avons envers vous, les Français, et dont vous tirez fierté… tu te marres ?, ça te fait rire ?, tu me juges mégère, mégère de la mer siamoise ?, tu as peut-être raison, rire c'est amusant, alors amuse-toi dans ta langue, tu peux n'importe quoi avec n'importe qui, comme d'un coup, au milieu d'un récit, prendre une bifurcation inutile, un petit luxe post-moderne bien d'chez toi, peu importe, personne ne comprendra, c'est une secte la France, comme le roman américain, une bêtise, Flaubert aurait honte, mais tu peux aussi te taire et rentrer chez nous. »

17.11 « Chez nous », c'est chaud comme expression, je m'y sens mieux que « chez moi », chez nous, mais lequel ? La France ? L'Indonésie ? Notre condo frontalier à Jomtien et Pattaya ? Notre pièce unique en bout de soï à Pratumnak vers la mer, car la France, ma chérie, ma chance de ma vie, la France c'est fini, rayée de nos mentalités, du moins la mienne, je veux du palmier thaïlandais dans mes phrases, je veux cet air tellement bourré d'humidité que respirer est suffocant, cet air sans air comme du roman sans romanesque, la stagnation descriptive, la torpeur, l'abrutissement des réveils tropicaux, dans la moiteur totale partout, comme si en nous poussait aussi la flore exagérée des jungles.

17.12 L'après-midi s'éteint autour de nous, j'avance et j'enregistre, capteur à vif, des détails que mon vocabulaire loupe, comme si le stock de mots précis d'un coup venait à manquer, il y a bien des arbres mais lesquels, et les noms des parties ?, de quelle essence est cet arbuste, de quel genre cette plante ?, j'ignore et j'enregistre pour corriger plus tard, la ville décélère vers la soirée, les soï embouteillées, impossible d'avancer, d'année en année ça empire, les habitants se multiplient, les rizières s'éloignent, le béton gagne, les putes augmentent.

17.13 Dans la grande fournaise, *on* rejoint notre scooter garé en bordure du *Royal Garden Plaza*, le centre commercial est peuplé de junk food donnant sur Beach Road, toutes les marques de burgers, de pizzas et de glaces s'alignent en une phrase hyper-calorique moquée des bien-mangeants, à l'une des terrasses, à peine quelques tables pourrissant dans le bain-marie de l'air ambiant, il y a cinq types parlant français sirotant des fonds de soda, leurs plateaux gras de ketchup, mayonnaise et restes de frites et pains ronds, l'un d'eux est une vieille connaissance, « Ali », du temps de yayafr, il est dos rejeté sur son siège, les jambes dépliées chaussées de Nike vraies, il me reconnaît, dit « Scribe » d'un accent marseillais, on s'approche comme deux vieux de Pattaya, notre amour en commun. Ma femme n'est plus là, disparue d'un coup, il n'est pas au courant, on se côtoyait du temps où j'étais temporaire en ville, un touriste. Il se lance dans sa vie d'aujourd'hui, la Muay Thaï, le ring, le *mongkon* autour du front, il boxe au jour le jour, un combat ici, un combat là, de maigres bahts, le RSA, des hématomes, et l'envie, la volonté d'ouvrir un camp, une école de Muay Thaï, elles sont partout, font leur pub sur le net, stage de deux semaines, un mois, trois, la durée d'un visa, les sacs de sable, les poteaux, les entraits, les contrefiches de bambou, les tôles, c'est le problème, la même idée, le même projet, par des milliers comme lui, mais il y tient, s'y oblige, ça l'encourage, le laisse moins ivre, moins fêlé, moins habitué de l'*iBar*, de l'*Insomnia*, où tous échouent, les plus gamins, les moins âgés, leurs boîtes de rêve, leurs têtes éteintes, froissées sans but, l'ambition perdue, la sale musique, et « Nok » dedans, et « Tan », et « Oy », et « Fon », et toutes les autres, ladybars et ladyboys, qui belles ou moches, inspirent des chefs-d'œuvre, ou des camps de boxe, qu'elles empêchent de réaliser. Je hausse les épaules sur son rêve, et le mien d'écrire sur le sien, le mettre en phrase, une seule longue phrase, comme un saut, record mondial, les pieds retombant sur le sable de Pattaya.

17.14 Il est temps de rentrer, je retrouve ma femme, on enfourche le scooter, il fait jour encore, on traverse Walking Street incubant la nuit nouvelle qui va surgir dans moins d'une heure, les gogos sont prêts, les bars déjà peuplés, les filles se maquillent dans l'infini des dédales de sièges, les musiques augmentent, des fils pendent partout liés à des transfos complexes, les enseignes s'emmêlent et se confondent, les deux côtés de la rue ressemblent à d'immenses transistors, un paysage électro-urbain sale surchargé de conduits grouillants, une immense tuyauterie aux embouts de laquelle les hôtesses, show girls de toutes tenues, par groupes, tiennent des pancartes où s'écrivent « happy hour », « best blowjob in town », « new girls every night », « my pussy is closed, only ass and mouth available », « good boy go to heaven, bad boy go to Pattaya », « good girl gone bad in Pattaya », et je copie comme je peux, de mémoire, les messages chatoyant, je tente, j'essaie, j'aimerais parvenir à, comment dire, parvenir à quelque chose comme, voyons, disons, comment dire déjà ?...

Souffleur n° 6 : J'aimerais un jour parvenir à la morne platitude distante des affiches des soï, de Walking Street, du *Living Dolls*, de l'*Alcatraz*, du *Cascade*, du *Temptations*, du *Windmill*, du *Secrets*, de l'*X-Zone*, du *Sharks Complex*, du *Carrousel*, du *Baccara*, ou des inscriptions sur les tee-shirts, les menus de bars, les bordels (ces beaux poncifs). En attendant, loin du compte, j'ai recopié des récépissés de restaurants, d'hôtels, de salons de massage, de laveries, des notes de gogos, des récits tristes, tragiques, lyriques ou comiques, de filles et de filles-garçons, des conversations de comptoir, des histoires d'arnaques, de contrôles bidon de flics vous déclarant drogués, de faux tests d'urine, de réclames de rançons, de suicides, d'agressions, d'articles de presse sur des chiens humains vraiment écrasés, abusés, ruinés, humiliés, des paroles de chansons anglaises glosées,

des commentaires de sites internet pourris, des prospectus pharmaceutiques, des profils de ladybars sur
les réseaux, états d'âme d'escort girl de rue, nouvelles
stars de Facebook, lambeaux sur lesquels, furtive-
ment, s'écrit le temps mieux que dans les œuvres. Le
reste, hélas, est de moi ; probablement.

17.15 On file, passe les préludes des dingueries
nocturnes, et débouche sur la grande esplanade du
Bali Haï Pier, à droite s'ouvre un ponton loin dans
la mer vers les ferries lents, vieux, à diesels poussifs,
à gauche des buildings collés à la colline de Bouddha,
des boîtes étagées comme une pièce montée de fêtes
en couches indigestes, et devant, la route continue
vers Pratumnak et Jomtien, et juste avant le tournant
montant, une paillote isolée dans une crique, où l'on
s'arrête pour dîner.

17.16 Les serveurs sont entre eux, moins de seize ans,
leurs cheveux mangas de héros hybrides, des pattes aux
oreilles comme des poils de pinceaux, avec des filles
assises au cul de leurs mobylettes, ils n'ont pas d'argent
et trafiquent par besoin d'en avoir plus, le commerce
du ya ba prolifère dans tout le Royaume, il y a des
revendeurs partout, ils en sont, ils ont l'indifférence
des dealers de dernière catégorie, l'adolescence triviale
des transmetteurs de dope, d'une politesse de coin de
l'œil, ce sont de petits crachats à leur maman, des pets
d'utérus comme tous les pubères, de petites frappes qui
tardent à tout : donner le menu, prendre la commande,
apporter le bon plat : ma *femme* m'arrête, toute cette
pestilence, ces plaintes continuelles, je gâche le repas,

tandis qu'à l'autre bout de la vue, derrière Koh Larn, rasant par reflets toute la mer, le soleil tombe à l'ouest.

17.17 *Elle* ne mange pas, la tête tournée vers les rochers en contrebas de la plateforme en bois, la terrasse posée sur la grève, elle converse sur la « ligne » à tenir, ma ligne à écrire d'un élan, c'est ça qui m'aide, sa parole, elle tance, s'acharne sur l'œuvre comme un martinet au vent, un martinet sifflant, parlant, répétant souvent, comme à peu près chaque fois à cette période de la journée, la soirée, le dîner, à l'heure du soleil dilué dans l'horizon, qu'il allait falloir bientôt me méfier de la douceur de l'Art. Surtout ne pas s'abandonner, ne pas se laisser aller à la nostalgie de l'amour et des caresses, car alors on est foutu. Foutu, tu comprends, « Scribe » ? *Elle* aime toujours me parler cachée derrière sa longue chevelure noire lustrée, son camouflage capillaire sexuel, comme quand assise sur moi, seins en mains, elle se masque. Sa voix ne me parvient qu'assourdie, lointaine, comme celle d'une Française à dix mille kilomètres d'ici, mais chaque mot se grave dans ma propre phrase siamoise, mon présent maritime. Oui, poursuit-elle, mieux vaut respirer l'odeur infecte des klongs, eux au moins, avec leur eau croupie et toutes les saloperies qu'elle charrie, ne mentent pas. Comme les vagues, « Scribe », tes vagues, toutes celles-là, vois !, celles de la mer, ta mer vaine, ta *Waste Sea*, ta poésie.

17.18 Ma *Waste Sea*, son titre, je l'avais choisi après souvenir d'une lecture, *The Waste Land*, traduite *Terre vaine*, de Thomas Stearns Eliot, qui, en pleines Années folles, flagrant délit de boîtes de nuit partout, *Bœuf sur le toit* et *Grand Écart* et autre litanie, Louis Moyses aux manettes, s'était fendu de vers pessimistes, sans espoir, « Avril est le plus cruel des mois, il engendre / Des lilas qui jaillissent de la terre morte… », et quand je regardais l'eau, celle des océans et des mers, elle me semblait comme cette terre d'Eliot, sa surface où poussaient des vagues pourries, encore que belles, et quand je mettais ce *Waste Sea* dans un traducteur automatique, je jouissais du résultat, non pas la *Mer vaine*, bien neutre et fadasse, mais la *Mer des déchets* ! Déchet, ce mot-roi et précis des punters, devenir déchet disent-ils, comme une ambition à l'envers, une escalade des profondeurs, combien de déchets farangs en Thaïlande ?, et les vagues ne cessaient plus d'arriver dans mon texte, longuement :

, la poésie est faite d'abord pour chanter
   des insanités , des vulgarités blessantes
      aux sensibilités politiques , et fêter
         le vers simple , aisé , des belles triques savantes
, à dix ans , certains êtres sont faits pour sucer
   , à vingt ans , porter plainte d'être ainsi traités
      , à trente , écrire qu'ils ont été abusés
         , satisfaits dans l'autofiction désespérée
, les jeunes filles sont faites pour se louer
   au plus tôt , afin d'échapper à cette vie
      de travail dans des bureaux , ou pire aux foyers
         des papas , suçotant gratuitement leur vit
, Nok , travaillant au seven eleven du coin ,
   est d'abord faite pour te dire , tapant du poing ,
      fuck my ass mister , fuck me , encaissant tes courses
         tout en branlant son vit , et volant dans ta bourse

, Oy , professeur de siamois , est faite d'abord
pour éduquer les farangs , sa chatte enseignante
    donnant en thaï , des miaou miaou sur ton corps ,
    tandis que ses clébards matent , langues pendantes
, Aom , triste et battue , est faite pour mourir
entre les mains sales d'un théâtre cruel ,
    sauf si tu viens la sauver de cette poubelle ,
    car tu n'as que ton fric et ta bite à offrir
, Ploy , ladyboy , est faite pour donner sa queue
à l'hétéro qui se cache avec des trav'los ,
    hurlant : « chuis pas PD ! » , en suçant des cageots
    ou des beautés , véritable imbécile heureux
, Francis , français , est fait d'abord pour militer
contre les homosexuels , sa femme enculée
    par un punter noir , qui refuse de payer
    une catin mariée à un Blanc faisandé
, Rachid est fait d'abord pour payer des putains
bouddhistes et se marier avec , sur fond d'écrits
    islamistes , en criant aux copains : « oh cousin !
    J'fous ma zouze au turbin , pour payer l'paradis »

17.19 Les plats gisent, un bol de riz, un homard
pimenté décarcassé, de la papaye, il fait nuit et des bougies sont sur les tables, le restaurant est plein, inondé
de couples. Nous partons, et dans l'appartement, la
grande pièce unique, baie vitrée ouverte sur les moustiques et le large, en croisant un miroir dans le couloir,
je me vois seul parlant à ma femme, elle n'est pas là,
à mes côtés – mais où alors ? –, et je ris, la chance de
ma vie insensible aux reflets, tu es invisible dis-je, tu
te rends compte de ton pouvoir, la femme invisible,
impossible de la saisir, tu es comme les autres, quel

échec, quel drôle d'échec d'homme comme drôles sont les guerres dans l'attente d'un événement, une horreur qui tarde, drôle d'échec d'homme parlant, talking too much disent les filles d'ici, tu n'es pas là, c'est toi la fleur, l'absente de tout bouquet.

Intermède 17-18

Au début de ses relations avec la ville, lors de ses premiers voyages – il ne haïssait pas le terme de voyage, il ne méprisait pas les touristes, comme il était courant de le faire dans les milieux qu'il fréquentait encore incidemment, sous l'autorité de phrases répétées jusqu'à l'usure, comme celle d'un grand homme qui n'en demandait pas tant : « Je hais les voyages et les explorateurs », disait-il, et « Scribe » ajoutait la suite qu'on oubliait souvent : « Et voici que je m'apprête à raconter mes expéditions » –, de ses premiers retours, de cette existence binaire qui l'avait installé entre deux mondes, deux opposés, Paris et Pattaya, il s'était mis au travail immédiatement, retrouvant l'écriture qu'il n'avait jamais complètement quittée, mais cette fois orientée dans un but précis, la description complète de Pattaya, avec tout l'élan d'une découverte et d'une illumination, il avait trouvé l'Eldorado, et ça lui plaisait de se croire un genre d'Aguirre, un singe dans ses mains, porté devant son visage, ils étaient partout en Thaïlande, des temples leur étaient dédiés, comme à Lopburi, l'une des vieilles cités royales.

***

Il s'asseyait, allumait l'ordinateur, entendait la brève sonorité d'ouverture du système d'exploitation, attendait qu'apparaissent les onglets souvent mal rangés de différents logiciels et dossiers qui traînaient là, puis il cliquait sur le traitement de texte, et dans celui-ci sur le menu « fichier » situé dans la barre du haut, collée à la bordure de l'écran, déroulait la liste des tâches disponibles et pointait « nouveau », au lieu d'aller sur l'un déjà créé la veille ou l'avant-veille, car lorsqu'il le faisait, il n'avait qu'une envie, tout effacer, alors il repartait de zéro, la surface blanche, vierge, le rassurait, il avait une seconde chance tous les jours, et il recommençait ainsi la même opération, soit chez lui, soit au bureau, n'avançant jamais, entassant les préliminaires, les faux départs.

***

Il avait d'abord fallu choisir entre plusieurs options et combinaisons d'options portant sur le genre adopté pour capturer Pattaya. Fallait-il une enquête documentaire stylisée, avec des mots-concepts et des mots-chocs, des maximes-conclusives et des subordonnées-conjonctives-réquisitoires, faisant de leur auteur un hélicoptère en survol d'un territoire traité de haut, adepte d'une écriture explicative atone ? Ou fallait-il un récit confessionnel bourré de tourments tempétueux ? Ou fallait-il un roman polyphonique avec des scènes chaudes et des envolées racoleuses de dizaines, de centaines de personnages partageant les termes prisés de « délire », « hallucinant », « trash », « vécu », « démence », « folie » ? Ou fallait-il un poème en prose rimée, avec derrière le sens, le son, le tissu musical d'un français assoupli permettant l'inclusion de toutes les accentuations, mots, syntaxes disponibles, faisant de cette poésie un aspirateur des tendances cachées du français depuis le XVIe siècle, et ses orthographes aux fautes d'humeur et de style ? Ou fallait-il une bande dessinée bandée en couverture d'une précision indiquant que tout est vrai, les noms de rues, de lieux, de sites, les surnoms de gens, de putains, de punters ? Ou fallait-il se taire ?

***

Ne rien dire après tout, préserver. Il existait une foule d'informations sur le net qui n'épuisait pas son sujet, à peine indiquaient-elles des repères, et sur place, on constatait que c'était autre chose, pire ou mieux selon les personnalités, mais toujours plus, la prostitution de masse, le nombre, l'arithmétique existentielle, c'était ça la difficulté, la capture, la saisie de la répétition augmentée, en quelque sorte, augmentée de nuances qui rendaient chaque être, chaque détail, chaque instant nécessaire.

***

Et donc, assis encore à Paris, devant les scintillements de ses écrans chez lui, au travail, partout, il avait senti la structure s'allonger sans pouvoir l'écrire, elle poussait dans sa tête tout en repoussant ses mains, plus il échouait à la dire plus elle déformait son ambition, grandissait comme une œuvre-champignon, jusqu'au jour où, fatigué, il envoya une dernière fois tout valdinguer, puis décida de partir vivre dans l'œuvre. Car Pattaya était l'œuvre, il n'avait qu'à la copier. C'était une fiction de fictions, une somme de fictions, il n'avait qu'à les copier. Un échiquier géant formant le sommet plat d'une montagne dont les pentes venaient du monde entier : il n'avait qu'à copier cette image. L'aboutissement général, le fleuron exponentiel, malade, de la première civilisation planétaire et globale, la capitale invisible de son humanité inquiète et qui s'interroge et qui décide de vivre : il n'avait qu'à copier et recopier. C'était la réalisation et le dérèglement, la confirmation et la sortie de l'unique réelle superpuissance sans frontière : le système économique : il n'avait qu'à tout copier. C'était la seule chose originale de son temps, inconnue des anciens, il n'avait qu'à copier ça, et non plus, comme eux, rêvasser, imaginer, romancer.

706

Dès les premiers séjours, donc, il s'y était mis, avant même l'illumination de sa mission de copiste, de scribe. Ses premières passes avaient été ses premiers textes, car il recueillait méticuleusement les récits longs et dilués des filles rencontrées. Il notait, posait des questions, se rendait compte qu'elles anticipaient infailliblement ce qu'il voulait entendre, et une guerre narrative s'était enclenchée qui ne l'avait plus quitté, il fallait avancer dans le récit de ces ladybars et ladyboys sans qu'elles déminent son champ à lui pour l'endormir dans la direction qu'elles voulaient prendre. Car si lui cherchait une écriture, une œuvre, elles cherchaient un sponsor, un « mari ». Telles étaient les positions de cette guerre, c'était l'image qu'il avait trouvée et dont il se servait, ça le rassurait de mettre une formule sur un phénomène aussi mouvant, accidenté, que les relations qu'il entretenait avec toutes. Et toutes, il les aimait aussi. D'un amour illimité façonné par ses goûts. Un « amor fati ». Il remerciait les dieux et déesses, Yahvé, les trinités chrétiennes et hindoues, Allah et Bouddha, il remerciait chacun de l'existence sur terre, à son époque, d'autant de tapins siamois, disait merci aux idoles n'importe lesquelles, et surtout elles, les putains. L'idéal aurait été que chacune ait son chapitre. Et qu'un chapitre soit consacré aux relations de chacune avec les autres. Et un troisième sur sa relation avec les clients et les clientes. Il y avait elles en tant qu'individus, il y avait le peuple thaïlandais dont elles faisaient fièrement partie – ne disaient-elles pas souvent à l'étranger qui prétendait les aimer et les comprendre, « you are not thai, you can't understand », et c'était par compassion, protection qu'elles disaient ça, prévenaient –, et il y avait les étrangers, et parmi eux, les chocolate men pour les gens de couleur, depuis les Indiens jusqu'aux Noirs, et aussi le Blanc, le farang. Le farang était la goyave, les Noirs et les peaux foncées du chocolat, c'était toujours appétissant, les étrangers s'enfonçaient ainsi dans un état sirupeux, dans les romances, les poèmes tropicaux rimés en bahts, dollars, euros, roubles. Il aurait fallu aussi un chapitre par punter. Un seul suffirait. Il fallait énormément d'espace de stockage pour tout dire, car ne pas tout dire, c'était partir en lecture avec une fuite en cale, on ferait louper quelque chose au lecteur, à la lectrice – la question de la lectrice le préoccupait beaucoup, aurait-elle conscience que c'était un royaume de femmes qu'il retransmettait ?, qu'il lui parlait de *chez elle* ? Donc, tout dire de Pattaya, vivante de tous ses habitants et de son urbanisme, et d'une matière inépuisable, la prostitution de masse, tellement massive qu'on se croyait dans l'irréel d'une bande dessinée dépassée par ses propres références, une *Sin City* aux cases vraies multipliées jusqu'à l'épuisement des ressources en pages de l'industrie papier.

***

Une fois sur place, établi dans Pattaya, conscient qu'il ne pourrait plus en réchapper facilement, qu'il avait pris une décision irrémédiable dont il sortirait, soit avec ce livre qu'il désirait faire, soit dans la pauvreté – qu'il puisse en sortir avec un livre et dans la pauvreté en même temps l'effleurait sans qu'il s'y arrêtât, comme un présage à éviter par différents rites, dont le premier était l'occultation volontaire de cette possibilité –, il avait connu une période de paralysie le clouant au lit, apeuré, puis peu à peu, l'habitude installée, les jours si aisément enfilés, il avait repris le chemin de l'œuvre. C'étaient ses rues, après tout, qu'il alignait avec une méticulosité domestique. Son studio prenait vie, devenait un corps d'habitation comme on dit corps humain. Les objets prenaient vie aussi. Ils jouaient leur coup dans la partie que « Scribe » imaginait mener. Et son existence s'installa dans la routine des ritournelles, ces figures des madrigaux, des musiques vocales du XVIᵉ siècle qu'il prisait tant, et dans une trouvaille de dernière minute, il fanfaronnait devant un auditoire absent sur ce qu'il faisait vraiment, le genre littéraire adopté pour dire l'œuvre de Pattaya : il était madrigaliste. Toutes ces voix, il les conservait. Et védutiste aussi, la peinture védutiste, celle de Venise, les grandes vues, les perspectives dévastées dans la pâte, le pâteux, l'épaisse couche védutiste d'un Vénitien d'Orient, la peinture des vues de la ville, veduta, la vue, rien que la vue et la voix, véduto-madrigaliste de Pattaya.

***

Très vite, ses moyens limités l'avaient énervé. « Ce qu'il faudrait, disait-il tout seul dans sa salle de bains se rasant prenant sa douche s'épilant le torse à la cire se branlant aussi quand blasé aucune prostituée ne le motivait, ce qu'il faudrait c'est une machine d'écriture automatique, un système verbi-voco-visuel capable de tout retranscrire en direct, une reconnaissance linguistique du visuel et du vocal couplée à des caméras partout, et des capteurs de mouvements, mais l'immobilité était aussi importante, il fallait donc la totale, une surveillance scripturale générale hyper-élaborée débitant du texte à longueur de carrefours, de trottoirs, de comptoirs, de dancefloors, de plages, de surfaces marchandes, fallait mettre le paquet, pas hésiter, du mécénat, du fric dans l'outillage pour témoigner, reproduire, conserver, car imaginez demain l'État thaïlandais décidant de fermer tout ça, de mettre le holà, ce serait terrifiant » – et en disant ça mouillé, il se séchait encore plus frénétiquement le dos d'un va-et-vient saccadé avec sa serviette.

***

Il ressentait maintenant l'urgence d'y arriver. Il en parlait parfois. Il y avait des bars francophones ou anglophones – mais son anglais était juste une plaisanterie –, et il se laissait aller à tout raconter de son activité. On le prenait alors pour un mégalo paumé. Lui n'avait cure de leur jugement. Puis il finissait par ne plus rien dire, mais trop tard. Non à cause des critiques mais de la peur. Et si d'autres, ailleurs, partout, comme lui, travaillaient dans son sens, œuvraient sur Pattaya ? Au Klondike, lors de toutes les ruées vers l'or, ils n'étaient pas un, mais des milliers à chercher les métaux précieux. Des dizaines de milliers. Et les règlements de comptes, les tueries étaient monnaie courante, un argent à base de flingues, de couteaux, de pelles écrasées sur des têtes barbues et sales, crachotantes sur les cailloux ramassés dans les rivières, les montagnes, afin d'y voir briller l'Eldorado. Oui, on pouvait en arriver là aussi, à Pattaya. Une armée d'artistes ratés, négligés, zonant comme des crevards du verbe et de la caméra numérique à la recherche du plan, de la phrase qui, cumulés à d'autres plans et d'autres phrases, formeraient un trésor. Il fallait se protéger dès maintenant, faire le discret, le drogué ou l'alcoolique pour masquer le but réel. Les copieurs étaient partout. Le « Scribe » était bien placé pour le savoir.

***

Car une nouvelle guerre – ou du moins un état de fait depuis longtemps installé brusquement perçu comme une guerre – s'était déclarée. Un concurrent de taille. Plusieurs. YouTube, Vimeo, Dailymotion. Là étaient les premiers ennemis. Mais pas seulement. Les réseaux sociaux aussi. Facebook en tête. Les chapitres sur les filles qu'il rédigeait laborieusement : elles les écrivaient elles-mêmes. Leurs profils, leurs flux d'infos balancées en brut, les réactions des lecteurs… Tous venaient y piocher. Outre le Pattaya réel, physique, il y avait le Pattaya virtuel, disséminé dans une multitude de noms de domaines en .com, .fr, .org, .n'importe quoi. Il y avait les blogs qui résistaient à la désaffection des blogs, des sujets ouverts concernant les filles de bar sur des sites neutres de voyages. Une fourmilière dupli- cante. C'était trop.

***

C'était surtout passionnant à son niveau, d'aller sur chacun d'eux, d'entrer dans l'onglet de recherche un nom de bar ou de plage de Pattaya, et de voir surgir plusieurs vidéos montrant non seulement le lieu recherché, avec des histoires à l'intérieur, mais révélant aussi celui ou celle qui, derrière, filmait. Plusieurs niveaux d'approche où le cameraman était acteur à part entière. Un documentaire ordinaire sur une ville qui ne l'était pas du tout et le hors-cadre apparaissait. Ce qu'on loupait était malgré tout détectable. On sentait que ça débordait. Tout n'était qu'extraits, segments, sections, morceaux, fragments. L'anatomie l'empor- tait sur l'autopsie, le chasseur n'égalerait jamais la proie. Il avait été fan autrefois d'un cinéaste israélien, David Perlov, et son journal si sobre. Un quotidien magnifié. C'est ça qu'il fallait, un Perlov filmant Pattaya, les jours cloîtrés dans la rencontre, la fête, l'ennui.

***

Le travelling et le plan séquence l'emportaient. On ne faisait guère de montage, il y avait toujours un temps relativement long entre une vue et une autre. Certains faisaient une bande-son qui donnait à l'ensemble l'allure d'une longue bande-annonce sur le voyage effectué. Et « Scribe » restait des heures à scruter, observer. Ils étaient nombreux, comme lui, mais pour d'autres raisons. Une fois de retour dans leurs pays, ils comblaient le

711

manque par le visionnage en boucle des paysages et des filles quittées. Ils créaient leurs chaînes. Et ils publiaient les leurs, les plus mauvaises, d'un son, d'une lumière ratés, comme les meilleures. La technique de base consistait à se mettre à l'arrière d'une mobylette et d'empiler les rues. On finissait par s'y croire.

* * *

Alors, il divisait son écran en deux : d'un côté l'une des vidéos trouvées ; de l'autre une page vierge de son traitement de texte. Et il notait ce qu'il voyait, il mettait sur pause quand, souvent, son écriture était prise de vitesse par l'image. Sa course de frappe s'en trouva améliorée.

* * *

« D'abord, un cartel noir muet où s'affichent les informations : le titre : *Crazy Pattaya April* ; la date, et un exergue : avril est un mois dangereux pour venir. Thaïs saouls et drogués, invasions de touristes fous : Songkran, la fête de l'eau. Bonne chance…

« La musique commence. Techno-rock, le morceau s'intitule *Invaders Must Die*. Première image, nuit, une fille assise à un bar, coupe au carré, rigolarde, se passe un genre de cuillère à long manche en plastique entre les cuisses avant de la porter aux lèvres et de faire un signe du genre "délicieux" avec l'autre main. Coupe. Walking Street nuit, la foule. Devant l'*Alcatraz*. Sensation de courants humains, du monde partout. On voit deux filles décolorées en train de téléphoner, un couple passer, lui tee-shirt vert un peu bedonnant relevé, car il a coincé dessous la tête de sa copine, qui marche à l'aveugle. Il hurle comme si elle lui mordillait son sein, ils s'amusent bien. Derrière, des hôtesses brandissent des pancartes jaunes. Coupe. Un podium de gogo. Une fille monte et descend le long d'une tige de chrome. Un farang fait de même avec elle, tout en téléphonant, ridicule. Coupe. Une boîte. Plusieurs filles sont sur un podium et reluquent leurs mouvements dans un immense miroir courant sur tout le mur. Coupe. Une image floue avec du texte incrusté disant : trop dur pour YouTube (pas difficile, en même temps). Coupe. D'un coup la musique s'électrise façon noisy et une fille se déchaîne, debout sur un comptoir donnant à l'extérieur, il semble que ce soit l'ancien *Ocean's 11*, bar limitrophe de l'*Insomnia*. Elle jette ses cheveux de partout et cambre son dos en dansant. Coupe. Un moniteur vidéo suspendu entre deux enseignes rouges montre des gogo girls en action. Coupe. Une soï archicomble en journée. Songkran. Bataille rangée d'eau et de talc. Quatre, cinq filles juchées sur une estrade au milieu d'enceintes géantes qu'on imagine à pleins tubes. Coupe.

« Beach Road, journée, plan fixe. Une fille à chapeau et ses copines s'approchent en éclatant de rire et aspergent la caméra. Coupe. Plan fixe, une soï. Un groupe prend la pose, dont un ladyboy très mec, qui la joue pétasse. Éclats de rires partout. Coupe. Une soï, une fille debout sur un capot de voiture, très jeune, très sûre d'elle, un seau de bac à sable en main, quasi dénudée, lunettes de soleil genre grande star, danse avec, autour, la populace qui se noie d'eau et de fête. Coupe. Nuit, un farang effondré dans une rue, déchaussé, au milieu de déchets. Coupe. Laser vert du dancefloor de l'*Insomnia*, les corps sont compactés. Coupe. *Ocean's 11* à nouveau, elles sont deux cette fois à se déhancher, très danseuses étoiles, divas dans le bleu des néons. Coupe. Walking Street nuit, filmée en contre-plongée. Une baston. Plusieurs types se frappent, un vieux farang avec un Thaï. Le vieux met une beigne au Thaï. La foule s'écarte et les suit comme une meute. Coupe. Un écran télé. Scène d'infos sur Pattaya. Hôpital. Un corps ensanglanté, ventre ouvert flouté, repose entre trois infirmières. Le titre : revenge shooting. Coupe. Une soï, le jour. Songkran. Carnage d'eau. Une fille en scooter s'énerve et tape d'autres filles avec une barre en bois. Coupe. Flou, texte incrusté disant : scène censurée, une fille chaude dans ma chambre. Coupe. Walking Street nuit, un nain fait un spectacle de rue. Coupe. Plan rapproché taille. Une baronne de rue, visage fermé, sans sourire, ondule sur un podium, le regard droit vers plus haut que les spectateurs. Coupe. La fille du début, les yeux vicelards, tripote une télécommande. Coupe. Plusieurs plans montrent les portes vitrées d'un bar se fermant sur des danseuses en action, une fille jouant au billard, des scènes d'accostage de clients. Temps mort dans la musique. Coupe. Reprise de la noisy. Gang d'ados thaïs dansant du hip hop. Coupe. Songkran, la nuit, fracas d'eau entre des groupes de Thaïs juchés sur un camion-citerne où ils puisent leurs munitions. Coupe. Flics thaïlandais, superbes, uniformes parfaits, avancent, nonchalants, lampes torches en main. Une fille s'approche et waï le premier, qui waï en retour, tranquille, en roi de la ville. Coupe. Une fille montre son cul dans une chambre. Coupe. Walking Street, vu d'un étage en terrasse de gogo. Groupes de jeunes punters et putains en liesse. Coupe. Écran télé, un accident de la route, deux farangs corps éclatés, l'un a une jambe et un bras sectionnés, l'autre le visage emporté, on montre tout. Coupe. Prostituées d'import, des Africaines, en pleine discussion, dans Walking Street. Coupe. Une scène ultime, dans un baht bus, un farang effondré, couché sur une banquette, comme mort, coma éthylique, overdose, peu importe. Pendant toute la vidéo, outre la rythmique electro, un refrain dit en voix transformée "Invaders must die ! Invaders must die !". »

***

« Franchement », se disait « Scribe », suant sur le clavier, touche après touche, regardant les images, « comment faire mieux ? ».

Scène 18

J'ai acheté une caméra. Je veux commencer à filmer par moi-même et pour moi-même. Pour trouver d'autres choses, je veux les approcher tous les jours. Et surtout dans l'anonymat. Il faut du temps pour apprendre comment faire.

David PERLOV – *Diary*

18.1 « La souplesse sans trembler, dit David, c'est la difficulté quand on filme, surtout comme ce soir », il est devant moi, caméra au poignet, c'est l'homme au caméscope dans les rues de Pattaya, sans moyens particuliers, ni treuil, ni grue, ni chariot, ni rien, allant d'une soï à l'autre, cherchant à les capturer toutes, de haut en bas et de long en large, escaladant les reliefs d'immeubles, forant les creux de salles de beer bars, grossissant les visages, les corps des filles, détaillant, blasonnant les jambes, les seins, les mains, les pieds, les fesses, les dos, reculant pour tout prendre, cumulant les droites d'une extrémité à l'autre jusqu'aux carrefours, coupant alors un instant ou bien bifurquant au contraire, exécutant des tours sur lui-même où alors j'apparais succinctement, suivant ses trajets derrière lui comme un chien, notant à cet instant même que je note, lectrice, lecteur, notant que tu es là toi aussi derrière moi, comme moi derrière lui, David, et lui derrière son objectif grand angle, voyant défiler dans son cadre Walking Street, c'est la énième prise, il ne s'en lasse pas, je ne m'en lasse pas, et il vaut mieux que tu ne t'en lasses pas, car si tu te lasses de ça, alors c'est la fin pour toi, car après Pattaya, difficile de voir, d'entendre, de sentir, il n'y a plus rien ne sais-tu pas ?, ne l'as-tu pas lu, entendu quelque part, déjà ?, plus rien à désirer, plus rien à voyager, c'est le taux d'ébullition limite, la quantité parfaite, on parle de cent mille putains, et regarde justement, celle-ci qui passe dans l'écran, elle te toise du coin de l'œil, et juste avant de disparaître, de finir hors cadre, elle te sourit.

18.2 « La souplesse sans trembler », dit David, faisant une pause au *Candy Shop Bar*, une grosse machine avec un band live massacrant les standards pop électro du moment dans un anglais de chants faux et ratés mais d'un bruit concurrent à ceux des autres lieux poussés à fond dans une guerre des sons sans limites, « la souplesse en vidéo, c'est de monter descendre rester droit fouiller traverser se pencher zoomer dézoomer sans presque trembler, c'est-à-dire sans trembler sauf à certains moments un léger tremblement, une légère secousse appuyée comme une seule note jouée, mais ça doit rester court et très vite, il faut reprendre le cours de l'image, monter descendre, faire du travelling une vague, des vagues indéfiniment jetées au devant comme ces vues depuis la mer où l'on voit les salves partir vers les côtes, tu vois les vagues dont je parle ?, celles de Virginia Woolf, tu vois comme elles font ? »

Souffleur n° 7 : Le soleil ne s'est pas encore levé, la mer et le ciel sont confondus dans l'obscurité à peine pointillée des vigies de bateaux mouillés, sans les mille plis légers des ondes pareils aux craquelures d'une étoffe froissée. Peu à peu, à mesure que l'œil s'habitue, il distingue des effets, une barre sombre sépare le ciel de la mer, l'horizon frappe à nouveau, et la grande étoffe grise se raye de larges lignes bougeant à sa surface, se suivant, se poursuivant l'une l'autre en un mouvement sans fin. Chaque vague se soulève en s'approchant du rivage bouleversé de piliers où s'appuient les terrasses de Walking Street, et traîne sur les bandes survivantes de sable un mince voile d'écume blanche. La houle s'arrête, puis s'éloigne de nouveau, avec le soupir d'un fêtard amphétaminé dont le souffle, les mains, les bras vont et viennent sous les spots sans qu'il en ait conscience.

Peu à peu, la barre noire de l'horizon s'éclaircit : on dirait que la lie s'est déposée au fond d'une vieille bouteille de Singha. Au-dessus, le ciel lui aussi devient translucide, comme si un blanc sédiment s'en détachait, ou comme si le bras d'une femme couchée sur l'horizon soulevait une lampe : des bandes de blanc, de jaune, de vert s'allongent sur le ciel comme les branches plates d'un éventail. Puis la femme invisible soulève plus haut sa lampe ; l'air enflammé se divise en fibres rouges et jaunes et s'arrache à la verte surface dans une palpitation brûlante, les fibres se fondent en une seule masse incandescente, la lourde couverture du ciel nocturne se soulève et s'ouvre en million d'atomes bleu tendre. La surface de la mer devient lentement transparente ; les larges lignes noires disparaissent presque sous ces ondulations et sous ces étincelles. Le bras qui tient la lampe l'élève sans hâte : une large flamme apparaît enfin. Un disque de lumière brûle sur le rebord du ciel et la mer n'est plus qu'une seule coulée d'or : c'est l'aube à Pattaya City.

18.3 Des lunules volent faiblement dans le courant des néons, et l'une se pose sur la caméra tandis qu'une serveuse amène dans des brocs deux bouteilles de bière Chang, il y en a partout récemment de ce genre-là, une espèce aux ailes poudrées d'un motif d'araignée, elle est là, splendide d'illusion venimeuse, déployée et figée dans un semblant de course, prête à mordre alors qu'elle ne mord pas, appuyée sur ses tarses, c'est un papillon très fragile, et David d'un mouvement le fait fuir, *Siamusotima aranea*, son nom scientifique, du bas latin d'arrière-littérature.

« La souplesse, ça s'apprend tous les jours par des plans pour rien. Promener son travelling, s'entraîner aux prises de vues à tout moment. Je le fais dans mon appartement, le parking extérieur de l'immeuble à côté de la piscine, ou le bord de la piscine elle-même, au milieu des palétuviers et des orchidées, l'objectif collé au tronc écaillé des cocotiers. Pas besoin d'aller très loin, je prends, j'allume, je fixe, j'avance, je lève, je descends, je contrôle, je perçois mes muscles façonnant l'image qu'ils cherchent à capter. Les cinéastes ne sont pas assez "porteurs", ils ne portent pas avec eux l'outil, l'arme, le sabre, l'arc : la caméra. Ils ne suent pas dans une concentration double, celle, habituelle, portée sur ce que l'on filme, et celle portée sur ce que l'on porte pour filmer, qui donne un corps à l'ensemble, un grain, une allure, le mouvement est une signature, mais le danger, c'est cette mince frontière entre le kitsch d'une séquence caméra à l'épaule, tout ce fatras que l'on dit "vérité", et celle d'un travelling parfait caméra elle aussi à l'épaule, où l'œuvre est déjà dans la tenue, le geste de tenir l'objet filmant l'objet filmé, enfin tu comprends "Scribe", tu vois ce que j'essaie de te dire, c'est la supériorité du photographe sur le cinéaste, il fait un avec l'appareil quand l'autre fait deux ou équipe avec la caméra, des filtres entre lui et le monde, nécessaires sans doute mais castrants, et c'est pour ça, pour ça que les gens adorent YouTube, Dailymotion ou Vimeo, pas pour y voir du vrai sans chichis mais parce qu'ils pressentent ce mouvement, ce geste comme celui des combattants japonais, période Heian, tirant à l'arc royal, tissant chaque jour de leurs flèches la trajectoire stricte, la courbe parfaite, et comme il y a eu Eisenstein ou Welles, sacrés rois des grandes salles de cinéma, il y aura moi, le roi David de YouTube et Vimeo, et tout ça grâce à Pattaya, cette ville femelle d'art plus que Baudelaire n'a jamais versifié, c'est nous, sous les yeux de Big Sister, la putain thaïlandaise, Big Sister watching u. »

18.4 Ce soir, il en porte un blanc cassé de ceux qu'il aime commander chez un revendeur de Soï Chalem Prakiat, entre Soï Buakhao et Third Road, avec devant, inscrit en grasses lettres, « Big Sister fucking u », et derrière « No honey, no problem », variation du « No

money, no honey » local, parfois inversé sous la forme
« No honey, no money » selon le côté de la passe où l'on
se trouve, il a un jean découpé à hauteur des genoux
faisant d'élégants fils pendants noircis, et des chaussures usées à bandes rayées Adidas, ses cheveux mi-
longs ondulés aux épaules, une barbe courte clairsemée
autour des lèvres, du nez jusqu'aux oreilles, des yeux
bleutés sur le noir capillaire et un visage osseux comme
un saint pouilleux, aux antipodes des crânes rasés habituels de la ville.

18.5 Tables à côté, plusieurs groupes de ladybars
et punters sont installés, les fauteuils ici sont design
et profonds abîmés, vieux d'origine, deux ou trois
années depuis l'ouverture de ce bar aux couleurs
pâtes d'amandes froides électroniques, les filles jouent
celles qui n'attendent pas le client, elles choisissent,
elles ont déjà leurs sponsos quelque part ailleurs qu'à
leurs bras, des mains cherchent à les saisir mais elles
prennent plus de plaisir à refuser qu'à donner, il est
encore tôt et quoi de plus bandant pour elles que ce
« non » balancé comme un crachat moulé dans un
sourire, elles sont en meutes brunes parfois décolorées, avec des carrés bouffants, c'est l'ennui des habitudes qui m'affligent quand je les décris, rien qu'à
l'idée de peut-être faire test avec elle ça m'épuise, la
drague de certaines putes, se mettre sous son meilleur
jour, alors qu'elles vous rigolent à la gueule verre en
bouche en hurlant « what's u name ? », pas des filles
d'ancienne mode, celles qui disaient « toi achète-moi
pour la nuit », ou bien « aujourd'hui mon anniversaire, c'est quoi ton cadeau ? », non, des nouvelles à

l'anglais facebooké et skypé, des heures chaque jour sur l'iPhone ou le Samsung ou le « coffee net » du coin, et même des étudiantes aux semestres payés par un crétin, un anglais numérique. David est plongé dans le visionnage des scènes précédentes, un travelling débutant sous le porche côté Beach Road, avant le car de flics garé et les bureaux improvisés autour, où se plaignent touristes agressés et dévalisés cinq, dix, trente mètres plus loin, il lève la tête de temps à autre pour commenter en souriant, d'un coup capté par la cohue qui déambule devant nous, puis retourne à nouveau dans sa Walking Street enregistrée.

18.6 Sans le chercher, sans le vouloir, presque obligé, comme fatigué, rassasié d'attractions, ou plus sérieusement habitué à le faire et ne sachant plus rien faire d'autre de mon temps, une fille m'intéresse, qui s'intéresse à moi m'intéressant à elle, puis deux, elles sont cinq en fait, trois déjà en main avec des types blonds, nordiques de profils, géants, boules rasées laissant dépasser quelques millimètres, tatoués du dos aux épaules, on voit des dragons courir d'une omoplate à l'autre, plonger sous les lanières de leurs marcels délavés exsangues d'humidité, pour resurgir multicolores et crachant un feu récent, car des rougeurs, des brûlures cutanées aux bordures du dessin indiquent une présence encore fraîche de l'aiguille chez certains, ils sont affalés jambes jetées dehors, cul à mi-siège comme ces jeans à mi-fesses des gamins.

L'un est déguisé en fille, les joues roses, les lèvres rouges, du mascara mal tracé sur ses paupières, un soutien-gorge sur des pectoraux surdéveloppés de salle de sport, un autre est torse nu, hilare, debout, dansant devant tous, allant d'un seul coup vomir dans un énorme sac poubelle éclaté au pied d'un pylône électrique surchargé, montrant alors son dos où s'écrit, scarifié en caractères tribaux :

PUNTER BROTHERHOOD
Yes we fuck!

et dans cette masse, les deux filles non louées qui nous targuent avec des yeux bridés très longuement jusqu'aux tempes par l'effet du fard à paupières étalé loin, leurs bouches épaisses laissant surgir des tonalités aiguës, leurs pommettes bombées comme deux pleines lunes sous l'effet des spots. Lectrice, lecteur, pardon, mais il faut croire que c'est rebelote vers une baise, ce soir.

18.7 David n'a pas cessé d'enquiller les bières et les jacks, il est bien, d'une humeur à recommencer une séance de caméra sans trembler, s'en faire une belle, il s'y sent, s'y voit déjà, comme un objectif vissé à son boîtier il est l'œil, l'œil de l'homme au camescope. Il dit : « Quand je pense à l'époque où je croyais Tel-Aviv indépassable question nightlife, avec son front de mer et ses clubs et toutes ces alertes à la bombe sympathiques, je rigole. » Il dit : « Quand je vois tous ces films amateurs bout à bout sur des chaînes improvisées par des n'importe-qui, je jouis de mon propre journal réalisé à partir de plusieurs sources que je te montrerai demain ou tout à l'heure. » Il titube un coup et il répète « viens, on y va », et caméra levée, ni

lentement ni brutalement, comme un javelot en finale
de Jeux olympiques soupesé parfaitement, il la pose
sur l'épaule, et s'engage vers la sortie, quand l'une des
deux filles se pointe faisant mine d'aller quelque part
et bloque le passage, et la conversation s'engage, tellement rebattue que la recopier m'ennuie mais l'honnêteté du direct m'interdit de choisir alors ça commence
par des sourires larges de la part à elle et flatté de sa
part à lui, il a beau tout connaître pour être ici depuis
longtemps ça fait toujours plaisir cette denrée-là
offerte par des visages comme ceux-là, tout caramel
des campagnes d'Issâne ou d'autres régions à buffles
et rizières à perpétuité, et elle demande « where do
u come frooom » et il dit « Israël », et elle demande
combien de temps il reste, et il dit pour toujours avec
toi, et elle dit « pak wan », beau parleur ou un truc
dans le genre, en anglais ça fait « sweet mouth », et
il dit « nooo », et ça continue, « what's u name », et
il répond « David, and u ? », et elle dit « Wan », et
ils poursuivent, et sa copine arrive, et on est quatre
debout maintenant, et elle me sourit à son tour, et
demande à son tour « where do u come frooom », avec
un o long comme des anneaux ajoutés au mot selon
l'envie chantante, les accents sont des rallonges ici, on
peut aller très loin avec eux, et je dis « France », et elle
dit « farangset », et tous les sites d'informations sur
la Thaïlande ne s'emmerdent pas avec ça, et donnent
tous la même version de ce terme, à savoir qu'il est
phonétiquement la transcription difficile de « français », à l'époque de la première ambassade hexagonale dans le Royaume, sous Louis XIV, ou face à la
difficulté des deux consonnes initiales rappées « fr »,

ils ont mis la voyelle a, c'est plus musical, ou bien c'est l'origine persane qui émerge, avec « firangui » désignant peut-être les Francs au pays des shahs safavides, et comme un moulage effectué indéfiniment avec quelques variations de rencontres en rencontres produit des statues identiques, ce sont les mêmes phrases qui avancent vers le dressage réciproque, et une serveuse demande de nous rasseoir, et de « take care the ladies, buy drink », et nous nous rasseyons trente minutes, elles consomment des tequilas et nous des bières encore, et on se raconte les derniers potins en matière de bad trip, ces types aux stations-service qui vous font le plein sans que vous ayez besoin de sortir, et qui vous planquent des cachetons de ya ba dans le réservoir, et ces flics dix minutes plus loin à peine qui vous arrêtent et vous rentrent un chantage au cul, soit on paie maintenant une amende de plusieurs dizaines de milliers de bahts, soit on se retrouve en taule avec tous ces jeunes des campagnes qui adorent exercer leur Muay Thaï sur les autres, et quand un farang est dedans, c'est viol et torture à gogo, et elles rigolent, et nous aussi, et on finit par sortir.

18.8 Walking Street défile, lectrice, lecteur, devant tes yeux assoiffés de typographies allumées et clignotantes comme des Noëls permanents, mais hélas, je n'ai pas le temps de dérouler le menu « police » pour trouver celles qui correspondent le mieux à la flore alphabétique des noms de bars et de gogos, ce sera pour plus tard et plus calme, quand on reviendra, car là, on se dirige vers nos scooters respectifs garés au Bali Haï Pier, on trace, David devant et sa nouvelle moitié pour la nuit, il lui parle de sa caméra, la lui montre, la lui fait toucher, elle adore voir, la prendre en main, en rajoute, elle se fout de sa gueule et de sa gaule, une psy efficace cette fille, pas pour soigner mais aggraver les symptômes, la ville crânienne de Pattaya, c'est son divan.

David décide de s'arrêter après Walking Street pour manger face à la mer un de ces calamars ou morceaux de chairs quelconques de poissons grillés méconnaissables empalés qui fument aux étals de street food. On reprend des bières et des Smirnoff Ice, cinq ou six. La chaleur est épaisse, collante comme un latex, un air à mémoire de forme laissant l'épiderme entouré, assiégé, à peine atténué par un vent marin léger qui ramène des restes d'iode salé. Je caresse machinalement la cuisse de la fille à côté, « Ploy », il y a un bruit monotone qui survit dans la cacophonie : les vagues et leur métronome de traitement psychiatrique, leur rythme pelé, usé sur les grèves dénaturées, effilées entre les pontons de Walking Street, la *Mer des déchets* enkystée, enrouée sur une nuit de plus à tuer :

, le godemichet est d'abord fait , dans un couple ,
    pour être mis au con , quand la queue est en bouche ,
        inversement et dans le cul , quand on se touche
            à deux , s'habituant à des trios en boucle
, c'est une mer et dedans : mercure , nitrate
    , plomb , aluminium , métaux lourds , pneus , ammo-
    niaque
        , baigneurs , baigneuses , huiles solaires , phosphate
            , rouleaux , déferlantes , plastiques , troncs , ressac

, Nong , banquière au guichet d'une Kasikorn Bank ,
est d'abord faite pour attendre , jambes ouvertes ,
le Birman battu , lui faisant lécher sa planque ,
avant de le vendre à des chalutiers , à perte
, c'est une vague et dedans : baves , biles et bulles
, filaments , capotes , cadavres , plaques et croûtes
, démangeaisons , infections , bouteilles , mazout
, pesticides , bois , hydrocarbures , capsule
, le chien est d'abord fait pour traîner sa maîtresse
, et lui lécher sa chatte , et s'étreindre avec elle
, sans aboyer au bon derrière de ses fesses
, et s'entendre miauler : baise-moi à la pelle

18.9 Notre condo se situe Soï Kasetsin sur Pratumnak, en bas de Buddha Hill, une enclave hybride
autrefois boisée, une jungle pieds dans l'eau devenue
chantier, les parcelles encore vertes faisant damier
avec celles construites ou en cours, des grues à la
place des arbres, d'immenses parois de béton, des
pans géants de verre partout. On prend l'escalier, ça
rigole entre nous à chaque marche, Ploy appuie son
coude sur mon épaule et tombe la tête sur ma poitrine, Wan est pelotée par David dans une ascension
jusqu'au quatrième étage, où vit David, une chambre
simple, des objets pauvres, sans passé, un intérieur
d'adoption comme la plupart de ceux d'ici, et avant
d'ouvrir, il se retourne en disant « on va s'amuser, on
switche les filles quand elles seront bien chauffées, et
surtout, je filme ».

18.10 Filmer les passes est l'art favori du punter
à Pattaya, chaque fin de nuit, chaque jour, à toute

heure, dans des milliers de chambres et simultanément, comme une négociation seconde, après celle
tacite ou discutée de la passe elle-même, selon des
procédures complexes, différentes selon les cas, un
processus s'enclenche, visant à ce que la fille, le ladyboy ou le garçon, accepte d'apparaître à l'image, son
cul pris, sa bouche prise, exécutant d'abord des strips,
des danses, pour ensuite à poil, sortant de la douche,
le corps enroulé de serviettes, se faire défoncer.

18.11 Il faut se mettre à la ligne pour bien préparer
la scène difficile qui commence, car vois-tu, lectrice,
lecteur, ce qui va suivre sera particulièrement éprouvant. Si tu es en train de grignoter un sandwich ou
n'importe quoi de comestible, ou tout simplement de
siroter, il vaut mieux t'arrêter. Moi-même, ça m'effraie. Allons-y…

Mais non, c'est une blague, tu t'attendais à quoi ?
Des filles torturées à la Sade, un snuff movie ?
Hahaha… Je t'ai niqué, lectrice, lecteur, tu t'es
trompé. La vérité, c'est que j'ai la pétoche. Perdre tous
mes moyens, m'effilocher. Ce n'est jamais simple, le
sexe avec les mots. Combien se trompent et ratent ?
Exagèrent et enflent ? Je gamberge au moment d'y
aller, rameute l'anatomie, la métaphore, j'ai besoin
de cachetons pour bien faire mes phrases, les gorger
de sang, que tu les sentes durcir dans l'intérieur de
ta lecture, les tripes aux yeux, dirais-je. David a l'air
tranquille au contraire. C'est dégueulasse, l'avantage
de l'image sur l'écrit, j'envie la pornographie audiovi-
suelle, sa litanie infinie d'actrices et d'acteurs, toutes
ces physionomies pour tous les goûts qui varient,

non tant d'un individu à un autre, que d'un instant à l'autre d'un même individu, d'une pulsion à une autre, et qu'on ne vienne pas faire des réflexions béotiennes sur le pouvoir de suggestion du langage, c'est une connerie et ce n'est pas la question. Pour moi, il est trop tard ici même, car si toutes et tous les font, leurs textes, après coup, après tirage de coup – et encore, non, plus souvent sous l'autorité désastreuse de l'imagination –, moi, j'écris sans protection, c'est du direct là !, pas de rature, de post-coïtum, c'est bientôt que ça arrive, les filles sont assises, à l'aise, regardez-les, elles toisent, jouent avec David qui joue avec elles, du badinage d'avant partouze, sans se poser de questions, sans mélodramaturgie métaphysico-sextuelle, la détente, la joie, tout juste, à peine, une déglutition, une prunelle plus évasée, un stress des deux côtés.

18.12 Prêt ? Pas encore… David a posé la caméra bien visible sur la table basse face au lit, Wan est dessus, elle tripote, demande comment ça marche un engin pareil car effectivement, c'est une semi-pro bien balaise, ventrue de technologie, mais elle se débrouille bien, elle a ça dans le sang, les transistors, les circuits imprimés, elle sait ce que c'est car on en fabrique partout ici, en Asie, c'est le continent des miniatures électroniques, des usines, elle a travaillé en usine, les salaires de merde rendant désirable la prostitution, et elle s'amuse les yeux plissés, cyniques, sans illusions, allumant la caméra, bouche tordue, ses lèvres épaisses entrouvertes d'une haleine alcoolisée sur des dents parfaitement blanches et alignées, David se saisit du caméscope, ne dit rien, va le fixer sur un pied, régler son objectif, la luminosité, tout, et nous dit de venir voir, de vérifier avec lui, on s'approche en chœur, d'un coup concentrés comme des étudiants, on a un grand angle sur toute la pièce avec le lit, on ne loupera rien, et on entre ainsi dans le champ.

18.13 On est encore bruyants de préliminaires joyeux, Wan fait un show de baronne, disant à moi ou David, « you want to fuck me ? », « hey farang !, u come Thailand to fuck me ? », « but noooo, me I fuck u ! », reprenant au bond, les paroles d'Akon, disant comme lui, mais d'une voix à la fois aiguë et rauque de fumeuse : « I wanna fuuuck u, u already know », connaissant par cœur la musique, et finissant par « I want u fuck me now, I want u cum now, quickly ».

18.14 Me galochant avec Ploy, voyant David galochant Wan, la caressant, s'attardant aux fesses, remontant la robe, pressant les seins, redescendant, humidifiant des doigts, regardant vers moi, me faisant signe de regarder la caméra, et moi mordant, me faisant mordre, pressant d'une main une fesse, un sein, et de l'autre essayant d'écrire, puis m'arrêtant, d'un coup, les filles se dégageant. Elles veulent aller à la douche ensemble, en sœurs, on tente de dire à quatre, allons-y tous, ce serait drôle, sauf que non, je ne peux pas, j'ai cet iPad avec moi, celui d'où j'écris ça, alors j'insiste, je convaincs David de les laisser faire à condition qu'on puisse mater, car oui, deux filles sans scène lesbienne, sans qu'on intervienne, ce serait raté, elles rigolent et se mettent nues presque intimidées, jouant la pudeur ou brusquement prises d'une bouffée de gêne, et dépassant ce stade-là, très vite, en accéléré, et main dans la main allant à la douche, les cheveux lâchés, elles sont très minces, très fines, leurs fesses comme deux boules de pétanque, fermes, on tâte quand elles passent, on les charrie, rapproche leurs têtes, elles doivent s'embrasser, elles sont dans la salle de bains maintenant, ouvrant l'eau, font un écart en disant « cold ! », Ploy règle le jet, asperge Wan et fait semblant de le diriger contre nous, comme des gosses prêts à une bataille d'eau, on rigole dans une atmosphère d'échos, j'éternue, ça résonne, je meurs de rire, mourir m'enrhume, c'est amusant, et les voilà qui se savonnent, d'abord distantes, jouant un rôle, puis entrant dans leurs personnages, elles se bécotent lentement, elles se… comment dire, elles se touchent, elles se frottent… elles se… mais merde !, elles se quoi ?, elles se… mais comment dire cette scène lesbienne ?, le corps lesbien ?, ça me rappelle un livre ancien, Monique Wittig, la féministe, mais oui !, voilà !, ça suffira !, Monique Wittig, Wan, Ploy, le corps lesbien, et deux mecs…

Souffleuse n° 8 : LE CORPS LESBIEN LA CYPRINE LA BAVE LA SALIVE LA MORVE LA SUEUR LES LARMES LE CÉRUMEN L'URINE LES FÈCES LES EXCRÉMENTS LE SANG LA LYMPHE LA GÉLATINE L'EAU LE CHYLE LE CHYME LES HUMEURS LES SÉCRÉTIONS LE PUS LES SANIES LES SUPPURATIONS LA BILE LES SUCS LES ACIDES LES FLUIDES LES JUS LES COULÉES L'ÉCUME LE SOUFRE L'URÉE

LE LAIT L'ALBUMINE L'OXYGÈNE LES FLA-
TULENCES LES POCHES LES PAROIS LES
MEMBRANES LE PÉRITOINE L'ÉPIPLOON LA
PLÈVRE LE VAGIN LES VEINES LES ARTÈRES
LES VAISSEAUX LES NERFS LES PLEXUS LES
GANGLIONS LES LOBES LES MUQUEUSES
LES TISSUS LES CALLOSITÉS LES OS LE
CARTILAGE L'OSTÉINE LES CARIES LES
SUBSTANCES LA MOELLE LA GRAISSE LE
PHOSPHORE LE MERCURE LE CALCIUM LES
GLUCOSES L'IODE LES ORGANES LE CER-
VEAU LE CŒUR

18.15 David bande et moi presque, on est silencieux à regarder, ça rigole moins, un bruit coule du
pommeau, fuite d'eau, elles sortent, se collent à nous
poisseuses, savonnées, saisissent nos sexes et branlent,
nous poussant à rentrer dans la douche, c'est notre
tour, j'abandonne le clavier.

Intermède 18- 19

Tous les trois mois, « Scribe » prenait la route. Du moins au début, pour renouveler son visa touristique double entrée. Théoriquement, la loi interdisait de le faire plus de deux fois dans l'année. Mais des types vivaient de cette manière depuis quinze ans, vingt ans, parfois plus encore. La législation changeait, les farangs sans contrat de travail restaient. C'était aussi immuable que la saison des pluies et la saison sèche, un business pour les flics de l'immigration, l'assurance d'un bakchich. Non pas de la corruption, mais une transaction où chacun trouvait son compte, son bonheur. Celui de rester pour les payeurs. Celui de payer des études pour ses enfants, d'agrandir, rénover sa maison, soigner un membre de la famille, ou simplement embellir son niveau de vie pour les gagneurs. Le mal était loin de ces accords fragiles. Les papiers fournis avec tampons étaient-ils vrais ? Parfois, dans les colonnes des journaux anglophones, francophones, surgissaient des récits d'arrestations : rien n'était en règle, l'homme allait en prison. Ainsi récemment d'un patron de restaurant à Bangkok. Et hier, un directeur d'hôtel, à Pattaya. Ça faisait le tour des conversations dans les communautés d'expatriés, occupait une, deux soirées, aux terrasses des piscines, barbotant des expressions comme « tu as vu ce qui est arrivé à Alain, Mehdi ? », le torse hors de l'eau, le corps bercé, ou bien dans les bars, le soleil couchant dans le paradis siamois, bières et filles à profusion, les amitiés de la nuit. Puis cela se tassait comme sous l'effet d'une émotteuse, le sujet devenu poudreux, envolé.

* * *

La veille, donc, de ces petits voyages, « Scribe » achetait un ticket de bus dans une agence sur Sukhumvit, elle s'occupait de tout, transport, passage de frontière, rendez-vous avec l'ambassade de Thaïlande à Vientiane, puis il rentrait faire un sac bref, quelques vêtements, un trousseau de toilette, son laptop, et il glandait dans sa chambre jusqu'au lendemain après-midi, ou bien il sortait compiler encore une nuit à l'*Insomnia*, au *Lucifer* ou au *Club Noir*, au *Differ*, partout. Il avait fini par prendre un goût démesuré pour les short times, quelque temps après son installation, cumulant certaines fois plusieurs passes par jour, une habitude saine, sans enjeux, sans attaches. Il aimait aussi les centres commerciaux et les vendeuses si prétentieuses, si toilettées, qui se voulaient vestales des marques farangs, et qui énervaient n'importe qui sauf lui, patient. Ou bien alors traîner, une vieille habitude de chacal. Une fille passait, on se souriait, commençait par s'aborder, on discutait quelques minutes, parfois plus, on se frottait discrètement, les filles effleurant, les types palpant brièvement, et on se dirigeait vers l'hôtel à trois cents bahts le plus proche. Ou bien on la ramenait chez soi. Et de temps à autre, on finissait dans les faits divers, après s'être brutalement endormi, avoir brutalement perdu connaissance pour se réveiller dix heures, quinze heures plus tard, et constaté le vol de matériel électronique, d'argent liquide, de montres, de bijoux quand les fous avaient de l'or chez eux. C'était rare et ce n'était pas rare, c'était une étrange impression. On se sentait à la fois en sécurité et en danger, exposé à ce qui arrivait aux autres : saisie de drogue, racket, etc. On se rassurait par des phrases du genre : « La Thaïlande est un miroir : on ne trouve que ce que

733

l'on cherche ici », en voulant croire que si on se comportait avec respect et discrétion, ne s'énervant jamais, rien ne pouvait, ne devait arriver, sauf que…

***

Sauf qu'une fois de plus, on se trouvait devant une façade, le réel siamois échappant aux truismes farangs, spécialement dans un pays fournisseur de proverbes, de métaphores, d'images planquées à chaque phrase, même la plus banale. Le siamois, qui ne représentait qu'une des dizaines de langues parlées dans le Royaume, n'était pas fonctionnel. Il pouvait l'être, mais il ne l'était pas dans sa puissance expressive. Il n'était qu'une étoffe de sons imagés, de suggestions, d'alcôves sémantiques, de pistes, de deltas diffractant le quotidien.

***

Était-on exposé à plus de dangers qu'un touriste, en y vivant à l'année ? On pouvait penser l'inverse. Tout dépendait du type de problème. Il y avait ceux réservés aux visiteurs, et d'autres aux expats. Ce n'était pas les mêmes, mais c'était des pièges, d'un côté comme de l'autre. Les inconscients vivaient dans les deux familles. Leur situation ne changeait rien à leur prédestination de victime. On pouvait aussi penser que maîtriser la langue thaïe aidait à s'en sortir. Or, souvent, il valait mieux ne pas entendre ce qu'on disait du farang. Fermer sa gueule était encore le meilleur moyen de se protéger, se taire en français, en anglais ou en thaï revenait au même, le silence étant l'espéranto parfait, compris des flics et des truands du monde entier.

***

734

Il partait le soir dans un van dit VIP, confortable, des fauteuils rembourrés, et de nuit, on traversait l'Est thaïlandais. Les villes qu'on frôlait avaient eu autrefois, des décennies auparavant, pour tous les voyageurs, l'attrait d'une magie dans ce pays jamais colonisé, où le farang était regardé avec méfiance et une curiosité bienveillante. Il n'était pas vu comme un ancien maître, un ancien ennemi, juste un étranger, dont l'humanité était indéniable, mais elle n'était pas thaïe, cette humaine blancheur, ses yeux et ses cheveux de toutes les couleurs. Elle était humaine d'une autre tournure, elle séduisait ou rebutait, elle était au fond barbare, exotique, riche, sans âme, sans esprit, un peu idiote, trop rêveuse, trop expressive, sentimentale de peau mais de cœur froid, égoïste, hypocrite non pas socialement (souriant devant et commentant, critiquant, se moquant par-derrière, intriguant, comme toute l'Asie savait si bien faire), mais de substance, croyant réellement que ce n'était pas avoir une double face que de répandre la démocratie à coups de boycotts et de bombardements par exemple, et en cela, elle était dangereuse, elle *justifiait* le mal, y trouvait des raisons, des raisonnements. Or, le bouddhisme et le climat façonnaient une identité subtile, que l'histoire nationale renforçait de ses péripéties dont la plus importante, imbibant toutes les fibres depuis l'école pour tous jusqu'aux différentes couches aisées des milieux financiers, industriels et diplomatiques, était que jamais les Blancs n'avaient occupé le Royaume, eux qui partout ailleurs s'y étaient implantés, sur chaque continent. Et pour le Blanc en retour, c'était agréable de n'avoir aucune culpabilité à combattre ou assumer. Certes, des crétins néocolonialistes tentaient bien à coups d'« écologie », de « tourisme vert », d'associations visant à « responsabiliser les pouvoirs locaux et les touristes » sur la pollution, la prostitution, d'infantiliser le peuple thaï, de le prendre pour un mélange de demeurés et de bons sauvages dirigés par des pourris totalitaires, mais on les méprisait en retour, tolérant leur présence contre beaucoup d'argent. Quant à la mondialisation, là comme ailleurs la lutte était vaine, mais ils s'en sortaient moins mal que leurs voisins, ils préservaient quelque chose encore, d'inexpugnable, de forcené.

***

Ainsi raisonnait « Scribe », à moitié endormi, voyant passer les bordures rouges et blanches des routes quand l'éclairage jaune safrané ponctuait les kilomètres, tout était plat, le relief venait de la végétation, parfois très dense, des immeubles, des hangars, et des monticules rocheux ici ou là entre les rizières, rendant les plaines semblables aux mers du Royaume où des îlots du même type affleuraient à quelques dizaines, centaines de mètres des côtes, éparpillés, couverts d'une jungle épaisse.

***

Il se réveillait lors des haltes, descendait pisser, manger un plat dans une gargote mobile. Là, dans sa marmite, une soupe de rognon de porc et de pâtes de riz fumait. De grandes louches remplissaient les bols. À certaines périodes de l'année, il pouvait faire froid. Quinze degrés, dix degrés. Ce n'était pas les montagnes de Chiang Mai, mais c'était doux. On portait un haut à manches longues et les mollets restaient souvent nus, les pieds dans des tongs. La Thaïlande. « Scribe », à ces instants, ne pensait plus à rien qu'au visa lui donnant la chance de demeurer là.

***

À Nong Khai, parfois, il se promenait sur les rives aménagées du Mékong. Une route séparait le fleuve de la succession des guesthouses et des restaurants. Tout était calme comme une ville de province simple et bien entretenue, prospère sans clinquant, l'illustration parfaite d'une belle endormie. Le pont de l'Amitié reliait Nong Khai au Laos, et c'est seulement aux frontières, où l'immigration avait pour bureau des tables d'écoliers sagement posées à l'extérieur, sous des auvents d'acier, qu'on retrouvait la foule habituelle des rabatteurs pour des taxis hors de prix.

***

Peu à peu, ces trajets étaient devenus le prétexte à passer du temps avec des étrangers comme lui. À Pattaya, en dehors des putes, et de quelques autres qui n'étaient pas prostituées, comme Porn qu'il voyait incidemment, il ne fréquentait quasi personne, et jamais plus d'une heure ou deux. Il lui arrivait de dîner avec « Marly », mais c'était exceptionnel, et depuis la mort de « Kurtz », ses relations avec les anciens des forums s'étaient évanouies. Il était seul dans sa langue, les dialogues qu'il menait se tenaient avec des interlocuteurs imaginaires, et surtout des auteurs, dont les livres montaient jusqu'au plafond sur un des murs de son appartement. Ce genre de scènes en lui apparaissaient cadrées, comme si son cerveau était le spectateur d'une émission de télévision à laquelle il participait. Parfois, elles débordaient de sa bouche sans qu'il s'en aperçoive, et les gens autour constataient qu'il parlait seul.

Mais là, dans ces vans et parfois ces bus, moins chers et moins confortables, au hasard d'un cahot, d'une panne, il faisait connaissance, en curieux, pris encore d'une vague attirance, d'un reste d'ancienne passion pour les récits des autres, leurs vies si aisément données en pâture à leurs congénères. Comme une hyène, il flairait le gibier des sponsors, il classifiait les types de punters, d'expats, c'était sa galerie de personnages, les premiers rôles étant tenus par les ladybars et les ladyboys, suivis des autres acteurs du peuple siamois.

***

Un type, une fois, portant des lunettes de soleil – il faisait nuit pourtant –, s'était confié, lui racontant sa sensation de bizarrerie d'en être arrivé là en quelques mois. Il ne regrettait rien, ne cherchait pas de compassion, il était surpris, c'est tout. Il avait cinquante ans, bel homme, grand, d'une élégance de salon. Français londonien d'adoption, il travaillait pour un groupe d'investisseurs, prospectant n'importe quoi susceptible de rapporter. Son entourage était homogène financièrement, mais de professions diverses, allant du banquier à l'artiste en pleine réussite. Une épouse aussi, des enfants grands, étudiants. Il venait ici souvent, et après une dizaine d'années, il était tombé amoureux d'une jeune Thaïe de vingt-trois ans dont la maturité semblait innée. Elle était plus grande que la moyenne, il insistait là-dessus comme sur d'autres détails, rongeant cet os que constitue ici la fille « différente ». « Elle est différente », répétait-il. Et donc, il avait d'abord repoussé son retour à Londres, menti, donné des excuses, puis écrit à son avocat pour le divorce, le rapatriement de certains biens. Il connaissait tous les pièges. Il avait attendu ça toute sa vie. Il n'avait plus de comptes à rendre. Il avait gagné ses galons de vainqueur dans la société mondialisée. Désormais, le conte de fées de sa jeunesse propulsée vers la réussite, il le revivait avec ce mannequin sans photographe, inconnue des défilés, dont les déambulations, les gestes, les traits d'esprit embellissaient la vie de ses compagnons. Elle contrastait totalement avec sa famille, et ce choc était un argument de plus à sa séduction. Son père, rongé par l'alcool de riz, les yeux rougis des effets du Yadong, la peau séchée, brûlée au soleil, criait sur sa famille ou souriait, sa bouche édentée, sauf une canine et quelques molaires en haut. Sa mère n'était pas mieux, la tristesse insondable d'une vie malheureuse, ratée, remplaçant l'alcool, mais provoquant les mêmes ravages. Elle ne souriait jamais. Elle avait deux frères. L'un, grand d'une frustration infinie, orgueilleux, était violent comme son père, mais moins atteint, plus dangereux. Il demandait continuellement de l'argent. Le plus jeune suivait le grand, allait encore à l'école. Les deux consommaient et vendaient du ya ba. Ils étaient exemplaires de la vie de campagne thaïlandaise. L'histoire devait sans doute se poursuivre, mais « Scribe » n'avait noté que ça.

***

Tout avait changé lorsqu'il était devenu étudiant. « Scribe » s'était inscrit dans une de ces écoles privées enseignant le thaï et vous gratifiant d'un visa d'un an renouvelable trois fois. Un jour par semaine, il venait quelques heures s'asseoir en face d'une prof guère pédagogue mais assurant l'essentiel en matière de voyelles et de consonnes, lui faisant répéter les tons, accéder à ces zones auditives inconnues des Occidentaux. Dans ces méandres, il ne comprenait presque rien, mais il saisissait le schéma musical, il descendait et montait dans les tons, marquait des durées brèves ou longues, à la force des aiguës et des graves. Il avait tenté de rattraper son peu de talent – il était orgueilleux dès qu'on touchait à la question des langues, il se sentait en devoir de tout savoir, de faire des comparaisons savantes entre les mots des unes et des autres, de créer des intervalles, des processus étymologiques, il était au moins perfectionniste là-dessus, se mettant une pression jamais satisfaite – en lui parlant de littérature thaïlandaise. Elle s'habillait poliment, gardait sa peau blanche, mais ne connaissait pas grand-chose des auteurs thaïs. Le nom de Dan Arun Saengthong n'éveillait chez elle qu'un hochement négatif poli de la tête, les lèvres pincées.

Un nom de plume comme on dit. En France, on l'appelait Saneh Sangsuk. Un livre l'avait imposé, *L'Ombre blanche*. Un premier volume arraché à une trilogie autobiographique jamais finie. La traduction française, faite par un expatrié sauvage solitaire, était une splendeur. On disait Saneh Sangsuk spécialiste de Joyce. Il tutoyait quelqu'un dans ses pages, qui pouvait être un ami, une femme, lui-même. Un torrent de prose rythmée, répétitive sur sa jeunesse dans Bangkok et son retrait dans une maison froide, à se rappeler des viols, des meurtres, des séjours dans le Sud musulman, des glandes, des débats sans fin sur la littérature, le cinéma, la peinture, des haines, des rages, des paysages de jungles, de bancs sablonneux noctambules couverts de lune et d'étoiles, des filles de gogo, des filles qui paient les jeunes mecs thaïs avec l'argent des étrangers, des trahisons. « Que périssent les femmes bien, et que tous les hommes de mauvaise volonté s'unissent », écrivait-il à la fin. Parfois manquait la ponctuation, la syntaxe dérapait dans des directions labyrinthiques. Il s'en foutait du lecteur et des lectrices, se foutait de la facilité ou de la difficulté, et chaque ligne était vivante de l'extérieur thaïlandais. Le plus fort était le ton narratif, un long rire torturé, comme provenant d'un type ratatiné vêtu de haillons plantureux, édenté heureux, découvrant d'un coup en se levant un corps sec de jeune boxeur Muay Thaï. Zarathoustra enté, croisé d'un Krongsak, d'un Buakaw Pramuk.

***

Depuis, d'autres livres avaient été traduits. Vieillissant, Sangsuk s'enfonçait dans la Thaïlande traditionnelle. L'antique Siam, loin des zones cérébrales d'Occident, les maladies mentales des hommes révoltés. Il situait ses phrases dans des passés somptueux. L'époque du Bouddha. Les campagnes. Et surtout la jungle. Il était le poète des jungles comme l'impressionniste est le peintre de la campagne française. Ces milliers de noms pour ces différentes espèces d'arbres. En traversant les paysages, « Scribe » ressentait le manque de vocabulaire. La langue française les possédait tous, mais il devait recourir aux dictionnaires, aux abécédaires des faunes et des flores pour distinguer les choses vues. Il voulait d'ailleurs moins créer un lexique qu'une rythmique. Capturer l'extérieur de la France dans une métrique.

***

« Scribe » avait contacté le traducteur. Une rencontre avec Sangsuk était possible. C'était un ermite caractériel. Un type magnifique de colère et de douceur aussi. Il vivait comme le narrateur d'*Ombre blanche* dans une maison sans luxe. Ne faisait qu'écrire. N'avait pas d'argent.

***

En rentrant chez lui après les cours, « Scribe » ouvrait l'ordinateur, allait sur les fichiers, et dans l'onglet statistique, affichait le nombre de signes. Et convertissait ça en pages imprimées. Ça le dégoûtait et le fascinait. Il se haïssait d'en être encore là, dans le trou du cul de Satan, la sortie de l'Enfer expliquait Virgile à Dante, Pattaya, les soï, Walking Street, à chasser de la littérature.

Scène 19

Mais allons plus au fond, toujours selon la même méthode, la nôtre : d'accommoda-tion résolue aux réalités sensibles du lieu et de l'heure, de prise à partie du lecteur, de mariage de la critique et de la création, d'attention constante au rétroviseur et au tableau de bord, de convocation enfin, dans la cabine de pilotage, de plusieurs navigateurs, se confondraient-ils en un seul.

Francis PONGE – *L'Écrit Beaubourg*

19.1 En haut, à gauche du clavier, se trouve la touche **esc**, « s'échapper » en trois lettres, et ça tombe bien, car l'envie de foutre le camp, de quitter cette scène ici même, de tout planter là me reprend, sauter du trajet que je fais maintenant, comme sans doute toi aussi, lectrice, lecteur, engagé là-dedans, malheureusement embarqué – mais vers quoi ?, vers où ?, vers *ça*, défilant devant tes yeux, attends voir, tu vas comprendre –, et qui souhaite autre chose, les grands espaces, l'aventure, les antipodes, on y est d'ailleurs, Pattaya, la Thaïlande, la prostitution, les îles, les mystères, les pudeurs sexuées, les langues tonales, les nuances partout, alors vas-y sembles-tu dire, n'hésite pas, échappe-toi auteur, lâche-toi, fais-nous plaisir en te faisant du bien dans ta vie si loin – et pardonne-moi si à ta place je me mets toujours, car si seul je me sens, si éloigné des miens français, les noms propres de ma famille, de mes ami(e)s, que j'invente des interlocuteurs : toi, entre autres –, et je te réponds alors, sérieux, cravaté dans ma prose, un brin blasé, poseur, que pour moi c'est banal, merveilleux mais banal toutes ces putes, ces cocotiers, ces mangues, ces épices, et que m'agite autre chose, un parti pris, un prise de position, le « parti pris des nouvelles choses », qui ne sont pas nouvelles d'ailleurs, mais vieilles de bientôt deux siècles, du moins celle dont je tente, maintenant, la description, cet objet quotidien répandu partout, l'un des rares d'aujourd'hui à faire beau, embellir quand souvent c'est laid qu'on produit, construit : le clavier, ce clavier qu'ici même j'utilise, lui et tous les autres, ces pianos au bas des téléphones, des distributeurs de billets, où les lettres, chiffres, symboles et ponctuation s'affichent, il est instrument de musique. Et plein d'enthousiasme, euphorique, j'en tente la mise en récit, la description stricte, à mesure, frappe après frappe, et que se passe-t-il dès l'entame ?, il se passe ça, en tout premier, cette touche **esc**, s'échapper, partir, et j'y vois un signe, étant superstitieux, un *signe* qu'il faut partir déjà, virer de bord et vite, une alerte à la tombe, continuer dans cette phrase, c'est crever à tes yeux de lectrice et de lecteur, dans cette direction c'est la mort, la mort !,

743

et donc allons dehors, levons les yeux, je les lève et je vois la pluie, il pleut sur l'Asie, cette partie de l'Asie du Sud-Est, il pleut puissamment, une pluie de mousson sur Pattaya, les soï inondées, impossible de sortir, de s'échapper.

19.2 Heureusement, la troisième touche, en suivant le sens latin de lecture, de gauche à droite, est un dessin de soleil, ☼, et si j'appuie dessus, un rond entouré de traits s'ouvre sur l'écran et me permet de renforcer la luminosité jusqu'à l'éblouissement, l'aveuglement d'un astre pur comme des reflets par beau temps sur les plages des îles de Koh Larn ou Koh Samet ou Koh Chang, les plus proches de Pattaya, la dernière pas si loin du Cambodge, du sable comme de la crème anglaise, velouté, des eaux tellement transparentes et chaudes qu'on oublie les faunes qui traînent dessous, requins, méduses et autres. Accessoirement, le soleil n'est pas seul dans le ciel congru de la touche, un **F2** est inscrit en dessous, en petit, comme l'angelot à côté de Dieu le père en peinture ancienne, qui, cumulé à l'appui d'une autre touche, tout en bas, intitulée **Fn**, ouvre un menu dit « formule », permettant d'insérer des opérations mathématiques dans le texte.

La deuxième touche, accessoirement, est aussi un soleil, mais plus petit, qui signifie : baisse de luminosité, et si j'alterne, un doigt sur chaque astre, je crée un effet d'éclaircies, de nuages passagers, de variations météorologiques, et j'avoue que dans la solitude, face aux difficultés d'avancer dans le texte en cours, il m'arrive de ne faire que ça, augmenter, baisser la lumière, l'humeur cyclothymique, climat changeant, comme maintenant, la pluie dehors, la mousson, même si le travail des filles continue, c'est une chance, après l'ascèse, tous ces autres ouverts, disponibles.

Ce petit soleil, il n'est pas seul non plus, il est doté comme l'autre d'une inscription dessous : **F1**. Appuyant sur **F1** + **Fn**, l'« aide », ou le « compagnon » de mon traitement de texte apparaît, lequel complique à ravir les choses au lieu de les simplifier, la plupart des questions posées restant parfois sans réponse, ou si réponse il y a, elle est labyrinthique. Ce sont des arborescences dont la lente remontée se fait à partir d'expressions pédagogiques, infantilisantes, quotidiennes, telles qu'« allez à », « ouvrez le ou la », « cliquez sur », « sélectionnez le ou la », provoquant alors des parcours, des itinéraires dans le possible des fonctions, m'éloignant toujours plus de la production elle-même, pourtant la cause de ma présence ici, dans ces méandres, au profit de la stricte exploration contemplative de cette boîte à outils à base d'essais, de tentatives, d'expériences, appuyant, sélectionnant, activant, égaré mais heureux dans cette perte, ou parfois agacé, énervé, épuisé, hébété face à l'écran, devenu livide, ou violent, frappant l'objet, pestant sur le monde techno, passant ainsi des journées, des heures et des heures, à glander, ma puissance créatrice éteinte, enfouie dans le temps perdu à maîtriser l'objet, la chose numérique, déambulant partout sauf dehors, exit les plantes, les feuilles, les sèves dans ces arbres applicatifs.

19.3 Le raccourci clavier est ce geste mobilisant deux ou trois doigts, ouvrant l'accès à des fonctions non directement inscrites sur les dalles du pavé alphanumérique, et pouvant, lors d'une saisie incorrecte, d'une position ratée de la main, faire surgir un élément de traverse, qui rallonge au lieu d'amoindrir. Chaque touche est ainsi, par le cumul de leur frappe, non seulement la cheville ouvrière du texte, du tableau, du code en cours de réalisation, mais la clef vers un clavier second, on dira complaisamment, sacrifiant à la mode des méditations technoïdes, des dérives réflexives, cette poétique ne s'arrêtant pas aux choses, mais brodant sur les choses des symboles, des analogies : un monde caché, secret même, à la limite mystérieux, pour tout dire : complotiste, qui s'installe à ton insu d'utilisatrice et d'utilisateur dans toutes les fibres de tes achats, puis dans celles de tes actions, car après tout, rien n'empêche un fabricant, un créateur d'orienter son œuvre, son produit, pour faire de toi sa créature observée, espionnée, bouleversée, impactée, piratée par lui. On le sait, c'est un truisme à succès, sur tous les tons et dans toutes les langues, cette plainte des créatures contre un créateur malsain, l'irruption dans leur vie d'un démon ingénieur, codeur et décodeur des mots de passe, des comptes d'accès.

19.4 J'en discutais avec David l'autre jour, il uploadait son dernier chef-d'œuvre sur Vimeo, un travelling de quatre-vingt-dix-neuf minutes commençant par une énorme voie express, Sukhumvit, puis Pattaya Klang, massive mais moins large, puis une soï plus petite, puis une autre encore plus petite, puis une entrée de soapy massage, ces salons-bordels où les filles attendent d'être choisies derrière des vitres, puis un couloir assez vaste, puis un autre plus petit, et comme cela jusqu'à la dernière partie, une fille allongée au loin les jambes ouvertes, la caméra lentement s'approchant de sa vulve pour à la fin, dans un fondu bien foutu, émerger, naître dans l'espace sidéral, le cosmos, sans goulot ni cloison, le « plan libre » au cinéma, gravitationnel, des scènes non filmées par lui mais pompées chez Kubrick, Tarkovski, Lucas, et il me parlait des codes de programmation dont il est mandarin, il disait : « c'est simple, ton livre au format numérique, je lui fous un spyware qui fait que dès l'instant qu'il est acheté, puis ouvert par ta lectrice ou ton lecteur, une fenêtre s'ouvre, et tu peux chatter avec elle ou il, et même mieux, intervenir dans ton texte à l'endroit où elle ou lui sont en train de lire. Accessoirement, ça permet d'ouvrir sa caméra et de voir la tronche qu'elle ou qu'il a en te lisant, ses réactions, et d'anticiper, d'influer son plaisir du texte quand tu t'aperçois que non, ça le fait pas vraiment. Tu pourras même te la sauter plus facilement, rien de mieux, comme préliminaires, que le piratage de ses données personnelles, qui t'indiqueront ses goûts, quoi dire, quoi faire, prévoir ses réactions, infiltrer ses attentes. Pas mieux que l'art et le piratage pour niquer un maximum son prochain, or… », j'abrège ici sa tirade, une heure au moins.

19.5 En attendant, lectrice, lecteur, l'application qui nous mettra en contact, nous n'en sommes pour l'instant qu'à l'énoncé pas à pas du paysage signalétique du clavier, sa beauté, son constat. Il est là, devant moi, devant toi, nous l'utilisons en commun, tes doigts, les miens, ont le même Q ou A, le même W ou Z, le même E, R, T, Y, comme un lien, un cordon ombilical de millions de fibres insécables, c'est mon poème vers toi, ce clavier, l'abréviation **alt**, **cmd**, ou **ctrl**. Les filles ici savent y faire. Elles maîtrisent l'utilisation des entités que leurs petites mains ont parfois assemblées, à l'usine. Elles font touche avec les types sur les réseaux, elles les serrent, les happent. Elles frappent les esprits, comme nous frappons nos alphabets – auparavant, nous glissions au stylo, au crayon, nous étions pacifiques, naïfs, sentimentaux, maintenant on cogne, on castagne, c'est un *signe* avant-coureur, on est bien partis dans la guerre civile planétaire, aucun refuge, ça sera un massacre, on le sent dans la manière de conduire des gens, dans la façon de s'aborder, de se parler, on la sent cette guerre qui vient, la civile, la sans nom, et toutes ces salles de sport où l'on s'entraîne, des centaines de millions à faire du karaté, du judo, de la boxe, de l'abir, du free fight, du jiu-jitsu, de l'aïkido, du taekwondo, du Lego, du Playmobil, la liste est vertigineuse, et il y a ceux qui font du tir à l'arc, du tir à la carabine, du tir au pistolet, qui s'achètent des armes, et ça s'entraîne, s'entraîne, là ici, à Pattaya, partout, Paris, New York, Téhéran, Dakar, Rio, Manille, Tokyo, Delhi, Pékin, et Trouduc-en-Artois, Ploucos-sur-le-Tage, Bled-sur-le-Nil, nulle part n'est épargné, ça prend des licences, officiellement pour se défendre, c'est préventif, mais à force de s'entraîner, de se renforcer, de se sentir fort, c'est humain de vouloir prouver, de récolter du laurier auprès des autres, alors ça va éclater, ça va péter partout, ça sera feux d'artifice d'humains fracassés, violés, torturés, ça

748

ne sera pas de la tarte, non, du sang, des menstrues arrachées en dehors des périodes légales. Me relisant, je trouve ce passage précédent mièvre. Pas grave, j'ai mon clavier, et cent mille putains dehors, renouvelées constamment. Je peux écrire n'importe quoi, tu es libre d'aller ailleurs ou de continuer. Ici, on peut refuser son client.

19.6 Dehors il pleut toujours, milliards de gouttes, du balcon je sens l'inondation qui monte des rues, des cris joyeux pour autant que je sache distinguer la « vraie » joie dans la langue thaïe, laquelle paraît surgir au moindre accent. Dehors, c'est aqueux, et ici, c'est sec. C'est dedans, ma chambre, mon refuge, l'enclave patiente que j'occupe depuis quelque temps, où j'ai trouvé ma vitesse de croisière. Avant, les premiers mois, j'avais un lieu trop grand, trop cher aussi, dans le centre, au View Talay 6, c'était ruineux sans frein, sans issue, et désormais c'est mieux, mes objets rares dans ma pièce courte, lit, commodes, tapis, verres, livres, écrans, chaises, vêtements, plats, assiettes, couverts (couteaux, cuillères, baguettes), tous ils s'attachent ou s'isolent, les bouger c'est changer quelque chose dans la suite des événements, je n'ai pas encore toute la prescience pour savoir quoi, mais peu à peu ça devient difficile de prendre la décision de déplacer l'un d'eux et de le situer d'une autre manière, ils semblent habités d'un sens supérieur à leur fonction, d'une signification vivante, l'ordinaire est piégé, il faut faire attention, comme lorsque l'on marche, les lignes, les lignes sont partout, il faut veiller à les franchir du bon pied au moment où l'on pense à quelque chose d'important, sinon c'est mauvais signe, et les mauvais signes, dans un texte, quel qu'il soit, écrit, parlé, vécu, c'est dangereux.

19.7 Les objets : les voir, les toucher, les utiliser ne les appauvrit pas, c'est comme une drogue bonne, bénéfique, comment dire, c'est comme *Le Feu follet*, Alain dans le film, le livre, c'est comme Alain sauf que c'est moi, « Scribe », c'est comme qui dirait moi à la troisième personne, une expérience de mort imminente, moi dans la lecture de l'autre, c'est :

Souffleur n° 9 : Cerné, isolé, « Scribe », à la dernière étape de sa retraite, s'arrêtait à quelques objets. À défaut des êtres qui, dans Pattaya, s'effaçaient aussitôt qu'il les quittait, et souvent bien plus tôt, ces objets lui donnaient l'illusion de toucher encore quelque chose en dehors de lui-même. C'est ainsi que « Scribe » était tombé dans une idolâtrie mesquine ; de plus en plus, il était sous la dépendance immédiate des objets saugrenus, ou plutôt parvenus, que son époque courte, sardonique, élisait, les ordinateurs, les téléphones portables, les bibelots techno. Pour le primitif (et pour l'enfant), les objets palpitent ; un arbre, une pierre sont plus suggestifs que le corps d'une amante, et il les appelle dieux parce qu'ils troublent son sang. Mais pour l'imagination de « Scribe », les objets n'étaient pas des points de départ, c'était là où elle revenait épuisée après un court voyage inutile à travers le reste du monde. Par sécheresse, par ironie, par esthétique aussi, par honnêteté peut-être, par peur, il s'était interdit de nourrir des idées sur ce monde. Philosophie, politique, sciences humaines, morale, tout système lui paraissait une impossible rodomontade. Aussi, faute d'être soutenu par des idées, ce monde était si inconstant qu'il ne lui offrait aucun appui. Les seuls solides gardaient pour lui une forme, et parmi eux, ceux permettant l'accès à l'infini simulé d'autres objets comme eux : écrans, claviers, disques durs, cartes mémoire ou graphiques, fils d'alimentation, ondes électromagnétiques : il ne se lassait pas d'embrayer sur les potentialités puissantes de leur description, comme une fuite spéculaire vers l'outil de son œuvre. En quoi il se leurrait : l'onde n'était pas un objet. Ainsi associait-il à la matière visuelle ordinaire une propriété sensible d'un autre ordre.

Ce jour-là, « Scribe » jetait sur tout ce qui l'entourait un regard plus suppliant que jamais, comme pour meubler un vide. Ce vide venait doubler et approfondir une absence dont il ne pouvait plus mentir la réalité, celle de la femme qu'il avait aimée à Paris. Il se sentait de plus en plus encerclé par les circonstances qu'il avait laissées s'installer autour de lui, et son expatriation lui apparut terrible, une immense confusion. Alors, l'habituelle réaction se produisit. Aux parois exotiques qui enfermaient son âme, il ne vit plus soudain, des rares fétiches qui l'ornaient, les faunes, les flores, les filles, la nourriture, que celui résumant tous les autres : l'argent.

« Scribe », depuis qu'adolescent il avait senti des désirs, ne pensait qu'à l'argent. Il en était séparé par un abîme à peu près infranchissable que creusaient sa paresse, sa volonté secrète et immuable de ne jamais le chercher par le travail. L'argent, il en avait toujours et il n'en avait jamais. Toujours un peu, jamais beaucoup. C'était un prestige fluide, furtif, qui passait perpétuellement entre ses doigts, comme la peau des ladybars ou les touches du clavier, mais qui jamais n'y prenait consistance. D'où venait-il sérieusement, l'argent, qui était-il à la fin ?

19.8 Ici, les doigts pleuvent sur les touches, comme dehors font les gouttes sur les objets et les matières. Je cherche la paix, l'œuvre qui me laissera tranquille. Dans la tranquillité de son exécution la plus longue possible, la plus patiente, la plus scrupuleuse, acharnée, j'irai au bout. Écrire, ce sera sans date ni anecdote, mais quotidien, le journal d'une journée, secondes, minutes et heures. Sa pratique dépassera ses résultats : les livres ne seront que les extraits d'un flux, une concession très brève à l'existence publique. Ainsi modelés, scripturaux seront les jours, ne formant plus qu'une masse de signes suffisante, acceptable, en face du monde, son défi quantitatif, ses milliards de globes et ses distances en années-lumière. Par l'écriture, j'accéderai à la fin de l'angoisse, ce tiraillement, cette inquiétude sans limites et sans raison. D'où vient la peur, d'où vient l'argent ? Quelque chose, *dehors*, se passe et nous échappe, et dedans nous poursuit, révèle l'enveloppe mensongère, et montre qu'aucune carapace ne nous protège. Nous sommes nus. Se mettre nu sur les plages est une redondance. Les plages peuvent être des consolations. Les océans, les mers. Même les lacs, les fleuves, les rivières, les cascades. Les chutes. On tombe de haut, on plonge très loin, à Pattaya, dans les profondeurs aquatiques où ne vivent

que des monstres. Dans la nuit, les espèces sont terri-
fiantes. La lumière seule, le matin tôt, affirme la fête.
Ou c'est l'inverse : à Pattaya, les jours sont ignobles et
les nuits acceptables.

19.9 Se succèdent donc les touches, limitées en
nombre, comme se succèdent les frappes, illimitées en
actes, sauf la fatigue, l'épuisement, qui les arrête, pour
un peu ou pour longtemps, et le texte passe comme
le jour passe, les secondes s'égrainent occupées, remplies à un ou plusieurs caractères selon la vitesse des
doigts sur les touches, et lui aussi, le texte, avec le
soir, la nuit, l'aube, l'après-midi, finira par se coucher,
s'arrêter d'épuisement ou de doute sur sa valeur – et
ne doute-t-on pas de son propre intérêt dans son existence (ou plus sobrement, de l'activité qu'on exerce,
n'importe quel travail passé au crible du doute, de la
lassitude) ?

19.10 À Pattaya, en dehors des bordels et du sport,
des ladybars et des fêtes, de la paresse et des îles, en
dehors de manger et de quelques autres choses sans
réelle importance – prier dans des temples, marcher
dans les malls, se tremper dans des sources, triper dans
les jungles –, il n'y a rien à faire d'autre que gamber-
ger, indéfiniment promener avec soi ses impressions,
les « imprimer » oralement, à la demande, la moindre
occasion de beuverie avec d'autres comme soi, mal
fichus pour beaucoup, jaloux, haineux ou désirants,
animés de rêves et d'ambitions d'allumettes, une
pointe inflammable et c'est tout, à peine énoncée et
déjà disparue, brûlante de projets et déjà corrompue.

À Pattaya, n'y gagnent du fric que le flic, la pute, et celles et ceux entretenus par le flic et la pute. Le reste, c'est de la littérature. Comme gagner son fric par Pattaya mise en littérature ? Les voici, les romans d'aéroport, certains bien vendus, de vrais best-sellers, avec des détails à sauver, j'ai la liste, elle est courte, et tous alors, les punters longue durée, veulent faire pareil, produire des livres sur leur expérience siamoise, c'est le nouveau Compostelle, mon pèlerinage putassier, « si si, je vous assure, j'ai vécu un truc extraordinaire, une illumination, une saison en enfer », voilà comme ils disent.

19.11 Autour de ma chambre, comme voyageuse autour d'un axe arbitraire, Pattaya continue de tourner tandis que je tape indéfiniment qu'elle tourne, tourne autour de moi jusqu'au tournis, la syncope, sans autre but à atteindre que cette danse derviche. Une fin de non-décevoir est l'origine des pas dans ses soï poussiéreuses, ordurières, à la recherche d'on ne sait quoi vraiment, sous l'emprise d'une décharge intérieure reproduite de filles en filles, de ladyboys ou garçons, passant aux cribles animés ou indifférents de leurs yeux un examen, une épreuve, une validation de soi-même, longues marches difficiles à cause des chaleurs humides, ou des intempéries, et c'est longueur d'attendre à l'abri comme aujourd'hui quand partout s'agitent les rencontres, entre deux masses végétales survivantes, où s'affrontent scolopendres, araignées, lézards, et glissent des chats sur les toits des bars, parmi les fils emmêlés des poteaux, longueur d'attendre l'accalmie des pluies puissantes, et la baisse des inondations, les ruelles marron à mi-cuisses d'une eau d'égout débordé, alors comme maintenant, je retourne aux objets, les plus sûrs, les plus mobiles avec moi, ce clavier-là, cet écran-là, et dedans ses moteurs, l'unité dite centrale, ce parti pris des choses là.

19.12 Comme un blanc sépare deux paragraphes, mon clavier est coupé de l'écran, mais communique avec lui par un vide variable en fonction des déplacements de ces deux éléments reliés par des ondes et non un fil, car le clavier n'est pas seul, lectrice, lecteur, comme tu n'es pas seul(e) non plus, mais bien avec moi, vieillissant ensemble dans cette écriture lue à mesure, le clavier vit couplé, il dépend du visage qui affiche son rythme de vie, sa pulsation cardiaque : l'écran (chez certains acolytes graphistes, il y a plusieurs écrans, et le corps informatique devient alors une hydre, un monstre à têtes multiples), divisible en plusieurs fenêtres. Ainsi, j'ai présentement trois cadres devant moi : le premier est le fond d'écran lui-même, une image d'univers, violet bleuté tendant vers le noir criblé de taches blanches plus ou moins épaisses agglutinées parfois en masses galactiques et nuages stellaires formant des halos blanchâtres comme un talc sur la peau ; le deuxième est l'espace présent où s'inscrit cette phrase, il est entouré de marges réglées, avec les centimètres indiqués sous forme de nombres et de barres, et dans les bordures basse et haute, il y a une suite d'onglets signifiant des fonctions de traitement possible du texte, un jardin d'enfants de la mise en pages, consistant en choix de corps de police, puis de taille de ces corps, puis de couleur et d'épaisseur des casses de ces corps – <u>souligner</u>, empâter (**grasser**), pencher (*italique*) –, puis de justification des lignes à droite, à gauche, au centre, faire des sauts, des décalages, des interlignes, des blocs de toutes figures, des liens, des hyperliens, des impressions, et d'autres choses encore ; le troisième cadre est celui de mon navigateur, lui-même divisé en « pages », c'est-à-dire les différents sites consultés que j'accumule lors d'une recherche, et possédant également ses propres marges avec ses propres outils, et je n'ai qu'à les pointer d'une flèche de souris pour accéder à leur magie pixélisée. Car en plus du clavier, ma souris est l'autre écritoire qui pagine mon écran. Il suffit de cliquer et de voir dérouler des parchemins verticaux où cliquer encore. Dans des cartouches de recherche, de taper d'infinies requêtes. Dans les résultats, de sélectionner, colliger, choisir, partager. Et lire, regarder, commenter, intervenir, modifier. Trahir et troller. Le troll est-il populiste ou transgresseur ? Un mal salvateur, ou un simple mal ? Qui suis-je, créant la polémique ?

19.13 Je peux multiplier ces fenêtres, ouvrir différents logiciels, qui sont des œuvres paradoxales, non pas seulement des outils mais des ouvriers, des forces agissantes, peut-être pensantes qui vont et viennent d'un terminal à l'autre, comme des explorateurs foreurs d'un continent à l'autre, les « terminaux », un terme commun aux aéroports et aux engins ici déployés sous différentes formes, des plus petits, montres et téléphones mobiles, aux plus gros, supercalculateurs des salles blanches de laboratoires de recherche.

19.14 Néanmoins, c'est depuis mon clavier seul que je peux décrire et lui et les autres, et quand je l'observe, mes doigts courant à sa surface, il s'anime, devient plus que lui-même.

Il est ce paysage matriciel dont chaque touche gravée des différents signes les plus couramment utilisés forme une espèce dépendante de l'autre, car il suffit de prélever en les appuyant leur substance pour les voir polliniser leur semblable et faire sens dans des mots, des phrases et des groupes de phrases, et pouvoir indéfiniment continuer leur expansion. Et sans doute leurs combinaisons dépassent-elles toute vie humaine appliquée à leur expression, mais qu'importe. Parfois, j'imagine que tout est touche, tout aboutit à cette mécanique où l'appui entraîne l'inscription, chaque forme de la faune et de la flore, chaque phénomène naturel est une touche, chaque idée, chaque pensée, chaque pulsion d'imaginaire, et qu'un clavier immense couvre tout l'univers, le dépasse même. Ainsi sommes-nous des touches parmi d'autres. Je pourrais dessiner ce clavier. Il serait une suite de cercles et de carrés aux angles légèrement arrondis, d'épaisseurs relatives. Comme ces cultures, ces rizières en paliers de Yuanyang, au Yunnan, la province chinoise collée au Laos, à la Birmanie et au Vietnam, les touches s'étageraient sur d'infinis niveaux, comme aussi ces plateaux virtuels d'échecs féeriques où les cases sont les faces de cubes donnant du jeu un relief de pays, avec montagnes et plaines.

Car un clavier physique n'est qu'une part limitée, émergée d'un volume plus énorme, comportant tout ce qu'il ne montre pas, tous les caractères autres, les majuscules, les accents divers sur les lettres, les signes d'équations, les idéogrammes. On pourrait faire de chaque syllabe, de chaque mot une touche, et déjà les suggestions automatiques des traitements de texte en sont, elles surviennent au bout d'une syllabe à peine entamée qu'elles complètent d'un raccord grisé, transformant l'intention initiale de l'émetteur, cherchant à anticiper son texte, son discours, le perturbant, le dévoyant, le ridiculisant par cette présence programmée. On pourrait continuer comme ça longtemps – il pleut de moins en moins, ça s'égoutte plus que ça pleut, sur le balcon, et il fait très chaud, très humide, très moite.

19.15 Et vois, lectrice, lecteur, comme avec lui, le clavier, nous devenons pianistes, virtuoses, vois comme les gestuelles retrouvent une étiquette perdue depuis longtemps, vois comme avec l'écran tactile tu écartes du pouce et de l'index ou du majeur, tu fais glisser des pages, vois comme tu orchestres. Tu es, toi aussi, à la baguette devant tes palettes d'instruments en attente. Ton concert débute, tu es ton propre public, la plupart du temps, sauf si un jour, tu présentes quelque chose devant un auditoire de bureau, tous ces concertos laborieux sur des écrans, ces réunions de travail. Je m'en souviens, j'y étais, j'en ai réchappé, et pour seule production désormais, je n'ai plus à offrir que ce bruit successif des frappes, connu de toi par cœur pour le pratiquer aussi tous les jours, le bruit sobre de cette phrase aux phonèmes doublés dans ta tête de ce cliquetis distinct à chaque touche, car as-tu bien saisi en chacune d'elles un son à part qui les distingue ? – est-ce dû à l'intensité différente de l'appui de chaque doigt ? – et vois comme ce serait beau projeté en grand, une salle noire, la seule musique des mains sur le clavier et ce texte à mesure descendant, se corrigeant, s'effaçant pour se réécrire, ne cessant pas, jamais, indéfiniment, devenu vivant, avec ses organes et son corps, sa surface soulevée puis reposée puis soulevée encore, cette narration en direct, active, cette narraction pure, se nourrissant de son constat à mesure, d'elle tirant les moyens de sortir d'elle-même, dans les rues pour les décrire, les filles de Pattaya.

19.16 Les boutons d'alimentation sur les côtés des objets de toutes natures disposés dans cette seule pièce constituent aussi un genre de clavier où s'écrit en lumières et sons d'étrangetés mon texte d'ambiance et d'activité journalière, que je peux à tout instant varier par l'éteinte ou l'allumage aléatoire d'un ou plusieurs éléments, ensemble ou séparément. Et comme le sommeil, on y reste un temps fou, à ce parti pris malgré soi des choses électriques, électroniques et codées. Signal, mon beau signal, suis-je le plus communicant de tes adeptes ? Non, les programmeurs me supplantent, leur code contre ma langue, ils parlent ce monde, et j'ai un complexe d'un coup, terrible, un complexe qui m'envenime, me laisse haineux et bourré de toise, de mépris froid en surface mais incontrôlé, bouillant en dessous, ils parlent le monde de langages très laids mais actifs, leurs langues modifient plus vite que la mienne des consciences qu'elles réduisent, alors que moi, lectrice, lecteur, je ne te réduis pas, je berce comme je peux, de rythmes, le présent, où derrière le sens se cache le son, les sonorités intégrales qui font un sens plus fort, un sens cardiaque, une sémantique de la respiration, tu vois de quoi je parle, tu saisis ?

19.17 Si je prends un tournevis et ouvre chacun des éléments disposés devant moi, qui sont des boîtiers reliés comme les immeubles d'une ville, traçant sur mon bureau de larges zones ni tout à fait rues, avenues ou places miniatures, métaphoriques d'un urbanisme domestique, je découvre des mondes donnant sur d'autres mondes, je suis Gulliver et Alice, deux êtres plus d'autres, Maldoror et Tristram Shandy, à mesure que j'explore, j'explose mes limites en conjectures sur tous ces circuits, ces couleurs, ces teintes vertes, ces puces, ce tachisme de soudures brillantes, ces fragilités de corps d'araignées aux pattes courtes et symétriques d'alimentation, avec des ports, des slots, des chipsets, des sockets, des barrettes, toute cette panoplie connectique en couches superposées. Qu'alors je décrive, si ta patience le permet, lectrice, lecteur, les connexions maladives en expansion cellulaire des cartes mères à leurs sœurs de mémoire et leurs sœurs graphiques et sonores, des composants eux-mêmes, des transistors minuscules aux relents d'épingles décapitées, que je décrive les rafales de codes et les contacts entre les différents protagonistes de cet univers, et on verra paraître « my creative method », mon art poétique sous un jour neuf en évolution programmée, jamais obsolète. Le scribe veut être le copiste des textes encore non écrits, sans mots, qui attendent, le scribe des lettres manquantes.

19.18 Dehors la pluie a cessé, les rues se sont vidées, demeure une simple pellicule crasse luisante aux lumières car la nuit est tombée et les foules sont sorties, je les entends, d'ici même, du calme de mon étage et de mon balcon retiré dans un jardin touffu de palmes jaillissantes, éclairées de spots creusant leurs stipes de clairs-obscurs, j'écoute les bruits des talons parlants, cette voix aiguë de nombreuses Thaïlandaises riant les mots qu'elles prononcent, comme si toujours elles rigolaient. La dernière touche, en bas, à droite de mon clavier, montre une flèche orientée vers la droite, là où il s'arrête, vers l'extérieur. C'est un signe, une preuve, une alerte. J'obéis, j'écris que j'éteins, j'écris que je sors, puis j'éteins et je sors vraiment. ▶

Intermède 19-20

Noires et blanches, les photographies étaient scotchées sur les murs, collées, aimantées sur les parois du frigo, parfois punaisées sur un patchwork composé de plaques en polystyrène découpées dans des boîtes de street food, ou simplement encadrées et posées sur la longue table qui lui servait à travailler, manger, ou rester les mains en bol sur le menton, les coudes écrasés sur le bois en vieux teck, une fortune cette table, son seul trésor chiné dans un magasin de brocante sur Sukhumvit, une improbable boutique tenue par un Anglais récupérant à très bas prix les restes des farangs en déroute, quittant le Pays du sourire esseulés, trompés, désargentés, vendant tout ce qu'ils pouvaient vendre quand c'était encore possible pour se payer un billet de retour vers le pays natal où ils n'avaient souvent plus d'attaches, plus d'amis ou de parents, où le soleil même leur était interdit, dégoûtés de tout, comme ayant atteint une limite, une frontière dès cette vie-là, une étape faisant d'eux des survivants, des morts-vivants, la prochaine étant la mort réelle par le suicide, la maladie, le désespoir, très peu arrivant à fournir ce cliché du battant des tropiques, du débrouillard des bouts du monde, donner ce petit coup de pied pour remonter du fond des eaux croupies, s'y complaisant au contraire.

***

Elles étaient noires et blanches, de format identique, imprimées sur un papier de qualité moyenne, elles prenaient vite la poussière, jaunissaient avec le temps, se cornaient, et montraient toutes sortes de vues raccordées l'une à l'autre, on voyait des détails, des rebonds, on voyait des bouts de paysages à des années de distance, les changements, on pouvait débuter quelque part sans ordre apparent et toujours retomber dans un semblant d'histoire comme si chacune était l'élément d'un récit combinatoire, et c'était miraculeux pensait « Scribe » à certains moments, quand il avait encore moins à faire dans les jours où déjà il ne faisait rien, ce capharnaüm hétéroclite de photographies et d'objets qui donnaient à son appartement une personnalité de longue date alors qu'il n'était là que depuis quelques années, c'était finalement ça son œuvre, sa contribution artistique à l'humanité. Chez lui ressemblait un peu – il aurait fallu pour une ressemblance effective remplacer les murs en béton par du bois, la terrasse en béton par du bois, le toit en béton par du bois, boiser le quotidien, enfin tout et l'extérieur en priorité, mettre la jungle derrière la porte, les fenêtres, la richesse de la jungle, les lémures grimpant, le bruitage insecte dans le treillis végétal géant, et les drongos, les chevrotins, les volatiles de tous les genres d'un seul coup pris d'assaut vers leur proie, il aurait fallu ça et les patrouilles de l'armée, et la quiétude habitée des tropiques reculées dans un pays en pleine effervescence économique climatique –, ressemblait à ces bicoques d'auteurs thaïlandais qu'il avait vues récemment, s'étant rendu dans le Nord après avoir correspondu avec quelques-uns d'entre eux, ils vivaient chichement leur condition, étant comme Mishima dans sa méthode mais gagnant beaucoup moins, alternant les nouvelles alimentaires pour des magazines, des journaux qui les achetaient, prisant le genre sentimental ou horrifique, avec des poésies complexes, et toujours un grand roman exigeant qui les ferait connaître d'un traducteur étranger – ils n'étaient pas nombreux à maîtriser la langue thaïe –, afin de percer dans le micro-milieu littéraire de pays comme les États-Unis, la France, l'Angleterre, ou pourquoi pas l'Espagne et le Portugal et leurs extensions sud-américaines, le grand Brésil et la grande Argentine, et alors ils voyageraient, ils sortiraient du Royaume.

***

Et leur intérieur était chiche mais prodigue en boiseries et en fonte (les casseroles des cuisines, les woks), en lin et en soie (des genres de batiks posés pliés sur des paillasses tissées), en lampes chinoises d'architectures papier, hexaèdres peints de motifs féminins sinisés, les cheveux noués en tourbillons sur les nuques, les vêtements largement ouverts. Il y avait des livres bien faits empilés, des plateaux de cuivre, des bougies la nuit, un hamac sur une plateforme en bois couverte dans le jardin, des dizaines de grands pots à plantes comme des palmiers. Ces maisons où « Scribe » s'était rendu et assis prenant le café, le thé ou la bière et l'alcool, étaient toutes sur pilotis, traditionnelles, et il avait dialogué avec eux en anglais sur l'exagération des problèmes de traduction, quand par exemple, il n'existait pas de conjugaison en langue siamoise et qu'il fallait se débrouiller autrement pour dire le passé le futur ou le présent, et toutes les subtilités des modes personnels et impersonnels, et ils avaient poursuivi sur les exigences formelles et ce qu'était une forme en littérature, et combien toutes ces choses d'autrefois, ces palabres sans fin qui avaient agité le monde il y a encore trente ou quarante ans avaient disparu du jour au lendemain, non sous l'effet d'une nouvelle mode, mais d'une amnésie et d'un changement d'époque, plus personne ne donnant à l'art une quelconque importance en dehors de divertir intelligemment, et ils s'étaient enfermés dans de lugubres prémonitions au coin des flammes la nuit jusqu'au matin envahi de moustiques – les journaux parlaient d'épidémies de dengues voraces –, avec complaisance ils avaient vomi leur temps si bête, si idiot, si économique, même si chacun d'eux grattait partout où il pouvait l'argent nécessaire pour continuer ce mode de vie à base de conversations sur la saleté du monde présent. « Scribe » cherchait un Gadda, un Guimarães Rosa local, il devait y en avoir un quelque part, capable de marier les dizaines de langues en cours dans ce pays, les dialectes non minoritaires, parlés tous les jours par des millions de personnes et même des dizaines de millions, comme le lao issâne et ses multiples branches dans le Nord-Est, et toutes les variantes à la frontière du Cambodge, et les intonations malaises du Sud, à Satun, Hatyaï, Songkla, c'était *Finnegans Wake* tout au long de la forme en crabe du Siam.

***

En rentrant par le train, passant par Phitsanulok, traversant les étendues de rizières bientôt affadies par les grandes zones industrielles aux environs de Bangkok, il avait comparé ce qu'il avait vu avec ce qu'il possédait chez lui, et il s'était dit qu'il avait réussi son implantation. Si demain on devait le retrouver en bas de son condo le crâne aplati sur le bitume après un de ces « sauts » coutumiers des farangs, les clichés dans la presse locale ne montreraient pas un de ces endroits neutres, vide sauf d'un mobilier de location, sans passé, tout entier à l'image du séjour précaire de son habitant, ne possédant plus rien, non par ascèse mais comme le résultat, l'image de sa perte.

***

Il se projetait dans son appartement resté seul quelques jours, et il concevait que toutes les choses à l'intérieur vivaient d'une vie matérielle imperceptible aux vivants de tous types qui infestaient les lieux, l'humain qu'il était, les cafards et les fourmis, les moustiques, parfois les oiseaux venus se poser, les lézards, les araignées et même un ou deux serpents montant lors des moussons à travers les canalisations. Les poussières sculptaient des falaises crayeuses sur les plinthes, et les photographies pourrissaient, évoluaient dans leur chimie, plus rapidement ou lentement que l'image qu'elles révélaient mais tout aussi franchement, jusqu'à la disparition.

***

Et donc noire et blanche était la plage d'un genre ancien, peut-être du début du xxᵉ siècle, normande ou atlantique, accrochée à son frigo, divisée en trois plans, l'un, le ciel dans la partie haute, l'autre, la mer, dans la partie du milieu, et le troisième, en bas, le sable sur la grève, chacun strié de zones horizontales successives de largeurs hétéroclites, interrompues, les nuages étirés, les blocs de vagues plus ou moins sombres, et les bancs sablonneux ratissés indiquant une présence humaine occupée aux loisirs du bain, renforcée par la présence de tentes sur un des côtés, caractéristiques des stations d'autrefois et de leurs établissements balnéaires élégants, avec leur motif rayé à la verticale, des bandes bicolores comme aussi peuvent l'être certains stores, rideaux aux fenêtres d'avant, tout ça dans une atmosphère d'arrière-saison mélancolique d'un monde enfui et perdu, d'automne et de froid marin.

***

Noires et blanches étaient les rafales de cartes postales d'une autre plage d'un type très différent, accolées successivement comme un parchemin déroulé, et prises du même endroit ou presque, Buddha Hill et autour, où l'on voyait d'abord Pattaya

Bay en 1950, il n'y avait rien alors, du moins sur celle-ci on ne distinguait rien, pas même des barques, juste une végétation dense jusqu'à la mer, et des palmiers mal rangés ombrant la côte, on avait dû en faire une de ces fournitures pour carterie bien après, quand le développement s'était produit.

Avec celle juste à côté, on était dix ans plus tard, il y avait quelques baraquements de pêcheurs visibles, la terre semblait plus dégagée, des cabanons espacés régulièrement occupaient le début de la courbe, mais le fond de celle-ci était toujours aussi arboré, inhabité.

La suivante voyait des pontons ancrés à cinquante ou trente mètres du bord, aujourd'hui disparus, où des hommes se prélassaient, plongeaient, la fin des années 1960, les GIs, et quelques bungalows, les premiers bars qui n'étaient alors que des paillotes. La plage elle-même n'était pas aménagée, la route n'était pas si proche, il y avait des palmiers plantés dans le sable.

Et puis, comme si d'une année sur l'autre tout avait changé, on voyait sur une photo surgir des immeubles, Walking Street déjà, certes encore poussiéreuse de sable comme les rues, les avenues des petites villes maritimes ou océaniques, mais reconnaissable, avec une succession de bars mitoyens parallèles et perpendiculaires empêchant de leur échapper.

Et les dernières montraient Pattaya il y a vingt ans jusqu'à nos jours et c'était presque la même image chaque fois plus remplie de constructions de plus en plus hautes et répandues très loin, vers les montagnes, repoussant la jungle primitive par une autre.

***

Noires et blanches étaient les autres plages, souvent vides cette fois, toutes tropicales, facilités paradisiaques, raccourcis du luxe, et qui donnaient sur une mer sans doute turquoise, ou transparente rougeoyante en fonction des coraux, ou verdissante d'algues, mais ici sans couleurs, réduite à l'infini des nuances de gris.

**

Noire et blanche était cette fille assise occupant tout le cadre, le visage de profil, une frange cachant son oreille mais pas la suite des courbes concaves et convexes du front puis du nez puis de la bouche et du menton jusqu'au cou, tenant une cigarette d'une main, habillée d'un genre de kimono et souriant à quelqu'un situé hors cadre.

**

Noirs et blancs étaient les enfants, tout un groupe en tenue d'écolier, la chemise claire, la jupe ou le short foncé, certains souriant, pointant du doigt l'objectif tout en se penchant l'un sur l'autre en pouffant de rire, comme pour se confier une remarque, un commentaire dans l'oreille.

**

Noires et blanches étaient les branches prises en contre-plongée d'un énorme acacia avec son tachisme de feuilles entre lesquelles la lumière semblait ronger les bordures pourtant régulières, créant des dentelures artificielles, et noir le tronc et blanc le reste du papier.

**

Noirs et blancs étaient les culs et les jambes pliées, à quatre pattes, le visage tronqué.

Noirs et blancs étaient les portraits d'auteurs ou d'artistes, soit des reproductions de gravures ou de tableaux, comme le Marquis de Sade, le médaillon par Van Loo, une gravure de Rabelais, Saint-Simon, Rutebeuf, soit des clichés datant d'hier à peine, une galerie pour se rassurer ou s'angoisser, Colette, Céline, Ponge, Proust, la langue française et quelques excursions étrangères, Stein ou Joyce, sa petite lignée d'appartenance, et qui donnait à toute cette masse de figures un relent d'armée, d'une colonne en déroute et massacrée, comme celle de l'autoroute de la mort, en 1991, entre Koweit City et Bassora. « Scribe » était, d'ambition de manières et de pensée, seiziémiste, les Valois, la polyphonie, la souplesse des phrases tournées, orthographiées à la merci de l'humeur, du goût et du rang, il cherchait le français narratif chanté, mosaïqué d'images rapides comme le sang, loin, très loin des syntaxes franglaises de son temps, les agencements de mots faciles, et les lyrismes castrés.

***

Noire et blanche était encore une grande photographie de son propre appartement, saisi depuis la baie vitrée, la lumière extérieure donnant du relief aux choses de son existence, la vaisselle dispersée, les livres éparpillés, des feuilles partout, des stylos, des feutres, des crayons, des calepins, aucun cendrier, des verres, quelques bouteilles en plastique, des vêtements, des pilules, des gélules, une vieille pipe kitsch d'opium kitsch, un calendrier chinois, des bibelots de navigateurs à l'époque des portulans, des maquettes, l'une d'un vieux voilier des grandes flottes de guerre d'autrefois, avec ses trois rangées de canons et ses grands quadrilatères de voiles, les autres d'avions, avec une prédilection pour les bi ou triplans, trois écrans, deux d'ordinateurs dont l'un de portable, et le dernier de télévision, et des centaines de petits rectangles de photographies partout, et on pouvait entrer dans toutes ces découpes et sortir, la télévision, par exemple, diffusait un reportage sur une descente de flics.

***

Un type est à genoux, le crâne rasé, il est blanc caucasien, torse nu, mais il est encore vêtu d'un kesa, la robe des moines, roulée sur ses hanches, il regarde la caméra fixement les sourcils relevés, façon mec borné, ou soucieux, ou farouche, un visage d'où tout sourire s'est absenté. Un flic est au-dessus de lui, il le montre du doigt comme il est d'usage ici pour désigner le coupable, l'humilier, et les sous-titres en caractères blancs décrivent une descente de stups dans un temple, des moines y vendent de la drogue à travers leur intermédiaire, et cet homme qu'on précise clandestin, vit ici et commerce pour le compte de ses protecteurs des cachets de ya ba aux fidèles, la plupart très jeunes, venus écouter l'enseignement de Bouddha.

***

Reculant, l'œil retrouve la vue d'ensemble, retombant dans les mêmes centaines de clichés noir et blanc à explorer, montrant ces scènes anciennes et présentes à base de plages et d'auteurs, de gros plans et de panoramiques, oscillant d'une teinte à l'autre, et parfois, se réveillant, ses yeux s'habituant, le « Scribe » se demandait si cette absence de couleurs sur toutes ces surfaces ne reflétait pas sa propre mort dans son sommeil. Il était mort et il rêvait qu'il ne l'était pas, ou inversement, et il continuait comme ça, encore engourdi par la matinée filant vers midi, échafaudant des poupées russes sur la base du qui rêve qui, imaginant une anthologie, un bottin titré justement *Qui rêve qui*, comme un frère du *Who's Who*, avec en quatrième de couverture la parabole de Zhuangzi rabotée, répétée, utilisée jusqu'au non-sens, l'inexistence, mais tellement efficace, facile, surtout dans les moments de faiblesse comme étaient toujours ceux de « Scribe » et des autres à Pattaya, à savoir : est-on un philosophe rêvant que l'on est un papillon, ou est-on un papillon rêvant que l'on est un philosophe ?, et déclinant à toutes les situations ce chiasme, « Scribe » poursuivant indéfiniment sa dialectique à travers la masse chaude de l'air du Siam, sa climatisation coupée, et se demandant : est-on une ladybar rêvant que l'on est une femme casée avec un client riche ou est-on un client rêvant que l'on est comblé par une ladybar de compétition ? Est-on la main saisissant les billets au distributeur, ou est-on le billet saisi par cette main ? Suis-je l'auteur de ce texte ou ce texte est-il l'auteur de moi-même en son sein ? Est-on, comment dire, est-on le lecteur, la lectrice de ce livre ou est-on le livre de ce lecteur et de cette lectrice que l'on voit nous lire ? Est-on la cafetière sur la table ou est-on la table sous la cafetière ? Les questions défilaient machinalement, une mécanique épuisant tous les mots, et il se levait, et retrouvait le rythme de sa vie « normale » à Pattaya, qui continuait, dehors, son expansion, et rideaux encore tirés, il allumait la lumière, et il était ébloui, tout semblant disparaître dans une fugitive impression blanche.

Scène 20

Au beau milieu il manqua trébucher et, précisément là, par une nuit d'encre, en équilibre instable dans ce fort courant, de l'eau jusqu'aux aisselles, il vit le livre qu'il allait faire, si toutefois il revenait indemne, s'en sortait, pendant qu'une autre partie de sa pensée se demandait ce qu'un gribouille comme lui était allé s'égarer sans profit dans des lieux aussi déshérités.

Jean-François BORY
– *L'Auteur, une autobiographie*

20.1 Thepprasit Road, marché de nuit. J'essaie des Ray-Ban, une fausse paire. Cent cinquante bahts, presque une misère. Peu motivé, je négocie. Une illusion : j'entends la mer. Trop loin d'ici, à cinq cents mètres. J'achète enfin ces mauvais verres. Je mate au sol, le périmètre. Une seule question, comment faire ? Elle m'a poursuivi toute la journée – elle me poursuit encore, ce soir : comment copier toute la surface de Pattaya et la traduire, en caractères, dans des pages ? Il existe des linceuls, où les traits, comme un décalque,

772

sont conservés. Il me faut pareil, un suaire. J'ai fait le calcul suivant, très simple. Sachant qu'à l'heure actuelle, une page standard d'un livre grand format mesure en moyenne 14 cm de largeur sur 20,5 cm de longueur ; qu'un mètre carré représente donc à peu près 35 pages (1,0045 m² exactement, pour les fanatiques du précis) ; que la superficie de Pattaya est de 22,2 km², et que, pour rappel, 1 km², c'est 100 hectares, soit un million de mètres carrés ; il me faudrait écrire, pour couvrir la surface au sol de cette ville, 777 millions de pages. On peut rajouter que, en bourrant bien, la tranche d'un livre de 1 000 pages est d'une épaisseur de 4 cm. Soit 31 080 mètres de rayonnages – plus de 30 kilomètres. À l'échelle d'un astre, d'une durée de vie stellaire, l'existence humaine n'est rien. Mais par ce genre de projet, elle se venge. Une belle réponse esthétique au défi quantitatif du monde où nous naissons, et qui nous nargue de ses chiffres. Mais c'est insuffisant, ça se complique plus loin.

20.2 Longtemps, je marche, puis roule en *song téo* jusqu'au carrefour Second Road / Pattaya Taï, descends vers Beach Road, remonte Walking Street, et reprends mon scooter, garé au parking gratuit, où récemment, trois types en faux uniformes demandaient 20 bahts à chaque touriste pour poser là leur bécanes, volant parfois ces dernières quand un beau modèle se présentait (on les a arrêtés, leur visage exposé en gros plan pointé du doigt par les flics sur le *Pattaya One* et le *Pattaya Daily Mail*). Je me dirige vers Buddha Hill. Nouveau croisement, trois rues, une qui descend vers Jomtien, une autre vers Pattaya, une dernière, d'où je viens, qui monte vers la colline du Bouddha. À cet endroit, une salle de gym en plein air, sans toit, ni rien, ni gardien, appartenant à des flics. Hier, j'y étais. Parmi les types, il y en avait un. Je m'en souviens. Montant, descendant, il était agrippé à la barre de traction, au milieu des autres, mecs et filles, venus s'entraîner comme nous, assoiffés de fêtes et de musculature à base d'exercices et de stéroïdes qu'on trouve là tranquillement, sans stress. Comme les doses de pénicilline qu'on se shoote dans la cuisse après un rapport sans capote. Il montait et descendait jusqu'à la syncope dans le soleil couchant et par plus de quarante degrés, sous une humidité épaisse comme un burger mangé d'un coup, et ses deltoïdes et ses pectoraux luisaient très fort, et quand il sentait la tête lui échapper, il fermait les yeux pour retrouver un équilibre. Et ce qui devait lui revenir, à cet homme, mais de plus en loin dans l'effort, c'est le visage, le corps altier de celle qu'il allait sans doute retrouver bientôt dans son bâne en Issâne, à qui tous les mois, depuis un an, il envoyait de quoi se nourrir et se vêtir et payer l'essentiel de la santé de sa mère et de l'éducation d'un enfant, en plus de quelques cadeaux, une voiture par exemple, indiquant aux voisins son changement de statut. Oui, ça devait être ça, une possibilité. Il montait et descendait dans la lumière splendide d'un après-midi finissant, et dans quelques jours, il irait la revoir, cette femme de sa nouvelle vie, maintenant qu'il avait liquidé la plupart de ses affaires en Europe où il avait bien gagné, il se faisait beau pour elle, tout en lui ayant peut-être menti, arrivé plus tôt que prévu pour profiter un peu de Pattaya, espérant qu'elle n'irait pas fouiller ses affaires et contrôler son passeport, il ne faisait rien de mal se disait-il haletant (je le voyais marmonner quelque chose), rien du tout, et elle n'avait rien à dire après tout, avec tout le fric envoyé, il prenait un peu de bon temps avant d'aller s'enfermer en province, cette région d'Issâne de sa belle, sa pute rencontrée ici, il faudrait qu'il fasse gaffe aux copines d'ailleurs, cette nuit quand dehors, il irait prendre un verre aux comptoirs du souvenir, sa chérie sa putain thaïlandaise, c'est dans cette ville qu'ils se sont vus et trouvés, quelle aventure quand même devait-il se dire, montant et descendant, et d'ajouter : « Elle n'a rien à moufter, ça arrivera encore, je paie, l'argent c'est moi, cette salope doit la boucler, je ne fais rien de mal. »

20.3 Trajet dangereux dans le trafic surchauffé de Second Road, et arrêt au début de Soï 8. Ça s'est compliqué, effectivement. Dans mon calcul précédent, j'avais omis les volumes de la ville. Or, il faudrait plaquer, pour obtenir un suaire honnête, des pages sur chaque façade, chaque étage, et les objets dans ces étages, mouler les corps, ceux des ladybars, des touristes, des punters, tous momifiés d'écrits. Une simulation rapide me fait multiplier par un million ce nombre de 777 millions. C'est ma contribution particulière à une vieille obsession : le retour aux choses mêmes, théorisé par Edmund Husserl, philosophe. Il était juif, et son élève, plus connu, Martin Heidegger, utilisait des néologismes barbares quand lui, son maître, se contentait de mots limpides. Le retour aux choses mêmes, comment dire ce qu'il disait, comment dire de mémoire à peu près ?

Souffleur n° 10 : Voici devant moi, dans la demi-obscurité, ce papier blanc. Je le vois, le touche. Cette perception visuelle et tactile du papier, qui constitue le vécu pleinement concret du papier que voici, du papier donné exactement avec ces qualités, m'apparaît exactement dans cette obscurité relative, dans cette détermination imparfaite, selon cette orientation… Quand je perçois au sens propre du mot, c'est-à-dire quand je m'aperçois, quand je suis tourné vers l'objet, par exemple vers le papier, je le saisis comme étant ceci ici et maintenant. Saisir c'est extraire.

20.4 Il y a des papiers à terre, justement. Imprimés, leurs lettres froissées, fondues dans l'humidité, ils se mêlent aux ordures d'aliments, boissons, cartons, produits de ménage et de beauté. Dans ce groupe de poubelles crevées à côté, ils s'entassent à base d'emballages, prospectus, brochures et grandes feuilles du *Bangkok Post*, du *Nation* et des quotidiens locaux. Des cafards gros comme des pouces surgissent et disparaissent à la vitesse d'un flash sur les monticules. Tout autour, des filles, des ladyboys stagnent, debout, les bras souvent croisés, les pieds enfoncés dans leurs talons, un sac pendu à leur épaule, les yeux jetés sur les premiers venus pour ensuite passer à d'autres, sélectionnant ainsi la proie qui les guette en chasseur. Des hommes s'arrêtent et négocient, leurs têtes penchées sur leurs partenaires, leurs bouches parfois presque plaquées sur les oreilles des filles. On n'entend rien à cause des décibels surexploités par les bars. Ma bière est chaude, j'en bois à petit trot, faisant durer ses centilitres sur deux heures, comptant mes bahts. J'en suis même, le matin, au *JP Bar*, à me saisir d'une bouteille vide traînant sur un comptoir, faisant mine de l'avoir commandée pour ne pas payer le fait de m'asseoir. Je regarde, j'observe, je ne baise plus, ne cherche plus, ça m'intéresse moins, une période sans, savoir que c'est facile, sans effort, me suffit. Je suis dévoyé, non, plutôt déployé dans le visuel, l'auditif, le sensoriel. De temps à autre cependant je m'y remets, au jeu des passes communicantes. On se refile des maladies sans remèdes ni commentaires sauf ceux, navrés, des malvertis ou bienvertis qui vivent de mots préventifs, se font de l'argent dessus et s'invitent à des histoires qu'ils ne connaissent pas, dont ils ignorent la puissance vécue. Il faut sortir couvert mais la chaleur empêche la peau de se vêtir de trop, autant crever à l'aise. Les styles des filles évoluent, les clients sont de plus en plus jeunes, reléguant les plus vieux vers des destinations plus lointaines et moins prisées.

20.5 Là, dans les recoins, les replis du complexe de bars faisant l'angle avec Soï 8 et Beach Road, comme un cocon tissé par une humanité péristaltique, sous les lignes brèves de néons rouges, au milieu des tables et des billards, dans ce labyrinthe aux murs chevelus, le brun long des putains qui campent et font des écrans où l'on stoppe à tout moment, je suis en sécurité, chez moi, dans un refuge, à l'abri de quelque chose ressenti autrefois, oublié depuis, ressenti en France, une peur, une crainte, la mort froide ou ce que l'on veut de glacé, de congelé, à l'abri pour toujours dans ce genre de terrier chaud, creusé de mille venelles indirectes chaudes. Et je peux encore changer d'endroit si l'habitude me pèse, me repaître demain d'un autre bar plus petit ou plus grand parmi les milliers de semblables, je suis en sécurité, même si agressé, battu, figé dans la douleur comme une nuit de novembre 1975 Pier Paolo Pasolini, je suis loin du décès spirituel, les dieux sont partout, les déesses règnent.

20.6 Comme Pasolini vois-tu, lectrice, lecteur, je peux moi aussi dire des choses sur Pattaya que je n'ai pas dites encore, sur le fonctionnement souterrain de cette ville, des trafics très précis, documentés par des années de présence et d'enquêtes tranquilles, sans questions, juste observer et noter, entendre, faire parler sans interroger, laisser la nuit venue les langues se mettre à tout balancer, la collusion de certains farangs avec les autorités, je sais les noms des responsables de vendettas, de ceux aussi, plus puissants, qui manœuvrent des terroristes dans les mosquées de Sukhumvit et de Soï 53, des services de renseignement de plusieurs pays responsables de massacres récents dans des régions éloignées et dont des têtes pensantes agissent depuis des villas de Pattaya, je sais tout ça.

20.7 Par exemple, je pourrais dire les relations, les noms de ceux travaillant dans cet hôpital célèbre, possédant un centre de recherche particulier, décrire tout, commencer par la blancheur, la blouse blanche est ce point commun qui réunit les bons docteurs et les mauvais, avec leur poche de poitrine d'où dépassent des stylos, des calepins minuscules, leurs mains indéfiniment fourrées dans celles cousues sur les côtés, leur stéthoscope au cou, ils déambulent dans des couloirs clairs de peinture lavande et de néons blancs, ils soignent en principe, sauf qu'ils expérimentent aussi, c'était impossible de les interroger car ce qu'ils font n'existent pas, seule une infirmière rencontrée à l'*Insomnia* où elle venait améliorer son quotidien des années auparavant, et revue sans cesse depuis, m'avait lâché la chose au fil de verres et de détentes successives, de réchauffements spontanés que l'habitude crée même dans un milieu putassier, à cause de la solitude peut-être, n'excitant pas mon imagination mais enfonçant ma réalité dans un tissu de manipulations tristes, comme si le progrès n'était toujours qu'un masque pour l'exercice gratuit de la souffrance d'autrui sous couvert médical, et elle avait révélé le but réel de ce laboratoire spécialisé dans le suivi des transsexuelles engagées dans le processus de vaginoplastie, et il s'agissait selon elle, à cause de deux professeurs fous, l'un thaïlandais, l'autre australien, de parvenir au pied féminin parfait, ils profitaient des accidents de la route innombrables pour opérer les femmes ou les ladyboys concernées, pratiquer sans raison autre que cette froide quête esthétique fétichiste sans rapport avec la médecine, des ostéotomies douloureuses, implantant des broches et des extenseurs qui terrorisaient les personnes au réveil, travaillant les métatarses et les phalanges, arrondissant à la fraise les talons, lissant les peaux, et quoi de mieux que la Thaïlande pour entreprendre ces tortures quand on sait que c'est le paradis de la chirurgie plastique, et

qu'ici, tout est possible ? Était-ce vrai, faux, ça la faisait rire en tout cas, et elle prétendait de toutes ses
forces restées honnêtes que c'était du réel, ni au-delà,
ni ailleurs.

20.8 Je les ai vus indirectement, tous ces médecins,
je me suis fait soigner par l'un d'eux, jeune diplômé
d'excellente famille ayant étudié à l'étranger, il était
grand, blanc de peau comme un Mandchou, la coupe
parfaite d'acteur, la mèche sobre sur un côté, la nuque
et le profil rasés, les yeux bridés acérés, la bouche
riche en lèvres protégée derrière un masque vert, je
m'étais baigné dans un étang vers Trat, en face de l'île
de Koh Chang, et j'avais attrapé une fièvre immédiate
terrible, on ignorait de quoi il s'agissait, et le docteur
m'avait ausculté avec une froideur passionnée, une
haine tenace avais-je pensé, me demandant si je voulais un traitement rapide ou plus long, me proposant
au prix de 1 500 bahts une piqûre de pénicilline, « one
shot » disait-il, répétait-il, sa voix éteinte derrière son
masque, il ne suait pas comme les fous dans les films,
il était à l'aise dans sa caste, et il regardait de très, très
haut la mienne, de caste, d'étranger occidental perdu
sous des tropiques mal maîtrisées, à la merci de son
savoir, du moins avais-je pensé cela, exagérant peut-
être, perméable aux paranoïas éclairs, si vite arrivées
quand on est isolé dans sa propre langue, loin de sa
terre d'enfance, traduisant ce qu'on entend, perdant
le sens commun en chemin au profit des peurs les plus
simplistes, et je l'avais imaginé rentrant chez lui dans
une belle maison d'un quartier pur, marié à l'une de
ces femmes incroyablement fines et dures de visage

malgré des traits doux, maîtresse de foyer, c'est-à-dire régnant sur des domestiques s'occupant du ménage, des cuisines, de la garde des enfants, le visage blanc elle aussi comme son mari, évoluant sans sourire sauf de manière cérémonieuse avec ses proches, dans une totale complicité mystérieuse quoique distante également, rendant impossible la perception du fond réel de son esprit, de ses pensées, sans doute trop complexes ou à l'inverse trop évanescentes pour le commun des mortels, jouant un rôle, virtuose dans cet art social en Asie, des masques et des étiquettes. Oui, j'avais pu distinguer ce quotidien chez lui, à la lumière des nuits pas comme les autres, jamais endormies, de Thaïlande et d'Asie du Sud-Est.

20.9 Quant aux autres, ceux dont parlait l'amie infirmière demi-mondaine, je les ai vus aussi, de loin, entourés de confrères, ils évoluaient comme des dizaines de Jerry Lewis clonés dans leurs mimiques de burlesque devenu réel, agissant sans effets spéciaux sur les corps des patients, ils étaient libres, et Pattaya cachait aussi ces êtres-là, ce n'était plus seulement la ville des putains et des punters mais celles de Docteur Mabuse et de Frankenstein.

20.10 La bière est sur la table, vide, l'addition – 55 bahts – payée depuis longtemps, roulée dans un gobelet jumeau de celui où repose la bouteille, censé garder quelque temps la fraîcheur. Sur d'autres tables, d'autres objets s'inscrivent, des verres plus ou moins pleins d'alcool, ou de boissons sucrées, ou de fruits pressées, des emballages de street et junk food, des sacs féminins, des téléphones portables, des cendriers. Chacun semble à sa place, dans son cercle, ayant trouvé un centre de gravité qu'un seul changement bouleverserait, traçant autour de lui une sphère d'influence et d'onde sur les autres, chacun projetant indéfiniment des circonférences successives sur ses voisins qui font de même. Personne, parmi les filles et les clients, ne présage ce que je sens, que tout pourrait s'écrouler si au mauvais instant, l'équilibre précaire de cette phrase d'existences et d'objets mélangés se voyait modifié, écrit différemment.

20.11 Là-bas justement, à l'un des comptoirs, un type se fait servir.

Dans son cognac, un glaçon achève de fondre. La serveuse pose le ballon au bord du plateau longiligne où sont assis les convives. En sursis, à la frontière du vide et du bruit, il tient sur son cul à moitié dehors. Mes yeux titubent jusqu'à lui, font une spirale vers sa transparence, passent au travers et constatent sa fragilité dramatique de grand film d'action : il peut se briser. D'un coup, le bar tire de lui toutes ses fondations et sa solidité. Personne ne le remarque vraiment, ce verre, pas même son destinataire, qui ne le touche pas, ne le boit pas, occupé d'une fille, sa main sur son dos, ses fesses par instant. Mais la catastrophe se précise : le verre va tomber, emportant avec lui tout l'espace du bar, de la ville, de la planète et de l'univers, dans un mouvement rotatif tourbillonnant de papier froissé recroquevillé progressivement sur lui-même.

20.12 Dédramatisons. Ce tremblement de verre est minime. On perd gros ici, on meurt vite. Un dernier souffle d'argent, un dernier galon de santé, les globules dépensés jusqu'au dernier. Autant se lever, participer à la grande mécanique, sortir de la contemplation, rentrer dans l'action. Traverser la rue, manger, se battre pour un regard de travers, trouver un emploi. Un arbre est en lisière du bar, on y prie. Il est artificiel. Ses branches sont des tiges de plastique d'un étendoir à linge. Y pendent des billets de banque. L'argent qui vous quitte, ne revient pas. L'arbre sonnant le rappel de l'existence.

Souffleur n° 11 : Donc j'étais tout à l'heure au comptoir. J'observais les ladybars autour, je comptais les regards positifs et les autres, indifférents. La nuit était pleine de bouteilles aux tintements rouges, bleus, verts, jaunes des néons. Une fille est sortie avec un type ayant payé son barfine. Avant de disparaître, elle a épinglé un billet de vingt bahts donné par son client sur l'espèce d'arbrisseau en plastique qui trône à l'entrée. Elle a fait une prière, les mains jointes sur trois bâtons d'encens, les plantant dans un bac de cendres. Une musique technoïde saturait l'ambiance, mais surtout, une flûte de combat Muay Thaï sifflait l'air humide et chaud, affirmant sa présence. Son tronc est un gros tuyau d'arrivée d'eau scié, planté dans un socle en béton. Il était là, puissant, avec tout ce fric accroché. Il n'y avait pas de racines. Le décrire ne suffisait plus. Les mots s'étaient évanouis et, avec eux, la signification des choses, leurs modes d'emploi, les faibles repères que les hommes ont tracés à leur surface. J'étais assis, un peu voûté, la tête basse, seul en face de cette masse multicolore de devises internationales, entièrement brute et qui me faisait peur. Travailler pour gagner son droit de vivre. Non construire mais survivre. Et d'un seul coup, j'ai compris. Ça m'a coupé le souffle. Ces filles, c'étaient nos sœurs à nous, les rien du tout. Jamais, avant Pattaya, je n'avais pressenti ce que voulait dire gagner sa vie : « exister ».

20.13 En sortant, je reste sur Beach Road, un instant. Ma mer des déchets est là, intacte dans ses ordures pures, entourée de pourris, hommes et femmes, bêtes et dieux, déesses, les ratés du monde financier, économique, autrefois des glorieux, maintenant des déclassés. Je reste à ne rien faire, à me dépouiller. N'être plus qu'un corps consacré au sexe et la méditation, l'invention. Autour, les vagues plaquent leurs sentences salées d'écumes douces cette nuit.

, un respirateur charnel féminin est fait
    pour cet homme qui , nez au cul , langue au vagin ,
        survit grâce à cet air , pourvu par des catins ,
            ou la première venue , payée au taquet

20.14 J'ai calculé le nombre de pages au mètre carré, il faudrait ne pas oublier le prix. Soit donc le coût moyen du mètre carré à Paris, 8 000 euros ; soit encore un livre de 350 pages (à peine une studette de 10 m², en surface paginable) ; soit encore le droit d'auteur sur un livre, 10 % en moyenne, pour un prix unitaire, mettons, de 20 euros hors taxe ; il faudrait, pour arriver aux 80 000 euros à l'achat de cette chambre de bonne, vendre environ 40 000 exemplaires, seuil pas tout à fait fantastique, encore que complexe à atteindre.

20.15 Beach Road, les putes et les punters égaient ma promenade. Je ne rentrerai jamais chez moi. Punter : ce mot, son sens de client, il a du son. D'abord le p lâché, sonnant pute, puis le pun' entendu, avec comme un h entre le p et le u aspirant la syllabe, p(h)un, et le unter final, son h là aussi, occulté à l'écrit, (h)unter comme chasseur, chasseur de pute, « p(h) unter », le tout évoquant gladiateur, ainsi adorent-ils, par phonèmes, musique, se créer une réputation mauvaise, les punters.

20.16 J'ai fait un pacte avec la prostitution afin de semer le désordre dans les familles d'esprits très éloignés, mais tous athées ou croyants, c'est-à-dire esclaves, voulant réduire en esclavage celles et ceux qui s'en fichent, et les convaincre, les convertir, nous qui vivons ailleurs. Je me rappelle la nuit qui précéda cette dangereuse liaison. Je vis devant moi un tombeau. J'entendis un ver luisant, grand comme une maison, qui me dit : « Je vais t'éclairer. Lis l'inscription. Ce n'est pas de moi que vient cet ordre suprême. » J'ai trouvé, dans ces nuits de Pattaya, mon frère de sang menstruel récolté aux vulves des ladybars : le punter. Car ces phrases n'étaient pas de moi, comme ces filles ne nous appartiennent pas.

20.17 Je vais rester un peu ici, sur Beach Road. M'allonger sur le sable en évitant les rats. J'ai tout mon temps. Vraiment, cette fois, je le sens. Et regarder la mer. C'est curieux, mais il n'y a plus de déchets. Là-bas, en France, c'est l'été. La chance de ma vie est quelque part, au bord de l'eau elle aussi. Des enfants jouent autour d'elle. Je crois qu'elle m'envoie un message, dans les flots.

, chéri , me demande la chance de ma vie ,
  es-tu donc fait pour te faire autant d'ennemis ?
    M'en fous , chuis l'Grand bouffon à la Cour des
    puissants
      et donc viens , finissons amoureux en baisant !

20.18 Quoi d'autre ? Ceci : sachant qu'une ligne imprimée dans un livre papier grand format fait environ 10 cm ; qu'il y a, par page de ce livre, environ 40 lignes ; qu'en conséquence, un kilomètre en prose équivaut à 25 pages. Il faudrait donc : 1 001 900 pages pour couvrir les 40 076 km de la circonférence terrestre ; soit encore : 17 billiards 852 billions 299 milliards 500 millions de pages pour couvrir bout à bout de lignes équivalentes à celle-ci les 510 065 700 km² de la superficie totale de la Terre. Une bagatelle.

C'est donc relativement serein que j'en arrive maintenant à ce désir-là, devant la mer du Siam, à Pattaya : adopter une écriture aussi simple que le fait de compter la suite des nombres entiers naturels, un entraînant deux, entraînant trois, et donc passant d'un mot à l'autre sans me soucier de marier bien ou mal les termes, uniquement occupé à ce que le résultat soit beau, comme un calcul est juste, espérant seulement, avec un peu d'inquiétude, que ma vie sera suffisante pour ne pas voir s'épuiser l'ensemble de leurs combinaisons possibles, me donnant ainsi, pour finir, un moyen d'obtenir par les lettres, une illusion d'infini.

ENTRACTE IV

ENTRACTE IV-V

« Scribe » écrivait, puis relisait le lendemain ce qu'il avait écrit la veille, puis il déchirait, ou plus précisément faisait glisser le dossier de son bureau à sa corbeille, puis il écrivait à nouveau, et le lendemain recommençait, de sorte qu'il n'était ni créditeur ni débiteur de son œuvre en cours, mais toujours à zéro. Il le faisait partout, au *Central Festival*, dans les bars, avec une prédilection pour la terrasse de son appartement en journée, avant les moustiques du crépuscule. Tout juste était-il piqué par des fourmis, qui pondaient sur ses mollets, ses talons, le dessus de ses pieds, de gros bulbes gonflés qu'il coupait d'un trait sec avec l'ongle d'un de ses pouces, faisant sortir un liquide huileux, ni sébum ni pus mais un peu sanguinolent, soulageant quelque temps les démangeaisons. Au ras des palmes, l'horizon maritime était droit, puis s'accidentait avec l'île montagneuse de Koh Larn comme un brusque pouls géant sur l'écran de contrôle d'un encéphalogramme, pour retrouver ensuite sa ligne pure de flottaison. Et tous les jours il s'exerçait à reproduire avec minutie ce paysage et son environnement. Il disposait les objets, les choses, les êtres, les faunes et les flores, le climat, les matériaux, les pensées mêmes, traitées comme des objets, des choses, des êtres, et il les faisait jouer l'un avec l'autre, moins une partie qu'une partition disait-il le front perlé de sueur, l'humidité plaquée sur

791

lui comme un moule, car il voulait avancer, progresser, l'argent désormais épuisé, surpris d'arriver encore à vivre d'expédients dans une école francophone où il donnait des cours avec un contrat local, payé comme un Thaï, c'est-à-dire au rabais.

* * *

Une partition, car le jeu, le sexopoly de Pattaya, lui semblait maintenant trop simplet pour ce qu'était la ville, les retours à la case des bars, les flics, la prison, les gogos revendus indéfiniment après quelques mois ou quelques années, le coup de dés des rencontres, ne suffisant plus à justifier ou contenter cette métaphore ludique, on était désormais à des niveaux supérieurs, dans les sphères, les rondeurs femelles étouffant la vulgarité masculine par la puissance de leur prix, même les plus bêtes, les plus connes des tapins, les plus cramées par leur vie, avaient une étincelle cérébrale de plus que leurs punters les moins contaminés, les moins stupides, les moins ravagés par le genre d'existence qu'ils s'étaient choisie, certains d'entre eux, les faibles, les poreux aux valeurs du temps, pensant accomplir dans ce choix-là un de ces actes radicaux qui faisaient tant bander la sociabilité occidentale, avide de sensations bien fortes, toujours profuse en mots d'ordre et sensible à eux, frétillante à la perspective de créer l'événement radical ou de s'y associer, obsédée à se distinguer des autres, à toujours se montrer à la pointe d'une liquidation de valeur, traditionnelle ou moderne, peu importait, ce qui comptait, c'était l'ordre moral sous-jacent, réfugiant son inexpérience, son inaptitude à vivre, dans le bavardage et la bravache, l'anathème et l'interdiction, la prise de parole remplaçant toute réflexion, l'excès, la transgression par la langue précédant celle par les actes, se mettant alors en position de devoir assumer ses dires dont elle oubliait, ignorait l'effet, incapable d'anticiper, comme prise au piège de sa surenchère verbale, cette course à la phrase la plus définitive, la plus sentencieuse, la plus violente dans la conclusion qu'elle pourrait donner du sujet traité, non plus descriptive, mais explicative et idéologique, voulant absolument franchir un palier de plus dans le recul des limites du sens commun, du bon sens, de la logique, un ratage à l'échelle des civilisations comme de l'art, et « Scribe » s'était lamenté longtemps dans Paris à l'écoute de celles ou de ceux qui sacrifiaient à ces effets, comme attirés, aimantés vers ce qu'ils pensaient une libération, ou tout simplement, une originalité.

***

Les esthétiques de l'enragement, voilà comment « Scribe » voyait ces valeurs-là, les nommait, la révolution comme un style, la bave facile, l'aboiement, le chatoiement des attitudes, des postures, et toujours aller plus loin, pousser plus loin, du moins le croyaient-ils, tous ces soiffards du pire, le bouchon qu'ils s'étaient eux-mêmes créé, avec cette volonté d'en rajouter, comme devant un auditoire qu'il faudrait épouvanter pour convaincre, la sexualité dévoyée dans la peur par la morale, et même des expats ici en subissaient la force, « Kurtz » désormais mort, « Marly » certaines fois, d'autres, avaient incarné à rebours ces restes de leur culture, et d'un seul coup sauvés, tous modifiés, changés par une ladybar tatouée réclamant simplement son argent et construisant, depuis la caste la plus basse de sa civilisation, une histoire tout autre, une tout autre aventure, et distillant ainsi, dans le mental de son interlocuteur enfermé dans les réclames publicitaires de sa poésie moderne vantant le passage du poème à l'existence, ou claquemuré dans une frustration de désir, d'amour, de n'importe quoi alimentant son nihilisme, un accident sur la route toute tracée où il était engagé, lui ouvrant les portes du réel nuancé, gradué, d'une Nature diffractée.

***

Assis à sa table ronde cet après-midi-là, celle du petit balcon d'où, penché, il pouvait distinguer les corps de pelouses arrosées et les manguiers ayant, de haut, l'épaisseur d'un chou, « Scribe » entendait encore parvenir, assourdies par le désintérêt qu'il éprouvait pour ces choses, tout entier occupé à des détails, des problèmes de reflets sur des verres, de poussières sur des plinthes, de plis dans les rideaux, de démarches, de talons, de maquillage, de qui fait quoi et pour combien, de tableaux comparatifs, distinctifs, sur les types de tapins et de clients, leurs physiologies, leurs psychologies, non pour classer mais pour marier, combiner, fructifier, entendait sous forme d'échos à travers des reportages et des articles au hasard de ses navigations, les dernières salves de ces esthétiques de l'enragement qu'il avait tant critiquées autrefois, des polémiques en cours sur tels ou tels sujets sociaux, politiques, esthétiques et qui maintenant lui paraissaient incompréhensibles, et il tentait de se raccrocher à des bribes de sens, de retrouver la compréhension de son pays et le brio dans le jugement, l'expéditive synthèse dont il avait su faire preuve autrefois, inséré dans la société et ses débats, membre colérique mais membre quand même d'un collectif où il était né après tout, avec ses paysages et ses frictions, mais aujourd'hui si loin de lui, si pentu, qu'il se faisait l'effet d'un varappeur tenant avec peine, du bout de ses phalanges, à quelques parois verticales escarpées, autrefois aisément gravies, et désormais totalement insurmontables, tout juste était-il bon encore à ne pas chuter. À la condescendance initiale pour son pays natal, la France, qu'il avait si longtemps opposée au pays nouveau, le Siam, persuadé que le présent, l'avenir et la vie s'y trouvaient, il admettait maintenant ressentir de la nostalgie mais aussi de l'humilité, peut-être tout cela se valait-il, le Français rêvant la Thaïlande trouvant son alter ego dans le Thaïlandais, la Thaïlandaise rêvant de venir en France, Paris, l'Europe, l'abondance matérielle mais aussi une liberté, un choix plus vaste.

***

Puis « Scribe » haussait les épaules, il se drapait dans l'air chaud du Siam, il s'en faisait une couverture aqueuse, soyeuse, de fils invisibles multiples, d'un tissu moléculaires aux schémas monstrueux, cancéreux, venus de la Nature et de l'industrie influant la Nature, il respirait un bon coup la masse monoxyde humide de plusieurs dizaines de degrés au-dessus de zéro, et il se remettait au travail:

***

Ça pue et ça fait du bien, ça pue vivant. Il le disait en mangeant, buvant, baisant. Il baisait de moins en moins. C'était une constante. Dans cette ville de sexe, les expats devenaient moines, ascètes, anachorètes. On les voyait, fous, à leurs balcons, sur les paliers, pris de tics et de tocs, à cause de drogues et de solitudes, jetés en pâtures aux monologues d'une langue vivante étrange, qui réduit en pantins ceux qui la parlent, à base de thaïglish, de borborygmes, de crachats, de raclements.

***

Les expats, ils étaient comme les critiques en littérature, ou bien était-ce les critiques qui ressemblaient aux expats : c'était toujours mieux ailleurs, plus vert ailleurs, les livres étrangers meilleurs que ceux en français, comme ces êtres peu à peu incapables de coucher avec des gens de la même couleur qu'eux, c'est incestueux, une sensation de malaise, un drôle d'effet miroir, il faut de l'Autre dans son pieu, les livres français, leur langue balbutiait le contemporain.

***

Il tenta une énième fois un long travelling textuel où paraîtraient les enseignes dans leur graphie, les dizaines de bars et de boîtes, de pharmacies et de 7Eleven ou de FamilyMart d'un monde ouvert 24 heures sur 24 pour toujours, typographie ponctuant le texte, portrait d'une seule soï parcourue par le protagoniste, l'unité de temps, une nuit, répondant à l'unité de lieu, cette rue, il s'imagina s'arrêter à chaque endroit et y faire des rencontres, et aller comme ça au bout, la mer, Beach Road, et il s'engouffra dans le goulot qu'il visualisait mentalement, la phrase aussi, qu'il fouilla dans tous les coins longuement, toutes les parois, et il se mit à copier, puis il renonça. Et il sortit, rageur et frustré.

***

Une heure plus tard, il était Soï 6, au coin de Second Road. Derrière lui, le trafic remuait sa masse reptilienne. Il commença son chemin des Dames Timpes, s'arrêta un instant devant le **BEE BAR**, à gauche, et le SOI « 6 » CORNER BAR, à droite, le premier était clos comme une maison close, des murs rouges, une porte étroite, l'autre était ouvert sur deux côtés, sans masque mural. Deux mondes, deux manières de voir les putes, à l'intérieur, à l'extérieur. À gauche maintenant, il nota les deux comptoirs perçant la façade du **TORNADO** *Bar-Guesthouse* comme sont les ouvertures vers le salon dans une kitchenette, on pouvait vivre dans les chambres, mais elles servaient surtout aux filles pour les short times, et les douches étaient communes sur les paliers. À droite, le *Thaï Rose* offrait l'inverse, un mur clos carrelé avec, collée dessus, une reproduction de Ganesh, et une fenêtre opaque, des tuyauteries électriques et d'eau usée et courante en guise de frise sur la corniche. Il resta à droite un bon moment, fit bonjour aux filles en bordure du **GOOD FELLAS**, lettres blanches sur fond noir, deux pans vitrés teintés marron merdique, et tenture rouge à la porte, traversa de même les relents rouges des néons du

3 Angels

, des lanternes chinoises pendues auréolant celles qui attendaient, et vit entrer et sortir filles et clients du **FamilyMart** mitoyen, boîtes de capotes, bières, tubes de KY, cartes de recharge téléphonique en main. À gauche, ce fut d'abord le **SAI-GON GIRL**, immédiatement suivi du **KING KONG Beer Bar**, du **RALLY** *Point Bar*, et du *CLICK*. Une devanture de restaurant suivait, le **LORD INN** en capitales miroitantes, étrange dans cette rue, comme un bout d'Europe écrasé là, une suite de fenêtres avec cantonnière et rideaux tenus par des embrasses, et des boiseries à la porte et aux murs, des climatiseurs germant aux étages. À gauche encore, le *My Friend you*, rouge et noir, et le *Full Moon*, rouge aussi. Et il poursuivit cette double page de la Soï 6, la gauche, la droite, la tranche étant la route elle-même, encombrée de passants, de véhicules, de carrioles, et au loin la mer. Au *Kiss K♥♥l*, une quinzaine de filles accoudées, attablées aux deux comptoirs extérieurs encadrant l'entrée et hurlant « Welcome », il reconnut des visages, dont celui de « Marly », voûté sur une bière, tandis qu'en face, au Mandarin Beer Bar, il rêvassa longuement des contrastes involontaires du bâtiment, tirés des événements marchands des reventes, entre sa corniche de béton brut et usé où les étages apparaissaient rongés d'humidité, et la terrasse d'accueil du bar, presque néocoloniale, élégante, avec un renfoncement meublé de chaises en rotin profondes, et cadrée par deux énormes bankans à troncs comme des serpents cherchant à s'enrouler sur les clients. Puis il s'arrêta. Il avait déjà cumulé une quinzaine de bars. Entre deux cents et trois cents filles y travaillaient, peut-être plus. Dans le programme dément qu'il s'était fixé, écouter chacune, les prendre une nuit (c'était le minimum pour presser le jus narratif de leur vie), baiser avec, noter leur version de Pattaya, qui pouvait changer d'une période à l'autre selon l'humeur qui les habitait et les circonstances qu'elles subissaient, constituait une part du grand texte qu'il se promettait de dérouler un jour au lecteur. Il aurait fallu sept à dix mois. Et il restait au moins une quarantaine de bars et peut-être huit cents ou un millier de filles. Et ce n'était qu'une soï, et des comme elles, on en trouvait des centaines. Il n'y arriverait pas. Dans cet excès, il ressentit du bonheur. Il pouvait mesurer en distance, en lieux, en corps, son espérance de vie. Et se dire qu'elle serait bien remplie. Il crèverait sans regret de toutes les occasions perdues. Il avait une fois approfondi avec quelqu'un, la chance de sa vie, cette femme de Paris, le mystère de l'autre, et il ne voulait plus s'accorder ce luxe. Il était en mission sur terre, une mission d'écriture, de conservation de celles et de ceux qui traversaient leur segment d'existence en personnages victimes ou consentants de Pattaya. Le sexe tarifé était une clef. Puis à nouveau il haussa les épaules, il le faisait de plus en plus, comme toucher du bois, c'était un tic, et il se sentit moins clair sur ses motivations, il se raccrocha au livre ouvert devant lui, la ville elle-même. Il était chez lui, dans les typographies des noms de bar, les jambages, les apex, les obliques des caractères, les casses, les couleurs, les lumières, les placards des tarifs, les murs peints, les profondeurs des salles, la pagination des surfaces réfléchissantes, miroirs et bouteilles, les teintes des peaux des corps à louer. À quoi bon la une des journaux et la mise en rage dans leurs feuilles des enjeux mondiaux. Non, ici c'était l'intimité luxuriante des blocs de sexe à tout-va. Il en avait pour tous les styles. L'encre des billets, on pouvait les sentir. Et les langues se mélangeaient, du monde entier. Et le bruit partout, on évoluait dans un monde de silence-fiction.

***

Il n'accorda plus d'importance aux graphies, laissa filer le texte de la Soï 6 et marcha vite jusqu'à Beach Road. Il remonta vers Walking Street. Il faisait jour encore, le soleil inclinait les ombres des passants et des cocotiers et des parasols moisis. La sienne, d'ombre, il l'arrêtait parfois aux pieds des gagneuses qui, de leurs tongs, car elles étaient souvent en tongs, massaient sa silhouette projetée au sol et démesurément allongée, se pliant aux obstacles, les troncs surtout, ou bien la piétinaient.

***

Il entendait les accents monter descendre, ou descendre monter, il entendait les carambolages linguistiques des différentes populations mélangées dans le négoce des passes, et il se dit que son français se devait de vieillir, c'est-à-dire d'appuyer sur son passé comme on fait sur une panse, une plaie infectée, un bulbe dont on sort un sébum, un vieux français bien souple, la souplesse de l'ancienne langue, entre bas latin et haute langue codifiée du XVIIe, dans le dédale des usages, des orthographes fluctuantes, les z, les f purulents, et conserver aussi les acquis récents, le vers se faisant libre, la prose se faisant rime, et la langue y gagnant, le mètre l'emportant, il fallait que les phonèmes se suivent sans crachoter, tousser, comme une suite de sons logiquement enchaînés, une harmonie, pas de dodécaphonisme, de sérialisme, ou alors intégré à un schéma hiérarchique plus mélodieux, les transitions l'emportant sur les causes et les finalités, et il se sentit très seul comme si personne ne pourrait comprendre son sacerdoce dans les mots, et c'était quoi cette écriture au bout du monde, le sien, le leur, aux Thaïs, de monde, étant très quotidien, bien fadasse pour eux-mêmes, bien chiant, bien propre à être quitté pour d'autres rives, celles d'Occident par exemple, avec leurs trottoirs presque propres, leurs magasins étincelants à travers les buées froides des haleines d'hiver, leur nourriture trop douce, leurs vins par milliers différents.

***

Il était en nage et il décida de faire le tour du *Central Festival* climatisé pour sécher son corps. Il ressentit moins la fraîcheur que l'effet d'une douche froide, puis les frissons se calmèrent et il descendit par un escalator au *Food Court*. Porn était là.

***

Elle était assise, absorbée dans son iPhone dernière version, et fronçait ses sourcils, tandis que des mèches courbes de cheveux tombaient de son chignon épais sur la table sale de taches de sauce et de jus devant elle. « Scribe » connaissait l'histoire de Porn et « Marly », leurs séparations, réconciliations perpétuelles, ils avaient évolué, Porn s'était habituée à la présence de cet homme jeune solitaire, dont elle acceptait l'amour en dépit du peu d'argent qu'il lui donnait, et lui s'était habitué aux présences multiples autour d'elle de tous ces hommes qui cherchaient à l'avoir, et parfois l'avaient, et lui offraient de l'or, de l'argent et tout ce qu'elle désirait. Lui, au départ si soucieux de se contrôler dans l'attraction qu'il subissait, si conscient de tout, et du ridicule surtout, si persuadé de dominer ce qu'il percevait comme le meilleur moyen de connaître la véritable nature de cette ville à travers l'amour d'une de ses incarnations les mieux faites, et des plus dangereuses, il avait rapetissé et elle grandi, il s'était miniaturisé, il avait eu le dessous. Moins un pantin qu'un enfant. Ça ne signifiait pas qu'elle ne l'aimait pas. Elle l'aimait d'une façon que lui, « Marly », n'aimait pas. Ou bien était-ce encore plus fouillé, plus compliqué, plus incompréhensible, et mieux valait, parfois, ne pas comprendre.

***

Qui était-elle au fond, s'interrogeait « Scribe » en lui disant Sawasdî, bonjour, qui étaient-ils tous, ces Thaïlandais travaillant ici ?, puis il se reprit comme devant une question idiote, ne voulant pas sombrer dans l'exagération, la faculté vide de créditer celles et ceux d'une autre région du monde d'une étrangeté facile. Ce qu'elle était, Porn, c'était une transsexuelle totalement putain, fascinée par l'argent facile, travailleuse, bûcheuse des faiblesses humaines, heureuse des proies à exploiter, raciste d'apparence par diplomatie avec le pouvoir de son pays, doucereuse avec les plus faibles, protectrice, géniale, allumeuse et superficielle, lectrice des vies de stars illustres, peureuse des esprits et des effets de balancier entre les bonnes et les mauvaises actions, soucieuse d'un minimum de respect pour l'être masculin qu'elle écrasait et ruinait sans regret, violente dans ses rejets, haineuse, fabuleuse de son corps à peine retouché à l'endroit de son sexe et de ses seins, parfaite, thaïlandaise avant tout, supérieure de race et bienveillante à l'égard des étrangers d'où qu'ils viennent tant qu'ils restent à leur place d'étrangers, de farangs.

***

Et c'est ainsi que « Scribe » la voyait à cet instant-là, dans la lumière artificielle du *Central*, tandis qu'il passait et s'apprêtait à remonter dans la fournaise de Pattaya et de ses bars.

CINQUIÈME RIDEAU

Même si, du Royaume tout entier, depuis les provinces autrefois reculées, aujourd'hui touristiques, la moindre ruine épinglant un village quelconque sur des guides, des filles et des garçons arrivent à Pattaya par vagues renouvelées, en quête d'une dernière chance pour changer le cours de leur vie, conseillés par une tante, une sœur, une cousine revenue avec un étranger rencontré dans un bar, achetant des terres, construisant des maisons, payant des études, des soins médicaux, accédant au confort de vie aperçu dans les films et vanté à longueur de télé ; **même si** viennent de pays limitrophes ou plus lointains, le Laos, le Cambodge, le Myanmar, les Philippines, d'autres filles et d'autres garçons, eux aussi attirés, aimantés par la réputation de la ville et ses occasions d'argent facile, fournissant une masse de clandestins souvent haïs de tous ; **même si**, parmi les garçons ceux qui se sentent femme, et parmi les filles celles qui se sentent mec, trouvent à Pattaya un lieu où s'épanouir et vivre sans être continuellement soumis au jugement, au mépris, aux quolibets et rejets qu'ils subissent dans leur campagne, au Siam comme ailleurs, mais moins violemment qu'ailleurs, plus subtilement, comme une pression, un désaveu muet, une déception sans cesse rappelée des parents vers l'enfant transformé ; **même si**, très vite, au rêve initial succède la réalité des besoins immédiats des familles, des demandes permanentes de fric, dans une course vers une plus haute existence matérielle, ou bien tout simplement la survie au jour le jour, obligeant leur progéniture à toujours plus de rendement, des passes de plus en plus nombreuses et huilées, une mécanique sans fin ; **même si** alors, ce qui s'ouvre pour les filles et les garçons du Siam et d'autres contrées, c'est un delta maladif, les rafales de short times, les romances préfabriquées, ou la pornographie amateur, la plupart des clients prêts à payer ce qu'ils pensent être une somme dérisoire afin de reproduire les scènes vues dans les films, moins pour un geste ou une position particulière que pour retrouver un cadrage, une attitude complaisante, un don de la fille dans le sexe, et n'y arrivant pas, et s'énervant ; **même si**, avec le temps, tout a changé, les réseaux sociaux aplanissant les nuances, généralisant les contacts longues distances, les filles affichant désormais un niveau d'anglais souvent supérieur à celui des punters qu'elles fréquentent ; **même si** toujours des mâles viennent chercher en Thaïlande ce rêve mal fait archiconnu, conçu à l'origine à partir des ouï-dire travestis glanés sur le net ou depuis des reportages bidon et racoleurs à base d'images de putes et de plages, de soleil et de palmes, de jungles et de temples apprivoisés, mais où ils devinent, entre les plans convenus d'avance où la fille est victime et le client coupable, l'exercice d'une magie spéciale ; **même si** à leur tour, des femelles viennent du monde entier se faire clientes, elles aussi saisies par l'appel d'une forêt moins tempérée ou froide que celles de leurs pays respectifs, propres en neige et glace, l'appel des forêts noctambules tropicales où les troncs sont les poitrines tatouées de leurs sœurs siamoises, les branches des jambes ou des bras enroulés sur des piliers de chrome, les feuilles la panoplie des ongles peints et des paupières peintes, et l'ensemble un modèle amazone de survie ancestrale où elles se reconnaissent ; **même si** ces femmes fuient donc un destin classieux figé par la prétendue libération de leur condition, où elles doivent en même temps réussir leur couple, leur gosse et leur carrière, sous peine de honte car elles ont désormais le choix, pour retrouver un pays et ses habitantes cherchant également à échapper à de puissants pouvoirs moraux, théocratiques et virils, et **même si** les hommes fuient et trouvent chez les Thaïlandaises des êtres aussi déclassés qu'eux, ayant des enfants d'un précédent petit ami ou époux disparu avec une autre, et les laissant à leurs destins d'êtres solitaires… **aucun** de ces acteurs ne sait d'avance ce que Pattaya peut offrir en guise de rencontre, **aucun** d'eux ne peut nier la surprise qu'il ressent à la vue d'une putain ou d'un client, qui au détour d'un comptoir de bar saigné d'un néon rouge offrira plus que du fric ou du cul, mais une histoire, un monde transformé et une vie changée, **aucun** ne peut exclure, même le plus endurci des punters ou la plus racée des tapins, de tomber sur quelqu'un qui laissera ses certitudes sur le carreau du hasard, tout son savoir réduit en miettes sur fond de musique pop industrielle mielleuse et de nourriture épicée ; **aucun** ne peut dire qu'il connaît Pattaya, sinon par extraits, fragments, et dans ce qu'elle donne souvent, tout au bout, aux plus vivants, aux plus fragiles d'entre eux : l'illusion salvatrice, l'autodestruction majeure, celle qui anoblit, qui met du beau dans le fait divers et sordide de sa propre naissance classe moyenne ou aisée ou pauvre en milieu terrien d'aujourd'hui.

ACTE V

Ladyboy, ladybar
(Porn)

« Je suis vivante et vous êtes morts », semble dire Porn à ceux et parfois celles qui, l'apercevant à sa bijouterie du *Central Festival*, affairée ou simplement plongée dans son téléphone à triturer un Candy Crush quelconque, cherchent à l'aborder, traquer son attention, et ce n'est pas difficile, ça n'a rien d'extraordinaire à Pattaya, elle est totalement disponible.

C'est l'impression qu'elle donne, mais cette phrase initiale, tirée d'un roman de Philip K. Dick, elle n'en pense sans doute rien. Sa vie transsexuelle, son passé masculin, son présent physique de femme, il est impossible, pour un narrateur, d'en faire les arguments d'un personnage, d'un être inventé.

À sa place, il n'y a qu'elle.

Et tel est mon échec.

Si j'apparais maintenant, disant je à un endroit du texte où d'habitude, entre les scènes, c'est une voix neutre qui surgit, c'est pour tenter autre chose, une enquête, un chant biographique. Qui je suis n'a pas d'importance. Au mieux son porte-parole. Car Porn existe, la seule de ce livre à ne pas subir de retouches, de mélanges. Et je n'ai rien envie d'ajouter. On la trouve réellement à Pattaya. Elle n'est la synthèse de personne. Elle possède bien ses magasins au *Central*. Il suffit d'y faire un tour. Et d'y voir la fiction à visage découvert.

Scène 21

N'essayez pas de vous montrer intelli-
gent envers mon pays, j'aime les rouges
et j'aime les jaunes. Ils sont thaïs, ce sont
mes frères et sœurs. Je hais les farangs,
je hais les backpackers. Les farangs com-
mentent beaucoup trop, trop malins, je
les hais aussi. Je hais aussi certains Thaïs
qui ont oublié leur pays.

Commentaire en marge d'un article web,
lors des manifestations antigouvernementales,
décembre 2014

Chante, Déesse, l'enfance d'un fils du Siam devenu
fille, triste enfance pour des yeux étrangers, dans la
boue, la pauvreté, et ses combats pour en sortir, elle
et sa famille, son orgueil, et ses papiers d'identité, où
à l'article sexe, il est encore écrit mâle.

21.1 Enfant, disait Porn, la maison était moins une
maison qu'une suite de planches mal assemblées, et
la pluie tombait aussi drue à l'intérieur qu'à l'extérieur, plongeant tout dans l'humidité pendant des

jours et parfois des semaines, chaque chose mouillée, chaque mètre carré insalubre, parfaitement invivable, rendant les habitants malades, fiévreux, pris de toux, de rhumes, d'allergies, et c'est pourtant là qu'il fallait dormir, manger, jouer avec ses deux grandes sœurs et ses parents et plus tard ses deux jeunes frères, Porn étant le premier garçon, l'aîné des mâles. Le terrain existe toujours, la maison a été rebâtie. On peut voir des photographies. Complaisante, elle donne des traces sur ses profils Facebook ou Instagram. Peu d'hommes sont venus dans le Sud découvrir son village à une demi-heure en voiture de la petite ville de Satun. Quelques routes de bitume, et très vite les chemins de terre, des sentes perdues dans les rizières, la jungle. Peu de travail, une impression perpétuelle de quiétude et d'oubli dans une chaleur parfois très nette, bleue sans brume, et la mer d'Andaman collant à la terre, et ses puissants lagons, ses verts et sa transparence. On peut y rester longtemps, pour essayer, par quelques techniques intuitives, d'entrer dans le paysage. Musulmans et bouddhistes se partagent la région sans lutter, elle est pacifique encore, on ne voit rien de la guerre engagée au Sud-Est, à Patani, Yala et Narathiwat, pas encore d'embuscades sur les routes, pas d'attentats, pas de têtes coupées de moines et d'enseignants, pas de bandes armées, de milices d'autodéfense. Rien que du trafic de drogue, et des arrestations, tous les jours, et des saisies de ya ba.

21.2 Le « Sud profond » des journaux et des médias ne concerne pas Satun. Et la politique ne concerne pas Porn. Toutes ces choses trop lointaines, ces histoires de califat, de charia. Les problèmes des gens coagulés dans une illusion collective, une solution pour tous, une révolution. Tout ça inefficace, sans retombée dans sa vie même, et trop éloigné du commun mortel de son rang. Plus c'est loin plus c'est faux. Là-haut, dans des discours politiques aussi maigres qu'une vache, les côtes saillantes, inquiétantes, des propositions et des promesses. Personne en dehors d'elle ne pouvant changer sa condition primitive et complexe. Garçon pauvre voulant être une belle femme riche. Sa condition ladyboy. En terrain musulman. Son enfance fillette dans un corps garçonnet circoncis.

Une fois seulement, au tout début, l'adolescence, s'interrogeant, et faisant confiance, alors, écoutant pour elle-même le combat d'une autre traduisant dans un langage politisé le répertoire sensoriel, sensible, des métamorphoses d'un genre à l'autre. Éprouvant donc du respect d'abord, de l'admiration pour Nok Yollada, cette transsexuelle à succès, chanteuse d'un groupe ladyboy, les Venus Flytrap, puis devenant une femme d'affaires accomplie, dirigeante d'une marque de bijoux, et une politicienne, la première élue de son genre, et docteur d'université, professeur, avocate luttant pour les droits des minorités sexuelles, affirmant à longueur d'interview sa révolte de ne pouvoir modifier son état civil, condamnée, malgré son sexe changé, son opération, à demeurer homme sur les registres, et réclamant des lois. Niant le terme ladyboy, affirmant celui de *transsexual woman*, femme transsexuelle. Et continuant dans cette voie, empilant les diplômes comme autant de munitions servant ses combats. En faisant trop alors, basculant, ou révélant sa vraie nature selon Porn, tout le monde, toutes les ladyboys n'ayant pas la chance d'avoir des parents fortunés, son père officier dans la police. Surtout, cherchant trop à fissurer cette entente, ce consensus, non pas mou mais sage du Royaume, du Pratét Thaï, cette voie lente vers l'harmonie, le respect, la subtile délimitation des circonférences du privé et du public, ces arcs aussi mobiles que des remous mais attentifs à ne pas devenir des lignes de front. Et d'anciennes images de Nok surgissant alors, montrant un autre visage, non pas une transsexuelle faisant de la politique, mais une politicienne utilisant sa nature transsexuelle pour régner, faire son chemin vers le pouvoir, la richesse. Et Nok un jour devant les caméras, agenouillée, sa maman, son papa silencieux derrière elle, leurs visages beaux, clos, indéchiffrables en partie, tristes ou dignes, s'excusant d'avoir menti dans son extrême jeunesse, lors d'un concours de beauté, à cette époque prétendant être une fille et gagnant le titre de miss, avant d'être arrêtée pour tromperie. Cachant alors, comme il est de tradition dans ce pays, sa figure aux objectifs et aux doigts des enquêteurs venus la menotter. Et faisant maintenant contrition publiquement, à la veille d'une campagne importante, son élection dans un district éloigné, à la frontière du Laos, pleurant des larmes travaillées, implorant le pardon, s'effondrant dans un waï. Nok Yollada et son militantisme, et sa rage parfois perceptible, ce mélange d'ambition, de frustration, aux causes si enfouies désormais, comme une amorce oubliée, le but primant tout, le résultat, et laissant Porn froide, découvrant à celle ou celui d'en face, l'étranger l'écoutant, toute la complexité d'un pays. Ne voit-elle pas, lui demande-t-on cependant, combien Nok combat pour elle ? Et Porn toisant, méprisante, et lentement disant oui, qu'elle le voit, mais quelle importance, réellement, à son échelle, et que franchement, farang !, ce n'est pas la question, pas la bonne, dans tous les cas. Puis se taisant, n'expliquant rien, sa vie avec les étrangers n'étant qu'une suite de rares fenêtres sur une façade immense et belle, ouvertes de temps à autre et laissant voir un intérieur voulu, maîtrisé, choisi, nettoyé ou sale à la merci de ses besoins ou de ses humeurs. Précisant que le problème, c'est le mensonge, avec la croyance. Croire en Dieu, en l'autre, en Allah, en l'argent. Qui croit quoi et la parole de qui ? Entrant alors dans un discours nébuleux, assumant mentir, mais parfois malgré elle, comme poussée par une créature qui serait le mensonge lui-même, un esprit, une divinité, faisant des menteurs de simples passeurs de cette force. Et paraissant subir cette fatalité et vouloir en sortir pour une vie réelle avec quelqu'un. Poussant alors chacun à s'imaginer celui-là. Le réduisant à s'interroger sans fin sur le compte de cette fille née garçon, exploitant ce vide universel masculin, s'y ruant, remplissant d'hypothèses et de doutes les têtes farcies de culs et de seins de l'humanité virile. Douée pour qu'un homme la surjoue, l'exagère, la disproportionne. Elle ne dit rien, ou peu, garde toujours les mots sur terre, mais donne espoir, suggère, et laisse ainsi les autres s'envoler, se gonfler d'une parole martelée en eux-mêmes à propos de ce qu'elle fait, pourquoi, ce qu'elle pense, incapables d'arrêter un monologue nourri d'expectatives sur son compte. Était-ce ainsi, déjà, dans son enfance d'efféminée ?

21.3 Le *Food Court*, au niveau – 1 du *Central Festival*, laisse les clients, des heures durant, s'asseoir sans rien commander, ni manger ni boire. Aujourd'hui comme hier, et tous les jours depuis l'ouverture à la fin des années 2000 du centre commercial géant, des hommes campent dans de grands canapés profonds posés en bordure des longs couloirs séparant les magasins des espaces de restauration, avec leurs cuisines centrales ouvertes où l'on prépare et sert les plats à la vue des consommateurs. Ils ont des ordinateurs, de petits appareils photo numériques et du temps. Ou bien ils n'ont rien lorsqu'ils sont de passage avec des filles habillées comme jamais elles n'oseraient dans leurs campagnes d'origine, et elles aiment jouer de ce contraste, elles ouvrent l'album photo de leur téléphone et se montrent à leurs clients dans un bâne quelconque tout là-bas, au nord, au nord-est, l'Issâne dont elles viennent pour beaucoup, le fief des « chemises rouges », le parti des ploucs pour ceux d'en face, les « chemises jaunes », les urbains, apparaissant pudiques, le corps caché dans des manches longues et des pantalons, toutes ces jambes et ces bras tatoués d'un coup escamotés. Ce n'est pas nous, ce sont elles, eux qui nous exilent dans l'exotisme de l'étrangeté, le farang est jugé avant d'arriver, mais ils disent la même chose de nous, les Thaïs. Ainsi pense-t-on, les voyant. Et Porn, ajoutant : « Dans un cinéma une fois, alors que j'étais avec un Australien, j'ai réglé mes pop-corn et mon cola et un jeune Thaï m'a vue, et il a demandé : pourquoi tu paies ? Et j'ai fait mine de ne rien entendre, comme si de rien n'était. Il faut fermer un œil pour laisser l'autre ouvert, c'est suffisant. »

21.4 Lorsqu'elle travaille, c'est ici qu'elle trône, assise, et lorsqu'elle ne joue pas ou ne discute pas avec le personnel, il y a des hommes en face d'elle, souvent, et si elle est seule, elle jette autour, en biais, des coups d'œil plantés de cils profonds et de sourcils qu'aujourd'hui elle a épaissis, à la mode persane ou indienne. Cet entrefilet de paupière laissant un rai de lumière filer dans le mental masculin de passage. Elle ne s'en lasse pas. Les raisons, comme tout chez elle, sont complexes. La séduction, l'argent, le sport de la chasse au farang, la rétribution à sa féminité conquise, ou bien encore autre chose, indéfiniment. Elle ne se pose pas les questions qu'on pose pour elle et sur elle. Cet abîme de mots la fascine et l'énerve, quand on la bombarde – ses amants – de pourquoi et de comment.

21.5 Aujourd'hui donc, elle accueille les vieux amis comme les nouveaux à sa table, face à sa boutique. Elle est au mitan d'une situation étrange pour elle. Vingt-trois ans, son indépendance financière acquise. Elle a des boutiques. Autrefois entretenue, désormais libre et se plaignant. Elle veut plus. Planifie enfant, mariage et maison à l'étranger. L'étranger, le diplôme, ce passeport tamponné des pays de l'UE et du « Saharat Amerika », les États-Unis, mais aussi la Turquie, l'Iran, l'Arabie saoudite, les contrées des sponsors. Un acte de gloire dans le curriculum putassier. Mais ce n'est pas une putain. Elle est soutenue par intermittence.

On comprend qu'aucun des hommes qu'elle a eus ne la quitte vraiment. Ils s'empilent. Un seul a droit au blason officiel de boyfriend, mais tous sont là, encore, crevant d'attente, de dons, ils reviennent, elle est surprise par cette capacité à regretter, revenir, elle feint l'étonnement et pourtant c'est un homme qui est en elle, elle devrait connaître ça, cette pulsion dans la tête d'un coup à vouloir un être plus fortement que les autres pour le plaisir de l'avoir, et prêt à tout pour ça, et payer.

21.6 Tout est reflet en elle, glacé comme sa voix humanoïde, la seule note proprement ladyboy de son physique, impossible d'accrocher quoi que ce soit de sûr, elle fluctue, c'est une bourse d'apparences, on la dirait facilement superficielle, mais même le plus aigri des perdants, des recalés, des humiliés ne peut que constater l'insuffisance d'un tel terme, son sens réducteur, car elle vient de loin, elle donne la sensation de venir de très loin à chacune de ses frivolités, elle donne du poids à des rêves qui, chez une autre, n'auraient aucune valeur, ou bien faible, le prix d'une passe à peine.

21.7 Alors, par où commencer pour rassembler les morceaux épars, contradictoires de cette fille d'adoption, depuis toujours femme mais de sexe reconstruit à la mesure de sa Nature réelle, et qui la joue palais de glace ? Comment déshabiller ce personnage qu'elle dit être, devançant l'appel narratif en expliquant combien, lorsqu'elle se retourne sur son court passé, elle sait avoir vécu roman et film mieux qu'à l'écran ou sur le papier ?

Costume n° 1 : « J'étais un enfant battu. Plus tard, des farangs m'ont dit : maltraité. Vous êtes rapides à conclure. Vous êtes simples à vous plaindre. On me mettait à genoux, déculotté, puis on me flagellait à coups de tige. Des coups de pied dans les reins, le dos, les jambes surtout. Des coups de bambou, souvent, sur le plat des pieds. Mon visage était épargné. Yani, mon ancien petit ami australien d'origine turque, me disait : ces marques sur tes tibias, ces coups de ton père, ces cicatrices, c'est odieux. Il ne savait rien, mais il me voulait du bien. Il me voulait du bien contre mon père, ce qui est gentil et absurde. Et puis c'était trop tard, fini depuis longtemps. Je sais et je comprends ce que Yani voulait dire et je le remercie de sa compassion. Mais c'est plus compliqué. Il faut savoir aussi qu'à cette époque, Yani croyait que j'étais une femme, pas un ladyboy. On ne couchait pas ensemble. Je disais vouloir préserver ma virginité jusqu'au mariage, en vraie musulmane. Mon père, oui, il me battait et ma mère jamais. Elle a toujours été douce avec moi. J'ai donc eu une enfance battue par mon père, et une enfance aimée par ma mère. Une enfance équilibrée. Ce rôle, il en souffrait. Il voulait un fils. Je lui demande pardon. À sa mort, je serai inconsolable de ne pas avoir assumé le sexe qu'Allah m'a donné. Allah peut-il se tromper ? Mon père battait la fille dans le fils que j'étais. Ma mère pleurait des coups de son mari et des goûts féminins de son fils. Du moins devant mon père et d'autres membres de la famille.

En privé, nous jouions toutes les deux. Elle s'amusait de mes maquillages. Elle me trouvait déjà très belle. Elle-même était stupéfaite de la beauté de ses filles, mais avec moi, c'était plus fort. Un foyer en moi, un feu. Je crois qu'elle savait déjà tout ce qu'on pouvait gagner avec ça. »

21.8 Elle s'interrompt toutes les minutes, soit à cause d'un coup de téléphone – elle constate le numéro, décide de répondre ou non, produisant alors un choc à tous ces types délaissés, autrefois acceptés, d'un seul coup niés, effacés, remplacés par d'autres (c'est ce qu'ils s'imaginent si loin d'elle, quand ils entendent sonner et d'un coup, très vite, non pas rac-crocher mais un arrêt brusque, impliquant de sa part ce geste, cette claque : le refus de l'appel, ils peuvent sentir son pouce sur la touche, ils l'ont vue faire, c'est comme une balle reçue, ils étaient avec elle lorsqu'elle exécutait devant eux cette sentence, hochant la tête, fronçant les sourcils, retournant à son dîner offert par eux, une marmite de *tom yam*, ou des pâtes sauce ita-lienne, dans un des bars chers sur des toits d'hôtels, leur racontant ses histoires d'enfance humiliée, ou pire, riant un peu, montrant le type refoulé et dissert-tant moins d'un instant sur son cas, un ex, un pré-tendant, « pourquoi sont-ils si stupides », et disant ça bien, avec un tact cruel, comme une confidence, un privilège accordé à l'interlocuteur actuel, le fai-sant complice, créant un lien sur le dos d'un tiers) –, soit inquiète de l'effet produit par son récit, et sou-cieuse, comment va-t-on la juger maintenant ?, mais elle en a trop peu dit, on la rassure, on en veut plus, on s'acharne, et elle se ferme, experte, précise ne plus vouloir parler, trop de paroles, les mots fatiguent, c'est courant chez elle, ce snobisme envers les mots, le langage, la méfiance réelle aussi, il y en a beaucoup dans son genre, qui usent de mots contre les mots, et prodiguent, par exemple, sur Facebook, ces sentences copiées, collées et postées, aphorismes, apophtegmes, affirmations sur tout et rien, toujours en anglais, empruntés à des anthologies, des recueils virtuels de citations, des propos arrachés à un flux et d'un seul coup isolés, cloîtrés dans une idiote posture définitive, comme un jugement dernier sur le sujet traité – l'amour, les relations entre les gens, l'affect –, agrémenté d'illustrations (la tête de l'auteur, une fleur, un chat) ou d'un fond monochrome pour les plus sérieux, quand l'heure est à la gravité, aux décisions, au couperet, les siennes, à Porn, disant : « J'ignore quels sont les pires : ceux qui mentent, ou ceux qui pensent que je suis assez bête pour les croire », ou bien « les actes valent mieux que les mots », ou bien « la vie est trop courte pour perdre son temps avec des gens qui vous privent du bonheur », ou bien « tout le monde veut changer le monde, mais personne ne veut se changer soi-même », un catalogue d'idées reçues, sans cesse ravitaillé, partagé, aimé, le pouce en l'air.

21.9 Les choses sont simples pour elle. Ses problèmes sont réels. Ses rêves ne sont pas des rêves. Ce sont les autres qui la compliquent. Elle est disponible car personne n'a su la rendre indisponible. Sa vie en main, personne ne l'a prise. Elle est donc légère. Elle serait docile sinon. Elle est comme tous. Le bonheur, quelqu'un à soi, la confiance. Mais personne n'a fait le vrai grand saut pour vivre avec. On la craint. On la dit dangereuse, alors elle le devient. Elle sent aussi que plus elle cède aux sentiments qu'elle a faciles pour les gens, plus elle sera blessée. Après quelque temps, les hommes s'habituent et partent. Ils sont accros tant qu'elle maintient des distances, comme des rênes froides, sans compassion. Les choses sont simplettes, clichés, des rapports de forces évidents, transparents. Elle n'a pas le choix, même si ça la fatigue, ce cinéma rejoué depuis des années à Pattaya. Elle sait exactement pourquoi. Plusieurs fois, on l'a vue demander à « Marly » ou à d'autres ce qu'elle deviendrait le jour où ils voudraient des enfants. Car un jour ils en auront. Ceux qui nient mentent. Ce démon gît en tous. Porn aussi en voudrait. Elle n'aime que les hétéros. Les homosexuels l'amusent comme de bons copains. Toute femme a son pédé, elle le sait, critique le phénomène, mais sacrifie à ce rite féminin. L'homme hétéro, sa timidité virile, ses pulsions, ses colères, elle n'aime que ça. Eux seuls lui confirment qu'elle est ce qu'elle est, une femme. Donc, pas tous les hétéros. Celui qui n'aime pas les ladyboys. Pas violent, juste dégoûté à l'idée de se taper un homme, quel qu'il soit. Un type sûr de lui, de ses inclinations. C'est le genre d'homme qu'elle aime, le pur, le véritable hétéro, n'allant jamais avec des ladyboys, un forcené des femmes. Quitte à se prendre des coups. Elle en a peur aussi. Rien n'est clair. Tout se brouille, ses goûts compliquent son existence. Elle est à Pattaya. Les choses ne sont pas simples pour elle.

21.10 L'une de ses fiertés est de savoir cuisiner et d'en faire un spectacle, notamment avec les crêpes. « J'ai travaillé longtemps à Bangkok, dans la rue, poussant une carriole, à les faire. Tu veux voir ? » Elle va sur l'un des stands d'une copine et se saisit de la main droite d'une carafe où repose la pâte liquide, et de la main gauche d'une deuxième, vide, et fait passer la pâte de l'une à l'autre, de haut en bas, les bras écartés inversant leur position à grande vitesse quand le transfert est fait comme un geste de pagayeur, dans un mouvement perpétuel qui voit les deux carafes aux deux extrémités toujours reliées par une coulée de cette pâte, une forme de prestige, la force centrifuge au service de cette grande fille.

21.11 Quittant ses boutiques, se dirigeant vers le parking situé sur plusieurs étages encastrés dans l'un des pignons du bâtiment, avec d'énormes jardinières en guise de corniches d'où tombent des grappes de plantes à moitié mortes, elle se lance dans une anecdote importante pour elle, sur un fait arrivant tous les jours dans ce pays, occupant longtemps les conversations, ayant l'aspect de commérages mais signifiant bien plus, une situation dans la société. C'était hier ou avant-hier. Une des ladyboys travaillant pour une marque de luxe européenne au rayon des produits de beauté attendait près d'une entrée, à côté des distributeurs de billets. Porn et elle se méprisaient depuis longtemps sans se connaître, une simple inimitié de vue. Et cette fois encore, elle avait regardé Porn avec insistance pour se faire remarquer d'elle, avait attendu qu'elle entre dans sa voiture pour se diriger vers la sienne, une énorme berline japonaise blanche crémeuse et coûteuse, et lui faire sentir ainsi qu'elle gagnait la bataille des signes extérieurs. Les signes extérieurs, la preuve d'une bonne vie. Bonne vie c'est bien, le Bien. Les dieux choient les bons. Les bons sont donc riches, les pauvres mauvais. La compassion est le seul pardon, la renaissance une nouvelle chance de se rattraper, de faire pardonner par son labeur de pauvre ses mauvaises actions passées. Oui, Porn était plus belle, c'était évident, mais à quoi bon puisque l'autre avait plus d'argent pour se payer une plus belle voiture. C'était une lutte sans merci dans tout le Royaume et les incidents réguliers, les émeutes, les heurts politiques entre les deux camps connus jusqu'en Occident, les « rouges » ruraux et les « jaunes » citadins, les chemises combattantes des deux couleurs ennemies, n'étaient qu'une écorce superficielle, ou plutôt la pointe émergée d'une lutte plus profonde, enracinée dans les siècles, les générations, la transsubstantiation, une course parfois subtile, parfois grossière, incompréhensible pour les étrangers, sauf par une prodigieuse empathie, il fallait être né là-dedans pour sentir, dans sa chair et ses gènes, cette fracture au travail, accouchant d'histoires microscopiques sur un parking, entre deux ladyboys.

Costume n° 2 : « Nous étions pauvres. Nous l'étions avant de naître. Mon père l'était devenu un peu plus chaque jour, ma mère l'avait toujours été. C'est récemment que j'ai connu l'histoire de leur rencontre et du passé. Je revenais de Satun et remontais vers Pattaya. Mes parents étaient là. Ils allaient pouvoir garder ma nièce, leur petite-fille, car tu l'as vu, ma sœur et son mari vivent et travaillent pour moi, et cet enfant, je l'aime, mais elle est épuisante. Et donc, mon père m'a dit : arrête-toi, on va aller voir la maison de tes grands-parents. C'était près de Cha-am et ce petit port que certains étrangers aiment bien, j'ignore pourquoi : Prachuap Khiri Khan. On s'est arrêtés, il a téléphoné longuement. Alors, on a pris une route goudronnée pour finir moins d'une heure après devant une jolie maison, avec de beaux manguiers, tout était propre. Des gens nous attendaient. Sa mère et ses sœurs. Une femme aussi, cinq ans de plus que moi peut-être. Mon père lui a dit : voici ton frère en me désignant. Elle était furieuse. Sa fille d'un précédent mariage. Alors j'ai su peu à peu. J'écoutais ce qu'ils se disaient. La vieille dame pleurait, ma grand-mère. Ils s'étaient tous disputés, il y a longtemps. Mon père avait été un mauvais garçon. Du moins paraît-il. Il était très jeune, il avait beaucoup de femmes. Une d'elle est tombée enceinte, il n'a pas voulu l'épouser, il s'est enfui. Il a vécu l'errance, beaucoup voyagé. Il était matelot sur les cargos. Un marin. Un jour, un chalutier l'a embarqué. Il s'est retrouvé dans le Sud. Il a vivoté là, travaillant dur. Il s'est fait terrassier, à Satun. Tous les jours, il voyait une jeune femme sur les marchés. Elle pleurait, elle était frappée par les siens. C'était quotidien disait mon père. Ni belle, ni laide cette fille, mais d'une gentillesse désespérée, une rage muette, tu comprends ce que j'essaie de te dire ? C'était ma mère. Elle n'était jamais allée à l'école ou si peu qu'elle ne savait ni lire ni écrire. Encore aujourd'hui, elle ne sait presque pas. Sa famille avait voulu ça. Elle était mal aimée on ignore pourquoi. L'école, ses frères, ses sœurs s'y rendaient. Pas elle. Ça je le sais depuis l'enfance, ma mère a toujours été tendre avec moi, une confidente, et j'ai toujours détesté la sienne, de mère, pour ce qu'elle avait fait à la mienne. Et donc mon père l'a prise en pitié, et ils ont fini par se marier. Il s'est mis à l'aimer très fort. Tu vois comme ils sont sur les photos, toujours à se chamailler. Il regarde la télé, ma mère fait un commentaire, mon père réagit en lui expliquant que ce n'est qu'un film, et c'est parti pour une séance de disputes. J'aimerais vivre ça aussi.

« Donc on était là, dans cette famille à lui dont j'ignorais tout. Je détaillais le mobilier, les photos. Les hommes étaient en uniforme. Tous policiers, ayant étudié à Bangkok. Et ma sœur, très chic, un autre monde. Elle me regardait de haut, apeurée, jalouse aussi. Elle n'avait pas connu notre père, elle le détestait, montrait une grande indifférence. Ils ont de l'argent, ces gens. Moi, j'ai eu mon père, il m'a battu. En partant, je n'ai pas pu m'en empêcher : pourquoi, lui ai-je dit, pourquoi ne nous as-tu pas donné une vie meilleure, comme eux ? Tu es des leurs, qu'as-tu fait de ton karma ? Il a bien cherché à renouer, mais lorsqu'il a voulu revenir, son mariage a posé problème. Il s'était converti à l'islam. À cette époque, ça ne signifiait rien pour lui. Il pratiquait les deux, comme nous tous, islam et bouddhisme. Je suis musulmane, mais je sais que tout est compliqué avec les esprits. Dans une vie précédente, j'ai dû faire le mal pour être ce que je suis maintenant. Là, je fais le bien des miens. Quand je parle ainsi, mon frère, étudiant à la mosquée, me dit que c'est mauvais. Tu n'as pas à parler de choses infidèles répète-t-il doucement, pour me convaincre. Nous l'écoutons tous, mais il me déçoit. Quand il ne prêche pas, il végète. Il se drogue, en vend. Récemment, j'ai acheté un bateau pour qu'il pêche, avec tout le matériel, une fortune. Les gens m'ont dit, tu vas voir, il va échouer. En un mois à peine, j'ai su qu'il ne faisait rien avec, ou presque jamais, et voulait déjà le revendre. J'ai pleuré. Les gens, les voisins allaient parler en mal. Je les hais. Mon enfance, ce sont aussi ces voisins toujours à bavasser. Je les hais, mon frère aussi. Il ne sait rien faire de sa vie. Il est comme notre père. Mon père, la vérité, c'est qu'il a passé une partie de mon enfance en prison. Il vendait de la drogue. C'était un grand dealer. Mais trop voyant. Tout petit, je me souviens d'abondances. Et un jour, plus rien. Plus d'argent. Ma mère seule. Elle a beaucoup emprunté. On a connu l'humiliation, le désaveu public, l'arrestation. La banque et la police avaient tout pris. Là, regarde, je pleure. Rien que d'y penser j'ai envie de tuer. On avait un terrain, mais rien d'autre. On a construit un genre de cabane, et on a vécu là des années, les uns sur les autres. À dix ans, j'ai arrêté l'école moi aussi. J'étais bon pourtant, un chef de classe. L'institutrice est venue chez nous demander pourquoi je ne venais plus. Car il doit travailler, c'est l'aîné de mes fils a répondu ma mère. Un an plus tard, au cours d'un séjour un peu long à Hat Yai, j'ai laissé mes cheveux pousser et j'ai pris mes premières pilules d'hormones. »

21.12 En passant, une mendiante et son enfant qu'elle berce sont là, nous regardant. Pourquoi fait-elle ça ? dit Porn. Elle pourrait travailler. Elle est jolie.

Il y a partout des bars. Elle pourrait vendre son corps. C'est une honte de faire ça. Elle est paresseuse et malhonnête. Et son enfant, elle s'en fout, c'est évident. Elle n'est pas thaïe. Aucune Thaïe ne ferait ça. Nous sommes fières.

Intermède 21-22

Une mosquée à Satun – saynète religieuse durant laquelle j'assiste, émerveillé, craintif, à ça : Porn en prière, le vendredi, avec ses frères, son père, comme autrefois enfant, garçon, elle allait aussi, sans crainte alors, sans penser au regard d'autrui sur elle, avec les autres hommes, agenouillée comme eux, penchée, relevée, tournant la tête, les deux paumes des mains ouvertes, écoutant les prêches. Il semble que tous sachent, dans l'Oumma, sa condition ladyboy. Je n'ai que des questions à opposer à cet état de fait. Que pense-t-elle des prêches ? N'est-ce pas dangereux pour sa vie ? Comment peut-elle être là, à cette place ? Quelle magie fait ça ? Comment peut-elle être acceptée dans cet état ? Est-ce une tolérance, une hypocrisie ? Est-ce un cocktail des deux, toutes ces licences ordinaires à des règles qui, de l'extérieur, me paraissent dures ? Est-ce courant, dans cette partie du monde, une telle contradiction ? Que penses-tu d'Al Qaïda, Porn, du 11 Septembre ? Certains sont de vrais martyrs, lâche-t-elle. En cela guère différente des jeunes types vus à Patani il y a peu, d'un nouveau genre de ceux connus il y a cinq ans à peine, mais reconnaissables pour moi, ne parlant plus libération des trois provinces du sud de la Thaïlande, mais islam mondial. Je tente de distinguer la provocation des convictions. À cet interrogatoire en rafale, elle répond souvent : « On ne dit pas cela ici ; on ne s'interroge pas ainsi ; on ne peut pas parler de cette manière. » Démêler, comprendre, j'essaie. Elle affirme qu'il n'y

831

a rien à comprendre, que c'est ainsi. Je traduis : hypocrisie, on ferme les yeux sur elle à cause de cet argent qu'elle possède.

* * *

Elle prie avec les hommes, habillée comme eux, car elle est l'un d'eux. À leurs yeux, elle n'a pas changé, personne, sauf sa mère, ne sachant l'opération subie, le sexe neuf. Elle m'explique que c'est vu comme un retour dans le chemin de Dieu, un repentir, et Allah est miséricordieux. Elle se prépare longtemps avant d'y aller, ressentant une peur immense. Je rebondis sur cette peur, j'essaie d'exploiter cette faille, ce qui me semble une fêlure, et au fond, à moitié consciemment, je veux lui montrer qu'elle se ment. Trop joyeux à cette idée, comme détenteur d'une raison. Elle me fait signe de me taire. Elle décrit les efforts de sa mère pour cacher ses cheveux, les nouant sous une taguia plus large. Elle bande ses seins si chèrement obtenus, les serre durement jusqu'à obtenir une surface lisse, masquée. Elle choisit avec soin son salwar-kameez à capuche, son pyjama ample, blanc, masquant tout. Et elle se rend à la mosquée accompagnée, jamais seule, avec ses proches, comme une garde. Avant, c'est l'inquiétude. Oui, on peut l'injurier pour ce qu'elle est. Mais alors, ce serait enclencher une mécanique terrible impliquant la famille et l'honneur. Et c'est complexe, car l'argent se mêle aux priorités morales. Elle est soutien de beaucoup, ici. Et surtout, infiltrée même dans la trivialité des contradictions, il y a cette chose oubliée, la spiritualité, la sensation chez eux d'une puissance partout, qu'une interprétation géométrique simplifiée place au-dessus des êtres, une majesté divine, tout simplement, qui empêche de dégainer vite une condamnation. Les gens savent pour elle, oui dit-elle ils savent, mais pour tous, elle reste un homme égaré, qui a droit au pardon. Et la communauté se réjouit la voyant arriver, retourner au quotidien des prières à Allah. Et elle sort, saluant les fidèles, touchant les mains, savourant cette fraternité, illuminée, élevée à la seule dimension de ceci : un corps radieux. Et malgré toute sa brillante conviction, cette force à ne renoncer à rien de ses aspirations de femme et de croyant, un sexe pour chaque fonction, à marier l'impossible, ce qui pour moi paraît impossible à concilier sérieusement, et sans doute aussi pour la plupart des gens, et notamment les musulmans connus en France, malgré cela et à cause de cela, j'en doute, de cette joie, de ces accords tacites, et je travaille, par mes questions, non à panser mais à ouvrir un peu plus ses blessures.

***

À dix-sept ans, converti tout frais d'une madrasa improvisée à Évry, en banlieue sud de Paris, où j'allais difficilement, isolé par ailleurs, mon domicile parental coupé du monde, une campagne à peine vallonnée, peuplée de champs et de forêts, car scolaire ou mobylette pour seule échappée, et parfois la voiture de papa, maman, j'avais été assiégé par des frères, me pressant de rejoindre leurs rangs, ceux des plus radicaux. C'était l'âge d'or d'un salafisme encore vague aux yeux des autorités, avant l'Algérie ensanglantée, et très avant l'effondrement des Tours jumelles, une époque d'Afghanistan vantée, abattant le communisme à coup de missiles Stinger, où les terroristes étaient encore des moudjahidine, des résistants, des apôtres de la foi contre la barbarie totalitaire scientiste et criminelle de l'URSS, une bouffée d'oxygène orientalisante pour les médias et les intellectuels, où s'embourbaient merveilleusement *Les Mille et Une Nuits*, la danse du ventre d'une pub Saupiquet, les arabesques, René Guénon, Delacroix, Fromentin, Lawrence d'Arabie, Louis Massignon, Henry Corbin et d'autres noms de gens et de paysages et de mosquées. Il n'y avait rien d'agressif de ma part, tout juste comme les néophytes adoubés par l'appel, je croyais en savoir plus que beaucoup de ceux nés dans la vraie foi, subissant le

Coran comme d'autres les Évangiles ou la Torah. Mes motivations, alors, étaient initiatiques, du moins d'apparence, car je ne considérais ces choses que comme une expérience spirituelle qu'un être inquiet, sur le qui-vive, se devait de vivre, non par révolte, mais par la certitude d'être un peu élu, un peu protégé par la bienveillance de quelque entité supérieure qui l'avait fait naître, ni trop riche ni trop pauvre, pas non plus dans une classe moyenne, mais à l'endroit médian, le point d'équilibre, une sorte de nombre d'or sociologique sur le tableau des classes lui garantissant un absolu sentiment de liberté à l'égard de toutes les obédiences imaginables, avec le droit d'exercer chacune, de se sentir à l'aise partout, et d'une plasticité facile à épouser le milieu des autres si prompts à se limiter à une voie, ou simplement leur horizon de naissance. L'islam était une première pierre. Il est par ailleurs incroyable, même aujourd'hui, de voir la facilité avec laquelle les prosélytes acceptent n'importe qui dans leurs églises respectives, et combien on peut devenir membre d'une confrérie quelconque et s'en détacher avec habileté, le jour où l'on se montre trop insistant à vouloir vous intégrer. C'est la différence majeure avec les sectes. J'ai depuis été évangélisé dans des paroisses déviantes du culte chrétien, baptisé « œil de nuit », Mat Dem, en référence à Albert de Pouvourville, alias Matgioi, « œil de jour », mort un siècle plus tôt et converti célèbre, chez des taoïstes au Vietnam, tous assurés de la régularité de ma démarche, et elle l'a toujours été, ayant été sincère avec eux, et réellement l'un d'eux quelque part, mais pas entièrement, la plus grande partie de mes idées restant étrangères à leur foi, ou plus exactement enveloppant d'une plus vaste étendue leur couche de croyance, comme l'ozone la Terre. Il n'y a que les juifs qui m'obligent à des complications pour accéder pleinement à leur culte. Moins faciles, pas prosélytes. Ils bloquent les aspirants, les éprouvent un peu plus. Idem chez les scientifiques, avec leurs concours. J'ai bien tenté de devenir généticien professionnel, sa sève, le darwinisme, me semblant la plus intéressante et la plus radicale de toutes les sciences possibles, mais j'en suis resté au rang d'habile vulgarisateur, adepte de la sélection naturelle et défenseur des filiations simiesques de l'humain. Lecteur, transmetteur, avec beaucoup d'invention, d'intuition, pour combler les manques de mon ignorance en hébreu, en arabe, en latin, en grec, en persan, en hindi, en mandarin, en équations, en chimie. Tout cela suggère néanmoins de rester longtemps anonyme, et de faire jeune ce périple à travers les coutumes et les us de son temps, avoir moins de trente ans, de façon à ne pas engager de carrière qui empêche un jour de changer, et de bénéficier de cet aura chez l'autre : l'innocence, ceux des traits rejoignant ceux de l'âme en recherche.

Tout ça pour préciser que, revenu à Paris après avoir connu Porn et « Marly », j'ai retrouvé d'anciens compagnons musulmans exprès, et j'ai demandé : un ladyboy peut-il fréquenter la mosquée avec les hommes ?

***

Des années plus tôt, mais après mes conversions multiples à des fois divergentes, dans un autre milieu, celui, judéo-homosexuel, du Marais, un type me raconte son Maroc. C'est un garçon charmant et obèse, poupon, libéré, adepte de sado-masochisme, portant jupette à Paris certaines nuits dans des backrooms vieux style. Des comme lui, on aime, au Maghreb, dit-il, cette chair quasi féminine, qu'il entretient imberbe, dont les bourrelets forment des seins, des cambrures. Lui les adore, les Arabes, incluant sous ce terme tout ce qui est beau et masculin depuis le sud de la Méditerranée jusqu'aux confins richissimes et pétrolifères du golfe Persique. À Marrakech, il a connu un très beau garçon, vingt ans, viril, délicat. Il le payait, certes, mais pas seulement. Le jeune y mettait de l'attirance, de la gratuité.

Une fois, puis d'autres, il se retrouva chez lui, c'est-à-dire les parents du garçon, non pas dans la médina, mais un de ces nouveaux quartiers limitrophes où se réfugient les habitants. Ses parents pouvaient les entendre baiser, la promiscuité rendant tout accessible. Mais un non-dit planait, il n'était qu'un ami. Là aussi, j'avais du mal à croire, à mettre l'image exacte sur les mots pourtant précis, sincères, d'une chose simple : ce qui ne se dit pas n'existe pas. Je ramenais tout sur un même plan, là où d'autres vivaient dans plusieurs dimensions contiguës mais jamais fusionnées, sans que cela soit simplement hypocrite. Une subtilité sans doute, face à laquelle un monde idéal sonne vulgaire.

***

— Un ladyboy tu dis, mon frère ?

— Oui, un garçon devenu fille.

— Cela n'existe pas mon frère, pas chez nous, c'est interdit, ce n'est plus un musulman.

— Tu veux dire qu'il est devenu murtad pour toi, apostat ? Pourtant je l'ai vu prier à la mosquée et personne ne l'a condamné.

— SoubhannAllah ! C'est qu'il est revenu de ses péchés, et la communauté l'a reconnu.

Plus tard, j'ai interrogé un savant à la Mosquée de Paris. La réponse était claire, parfaitement discutable mais claire : il faut condamner ce comportement mais pas la personne. Il faut l'aider à sortir de ce dérèglement. C'est le rôle d'un bon musulman de ramener quiconque sur le chemin de Dieu.

***

Je n'ai jamais cherché à engager le débat, je connais trop la logique sous-jacente aux uns et aux autres pour être naïf sur leur capacité à remettre en cause, non ce qu'ils croient, mais ce qu'ils pensent nécessaire de défendre coûte que coûte. Mais je voulais vérifier une chose : leur aptitude à disjoindre le public et le privé. Ce qui ne se dit pas n'existe pas. Certes, un homosexuel musulman, pieusement marié, peut avoir des relations avec des hommes, sa femme avec des femmes, à condition qu'aucun des deux ne le revendique. Et aussi, qu'ils échappent aux dénonciations, aux flagrants délits, à la souffrance de vivre caché. Mais Porn ? Garçon devenu femme, comment échapper à cette part plus que publique, plus que dite, revendiquée non par des mots, mais par des actes chirurgicaux définitifs ? On pouvait la confondre avec une femme, c'était même certain, mais sa carte d'identité indiquait homme, et à Satun, dans sa province, on savait. Sa chance était finalement d'être née au bon endroit des terres musulmanes, cet islam d'Asie du Sud-Est infiniment plus nuancé que les autres, en dépit des folies d'Aceh, et des haines de la Jemaah Islamiya. Mais pour combien de temps encore ?

* * *

« Et tous ces musulmans qui t'aiment, qui te poursuivent, te courtisent comme des fous ? » « C'est que j'incarne la concubine parfaite. Pas d'enfant dans le dos. Une sexualité sans enjeux. » « Non, pas seulement. Tu es surtout belle comme une série soap d'Asie du Sud-Est. » Elle a des traits chinois indianisés, pakistanisés, iranisés. Elle est latine de clip et miniature persane de Mussavir. Et ce qui est certain, c'est qu'elle ne fera jamais le hadj sous peine de mort. Ni ne voyagera dans des pays sous bannière verte. J'essaie d'imaginer Porn ailleurs, condamnée par quelques assemblées. Images de femmes tombant sous les pierres ou les balles, mais c'est un délire. Considérée comme un homme, elle serait détruite comme un homme. Les cheveux coupés sans doute, les seins vidés. Éventrée peut-être, à cause de son sexe. Quoi d'autre ? À quoi bon ces visions réalistes ? C'est notre malédiction à nous, gens du Livre. Une corruption au cœur même du message d'Abraham. Juifs, chrétiens, musulmans s'entretuant, parlant au nom de Dieu mais pratiquant le mal, l'inquisition, les bûchers, sur toutes ces jolies places d'Europe admirées, visitées, la San Marco, la Signoria, et ailleurs, de Samarcande à Tombouctou. Le dalaï-lama se réfugie en Inde, patrie du Bouddha. Point de guerre entre les branches de la Trimūrti et les différents véhicules. Par contraste, le pape n'ira jamais se cacher en Arabie, non plus qu'un rabbin, pas plus que Khomeiny n'est venu au Vatican.

***

« Au moment du ramadan, m'explique Porn, beaucoup d'entre nous reviennent en famille, et les mosquées se remplissent alors de beaux garçons très fins. C'est nous, les ladyboys retournant au pays natal. Nous prions en hommes. Nous sommes des hommes, vois-tu ? »

Scène 22

*J'ai eu la liberté, qui est assez fabu-
leuse, de payer à vingt ans. Et c'est très
agréable de payer quand on sait qu'on
plaît. C'était un luxe énorme.*

Jacques NOLOT
– Entretien avec Olivier Bombarda

Chante, Déesse, l'arrivée à Pattaya d'une fille du
Siam, la répulsion, la fascination, l'espoir. Chante
les premières nuits, chez des inconnus, des amis, et
chante les suivantes, l'incertitude, la peur, la perte des
repères, les références perdues, et le renfort d'Allah,
les prières à Bouddha. Chante l'argent facile dans
les mains travailleuses, gagné très vite, et chante les
enfants de Thaïlande, faisant souche dans la ville
mortelle.

22.1 Arrivant par la route, descendant à la gare
routière de Pattaya Nua, au nord de la ville. Venant
de Bangkok, habituée aux étrangers, parlant quelques
mots d'anglais, Porn, jeune, dix-neuf ans, et son grand
sac poubelle en guise de bagage où s'entassent, froissés,

quelques vêtements, un nécessaire de maquillage, des chaussures plates d'un même style ballerine décliné en deux ou trois matières, des tissus synthétiques, du plastique, du latex, jamais plus de deux cents bahts par paire quand elle pourrait avoir des talons coûteux, des escarpins chers, payés par d'autres, mais dit-elle, son genre est ailleurs, dans la simplicité. Toujours cette allure amoindrie, cette tenue inférieure à la moyenne vestimentaire, quelques degrés en dessous de l'élégance minimale citadine. Les tailleurs bon marché qui font chic, les sacs imités, rien de tout ça en elle, pour l'instant, comme une semi-pauvreté à peine vaincue d'où seule émerge sa beauté stricte, indiscutable. Ce n'était pas voulu dit-elle, pas encore, malgré les rencontres, l'apprentissage déjà, des autres hommes venus d'autres mondes. Une timidité, ou bien un doute sur elle-même. Des heures de trajet dans une climatisation malade, un bus malade toussant, crachant un air serré d'humidité devenu froid, quinze, dix-sept degrés, faisant grelotter, infectant les sinus, bouchant les nez. Derrière les vitres, après Ekkamaï, ses artères battues de taxis bicolores, de camions, de berlines épaisses, de deux-roues frayant le trafic jusqu'aux premiers rangs, à l'arrêt des feux, et s'élançant, comme une vague d'assaut enthousiaste, sous les arcades du Skytrain, ou d'une autoroute aérienne, dans l'odeur des grillades, des pots d'échappement, l'oxygène jaune, derrière les teintes opaques des carreaux de verre fragile, Krung Thep quittée, sa densité, son tissu effiloché peu à peu, condominiums raréfiés, maisons multipliées, terrains vagues, temples aux stupas récents, étincelants, et quelques minarets, quelques mosquées.

22.2 Contemplant, regardant un moment la platitude des terres vers le sud à cet endroit de la côte, où la mer est encore invisible, cachée par les rangs de palétuviers, de cocotiers, et d'autres flores aux mille verts, d'énormes carrières ici et là, souvent abandonnées, la désolation des zones entre campagne et ville, les rizières crevées comme d'énormes trous d'obus d'une guerre inconnue, une seule ville, bientôt, de Bangkok à Pattaya, des constructions, des grues sur les bas-côtés ou plus loin, des noms frôlés, Chonburi, Bang Saen, les panneaux en thaï, en anglais. Et à gauche, vers l'est, des reliefs montagneux touffus, entamés sous les raclements d'énormes pelleteuses. Au ras des remblais poussiéreux, des rangées, parfois, de magasins divers, des zones commerciales aux bâtiments pas plus hauts que deux ou trois étages, semblables à des rues de western, une seule tranchée habitée dans un désert, avec des enseignes universelles, McDo, Pizza Hut, ou bien de simples hangars à verroteries, poteries, ustensiles de jardinage et quelques haltes de restauration thaïe, soupes, riz, poissons grillés. S'endormant sur ces paysages à moitié remarqués, pour elle banals, les pick-up dépassés, à l'arrière décapoté, où sourient des groupes d'enfants, leur cheveux comme des drapeaux claquant dans la vitesse, des travailleurs le visage masqué, brûlé d'un labeur extérieur. Et se souvenant alors d'un autre début, Bangkok, sa venue, laissant venir à elle, sans chercher à le faire, sans enjeu, sans rien de ces conciliabules dramatiques où l'on récapitule pour soi-même avec complaisance des choix, des désirs, des projets, comme embarquée dans l'indifférence de pensées débitées sans raison, au fil de ces monologues portés par tous, ces voix jamais tues portées par tous au milieu des activités les plus quelconques, interrompues seulement lors de grandes souffrances physiques, celles des tortures, des maladies, laissant venir, parmi d'autres pensées plus sérieuses, plus urgentes, celles de sa mère, de son frère, de la maison en cours de finition, des mandats réguliers à envoyer, le prochain dès demain, de sa sœur en Malaisie, laissant venir le souvenir d'une Porn encore fraîche, ce visage enfantin, conservé sur les photographies, ces yeux innocents qu'à cet instant, dans le cahot d'une conduite soulevant le véhicule à cause d'une bosse, et retombant sur ses jantes, ses pneus, rebondissant alors, de droite à gauche, avant de retrouver sa stabilité, elle possède encore, avant Pattaya.

Costume n° 3 : « J'étais vendeuse de rue, adolescente et vendeuse de brochettes de poulet, jamais de porc, j'ai toujours refusé. Les gens s'arrêtaient et demandaient : "pourquoi faire ce travail, tu es jolie, tu pourrais trouver ailleurs ?" et ils m'achetaient quelques brochettes, et nous parlions, et lorsque la fumée devenait trop dense, je battais l'air avec un long chiffon huileux gardé autour du cou, comme un châle. Ils étaient surpris, et quand j'y repense, moi aussi ça m'étonne. La vérité, c'est qu'en arrivant, j'avais le cœur brisé. J'étais minable, dans un état d'humiliation. D'un coup, j'avais conscience qu'on ne pourrait jamais m'aimer complètement. Dès cette époque, j'ai su que quelque chose m'était interdit. Un vieux, oui, il pouvait me prendre sous sa coupe. Mais un jeune comme moi, ce serait des problèmes, et un jour la souffrance. Cette relation d'égal à égal, ce don réciproque, ce soin qu'un homme apporte à une femme, cette protection, tous ces rituels seraient provisoires. Si jamais on m'aimait, la barrière de ma condition de ladyboy empêcherait une relation normale et longue. Le mariage me serait pour toujours interdit. J'ai su tout ça, je l'ai senti et vécu, je peux détailler la moindre impression, les sensations d'un monde refusé, un monde qui inspire des livres, des films. Les gens se retrouvent dans des salles, regardent et se disent que cela peut leur arriver, ou que cela leur est arrivé, ils peuvent s'identifier à ce bonheur ou ce malheur, mais moi non, impossible, et j'ai su que jamais je n'y serais, à cette place de mère, et d'épouse, et de femme en peine, trompée ou trompeuse peut-être, mais mariée, divorcée, une femme d'aujourd'hui, conquérante ou perdante, femme regardée femme par un homme une fois au moins dans sa vie de femme née dans un corps de femme. Ma beauté excessive, j'en ai parfois conscience. Ce que j'obtiens des hommes aujourd'hui, c'est par un jeu douloureux. Ils souffrent de mes distances soudaines, de mes absences, de mes froideurs rattrapées brusquement par ma chaleur, ma gentillesse naturelle, alors ils restent. Ils veulent m'avoir contre les autres qui me veulent aussi. Ils imaginent le paradis entre mes fesses. Je le sais. C'est absurde mais c'est la réalité psychologique minimale des hommes avec nous. Si je me donne sincèrement, sans attendre, ils sont heureux au début, puis très vite les questions reviennent.

Faire des enfants. Se marier. Ils le veulent, mais c'est compliqué. Assumer auprès des amis, de la famille, du monde. Et ils s'inquiètent et se renseignent. Nous vieillissons mal, trop d'hormones, et la folie, le cancer. C'est ce que disent les articles. Avec un homme thaï, c'est très complexe. Combien sérieusement, parmi nous, ont trouvé dans nos rangs un compagnon à jamais ? Des gigolos souvent, des passions vite refermées. Je sais de quoi je parle. Mon cœur dur, je le dois à ce jeune de mon pays, d'origine chinoise. On s'était rencontrés à Hat Yai, au restaurant où je travaillais. Il y avait plein de types autour de moi, j'étais invitée tous les soirs, je recevais des bijoux, des enveloppes de billets. On me faisait la cour, on me faisait plaisir, et lui aussi s'y est mis. Il avait mon âge, et il était charmant. Je me méfiais énormément. Et riche aussi, sa famille du moins. Très vite, j'ai su qu'il était fou de moi. Il a payé la construction d'une nouvelle maison pour mes parents. Une vraie maison. Il a payé les dettes de ma mère contractées auprès des banques quand mon père était en prison, et qui nous poursuivaient depuis ce temps, nous mettant aux abois. Il m'a sauvé la vie et celle des miens. C'était plus que de l'argent. C'était un geste pur. Il était gentil et prévenant. Ce n'était pas le plus mignon, mais c'était le mien. J'étais à l'aise, et c'était étrange. Une sensation de bien-être avec lui, même quand on se disputait. Il était évident dans son corps avec moi, son odeur sur moi, sa main dans la mienne, sa parole devant moi, ses boutons que je perçais, son ronflement contre moi, la nuit, rien n'était sale, j'étais sa femme, il était devenu le plus beau, il irradiait et le voir me transportait. J'allais vivre une vie simple d'amoureuse et nous allions vieillir ensemble. Et puis, le temps passant, sa famille est apparue. Elle a su pour nous, et qui j'étais, et les sommes dépensées pour moi, et sa mère s'est mise en rage, son frère et ses sœurs, et son père très vieux a pleuré, et pleuré encore des larmes de haine, comment son fils pouvait-il faire cette idiotie, cette bêtise ?, et ils sont venus chez mes parents, ont prévenu la police, et m'ont fait passer pour une escroc, qui droguait leur fils, abusait leur fils, jouait de leur fils, volait leur fils, privait leur fils d'un avenir, lui mentait, l'infirmait dans sa virilité, et toutes sortes de choses copieusement débitées, et lui était là, je le regardais, de plus en plus écarquillés mes yeux le regardaient, d'abord honteuse, demandant pardon d'être ce que j'étais à sa mère, disant non, que je ne voulais pas d'argent mais lui à mes côtés chaque nuit, sa présence contre la solitude insupportable, autrefois j'ignorais cet état-là, seule ne voulait rien dire, mais lui avait tout changé, et promettant de le chérir, son fils, de lui donner la force et l'amour, de tout sacrifier, et elle continuant, et griffant de mots terribles, de comparaisons animales ma figure, mon être, et lui se taisant toujours plus, et baissant toujours plus la tête, accablé, résigné, et moi ne disant plus rien à mon tour, et subissant. Et ils ont fini par partir. Moi, Porn, je le jure : jamais plus personne ne me traitera de cette manière, ni aucun fils à travers sa mère, ni aucune mère à travers son fils, ni une femme, ni un homme, jeune ou vieux, personne ! Il m'a quittée, envoyé un message m'expliquant sa situation. Oh depuis, il revient. Entre-temps, il a eu des enfants. Il m'envoie de l'argent. Ce que je veux dire c'est ça : je suis venue à Bangkok en fuyant ce passé-là. Travaillant d'abord dans la rue, simple vendeuse. Puis allant au *Siam Paragon*. Puis au *Central World*, à côté. Apprenant tout là-bas. La joaillerie un jour, les filières laotiennes et birmanes. Et perméable à tous les hommes, souriante à tous, oh oui souriante, très souriante. Et rencontrant un Australien, un Russe jeune et tout frais, tout blond, et aucun ne voulant savoir mon identité. Et leur mentant. Mon salaire tiré de leur argent. D'autres histoires celles-là, d'autres vies dans la mienne de vie. Et partant pour Pattaya, à l'ouverture du *Central Festival* dans cette ville. Et souriante plus fortement qu'ailleurs, et plus impressionnée encore qu'à Bangkok, me sentant chez moi. »

22.3 Se réveillant alors, découvrant les panneaux disposés en arcs indiquant *Welcome Pattaya City*, ne voyant d'abord aucune différence avec aucune des villes bien connues d'elle, sinon un peu plus d'enseignes qu'à l'accoutumée, une densité immédiate d'activités, dans cette portion congrue de l'autoroute à la gare, et un nombre impressionnant, à cette heure matinale, de bars rincés à grande eau, des bulles de savon perlant sur les plateaux et sur les sols carrelés, tout baignant dans la pénombre sur fond de rougeur éteinte, presque grise, celle des sièges vides, endormis, retrouvant peu à peu leur volume affaissé par le poids des gens la nuit, et des filles, notant alors qu'une telle floraison de lieux indique la présence d'une clientèle nombreuse et qu'on ne lui a pas menti, c'est ici qu'on peut faire de l'argent, pour celles et ceux qui veulent travailler, mais n'ayant encore, des vraies couleurs de la ville, de son ampleur, aucune idée précise.

22.4 Et dès la première nuit, allant dehors avec les nouvelles, comme elle débutant le lendemain au *Central*, allant lentement, choquée, bouleversée par les tenues des filles et des ladyboys quasiment nues et festives, stupéfaite d'une telle possibilité, déambulant sur Beach Road au milieu des prostituées, constatant l'habituelle trafic de ya ba qu'elle connaît si bien et la présence d'étrangers de toutes nationalités, discutant, montrant des billets, et se laissant prendre par ce qu'il faut bien appeler une liberté, une absence totale de jugement, une normalité du sexe jamais vue ailleurs, dans son pays, n'ayant encore, avec d'autres pays, aucun moyen de comparaison, n'étant jamais sortie des frontières de sa naissance sauf pour la Malaisie limitrophe à sa région, effectuant dès l'enfance des allers-retours avec Alor Setar, une petite ville simple et capitale du sultanat de Kedah, ne distinguant rien dans les rizières infinies et les collines forestières faisant des bulbes sur la campagne plate, qui diffère de sa propre contrée, et donc envahie, à Pattaya, d'une sensation d'illimité, qu'ici enfin elle pourrait vivre sa voie sans subir aucun reproche, et même encouragée à le faire, à toujours aller plus loin, et constatant tous ces hommes, laids ou beaux, et des jeunes à profusion, la regardant, l'abordant, réclamant un numéro où la joindre, et les moyens de la revoir.

22.5 Débutant sa nouvelle vie dans les meilleures conditions, d'abord employée chez un joaillier, responsable du magasin d'un patron resté à Bangkok, ayant sa propre chambre et déjà des types pour payer sans qu'elle ait à coucher, ou si peu et si mal, habile à simuler, possédant encore un sexe d'homme sur son corps de femme, une anomalie, une souffrance, vécu comme une infirmité, subissant l'érection comme un trouble bipolaire, ce sperme étranger et pourtant jouissif à cracher, prise d'envie pour un homme comme un homme veut une femme, voulant pénétrer, puis horrifiée, reculant, ne voulant plus, riant et se demandant, certaines copines autour, pouffant et s'esclaffant, si le jour où enfin opérée, elle n'utiliserait pas un godemichet, défonçant ces mâles de plus en plus nombreux à aimer, réclamer ça, toutes ces fesses mal rasées et huilées de sportifs avortés, ces musculatures pattayennes cousues de tatouages, mimant alors un sourire dégoûtée, car elle est simple et régulière, tout est possible, elle ne juge pas pour les autres mais pour elle c'est strict, un homme authentique ne peut pas, ne doit pas en passer par là, il est celui qui prend, saisit, emplit d'une énergie sans limites, d'un foyer sexuel irradiant, il est force et puissance, il n'est pas abandon et soumission, il est doux dans la maîtrise de sa masse, de ses muscles, de sa stature, il est grand, jamais petit, elle n'aime que ces hommes-là.

22.6 Apprenant surtout les codes de la ville, et s'en trouvant transformée, acquérant une forme d'esprit à peine esquissée jusque-là, à Bangkok, celui de l'argent facile, mais à visage humain, non pas les grandes chevauchées meurtrières et abstraites, sur toute la planète, des marchés financiers dématérialisés affamant les peuples, mais cette corruption de l'âme symbolisée dans la prise de vrais billets sans besoin, dépassant la raison d'aider sa famille pour celle du plaisir dans l'acte même de prendre, et de construire une réputation là-dessus, no money no honey, ce flux monétaire micro-bien de vraies monnaies, de vrais bijoux, de vraies étoffes offertes contre une présence, un sentiment, une bouche, un anus, et trouvant dans celle-ci, cette corruption, la véritable nature humaine, renforcée par l'injustice physiologique subie chez certains hommes, trop gros, trop vieux, trop maigres, contraints de payer sous peine d'être seul, ou de passer, comme les transsexuelles, entre les mains de l'industrie médicale esthétique, les chirurgies correctives, les faux seins, les fausses lèvres, les faux muscles, les peaux injectées, coupées, tendues, tirées jusqu'à la paralysie, les vieil-lissements retardés, les fleuves de graisses retirées, les os du visage creusés, les paupières agrandies.

22.7 Et rencontrant à nouveau un prétendant de Bangkok, un Australien, turc par son père et sa mère, un migrant à succès, incapable de comprendre l'iden-tité de Porn, ou préférant la fiction à une réalité banale, un idiot et qu'elle dira toujours idiot quand plus tard, elle racontera à d'autres son passé, un généreux stu-pide amoureux monsieur restaurateur, un pizzaiolo d'opérette crétin de Canberra, un de ceux méritant les tromperies, les malheurs, les arnaques qu'il pour-suit, inconsciemment affamé d'humiliation, se tenant au bord du gouffre pour provoquer une main tendue qu'il espère et qu'il pense obtenir uniquement de cette manière, comme celle de sa mère jadis lorsque petit garçon elle essuyait ses larmes et lui tendait une potée, et qui ne viendra jamais, plus jamais, et pervers aussi bien, obsédé de poupée plus que d'humain, voyant en Porn un corps à bâtir à sa convenance, assumant enfin la vérité une nuit de paradis dans une île, où, romantique, il s'était imaginé la demander en mariage (mais était-ce bien véridique, cette version, car les doutes surgissaient, telles des fleurs carnivores et mauvaises, dans le moindre terreau des dires de Porn), et trouvant, à la place d'un oui radieux de la jeune fille convoitée, une queue, petite et pas terrible, mais une queue quand même, une bite bien masculine servant à sa Porn chérie pour pisser et bander, et d'un coup, désespéré ou illuminé, perdu ou retrouvé, la faisant, le faisant bander en le caressant, ne comprenant plus rien, ni instinct ni décision, prenant cette queue de sa belle en main, et branlant, avalant le prépuce, la verge entière, et pire, se laissant prendre les fesses, se mettant à quatre pattes et subissant l'étrange sensation de cette fille si belle si fragile en lui, comme un déni définitif à son rang, accessoire consentant de son ex-future femme.

22.8 Et reprenant les rênes le lendemain, et lui disant c'est impossible, il faut changer, et proposant l'opération tant désirée, le passage de la verge au vagin, et prévoyant tout, et savourant l'incroyable câlin de Porn cette journée-là, une longue caresse sur lui de matin à soir, comme un amour apaisé confirmé dans son étendue tendre et honnête, exclusif, elle était sienne cette fois, lui appartenant, il avait les clefs de la cage, et Porn jouant le jeu d'autant mieux que prise d'une véritable pitié pour ce pauvre pédé mal assumé, un de plus disait-elle, et comment faire confiance à un être se mentant à ce point ?, pauvre homo refoulé, le méprisant un peu, le jugeant inférieur, déclassé depuis hier à cause de cette sodomie donnée par elle, lui qui n'avait jamais volé bien haut dans les castes d'hommes où elle fourguait ses fiancés, il fallait prendre maintenant, tout prendre et vivre en lui offrant l'invivable après coup, il verrait, on verrait si vraiment il l'aimait, et jusqu'où, à quel point, il dit qu'il m'aime alors essayons, poussons les limites, testons le sens des mots d'attachement si facilement prononcés.

22.9 Agonisant quatre semaines entières après la transformation dans un hôpital de Bangkok, connaissant la douleur la plus folle jamais subie, pissant du sang, sentant le jet comme un coup de napalm à l'intérieur de ses chairs, et prise d'impressions contraires, d'un côté délivrée, heureuse, sa naissance dans son vrai corps, de l'autre effrayée, pensant à la mort, son jugement, rêvant du Jahannam, l'enfer, Āpi Nākor, le feu de l'enfer, Āpi Nāraka, et toujours hurlant, promettant de ne plus recommencer, trop de peines à endurer, puis s'arrêtant, consciente du ridicule, de l'absurdité d'une telle promesse maintenant que tout était définitivement changé, et riant presque alors, dans les larmes, de ce à quoi un tel acte la réduisait, incapable de réfléchir et de formuler plus loin qu'un râle.

22.10 Se remettant peu à peu, convalescente, et laissant durer, allongeant le temps de remise en forme de son corps, comme une pâte de plus en plus roulée, aplanie, effectuant les premiers mouvements visant à maintenir l'ouverture de sa nouvelle cavité, enfonçant en criant un godemichet en elle, allant et venant pour assouplir le trou et l'intérieur, empêchant les chairs de se refermer, et faisant appel à une infirmière pour l'aider. Et des mois répétant ces gestes et celui de masser ses seins, leurs prothèses posées en même temps que son nouveau sexe créé.

22.11 Et refusant tout contact avec lui, son pygmalion autoproclamé, dépérissant dans la branlette et le recours aux ladybars de Pattaya, mais toujours fasciné par cette femme maintenant totalement femme, plus rien à redire, toute trace masculine définitivement effacée, enlevée.

22.12 S'acclimatant à l'anglais, cette langue d'Hollywood, de la pop et d'internet, apprenant l'alphabet, la reconnaissance des lettres latines, mettant un visuel sur un son, déchiffrant les signes, lisant et relisant les magazines, et tombant sur ceux de mode en premier, les marques parisiennes, italiennes, identifiant la tour Eiffel, les Champs-Élysées, la cambrure arborée des Champs, son arc et son obélisque, mettant des noms sur des lieux jusqu'ici inconnus, poursuivant son apprentissage et continuant par d'autres presses, celles des stars du monde entier, adorant Angelina Jolie un jour, puis un autre Kim Kardashian car son corps lui ressemblant, mais plus grande qu'elle, plus évasée, plus liane, plus tout, battant cette Kim dans ses rondeurs, sa taille et ses mensurations, et doucement fière, humble, et continuant avec d'anciennes gloires, s'arrêtant sur Julia Roberts, appréciant sa bouche et son expression, sa mansuétude dans ses traits, ses yeux de compassion supérieure, cette supériorité calme, douce, sûre, parfaite, y voyant son reflet, Porn et Julia dans une gémellité à distance, et s'absorbant dans des papiers traitant de régimes alimentaires, de bien-être, moins par intérêt réel, ou ennui, que pour correspondre à ce nouveau statut, non pas de femme, mais de HiSo, comme elle répétait.

22.13 Et regardant la télé indéfiniment, sa passion, empilant les séries thaïlandaises sur Channel 3 et Channel 7, chaque nouveauté impliquant une nouvelle star, tantôt transportée dans le passé fabuleux des rois d'Ayutthaya et de Sukhothaï, ou dans un présent étrangement pacifié, ou dans les années 1920 sous influence japonaise, et ces pays des merveilles d'où les héroïnes revenaient, l'Europe, la Suisse, et Paris, la ville où convergeaient les artistes et les étudiants siamois dans ces opus sublimés à la chantilly idéologique des voyages à l'étranger formant la jeunesse dorée appelée à diriger les richesses du pays, le Paris des années 1920 ou 1930, provoquant chez elle la même expression qu'elle avait lue dans un roman un peu mièvre d'un ancien diplomate, Seinee Saowaphong, intitulée *Wanlaya's Love*, une première phrase disant simplement « I love Paris ! », avant de sauter à la ligne et de préciser les raisons de ce goût, à savoir « Non pas à cause de ses excellents vins ou champagnes (que d'ailleurs elle n'aimait pas, inhabituée au goût). Non pas à cause de ses cabarets comme le Casino de Paris, le Tabarin, les Folies-Bergère, le

Lido. Non pas à cause de son charme, ce charme de Paris semblable à une femme sur les Champs-Élysées, Pigalle, la Madeleine et Clichy. Mais parce que Paris est la ville de la vie... », ignorant à quel point tout ceci disait plus de Pattaya, de Bangkok aujourd'hui que de Paris maintenant, mais comment pouvait-elle savoir, et puis non, Paris serait toujours Paris pour une étrangère.

22.14 Habitant peu après dans un condominium récent, Soï 15 à Pattaya, près du *Mercure Hotel* et sa grosse piscine grasse, deux pièces cuisine aménagée qu'elle pouvait décorer tous les deux ou trois mois à son goût, demandant à son Australien l'argent pour changer les peintures ou les meubles, et lui s'exécutant, souriant, aimant, attendant patiemment et de plus en plus douloureusement le jour où enfin, il pourrait pénétrer les fesses sublimes de cette fille aux cheveux somptueux couvrant tout son dos, et d'un visage si parfait qu'il éprouvait à la pensée de la voir grimacer dans le plaisir, la bouche suçant son sexe, une impression de profanation d'un corps glorieux, et vivant cela en plein XXIᵉ siècle, soit pour lui et pour elle, le XVᵉ siècle de l'hégire.

22.15 Et découvrant que cet homme fréquentait les putes, ses sœurs de trottoir, qu'elle ne connaissait pas encore vraiment, ayant toujours vécu sagement, avec mesure afin de garantir son statut de fille bien, non fêtarde, non dégénérée à l'alcool et la fête et la drogue, et peut-être lassée, fatiguée, plus amoureuse qu'elle ne le pensait, ressentant au fond d'elle une douleur moindre mais de la même famille que celle autrefois générée par ce premier amour avorté, commençant à faire des histoires, provoquer des violences, des esclandres, s'enfuyant, allant dehors, la nuit, avec de nouvelles amies qu'elle avait récemment rencontrées au *Central Festival*, parmi d'autres relations retrouvées, plus vieilles, d'un autre temps.

22.16 Et finissant par se faire quitter, partant d'elle-même par bravade, mais hélas sans se faire rattraper, sans connaître ces courses observées dans les films, où un homme poursuit une femme et la retourne et tente de l'embrasser, et lui demande pardon à genoux, la serre fortement et la supplie de rester. Retrouvant sa mère et pleurant sur l'argent perdu, l'amant asséché de générosité pécuniaire, restant des jours enfermée, ne mangeant plus, ne se lavant presque plus, dépérissant dans le constat de sa stupidité de jeune diva trop tôt arrivée et déjà déchue, comptant les manques, le condo qui n'était pas à son nom, les terres qui étaient les siennes mais sans maison dessus, se disant toujours qu'elle avait eu sa part mais qu'elle avait loupé bien plus, subissant le deuxième grand revers de sa carrière d'amoureuse.

22.17 Et sortant un jour de sa chambre de pleurs et de tourments, tout entière remise, consolée, pleine d'entrain pour à nouveau se battre, et retournant à Pattaya, reprenant à zéro, chez le joaillier, refaisant ses gammes auprès des hommes, et retrouvant un jeune Russe tout blond et tout jeune, et nouant avec lui, tissant une histoire, entrant comme dans du beurre dans son inconscient masculin limité, experte dans la hiérarchie que les hommes établissent inévitablement entre les femmes, les salopes, les sexuelles, les sages, les virginales, les faciles, les profondes, voulant toujours une bonne travailleuse sérieuse un brin réservée sachant se faire chaude dans l'intimité, douce et très douce et un peu maniérée mais aventureuse, bonne copine, complice, à l'écoute et sexy, très sexy, mais pour lui uniquement, experte mais innocente, une batterie de contradictions qu'elle jouait à la perfection.

22.18 Et Porn incarnant si bien cette figure compliquée et simpliste qu'un type se fait toujours, jeune ou vieux, quelle que soit sa volonté d'échapper au cliché, exalté aussi par la distance rendant merveilleux le rêve d'une vie avec elle, sans rien de l'ordinaire quotidien, la séparation géographique impliquant une autre séparation, celle d'avec le bon sens, la raison, atténuant, anesthésiant non seulement les questions de l'entente ou de la mésentente réelle entre les êtres, mais substituant à ceux-ci l'imaginaire d'une créature évoluant dans des décors estivaux permanents, ses vacances dans la chaleur de Pattaya constituant l'unique unité de mesure de la pauvre échelle de valeurs fragiles du jeune homme, vaguement conscient du danger, mais préférant l'illusion d'une vie au soleil, chez les putes et dans la fête.

22.19 Et remportant encore la mise, Porn se faisant offrir une, puis deux boutiques, et parvenant, après quelques mois, moins d'un an, à briser leur association, se disputer avec ce garçon qui ne lui avait jamais fait que quelques timides cunnilingus, mangeant ses seins et un peu son entrecuisse, Porn maintenant celui-ci toujours en partie fermé, refusant toute pénétration vaginale, subissant l'anale pour faire plaisir, et encore, avec lui, c'était jamais, tout restant presque à l'état d'esquisse entre eux, de sommeil ensemble et tendre, renforçant encore ce que les durées d'un séjour à l'autre et les kilomètres créaient, à savoir le fantasme, l'imaginaire, le plaquage associant Porn à un idéal de vie dont elle était la clef. Lui ne sachant toujours pas vraiment qui elle était, son passé masculin, ne pensant pas coucher avec une femme transsexuelle, parlant d'enfant et la voyant acquiescer, timide et inquiète, sans le savoir accélérant son exil dans une relation perdue d'avance. Et Porn entre-temps rencontrant des filles de Pattaya, made in Pattaya, ayant l'esprit, l'âme de Pattaya et de ses tatouages, non des ladybars strictes mais des filles comme elle, ayant aussi leurs magasins, appartenant à la haute caste des sponsorisées, les filles sponsos, les flambeuses, y voyant des amies, des semblables. Fréquentant plus tard les ladybars elles-mêmes, devenant leur prêteuse au grand cœur, filant le fric de leurs chimères, les *Pou Ying Khai Boricane*, filles vendant services, et les autres, comme un mastaba descendu de degré en degré vers très bas, les *Pou Ying Khai Tua*, femmes qui se vendent, *Pou Ying Ha Kin*, celles qui cherchent à manger, et autres *Karis*, putains. Et débutant à leur côté une nouvelle transformation vers la Porn actuelle, ses yeux d'aujourd'hui, froids, calculateurs sans gêne, corrompus, tristes et comme imbus d'eux-mêmes, beaux et le faisant payer cher, exposant des prunelles dures sur des cils peints, des yeux étirés ne cachant plus leur mensonge, leur toise, revendiquant au contraire un savoir, un rang supérieur, une authentique aristocratie dans ce pays obsédé de castes et de degrés, et foulant aux pieds les étrangers, les Thaïs, n'importe qui.

Intermède 22-23

L'hôpital – plutôt un hôtel médicalisé, millésimé, étoilé, les espaces, les services, les halls vastes et meublés, le luxe aussi important que les soins, choyant contre fortune les patients dans des chambres ventrues, profondes, aux fenêtres dormantes, parfois ouvertes comme des paupières sur des jardins reconstitués, des gerbes de palmes et de traînes florales tissant un paradis métissé végétal et béton où l'œil passe la plupart de son temps, chez lui dans les lianes, les clairs-obscurs, les brusques pans d'ombre abattue depuis des façades sur des placettes à fontaines. C'est ici que Porn s'est fait opérer. Un mois de convalescence, une chance là où beaucoup, m'explique-t-elle, rentrent chez elles après quelques jours, parfois le lendemain. Un sexe retourné, un ventre ouvert, une souffrance inouïe, et déjà le quotidien retrouvé, l'infection possible à chaque pas, chaque pied posé l'un après l'autre frottant l'entrejambe, fusant des douleurs intenses, des électrochocs imparables, le sang sur les cuisses, menstrues du troisième type. Elle me promène dans les bâtiments, nous sommes trois. Il y a cette amie avec nous, son copain d'enfance, belle, indienne de style, chevelure, drapé du sari, musulmane, prostituée à Singapour puis Kuala Lumpur, et qui, moins aidée à l'époque, sans l'épaule d'un homme, a toute seule, elle aussi, avant Porn, avec ses économies, choisi ce vagin à la place d'une queue, cet utérus presque, imparfait, qui la laisse frigide dit-elle, frustrée bien qu'heureuse, incapable

859

d'éprouver du plaisir vrai, étendant son état à ses semblables, généralisant, se consolant ainsi, toutes les ladyboys, dit-elle, privées comme elle de jouir si opérées, niant quand Porn explique sa joie de femme, sa nouvelle jouissance, mouiller, sentir son con s'humidifier sous la langue d'un « Marly », lui disant non, impossible, c'est ton cerveau qui ment, nous ne pouvons pas.

***

Cette fille aux cheveux décolorés, le double de Porn en moins parfait, se faisant appeler Layla, vivant désormais à Kuala avec un hindou, dans un district hindou, habité de marchands hindous, lui jeune, beau garçon à peau cuivrée foncée, chevelure nette, rasée sur les côtés, faisant collier avec une barbe de trois, quatre jours, des bébés poils piquants, râpant, mais si sexy aux yeux des fillettes toilettées comme des putes, et elle si heureuse d'avoir son joli garçon à demeure, prenant soin d'elle, un conte de fées enfin féerique, c'est-à-dire simple, un bonheur domestique simple, la cuisine à deux les soirs, les séances de télévision, et le sexe gentil de sa part à lui, donnant à elle l'envie d'être chienne d'un coup, à son service, sans risque de violence en retour, de compréhension mal fichue comme si souvent après la baise, de mépris, de continuation dans la vie courante de sa soumission joueuse dans un lit. Porn écoutant Layla, et lui coupant la parole pour rappeler soudain la raison de leur sororité puissante, non seulement leur condition similaire de ladyboy, tout un parcours identique depuis leur région de naissance, Satun, dans le même village, mais surtout la tentative de viol vécue longtemps auparavant, un soir. Il y avait Porn et Layla, et la sœur tomboy de Porn, alors pas encore tomboy mais avec un petit ami tout doux, tout faible, tous les quatre tombés dans un guet-apens à Hat Yai, l'époque d'Hat Yai, le travail dans la restauration ensemble, venues dans cette ville comme une première étape vers une féminité encore aveugle, inconsciente, balbutiante, et sortant souvent un peu partout à la merci des rencontres, et trompées cette fois-là à cause d'une nouveau type un peu playboy les ayant invitées à une soirée quelque part dans les environs, partant avec lui sur des mobylettes à travers une route inconnue, sans éclairage, à flanc de jungle, Porn finissant par douter, demander où cela menait, s'inquiétant, prise d'un pressentiment. Et au détour d'un chemin donnant sur cette route devenue terreuse, une quarantaine de mecs montés aussi sur deux-roues d'un coup surgissant, les arrêtant, et le type les ayant menées là disant que si elles voulaient survivre à cette nuit, il allait falloir sucer chacun bien sagement accroupie comme pour pisser, le cul à l'air, les sucer l'un après l'autre et se faire défoncer, et chacune aurait sa dose des quarante queues réunies pour festoyer ces salopes de transsexuelles, et cette fille aussi. Et Porn disant ok, mais pas sa sœur, pas elle, puis se taisant, pleurant, terrorisée.

***

La suite est confuse, pas contradictoire mais confuse, un résultat de son anglais et du mien, limités tous les deux à quelques mots sans cesse répétés pour désigner des événements, des émotions, des idées différentes, elle est toilée, cette suite, d'une série de fils décousus, de non-dit, où ce qui surnage, c'est qu'à la fin, elles n'ont pas été violées, mais battues, une jambe cassée pour l'amie, un visage tuméfié, ensanglanté pour Porn. Suivant leurs violeurs, elles auraient tenté de fuir une première fois et rattrapées, auraient été frappées au ventre, au visage, à coups de bâton. Parvenant plus tard, avec sa sœur, à glisser sur une pente depuis la route à travers la végétation vénéneuse et dense, et se mettant à courir dans cette densité, s'enfonçant aussi loin que possible à travers l'étendue musicale d'insectes voraces, comme un bruit de fond légèrement urticant avant même la moindre piqûre, mais occupées seulement à s'échapper loin des prédateurs humains en chasse, ayant senti la détermination de leur viol, l'espèce de force qui les guidait.

**

Trouvant un arbre et s'y réfugiant, après deux heures au moins, dit-elle, de course dans la jungle, et attendant le matin, entendant seulement des coups de feu, au loin, prise de peur alors, de panique, pleurant sur celle abandonnée, Layla. Tentant de la joindre depuis le téléphone portable de sa sœur, et tombant sur elle lui demandant de revenir, la suppliant, lui indiquant être sauve, la police venue sur les lieux après un appel anonyme, trouvant l'explication étrange, pensant son amie aux mains des types et contrainte de mentir. Et au matin descendant du tronc protecteur et cherchant une route, et finissant par être conduite au poste de police, et constatant que tout était vrai, les flics, et s'effondrant me dit-elle, et commençant une enquête brève comme la rue d'un village où tout se sait vite et se tait tout aussi vite. C'est une amie, prise de remords, qui les avait prévenus. Elle était au courant de tout, son propre compagnon dans la bande, le coup monté, le projet de viol, tout, elle n'avait rien dit, laissé faire, c'était mérité sans doute, pour des raisons religieuses ou personnelles, jalousie sur des points de beauté physique, de préférences reçues des patrons, ces transsexuelles aguicheuses, elles méritaient ce qu'elles devaient subir, et puis au dernier moment, peut-être la brusque conscience de l'horreur de la chose, de la scélératesse, elles étaient gentilles, amusantes après tout. C'est du moins ce qu'elle avait dit à Porn, sanglotant dans ses mots d'excuses, et Porn l'avait giflée en retour. Et l'histoire s'était éteinte rapidement à la demande du patron pour qui elles travaillaient toutes, Porn, sa sœur, Layla, l'amie, car cette bande de violeurs ratés avaient des familles, et ces familles pouvaient se venger de voir leurs enfants en prison, et brûler le restaurant, et s'attaquer à lui, le patron, qui n'avait nulle part où aller, et ne restait plus désormais, outre le récit oral des protagonistes de faits non colligés dans une plainte, un procès, pas même un début de vendetta quelconque transcrite quelque part dans un bureau de cette police thaïlandaise si haïe, méprisée des Thaïs eux-mêmes pour leur perpétuelle corruption, leurs vols permanents des automobilistes et des motocyclistes arrêtés à la moindre occasion, provoquant, dans le Sud justement, des attroupements de population les injuriant, les lapidant de déchets divers, de poubelles vidées sur leurs uniformes vert bouteille parfaitement ajustés, moulés, attirant les quolibets par le contraste entre leur stature et leurs actions minables de petits profiteurs aux salaires tout aussi minables faisant d'eux des minus dans un univers de castes, ne restait de cette affaire qu'un sentiment de complicité dans la survie entre Porn, sa sœur et Layla.

* * *

Les destinées médicalisées de l'une et de l'autre passaient par des cliniques donnant sur des soï différentes, symbolisant pour un regard extérieur comme le mien l'illustration parfaite de deux routes existentielles opposées : celle de Porn aérée, arborée, canalisée de trottoirs bombés d'humidité faisant sauter les pavés, où surgissent parfois une cabine téléphonique et de grands portails forgés de torsades compliquées à motifs figurés – corps convulsés de danseuses et danseurs, divinités portées par des chars ou simples fleurs stylisées, orchidées noires et dorées souvent – finissant en barreaux bourgeonnant de piques luxueuses, ouvrant sur des courettes végétalisées, ombrées d'énormes tours d'habitations entre lesquelles s'espacent des maisons anciennes et contemporaines, morceaux rongés de chaleur donnant une patine tropicale, coloniale à ce pays jamais colonisé ; et celle de Layla touffue d'activités, intestinale, à base de stands de nourriture, maraîchers et bouchers en nombre, la clinique aux vitrines teintées ne différant pas d'une quelconque façade de boutique lambda ou de 7Eleven. J'ai rencontré son chirurgien. Il est célèbre, interrogé souvent par les médias d'Occident et d'ailleurs, l'un des premiers, des moins chers et des meilleurs pour le changement de sexe, membre du jury du Tiffany Show élisant la Miss Universe ladyboy, opérant depuis des décennies dans une salle non stérilisée à l'étage, laissant chanter ses patientes à moitié endormies, et une fois tout terminé, fêtant happy birthday avec ses infirmières aux oreilles de la nouvelle-née à sa vraie nature de femme. C'est ici que Layla est restée quelques heures avant d'être transportée dans un hôtel modeste un peu plus loin. Soins durant une semaine et retour chez elle pour une convalescence improvisée.

***

Les soï de Thaïlande, et jamais les rues d'Europe ou d'Amérique, je les ai toujours senties comme les veines continuées de mon propre corps, ainsi complaisamment relié à toute l'urbanité du Siam, me donnant l'illusion, au travers des grouillements, des couleurs et des déchets, d'une physiologie immense, et d'une durée de vie plus vaste, plus longue, correspondant à la totalité du dehors. Ces nouveaux membres, ils m'offrent des terminaisons nerveuses inouïes. Ce jour, accompagné de Porn et Layla, leurs cliniques réciproques si divergentes dans leurs moyens et leur allure, où leur vie fut transformée, ou plutôt corrigée vers la normalité d'une identité de femme retrouvée, elles me sont des organes, moins dans leur activité que leur architecture. Quand j'essaie de dire à ces deux filles pragmatiques, mais ayant accompli sur elles-mêmes un geste que peu de rêveurs et d'idéalistes accepteraient de subir, à savoir ce retour vers un soi tronqué, un âge d'or de son identité, dépassant les utopies de papier, incarnant cette idée, ce concept d'utopie à l'échelle du corps, formant un genre d'« Ucorpus », ou plus proprement d'« Usoma », de corps idéal, quand j'essaie de leur dire cette prothèse à tout instant de la Thaïlande sur moi, aucune ne comprend, et je rejoins dans leurs yeux la foule des farangs étranges, mal dans leur peau, nés loin et qui viennent tout perdre là. J'aimerais leur écrire au contraire, à ces deux Thaïes d'un seul coup très thaïes, la fable d'un être, femme ou homme, né ailleurs, par erreur, à cause d'une faute quelconque dans une vie antérieure, dans un corps étranger, farang ou n'importe quoi, et qui retrouve la terre, la sienne, la siamoise, l'asiatique du Sud-Est où il se sent chez lui dans les odeurs, le climat, et qui se voit refuser cette terre, car il doit assumer sa géographie de naissance, même si le froid, le mal-être le tuent.

***

Il fera nuit bientôt sur Bangkok. On s'attable à quelques dizaines de mètres de la gare de bus d'Ekkamaï desservant la côte est, où nous avons pris nos tickets vers Pattaya, et nous mangeons. La chaleur est intense, renforcée par tous les moteurs de la circulation, et les machineries diverses, ronflantes un peu partout, climatiseurs de condos ou grues d'immenses chantiers. Les épices des plats, leurs brûlures, le sucre des jus de fruits plongés dans de la glace pilée donnent de brusques suées. Porn explique encore et encore sa première pénétration vaginale, récente, avec « Marly », et l'orgasme. Il m'en a parlé aussi, le visage empourpré de Porn, les rougeurs et surtout la chaleur montante du cou, du visage, à l'endroit des oreilles, des joues, la respiration comme un radiateur émettant des phéromones haute tension. Elle répète aussi ce qu'un docteur lui a dit, qu'une opération nouvelle pourrait encore améliorer sa puissance de plaisir. Perfectionner le dessin des lèvres, du clitoris. Assouplir l'orifice. Sans cesse et sans fin, à l'infini des scalpels, lasers et bistouris. Sa chance d'aujourd'hui, cette jouissance que Layla, silencieuse maintenant, nie de toute son expérience de putain mal opérée, elle est prête à la remettre en jeu. Vertige des chirurgies. Comme un tatoué qui ne s'arrête plus. Un drogué. Tout est question d'addiction – et de médecin. Quel chirurgien m'offrira le paysage adéquat où me sentir chez moi ?

Scène 23

Ma place sur terre est dans les boîtes de nuit.

Paul NIZON – *Canto*

Chante, Déesse, la fierté malsaine des nuits thaï-landaises, celles des filles de bar et des Charles Man-son en talons. Chante comme tu peux le bruit obèse de Pattaya, les oreilles devenues sourdes. Et chante Porn, ses fêtes faciles et ses faces multiples, sa quête vieillie par des sœurs trempées de dettes, d'emprunts sans fin.

23.1 Débutant une carrière nouvelle, une double vie après ses boutiques la journée, l'après-midi, consistant tous les soirs à sortir entre amies, invitées à dîner dans des villas d'expatriés pour un mois ou des années, des demeures plus ou moins belles, spacieuses, larges en baies vitrées et piscines, grands carrés pelousés où tremper ses pieds, se déchausser et poser, s'avancer au milieu d'autres comme elles, travaillant comme elles, vendeuses ou responsables de spas, d'instituts de beauté, de cliniques, d'agences immobilières, ou tout simplement freelances de leur propre vie, gagneuses, somptueuses, et découvrant les vins, les pyramides de verres de champagne, la frime des denrées exotiques, et ces gestuelles bizarres, ces verres géants où remuer du bout des doigts des rouges, des blancs, des rosés, le nez posé dessus reniflant légèrement, s'imprégnant, goûtant une brève gorgée de ce liquide âcre, râpeux, lui provoquant d'abord une grimace, un rejet de nourrisson, puis s'habituant, conservant longtemps la faculté d'être saoule très vite, comme une perpétuelle apprentie, et reproduisant cet état avec le premier riche venu, flattant ses facultés de transmettre, sa libido d'enseigner, d'éduquer une si belle fille, lui le maître, elle l'élève, entendant parler des procédés de fabrication des raisins, des fermentations, du moût, acquiesçant et faisant plaisir ainsi, puis montrant son vrai visage, d'un seul coup impatiente, lassée, pleine de morgue, se protégeant ou singeant cette fragilité, ne voulant plus passer pour une ignorante, préférant mimer une éducation, mentir des études, un passé auprès d'un viticole, un sommelier, de plus en plus nombreux en Asie, provoquant des excuses de l'autre, douée pour culpabiliser, épatant l'assemblée par ses humeurs orchestrées avec tact, docilité et maîtrise mariées de façon à déclencher l'envie chez son vis-à-vis.

23.2 Et profitant des lieux, se baignant parfois avec d'autres, jouant la nymphette qu'on attend, et se cabrant, se fermant, se faisant désirer juste assez pour qu'on paie, n'importe quoi, un cadeau, un téléphone, un bijou, un sac de prix, des marques. Recevant des textos de sommes d'argent pour une nuit, refusant, s'amusant. Multipliant les relations, s'ouvrant toujours plus, ayant de plus en plus de noms venus d'Occident, d'Amérique, d'Inde, d'Iran, dans son répertoire, de plus en plus jeunes, beaux, s'habituant aux teintes si diverses des étrangers, leurs yeux colorés, les bleus, les verts, les noisette, les iris fascinants, les limbes sombres autour, soulignant, maquillant les aplats chromatiques, comme un trait de stencil, et les taches de rousseur, les rousseurs, les cheveux dégradés, méchés naturellement, lisses et bouclés, les ondulations des châtains, des blonds, des bruns aux tempes blanches, poils roux sur des barbes noires, les mélanges. Et les nez droits, fins, détachés du visage et de profil faisant un pic, une voile, l'inverse du sien, courbé, enfoncé, jugé trop écrasé. Et s'ébrouant là-dedans, baisant pour rien, ni plaisir ni argent, goûtant seulement la présence, le palmarès d'un corps nouveau, mignon.

23.3 Déclassant son palais serti d'épices fortes pour des saveurs plus douces, les pâtes, les sauces italiennes, les desserts, la profusion des mets sucrés cuisinés à l'extrême, l'art des pâtisseries. Frôlant parfois l'infinie variété des plats français, ce qu'ils appellent terroir, impossible à prononcer pour elle, les consonnes redoublées lui brisant la voix. Sachant dire bonjour dans de nombreuses langues, perfectionnant son anglais, son français, son italien, son arabe, son hindi, son mandarin, son cantonais, son russe. Faisant et refaisant son éducation à partir des êtres vivants croisés là et complétant ses informations par des recherches sur le net, un savoir audiovisuel, l'école YouTube des témoignages, des hoax, des conseils et des apprentissages alternatifs, des mises en garde, des rumeurs partagées et partagées encore, dupliquées et commentées. Et triant, jouant, ne croyant en rien sauf en Dieu, Allah.

23.4 Perdant de vue les raisons de sa venue ici, les oubliant à moitié, s'imbriquant dans toutes les soï, devenant une habituée de certains bars, notamment ceux d'hôtels, se faisant saluer par les hôtesses, les garçons d'étage, les serveurs, lesquels se pressent d'engager avec elle des conversations longues durées, ignorant totalement l'étranger, le farang à ses côtés, interchangeable et de toute façon idiot, imbu de ses billets vite épuisés, trop naïf, trop clinquant, ou au contraire trop complaisant, trop impliqué dans la bonne volonté, la bonne attitude à vouloir comprendre, apprendre cet autre monde pour lui, incapable de saisir ce qui diffère et ce qui est semblable, infantilisant l'autre dans une pureté de pacotille, une gentillesse de pâte à modeler, comme la photographie de voyage ou la littérature de voyage ou les blogs de voyage et leur folie d'authenticité, de simplicité, la bonhomie ou la faconde insupportable du farang, l'étranger, le sale Blanc, le sale Noir, toutes ces races subalternes apportant la drogue, le sida.

23.5 Se prélassant des heures au bord de l'eau des palaces putassiers de Pattaya, toute la flotte des Hilton, des Marriott et des Sofitel alignés de Naklua à Jomtien, les bargirls minuscules grimpant sur le dos des clients tatoués, éclatant de rire et trinquant à la bière, tous ces corps, et le sien avec eux, posés sur des transats à quelques mètres du vide profond, aérien, de la baie tout autour, ses rumeurs de jet-skis et d'avant-fêtes, glissant vers le noir électrique au crépuscule, bercée, enjôlée par le tintement des verres et les froissements de serviettes cousues d'initiales armoriées, les peaux séchant doucement dans les dernières lueurs du couchant, ne jugeant plus ces dépenses inutiles mais au contraire appréciables, nécessaires, ne faisant plus attention aux prix qui, autrefois, lui permettaient de reprocher à celui l'invitant dans ce genre de vie, de dépenser trop et mal, alors qu'il pouvait l'aider mieux, bien mieux, avec cet argent, pour sa maison, sa famille, oubliant tout ça, profitant des instants sans cesse enchaînés, les touristes partant faisant place aux touristes arrivant ou revenant, le ballet continuant sans cesse pour elle, comme une scène indéfiniment répétée, où elle serait toujours la première étoile, le rôle principal, pour tous ces mâles en quête de pulsions, d'adrénaline sexuelle et sentimentale. Et se levant, remontant ses lunettes de soleil sur son crâne, ses cheveux répandus des deux côtés de ce serre-tête improvisé, les yeux baissés sur ses pieds entrant dans des tongs, portant maintenant le bikini, et gardant toujours un refrain de pudeur, n'en rajoutant pas, montrant une présence non tapageuse aux autres hommes souvent alourdis d'une compagnie plus bruyante, indiscrète, mateuse, moins professionnelle. Passant très bien pour la petite amie parfaite, l'expérience girl friendly parfaite, le clou d'un séjour loin de chez soi, sous les tropiques. Et le sachant parfaitement.

23.6 Retournant au *Central* vérifier, discuter, se détendre un peu avec son staff et d'autres boss comme elle, batifoler entre les rayons, gazouiller dans la ouate climatisée, clarifiant un étal d'articles de pacotilles, des boucles d'oreilles, des colliers, des bracelets tribaux, se faisant là aussi aborder. Et revenant chez elle se préparer pour la nuit, la soirée, débutant celle-ci vers minuit. À cette époque, ne possédant pas encore de nouvelle voiture, l'ancienne laissée à ses parents à Satun, à son frère, n'importe qui de sa famille, un cousin, une cousine, toujours plus nombreux à compter sur elle pour leur futur, pris entre eux dans une course à la réussite, se lançant dans des entreprises périlleuses, mal pensées, échouant souvent, et revenant encore et encore vers Porn réclamer une aide, l'épongement d'une dette, d'une erreur coûteuse, indéfiniment coûteuse, un puits sans fond de mains tendues vers sa hauteur, sa taille haute, son port royal, chevalin à cause de sa cambrure, cet arc des reins et cette protubérance quasiment fruitée, obscène, inévitable de ses fesses, cette partie de son corps avec son visage provoquant toujours la démarche somnambulique des hommes et parfois des femmes vers elle, les femmes attirées peut-être par cette force tranquille masculine, cette hyper-énergie, cette dureté paradoxale émanant de traits doux, courbes, ronds, soyeux, féminins faute d'autres mots traduisant sa figure. Enfourchant son scooter, se faufilant jusque chez elle, dans le trafic, zigzaguant élégamment, son buste droit, se faisant interpeller par des types, son casque négligemment rejeté en arrière, arrêtant entre les véhicules sa stature équestre, poussant des pieds parfois, souriant, et disparaissant parmi d'autres deux-roues engloutis dans les soï.

23.7 Et une fois arrivée, la télé allumée, grignotant des paquets de beignets aux crevettes pimentées ou des chips étrangères devant des infos, une émission, une série, un film hollywoodien en version thaïlandaise, chauffant une casserole d'eau puis plongeant des nouilles qu'elle sait abjectes, avec les sauces en poudre cancérigènes, ingurgitant la moitié, jetant le reste, pestant un peu. Rangeant vaguement la pièce, balayant d'une main, avec une de ces longues tiges au bout desquelles s'ouvre un éventail de longues et fines fibres végétales, fouettant les poussières, les débris, les emballages, les miettes de nourriture, des pelures, des noyaux glaviotés, rassemblant en tas cette masse, ouvrant la porte et jetant tout sur la coursive, habitant encore une chambre unique dans une rue reliant Soï Buakhao à Second Road.

23.8 Et se mettant à sa toilette soudain, se dirigeant vers la salle de bains en se déshabillant, faisant des tas de ses vêtements, de plus en plus empilés partout, entrant sous l'eau toujours trop froide au début, poussant des cris presque rauques et s'y mettant, savonnant sa chevelure, ramenant en chignon les cheveux puis les frottant jusqu'aux pointes, se retournant souvent, vérifiant la position de son iPhone posé sur une commode ou le lavabo, et permettant à un type conversant avec elle juste avant de la regarder faire sa toilette, sa peau brillante sous le jet calcaire, se détachant sur fond de carrelage vieillissant, ébréché, déteint, s'arrêtant à mi-hauteur et laissant place à une peinture écaillée par l'humidité, la température étouffante, à peine filtrée par un ventilateur installé au pied de la porte d'accès à cet espace vaste et modestement agencé, un lavabo dans un coin, les chiottes dans un autre, un point douche dans un troisième, sans rideau, sans cabine, un simple trou d'évacuation au sol, un tuyau d'arrosage pour pommeau. Et frottant son torse, ses jambes des deux mains, comme un massage mi-sportif mi-vaguement sensuel, incapable depuis toujours d'aucune réelle tendresse, ne sachant pas embrasser, ni caresser vraiment, gênée même le faisant, comme chatouillée, ne s'embarrassant donc pas de fioritures trop poussées dans les gestes d'ablution sexualisée, accusant au contraire le caractère grotesque, joué de son allure mouillée, remuant le cul de manière saccadée comme une danse ratée de carnaval à Rio, cette samba de caniveau, et pouffant de rire, son visage merveilleux, faisant contraster le grossier et le sublime instinctivement, rendant plus accro encore tous ces types férus de photographies, attirant à elle des avortons artistes, des avortons cinéastes et des prématurés auteurs, touillant en eux les clichés inconnus par elle, ces ersatz de lecture et de film voulant qu'une aventure soit crade et passionnée, « survoltée », masquant son humanité sous des pellicules de fausses pistes sexuées. Et s'en foutant totalement, ouvertement, affichant une distance avec ce corps prêté, offert à tous, collectionnant les déclarations folles des hommes, les Blancs, les colorés du golfe Persique, les expressions de désirs fous pour elle, aucun n'étant très important, n'étant pas thaï, pas dans les castes, vivant un mélange de libération et de je-m'en-foutisme, s'abritant dans la certitude que très vite tout cela changerait lorsqu'elle trouverait le vrai partenaire idéal la rendant sage et pure comme son cœur de Thaïe du Sud fidèle à son roi, à la couleur jaune de son parti, à ces figures nationales promptes à tancer tous ces paysans du Nord et du Nord-Est incultes, des animaux presque, des hommes de moindre race que la sienne, sudiste, musulmane, bouddhiste de père, sou-mise au karma et à Allah.

23.9 S'installant après devant ses miroirs, le pre-mier à sa table de maquillage, trois petits pans rec-tangulaires, et débutant son long périple de peinture, maquillant moins ses paupières que les autres, fardant moins que les autres son visage, celles que bientôt, elle ira retrouver sur Walking Street, mais quittant cette pudeur relative des premières années de son adoles-cence, cette discrétion bien jouée, savante en simpli-cité, décorée de sourires sans élan, de joies pour rien, évidentes. Et renforçant ses cils, ses lèvres, poudrant légèrement son visage. Puis passant aux essayages, cinq fois, dix fois des tenues courtes, moins courtes, longues, variant les styles, les genres, jouant à la pou-pée sur elle-même, s'habillant et se déshabillant, laissant les minutes s'écouler dans des plis de tissus synthétiques bon marché, de marques inconnues, ou étiquetés sans marque, finissant par la même robe d'une pièce moulante qu'elle possède en différentes couleurs, le blanc, le noir, remontant toujours à cause de l'élasticité des fibres et l'obligeant à tirer dessus sans cesse, la protubérance de son cul amplifiant le phénomène, la pointe de ses cheveux coïncidant avec les derniers centimètres de sa pseudo-étoffe de soirée.

23.10 Sortant, jugeant la nuit la meilleure des amies, à cette période de son existence, jugeant la nuit de Pattaya illimitée, ne sachant pas ce qui peut en découler mais sachant qu'il en découlera quelque chose, subissant un appel similaire à celui entendu par les étrangers, modifié dans sa conception du monde. Et ses pas assurés la guidant à nouveau vers son scooter, talons à la main, casque sur sa chevelure lustrée, longue, lisse, et marchant pieds nus sur la chaussée pisseuse, crottée, évitant les cafards, quelques rats fusant des poubelles, entre les lampadaires, et roulant vers la mer, dans la profusion colorée des bars, regardée, enviée, jalousée par celles travaillant là.

23.11 Retrouvant les copines pour un premier verre, une première chicha dans un rade quelconque de Soï 16 tenu par des Ouzbeks et des Kirghizes par ailleurs proxos de filles de leurs pays importées ici, à hauteur du district musulman, là où les décibels sont les plus puissants, hurlant des rythmiques chaloupées, des paroles d'amour en arabe interdites en Arabie, du sexe d'islam torturé en pays d'islam, et ici diffusé sans limite d'heure ou de charia, de vieux poèmes d'Abou Nouwas mis en musique technoïde, les hommes portant des colliers de fleurs, ceux donnés à l'aéroport par des hôtesses du Siam en tenue traditionnelle, habillées de sarongs et les joues pastillées de rose, la bouche écarlate, l'attraction touristique commandée par les agences pour leurs clients plongés dès le début dans le bain disparu des vieilles années, des époques mortes, celles des canaux de Bangkok et des maisons en bois lustré, brillant, sur pilotis.

23.12 Et fumant la chicha, grignotant du poulet entassé en pilons dans une vaste soucoupe ovoïde en étain ciselé, et regardant tous ces ressortissants très riches du golfe Persique souriant vers quelque chose à atteindre, les bras levés au ciel des néons, dansant du ventre, se tenant par la main, totalement ivres et heureux de l'ivresse, montant sur les tables, payant des bijoux à leurs compagnes habillées, maquillées outrancièrement, à la mode des séries égyptiennes d'autrefois.

23.13 S'avançant alors dans les soï perpendiculaires de Walking Street, et débouchant dans l'artère piétonne envahie par la foule, et bras dessus, bras dessous avec ses compagnes, traversant cette masse, rejoignant des semblables elles aussi en grappes regardées de toutes parts, et détaillant comme elles, commentant comme elles la beauté d'un jeune farang, et se prenant en photo. Allant et venant de Beach Road au Bali Haï Pier, avant de s'arrêter à quelques terrasses et de commencer la longue tournée des boîtes de nuit, le *Walking Street Pub*, le *Lucifer*, le *Mixx* ou le *Lima Lima*.

23.14 Et surtout à l'*iBar*, préfigurant la montée des marches de l'*Insomnia*, ces deux entités reliées par un escalier constituant son terrain favori pour la chasse, la frime et les séances de podiums qu'elle s'est mise à pratiquer, entraînée par ses acolytes, l'une, Kang, sa meilleure copine du moment, plus vieille qu'elle, jamais mariée, propriétaire d'un restaurant japonais, devenue son associée, sa partenaire pour une nouvelle affaire sur Jomtien, un coin de restauration rapide de sushis, deux mètres de vitrines froides donnant sur la rue avant la plage, là où les Russes se pressent, et deux autres moins stables dans leur situation, mères de famille, leurs enfants avec les parents au village, et cumulant les emplois, sortant pour s'en sortir, s'éloigner du marasme, du rejet, de l'angoisse, de l'abandon, s'enfonçant chaque nuit un peu plus loin du Siam pur, riant triste, s'amusant triste, buvant triste, et empruntant, ici et là s'endettant de quelques centaines de bahts chez les uns, quelques milliers de bahts chez les autres, devenant débitrices de Porn et de Kang, créant aujourd'hui les disputes de demain, les haines tenaces, les rancunes entre sœurs flouées, oubliant leurs infortunes le temps d'une nuit, baisant de plus en plus, se donnant de plus en plus à de jeunes étrangers, prises de nymphomanie et d'espoir vite retombé, leurs épaules serrées par leur souteneur d'une nuit.

23.15 Stagnant avec ce qu'elle nomme son « gang », disant « gang » à tout bout de champ, dans sa bouche un mot clinquant, stagnant aux tables du fond, jouxtant les billards, et se faisant rincer en bouteilles d'alcool, en parties de dix bahts. Touchant sa commission sur chaque verre offert. Se faisant photographier avec d'autres, souriante sans poser, sans déhancher ou singer son propre corps. Se retrouvant quelques jours plus tard sur leur site, un ou deux clichés parmi cent, deux cents comme eux, état des lieux des starlettes de la ville et de l'instant. Vue alors par des dizaines de milliers, rentrés, cloîtrés dans leurs pays de froid ou d'interdits, et commentée par des êtres à l'âme de dessins animés anciens, ces chiens ou ces loups en smoking et bavant, langue dehors, sur des vamps exagérées. Retrouvant justement la boîte elle-même, à l'étage, au-dessus de l'*iBar*, l'*Insomnia*, le « nia » final nasalisé, la diphtongue allongée sur le « iiia », marchant dans les sons jusqu'à une table, guidée par des serveurs, et toisant tout. Levant sa bouteille au DJ. Montant sur les podiums, et commençant son show de gogo. Suivant ses mouvements dans les miroirs, s'admirant vaguement. Laissant aller publiquement ses fantaisies, s'adorant désirée, puis redescendant. Loin des pieds sales dans la terre boueuse de l'enfance et des débuts de l'adolescence. Ses orteils désormais à hauteur des crânes masculins. Et cumulant les propositions d'argent pour la nuit, s'amusant à faire monter les enchères, flirtant, permettant à beaucoup de la toucher, puis choisissant celui additionnant jeunesse, somme correcte, et le tact, le charme. Marquant une pause en pensant à son sexe refait, ne voulant pas subir les quolibets, ou voir le dégoût, la gêne, dans l'œil de l'autre, tout à l'heure. Toujours ce handicap, cette crainte. Et l'impossibilité d'entrer en elle, trop étroite, trop douloureux, n'ayant pas suivi les recommandations des médecins de chaque jour s'entraîner. Reprenant alors les subterfuges d'autrefois, et se réfugiant dans la sodomie.

Costume n° 4 : « J'étais la meilleure amie, celle qui prête de l'argent, qui soutient. On s'emprunte beaucoup ici, entre sœurs. Cela m'est arrivé autrefois, cela m'arrive encore, l'argent part si vite. J'ai coutume de dire que l'argent malhonnête fuit plus vite que les autres. Mais celui pris en offrant son sexe ne l'est pas. Le prendre ne l'est pas. C'est la manière de le donner qui l'est. Tous ces hommes manquent de finesse sur l'essentiel. Ils culpabilisent, ils en rajoutent donc dans le mépris ou la pitié. Ils nous veulent longtemps, mais ils paient peu. Le Thaï, le Chinois, lui il sait. Pas de paroles, mais de l'or, des certitudes, une jolie maison. Des attentions. Il est vrai aussi que les étrangers nous respectent plus d'une autre manière. Dans le sexe, ils sont plus attentifs. Et ils peuvent franchement tomber amoureux. Même si nous avons des enfants, même si nous sommes ladyboys. Ils peuvent faire de nous des épouses malgré notre passé. Autrefois, beaucoup de filles avaient des copains de leur village, c'était leur mari, l'argent farang payait leur belle vie. Aujourd'hui, c'est plus rare. Beaucoup vont encore au karaoké s'offrir un playboy, et certaines en deviennent folles, mais ce sont les plus idiotes. Non, la plupart ne veulent qu'une chose : s'amuser avec les étrangers, en trouver un et se marier, et continuer la fête avant de s'assagir à petit feu, dans la vieillesse avec eux. Ils ont des protections maladie, des assurances santé dans leur pays, même pour leurs femmes étrangères. Avant Pattaya, en dehors d'amies d'enfance louant leur corps à Singapour ou Kuala Lumpur, je ne connaissais pas de ladybars. Se donner aux farangs, c'est souvent la dernière solution, c'est très "cheap".

Mais bon, c'est différent, c'est exotique, et ça peut donner de beaux enfants. C'est un peu une drogue aussi, ces yeux clairs, ces peaux blanches. On affiche nos palmarès. Kang avait un jeune Suédois pendant longtemps. Lorsqu'il dormait, elle m'envoyait des photos. Il était musclé, sans poils, son ventre plat, les abdominaux dessinés, son sexe moulé dans un boxer. Comme un Thaï, mais blond et blanc, la perfection. Il venait en Thaïlande avec des copains comme lui, on partait tous à Koh Samui et Koh Phangan. Je n'ai jamais aimé ces soirées vulgaires, mais j'y allais, faisant bonne figure, compatissante. On sortait tous les soirs, on me photographiait à l'*Insomnia*, dans les boîtes, partout. Tu m'imagines, dansant comme ça ? Des couples étrangers venaient m'inviter à dîner. Ils étaient nombreux, ceux-là. Ils me proposaient des contrats dans des cabarets en Europe. Ils voulaient aussi que je vive avec eux. Ils étaient très câlins, très généreux. On partait en week-end dans les îles. Je suis restée dans des villas superbes, à quelques kilomètres d'ici. J'ai eu des relations avec les femmes, c'étaient les plus voraces, leurs maris étant plutôt voyeurs. Elles me promenaient, m'achetaient toutes les fringues imaginables. Mais les filles, ce n'est pas mon truc. Sinon, avec les copines, on allait au karaoké voir les minets. L'un d'eux ressemblait à Weir Sukollawat, un autre à Nadech Kugimiya. Je n'ai jamais beaucoup dépensé avec ces garçons. Ce qui me coûtait le plus cher au fond, c'étaient toutes ces nanas qui se sont mises à papillonner autour de moi. J'ai vu arriver des filles à ma boutique, toujours à manger au *Food Court*, et souvent, je payais. J'avais le plus d'argent, elles le savaient, et elles finissaient par m'en demander. Des ladybars des Soï 8 et 7, juste à côté. D'un peu partout en fait. J'étais populaire à l'*Insomnia*, l'une des rares ladyboys acceptées dans les lieux. Il y en avait une autre, une Philippine. Jamais pu la supporter celle-là. Une chasseuse de vieux débris. Je ne la juge pas, elle n'a sans doute pas le choix, mais elle est bête. Tiens, sur Facebook par exemple, elle avait relayé un truc du genre : "Facebook closed. Facebook will not be accessible february 29, 30 and 31. Please share." Avec un commentaire : "is it true ?" Ça donne le niveau. Quelle conne, quelle image de nous elle donne ! Quand on gagne ainsi de l'argent, on se doit d'être au-dessus de la moyenne. J'ai fini par me disputer avec Kang, et les autres. Trop de dettes qu'on ne me payait pas, un manque de respect à ne pas m'honorer. On moque beaucoup l'amour, à Pattaya, mais l'amitié, dans cette ville, c'est pire. »

23.16 Se réveillant de plus en plus tard, fragilisant sa position, mais rattrapant tout par cette santé en elle, et ne buvant pas, ne fumant pas, ne se droguant pas, restant à distance des modes de vie de ses nouvelles connaissances. Et se méfiant toujours, et n'étant pas réellement bouddhiste mais musulmane, et consciente de jouer un rôle partout, d'être en voyage d'affaires chez les infidèles, les exclus de la vraie foi. Échappant à l'enfermement dans les sororités feintes des pirates et baronnes de la ville, mais souffrant de solitude souvent, de dédoublement, ne sachant plus qui elle est vraiment, laissant les jours passer sur elle comme un véhicule sur son corps, écrasé par le temps fuyant, incapable de dominer sa peur de vieillir, commençant, pour la première fois de sa vie, à subir l'étreinte de rides invisibles mais futures et donc à prévenir, guérir vite. S'enquérant de pilules dangereuses, de traitements dangereux, de liposuccions déjà pour éradiquer des bourrelets imaginaires. Évoluant encore un peu dans les boîtes et finissant dans l'aigreur avec ses sœurs, les rancunes, les jalousies. Sentant la parano, ne sachant plus à qui se fier. Même sa famille lui semblant étrangère, fausse. Voyant se rétrécir l'avenir, et Pattaya fuir de ses mains vers d'autres plus jeunes qu'elle. Pressentant les néons moins flatteurs pour un visage moins juvénile, quand l'attraction se délite, quand le choix se restreint, quand on cesse d'être au centre et qu'on recule, vieillissante, aux périphéries des fêtes, des corps nouveaux vous remplaçant dans la danse. Et reprenant une vie plus normale, normalisant ses conduites, retrouvant un peu ses roueries de pudeur jouée, mais gardant pour toujours ses yeux de Walking Street, l'étincelle crasse et vorace des nuits de Pattaya.

Intermède 23-24

Boîtes de nuit de Pattaya – et Porn en elles, et du mal à imaginer cette fille grande hauteur, tout en retenue travaillée comme un médaillon riche, jouant le jeu des podiums. Ça ne colle pas avec cette belle machine si bien huilée de la musulmane discrète en gestes et postures rehaussant d'autant plus sa beauté physique spectaculaire – en cela très émiraties, ces filles en voyage, le voile autour du visage maquillé franc, net, très noir en traits, la mèche prête à tomber des tempes cachées, l'antenne capillaire, sexualisées pire qu'en jupe écourtée, niveau fessier.

**

Ce que j'aime, c'est m'asseoir face à l'une de ces boîtes, comme cette nuit, maintenant, à la table des bars ou sur le trottoir, en crevard, achetant l'alcool au 7Eleven, ou mieux, de l'eau minérale plastifiée, dans les odeurs d'égouts sucrés, de mer, d'algues, et regarder longtemps les entrées, les sorties, le registre des filles et des types. Quelques années auparavant, venant juste de rencontrer Porn, à l'époque où « Marly » n'était qu'un parmi d'autres, quand ses amants ou ses souteneurs étaient absents, j'avais tenté de l'emmener, puisqu'elle disait y aller, au *Lucifer* ou à l'*Insomnia*, mais elle s'y était refusée, et ses amies, ses sœurettes, n'avaient pas insisté, et j'avais traduit ça comme une méfiance, et l'envie de ne pas gripper un business construit comme une grande mécanique diurne sérieuse à base de présence dans ses magasins, la nuit étant désormais réservée aux réseaux sociaux, à Skype pour faire rêver et venir les Western Union si réels, cette étrange, étonnante facilité de certains hommes à dilapider leur pognon pour des filles d'ailleurs.

***

Pourquoi les filles vont à l'*Insomnia*, ai-je demandé un de ces jours anciens, elle était encore brune, naturelle, et n'avait pas coloré comme récemment sa longue chevelure en un drôle de cuivre dégradé, bien fait mais si réducteur face au noir natif initial, pourquoi, alors que tout y est cher, et les types se la jouent autant que vous, et c'est mille bahts la nuit ? Elle avait ri, et dit que ce n'était pas mille bahts, du moins pas pour elle, et certaines comme elles, mais ça je n'y croyais pas, cette magie des négoces implicites à base de « I take care u tonight » signifiant mille bahts et pas un de plus, et ceci depuis des années, en dépit des crises ou des variations de cours, mille bahts, c'était même l'argument de beaucoup à qui on reprochait de michetonner, de dragouiller des filles qui, de toutes les manières, se faisaient payer, ce scénario de *Pretty Woman* où des quasi-adolescents et des vieillards obsédés d'abdominaux, luttant contre leur peau et leurs muscles avachis, s'embourbaient la tête à trouver leur perle, leur expérience « girl friendly », petite amie tombant d'un podium et d'une barre comme un fruit, et disant que mille bahts, c'était moins cher qu'en bar, et surtout bien peu pour l'impression offerte, celle d'une rencontre, mais il fallait dire qu'après cinq, six, ou huit heures du matin, les mecs bourrés n'étaient plus grand-chose au lit, à peine souvent une masse endormie promettant au réveil de leur mettre une cartouche comme ils disaient, tout en faisant plus tard à leurs homologues, dans des apéros en sueur sur fond de soleil couchant au ras des plages, des comptes rendus démentiels de leurs prouesses à trois ou quatre grammes.

***

« We like *Insomnia* because many young handsome farangs. » Jeunesse des étrangers, la raison invoquée, beauté, argent, trilogie nette. Porn disait – et dit d'autant plus aujourd'hui – qu'elle ne pouvait plus aller qu'avec des farangs – les Occidentaux, les Américains. C'était le discours de toute une frange de Thaïlandaises, et d'autres filles d'autres pays d'Asie du Sud-Est, le Blanc comme étalon domestique, car plus malléable, disposant de facilité migratoire et financière, pas les plus riches – les Chinois, les muslims étaient les plus riches –, mais les plus équilibrés dans la pesée entre porte-monnaie, et respect du droit des femmes. Et surtout, même au niveau fric, les Blancs étaient plaisants, car ils épousaient, ils se mariaient facilement, ils se fichaient que les filles aient eu un enfant ou plus d'une relation antérieure, se fichaient même qu'elles soient transsexuelles, fuyant ce qu'ils nommaient des préjugés, l'amour étant supérieur à tout chez ces hommes éduqués dans le romantisme des facilités démocratiques, et donc surtout, point final d'une aventure inouïe depuis leur village méprisé des castes de Bangkok, on divorçait d'eux tout aussi facilement qu'ils épousaient, sans comparaison avec un de ces tarés très généreux de Chine ou d'Arabie ou du Siam, si prompts à vous réduire, au mieux, au rang de maîtresse précaire de leurs besoins, les *mia noy*, secondes épouses. Bande de salauds. Et le divorce signifiait souvent pognon et maison. Les Blancs sont l'élite du micheton international. Avec, récemment, le Noir d'Occident dernier cri, succédant à l'Afro-Américain, toujours prompt à payer plus, à surjouer du charme.

886

Elles étaient nombreuses, dans les boîtes, à dire n'aimer que les Blancs, ou les étrangers jeunes comme elles, de leur âge, pas trop mal fichus, une rencontre normale entre deux êtres de même génération, à attendre celle-ci, et on finissait par les croire, à cause du bons sens et de la logique de la chose. Ce n'était pas l'envie de s'en sortir, cet argument invoqué tant de fois et qui trompait tant de monde, et qui était l'occasion de se faire encore plus ou de se mettre au vert. Ce n'était pas comme ces couples de vingt ou trente ans ou plus de différence, et dont on ne pouvait s'empêcher, même si on les respectait, les défendait face à ceux restés au pays et qui les observaient et les méprisaient depuis des reportages télé, de se dire que c'était vraiment foutu d'avance. C'étaient deux individus parfaitement semblables, et qui avaient tout pour s'entendre, même si l'une était putain au départ et l'autre client playboy improvisé. On oubliait presque qu'on était à Pattaya, et que même ici, les prostituées étaient différentes de partout ailleurs, l'absence de quartier rouge signifiant un autre monde, une autre conception de l'existence.

Il est maintenant deux heures du matin et devant l'*Insomnia*, la foule se fait compacte à la fouille, montant vers l'étage, l'escalier ressemblant à l'un de ces boyaux dans les métros du monde entier, au matin, quand celles et ceux qui possèdent encore un travail saturent les couloirs de circulation, les quais, tandis que l'*iBar*, à gauche, déborde des mêmes personnages.

Une ambition, un goût obscur, un sentiment : se faire apprécier des tapins, s'en faire aimer, quand même, un peu. Se faire reluire. C'est ça qu'ils veulent aussi. Se faire reluire. Nous voulons ça. Nous sommes des pompes. Certains ont des gueules et des physiques de sabots grossiers ou de tongs médiocres, d'autres des relents de Weston ou de Berluti, mais nous restons chaussures, nous les punters. Et nous oublions que nous sommes chaussés des filles mêmes que nous chassons, payons. De temps en temps, du très haut de leur stature, elles se baissent pour reluire notre cuir, nous les sponsors-maris-fiancés, notre ego jugé merdique mais bien ciré comme il faut, puis elles nous laissent nous user. Au début certes, les chaussures leur font mal, blessent leurs orteils et leurs talons, mais avec le temps, tous les mecs s'assouplissent, deviennent tendres et même trop. À la fin, les filles jettent ces paires de godasses et s'en trouvent d'autres, pendant qu'elles le peuvent. Et quand leurs panards deviennent trop vieux, trop gras, trop puants pour des godasses trop jeunes ayant le choix, elles se déchaussent, et vivent pieds nus, solitaires et heureuses, quotidien dédié à Bouddha et aux enfants et petits-enfants, marchant sur des terres leur appartenant, enfonçant leurs doigts dans des boues leurs, ces mêmes terres d'où autrefois, elles sont venues, esclaves d'usines et de champs rizicoles, levant les yeux aux sassafras, palétuviers et cocotiers des flores profondes et venimeuses, et quittant tout pour les villes, celles des castes hautes. Comme une roue du temps répétant tout, martelant les mêmes récits, de génération en génération de punters et de putains. Le Kalachakra.

***

Il y a quelques semaines, dans une piscine sur un toit d'hôtel, celui où j'ai mes habitudes quand j'ai un peu d'argent, une belle chambre avec du faux marbre au sol et de faux plafonds travaillés comme ceux d'anciens palais, aux gradations de stucs exagérées, alors que je me pointais pour ma séance de natation, cette fois accompagné de « Marly » et de Porn et de sa petite nièce de trois ans, on est tombés sur une vieille connaissance,

Paula, qui vendait des condos sur un stand au *Central Festival* à l'époque lointaine où chacun était encore jeune dans sa connaissance de la ville, un autre temps semble-t-il, celui des enthousiasmes. On ne l'avait pas reconnue, de dos, c'était elle qui s'était retournée, il y avait un type chinois à ses côtés, et d'autres couples, assis avec des bières et des tatouages partout, qui de loin pouvaient former un motif commun à tous ces corps, comme si ceux-ci n'étaient que des découpes dans un tissu bon marché. La gêne, la surprise de sa part face à Porn, qui désormais, adorait jouer la dignité avec son « Marly ». Car Paula aimait exhiber sa propre histoire avec un jeune Belge flamand, un type vraiment sympathique et mignon de son âge et peut-être même un peu moins, un sportif et un bûcheur qui l'avait déjà deux fois fait venir en Europe, et qui s'apprêtait à l'épouser. Et cette fois, elle était prise en flagrant délit, non pas seulement de passe, mais de VLT comme on dit, de « very long time » avec un autre, peut-être un deuxième souteneur qui lui aussi visitait sans doute sa famille en Issâne, et s'apprêtait peut-être à s'engager. Le même jour, sur son Facebook, ce jeune Belge et Paula s'étaient, comme depuis un certain nombre de mois, répandus en manifestations d'attachement réciproque, de déclarations d'amour sans vergogne, avec beaucoup d'innocence de sa part à lui, sous forme de smileys, de photos où des cœurs liaient leurs deux visages, toutes ces petites intentions s'illustrant grâce aux applications complémentaires permettant retouche et fiction sur les clichés du bonheur.

***

Ce n'était pas notre affaire, ce n'était rien après tout, une banalité dans cette ville, qui voyait d'année en année des ruines, des humiliations sentimentales, immobilières s'élever, de plus en plus riches en sommes perdues, sans mesure donc avec cette anecdote minuscule, cette scène obscure sur un toit d'hôtel, Soï Buakhao, c'est à peine si, dans le flux des visions du même ordre débitées à la chaîne dans tout Pattaya, elle méritait d'être extraite, mais c'était toujours quelque chose, une expérience quasi spirituelle, de voir de ses yeux ce qu'on ne faisait souvent qu'entendre ici et là. Nulle confiance jamais, nulle certitude, l'infinie précarité des conditions humaines, même quand tous les critères semblaient réunis pour autre chose, un brin de réussite, d'exclusivité entre deux êtres. Mais c'était une vision de client. De l'autre côté, on pensait différemment. Si Porn était furieuse, c'était du peu de précautions de Paula, et d'offrir aux farangs ce spectacle de mensonges et de double jeu, justifiant tous les préjugés qu'ils avaient, ces fourbes friqués. Elle n'avait pas le choix. Paula voulait se refaire les seins, son Flamand n'avait pas l'argent, ou refusait de plier en efforts et dettes pour les lui payer, il fallait qu'elle en trouve. D'ailleurs, avait-il l'argent pour ses trois filles à elle ? Non sans doute. Avait-il fait ce qu'il fallait pour installer toute la famille en Europe ? Non, pas encore, et peut-être jamais, et c'est vrai qu'il hésitait à s'engager au-delà de séjours une ou deux fois l'an. Elle n'aimait pas plus que ça cette besogne. Sans doute l'aimait-elle vraiment, et bien plus que ce Chinois qui n'avait rien du beau gosse de boys band asiate. Il était vieux, la trentaine à petite bedaine. Mais cet amour, il lui manquait quelques zéros pour être honnête et vivable.

***

Non, Porn pensait différemment encore. C'était mélangé, hybride comme son état actuel. Elle comprenait cette fille, certes, qui n'était pas son amie, juste une fréquentation de plus du temps de l'*Insomnia*, quand elles sortaient ensemble se jurant sororité et partageant parfois la même chambre, marchant sur Walking Street main dans la main, dévisageant les plus jeunes et les plus beaux des Blancs, jouant avec eux. Elles s'étaient un jour perdues de vue quand Paula, une fois de plus, avait tenté d'emprunter une somme importante à Porn, et que celle-ci, retrouvant sa toise, même envers ses semblables, avait tranquillement refusé, n'acceptant plus d'acheter une amitié. Elle la comprenait, mais la jugeait paresseuse et bête, d'une idiotie dangereuse, surtout, du fait de se montrer ainsi à Pattaya, tout en affichant une autre histoire sur les réseaux sociaux. *Î-nou*, avait-elle dit plusieurs fois, pétasse. Il y avait trop d'écarts. Vraiment, une fille stupide. À Paula, ce jour-là, j'avais demandé où elle vivait désormais, et elle m'avait dit n'importe où, me regardant fixement avec fierté, comme une invitation et un acte guerrier.

***

Paula, disait Porn, possède un énorme vagin. Un jour, un type voulant lui faire un cunnilingus, mettant aussi les doigts, a senti un truc au fond, et vu surgir un préservatif resté à l'intérieur depuis la veille sans doute. C'est elle-même qui racontait cette histoire. Et Porn adorait répéter ça, surtout depuis la mort de leur amitié.

***

Je quitte les lisières de l'*Insomnia*, et file sur Beach Road prendre un baht bus. Autrefois, toutes ces filles de bar et de boîte, ou presque, avaient des petits copains thaïs, qu'elles rinçaient avec le fric gagné. Aujourd'hui, elles se font un point d'honneur à dire que ce n'est plus le cas, elles sont très persuasives, parlent d'évolution des mœurs, c'est bien vu un métis, un « mixed baby », c'est à la mode dans les feuilletons et les médias, traitant de pauvres connes celles qui, encore, s'adonnent à cette pratique old school du playboy local. Porn aussi, se souvenant du temps où les farangs l'effrayaient, et constatant combien, désormais, aller avec un type de sa race ne l'excite plus.

***

Récemment, alors que « Marly » venait d'arriver de France, et que nous étions tous les trois dans la voiture de Porn, il fouillait dans la boîte à gants à sa demande, cherchant un CD quelconque dont elle décrivait la pochette, et il était tombé sur deux ou trois photos. C'était elle avec un jeune Thaï tout à fait minet, coiffure chiadée. S'embrassant à la thaïe, nez contre joue. Elle ne paraissait pas surprise, avait dit que c'était lui, le premier petit ami d'origine chinoise. De vieux clichés retrouvés par sa sœur et déposés là. Elle s'était très bien expliquée. Et « Marly » s'était vite calmé. Il semblait d'ailleurs absent, ne ressentir plus rien, n'étant plus le même, le « Marly » du début, à vif dans son vécu. J'étais derrière et j'avais vu. Ce Chinois n'avait pas l'air chinois. Trop foncé de peau. Et bien jeune aussi. Très soucieux de sa propre apparence, mais une allure paysanne impossible à renier. Pouvait-il avoir possédé, dépensé tout cet argent dont parlait Porn et qui avait causé la colère de sa famille ? En regardant mieux, et je l'avais fait, on aurait dit que c'était Porn le monsieur de l'histoire, et lui, la demoiselle convoitée. Plus tard, je m'étais laissé aller sur le net à chercher, faire le fouineur sur ses profils. C'était facile, et quittant le sien pour d'autres de sa famille, j'avais tenté de retrouver un garçon semblable à celui confiné entre des CD sentimentaux de variété thaïe dans la boîte à gants. Rien. Aucune trace. Cette fois, les réseaux n'avaient pas trahi la complexité d'un être.

Scène 24

Que l'homme paye pour regarder, toucher, entrer, c'est normal et pas déshonorant – c'est le contraire qui le serait. En tout cas, la philosophie des demoiselles de Patpong a l'air de leur réussir, il suffit d'écouter leurs babillages entrecoupés de fous rires interminables qui trahissent un insolent bonheur de vivre fait d'insouciance et du refus de toute question superflue. Même les grosses pattes des GI's n'ont pas réussi à gâter leur humeur et la qualité de leur peau.

Muriel CERF – *L'Antivoyage*

Chante, Déesse, les longues distances, les longueurs, les langues étrangères migrantes, tous ces signes envoyés vers Porn et ses semblables par des hommes, des femmes criblés d'envies et qui ne se réveillent pas, n'entendent pas, demeurent le regard clos, endormis sur leurs sentiments, leurs pulsions, et n'ayant plus, pour seul sourire, que les colliers offerts, les arcs d'or au cou des filles et fils du Siam – et les smileys.

24.1 Ouvrant les yeux, la nuit, sur les messages cli-
gnotants de son téléphone toujours dernier modèle,
son outil, son bâton de guerre, son tableau de bord
vers toutes les villes du monde, ce bref pavé que ses
doigts traversent, écartent, pianotant, allant d'une
touche à l'autre quand le clavier s'ouvre, d'une application à une autre quand l'écran seul apparaît, faisant
glisser les icônes luxuriantes, les blasons de toutes ces
entreprises qu'elle-même finit par connaître, ayant un
jour au moins vu la figure barbue, antique, d'un fondateur de l'une d'elles au moment de sa disparition,
sa mort affichée en grand sur la page d'accueil de son
navigateur, le considérant comme un génie suite à la
lecture rapide d'un ou deux articles nécrologiques
particulièrement laudateurs, dont même les paragraphes critiques ne faisaient que renforcer à ses yeux
de gagneuse le caractère victorieux de l'homme, de
héros, sensible, très sensible aux passages, aux transitions qui, dans ces pays du « Saharat Amerika » ou
du « Saharat U-ro », permettent à un homme d'une
classe d'accéder à une autre, de devenir riche, puissant, de fréquenter les grands, d'être au premier rang
avec eux dans les magazines illustrés moins de photos
que de chiffres, ceux des fortunes évaluées, pesées,
comparées, démontrant l'éternel revanche des intelligents, des habiles, des pauvres malins sur les autres,
les riches faciles de naissance facile et qui n'ont plus
l'énergie de leurs aïeux, à peine, tout juste, la morgue
naturelle, la froide éducation feutrée, et la capacité,
parfois, comme ici, au Siam, d'empêcher les plus
doués d'arriver à leur place, leur poste, leur caste,
d'amplifier le sang des lignées arbitraires par le sacré,

la dure loi du karma, ou bien, à l'opposé, atteints d'esthétique, de faiblesse, cette volonté d'ouvrir leurs palais aux beautés d'en bas, doués de générosité, de naïveté, trop avancés dans la vie, trop savants des genres d'existences recherchées par les autres mais qu'ils possèdent déjà et dont ils connaissent les alcôves, les couloirs indéfiniment creusés par le désir de possession de ceci et de cela, comme une Venise un milliard de fois parcourue, possédée et lassante, ces buts à atteindre, universels, rongés par eux dès l'enfance, épuisés, moqués comme vulgaires, de basse roture à l'adolescence, puis, l'âge venant, provoquant des mélancolies, des angoisses sur l'espèce entière, ses besoins, cette condition d'animal vain sur la surface du globe, eux sachant avant tous ce qui attend chacun une fois tout obtenu, et invitant alors au banquet, dans un dernier feu de leur race, les meilleurs des corps de ceux et de celles qui désirent leur richesse, et qui les ruineront, non de mécénat quémandé à leur table pour des œuvres ou des fondations, mais de simples farces charnelles, avec du sexe, du vin, de la drogue, ces fêtes branlantes où se jouent les crépuscules de dieux et de déesses avec des crasseux, des crasseuses, singeant le bel esprit des romans d'avant, des siècles d'avant.

24.2 Et pestant sur ces messages d'autres mondes dérangeant son sommeil, parfois accompagnée d'un type rencontré au *Central*, dans son magasin, partageant sa couche le temps de ses vacances à lui, tellement heureux de partager cette frugalité, cette chambre en désordre permanent, cette saleté même, ce gras au sol, ces bouts de bouffe abandonnés aux fourmis, aux cafards larges et marron vif comme des jaspes, aux ailes de sardoines, contrastant avec sa beauté à elle et sa famille, notamment ses sœurs, cette propreté plusieurs fois par jour entretenue par des douches, et donnant cette peau sans parfum extérieur, juste la sudation naturelle de l'épiderme soumis aux chaleurs humides, et frotté de quelques mains rares, cette peau, pour rien.

24.3 Éteignant son engin après l'avoir consulté pour vérifier que ce n'était pas sa mère ou son père ou une de ses sœurs, soufflant du nez, ses sinus toujours bouchés, plaisantant d'un coup, en pleine nuit, sur le HIV en sourdine, sa lente diffusion, cette grippe permanente, laissant une légère peur traîner chez son compagnon provisoire, et riant, s'énervant si lui commence à lui faire sérieusement la leçon sur le sexe et les préservatifs et tous ces types envoyant des messages, et combien elle n'est pas sérieuse et menteuse, et montant d'un ton comme un mari, un amant, un petit ami, et elle se sculptant alors avec toute la force d'une actrice un faciès de haine et de mépris pour celui qui s'avance à découvert sur la question du sexe couvert, détachant bien ses syllabes anglaises d'adoption pour dire que la baiser avec capote, c'est l'injurier, ne pas l'aimer, ne pas lui faire confiance, retournant la situation, demandant des comptes sur la vie sexuelle de l'autre, et combien à Pattaya ou ailleurs, combien de filles a-t-il dû baiser dans ses voyages en Asie du Sud-Est, et lui se rétractant, s'affaiblissant, se justifiant, se disant différent, et elle jouant et jouant encore avec ce chaton car les choisissant jeunes ou tellement gentils qu'elle n'a jamais de problèmes avec eux, les calmant, puis maternelle et dominante lui disant qu'elle sera toujours la plus forte au jeu des inquiétudes transmises à l'autre.

24.4 Et se retournant sur l'oreiller, quittant même le lit pour le sol et sa fine pellicule de tapis, ayant toujours, enfant, dormi ainsi, cette époque où garçon, il enchantait sa mère par ses tenues réinventées à base de vieux tissus déchirés, mais drapés autour de ses jeunes membres, entortillés sur ses bras, ses cuisses et d'un seul coup dépliés, trouvant une nouvelle vie et devenant des saris, comme ceux multicolores des séries indiennes et pakistanaises qu'ils voyaient chez leurs voisins, car n'ayant rien, ni téléviseur ni même un poste de radio, leur seul bien consistant en quelques ustensiles de cuisine, un réchaud et l'essentiel pour survivre.

24.5 Et se réveillant le matin tardivement, émergeant avec difficulté, se saisissant de la télécommande et du téléphone en même temps, allumant la télé et faisant glisser son doigt, puis tapant les chiffres de son mot de passe sur le petit clavier aux touches élégamment rondes cerclées de blanc, les chiffres en blanc également, comme une de ces vieilles machines à écrire, mais cette fois rétro-éclairée, tandis qu'une série infuse ses couleurs dans la pièce à coucher, lui donnant un relent de déjà-vu d'épisode indéfiniment étiré, faisant de cette chambre, de cette maison, de cette rue sur laquelle la maison donne, de toute la ville, et du pays, et de la planète même, une espèce d'annexe, une simple extension du décor de ces intrigues d'écran, minimales et sentimentales et guerrières, autrefois cathodiques et aujourd'hui numériques, tout, finalement, jusqu'au spectateur, participant à leur déroulement continu prodigieusement étalé, les objets au même endroit ou presque, les scènes similaires ou presque, d'un côté comme de l'autre de l'écran, le temps élastique de la vie de Porn répondant à celui des personnages, une même succession de jours quasi identiques, mais jusqu'à quand ?

24.6 Ouvrant une première application, souvent une de ces messageries instantanées, WhatsApp, Snapchat ou LINE, puis déroulant une suite de bulles semblables à celles des bandes dessinées, mais alignées sagement l'une sous l'autre, disposées à droite et à gauche de l'écran avec des fonds colorés différemment pour distinguer les interlocuteurs, et se poursuivant semble-t-il indéfiniment comme un de ces murs de temples où, avec des amies, des membres de sa sororité de petites travailleuses, de petites patronnes du *Central Festival*, elles se retrouvent parfois, très tôt le matin, non pour prier mais pour invoquer, interroger l'avenir, via un moine assis, rasé, ses yeux comme noyés, accusant un peu plus le pli bridé de ses paupières, et pris de voyance calme, pas de transe, une simple bonhomie transcendantale, à l'aise avec le destin consulté, capable en quelques questions de deviner le passé et d'affirmer un futur assez ambigu pour paraître vrai, et sur lesquels, ces murs, se déroulent les scènes du *Ramakien*, prenant place partout, saisissant le regard des fidèles de chaque côté, depuis les grandes étendues de bois laqués verticaux jusqu'au plafond parfois, chaque mètre carré utilisé, peint, ciselé de personnages par milliers, sans effet réel de profondeur, la perspective adoptée n'offrant qu'un espace infini dont la trame est une suite de lignes horizontales croisées de lignes diagonales toutes parallèles orientées dans la même direction jamais atteinte, offrant l'image d'un damier où se joue la naissance de Rāma, et sa jeunesse, et son mariage avec Sītā, et l'enlèvement de celle-ci, et les jalousies, les complots de palais enchanteurs, aériens et cruels, et de grandes batailles, et des rangées de singes casqués, armés, dirigés par la figure simiesque et fabuleuse d'Hanuman, toute une manne de héros riches, puissants, affectueux, possessifs, injustes, violents avec les femmes, repentants, punis, célébrés, fêtés, devenant ermites, trompés ou se croyant trompés par leurs princesses, leurs beautés à jamais victimes, menteuses ou soupçonnées de l'être, enjeux de guerre, de luttes sans merci, tandis qu'au milieu s'impose le barattage de la mer de lait, cette rotation du mont Mandara à l'origine du monde, à droite puis à gauche, et d'où sortent des merveilles, et que Porn préfère aux autres, s'identifiant peut-être à cet épisode plus qu'aux autres, inconsciemment liée par des canaux inconnus, des fibres invisibles à ce mouvement de va-et-vient, d'aller et retour, elle aussi barattant le crâne de tous ces hommes autour d'elle, leur cerveau, cette grande zone flasque réglée sur l'instinct, le désir prompt, facile, incontrôlable pour la belle forme ronde de son cul par exemple, ses fesses et son anus parfait, d'une pureté sombre et dorée, tous ces hommes complaisamment obsédés, ajoutant adjectif sur adjectif dans leur tête de plus en plus barattée pour décrire cette partie de Porn, et elle barattant leurs synapses, barattant leurs neurones, et faisant surgir d'un coup des trésors d'argent de cette mer de lait, de cette mer de sperme, faisant surgir des Western Union devenant de l'or, des objets technoïdes, de la terre, des vêtements, une maison.

24.7 Découvrant les bulles, le portrait des correspondants affichant les mêmes genres de photos, souvent la tête en premier, des selfies avec ou sans lunettes de soleil, le fond seul variant, parfois la mer, une plage, l'intérieur d'un appartement, une terrasse, un monument célèbre d'une ville habitée ou visitée, d'autres le torse dénudé, les abdominaux contractés, le tee-shirt tiré d'une main, l'autre tenant le téléphone, le visage concentré, le tout reflété dans un miroir, ou bien une multitude de poses, la bouche ramenée en bec de canard, les yeux écarquillés, la tronche modifiée par quelque logiciel de retouche afin d'obtenir une image distanciée, rigolote ou censée faire rire, provoquer des commentaires, augmenter sa popularité, mettre une dose d'humour, ou bien encore des citations illustrées, changées tous les jours ou presque, synthétisant les humeurs du moment, certaines empruntées à de réels artistes, écrivains, philosophes, scientifiques, sportifs, professionnels quelconques d'une quelconque discipline et parvenus à la notoriété relative ou durable justifiant le prélèvement dans le flux plus ou moins important de leurs paroles publiques, orales ou écrites, d'une phrase ou deux comprises comme profondément significatives, impliquant un résumé en un nombre réduit de signes de ce qu'est la vie, l'amour, l'amitié, la guerre, le sexe, les sentiments, la famille, la patrie, le travail, le respect animal, végétal, minéral, la fidélité, la droiture, la faiblesse, n'importe quoi, ou bien venant de parfaits inconnus, c'est-à-dire souvent d'agences de communication où quelques gratte-papier jeunes et mal payés pondent à la chaîne des assertions, des aphorismes souvent de plus en plus longs et lourdement formulés.

24.8 Et elle, à tous ces messages, répondant ou non, ignorant ou non les appels au sexe, à l'amour, aux demandes inégalement travaillées, aux compliments débités indéfiniment à propos de ses photos postées sur Instagram ou Facebook ou ailleurs, sous lesquelles une plâtrée de mots anglais disant « gorgeous », « beautiful », « angel », « sweet », s'amoncelle, au milieu de tentatives plus longues et fastidieuses, tentant de saillir dans la masse, disant savoir combien ce doit être chiant de recevoir des milliers de courriers, et lassant, et superficiel, et cherchant ainsi, avec toute la force d'un dimanche d'ennui, de solitude, et de soirées du même genre, ou même de journées au bureau, une tournure susceptible d'attirer l'attention, un effet, suivi des mêmes demandes de rencontres, d'invitations au restaurant, quand une fois en Thaïlande, à Pattaya, ils se retrouveront à côté d'elle, en sa présence, leur portefeuille béant sur des bahts. Toutes sortes de choses très simples et monotones, interrompues d'insultes, de menaces, de rancœurs, dont la seule étrangeté est le recommencement, comme un robinet fuyant les mêmes jérémiades après coup, les mêmes supplications, comme ces types qui, une fois leurs femmes frappées, viennent demander pardon, ou rentrent chez eux comme si de rien n'était. Et les années passant, et le manège continuant, mais jusqu'à quand ? Peut-être y aura-t-il un tarissement, plus tard ? Elle peut s'en rendre compte, déjà, sur certains profils de filles amies et vieillissantes, dont le cheptel d'admirateurs se vide de jeunesse, avec pour seul parterre de clients, les plus vieux, les derniers choix, dans des listes autrefois profuses. Mais cette fascination toujours, pas encore épuisée chez Porn et les autres, cette surprise de découvrir des messages d'inconnus, parfois sans intérêt mais parfois si, cette disponibilité, cette étrangeté d'avoir devant soi la totalité de l'humanité potentiellement accessible d'un clic, d'un bref texto, d'une simple demande, sept et bientôt dix milliards d'êtres, un et plus dans chaque ville de la moindre parcelle terrestre à connaître, et faisant comme les autres, passant de l'un à l'autre, sautant de clichés en clichés, se faisant aborder et abordant, comme ici, à Pattaya, tous ces réseaux lui paraissant le décalque de cette ville aimée, ce réservoir d'humanité en quête d'autrui, ignorant que c'est le seul endroit de la terre où, si aisément, le contact se prend.

24.9 Et répondant, ayant à sa disposition pour le faire, outre l'alphabet latin ou thaï en fonction des interlocuteurs, une batterie d'émoticônes, smileys, figurines animées ou pas, représentant d'abord des centaines de faciès stylisés, humains ou animaux, comme autant de gammes émotives, de petites notes d'une musique régressive, infantilisante, une comptine de plaintes ou de joies dessinées à base de sourires gradués, de bouches plus ou moins plissées, de taches rouges sur les joues, de sourcils froncés ou tombants, et de cœurs, beaucoup de cœurs, et des traits pour signifier leurs vibrations, et toutes sortes d'expressions ainsi montrées, suivies d'éléments plus signalétiques, comme un code, non plus de la route, mais de la sensiblerie graduée, des pouces à la romaine, le geste des césars donnant la vie ou la mort dans l'arène devenu l'unité de mesure d'une appréciation pour telle ou telle réplique, phrase, des gâteaux, des fleurs, des verres de vin ou de cocktails, des chaussures, des rouges à lèvres, tout un quotidien d'objets recyclés là, naturels, remplaçant les mots, des conversations s'effectuant parfois uniquement par l'usage de ces signes.

24.10 Trouvant stupéfiant le décalage entre l'individu rencontré, cet homme, ce jeune homme un peu froid, un peu digne, sérieux, cherchant à l'impressionner par un dédale d'engagements contradictoires envers elle, jouant lui aussi à tout faire pour la posséder mais finissant par y croire à son tour, empêtré dans son personnage de chevalier servant venu des fins fonds du Saharat U-ro ou Amerika, et ce profil en ligne, affichant à la place d'un mot, un de ces smileys souriants, un cercle jaune, deux points noirs pour les yeux et un arc en place de la bouche, l'homme d'un seul coup ravalé à la case enfance du cerveau, ses émotions traduites par des gribouilles.

24.11 Et jouant aussi de photos sexy, diffusant pour une durée limitée, certaines la montrant cambrée, ou seins nus, le visage tourné, invisible, à peine un ovale dans la pénombre, un profil vaguement reconnaissable, un dos similaire, provoquant l'ambiguïté, la ressemblance mais pas l'identification, personne en face ne sachant, ne pouvant dire si c'est elle ou non, entraînant des questionnements sans fin : où est-elle ?, non pas sagement chez elle comme souvent elle l'affirme mais dans une de ces chambres semi-luxueuses de Pattaya ou d'ailleurs, au Siam, en Malaisie, ou à Singapour, toutes ces régions qu'elle dit visiter pour des raisons professionnelles, le Laos aussi, et même la Birmanie ennemie, si dure envers les musulmans, s'en plaignant un peu et faisant ses affaires, des clichés la montrant devant la Pagode Shwedagon et ses stupas d'or, souriant vers l'objectif, aboutissant à l'interrogation majeure, la plus importante pour tous ces types, dont certains peuvent à bon droit se croire plus importants que d'autres, à cause des sommes engagées, ou des mots employés par elle, de sa générosité réelle avec eux, plus aptes à se voir attribuer le titre de boyfriend, petit ami, ou plus exactement, « en couple avec », selon la terminologie des réseaux, à savoir, qui prend la photographie ?, qui se trouve derrière l'appareil ? Affirmant alors, avec moue, que c'est toujours une de ses sœurs, ou bien que ce n'est pas elle lorsqu'elle apparaît quasi nue mais tronquée, la tête enlevée ou cachée par ses cheveux, mais une autre semblable, jumelle de circonstance, affirmant gentiment, avec la candeur de ce qu'elle se figure être une femme non pas enfant, mais honnête dans ce jeu que les hommes aiment pratiquer, qu'ils se trompent eux-mêmes et que ce n'est pas elle qui les trompe. Ou bien s'énervant qu'on puisse se poser la question, et douter.

24.12 Et trouvant Facebook au-dessus du lot pour ce type de manœuvre, la révélation d'une part essentielle de l'humain, ses faiblesses, ses besoins, ses attentes, ses phobies, et l'utilisant comme un tableau de bord, entrant comme dans du vide dans le cerveau masculin et parfois féminin, l'inconscient même des punters. Incarnant pour eux la clef de Pattaya, un de ses enfants chéris, un symbole pour ceux engagés à la courtiser, la promesse d'une compréhension réussie, d'une intégration élective à ses bars, d'octroi de privilèges, se faire conduire dans sa voiture comme un roi, d'être présenté comme un roi à son entourage, le beau, l'important farang, l'exotique, s'obsédant tout seul, grossissant chaque courtoisie d'elle pour en faire une preuve, un signe de quelque chose de plus, s'acharnant à la convaincre de se fixer à eux comme une bague à son doigt.

Costume n° 5 : « Ce que j'aime le plus, c'est rester chez moi allongée, et m'occuper d'un intérieur. Une femme au foyer veut dire beaucoup d'argent reçu du mari, et une grande liberté en journée pour aller et venir, s'amuser avec les copines parfois, du moins je le pense. Je sais faire la cuisine, recevoir les invités, même si on me voit au pied de mon lit à sucer des pilons de poulet, les doigts pleins d'huile. Et ce qu'ils veulent les hommes alors ? C'est me lécher les mains, me nettoyer. Beaucoup me le disent. Ils sont fétichistes. C'est un truc masculin, l'adoration d'un membre en particulier. Les filles en général font une fixation sur le pénis, une obsession. Enfant, je regardais mon père nu, jamais ma mère. Son sexe pendant, ses cuisses. Quelle horreur quand j'y pense. J'aime qu'on me prenne violemment parfois, mais je n'aime pas être violée. Une fois qu'un type me plaît beaucoup, il peut tout faire. Je suis une femme au foyer, j'attends un mari, pas un amant. Les farangs sont romantiques, charmants, mais nuls, ils attendent qu'on leur demande le soutien, l'argent, c'est une honte d'avoir à le faire, ils devraient savoir quoi donner, combien, des billets, de l'or, un toit en premier, le reste, les parfums, les vêtements, etc., c'est en dernier, je peux le faire moi-même avec l'argent donné, mais eux, c'est ça qu'ils offrent d'abord, des breloques. C'est pourtant simple. Si j'accorde une préférence, c'est pour une raison très précise. Une belle maison où faire vivre toute ma famille, avec une bonne ou deux pour faire le ménage, et de temps à autre, en bonne épouse, je serais en cuisine, un plat pour mon mari, après son travail, coupant les aliments. »

24.13 Fermant l'une après l'autre certaines applications, s'énervant, blasée par ce quotidien gelé dans une vie en ligne dévorante, la soumettant à des terreurs soudaines, quand les besoins réels de sa vie simple surgissent, une vraie présence à ses côtés, un vrai compagnon, mais à qui faire confiance, qui croire parmi ces hommes, ces êtres si fuyants au moment de rester, d'accepter sa réalité transsexuelle ? Cherchant un bon porno, un avec des scènes de cunnilingus, où des mâles plongent patiemment leur bouche dans le sexe de leur partenaire, et qu'elle aimerait vivre plus souvent, sans craindre le rejet, regardant alors le sien, de pubis, ouvrant ses lèvres, frottant son clitoris, et passant aux beaux membres de mâles biens tendus, rasés, épais et longs, les couilles lourdes et lisses, huilés, et affectant un bref dégoût de fascination gourmande et vomitive pour l'éjaculation, le sperme, le sien jaillissant comme une mousse entre ses doigts longs, aux ongles allongés de nature, génétiques d'une finesse acquise par des siècles de bonne conduite dharmique.

24.14 Faisant le ménage parfois, dans tous les profils accumulés. Ces insectes de collections, empaillés dans leurs connexions permanentes vers des filles, des transsexuelles qu'ils traitent d'anges, d'hermaphrodites, tous atteints d'imaginaires déréglés, parlant d'androgynie sacrée, faisant d'elles des êtres de foire et d'élection, Porn les méprisant pour cela, ces esthètes minables et si peu virils de tempérament, ces férus d'histoires antiques réacclimatées aujourd'hui et ailleurs, leurs références comme des béquilles, des bornes dans leur nuit de petites errances mortelles et sidaïques, tous en route vers la géographie thaïlandaise, le Tartare d'Issâne, ou les Champs-Élysées de Sukhumvit, Bangla Road ou Walking Street, effaçant donc les uns et les autres, les bloquant, devenant ainsi, sur certains réseaux, à la place d'un visage beau, parfait, les cheveux déployés autour d'un visage-roi, un simple point d'interrogation, une pure silhouette bleutée, grisée, une énigme, un sphinx à jamais dans l'esprit des hommes.

Intermède 24-25

Le magasin – c'était le rêve de beaucoup de gens ici, avoir son petit commerce, sans patron que soi-même, l'indépendance et la clientèle, le temps à sa main, et Porn en possédait plusieurs, à vingt-trois ans à peine, dans un des plus grands centres commerciaux du pays. Sa famille, ses sœurs l'enviaient. L'envie se divisait en branches souvent mélangées, la jalousie, la frustration, la haine, le sentiment d'injustice, de malchance, indiscernables pour l'œil psychologue, cherchant, lui, un point de fuite tranquille d'où structurer chaque plan de l'univers familial, social des individus de ce pays. Elle était enviée de très loin dans les replis campagnards de Satun. Elle était enviée parmi les putes des soï parallèles venant parfois avaler 40 bahts de plats du *Food Court*, et lisant son nom, *Porn Jewellery*, écrit en devanture. C'était sa fierté, surtout au départ, auprès des hommes à qui elle montrait, par le truchement de ses enseignes, une existence honnête de travailleuse à succès, s'ouvrant les portes de ceux cherchant consciemment ou pas une vie nouvelle au Siam avec une partenaire fiable, ayant ses propres revenus, sa propre existence, n'attendant rien. Ce discours des filles bien et des mauvaises filles, c'était les Siamois, le plus souvent, qui le tenaient aux étrangers, leur disant de faire attention, les taxis par exemple, à qui, très lyriques, des hommes ou des femmes confessaient leurs projets sans escales, et sans retour possible.

Le *Central Festival*, ses entrées vitrées des deux côtés, sa présence monstrueuse, animal commercial. Une fois à l'intérieur, ce sont des étages monumentaux, très hauts, percés deux fois de vides ovoïdes autour desquels on tourne et d'où les escalators s'élancent. Avant l'Asie du Sud-Est, j'ignorais ce qu'était un centre de ce genre, c'est-à-dire, très précisément : les pages culture des journaux, ces cahiers indépendants où se succèdent, sont réunis mode, alimentation, gastronomie, technologie, loisirs, mode, vie pratique, santé, esthétique, mode, services bancaires, mode, cinéma, librairie, discothèque, mode, jeux vidéo, sport. Les centres commerciaux sont des médias physiques, architecturaux, on peut y circuler à travers l'information, rencontrer les vendeuses et les vendeurs, acheter bien sûr, mais surtout voir, toucher, lire (les étiquettes, les descriptifs, les avis des vendeurs), se projeter dans des objets sans fin – et ce sont aussi des merveilles climatiques de fraîcheur où l'on peut déambuler correctement vêtu, sans ressembler à des loques. À Pattaya, si je dis : « je vais lire le journal », c'est que je vais au *Central Festival*.

***

Chaque année, Porn a rendez-vous avec l'un des pontes du lieu chargé d'évaluer la rentabilité des magasins, chacun s'acquittant de 30 % de remise sur leurs revenus, en plus des loyers, de l'électricité, et d'autres services. Mais il y a des dérogations. Porn n'a jamais loué le moindre mètre carré ici, à la différence des autres, donnant juste un pourcentage de son chiffre d'affaires. Impossible de comprendre pourquoi elle possède un tel passe-droit. Ce qui est certain, en revanche, c'est la jalousie générée par sa position, une figure de reine sur des cases d'échecs, avec uniquement des pièces adverses autour, elle est seule dans son camp, et un jour peut-être…

* * *

C'est son angoisse, voir ce jour se lever et finir virée des lieux, un petit crépuscule personnalisé bien fadasse de vaincue, et surtout, les commentaires des « copines », la réputation salie et sa position dégradée. Certes, elle en rigole déjà, ayant connu pire, et tellement. Ce qui la froisse, avec le temps, c'est l'incertitude, et devoir, à bientôt vingt-cinq ans, justifier sa présence, rendre des comptes, ne pas être chez elle une fois pour toutes et à jamais. Son Royaume, enfin. Pour la première fois, elle ressent le besoin d'une sécurité véritable. Se poser et non plus végéter dans un jour le jour putassier, une protection longue durée, avec des fondations, des racines pécuniaires indélébiles, comme par exemple, une terre achetée à Pattaya, et dessus, posée, en plus d'une maison, un commerce, un petit restaurant, n'importe quoi. Certes, elle possède des terrains dans son village natal. Mais après avoir connu le tourisme de masse d'une station balnéaire internationale, commercer avec les pouilleux du coin, c'est déchoir. Et Porn, jamais, ne pourra se satisfaire des bouseux qui, enfant, moquaient sa féminité, ces mêmes bouseux, ces races inférieures qui, plus tard, durant son adolescence, étaient trop heureuses de dire au père et à la mère, quelle belle famille vous avez, un ladyboy, un tomboy, une vraie réussite. Depuis, l'argent, le sien, avait remis ces esclaves de caste à leur vraie place, dans la souffrance et la laideur, dont les gosses ne pouvaient même pas se prostituer tant ils étaient laids, et ils se taisaient désormais, enfouissant dans leurs mains calleuses leurs visages brûlés, venant même parfois quémander, emprunter de quoi étancher un achat, un besoin médical quelconque, et c'était un plaisir alors de les enchaîner, ces rampants, maudits jadis pour quelques crimes ignobles, et qu'Allah et Bouddha unis avaient condamnés pour plusieurs générations.

***

Non, ce qu'il fallait, c'était un lopin de terre à Pattaya ou autour, le béton repoussant toujours plus les étendues campagnardes et la jungle, formant un chaos absurde de luxe vite attaqué par le climat, et de déchets sans cesse plus nombreux et montagneux, énormes collines plastiques et puantes. Mais les prix n'avaient pas cessé de grimper, même pour les Thaïs. Il fallait un homme, encore une fois, pour risquer cet achat.

***

Porn, donc, m'explique au restaurant où nous sommes maintenant, comme deux amis, qu'elle cherche à se poser, atterrir comme on dit, et c'est pour elle moins se faire une raison que vivre une nouvelle expérience, celle, dernière, de femme mariée, avec homme et business.

***

Sans doute, comme d'autres, je me fais sur elle tout un trip, je la place trop haut, c'est-à-dire que je réduis sa complexité à quelques traits simplifiés. Sans doute, ainsi, je la rabaisse. Une caricature de plus, toute langue dépouillant un être pour n'en faire qu'un rôle. Et sans doute là encore, je généralise, pris d'une fuite sans fin, sur une pente sans fin : l'échec de dire juste. Et quelque part, je descends à mon tour très bas croyant monter, dans mon échelle de valeurs, toutes esthétiques – je n'ai pas de conscience politique –, comme les rêveurs expatriés tombent de haut, suicidés des derniers étages de condo. Parfois, je me demande si je ne suis pas un peu « Marly », à ma façon.

***

Il est donc de retour dans sa vie. L'étranger, c'est lui me dit-elle, l'équilibre parfait de l'âge et du portefeuille, et cette fois, c'est elle la proie d'une illusion, car chez nous, « Marly » est juste rien du tout, un cadre éjectable et déjà éjecté, dont les rares économies vont disparaître très vite dans un métier qu'il ignore. Ou bien va-t-il réussir au contraire, car ce projet, que Porn m'esquisse en partie, m'a l'air pas mal du tout.

***

Un magasin, un lieu à soi, cette extension commerciale de son corps, de sa psyché, de sa vie, cette indépendance, cet anti-salariat, cette absence du patron, ce patronat de soi-même, ce temps à sa main, cet artisanat de rechange, petit-bourgeois pour les grands théoriciens flics, je pourrais, moi aussi, m'y projeter. Ouvrir mon coin.

Sortant du restaurant et laissant Porn à sa vie, ma date de départ approchant, remontant la nuit de Beach Road, côté plage, sous l'effet des spots lunaires, parmi les milliers de putains souvent abîmées, refait surface brièvement, intense comme au début, la ville entière, toutes ces soï dépliées dans leur nécessité, l'incurable Pattaya, ses néons, son autodestruction, comme un dépouillement pour celles et ceux qui voient, et cette envie d'un coup de ne plus en sortir, ce besoin d'y rester, de s'entendre appeler, semondre à chaque coin, d'y prospérer sa paresse, anonyme et sauvé, sous l'égide des dieux multiples, des déesses et du Bouddha, attendant la fin, réduisant mon périmètre d'intérêt, conservant l'essentiel, les putes et rien qu'elles, oubliant ce que je sais, assumant, écrivant mon histoire.

Scène 25

*Par la méditation sereine, j'ai réduit en
cendres les désirs de toutes sortes. De
nouvelle naissance, il n'est point. De vie
nouvelle, il n'est point.*

Saneh SANGSUK
– Seule sous un ciel dément

25.1 Jour étroit, pisseux d'une lumière chauffée,
vitreuse, cloîtrée dans une soï courte. La rue fait un
L, un bras plié à 90 degrés avec Second Road et Pattaya Taï. Au coude, en retrait, un grand condominium
ancien, son crépi abîmé par la pluie, rongé d'humidité, domine brièvement la vue, créant d'énormes
ombres portées sur les bâtiments autour, plus petits,
récents et moins récents, quatre ou cinq étages, et
d'infinis reliefs aux façades, à cause des balcons,
des ventilateurs entés aux murs extérieurs, et toutes
ces plantes, au sol dans des pots et tombant des terrasses, comme une fable végétale en milieu bétonné.
Une quiétude relative, un calme, une paix, au son
des klaxons proches, des rumeurs, et de quelques
bruits de plongeons dans les piscines environnantes,

souvent élevées. Le soleil a fondu dans la poussière. Presque invisible, sa circonférence diluée, il laisse une impression jaune dans l'air pollué, laiteux d'une chaleur intense. Les appartements sont vastes dans ce building du début des années 2000. Ils s'y vendent deux fois moins cher qu'à l'origine. Un semblant de copropriété s'est installée là. Et Porn y vit désormais, avec un Français, « Marly ». Elle en sort, sa nièce à sa main, un long châle fragile noire sur ses épaules bronze. Sa bouche énorme de fruit trop mûr éclate en mots violents, rauques contre l'enfant en pleurs, comme une mère fait avec sa fille pas sage. Maternelle encore lorsqu'elle l'embrasse et la console. Patiente et lente, sa seule amie dit-elle, avec la télévision. La petite s'empare de son sac imitation Chanel, son fermoir formant les deux C de la marque. Elle le veut. Ses yeux admirent cet oncle si belle. Elle dit oncle s'adressant à elle, en malais, du moins ce dialecte parlé à Satun. Cédant à ses caprices pour la gronder ensuite, lui passant le sac autour du cou, et s'amusant de la voir jouer avec, féminine avant l'heure, déjà sûre de ses armes. Son rêve d'avoir un bébé incarné dans cet amour pour ses neveux et nièces. Un jour pense-t-elle, prévoit-elle, une de ses sœurs portera sa progéniture, par insémination du sperme de son mari tout neuf. Sa nouvelle vie avec lui, « Marly ». Une vraie vie, mais à Pattaya. Toujours, chez ceux et celles observant ce couple, cette nuance, cette fatalité parfois ironique et souvent compatissante de dire : « mais à Pattaya ».

25.2 Progressant dans la ruelle, saluant la propriétaire du premier Lavomatic, potelée, chinoise dans son crachat, qui s'agenouille vers l'enfant pour la fêter, lui dire *soué* – jolie –, puis du deuxième, un homme lui rappelant son père, édenté, fumant toujours, la peau très sombre, les yeux injectés de fatigue, d'alcool, de *ya dong*, s'arrêtant un bref instant avec une couturière des rues, mûre, la finesse, l'élégance dans les mains, les pieds, le visage, siamoise en tout, fierté, douceur, dignité triste, ex-fille de bar, assise buste altier, sa table et sa machine sur la chaussée, repiquant les robes, chemises, les cintrant, ourlant les pantalons, des pelotes multicolores autour, sa reconversion au milieu des étals de nourriture, des loueurs de moby-lettes, d'artisans divers, tous envahissant cette soï, la chargeant, annonçant les grandes manœuvres d'une artère importante.

25.3 Et débouchant dans Pattaya Taï, la circulation étirée dans les deux sens, ses flux élastiques, et les boutiques partout. C'est un endroit stratégique dense, infecté au monoxyde de carbone, à quelques foulées de Walking Street et de Beach Road. Et se dirigeant à l'inverse, vers les terres, la voie rapide, Sukhumvit très loin, faisant quelques pas, remontant un peu, au milieu des activités, la foule, non des touristes mais d'autre chose, des pèlerins, Pattaya sonnant religieu-sement, même aux familles, quelles raisons de venir ici, la mer est sale, les plages infectes, un charme per-sistant de vieux cocotiers peut-être, un reflet tropical aux rotins cirés des tables basses peut-être, sur Jom-tien surtout, sa bande sablonneuse tapant dans une rangée de palmes, quelles raisons précises sinon un magnétisme, une force ?

25.4 C'est là, presque face au *TukCom*, le centre commercial dédié aux ordinateurs, téléphones et autres produits numériques, que Porn s'arrête, un magasin en chantier, le sien, des ouvriers s'affairant à l'intérieur. C'est une idée de « Marly » cet endroit, et d'elle aussi, s'associer, travailler ensemble, construire une entreprise à deux. On les avait vus souvent griffonner, l'année dernière, des plans sur des papiers, inscrire des chiffres, faire des opérations, des simulations, des dessins, engagés dans quelques réflexions sans fin, lui surtout, penché, fiévreux, sérieux et heureux, sans doute inquiet dans son bonheur même, mais inconsciemment, comme une remontée sur les traits de son visage d'une peur intérieure cachée, cette prescience chez tous d'un danger, moins le fait de tout perdre que de voir s'inverser sa flèche karmique, l'aiguille du destin, orientée pour lui vers le bas, alors que chez Porn, c'était manifestement vers le haut que son temps de vie se déroulerait dans l'époque présente. Une impression bien à lui, personnelle, à peine assumée, incapable de vivre sans arrière-pensée le plaisir de tout recommencer, de rebattre les cartes, ce luxe offert à quelques-uns, salissant tout d'un soupçon, si peu confiant, si mal à l'aise, et tentant de s'en prémunir par une agitation vaine, un dynamisme en quête de l'idée nouvelle qui l'imposerait au Siam pour longtemps. La réussite ailleurs qu'en France, à l'étranger, cette fierté d'y arriver, de prouver, de créer une seigneurie comme ses aïeux casqués avaient fondé la leur aux Indes américaines. Et ce doute obscène au cœur même de l'enthousiasme, s'en apercevant, tentant de s'en libérer, non pour faire bêtement confiance, mais pour construire un début de bonheur simple avec Porn. Et donc « Marly » s'adonnant à l'occupation favorite des expats, ceux en cours de l'être, les damoiseaux de l'ailleurs, cet état chrysalide, intermédiaire, la parenthèse absolument féerique des changements, une jambe dans chaque monde, l'ancien et le nouveau, l'occupation de se projeter, d'échafauder des projets en vue de créer l'activité lui garantissant une raison sociale, ici, loin de ses origines, loin de son identité française. Et Porn le regardant faire, de toute sa volonté maternelle, amoureuse, mettant au service des rêves de cet homme son pragmatisme implacable, prompte à couper dans le vif, à placer l'argent au bon endroit et non en dépenses incertaines. Mais enthousiaste aussi, et peut-être pour une fois rêveuse, moins vigilante, moins terre-à-terre, plus tolérante envers le probable et non plus seulement sensible aux seules certitudes du cash donné directement, libre à elle de l'utiliser comme elle l'entend, non, cette fois prenant à son tour le risque de s'engager avec quelqu'un sans contrepartie monnayable.

25.5 Un long panneau court sur toute la corniche du magasin, qui est une bande de quinze mètres environ, où l'on voit une rangée photographique de chaussures à talons ou plates se succédant de profil le plus souvent, où légèrement de biais, de tous genres, une bonne dizaine au moins, et sous chacune un terme en thaï puis en anglais, disant tantôt « working », « footing », « dining », « shopping », « meeting », « dating », « cooking », différentes actions parfois un peu tirées par les cheveux, comme celle sur la cuisine, comme si pour préparer les repas une paire spéciale devait exister, et visant à illustrer le contexte d'utilisation des différents modèles exposés, une pour chaque situation de la journée d'une femme active d'aujourd'hui, et sur l'une d'elles, les pieds glissés, Porn et son visage glacé, étrangement aseptisé par l'objectif professionnel, rentré dans le rang de la beauté publicitaire, presque dévoyée, ses formes coincées dans tous ces formats, ayant du mal à y entrer ses rondeurs, ses fesses, ses joues, ses attitudes surtout, cette gamme d'expressions. Et sur le côté de l'entrée, gravées discrètement, trois lettres en capitales.

25.6 « BTW », qu'on prononce à l'anglaise, voulant dire « Beautiful Transsexual Women », le nom trouvé par « Marly », inspiré de sigles trouvés aux USA, comme « BBW », pour « Big Beautiful Women », s'enchantant de cette association d'idées, voulue comme contemporaine, objective, désignant un état de fait du monde d'aujourd'hui. Et croyant au succès depuis la base marchande de ce monde : Pattaya. Lui, « Marly », le chevalier tronqué, engagé dans la trivialité d'un coup de publicité. Car ce nom signifiant non seulement celui d'une entreprise, la sienne et celle de Porn, mais bien plus : une charte, un programme, un mode de vie nouveau, transversal à ceux, plus courants, plus habituels, des hétéros et des homosexuels, un acronyme avec des implications fortes, un cri de ralliement enfin, une bannière derrière laquelle regrouper moins une communauté qu'une Cour, les baronnies des créatures combattantes des trottoirs, depuis les katoeys de Thaïlande jusqu'aux ladyboys d'Asie, les transsexuelles du monde entier, et derrière elles toutes les vraies putes, les gagneuses pures, de races pures, comme si cette première lampe allumée sur Pattaya Taï, dans cet axe de circulation somme toute inconnu à la quasi-totalité du reste de la planète, dérisoire et parfaitement isolée, allait bientôt briller dans ce même monde, et s'offrir le luxe de devenir une enseigne universelle ou presque, illuminant les consciences d'une réalité nouvelle et salvatrice, d'une sapience comme on disait dans les vieux livres, d'une sagesse renouvelée, et se mettant à rire d'un coup, comme brusquement conscient de quelque chose d'énorme, de grotesque, s'interrogeant sur la naissance d'une pareille volonté en lui.

25.7 Le magasin lui-même portant un autre nom, « Elite Size », inscrit en autocollants géants sur les vitrines dans une graphie légèrement italique, dédié à la vente de chaussures de grandes tailles, tous ces katoeys ayant souvent des pointures de vrais mecs, plus grandes, plus larges, plus épaisses que celles des femmes natives, et trouvant difficilement des modèles variés pour se chausser, limités aux ballerines et aux échasses compensées, et c'est justement lors de courses avec Porn que « Marly » avait constaté cette difficulté, et l'idée alors lui était venue d'adapter l'offre à cette nouvelle demande, ces centaines de milliers de transsexuelles dans le Royaume, une manne et une mode, et combien d'autres ailleurs, des femmes grandes tailles avec d'identiques problèmes, de similaires frustrations, et c'était l'occasion tant rêvée pour lui, l'hétéro pur goût en matière de femme strictement encastrée dans la féminité, de développer quelque chose d'inédit, lui l'intellectuel raté allait traduire en produits des idées, il n'y connaissait rien mais il allait réussir, il ne parlait pas thaï mais il allait apprendre, et surtout développer une communication, ou mieux, une « philosophie », avec les guillemets rigolards de rigueur, lui le spécialiste ayant travaillé longtemps sous de faux diplômes dans un service de presse d'une grande institution de Paris.

25.8 Et s'y mettant, se torturant et se laissant aller, engagé dans un discours imposé en lui par une voix collective l'ayant choisi comme porte-parole et disant, expliquant méticuleusement qu'au carrefour des obsessions présentes, et parfois contraires, pour la chirurgie esthétique, et les traitements contre le vieillissement, et les luttes contre les discriminations, et les droits des minorités, et les performances de tous types dans tous les genres d'art, et l'imaginaire cybernétique, et le post-humanisme, il y a désormais les ladyboys, les katoeys, les transsexuelles ; qu'elles constituent les nouvelles proues d'une humanité future ; que c'est à leur tour d'apparaître, au milieu de la cacophonie des genres, des subtiles nuances d'une personnalité à l'autre dans l'usage ou l'absence d'usage de son sexe – genres pour lui sans valeur précise, n'ayant jamais été intéressé par ces questions, les ayant toujours jugées oiseuses et esclaves, et Porn les trouvant tout aussi oiseuses et naïves, faiblardes, sans retombées réelles dans sa vie précise au jour le jour, des lubies de faux intellectuels ratés ineptes à la survie, mais explosives financièrement, capables de générer un chiffre d'affaires conséquent, « Marly » en étant persuadé et Porn ayant fini par l'être aussi, gavée de ses discours à lui, entre ses caresses permanentes, ses baisers, ses câlins, ses coups de langue perpétuels, pour rien ou presque, sur la raie de son cul, juste comme une becquée de poussin, la mettant à force dans un état de flottement, d'ébriété bizarre, ils en étaient persuadés et se chauffaient l'un l'autre à cause précisément du caractère idéologiquement marqué de toutes ces chapelles hétéros, homos, et trans, toutes ces pauvres niches bataillées dans les rues à propos d'obtention de droits d'un côté, de refus d'accorder ces droits de l'autre, et qui laissaient chacun indifférent à Pattaya, comme si déjà ils étaient plus loin et plus avancés dans la connaissance de ces choses, et quand le seul intérêt était l'argent cash à faire ou ne pas faire, en laissant les gens tranquilles dans leur mœurs. Oui, c'était leur tour à ces katoeys, et derrière elles, celui des ladybars et des punters, « Marly » généralisant avec passion, faisant de toutes les transsexuelles des prostituées en puissance sinon en acte, toutes ces putains appelées à devenir les symboles de ces temps émasculés en divinités réelles, complexes, capables de prendre forme dans tous les genres, tous les sexes possibles, comme les vieilles chansons mythologiques l'enseignaient autrefois, au temps radieux des âges d'or.

25.9 Dans ces deux cervelles autodidactes et sauvages, d'autant plus enthousiastes et violentes que n'ayant trouvé jusqu'ici d'intérêt réel à la vie que dans leurs pérégrinations indéfiniment répétées à travers les quadrilatères infinis des bars et des boîtes de Pattaya, comme un Graal chaque nuit évident d'histoires initiatiques pour les doués, ce concept, ce que « Marly » nomme concept, de « Beautiful Transsexual Women », décliné en marques adaptées à différentes activités, dont la première, la mode, est précisément « Elite Size », constituerait la manne de leur reconnaissance au niveau le plus haut, d'où ils pourraient s'assagir dans une activité qui donnerait un sens à leur histoire, une preuve de leur passage sur cette terre, une trace de leurs existences anonymes, c'est du moins ce que dit « Marly » pour deux, Porn voulant juste une situation la protégeant mieux des incertitudes de son temps, et de la société de son pays, sa revanche de ladyboy et de pauvre, dans un univers de castes infranchissables.

25.10 Tout n'est pas clair encore chez « Marly » lorsqu'il parle, dans sa volonté d'affirmer un mode de vie particulier, d'anoblir son expérience et d'en faire plus qu'un commerce mais un esprit, « spirit » dit-il, une âme aussi, « soul », mais justement, ce sera une aventure prodigieuse que de clarifier les implications de ce sigle, « BTW », au fur et à mesure des besoins, dans toutes les dimensions aujourd'hui si médiatisées des passages d'un genre à l'autre. Sauf que lui n'a au fond qu'une seule corde à faire sonner, qu'une vraie direction : celle de tout ramener à Pattaya, à cette ville, son nom, comme « BTW », signifiant plus qu'une simple destination, une simple position sur cette planète, mais une cité comme Shamballa ou Shangri-La, une utopie aussi, paradoxale, née d'elle-même, sans planification à l'origine, ni la guerre ni le tourisme n'expliquant son ampleur, un hasard comme le feu d'une foudre soudaine, une étincelle tirée du frottement des lieux festifs mitoyens, et créant un lien, une ambiance immatérielle générée de leur extrême matérialité, cet air de Pattaya, ce son, ces masses sensorielles faites pour fasciner le corps humain et ses nerfs, l'envelopper, le consoler, toutes ses aspirations trouvant là un moyen de s'incarner, le silence s'appuyant sur le bruit, le sexe sur l'abstinence heureuse, monastères et bordels mélangés, les dieux, les déesses des vieux panthéons, leurs avatars aujourd'hui reconnus par « Marly » dans ces figures évoluant dans les soï et Walking Street. Nulle spiritualité de bazar, encore moins de religion, seulement la volonté d'enchaîner les extases, les épiphanies, ces bulles d'existence où coïncident toutes les aptitudes vivantes de l'être, comme ces instants en terrasse des bars à short times, devant quelques foules dans un état similaire de fusion au climat, un vent dosé, du sable, de l'eau, des tapins, des vagues – « BTW », et Pattaya. Et « Marly » se voyant à la tête de cette entreprise comme un gourou dans son ashram ou l'imam dans sa mosquée, ou, comme un de ces patrons d'aujourd'hui de sociétés impliquant technologie et vision du monde, un idiolecte précis réservé aux fidèles lors de séminaires à Phuket ou Chiang Mai, et une belle prose de conférence pour le grand public lors de présentations dans les grands centres commerciaux, offrant à ces messes actuelles leurs parterres intérieurs géants et vides jusqu'au sommet comme le hall du musée Guggenheim à New York, le public accoudé aux rambardes et formant un peuple de Colisée.

25.11 C'est la fin de la matinée, les véhicules saturent Pattaya Taï, il y a embouteillage de passants et de voitures, tandis que des survivances d'iode laissent ici ou là deviner la mer à côté, et les loisirs du bain. Porn observe encore un peu, attentive, insatisfaite, les mouvements des ouvriers, et conseille le positionnement de tel ou tel meuble en dépit des plans de l'architecte chargé de l'aménagement intérieur et si soucieux, si fétichiste du positionnement des objets, élaborant dit-il, des trajets d'un angle à l'autre de telle ou telle étagère, formant virtuellement, dans l'espace, à la seule discrétion des observateurs avertis, des symboles, des figures géométriques censées protéger, bénir l'endroit, le placer sous la juridiction des esprits bienfaisants, et Porn n'y comprenant rien, trouvant ça laid, inutile, luttant contre lui, l'architecte, ce Français musulman, et qu'elle n'apprécie pas du tout, car buvant de l'alcool et mangeant du porc à certains instants tout en tenant des propos violents par pure provocation, comme souvent les farangs le font, privilégiés des démocraties, pense-t-elle, où la liberté de parole n'entraîne pas forcément à payer physiquement les conséquences des mots prononcés, comme si étaient dissociés la lettre de l'esprit, injuriant et se plaignant des violences en retour de l'injure. « Harun », c'était le nom qu'employait « Marly » lorsqu'il l'appelait au téléphone, ou le voyait, « Harun » l'Arabe, « he is arab » précisait-il, et Porn haussait les épaules, s'énervant parfois seulement de cet automatisme à toujours ramener les gens à des caractéristiques raciales, sexuelles, puis se calmant, car ici, au Siam, on fait pareil et pire, elle-même s'y adonnant à l'égard des Chinois, des Birmans, des Cambodgiens, du moindre clandestin haïssable, et c'est comme ça partout, dans toutes les communautés qu'elle avait côtoyées, mais aujourd'hui, elle n'a qu'une envie, refaire la décoration à son goût qu'elle estime plus sûr que ces rayonnages compliqués, ces lignes de modèles exposés à n'en plus finir comme ces tunnels de conversation où l'emmène « Marly », où elle prend place d'abord avec condescendance puis passion, adorant finalement, après s'en être méfiée, ce temps de parole avec lui sur tout et rien, discutant, racontant par exemple des films entiers pour illustrer des problèmes existentiels de la vie courante, cette vie de couple longtemps désirée et enfin vécue avec un type de presque son âge, un être qu'il n'était pas honteux d'aimer gratuitement, bien qu'il soit étranger, blanc, farang. Et c'est lui qui paie la boutique, le condo, Porn veillant au reste, la nourriture, les charges, les extras dans cette ville qui n'en manque pas. « Marly » mort à sa France, Porn à son islam, chacun décédé aux castes de sa société, vivant donc d'un amour, d'une sexualité post mortem, deux corps pourrissants enlacés aux yeux des Thaïs et des étrangers restés chez eux, mais s'en fichant, fiers même de cette race en eux, vieillissant dans la fureur et la joie. Bleuir ensemble.

Costume n° 6 : « J'ai beaucoup menti aux hommes. J'ai déguisé mes sentiments réels. J'ai toujours cru que je finirais seule. J'ai su que j'étais maudite et que jamais je n'arriverais à concilier les mouvements contraires de ma foi, de mes inclinations et de mes devoirs envers ma famille. J'ai dû faire des choix, et j'ai accepté l'idée terrifiante de finir au Jahannam après ma mort. J'ai fait le bien des miens en faisant du mal à ceux qui disaient m'aimer. Mais ils avaient les moyens financiers de souffrir et d'être trompés. Certains étaient musulmans. D'autres non. J'aime les non-musulmans. Je peux les convertir et me racheter un peu. Un homme est venu. Avec lui, je me laisse faire. Je vieillis. On ne peut pas tout gagner. Pour la première fois, je suis heureuse. Je serai malheureuse et brûlée vive peut-être dans l'autre vie, mais ici-bas au moins, j'aurai connu un peu de bonheur. La nuit, j'ai peur des esprits envoyés par des ex. Je ne comprends pas toutes ces choses. Je sais les désirs des hommes. Entre Allah et moi, il n'y a personne. Aucun imam ne peut me juger. Certains sont meilleurs que d'autres. Mais au fond, tous pensent que je suis mauvaise. Il n'y a que Dieu pour peser et juger. Quand je suis à la mosquée, mes seins masqués sous une bande, mon corps dans la tunique blanche de prière, avec mon père et mes frères, parmi les hommes, simple créature de Dieu, je n'ai plus peur. Avec cet homme non plus. »

25.12 Quittant le magasin dont l'ouverture est prévue bientôt, retournant au condo retrouver « Marly » attablé au balcon, son ordinateur portable ouvert, épluchant des messages et se penchant sur les dernières dépenses de leur projet, tentant de contacter à Bangkok quelques célébrités pour parrainer son lancement, s'acharnant à trouver la meilleure manière de convaincre, entre autres, Poy Treechada Petcharat, victorieuse des années auparavant du Tiffany

Show, et devenue depuis superstar jusqu'en Chine, Hong Kong, interviewée par de multiples chaînes d'Occident, sa réputation excédant les frontières thaïlandaises, sa peau blanche et sa perfection féminine provoquant toujours chez l'ordinaire hétéro une vision accro, une violente inclination. Et Porn admirant sans illusion les efforts de son mari pour enrichir sa famille, la gâter, obtenir ce qu'elle a toujours visé : une vie meilleure.

25.13 Eux deux offrant désormais, non le spectacle, mais l'étrange aventure de ces couples réellement mixtes, venus de deux univers et cherchant à n'en faire plus qu'un, donnant le meilleur d'euxmêmes, lui ayant engagé le peu de biens possédés, elle offrant sa confiance et son exclusivité et tout son savoir, conscients des routines propres à tous, cette égalité des êtres devant les petites morts qui précèdent la grande, le deuil des sentiments, les indifférences qui siègent peu à peu au cœur des gestes simples, conscients de toutes ces choses mais certains aussi d'appartenir à une ville les ayant pour toujours séparés du reste du monde, leur offrant un lien indélébile, le fer du souvenir des nuits dans les soï aux néons putassiers, rejoignant ces couples farouches autrefois observés par eux de l'extérieur, putes et punters mariés avec enfants comme des tribus insoumises, vivotant au bord de piscines d'hôtels avant de rejoindre leur base dans les campagnes isolées d'Issâne, tous marqués au sceau de cette ville, loin des humanités faciles : Pattaya.

À plusieurs centaines de kilomètres de là, sur la Nam Song River, au Laos, dans le village de Vang Vieng, des jeunes gens d'Europe ou d'Amérique du Nord, et parfois de Russie ou de Chine, se jetaient depuis des trapèzes fragiles, et des treuils fragiles, dans les flots rocheux, et s'affirmaient dans l'alcool et les sticks d'opium, et les bruits de musiques électroniques, les yeux parfois levés sur les montagnes alentour, et les crêtes de jungle illimitée, isolés dans une bulle festive et tropicale, et certains locaux étaient là, ils louaient les chambres, filaient les drogues et les divertissements, et de leurs yeux hilares, ils détaillaient tranquillement ces filles lointaines et jeunes, aux cheveux blonds ou roux, auburn ou châtains, toute une gamme chatoyante de peaux blanches à différents degrés, et de seins et de fesses visibles depuis leur bikinis fripés, ces filles groggy dont la démarche était de plus en plus incertaine, riant de tout, et qui bientôt seraient faciles, malléables, sans résistance, et qu'ils pourraient baiser à plusieurs, elles avaient l'argent et elles s'en foutaient de foutre, et d'être foutues par n'importe qui, c'était évident, et cette fois, ce ne serait pas un viol, ça n'en serait pas un, même si, quand même, on devait les bâillonner ou les assommer. Lui, il regardait ça de loin, les Laotiens puissants et propriétaires, et toute cette jeunesse de sa propre race, barbotant dans les stupéfiants et les pneus au gré du courant, il servait des pockets, des seaux d'alcools mélangés jusqu'à la nausée, il était payé cent euros mensuels à peu près, le visage fatigué, la trentaine ridée, les cheveux blonds bouclés jusqu'aux épaules, les bras tatoués, comme un garçon de plage de Floride ou de Nice échoué là, après des années de voyages d'un bout à l'autre d'Asie du Sud-Est, parlant français, anglais, italien, espagnol, employé par un cador, un « duce » maître des terres ici, un homme de Vientiane et de l'armée, qui ne venait jamais, laissant à l'un de ses neveux, celui perché sur un mirador, un enfant de Vang Vieng, le soin d'orchestrer pour lui le bar, et les plaisirs variés vendus avec les piaules. Et la population autour avait peur, car la rivière autrefois si belle et bonne était désormais maudite, quelque chose à l'intérieur, un démon dans ses plis verdâtres, boueux, et ils regardaient effrayés ces jeunes étrangers mourir de chutes, visages arrachés et brisés sur les rochers, ou bien pris de convulsions et d'hallucinations jusqu'à l'arrêt du cœur, et devenant ces fantômes qu'ils apercevaient alors, de jour comme de nuit, plaintifs, hurlant leur pays perdu, des zombies d'Europe et d'Amérique, de Russie et de Chine si loin de leurs parents. Lui aussi, le serveur de Côte d'Azur, finissait par les sentir, ces esprits, ces fantômes. De temps en temps, sa famille lui envoyait encore de l'argent par Western Union. Un ado attardé. Bientôt il irait s'amuser ailleurs, à Pattaya, la civilisation, il essaierait de retourner dans la station balnéaire devenue trop chère pour lui et ses semblables, obligés de reculer toujours plus loin, de fuir dans le passé, celui des villages, au coin de fleuves et de rivières encore accessibles.

Des îles et puis la mer, et des tankers dessus.

REMERCIEMENTS

Ce livre a été rendu possible par l'amitié, le soutien et la vigilance de quelques-unes et de quelques-uns, que je souhaite ici remercier. Mes premières lectrices et lecteurs : Caroline Hoctan, qui crut en moi dès le début ; Cécile Guilbert, à qui je dois tout, et notamment l'encre de la subversion, une amitié, une lignée d'esprit ; Marcel Barang, le grand traducteur de littérature thaïe en français et en anglais, à qui je dois, entre autres, la francisation des transcriptions phonétiques des termes thaïs, d'habitude héritées de l'anglais ; Frédéric Ciriez et Philippe Bordas, pour nos soirées à partager nos projets de romans respectifs. Mes éditrices et éditeurs : Olivier Nora, une magnifique rencontre ; Juliette Joste, pour sa patiente relecture et ses conseils ; et Chloé Deschamps, pour son soutien sans faille, son editing minutieux et passionné, ma complice définitive en Kalachakra et en Kali Yuga.

Enfin, je veux dire merci à toutes celles et ceux, ladybars et punters notamment, qui, à Pattaya et autour, en Asie du Sud-Est, par la radicalité de leurs vies, ont inspiré les personnages de ce livre, et ont fortement contribué à me faire voir cette ville et cette région comme des miroirs de la littérature.

TABLE